KB042913

情史 정사

上

중 국 인 의 사 랑 이 야 기

情_정
史_사

馮夢龍 評輯
유정일 역주

上

學古房

■ 일러두기 ■

* 이 책은 上海古籍出版社本, 《馮夢龍全集》《情史》(影印本, 1993.)를 저본으로 삼아 265화와 권말 평어를 뽑아 번역한 《情史》選譯本이다.

* 원문은 저본을 바탕으로 하되 春風文藝出版社本 《情史》(張福高 等 5人 校點, 《情史》, 春風文藝出版社, 1986.), 岳麓書社本 《情史類略》(《情史類略》, 岳麓書社, 1983.), 岳麓書社本 《情史》(朱子南 等 標點, 《情史》, 岳麓書社, 1986.), 鳳凰出版社本 《情史》(魏同賢 主編, 《情史》, 《馮夢龍全集》, 鳳凰出版社, 2007.) (1993년에 출간된 江蘇古籍出版社本과 동일) 등의 판본과 각 작품에 해당하는 현존 최고 출처를 찾아 교감해 확정했다.

* 주석 가운데 校勘註는 【校】로 표시했고 저본이 된 上海古籍出版社 影印本은 [影으로, 春風文藝出版社本은 [春으로, 岳麓書社本 《情史類略》은 [類로, 岳麓書社本 《情史》는 [岳으로, 鳳凰出版社本은 [鳳으로 표시했으며 이들 《情史》 판본 모두를 지칭할 때에는 《情史》라고 표시했다.

* 역문에서는 각 작품마다 첫 번째 註釋에서, 해당 작품의 출처와 문헌적 전승 과정, 그리고 이본들 간의 문자출입 정도에 대해 설명했다. 인명, 지명, 관직 명 등은 가급적 해당 작품을 이해하는 데 도움이 되는 내용을 중심으로 주석 을 가했다. 원문에서는 校勘註를 중심으로 역문에서 다루기 어려운 典故性 註釋, 節錄한 문헌의 출처 등에 대해 주석을 가했으며 가급적 간명하게 할 수 있도록 본서의 모든 주석은 한자를 사용했다.

* 姓氏와 號가 함께 붙어 지칭된 경우, 띄어쓰기를 원칙으로 하되 호가 이름보 다 보편화된 경우에는 성과 호를 붙여 쓰기도 했으며, 성씨와 관직명이 함께 붙어 지칭된 경우에도 띄어쓰기를 원칙으로 하되 작품 안에서 혼동이 될 수 있는 경우 붙여 쓰기도 했다. '－씨'의 경우, 성을 나타낼 때에는 편의상 띄어 썼고 인명 지칭인 경우에는 붙여 썼다.

《정사(情史)》 한국어 역주본 간행에 즈음하여

리전궈(李劍國)

    유정일 박사는 동국대학교에서 박사학위를 마친 후, 2007년에 남개대학(南開大學) 문학원으로 와서 연수를 했으며 나의 지도를 받았다. 그는 매우 부지런해 남개대학에 있으면서 적잖은 책을 읽었으며, 내 강의도 들으면서 나의 학생들과 학문을 교류하고 서로 화목하게 지냈다. 이 기간에 그는 《정사(情史)》라는 책에 대해 깊은 관심을 갖게 되어 이 책에 대해 더 깊이 있게 살펴보고서 한국의 독자들에게 소개하려는 마음을 품게 되었다. 그 후 그는 이 작업을 위해 다시 중국으로 와서 북경제2외대에서 객원교수로 있으면서 2년에 걸쳐 《정사》의 여러 판본과 다량의 연구 자료를 수집했고 대부분의 기초 작업을 완성했다. 8년이 지난 오늘 《정사》의 선역(選譯)과 주석 작업이 완성되어 서울 학고방 출판사에서 출간하게 되었다. 올해 11월 그가 내게 서신을 보내 《정사》의 역주 상황을 알리며 서문을 청했다. 최근 십여 년 사이에 나는 제자들의 저서를 위해 늘 서문을 써주었는데 모두 합쳐 17부가 되고 아직도 2부가 남아 있다. 유정일 박사도 나의 사숙제자인 셈이어서 그의 저서를 위해 서문을 써주는 것은 당연한 일이라 흔연히 붓을 들었다. 그는 내게 서문에서 《정사》의 상황과 가치에 대해 소개를 해달라고 했다. 내 비록 《정사》에 대해 익숙해 항상 써왔지만 전문적으로 깊이 연구해 본 적이 없어 간단하게 천근한 견해를 쓸 수밖에 없다.

    《정사》는 전칭(全稱)이 《정사류략(情史類略)》이고 일명 《정천보감(情天寶鑑)》이라 불리기도 하며 강남(江南) 첨첨외사(詹詹外史)가 평집(評輯)한 것으로 되어 있다. 책머리에 오인(吳人) 용자유(龍子猶)의 〈정사서(情史敍)〉와 강남 첨첨외사의 〈서(敍)〉가 있다. 첨첨외사는 미상의 인물이고 용자유는 풍몽룡(馮夢龍)의 별호이다. 이 책의 편자에 대해 첨첨외사의 서문에서 분명히 밝히면서 이렇게 말했다.

"나는 견문이 넓지 못하고 식견이 뛰어나지 못하지만 그나마 보고 기억한 것에 의존해 억측하여 이 책을 만들었으니 가작(佳作)이 되기에는 심히 부끄럽고 그저 해학적인 사승(史乘)이 될 만하다. 이후에 다시 지을 자가 있으면 내가 도움이 되고자 제목을 《유략》이라 했으니 박학하고 품행이 방정한 자가 골라서 쓰기를 기다린다."

분명 편자는 다름 아닌 첨첨외사 본인이었다. 용자유의 서문에서 또한 이렇게 말했다.

"또한 일찍이 정에 관한 고금의 이야기들 가운데 아름다운 것들을 택하여 각각 소전(小傳)을 지어 사람들로 하여금 정이 오래 갈 수 있다는 것을 알게 하려고 했다. …… 내가 실의에 빠져 있고 분주하여 벼루가 말라 있었으므로 첨첨외사 씨가 나보다 먼저 해냈다."

풍몽룡도 고금의 정사(情史)에 관한 책을 편찬하려 했으나 이런저런 연고로 못하고 있었는데 첨첨외사가 먼저 해냈다는 말이다.

하지만 많은 연구자들은 첨첨외사를 풍몽룡이라 하며 용자유와 첨첨외사의 서문은 모두 풍몽룡이 고의로 꾸민 것이라고 했다. 연구자들의 주요 논거는 명말청초 황우직(黃虞稷)의 《천경당서목(千頃堂書目)》 권12 잡가류와 《동치소주부지(同治蘇州府志)》 권136 〈예문지(藝文志)〉에 모두 《정사》의 편자를 풍몽룡이라고 기록했다는 것이다. 그리고 《정사》에서 《고금담개(古今譚槪)》를 인용했고 풍몽룡이 창작한 〈장윤전(張潤傳)〉, 〈애생전(愛生傳)〉,

〈만생전(萬生傳)〉을 수록하고 있으며, 또한 어떤 이야기들은 《태평광기초(太平廣記鈔)》에 보인다는 것과 《정사》에서 39편의 이야기가 '삼언(三言)'의 본사(本事)와 관련이 있다는 것이다. 그리고 《정사》에 수록된 만력(萬曆) 시기의 소설들 가운데에는 풍몽룡의 고향인 소주(蘇州) 장주현(長洲縣) 봉문(葑門) 일대에서 발생한 이야기가 많다는 것이다. 사실 이런 것들은 모두 유력한 증거라고 할 수는 없다. 《정사》는 창작이 아닌 전인들의 책에서 이야기를 집록한 것이다. 풍몽룡은 만명(晩明) 때 저명한 통속문학 작가로 매우 많은 저술들을 남겼으니, 소설의 경우 《신열국지(新列國志)》, 《삼수평요전(三邃平妖傳)》, '삼언' 등의 통속소설을 썼고 《고금담개》, 《지낭보(智囊補)》, 《태평광기초》, 《연거필기(燕居筆記)》 등의 소설집을 편찬하기도 했다. 《정사》에서 풍몽룡의 저작이 보이는 것은 자연스러운 일이다. 옛 사람들이 풍몽룡의 명성을 듣고 《정사》를 풍몽룡의 명하로 편입시킨 것은 사실 잘못된 것이다.

　　나의 제자 천궈쥔(陳國軍) 교수가 명대문언소설 연구에 힘써 저술로 《명대지괴전기소설연구》가 있는데 이 책 제6장 〈지괴전기소설의 쇠락〉 제2절 〈지괴전기소설평점과 《정사》의 출현〉에서 《정사》의 편자와 편찬연대에 대해 전문적으로 검토했다. 그는 《정사》의 편찬자와 집평자는 바로 '강남첨첨외사'이지 풍몽룡이 절대 아니라고 보았다. 이런 결론은 그가 《정사》의 두 서문을 분석하고 《정사》와 《태평광기초》 간의 차이 등의 방면에서 얻은 것으로 믿을 만하다고 여긴다. 《정사》의 편찬연대에 대해 여러 가지 설이 분분한데 만력부터 숭정(崇禎) 연간까지 다양한 설이 모두 있었다. 천궈쥔 군은 관련 문헌의 상세한 고증을 통해 《정사》의 성서연대 상한선을 천계(天啓) 7년(1627)으로, 하한선을 숭정 10년(1637)으로 보았다. 이 기간에 풍몽룡의 행적은 서문에서 말한 것처럼 "실의에 빠져 있고 분주하여 벼루가 말라 있지"는 않았었기에 용자유의 〈정사서(情史敍)〉도 위탁일 수가 있다. 이로 볼 때 《정사》는 첨첨외사가 독자들을 불러 모으기 위해 풍몽룡의 이름을 빌어 편찬하고 간행한 소설집이라 할 수 있다. 천궈쥔 박사의 이런 고증과 논술은 자못 참고할 만한 가치가 있는 것이니 독자들은 그의 책을 읽으면 자세한 정황을 알아볼 수 있을 것이다.

첨첨외사가 《정사》라는 소설집을 편찬한 것에는 충분한 사회문화적 배경이 있었다. 주지하는 바와 같이 명대는 소설과 희곡이 고도로 발달한 시대였다. 소설 방면에서 전국시대부터 명말까지 이미 2000여 년 동안 발전해왔고 육조의 지괴 · 지인소설, 당전기, 송원화본, 명대 의화본과 장회소설 등은 모두 중국소설사상의 찬란한 별들로 심원하고 거대한 영향을 끼쳤다. 명나라 사람들은 이런 풍부하고 귀중한 문학적 재산에서 영양을 흡수해 문언소설과 통속소설을 아울러 번영시켰다. 바로 이러한 배경과 우세로 인해 명나라 사람들은 문인으로부터 민간에 이르기까지 보편적으로 소설을 좋아했고 소설에 대해 큰 열정을 보였다. 독자들은 소설을 읽으려 했고 문인들은 소설을 창작하려 했다. 민간 예인(藝人)들과 희곡가(戲曲家)들도 역대 소설에서 소재를 찾으려 했으며 출판가들은 소설을 통해 이윤을 얻으려 했다. 이런 다양한 수요로 인해 명대에는 소설집을 편찬하는 열풍이 일었다. 명초의 소설가였던 구우(瞿佑)가 《전등록(剪燈錄)》40권을 편찬한 바가 있는데 이 책은 구우의 〈전등신화서(剪燈新話序)〉에 의하면 "고금의 괴기한 일들을 기록했다"고 했지만 오래지 않아 실전되었다. 대략 정덕(正德), 가정(嘉靖) 연간 즈음에 육채(陸采)가 《우초지(虞初志)》8권을 편찬했고 가정 23년(1544)에 육즙(陸楫) 등이 《고금설해(古今說海)》4부 총142권을 편찬했다. 그 이후로 모방한 자들이 매우 많아, 예를 들면 《염이편(豔異編)》,《광염이편(廣豔異編)》,《속염이편(續豔異編)》,《청담만선(淸談萬選)》,《일견상심편(一見賞心編)》,《국색천향(國色天香)》,《만금정림(萬錦情林)》,《연거필기》,《수곡춘용(繡谷春容)》,《화진기언(花陣綺言)》,《일사수기(逸史搜奇)》,《패가수편(稗家粹編)》, 《고금담개》, 《지낭보》, 《합각삼지(合刻三志)》, 《오조소설(五朝小說)》, 《녹창여사(綠窗女史)》, 《전등총화(剪燈叢話)》, 《중편설부(重編說郛)》, 《속설부(續說郛)》, 《설창담이(雪窗談異)》 등과 같은 것들이 끊임없이 나왔고, 또한 한 주제를 중심으로 한 소설휘편들도 적잖이 나왔으니 《검협전(劍俠傳)》, 《청니련화기(青泥蓮花記)》, 《재귀기(才鬼記)》, 《호미총담(狐媚叢談)》, 《호원(虎苑)》, 《호회(虎薈)》 등이 그것이다. 첨첨외사의 《정사》는 바로 이런 배경 속에서 나온 것이다.

  이상 제시한 소설집들과 달리 《정사》는 두 가지 특징이 있다. 하나는 취재 범주가 광범위하고 내용이 풍부하며 춘추전국부터 명나라 때까지의 이야기를 모두 포함시켜 전체 책을 24권으로 나누고 이야기 882개를 수록해 놓았다는 점이다. 다른 하나는 전문적으로 사랑이야기만을 취재했다는 점이다. 편자가 '정(情)'을 주제로 삼은 것은 그의 독특한 관념에서 나온 것이다. 그는 서문에서 '정교(情教)'라는 개념을 드러내 "육경(六經)은 모두 정으로 사람을 교화한다."고 했다. 유가의 경전들을 인용하면서 유가에서는 정의 존재에 대한 합리성을 인정한다고 보았고, "정은 남녀 간에서 비롯되어", "군신과 부자와 형제와 붕우 사이로 흘러 들어간다."고 했으며, 사람에게 있는 정상적인 정애욕구를 억제하려는 주장은 '이단의 학문'이라고 했다. 이른바 용자유가 썼다는 서문은 더욱 정(情)의 기치(旗幟)를 들어 〈정게(情偈)〉에서 이르기를 "만약 천지간에 정이 없다면 일체의 만물은 생기지 않을 것이며 일체의 만물에 정이 없다면 잇달아 돌며 상생할 수 없도다. 끊임없이 생겨나 절멸하지 않는 것은 정이 불멸한 연고이리라.……"라고 말했다. 이와 같이 정을 '천도(天道)'와 자연 본성의 높이까지 끌어올렸다. 만명(晩明) 때 사회 사조는 개성의 해방을 표방하고 정주(程朱) 이학을 반대했는데 이런 관점은 성리학자들의 '천리를 보존하고 인욕을 멸한다(存天理, 滅人慾.)'는 사상과 대립했기에 시대 진보적 의미가 있다. 첨첨외사가 이 책을 편찬하여 이것이 "정이 있는 자들에게는 맑은 거울"과 "정이 없는 자들에게는 자석"이 되어 사람들 마음속에 오랫동안 억눌려 있었던 정애를 점화시키려 했다. 동시에 또한 유가의 도덕규범을 준수하여 "음탕함을 막으려고" 했다. 용자유의 서문에서 "이 책은 비록 남녀 간의 일만 다루어 고상하지는 못하지만 종국에는 요지가 올바른 것에 귀착된다."고 했는데 여기서 말하는 '올바른 것'이란 바로 전통적 유가의 도덕관을 이르는 것이다.

《정사》는 24권으로 분류해 편찬되었으며 매권은 한 부류이고 제목에는 모두 '정(情)'자가 붙어 '정정류(情貞類)'로 시작해 '정적류(情蹟類)'로 마무리된다. 수록되어 있는 이야기들은 주로 당시에 있었던 소설집에 도움을 받아 편찬한 것으로 그 원래의 출처는 역대 문언소설과 필기, 사서(史書) 등이었다. 수록된 작품들은 절록된 경우가 많지만 대체적으로 완전하며 일부 작품들에는 출처를 밝히고 있다. 명대에는 소설 평점이 성행했기 때문에 이야기 뒤에는 제가들의 평어들이 달려 있는 것이 많다. 예를 들면 장경씨(長卿氏; 屠隆), 이화상(李和尚; 李贄), 자유씨(子猶氏; 馮夢龍) 등이 그것인데 이런 평어들도 다른 책에서 베껴온 것들이다. 각 권의 말미에도 정사씨(情史氏)의 총평이 있는데 그 정사씨와 정주인(情主人), 외사씨(外史氏) 등의 명호는 응당 편자인 첨첨외사를 가리키는 것일 것이다. 또한 이름이 밝혀져 있지 않은 대량의 평어도 있는데 아마도 이 또한 첨첨외사가 쓴 것일 것이다. 평어는 이야기를 이해하는 데에 도움이 되며 그것을 통해 평자의 사상적 관점을 알아볼 수도 있다. 《정사》는 자고이래 정에 관한 대량의 이야기들을 수집하여 한 책으로 두루 다 살펴볼 수 있게 했다. 풍부하며 다채롭고, 슬프거나 기쁘거나 기기괴괴한 이야기들이 가득 수록되어 있어 독자들은 이를 통해 열독의 쾌감을 느낄 수 있을 것이다. 그리고 이 책 안에 수록된 대량의 역대 소설작품들은 소설연구자들에게 일문(逸文)을 수집하고 교감할 수 있는 풍부한 자료를 제공해 주었다. 내가 《송대전기집

《宋代傳奇集》)과 《당오대전기집(唐五代傳奇集)》을 교감할 때에도 항상 《정사》를 교감의 참고로 삼았다. 이상 언급한 여러 가지가 모두 《정사》의 기본적인 가치라고 생각된다.

유정일 박사는 《정사》를 번역함에 있어 상해고적출판사에서 나온 《풍몽룡전집》 가운데 있는 《정사》 영인본을 저본으로 삼았고, 동시에 악록서사본(岳麓書社本) 《정사》, 악록서사본(岳麓書社本) 《정사류략》, 봉황출판사(鳳凰出版社)의 《풍몽룡전집》에 있는 《정사》, 춘풍문예출판사본(春風文藝出版社本) 《정사》 등 다종의 판본을 참고했으니 《정사》의 판본을 거의 다 갖췄다고 할 수 있다. 그의 역본은 선역(選譯)으로 대략 《정사》 총 분량의 삼분의 일이 된다. 뽑은 작품 목록으로 볼 때 그가 초점을 두고 있는 것은 주로 '삼언'의 본사(本事)와 관련이 있는 작품과 명인명사(名人名士)에 관한 작품, 그리고 권말 정사씨 평어에서 언급하고 있는 작품들이었다. 이런 선목(選目) 원칙에 제한되어 선택된 작품들은 대부분 편폭이 짧아 적잖이 좋고 긴 작품들이 뽑히지 못하기도 했다. 하지만 당송원명(唐宋元明) 때의 많은 전기소설(傳奇小說) 작품들이 수록되어 있으니 예컨대 당전기(唐傳奇)로는 〈양창〉(《楊娟傳》), 〈위고〉(《續玄怪錄》), 〈제요주녀〉(《續玄怪錄》), 〈장로〉(《續玄怪錄》), 〈두옥〉(《續玄怪錄》), 〈허준〉(《柳氏傳》), 〈고압아〉(《無雙傳》), 〈곤륜노〉(《傳奇》), 〈정덕린〉(《傳奇》), 〈낙신〉(《傳奇》), 〈장운용〉(《傳奇》), 〈풍연〉(《馮燕傳》), 〈이장무〉(《李章武傳》), 〈장천낭〉(《離魂記》), 〈최호〉(《本事詩》), 〈위고〉(《雲溪友議》), 〈이행수〉(《續定命錄》), 〈배월객〉(《集異記》), 〈비연〉(《非煙傳》), 〈앵앵〉(《鶯鶯傳》), 〈매비〉(《梅妃傳》), 〈하간부〉(《河間傳》), 〈직녀〉(《靈怪集》), 〈동정군녀〉(《洞庭靈姻傳》), 〈소군〉(《周秦行紀》), 〈원정〉 가운데 구양흘의 이야기(《補江總白猿傳》), 〈호정〉 가운데 임씨의 이야기(《任氏傳》), 〈호정〉 가운데 신도징의 이야기(《河東記》) 등이 있으며, 송전기(宋傳奇)로는 〈범희주〉(《撫青雜說》), 〈단비영〉(《撫青雜說》), 〈녹주〉(《綠珠傳》),

〈장사의기〉(《義妓傳》), 〈사마재중〉(《雲齋廣錄》), 〈황손〉(《北窓志異》), 〈금명지당로녀〉(《夷堅志》), 〈만소경〉(《夷堅志》), 〈이장사〉(《夷堅志》), 〈여사군낭자〉(《夷堅志》), 〈유과〉(《夷堅志》), 〈손조교녀〉(《淸尊錄》), 〈왕괴〉(《王魁傳》) 등이 있고, 명전기(明傳奇)로는 〈유기〉(《花影集》), 〈심견금석〉(《花影集》), 〈연리수〉(《剪燈餘話》), 〈최영〉(《剪燈餘話》), 〈왕경노〉(《剪燈餘話》), 〈자죽〉(《紫竹小傳》), 〈大別狐〉(《耳談》), 〈楊幽妍〉(《楊幽妍別傳》), 〈두십낭〉(《九籥別集》), 〈珍珠衫〉(《九籥別集》), 〈주정장〉(《浙湖三奇傳》), 〈동소미인〉(《庚巳編》) 등이 있다. 명나라 사람 호응린은 일찍이 말하기를 "〈비연〉은 전기(傳奇)의 시초다.(《少室山房筆叢》卷二九〈九流緖論下〉)"라고 했다. 〈비연〉은 〈조비연외전〉을 이르는 것으로 대략 동한부터 위진 사이에 지어졌다. 《정사》 권17에 수록되어 있는데 〈비연합덕〉으로 개제되었으며 역본(譯本)에도 수록되어 있다. 전기(傳奇)는 당대(唐代)에 형성된 문언소설의 신문체(新文體)로 문언소설의 성숙을 표시했으며 후대의 문언소설에도 막대한 영향을 끼쳤다. 이상은 모두 전기소설 가운데 훌륭한 가작들이기에 독자들이 자세히 읽기를 권한다.

유정일 박사의 역본에서는 뽑은 작품들의 원시 출처를 힘써 밝혀 참고로 삼을 수 있게 했고 동시에 《태평광기》와 《염이편》 등과 같은 소설 유서(類書)와 소설집을 참고했다. 한국 독자들에게 도움이 되도록 상세한 주석을 달았는데 그 주석은 모두 5000여 개나 되었다. 고서에 주석을 다는 일은 매우 쉽지 않은 일이고 넓은 범주를 섭렵해야 한다. 훈고학과 문헌학 방면의 지식이 필요할 뿐만 아니라 다방면의 역사와 문화적 지식이 요구된다. 주석을 다는 작업은 고된 일이지만 독자들에게 유익하니 이는 큰 사명감과 책임감을 갖춰야 할 수 있는 일이다. 유정일 박사가 여기에 힘을 기울인 것은 실로 장한 일이라 할 수 있다. 요컨대, 유정일 박사가 《정사》를 역주하는 데 큰 힘을 기울였는데 그 노력은 헛되지 않아 한국 학계에 유익한 공헌을 할 것이라고 믿는다. 그는 나에게 '삼언'과 송대전기(宋代傳奇) 등의 역주 작업을 계속하려 한다고 했다. 그렇게 하는 것도 뜻이 원대한 일이지만 지금의 기초 위에서 《정사》를 완역하는 작업을 하여 한국의 독자와 연구자들 에게 《정사》의 전모를 보여주기를 희망한다.

한국 고대문학과 중국문학 사이의 연원은 매우 깊어 중국문학을 체계적으 로 깊이 있게 살펴보는 것은 틀림없이 한국 고전문학연구에 크게 도움이 될 것이다. 많은 한국 학자들이 중국문학을 소개하고 연구하는 데 힘써왔으 며 적잖은 중국의 학자들도 한국한문학을 연구하려고 노력해왔으니 이는 학계의 바람직한 교류라고 할 수 있다. 중한(中韓) 관계가 날로 밀접해지는 오늘날 양국의 학자들은 모두 중한 문화교류와 학술교류 속에서 자신들의 재능을 발휘할 책임이 있다. 나도 십여 년 전에 한국에서 《신라수이전 집교(輯校)와 역주》, 《신라수이전 고론(考論)》이 두 책을 출간했으며, 또한 한국의 박사생과 연수생, 그리고 고급방문학자들도 지도했다. 유정일 박사 와 다른 한국 학자들이 중국문학의 연구와 전파 방면에서 부단히 공헌해 주기를 간절히 바란다.

2014년 12월 1−3일
남개대학 조설재(釣雪齋)에서 쓰다.

《情史》韓文譯注本序

李劍國

柳正一博士, 原是韓國東國大學博士. 2007年他來南開大學文學院進修, 由我指導學業. 他很勤奮, 在南開讀了不少書, 也聽了一些我講的課, 常和我的學生們交流學問, 關係融洽. 此間他對《情史》一書產生濃厚興趣, 萌生了深入瞭解此書, 並將此書介紹給韓國讀者的意願. 爲此他後來再度來華, 執教於北京第二外國語學院. 在北京的兩年間, 他搜集了《情史》的多種印本和大量研究資料, 並完成了大部分的基礎工作. 八年過去了, 如今《情史》的選譯和注釋工作已經基本完成, 將由韓國首爾學古房出版社出版. 今年11月, 他致函於我, 報告了他對《情史》的譯注情況, 並求我作序. 近十幾年來, 我常爲弟子們的著作作序, 算來總共17部, 還有兩部的序未寫. 正一博士也算是我的私淑弟子吧, 爲他的書作序義不容辭, 故欣然命筆. 他希望我在序中對《情史》的情況和價值作些介紹. 我對《情史》雖很熟悉, 經常使用, 但並沒有作過深入的專門研究, 只能談點粗淺看法.

《情史》全稱《情史類略》, 又名《情天寶鑑》, 題江南詹詹外史評輯. 書前有吳人龍子猶《情史敘》和江南詹詹外史〈敘〉. 詹詹外史不詳何人, 龍子猶則是馮夢龍的別號. 關於此書的編者, 詹詹外史的序說得很清楚, 他說:"耳目不廣, 識見未超, 姑就覩記, 憑臆成書. 甚愧雅裁, 僅當諧史. 後有作者, 吾爲裨諶. 因題曰《類略》, 以俟博雅者擇焉."分明編者就是詹詹外史本人. 龍子猶的敘也說自己"嘗欲擇取古今情事之美者, 各著小傳, 使人知情之可久……而落魄奔走, 硯田盡蕪, 乃爲詹詹外史氏所先". 就是說馮夢龍也曾打算編一本關於古今情事的書, 只不過因故耽擱下來, 詹詹外史就祖鞭先著了.

但是許多研究者認爲詹詹外史就是馮夢龍, 所謂龍子猶和詹詹外史的敘都是馮夢龍在故弄玄虛. 研究者們的論據主要是: 明末清初黃虞稷《千頃堂書目》卷一二雜家類、《同治蘇州府志》卷一三六《藝文志》都將《情史》編者著錄爲馮夢龍. 《情史》中引用了《古今譚概》, 收入了馮夢龍所創作的〈張潤傳〉、〈愛生傳〉、〈萬生傳〉, 還有些故事見於馮夢龍編的《太平廣記鈔》, 《情史》中有39篇故事與"三言"的本事有關. 再就是《情史》所敘萬曆時期的小說故事, 多發生在馮夢龍的家鄉蘇州長洲縣閶門一帶. 其實, 這些都算不上是有力證據, 《情史》不是創作, 編纂前人書中的故事而成. 而馮夢龍是晚明著名通俗文學作家, 著作極多, 就小說而言, 編寫過《新列國志》、《三遂平妖傳》、"三言"等通俗小說, 編纂有《古今譚概》、《智囊補》、《太平廣記鈔》、《燕居筆記》等小說彙編. 從《情史》中窺見馮夢龍著作的某些跡象, 是自然而然的事情. 前人懾於馮夢龍的大名, 而也將《情史》歸在馮夢龍名下, 其實是錯誤的.

我的學生陳國軍教授致力於明代文言小說研究, 著有《明代志怪傳奇小說研究》(天津古籍出版社2005年版). 書中第六章《志怪傳奇小說的式微》第二節《志怪傳奇小說評點與〈情史〉的出現》, 專門探討考證了《情史》的編者和編纂年代. 他認為《情史》的編纂者、輯評者就是"江南詹詹外史", 絕非馮夢龍. 這個結論, 是他從分析《情史》的兩篇序, 從分析《情史》與《太平廣記鈔》的差異等方面得出來的, 我認為結論是可靠的. 關於《情史》的編纂年代, 眾說紛紜, 從萬曆到崇禎間都有. 國軍通過對相關文獻的詳實考證, 認為《情史》的成書上限當為天啓七年(1627), 下限為崇禎十年(1637). 而在此期間, 根據馮夢龍的行跡, 並非什麼"落魄奔走, 硯田盡蕪", 所以所謂龍子猶的《情史敘》也可能是偽託. 因此, 《情史》可能是詹詹外史為廣招徠而假馮夢龍大名編纂梓行的小說彙編. 國軍博士的這些考證和論述, 無疑是頗有參考價值的, 讀者可以讀他的書瞭解詳情.

詹詹外史之所以編纂《情史》這本小說、故事彙編, 是有著充分的社會文化背景的. 我們知道, 明代是小說、戲曲高度發達的時代. 在小說方面, 從戰國算起, 到明末已經發展了2000多年. 六朝志怪、志人小說, 唐傳奇, 宋元話本, 明代擬話本和章回小說, 都是中國小說史上的璀璨明星, 有著深遠巨大的影響. 明人擁有這筆極為豐富寶貴的文學財富, 吸取它們的營養, 才造成明代文言小說和通俗小說的共同繁榮. 也正因為有這樣的背景和優勢, 明人從文人到民間普遍喜歡小說, 對小說表現出高度的熱情. 讀者要閱讀小說, 文人要創作小說, 民間藝人和戲曲家也需要從歷代小說中汲取素材, 出版家要借小說獲取利潤. 出於這種種需求,明代出現了一個編纂小說彙編的熱潮. 早在明初, 小說家瞿佑就編過《剪燈錄》四十卷, 此書乃"編輯古今怪奇之事"(瞿佑《剪燈新話序》)而成, 但不久即失傳. 約在正德、 嘉靖之際, 陸采編纂《虞初志》八卷, 嘉靖二十三年(1544)陸楫等編纂《古今說海》四部, 共142卷. 此後, 仿效者甚多, 諸如《艷異編》、《廣艷異編》、《續艷異編》、《清談萬選》、《一見賞心編》、《國色天香》、《萬錦情林》、《燕居筆記》、《繡谷春容》、《花陣綺言》、《逸史搜奇》、《稗家粹編》、《古今譚概》、《智囊補》、《合刻三志》、《五朝小說》、《綠窗女史》、《剪燈叢話》、《重編說郛》、《續說郛》、《雪窗談異》等等便紛紜而出, 還有不少專題性的小說彙編, 如《劍俠傳》、《青泥蓮花記》、《才鬼記》、《狐媚叢談》、《虎苑》、《虎薈》等. 詹詹外史的《情史》就是在這樣的大背景中出現的.

和以上小說彙編有所不同,《情史》有兩個特點. 一是它取材極為廣泛, 極為豐富, 從春秋戰國到明代的故事都有. 全書二十四卷, 共收錄故事882個. 二是它專取情愛故事, 故以《情史》為名. 編者之所以以"情"為主題, 是出於他的獨特理念. 他在敘中提出"情教"概念, 說"六經皆以情教也". 他引述儒家經典, 認為儒家肯定情的合理存在, 說"情始于男女", 而"流注于君臣、 父子、 兄弟、 朋友之間". 那種壓制人的正當情愛欲求的主張, 乃是"異端之學". 所謂龍子猶的敘, 更是高揚情的大旗, 偈語曰:"天地若無情, 不生一切物. 一切物無情, 不能環相生. 生生而不滅, 繇情不滅故. ……"這就把情提高到"天道"、 自然本性的高度. 晚明社會思潮張揚個性解放, 反對程朱理學, 這種觀點, 分明與理學家"存天理, 滅人慾"的荒謬思想嚴重對立, 是有着時代進步意義的. 詹詹外史編此書, 要使之成為"有情者之朗鑑", "無情者之磁石", 點燃人們內心中久被壓抑的情愛. 但同時也遵循儒家傳統的道德規範而"窒其淫", 即情而不穢. 龍子猶的敘評論說此書"雖事專男女, 未盡雅馴, 而曲終之奏, 要歸於正". 這"正"就是傳統的儒家道德觀.

《情史》二十四卷分類編纂, 每卷一類, 類目都含"情"字, 以"情貞類"開首, 以"情蹟類"收束. 全書的故事應當是主要借助現成的小說彙編擇編的, 而其原出, 則是歷代文言小說以及筆記、 史書等. 所錄作品雖常有刪節, 但大體完整, 一部分作品注明出處. 明代興盛小說評點, 因此故事末常常附有各家評語, 如長卿氏(屠隆)、 李和尚(李贄)、 子猶氏(馮夢龍)等等, 這些評語也都是從他書中鈔來的. 各卷之末又皆有情史氏的總評. 情史氏及評語所冠的情主人、外史氏名號, 應當就是編者詹詹外史. 還有未加冠名的大量評語, 大抵也出於詹詹外史之手. 評語有裨於對故事的理解, 也可從中瞭解評者的思想觀點.《情史》搜輯了古來大量涉情故事, 一編在握而盡覽無餘. 豐富多彩, 琳瑯滿目, 悲悲喜喜, 怪怪奇奇, 讀者從中可獲得閱讀快感. 而書中收錄的大量歷代小說作品, 更爲治小說者提供了用於輯佚和校勘的丰富資料. 我輯校《宋代傳奇集》與《唐五代傳奇集》, 就常利用《情史》作爲文本校勘的參考. 我想, 以上所說諸點, 都是《情史》的基本價值所在.

　　正一博士翻譯《情史》, 底本是上海古籍出版社《馮夢龍全集》中的《情史》影印本, 同時參考了岳麓書社本《情史》, 岳麓書社本《情史類略》, 鳳凰出版社《馮夢龍全集》中的《情史》, 春風文藝出版社本《情史》等多個版本, 比較齊備. 他的譯本是選譯, 約佔《情史》總量的三分之一. 從選目來看, 他選擇條目的關注點, 主要是與"三言"本事有關的作品, 關於名人名士的作品, 以及卷末情史氏評語所涉及到的作品. 限於選目原則, 所選譯的故事大多篇幅短小, 許多較長的好作品未能入選. 即便如此, 唐宋元明不少優秀的傳奇作品也選了進來. 如唐傳奇〈楊娟〉(〈楊娟傳〉)、〈韋固〉(《續玄怪錄》)、〈齊饒州女〉(《續玄怪錄》)、〈張老〉(《續玄怪錄》)、〈竇玉〉(《續玄怪錄》)、〈許俊〉(〈柳氏傳〉)、〈古押衙〉(〈無雙傳〉)、〈崑崙奴〉(《傳奇》)、〈鄭德璘〉(《傳奇》)、〈洛神〉(《傳奇》)、〈張雲容〉(《傳奇》)、〈馮燕〉(〈馮燕傳〉), 〈李章武〉(〈李章武傳〉)、〈張倩娘〉(《離魂記》)、〈崔護〉(《本事詩》)、〈韋皋〉(《雲溪友議》)、〈李行脩〉(《續定命錄》)、〈裴越客〉(《集異記》)、〈非煙〉(〈非煙傳〉)、〈鶯鶯〉(〈鶯鶯傳〉)、〈梅妃〉(〈梅妃傳〉)、〈河間婦〉(〈河間傳〉)、〈織女〉(《靈怪集》)、〈洞庭君女〉(〈洞庭靈姻傳〉)、〈昭君〉(〈周秦行紀〉), 以及〈猿精〉中的歐陽紇故事(〈補江總白猿傳〉), 〈狐精〉中的任氏故事(〈任氏傳〉), 〈虎精〉中的申屠澄故事(《河東記》)等; 宋傳奇〈范希周〉(《摭青雜說》)、〈單飛英〉(《摭青雜說》)、〈綠珠〉(〈綠珠傳〉)、〈長沙義妓〉(〈義妓傳〉), 〈司馬才仲〉(《雲齋廣錄》)、〈黃損〉(《北窗志異》)、〈金明池當壚女〉(《夷堅志》)、〈滿少卿〉(《夷堅志》)、〈李將仕〉(《夷堅志》)、〈呂使君娘子〉(《夷堅志》)、〈劉過〉(《夷堅志》)、〈孫助教女〉(《清尊錄》)、〈王魁〉(〈王魁傳〉)等; 明傳奇〈劉奇〉(《花影集》)、〈心堅金石〉(《花影集》)、〈連理樹〉(《剪燈餘話》)、〈崔英〉(《剪燈餘話》）、〈王瓊奴〉（《剪燈餘話》）、〈紫竹〉（〈紫竹小傳〉）、〈大別狐〉（《耳談》）、〈楊幽妍〉（〈楊幽妍別傳〉）、〈杜十娘〉（《九籥別集》）、〈珍珠衫〉（《九籥別集》）、〈周廷章〉（〈浙湖三奇傳〉）、〈洞簫美人〉（《庚巳編》）等. 明人胡應麟曾說："〈飛燕〉, 傳奇之首也."(《少室山房筆叢》卷二九〈九流緒論下〉)〉〈飛燕〉指的是〈趙飛燕外傳〉, 約作於東漢至魏晉之時,《情史》卷一七輯入, 改題〈飛燕合德〉, 譯本也選入此篇. 傳奇是唐代形成的文言小說新文體, 標誌着文言小說的成熟, 對後世文言小說有重大影響, 以上都是傳奇小說的精品佳作, 建議讀者好好讀讀.

　　正一博士的譯本對入選作品盡量找出它的原始出處, 以用作參考, 同時也參考了《太平廣記》、《豔異編》等小說類書和彙編. 為有助於韓國讀者閱讀, 還作了詳盡的注釋, 注釋多達5000多個. 為古書作注很不容易, 涉及廣泛, 不僅需要訓詁、文獻方面的知識, 還需要多方面的歷史、文化知識. 作注很辛苦, 但對讀者有益, 這是需要具備高度的事業心和責任心的. 正一博士致力於此, 實屬難能可貴. 要之, 正一博士譯注《情史》下了很大功夫, 功夫不負有心人, 相信他的努力會對韓國的學術事業作出有益的貢獻. 正一博士對我說想再接再厲, 進行"三言"和宋代傳奇等的譯注工作. 這很好, 可謂志向高遠. 不過我倒是希望能在此基礎上, 完成《情史》的全譯工作, 以使韓國讀者和研究者覩其全璧.

　　韓國古代文學與中國文學淵源至深, 深入系統地瞭解中國文學, 無疑會對韓國古代文學的研究大有裨益. 許多韓國學者致力於介紹和研究中國文學, 而不少中國學者也致力於研究韓國古代的漢文學, 這是一種良好的學術互動. 在中韓關係日益密切的今天, 中韓學者都有責任在中韓文化交流、學術交流中發揮自己的才能. 我十多年前曾在韓國出版過《〈新羅殊異傳〉輯校與譯注》和《〈新羅殊異傳〉考論》兩本書, 也曾指導過多名韓國博士生、進修生和高級訪問學者. 我也熱切希望柳正一博士和其他韓國學者在對中國文學的研究和傳播中不斷作出貢獻.

2014年12月1－3日

草於南開大學釣雪齋

역주자 서문

"예부터 썩지 않는 것 세 가지가 있다 했는데 지금 와서 보니 정(情) 또한 그 하나가 된다. 무정한 사람이자니 차라리 정이 있는 귀신이 되련다. 다만 죽은 뒤 지각이 없을까 두려울 뿐이다. 만약 죽어서도 지각이 있다면 살아서 이루지 못했던 정을 귀신이 되어 이룰 수 있으므로 나는 정이 있는 귀신이 정이 없는 사람보다 낫다고 여긴다.(古有三不朽, 以今觀之, 情又其一矣. 無情而人, 寧有情而鬼. 但恐死無知耳. 如有知, 而生人所不得遂之情, 遂之於鬼, 吾猶謂情鬼賢於無情人也.)"

이는 《정사》의 평집자인 풍몽룡(馮夢龍)이 그의 산곡집(散曲集) 《태하신주(太霞新奏)》 권1 〈정선곡(情僊曲)〉 서(序)에서 한 말로, 정(情)이 이른바 삼불후(三不朽)라고 하는 입덕(立德)과 입공(立功)과 입언(立言)과 같이 영원히 썩지 않음을 잘 드러내고 있다. 생각건대, 덕을 세우고 공을 세우며 저술을 남기는 일은 보통 사람들이 쉽게 할 수 없는 일이지만 지고지순한 사랑으로 사람들에게 칭송되는 일은 사실 누구나 할 수 있는 범사라고 할 수 있다. 그럼에도 불구하고 정으로 명성을 얻는 경우가 그 무엇보다 쉽지 않으니 이는 정이라는 것, 진정한 사랑이라는 것의 궁극이 죽음을 불사할 수 있어야 하기 때문이다. 그리하여 원나라 때 문인인 원호문(元好問)은 〈안구사(雁丘詞)〉에서 "묻노니 세상의 정이란 것이 무엇이기에 생사를 함께하게까지 하느뇨?(問世間情爲何物, 直敎生死相許.)"라고 읊었던 것이다. 남녀 간에 있어 목숨도 나누게 하는 것이 사랑이고 정인 것이다. 사랑이 오래되고 익어 거기에 의로움이 더해지면 정이 되는 것이니 남녀 간에 있어 정은 일종의 의리이며 도덕이며 시간이라고 할 수 있다. 역사 이래로 남녀 간의 사랑에 대한 기록은 원초적인 감각에 대한 것으로부터 숭고한 인간 정신의 고갱이까지 그 편폭이 넓어 다양한 문학의 주요 소재가 되어 왔다. 그 가운데 어떤 시문(詩文)들은 염정(艶情)으로 빠져 백안시되기도 했고, 또 어떤 시문들은 끝없는 찬사를 받으며 지금까지 많은 사람들에게 회자되고 있다. 중국 문헌들 가운데 명나라 때까지 전해져 오던 사랑에 관한 이런 시문들과 다양한 기록들을 모두 집대성해 놓은 책이 풍몽룡이 평집(評輯)한 《정사》이다. 《정사》 전후로 이와 비슷한 종류의 문헌이 없지 않으나 《정사》처럼 광범위한 작품들을 일목요연하게 절록(節錄)하고 평집해 체계적으로 분류한 책은 없으니, 가히 《정사》를 사랑이야기의 경전(經典)이라고 해도 무방할 것이다.

한창경(韓長耕)(〈中國編纂文集之始和現存最早的詩文總集《昭明文選》的研究與流傳〉, 《韓長耕文集》, 岳麓書社, 1995.)에 의하면, 중국 고대문헌은 현존하는 것과 산일된 것을 합쳐 대략 15만 종이 넘고 그중 현존해 검증할 수 있는 문헌만 해도 12만종이 넘는다고 하는데 그 하고많은 책 가운데 《정사》와 인연을 맺고 짧지 않은 세월을 동고동락하며 역주하게 된 계기는 햇수로 따져 벌써 9년 전 쯤의 일이 되었다. 나는 해외 포스트닥터 과정을 위해 2006년 12월 24일 베이징(北京)에 도착한 뒤, 오랜 친구인 리우따쥔(劉大軍)의 집에서 두 달 동안 기거를 하며 그가 근무하는 북경대학 도서관 선본실에 나가 책 보는 일로 소일하다가 두 달 뒤인 2007년 2월에 다시 톈진(天津)에 있는 남개대학(南開大學)으로 내려가 박사 후 지도교수인 리젠궈(李劍國) 선생께 문언소설과 도교사상 방면의 지도를 받았다. 매주 강의가 끝난 뒤에는 선생의 연구실에 있는 모든 책들을 구경하며 복사해 볼 수 있었는데 그때 우연히 《정사》를 만나게 되었다. 이 책은 중국문헌들 가운데 명나라 때까지 전해지고 있던 사랑에 관한 이야기들을 모두 모아 24권으로 분류해 놓은 책으로 내용도 재미있는 데다가 소설연구에서 비중 있게 다뤄지는 종요로운 문헌이라서 공부한다는 마음으로 번역을 해봐야겠다는 생각을 갖게 되었다. 하지만 이 책은 수백 종의 다양한 문헌을 대상으로 절록해 놓은 일종의 유서(類書)이고 교감과 주석 작업조차 되어 있지 않은 상태라서 역주를 한다고 할 때 도대체 몇 년이 걸릴지, 해낼 수는 있는 것인지, 어떤 방법으로 접근해야 좋은 것인지 등에 대해서 당시 어떤 확신도 가질 수 없었다. 그즈음 리젠궈 선생으로부터, 막 출간되어 나온 《당송전기품독사전(唐宋傳奇品讀辭典)》(李劍國 主編, 新世界出版社, 2007.)이란 책을 선물 받았는데 그 책은 정밀한 고증적 주석이 각별하여 내 작업을 진행해나가는 데 있어 모범으로 삼기에 충분했다.

2008년 2월에 귀국했지만 한국에서는 필요한 자료조차 손쉽게 찾아볼 수 없었기에 나는 다시 그해 8월에 한국국제교류재단의 도움을 받아 북경제2외대로 갔다. 이때 《정사》는 물론이고 소설 방면의 문헌을 역주하는 데 필요한 기초자료 일체를 수집하는 한편, 중국사와 중국민속사, 그리고 중국 고대문학에 관한 다양한 문헌들을 학생들과 함께 짬짬이 읽어 나갔다. 숙소였던 북경제2외대 좐쟈로(專家樓)에서 나는 2년 동안 이른 아침부터 늦은 밤까지 거의 하루도 빠짐없이 그렇게 보냈던 것으로 기억한다. 무리한 탓에 비록 건강은 안 좋아지고 몸은 말라있었지만 《정사》로 인해 의미 있고 행복한 시간을 보낼 수 있었다.

2010년 8월 하순에 자료를 완비해 바탕을 마련한 뒤 귀국했다. 그다음 날부터 다시 두문불출하고 모든 시간과 역량을 《정사》 역주에 쏟아 부었으니 지금 생각해보면 그야말로 《정사》와 수년 간 사투를 벌인 셈이다. 내가 할 수 있는 모든 것들을 바쳐야 일이 후회 없이 제대로 끝날 것이란 사실을 잘 알고 있었기 때문이다. 《정사》라는 책의 원형을 갖출 수 있도록 권말 평어에서 언급하고 있는 작품들을 모두 뽑고, 당·송·명대 전기소설(傳奇小說) 및 화본소설과 밀접한 관련이 있는 작품도 넣고서, 고대 유명 인사들의 사랑 이야기들도 모두 싣고 보니 분량도 대략 《정사》 전체 분량의 삼분의 일 정도가 되어 그야말로 정화본(精華本) 《정사》가 되기에 손색이 없었다. 거기에 해당 작품과 관련된 현전 최고(最古) 문헌과 《정사》 주요 판본들을 대상으로 정밀히 교감해 원문을 확정한 뒤, 작품을 이해하는 데 긴요한 내용에 대해 가급적 원시(原始) 출처를 명시해 가며 세밀히 주석하고 이를 바탕으로 번역해 이 책을 만들었다. 2014년 10월 말에 이르러 탈고를 한 뒤, 곧장 나는 리젠궈 선생께 그간의 사정들을 메일로 알려드리고 지난날 입었던 은혜에 감사드리며 서문을 청했다. 주석 작업을 하기 시작한 초기부터 부닥친 문제는 《정사》의 평집자가 구체적으로 누구이며 언제 만들어진 책인지 학설이 분분해 정론이 없다는 것이었다. 역주자로서 여기에 대해 책임 있는 논설을 내놓아야 하기 때문에 차제에 이 껄끄러운 문제에 대해서도 분명히 해둘 필요가 있다고 여겼다. 그래서 금년 4월에 〈《정사》의 평집자와 성서연대 고증〉(《中國小說論叢》제45집, 韓國中國小說學會, 2015.)이란 제하의 논문을 학계에 제출하여 기왕의 제설(諸說)에 대해 시비를 논한 뒤, 교감 작업을 통해 얻은 문헌적 감각과 신자료를 바탕으로 새로운 대안을 제시했다. 리젠궈 선생의 견해와도 다른 이 논점에 대해서 독자 제현의 질정을 구한다.

이 책은 물심양면으로 나를 지지해준 아내 해란이 없었더라면 결코 존재할 수 없었을 것이다. 아내는 내가 학문적 방랑자가 되어 마음껏 공부할 수 있도록 항상 지지해 주었으며 무엇도 과감히 버릴 수 있고 무엇도 다시 시작할 수 있도록 용기를 주었다. 불혹(不惑)을 넘긴 나이에 시작해 지명(知命)을 앞둔 인생의 길목에서 힘겹게 얻은 이 책을 나의 사랑하는 아내 해란에게 바친다. 아울러 아무런 연고도 없는 나를 논문과 메일 한 통을 보고 리젠궈 선생께 추천해 주신 영남대학교 최환 교수님과 이 작업의 초기부터 내내 격려해준 김동하 선배님, 후배인 박경우 교수, 그리고 바쁜

와중에도 마다하지 않고 적잖은 원고를 꼼꼼히 일독해 준 이대형 선배께 진심으로 감사드린다. 남개대학에 있을 때 교유했던 망년지우들과 북경제2 외대에서 만났던 나의 학생들의 다정했던 모습이 마치 어제의 일처럼 아직도 눈에 선하다. 모두 다 오늘의 이 책을 만들 수 있게 해준 소중한 인연들이다. 이 책이 나오기까지 일각을 다투며 원고로 승화시켜야만 했던, 나의 열정과 희열로 뒤범벅된 삶의 고락을 여기 서문에 묻어둔다.

2015년 7월 25일
삼산동 지지재(止止齋)에서 유정일 쓰다.

목 차

서(敍) _ 1

1. 情貞類 ● 9

1. (1-1) 범희주(范希周) ·· 11
2. (1-2) 천태현의 곽씨(天台郭氏) ·· 19
3. (1-3) 나부(羅敷) ··· 23
4. (1-4) 노 부인(盧夫人) ·· 28
5. (1-5) 김삼의 아내(金三妻) ·· 31
6. (1-6) 혜사현의 아내(惠士玄妻) ·· 36
7. (1-7) 장륜의 어머니(章綸母) ·· 38
8. (1-8) 미인 우희(美人虞) ·· 40
9. (1-9) 녹주(綠珠) ··· 46
10. (1-10) 대장군 척계광의 첩(戚大將軍妾) ······························· 59
11. (1-11) 기녀 양씨(楊娼) ·· 63
12. (1-12) 관반반(關盼盼) ··· 67

2. 情緣類 ● 92

13. (2-1) 조간자(趙簡子) ·· 79
14. (2-2) 떡 파는 여자(賣餻媼) ·· 81
15. (2-3) 정임(鄭任) ··· 84
16. (2-4) 유기(劉奇) ··· 87
17. (2-5) 왕선총(王善聰) ··· 94

18. (2-6) 오강사람 전생(吳江錢生) ···································· 97

19. (2-7) 곤산 사람(崑山民) ·· 103

20. (2-8) 소주의 거지(蘇城丐者) ····································· 108

21. (2-9) 위고(韋固) ·· 110

22. (2-10) 맹광(孟光) ··· 117

23. (2-11) 정만리(程萬里) ··· 122

24. (2-12) 선비영(單飛英) ··· 129

25. (2-13) 서신(徐信) ··· 141

26. (2-14) 양공(楊公) ··· 145

27. (2-15) 소흥 연간의 선비(紹興士人) ························· 149

28. (2-16) 최영(崔英) ··· 152

29. (2-17) 옥당춘(玉堂春) ·· 166

3. 情私類 ● 173

30. (3-1) 범려(范蠡) ··· 175

31. (3-2) 가오(賈午) ··· 179

32. (3-3) 강정(江情) ··· 183

33. (3-4) 자죽(紫竹) ··· 191

34. (3-5) 막 거인(莫舉人) ·· 201

35. (3-6) 부채 가게의 여자(扇肆女) ······························ 205

36. (3-7) 완화(阮華) ··· 209

37. (3-8) 영영(盈盈) ··· 228

38. (3-9) 절도사 이공의 총희(李節度使姬) ···················· 230

4. 情俠類 ● 237

39. (4-1) 탁문군(卓文君) ·· 239

40. (4-2) 홍불을 든 가기(紅拂妓) ·································· 252

41. (4-3) 양 부인(梁夫人) ·· 257

42. (4-4) 누강 지방의 한 기녀(婁江妓) ························· 259

43. (4-5) 심소하의 첩(沈小霞妾) ……………………………………… 261

44. (4-6) 양소(楊素) ………………………………………………… 266

45. (4-7) 영왕 이헌(甯王憲) …………………………………………… 270

46. (4-8) 진국공 배도(裴晉公) ………………………………………… 272

47. (4-9) 당 현종 당 희종(唐玄宗 僖宗) …………………………… 277

48. (4-10) 원앙 갈주(袁盎 葛周) …………………………………… 281

49. (4-11) 허준(許俊) ………………………………………………… 288

50. (4-12) 고 압아(古押衙) …………………………………………… 297

51. (4-13) 곱슬 수염의 노인(虯鬚叟) ……………………………… 312

52. (4-14) 곤륜노(崑崙奴) …………………………………………… 316

53. (4-15) 풍연(馮燕) ………………………………………………… 326

54. (4-16) 형 십삼낭(荊十三娘) …………………………………… 330

5. 情豪類 ● 337

55. (5-1) 하리계(夏履癸) 상주(商紂) ……………………………… 339

56. (5-2) 진시황(秦始皇) …………………………………………… 342

57. (5-3) 오왕 부차(吳王夫差) ……………………………………… 346

58. (5-4) 수제 양광(隋帝廣) ………………………………………… 348

59. (5-5) 석숭(石崇) ………………………………………………… 359

60. (5-6) 원재(元載) ………………………………………………… 361

61. (5-7) 송기(宋祁) ………………………………………………… 364

62. (5-8) 사봉(史鳳) ………………………………………………… 368

63. (5-9) 완적(阮籍) ………………………………………………… 375

64. (5-10) 두목(杜牧) ………………………………………………… 377

65. (5-11) 사희맹(謝希孟) …………………………………………… 380

66. (5-12) 강해(康海) ………………………………………………… 383

67. (5-13) 양신(楊愼) ………………………………………………… 385

68. (5-14) 당인(唐寅) ………………………………………………… 387

69. (5-15) 원앙사 쌍비사(鴛鴦寺 雙飛寺) ………………………… 398

70. (5-16) 여항현 사람 광(餘杭廣) ………………………………… 401

71. (5-17) 유씨의 아내(劉氏子妻) ………………………………… 403

72. (5-18) 장준(張俊) ………………………………………………… 406

6. 情愛類 ● 411

73. (6-1) 여연 이 부인(麗娟 李夫人) ··413
74. (6-2) 등 부인(鄧夫人) ···420
75. (6-3) 양태진(楊太眞) ··422
76. (6-4) 온 도감의 딸(溫都監女) ···428
77. (6-5) 장사 지방의 의기(長沙義妓) ···432
78. (6-6) 남도의 한 기녀(南都妓) ··439
79. (6-7) 이사사(李師師) ··441
80. (6-8) 범홀림(范笏林) ··451

7. 情癡類 ● 461

81. (7-1) 애꾸눈 기생(眇娼) ··463
82. (7-2) 벙어리 기생(啞娼) ··466
83. (7-3) 순 봉천(荀奉倩) ··469
84. (7-4) 악화(樂和) ···469
85. (7-5) 미생(尾生) ···475
86. (7-6) 부 칠랑(傅七郎) ··476
87. (7-7) 왕생과 도사아(王生陶師兒) ··480
88. (7-8) 주나라 유왕(周幽王) ···483
89. (7-9) 북제의 마지막 황제 고위(北齊後主緯) ··································485
90. (7-10) 후연의 군주 모용희(後燕主熙) ···489
91. (7-11) 진나라 마지막 황제 진숙보(陳後主) ·····································491
92. (7-12) 제나라 경공(齊景公) ··494
93. (7-13) 양정(楊政) ··495

8. 情感類 ● 503

94. (8-1) 장문부(長門賦) ···505
95. (8-2) 백두음(白頭吟) ···509
96. (8-3) 정덕린(鄭德璘) ···515

97. (8-4) 요주 자사 제씨의 딸(齊饒州女) ······································525
98. (8-5) 이장무(李章武) ··541
99. (8-6) 기량의 아내(杞梁妻) ··555
100. (8-7) 맹강(孟姜) ···557
101. (8-8) 상비(湘妃) ···558
102. (8-9) 태왕탄에 남겨진 시구(汰王灘詩) ·································560

中

9. 情幻類 ● 565

103. (9-1) 사마재중(司馬才仲) ·······························567
104. (9-2) 장천랑(張倩娘) ·······························574
105. (9-3) 석씨 집 딸(石氏女) ·······························578
106. (9-4) 이 부인(李夫人) ·······························582
107. (9-5) 양태진(楊太眞) ·······························585
108. (9-6) 진진(眞眞) ·······························591
109. (9-7) 황손(黃損) ·······························593
110. (9-8) 기이한 잉태(孕異) ·······························610

10. 情靈類 ● 615

111. (10-1) 진수(陳壽) ·······························617
112. (10-2) 최호(崔護) ·······························618
113. (10-3) 축영대(祝英臺) ·······························621
114. (10-4) 금명지 주점에서 술을 파는 여자(金明池當墟女) ·······623
115. (10-5) 시장의 오 씨 집 딸(草市吳女) ·······························628
116. (10-6) 위고(韋皐) ·······························631
117. (10-7) 이행수(李行脩) ·······························639
118. (10-8) 맹재인(孟才人) ·······························648

11. 情化類 ● 653

119. (11-1) 바람으로 변한 여자(石尤風) ·······························655
120. (11-2) 불로 변한 남자(化火) ·······························657
121. (11-3) 금석처럼 굳어진 심장(心堅金石) ·······························659
122. (11-4) 망부석(望夫石) ·······························666

123. (11-5) 한 쌍의 꿩(雙雉) ··· 668
124. (11-6) 연지재 쌍원앙(連枝梓雙鴛鴦) ·················· 669
125. (11-7) 연리수(連理樹) ·· 672
126. (11-8) 병체련(並蒂蓮) ·· 690
127. (11-9) 궁인초(宮人草) ··· 703

12. 情媒類 ● 707

128. (12-1) 인온대사(氤氳大使) ·· 709
129. (12-2) 요 목암(姚牧庵) ··· 712
130. (12-3) 우우(于祐) ·· 715
131. (12-4) 근자려(勤自勵) ·· 723
132. (12-5) 정원방(鄭元方) ·· 726
133. (12-6) 상인 주씨의 딸(周商女) ··· 729
134. (12-7) 배월객(裴越客) ·· 731
135. (12-8) 대별산의 여우(大別狐) ·· 736
136. (12-9) 현구(玄駒) ··· 740

13. 情憾類 ● 743

137. (13-1) 소군(昭君) ··· 745
138. (13-2) 두목(杜牧) ··· 754
139. (13-3) 주숙진(朱淑眞) ·· 758
140. (13-4) 비연(非煙) ··· 762
141. (13-5) 양태진(楊太眞) ·· 782
142. (13-6) 서문장(徐文長) ·· 791
143. (13-7) 조운(朝雲) ··· 795
144. (13-8) 양유연(楊幽姸) ·· 803
145. (13-9) 이이안(李易安) ·· 813
146. (13-10) 설의료(薛宜僚) ·· 819
147. (13-11) 이중문의 딸(李仲文女) ·· 822

14. 情仇類 ● 827

148. (14-1) 최애(崔涯) ··829
149. (14-2) 육 무관(陸務觀) ····································831
150. (14-3) 추호(秋胡) ··837
151. (14-4) 두현의 아내(竇玄妻) ····························839
152. (14-5) 앵앵(鶯鶯) ··840
153. (14-6) 반 첩여(班婕妤) ·····································868
154. (14-7) 반 부인(潘夫人) ······································872
155. (14-8) 현풍(翾風) ··875
156. (14-9) 두십낭(杜十娘) ··877
157. (14-10) 척 부인(戚夫人) ·····································893
158. (14-11) 당 고종의 왕 황후(唐王后) ··················898
159. (14-12) 매비(梅妃) ··900
160. (14-13) 요낭(窈娘) ··913
161. (14-14) 유우석(劉禹錫) ······································916
162. (14-15) 위장 하강의 딸(韋莊 何康女) ···············921
163. (14-16) 화예부인(花蕊夫人) ······························925
164. (14-17) 노효(盧孝) ··931
165. (14-18) 왕경노(王瓊奴) ······································935
166. (14-19) 낙릉왕의 왕비(樂陵王妃) ······················950
167. (14-20) 아개(阿襁) ··952
168. (14-21) 유란영(柳鸞英) ······································959
169. (14-22) 금산사의 중 혜명(金山僧惠明) ···············962
170. (14-23) 왕무공의 아내(王武功妻) ······················964

15. 情芽類 ● 969

171. (15-1) 문왕(文王) ··971
172. (15-2) 공자(孔子) ··972
173. (15-3) 지혜로운 서리(智胥) ·······························974
174. (15-4) 소자경(蘇子卿) ··976

175. (15-5) 호담암(胡澹庵) ······························981
176. (15-6) 임화정(林和靖) ···························985
177. (15-7) 위국공 이정(李衛公) ·················988
178. (15-8) 범문정(范文正) ···························989
179. (15-9) 조 청헌(趙淸獻) ························993
180. (15-10) 구양문충(歐陽文忠) ···············994
181. (15-11) 미원장(米元章) ························1001
182. (15-12) 호주 군수의 막료들(湖州郡僚) ···1005
183. (15-13) 구마라습(鳩摩羅什) ···············1008
184. (15-14) 뇌수에서 면사를 치는 여자(瀨女) ···1010

16. 情報類 ● 1015

185. (16-1) 진주삼(珍珠衫) ···························1017
186. (16-2) 장홍홍(張紅紅) ···························1028
187. (16-3) 주정장(周廷章) ···························1032
188. (16-4) 만 소경(滿少卿) ·························1043
189. (16-5) 왕괴(王魁) ·································1050
190. (16-6) 손 조교의 딸(孫助教女) ············1056
191. (16-7) 염 이낭(念二娘) ·························1063
192. (16-8) 엄무(嚴武) ·································1067
193. (16-9) 원걸의 아내(袁乞妻) ················1070
194. (16-10) 장 부인(張夫人) ······················1071
195. (16-11) 육씨 집 딸(陸氏女) ················1073
196. (16-12) 목주 여자 조씨(睦州趙氏) ·········1076
197. (16-13) 위영(韋英) ·······························1077
198. (16-14) 유자연(劉自然) ·······················1080

下

17. 情穢類 ● 1085

199. (17-1) 조비연과 조합덕(飛燕合德) ··1087
200. (17-2) 당나라 고종의 무 황후(唐高宗武后) ·······························1109
201. (17-3) 당나라 중종의 위 황후(韋后) ··1138
202. (17-4) 당현종과 양 귀비(唐玄宗楊貴妃) ····································1143
203. (17-5) 금나라의 폐제 해릉(金廢帝海陵) ····································1149
204. (17-6) 노나라의 문강과 애강(魯文姜哀薑) ·································1169
205. (17-7) 관도공주(館陶公主) ···1174
206. (17-8) 하간 지방의 여자(河間婦) ··1183

18. 情累類 ● 1193

207. (18-1) 이 장사(李將仕) ···1195
208. (18-2) 도곡(陶穀) ···1204
209. (18-3) 유 기경(柳耆卿) ··1208
210. (18-4) 도 무학(陶懋學) ··1210
211. (18-5) 장신(張藎) ···1211
212. (18-6) 혁응상(赫應祥) ···1217
213. (18-7) 승려 요연(僧了然) ···1222
214. (18-8) 어현기(魚玄機) ···1225

19. 情疑類 ● 1231

215. (19-1) 직녀(織女) ···1233
216. (19-2) 두란향(杜蘭香) ···1247
217. (19-3) 무산신녀(巫山神女) ···1253
218. (19-4) 퉁소 미인(洞簫美人) ···1265

219. (19-5) 장 노인(張老) ···································· 1277
220. (19-6) 무도산 정령이 변한 여자(武都山女) ·········· 1286
221. (19-7) 낙수의 여신(洛神) ···························· 1288
222. (19-8) 하백의 딸(河伯女) ···························· 1296
223. (19-9) 동정 용왕의 딸(洞庭君女) ···················· 1299

20. 情鬼類 ● 1329

224. (20-1) 소군(昭君) ·································· 1331
225. (20-2) 화려춘(花麗春) ······························ 1346
226. (20-3) 월왕의 딸(越王女) ·························· 1352
227. (20-4) 이양빙의 딸(李陽冰女) ······················ 1353
228. (20-5) 여 사군의 아내(呂使君娘子) ·················· 1354
229. (20-6) 신번현 현위의 아내(縣尉妻) ·················· 1359
230. (20-7) 두옥(竇玉) ·································· 1361
231. (20-8) 장운용(張雲容) ······························ 1368

21. 情妖類 ● 1381

232. (21-1) 마화(馬化) ·································· 1383
233. (21-2) 원숭이 요괴(猿精) ·························· 1384
234. (21-3) 여우 요괴(狐精) ···························· 1399
235. (21-4) 호랑이 요괴(虎精) ·························· 1438
236. (21-5) 수달 요괴(獺妖) ···························· 1445
237. (21-6) 새우 요괴(蝦怪) ···························· 1448
238. (21-7) 계수나무 요괴(桂妖) ························ 1451
239. (21-8) 거문고 요괴(琴精) ·························· 1454

22. 情外類 ● 1469

240. (22-1) 유대부(俞大夫) ······························ 1471

241. (22-2) 용양군(龍陽君) ···1473

242. (22-3) 안릉군(安陵君) ···1474

243. (22-4) 만생(萬生) ··1478

244. (22-5) 등통(鄧通) ··1481

245. (22-6) 미자하(彌子瑕) ···1485

246. (22-7) 모용충(慕容冲) ···1486

247. (22-8) 장유문(張幼文) ···1489

248. (22-9) 여자경 수재(呂子敬秀才) ···1492

23. 情通類 ● 1499

249. (23-1) 봉황(鳳) ···1501

250. (23-2) 원앙(鴛鴦) ··1503

251. (23-3) 제비(燕) ···1505

252. (23-4) 말(馬) ···1511

253. (23-5) 호랑이(虎) ··1516

254. (23-6) 누에(蠶) ···1522

255. (23-7) 유정수(有情樹) ···1523

256. (23-8) 상사자(相思子) ···1525

257. (23-9) 상사석(相思石) ···1526

24. 情跡類 ● 1529

258. (24-1) 정진교(情盡橋) ···1531

259. (24-2) 강도(絳桃) ··1532

260. (24-3) 남당 이욱(南唐李煜) ···1534

261. (24-4) 양이 끄는 수레(羊車) ···1536

262. (24-5) 개원 연간의 일들(開元遺事) ·······································1539

263. (24-6) 음담패설을 적은 옷(諢衣) ···1542

264. (24-7) 취여와 기위(醉輿妓圍) ···1542

265. (24-8) 사위를 고르는 창문(選婿窓) ···1543

附錄 ● 1547

해 제 ··1549

馮夢龍 年譜 ··1565

주요 참고문헌 ··1573

서(敍)

　《정사》 편찬은 내가 뜻했던 것이었다. 나는 어려서부터 '정치(情癡)'[1]라서 친구를 만나면 반드시 진심을 다해 사귀었으며 길흉을 함께했다. 다른 사람이 매우 곤궁해하거나 억울함을 당한다는 말을 들으면 비록 알지 못하는 사람이라도 그를 도우려 했다. 어떨 때에는 힘이 미치지 못하여 여러 날 한탄을 하면서 한밤중에도 전전반측하며 잠을 이루지 못했다. 정이 있는 사람을 만나면 늘 절을 하려고 했으며, 간혹 정이 없는 사람을 만나 서로 뜻과 말이 어긋나면 반드시 완곡하게 정으로 인도하고 한사코 따르지 않을 때에야 비로소 그만두었다. 나는 일찍이 우스갯소리로, 죽은 후에도 세상 사람들에 대한 정을 잊지 못해 반드시 부처가 되어 중생을 구제할 것이며 그 불호(佛號)는 마땅히 '다정환희여래(多情歡喜如來)'로 부를 것이라고 했다. 이 명호(名號)를 찬미하고 성심으로 봉행하는 사람이 있으면 무수히 많은 환희(歡喜)의 신들이 전후에서 옹호하여 비록 원수와 적을 만난다 하더라도 모두 기쁨으로 변하여 성이 나거나 미워하거나 질투하는 여러 가지 악한 생각이 없어질 것이다. 또한 일찍이 정에 관한 고금(古今)의 이야기들 가운데 아름다운 것들을 택하여 각각 소전(小傳)을 지어 사람들로 하여금 정이 오래 갈 수 있다는 것을 알게 하려고 했다. 그리하여 무정(無情)이 유정(有情)으로 변하고, 사사(私事)의 정이 공사(公事)의 정으로 바뀌어 온 천하가 화기애애하게 정으로 교왕(交往)하여 경박한 풍속이 고쳐지기를

---

1) 정치(情癡): 정에 미련이 많아 마치 바보가 된 듯한 사람을 의미한다.

바랐다. 내가 실의에 빠져 있고 분주하여 벼루가 말라 있었으므로 첨첨외사(詹詹外史) 씨가 나보다 먼저 해냈으니 또한 통쾌한 일이다. 이 책은 분류가 분명하고 매우 해괴하며, 비록 남녀 간의 일만 다루어 고상하지는 못하지만 종국에는 요지가 올바른 것에 귀착된다. 바로 읽는 사람은 정(情)을 넓힐 수 있거니와 바로 읽지 못한 사람들에게도 정욕으로 이끌지는 않는다. 이에 나는 서문을 쓰고 〈정게(情偈)〉를 지어서 그에게 준다.

만약 천지간에 정이 없다면	天地若無情
일체의 만물은 생기지 않을 것이며	不生一切物
일체의 만물에 정이 없다면	一切物無情
잇달아 돌며 상생할 수 없도다	不能環相生
끊임없이 생겨나 절멸하지 않는 것은	生生而不滅
정이 불멸한 연고이리라	繇情不滅故
사대(四大)는 모두 헛것이나	四大²⁾皆幻設
오직 정은 거짓이 아니로다	惟情不虛假
정이 있으면 소원했던 사람도 친해지고	有情疎者親
정이 없으면 친한 사람도 소원해지니	無情親者疎
유정(有情)과 무정(無情)	無情與有情
그 서로 간의 거리는 헤아릴 수 없도다	相去不可量
나는 정교(情敎)를 세우고	我欲立情敎
중생을 교화시키려 하노니	敎誨諸眾生
아들은 아비에게 정을 품고	子有情於父
신하는 군왕에게 정을 품으며	臣有情於君

---

2) 사대(四大): 四大種의 준말로 四界라고도 하며 色法(물질현상)을 구성하는 기본 요소인 地, 水, 火, 風 네 가지를 가리킨다. 《俱舍論》 권1에 따르면 四大의 작용은 각각 持, 攝, 熟, 長이고 그 속성은 각각 堅, 濕, 煖, 動이며 세상만물과 사람의 몸은 모두 四大로 구성된다고 한다.

갖가지 형상으로 미루어 옮기면	推之種種相
모두 이같이 보일 것이리라	俱作如是觀
만물은 흩어진 엽전 같은데	萬物如散錢
유독 정이 실이 되어	一情爲線索
흩어진 엽전이 실로 꿰어지면	散錢就索穿
하늘 끝에 있어도 부부가 될 것이로다	天涯成眷屬
만약 남을 해치는 일이 있으면	若有賊害等
스스로 그 정을 상하게 하는 것이로다	則自傷其情
봄꽃이 피는 것을 보듯	如睹春花發
모두 함께 즐거운 마음이 생길 것이로다	齊生歡喜意
필시 도적들이 일어나지 않을 것이며	盜賊必不作
난리도 반드시 일어나지 않을 것이로다	奸尤必不起
부처가 얼마나 자비로우며	佛亦何慈悲
성인이 얼마나 인의롭던가	聖亦何仁義
정이라는 씨앗이 서지 않으면	倒却情種子
천지(天地)도 혼돈에 빠질 것이리라	天地亦混沌
내게 정이 많은 것을 어찌하며	無奈我情多
남들이 정이 적은 것을 어찌하리오	無奈人情少
원컨대 정이 있는 사람을 만나	願得有情人
정교(情敎)의 교의(敎義)를 함께 전하길 바라도다	一齊來演法

오(吳)지방 사람 용자유(龍子猶)3)가 서문을 쓰다

---

3) 용자유(龍子猶): 馮夢龍(1574~1646)의 별호이다. 이밖에도 그의 별호로 綠天館主人, 可一居士, 顧曲散人, 墨翰齋主人, 茂苑野史, 詹詹外史 등이 있다. 풍몽룡은 옛날 오나라 땅인 蘇州府 長洲縣(지금의 江蘇省 蘇州市) 사람이므로 스스로를 吳人이라 일컬은 것이다.

[원문] 情史敍

情史, 余志也. 余少負情癡, 遇朋儕, 必傾赤相與, 吉凶同患. 聞人有奇窮奇枉, 雖不相識, 求爲之地. 或力所不及, 則嗟歎累日, 中夜展轉不寐. 見一有情人, 輒欲下拜. 或無情者, 志言相忤, 必委曲以情導之, 萬萬不從乃已. 嘗戱言, 我死後不能忘情世人, 必當作佛度世, 其佛號當云"多情歡喜如來". 有人稱讚名號, 信心奉持, 卽有無數喜神[4]前後擁護, 雖遇讎敵冤家, 悉變歡喜, 無有嗔惡妒嫉種種惡念. 又嘗欲擇取古今情事之美者, 各著小傳, 使人知情之可久, 於是乎無情化有, 私情化公, 庶鄕國天下, 藹然以情相與, 於澆俗[5]冀有更焉. 而落魄奔走, 硯田盡蕪, 乃爲詹詹外史氏所先, 亦快事也. 是編分類著斷, 恢詭非常, 雖事專男女, 未盡雅馴, 而曲終之奏, 要歸於正. 善讀者可以廣情, 不善讀者亦不至於導欲. 余因爲叙, 而作情偈以付之. 偈曰:

"天地若無情, 不生一切物. 一切物無情, 不能環相生. 生生而不滅, 繇[6]情不滅故. 四大皆幻設, 惟情不虛假. 有情疏者親, 無情親者疏. 無情與有情, 相去不可量. 我欲立情敎, 敎誨諸衆生. 子有情於父, 臣有情於君, 推之種種相, 俱作如是觀. 萬物如散錢, 一情爲線索, 散錢就索穿, 天涯成眷屬. 若有賊害等, 則自傷其情. 如覩春花發, 齊生歡喜意. 盜賊必不作, 奸宄必不起. 佛亦何慈悲, 聖亦何仁義. 倒却情種子, 天地亦混沌. 無奈我情多, 無奈人情少. 願得有情人, 一齊來演法."

吳人龍子猶叙

---

4) 喜神(희신): 민간신앙에서 상서로운 신을 가리킨다.

5) 澆俗(요속): 澆風과 같은 말로 경박한 사회 기풍을 이른다.

6) 【校】 繇: [影]에는 "繇"로 되어 있고 [春], [鳳], [岳], [類]에는 "由"로 되어 있다. 《情史》[影]에서는 明나라 熹宗 朱由校(재위기간: 1620년 9월~1627년 8월)와 思宗 朱由檢(재위기간: 1627년 8월~1644년 3월)의 이름자인 '由'자와 '校'자와 '檢'자들을 모두 避諱하고 그와 통하는 글자로 代用했다. 明나라 何楷의 《詩經世本古義》 권10上 〈大雅·假樂〉에 있는 "率由群匹"이라는 구에 대한 注에서 "이 글자는 聖上의 존함을 범하기에 이미 세상에서 '由'를 '繇'로 바꿔 쓰는 것이 통행되고 있다.(此字犯上諱 已通行天下改 '由'爲 '繇'.)"라고 했다. 이로써 볼 때 《情史》영인본은 적어도 思宗의 재위 기간 안에 출판되었을 것으로 보인다.

서(敍)

　육경(六經)1)은 모두 정(情)으로 사람을 교화한다. 《주역(周易)》은 부부가
되는 것을 존중했고 《시경(詩經)》에서는 〈관저(關雎)〉를 첫 번째 편으로
삼았으며, 《서경(書經)》은 요(堯)임금이 딸을 순(舜)임금에게 시집보내는
문물을 기술했고 《예기(禮記)》에서는 빙례(聘禮)를 올리고 사는 것과 예를
갖추지 않고 제멋대로 남자를 쫓아가 사는 것의 구별을 중히 여겼으며,
《춘추(春秋)》에서는 주(周)나라와 제(齊)나라 간의 통혼에 대해 자세히 말했
다. 정은 남녀 간에서 비롯되어 무릇 백성들이 반드시 깨닫게 되는 것이기에
성인도 또한 이에 따라 인도하고 정이 식지 않도록 하였으니 군신과 부자와
형제와 붕우 사이로 흘러 들어가서 왕연히 남아 있기 때문이 아니겠는가?
이단(異端)2)의 학문은 마음의 깨끗함을 추구하기 위해 사람이 짝 없이
홀로 사는 것을 원하며 그 끝이 군주와 아비가 없는 지경에 이르지 않고서는
그치지 않으니 정(情)의 공효(功效)를 또한 알 만하다.
　이 책은 정정류(情貞類)로 시작하여 사람들로 하여금 의로움을 경모하게

---

1) 육경(六經): 《莊子·天運》에서 처음 나온 말로 유가 경전인 《詩》·《書》·《禮》·
　《樂》·《易》·《春秋》를 가리킨다.
2) 이단(異端): 공자는 《論語·爲政》에서 "異端을 專攻하면 해가 될 뿐이다.(攻乎
　異端, 斯害也已.)"라고 했다. 朱熹의 《論語集注》에 의하면, 范祖禹는 "異端은
　성인의 도가 아니어서 별도의 一端이 된 것이니 楊朱와 墨翟의 설과 같은 것
　이 이것이다."라고 했고, 程顥는 "佛氏의 말은 楊朱와 墨翟에 비하면 더욱 이
　치에 맞아 그 해가 됨이 더욱 심하다."라고 했다. 고대 유학자들은 유학 이
　외의 다른 학설이나 학파를 칭하여 異端이라 일컬었다.

하고, 정연류(情緣類)로 그 뒤를 이어서 사람으로 하여금 천명을 알게 하며, 정사류(情私類)와 정애류(情愛類)로 정을 나누는 즐거움을 서술하고 있다. 정구류(情仇類)와 정감류(情憾類)로 정의 기개를 펴게 하며, 정호류(情豪類)와 정협류(情俠類)로 사람의 가슴을 넓게 하고, 정영류(情靈類)와 정감류(情感類)로 정에 관한 이야기들을 신비화하고 있다. 정치류(情癡類)와 정환류(情幻類)로 오성을 깨우치고자 하며, 정예류(情穢類)와 정루류(情累類)로 음탕함을 막으려 하고, 정통류(情通類)와 정화류(情化類)로 만물에 정이 두루 통한다는 것을 이야기하고 있다. 정아류(情芽類)는 성현들의 정에 관한 이야기들이지만 성현을 무함(誣陷)한 것이 아니며 정의류(情疑類)는 신령들의 정에 관한 이야기들이지만 또한 신령을 감히 비방한 것이 아니다. 《시경(詩經)》에 비유해 말하면 《시경》이 흥(興), 관(觀), 군(羣), 원(怨), 다식(多識)을 다 갖추고 있는 것처럼 이 책도 여러 가지를 다 갖추고 있으니, 혹시 정이 있는 자들에게는 맑은 거울이 되고 정이 없는 자들에게는 자석이 되지 않겠는가! 나는 견문이 넓지 못하고 식견이 뛰어나지 못하지만 그나마 보고 기억한 것에 의존해 억측하여 이 책을 만들었으니 가작(佳作)이 되기에는 심히 부끄럽고 그저 해학적인 사승(史乘)이 될 만하다. 이후에 다시 지을 자가 있으면 내가 도움이 되고자 제목을 《유략(類畧)》이라 했으니 박학하고 품행이 방정한 자가 골라서 쓰기를 기다린다.

강남(江南) 첨첨외사(詹詹外史)3)가 쓰다

---

3) 첨첨외사(詹詹外史): 《莊子 · 齊物論》에 "훌륭한 말은 아름답고 성하지만 자질 구레한 말은 쓸데없이 수다스럽다.(大言炎炎, 小言詹詹.)"라는 말이 보인다. 이에 대해 成玄英의 疏에서 "詹詹은 쓸데없이 말을 많이 하는 것이다.(詹詹, 詞費也.)"라고 했다. 여기서는 이런 의미를 빌어 자신을 겸손하게 이르는 뜻으로 호를 삼은 것이다.

[원문] 敍

　　六經皆以情教也. 《易》尊夫婦[4], 《詩》首[5]《關雎》[6], 《書》序嬪虞之文[7], 《禮》謹聘奔之別[8], 《春秋》于姬、姜之際詳然言之[9]. 豈非以情始于男女, 凡民之所必開者, 聖人亦因而導之, 俾勿作于凉, 於是流注于君臣、父子、兄弟、朋友之間而汪然有餘乎? 異端之學, 欲人鰥曠以求清淨, 其究不至無君父不止. 情之功效, 亦可知已. 是編也, 始乎"貞", 令人慕義; 繼乎"緣", 令人知命; "私""愛"以暢其悅; "仇""憾"以伸其氣; "豪""俠"以大其胷; "靈""感"以神其事; "癡""幻"以開其悟; "穢""累"以窒其淫; "通""化"以達其類; "芽"非以誣聖賢, 而"疑"亦不敢以誣鬼神. 辟諸《詩》云, 興、觀、羣、怨、多識[10], 種種具足, 或亦有情者之朗鑑, 而無情者之

---

4) 易尊夫婦(역존부부): 《周易》에서는 부부가 되는 것을 존중했다는 뜻이다. 《周易·序卦傳》에서 이르기를 "천지가 있은 뒤에 만물이 있고, 만물이 있은 뒤에 남녀가 있고, 남녀가 있은 뒤에 부부가 있고, 부부가 있은 뒤에 父子가 있고, 父子가 있은 뒤에 君臣이 있고, 君臣이 있은 뒤에 상하가 있고, 상하가 있은 뒤에 禮義를 둘 곳이 있는 것이다.(有天地然後有萬物, 有萬物然後有男女, 有男女然後有夫婦, 有夫婦然後有父子, 有父子然後有君臣, 有君臣然後有上下, 有上下然後有禮義有所錯.)"라고 했다.

5) 【校】首: [影에는 "首"로 되어 있고 [鳳], [岳], [類], [春]에는 "有"로 되어 있다.

6) 詩首關雎(시수관저): 〈關雎〉는 《詩經·周南》의 편명으로 《詩經》의 첫 편이다. 《詩經·周南·毛序》에서 이르기를 "〈關雎〉는 后妃의 덕을 읊은 것으로 교화의 시초이며 천하를 교화시키고 부부 간의 관계를 바로잡는 것이다.(〈關雎〉, 后妃之德也, 風之始也, 所以風天下而正夫婦也.)"라고 했다.

7) 書序嬪虞之文(서서빈우지문): 《尙書·虞書·堯典第一》에서 堯임금이 두 딸을 嬀水 북쪽으로 下嫁시켜 虞씨의 아내가 되게 한 일("釐降二女於嬀汭, 嬪于虞.")에 대해 기술한 것을 말한다.

8) 禮謹聘奔之別(예근빙분지별): 《禮記·內則》에서 이르기를 "여자가 빙례의 절차를 갖추고 시집을 가면 妻가 되고 남자를 제멋대로 쫓아가서 살면 첩이 된다.(聘則爲妻, 奔則爲妾.)"라고 했다.

9) 春秋于姬姜之際詳然言之(춘추우희강지제 상연언지): 춘추 시대 周나라 왕실의 姓은 姬였고 齊나라 왕실의 姓이 姜이었다. 이 두 성씨 간에는 항상 통혼을 했는데 《春秋》에서 이들의 통혼 관계에 대해 자세하게 기록했다.

10) 興觀群怨多識(흥관군원다식): 공자는 《論語·陽貨》에서 이렇게 말했다. "《詩經》를 배우면 흥기시킬 수 있고, 관찰할 수 있으며, 무리를 짓되 화합할 수 있으며, 원망할 수 있다. 가깝게는 어버이를 섬기는 도리를 알게 되고 멀게는

磁石乎! 耳目不廣, 識見未超, 姑就睹記, 憑臆成書, 甚愧雅裁, 僅當諧史. 後有作者, 吾爲神謀, 因題曰《類畧》, 以俟博雅者擇焉.

江南詹詹外史述

임금을 섬기는 도리를 알게 되며, 새와 짐승과 풀과 나무의 이름을 많이 알게 된다.(《詩》可以興, 可以觀, 可以群, 可以怨. 邇之事父, 遠之事君. 多識於鳥獸草木之名.)"

1

情貞類
정정류

'정정류'에서는 사랑을 위해 정절과 지조를 지킨 사람들의 이야기를 싣고 있다. 세부적으로 보면 '부부 간의 절의(夫婦節義)', '정절을 지킨 아내(貞婦)', '정절을 지킨 첩(貞妾)', '정절을 지킨 기녀(貞妓)' 등의 이야기들을 다루고 있다. 이 이야기들 가운데 정부(貞婦)에 관한 이야기가 가장 많고 부부절의(夫婦節義)를 다룬 이야기가 가장 적게 실려 있다. 권말 '정사씨(情史氏)' 평론에서 무정한 지아비는 반드시 의부(義夫)가 될 수 없고 무정한 지어미는 반드시 절부(節婦)가 될 수 없다고 하면서 정(情)이 도리의 벼리가 된다고 했다. 아울러 참된 충효와 절개는 강요된 것이 아닌 지극한 정에서 우러나온 것이어야 함을 역설한다. 정이 윤리와 도덕의 원천이 된다고 하여 정(情)의 교화적 의미도 드러내고 있다. 이로써 정을 교의(教義)로 삼는 풍몽룡의 이른바 '정교(情教)' 사상을 보여준다.

1. (1-1) 범희주(范希周)¹⁾

남송 건염(建炎)²⁾ 경술(庚戌)년에 건주(建州)³⁾의 반적(反賊)인 범여위(范
汝爲)⁴⁾는 기근으로 인해 사람을 불러 모았는데 그 수가 10여만 명에 달했다.
다음 해 봄에 관서(關西)⁵⁾사람 여충익(呂忠翊)이 복주(福州)⁶⁾의 세관(稅官)
직을 받고 막 임지로 가다가 건주를 지날 때 열예닐곱 살이 된 딸이 역도에게
붙잡혔다. 범여위에게 이름이 희주(希周)라고 하는 조카가 있었는데 본래
사인(士人)으로 나이가 스물대여섯 살인데도 아직 장가를 들지 못하고 있다
가 여충익의 딸을 얻게 되었다. 범희주는 그가 벼슬아치 집안의 딸인 것을
알고 있는데다가 또한 용모가 아름답고 성품이 부드러웠으므로 곧 점을
쳐 택일을 하고 온 집안사람들을 불러 모아 조상에게 고한 뒤에 예의를
갖춰 정실로 삼았다. 그해 겨울에 조정에서는 한 군왕(韓郡王)⁷⁾에게 명하여

---

1) 이 이야기는 《說郛》 권18下에 수록된 송나라 王明淸의 《摭靑雜說》에 더 자세
   한 내용으로 보인다. 또한 명나라 王圻의 《稗史彙編》 권43에 〈夫婦守節義〉의
   제목으로도 보인다. 이외에 청나라 秋紅晚翠軒餘叟가 편찬한 《宋人小說類編》
   권49 傳奇類에는 〈范希周夫婦重逢〉으로, 民國時代 曹綉君의 《古今情海》 권5
   情中義에는 〈彼此誓不嫁娶〉로, 《古今圖書集成 · 閨媛典》 제40권 閨義部에는 〈范
   希周妻呂氏〉라는 제목으로 수록되어 있다. 《警世通言》 권12 〈范鰍兒雙鏡重圓〉
   의 本事이다.
2) 건염(建炎): 남송 高宗 趙構의 연호로 1127년부터 1130년까지이다. 建炎庚戌은
   1130년이다.
3) 건주(建州): 州의 이름으로 당나라 武德 초년에 처음으로 세워졌고 南宋 紹興
   23년에 建寧府로 개칭되었다. 지금의 福建省 북부지역이다.
4) 범여위(范汝爲, ?~1132): 남송 초 복건 농민봉기의 수령으로 建州, 즉 지금 福
   建省 建甌사람이다. 처음에 소금을 밀매하다가 建炎 4년(1130)에 봉기를 일으
   켰고 조정에 투항한 뒤, 다시 紹興 원년(1131)에 建州를 점령해 邵武와 浦城
   을 격파했다. 韓世忠이 조정의 군대를 거느리고 진압해 다음 해 봄에 建州가
   함락되자 스스로 분신해 죽었다.
5) 관서(關西): 函谷關(지금의 河南省 靈寶市 북쪽 王垛村에 있다) 서쪽 지역을
   가리킨다.
6) 복주(福州): 당나라 開元 13년에 세워진 州로 지금의 福建省 福州市이다.

대군을 거느리고 반란군을 토포(討捕)하게 했다. 여씨가 범희주에게 이렇게 말했다.

"첩이 듣기로 정결한 여자는 두 지아비를 섬기지 않는다고 합니다. 당신께서 이미 조상님께 고하고 성혼을 했으니 저는 당신 집 며느리입니다. 고립무원의 성(城)이 위기에 다다라 그 형세로 볼 때 필시 함락될 것인데 당신께서는 역도의 친척이니 어찌 죽음을 면할 수 있겠어요? 저는 차마 당신이 죽는 것을 보지 못하겠습니다."

여씨가 칼을 가져다가 스스로 목을 베려 하자 범희주가 급히 그녀를 말리며 말했다.

"내가 반적의 무리에 빠져든 것은 원래 본심은 아니었지만 스스로 변명할 수가 없으니 죽어도 죗값을 씻을 수가 없소이다. 당신은 원래 관원의 여식인데 이곳에 납치되어 대단히 불행하게 되었구려. 대장군과 군졸들은 모두 북방 사람으로 당신과 동향이니 혹시 말이 서로 통해 우여곡절 끝에 당신이 혈육을 만나게 된다면 또한 다시 살아나게 되는 것이오."

여씨가 말하기를 "설사 그렇게 된다 해도 첩은 평생 동안 재가할 리가 없습니다. 단지 장수와 병졸들에게 잡혀갈까 두려워, 맹세코 다시 모욕을 당하지 않고자 죽을 수밖에 없습니다."라고 했다. 범희주가 말하기를 "만일 처벌에서 벗어날 수 있다면 나 또한 종신토록 다시 장가를 들지 않아 오늘 당신의 마음에 보답하겠소이다."라고 했다.

이에 앞서 여충익은 한(韓) 군왕과 오랜 친분이 있었다. 한 군왕은 복주를 지날 때 여충익을 불러 제할관(提轄官)[8]으로 삼고 건주로 함께 내려왔다.

---

7) 한군왕(韓郡王): 南宋 때 유명한 장수였던 韓世忠(1089~1151)을 가리킨다. 자는 良臣이며 紹興 13년(1143)에 咸安郡王으로 봉해졌고 17년에는 鎮南·武安·甯國 節度使로 봉해졌다. 紹興 21년(1151)에 죽어 通義郡王으로 추봉되었다가 孝宗 때에는 蘄王으로 추봉되었다.

8) 제할관(提轄官): 송나라 관직명으로 《宋史·職官制七·經制邊防財用司》에 의

10여 일 만에 성은 함락되었고 범희주의 행방은 알 수 없게 되었다. 여씨는 입성한 군대의 형세가 아주 대단한 것을 보고 헐어진 집으로 급히 들어가 스스로 목을 맸다. 여충익이 순찰할 즈음에 마침 그것을 보고서 사람을 시켜 풀어 내리게 하고 보니 바로 그의 딸이었다. 여씨는 한참 뒤에 비로소 깨어나 그간의 사정을 낱낱이 말했다. 부녀가 서로 만나 한편으로는 기쁘기도 하고 한편으로는 슬프기도 했다. 일이 정리되자 여충익은 한 군왕을 따라 임안(臨安)⁹⁾으로 돌아간 뒤에 딸을 개가시키고자 했다. 그의 딸이 원하지 않자 여충익이 욕하며 말하기를 "너, 그 역도에게 미련이 있는 게냐?" 라고 하니, 여씨가 이렇게 말했다.

"그 사람은 비록 역도라고는 하지만 실은 군자입니다. 단지 종친의 강요로 부득이하게 따랐을 뿐이에요. 역도의 무리에 있을 때 항상 다른 사람들의 편리를 봐주곤 했으니 만약 하늘의 도리가 있다면 그 사람은 반드시 죽지 않았을 겁니다. 제가 지금 집에서 부도(婦道)를 잠시 받들며 부모님을 즐겁게 모시는 것도 충분한데 구태여 시집갈 필요가 있습니까?"

소흥(紹興)¹⁰⁾ 임술(壬戌)년에 여충익은 봉주(封州)¹¹⁾의 장령(將領)이 되었다. 하루는 광주(廣州)¹²⁾에서 온 사신인 하승신(賀承信)이 공문서를 가지고 장령의 관청에 이르자 여충익은 대청에서 그를 맞이했다. 그가 간 다음에 여씨가 여충익에게 말하기를 "왔다간 사람이 누구입니까?"라고 하니, 여충익

하면, 송나라 때 州郡에 대부분 提轄의 관직을 두었는데 어떤 때는 그곳을 지키는 守臣이 겸임했으며 군대를 거느리고 훈련시켜 도둑 잡는 일을 감독 했다고 한다.

9) 임안(臨安): 지금의 浙江省 杭州市로 南宋 建炎 3년에는 여기에 행궁이 지어졌고 紹興 8년에는 수도로 정해졌다.

10) 소흥(紹興): 송나라 高宗 趙構의 연호로 1131년부터 1162까지이다. 紹興壬戌은 1141년이다.

11) 봉주(封州): 지금의 廣東省 封川縣이다.

12) 광주(廣州): 지금의 廣東省 廣州市 일대이다.

이 말하기를 "광주의 사신이다."라고 했다. 여씨가 말하기를 "그 사람의 말과 걸음걸이가 건주 범씨와 흡사합니다."라고 하자, 여충익이 웃으며 말하기를 "말을 함부로 하지 말거라. 그 사람은 본래 성이 하(賀) 씨이니 너의 범(范) 씨 집 아들과는 아무런 상관이 없단다."라고 했다. 여씨는 아무 말 없이 더 이상 묻지 않았다.

청대(清代) 선통(宣統) 원년, 북경자강서국(北京自強書局), 《회도정사(繪圖情史)》
삽도 〈범희주(范希周)〉

반년 후에 하승신이 직무로 여충익의 관서(官署)에 다시 오자 여충익은 간혹 술과 음식을 그에게 대접했다. 여씨는 여러 번 엿본 후에 실로 그가 범희주라는 것을 알게 되었다. 이에 아버지에게 완곡하게 아뢰자 여충익은 술을 마시고 익숙해진 틈을 타서 하승신에게 본관과 출신을 물었다. 하승신은 부끄러워하며 이렇게 말했다.

"저는 건주 사람으로 실제로는 성이 범 씨이고 종친인 범여위가 반역하여 저도 역도의 무리에 빠져들었습니다. 얼마 안 있다가 대군이 와서 토벌해 성을 함락시킨 뒤, 황기(黃旗)를 들고 투항하라고 했습니다. 제가 역도의 종족이라 함께 주살당할까봐 두려워 성씨를 하 씨로 바꾸고 성에서 나와 투항을 했습니다. 나중에 악 승선(岳承宣)[13]의 군대에 편입되어 양요(楊幺)[14]를 진압할 때, 제가 남방 사람이라서 헤엄을 잘 치기 때문에 늘 선봉에 서서 전투 때마다 유난히 진력을 다했더니 장군께서 이를 아시고서 반란이 평정된 후에 특별히 저에게 관리가 될 수 있는 증명서를 주셨습니다. 처음에는 화주 지사(和州指使)[15]를 맡았다가 그다음에 합주감(合州監)[16]에 임명되었지만 임지가 멀어 결국에는 이 광주 지사의 임직만을 받았습니다."

여충익이 또 묻기를 "부인의 성씨는 무엇이오? 첫 장가를 든 것이었소,

---

13) 악승선(岳承宣): 《文獻通考》 권59 職官13 〈承宣使〉에 의하면, 承宣은 正四品의 무관직으로 節度使 바로 아래의 벼슬이다. 岳 承宣은 岳飛(1103~1142)를 가리킨다. 악비는 남송 때 湯陰사람으로 자는 鵬擧이며 유명한 충신이고 장수였으나 간신 秦檜의 모함으로 아들과 함께 억울하게 죽임을 당했다. 남송 豪放派를 대표하는 詞人 중의 한 사람으로 문집으로는 《岳武穆集》이 전해진다.
14) 양요(楊幺, ?~1135): 송나라 때 龍陽사람으로 이름은 太이며, 建炎 4년에 鐘相을 따라 봉기하여 洞庭湖 지역에서 활동했다. 봉기군 장수들 중에 나이가 가장 어렸으므로 막내라는 뜻의 '幺'로 불리었다. 鐘相이 죽은 뒤에 수령으로 추거되어 大聖天王이라 칭했으며 소흥 5년에 岳飛에게 잡혀 죽었다.
15) 화주지사(和州指使): 和州는 지금의 安徽省 和縣 일대이다. 指使는 송나라 때 장교나 州縣의 관원 밑에서 심부름을 하던 하급 군관을 이른다.
16) 합주감(合州監): 合州은 지금의 重慶市 合川區이다. 監은 監察을 주관하는 관원에 대한 통칭이다.

재취를 한 것이었소?"라고 하자, 범희주는 울며 이렇게 말했다.

"역도의 무리 중에 있을 때 어떤 관원 집 딸을 사로잡아 아내로 삼았으나, 그해 겨울에 성이 함락되자 저희 부부는 각각 흩어져 도망가면서 목숨을 보전하게 된다면 재혼하지 말자고 약속했습니다. 후에 신주(信州)[17]에서 노모를 찾게 된 뒤로 저는 지금까지 장가를 들지 않아 단지 저희 모자 두 사람과 밥을 해주는 여종 한 명이 있을 뿐입니다."

그는 말을 마치고 목놓아 슬피 울었다. 여충익도 그의 은의에 감동하여 또한 눈물을 흘렸다. 그를 중당으로 데리고 들어가 딸을 만나게 하고 수일 동안 머물게 했으며, 공무를 마치고 딸에게 범희주를 따라 광주로 돌아가도록 했다.

1년 후 여충익은 임기를 마치고 길을 돌아 광주로 가서, 범희주의 임기가 만료될 때까지 기다린 뒤 함께 임안으로 갔다. 여충익은 회상(淮上)[18]의 주장관 벼슬을 받았으며 범희주는 회상 감세관(監稅官)의 벼슬을 받았다.

범희주가 역도가 된 것과 여씨가 역도를 따른 것은 모두 다 올바르지 못한 것이다. 살기를 탐하고 핍박을 두려워하여 본심을 어기고 구차하게 따른 것은 사실 모두 부득이한 사정이 있었다. 오래되지 않아 짝 없이 떨어져 있던 두 사람이 서로 함께 있게 되었다. 하늘도 그 정절을 가련히 여겨 마침내 그들의 소망을 이루게 한 것이니 기이하기도 하구나!

---

17) 신주(信州): 지금의 江西省 上饒市 일대이다.
18) 회상(淮上): 淮水 상류 지역을 가리키는 말로 남송 때에는 淮南西路였으므로 淮西라고 불리기도 했다. 지금의 安徽省에 속한다.

[원문] 范希周

建炎庚戌歲, 建州賊范汝爲因饑荒嘯聚至十餘萬. 次年春, 有關西人呂忠翊, 受福州稅官, 方之任, 道過建州, 有女十七八歲, 爲賊徒所掠. 汝爲有族子, 名希周, 本士人, 年二十五六, 猶未娶. 呂監女爲希周所得. 希周知爲宦家女, 又有色, 性復和柔, 遂卜日, 合族告祖, 備禮冊爲正室. 是冬, 朝廷命韓郡王統大軍討捕. 呂氏謂希周曰: "妾聞貞[19]女不事二夫, 君旣告祖成婚, 則君家之婦也. 孤城危逼, 其勢必破. 君乃賊之親黨, 其能免乎? 妾不忍見君之死." 引刀將自刎, 希周急止之曰: "我陷賊中, 原非本心, 無以自明, 死有餘責. 汝衣冠兒女, 擄劫在此, 大爲不幸. 大將軍將士皆北人, 汝旣屬同方, 或言語相合, 骨肉宛轉相遇, 又是再生." 呂氏曰: "果然, 妾亦終身無再嫁理. 但恐爲軍將所擄, 誓不再辱, 惟一死耳!" 希周曰: "吾萬一漏網, 亦終身不娶, 以答汝今日之心."

先是, 呂監與韓郡王有舊. 韓過福州, 辟呂監爲提轄官, 同到建州. 十餘日城破, 希周不知所之. 呂氏見兵勢甚盛, 急就荒屋自縊. 呂監巡警之次, 適見之, 使人解下, 乃其女也. 良久方甦, 具言所以. 父子相見, 且悲且喜. 事定, 呂監隨韓帥歸臨安, 將改嫁女. 女不欲, 父罵曰: "汝戀賊耶?" 呂氏曰: "彼雖名賊, 實君子也. 但爲宗人所逼, 不得已而從之. 在賊中, 常與人作方便, 若有天理, 其人必不死. 兒今且奉道在家, 亦足娛侍[20]二親, 何必嫁也."

紹興壬戌歲, 呂監爲封州將領. 一日, 廣州使臣賀承信, 以公牒到將領司, 呂監延于廳上. 旣去, 呂氏謂呂監曰: "適來者何人?" 呂監: "廣州使臣." 呂氏曰: "言語走趨, 宛類建州范氏子." 監笑曰: "勿妄言! 彼自姓賀, 與爾[21]范家子毫無相惹." 呂氏嘿然而止.

後半載, 賀承信以職事復至呂監廳事, 呂監時或延以酒食. 呂氏屢窺之, 知寔希周也. 乃宛訴其父, 因飮酒歡熟間, 問鄕貫出身. 賀羞愧曰: "某建州人, 實姓范,

---

19) 【校】貞: [鳳], [春], [岳], [類], 《說郛》에는 "貞"으로 되어 있고 [影]에는 "正"으로 되어 있다.

20) 【校】侍: [鳳], [影], [岳], [類]에는 "侍"로 되어 있고 [春]에는 "事"로 되어 있다.

21) 【校】爾: [鳳], [影], [岳], [類]에는 "爾"로 되어 있고 [春]에는 "汝"로 되어 있다.

宗人范汝爲者叛逆, 某陷在賊中. 既而大軍來討, 城陷, 擧黃旗招安22). 某恐以賊之宗族, 一幷誅夷, 遂改姓賀, 出就招安. 後撥在岳承宣軍下. 收楊么時, 某以南人便水, 常在前鋒, 每戰某尤盡力, 主將知之, 賊平後, 遂特與某解籲23). 初任和州指使, 第二任授合州監, 以闕遠, 遂只受此廣州指使." 呂監又問曰: "令孺人何姓, 初娶再娶乎?" 范泣曰: "在賊中時, 虜24)得一官員女爲妻. 是冬城破, 夫妻各分散走逃, 且約苟存25)性命, 彼此勿娶嫁. 某後來又在信州尋得老母. 見今不曾娶, 只有母子二人, 鬟妾一人而已." 語訖, 悲泣失聲. 呂監感其恩義, 亦爲泣下. 引入中堂見其女, 留住數日, 事畢, 令隨希周歸廣州.

後一年, 呂監解滿, 迁道之廣州. 待希周任滿, 同赴臨安. 呂得淮上州鈐26), 范得淮上監稅官.

范子作賊, 呂氏從賊, 皆非正也. 貪生畏逼, 違心苟就, 其實俱有不得已者焉. 既而鰥曠27)相守, 天亦憐其貞而終成就之, 奇哉!

---

22) 招安(초안): 중앙정권이 무력으로 반항하는 자들이나 무리들에게 투항하거나 귀순을 하도록 회유하는 것을 이른다.
23) 【校】解籲: [影]에는 "解籲"로 되어 있고 鳳, [岳], [類], [春], 《說郛》에는 "解由"로 되어 있다. 《情史》 영인본에서는 명나라 熹宗 朱由校와 思宗 朱由檢의 이름자인 '由'자를 避諱하여 '由'자와 통하는 '籲'자로 代用했다. 解籲(해유)는 곧 '解由'로 宋元 시대에 관리가 임명을 받을 때 소지하는 증명서였다. 《金史 · 百官志一》에서 이르기를 "무릇 京官과 地方官의 업적, 考課 성적, 교대 기일, 거취 연고 등을 임기가 차면 모두 解由에 갖추어 진술하고 吏部에서는 이것을 근거로 하여 능력의 유무 여부를 정한다."라고 했다.
24) 【校】虜: [影], [岳], [類]에는 "虜"로 되어 있고 [春], [鳳], 《說郛》에는 "擄"로 되어 있다.
25) 【校】存: [影], [岳], [類], [鳳], 《說郛》에는 "存"으로 되어 있고 [春]에는 "全"으로 되어 있다.
26) 【校】鈐: [鳳], [岳], [類], [春]에는 "鈐"으로 되어 있고 [影], 《說郛》에는 "鈴"으로 되어 있다. 鈐(검)은 官印의 뜻이다.
27) 鰥曠(환광): 鰥은 妻가 없거나 喪妻한 남자이고 曠은 남편이 없는 여자이니 鰥曠은 짝이 없는 사람을 이른다.

2. (1-2) 천태현의 곽씨(天台郭氏)[28]

곽(郭)씨는 천태현(天台縣)[29] 사람으로 어느 병졸에게 시집을 갔다. 자색이 매우 뛰어나 천부장(千夫長)[30]인 이 아무개가 마음속으로 그녀를 연모했다. 마침 그 병졸이 멀리 수자리를 하러 나가자 이씨는 매일 그의 집으로 가서 갖은 계략으로 곽씨를 구슬려 보았지만 곽씨가 의연한지라 범할 수 없었다. 남편이 돌아오자 곽씨는 이를 모두 그에게 이야기했다. 하루는 이씨가 그 병졸의 집을 지나가는데 병졸이 전에 있었던 일을 생각하고는 얼굴에 노기를 띠고서 급히 칼을 들고 나오기에 이씨는 도망가 관아에 고소를 했다. 판결문에 군졸이 칼을 들고 소속 관원을 죽이려 했으니 그 죄는 죽어 마땅하다고 하여 그를 옥에 가두었다. 곽씨는 몸소 옥으로 가서 밥을 넣어주었으며, 대문을 걸어 잠그고 길쌈을 해 의식을 해결했다. 한참이 지나 섭(葉)씨 성을 가진 어떤 옥졸이 유난히 곽씨에게 마음을 두게 되었다. 이에 그 군졸을 돌봐주고 날마다 음식을 주니 정이 마치 형제와 같아 군졸은 뼈에 사무치도록 감격했다. 오부(五府)[31]의 관리가 와서 죄수들을 참수할 것이라는 소리가 갑자기 들려, 섭 옥졸이 군졸에게 알리자 군졸이 곽씨에게 말하기를 "내 죽을 날이 머지않은데 섭 옥졸에게는 아직 아내가 없으니

---

28) 天台 郭氏의 이야기는 《輟耕錄》 권12에 〈貞烈墓〉의 제목으로 보이고 邵景瞻의 《覓燈因話》 권1에도 〈貞烈墓記〉의 제목으로 수록되어 있는데 문자의 출입이 있다. 여기에 있는 〈天台郭氏〉는 〈貞烈墓〉에 가깝다. 長安大昌里人妻의 이야기는 劉向의 《古列女傳》 권5에 〈京師節女〉라는 제목으로도 전하며 《藝文類聚》 권33과 《太平御覽》 권364에도 보인다.

29) 천태현(天台縣): 지금의 浙江省 天台縣이다.

30) 천부장(千夫長): 武官名으로 1천 명의 군사를 통솔하는 지휘관을 뜻한다.

31) 오부(五府): 본래 周나라 때의 太府, 玉府, 內府, 外府, 膳府를 아울러 이르는 말이었다. 후대로 가면서 가리킴이 일정치 않았으며 조정의 다섯 관서를 통칭하는 말로 쓰였다.

당신은 그에게 시집을 가오."라고 했다. 곽씨가 말하기를 "당신이 내 용모 때문에 죽게 되었는데 내 어찌 혼자 살자고 다시 시집을 갈 수 있겠어요?"라고 했다. 그리고 집으로 돌아가서 두 어린 아이를 잡고서 통곡하며 말했다.

"너희 아비가 곧 죽게 될 것이고 너희 어미도 곧 죽을 게다. 내 새끼는 의지할 데 없어 결국 굶주림과 추위로 죽을 게야. 지금 너희들의 목숨을 살리기 위해 남에게 팔 것이다. 남의 집으로 가면 부모 슬하에 있는 것과 다르니 멋대로 철없이 굴지 말거라."

그의 아들딸은 자못 총명하여 그 말귀를 알아듣고서 어미를 안고 울부짖으며 옷자락을 잡고 손을 놓지 않았다. 곽씨는 두 아이를 데리고 나와 사람을 불러 아이들을 넘겨주니 길 가던 사람들도 이들로 인해 눈물을 흘렸다. 부잣집들 가운데 이들을 가련하게 여기는 어떤 자가 그 자식들을 들이고 돈 30민(緡)[32]을 주었다. 곽씨는 그 돈의 절반을 가지고 술과 음식을 마련해 그것을 들고 옥문으로 가서 남편과 다시 한 번 만나기를 청하자 섭 옥졸이 들어가게 해주었다. 곽씨는 오열하며 말을 못하다가 잠시 뒤에야 이렇게 말했다.

"당신은 섭 옥졸나리에게 많은 폐를 끼쳤으니 이것으로 조금이나마 보답을 하세요. 약간의 돈도 있으니 받아두고 쓰시고요. 저는 어느 부잣집에 가서 일을 할 것이기에 열흘 동안 당신을 못 볼 겁니다."

그리고 눈물을 줄줄 흘리며 작별을 하고 나서 선인도(仙人渡) 시냇물 가운데로 걸어가 정좌(正坐)를 한 채로 죽었다. 그 시내의 물살이 매우 세찼지만 곽씨의 시신은 물에 쓸려 넘어지지 않았다. 이를 본 사람이 관아에 알리자 관아 사람이 가서 확인해보니 사실인지라 모두가 놀라 이상하게 여기며 얼굴빛이 변했다. 그녀를 위해 관을 마련해 납관하고 장사를 지냈으

---

32) 민(緡): 화폐의 양사로 1민은 1천 文이다. 남북조 이래로 엽전 한 닢을 1문이라고 했다.

며 그녀의 묘지에 '정렬(貞烈)'이라는 비석을 세웠다. 선무사(宣撫使)33)가
이 일을 조사해 알게 된 뒤 군졸의 사정을 감안하여 그를 풀어주었다.
그들의 자식을 산 부잣집도 아들딸을 그에게 돌려주었으며 그 군졸도 죽을
때까지 다시 아내를 맞이하지 않겠다고 맹세했다.

처음에는 미색으로 남의 마음을 움직여 지아비에게 누를 끼쳐서 죽음에
이르도록 했지만 마침내는 절개로 사람의 마음을 움직여 지아비를 죽음에서
벗어나게 했다. 세상 사람들이 아내를 맞이할 때 항상 아름다운 여자를 원하고
어진 여자를 구하려 하지 않으니 그 스스로 하는 행동이 또한 어리석구나!

장안(長安)의 대창리(大昌里)에 사는 사람이 있었다. 그와 원수진 사람이
그에게 복수를 하려 했지만 어찌할 방법이 없었다. 이에 그의 장인을 납치하
여 장인으로 하여금 그의 아내를 협박하도록 했다. 아비가 그 딸을 불러서
이를 알리자, 딸은 속으로 생각하기를 "말을 듣지 않으면 아버지를 죽이게
되어 불효하게 되고, 말을 들으면 남편을 죽이게 되어 의롭지 못하게 된다."라
고 하고, 자신이 남편을 대신하려고 응낙하며 이렇게 말했다.
"예, 밤에 누각 위에서 새로 머리를 감고 동쪽으로 머리를 둔 채 누워
있는 자가 바로 그 사람일 겁니다. 제가 문을 열어 놓고 기다리겠습니다."
그 원수가 와서 머리를 베어 가져가서 보니 바로 그 아내의 머리였다.
원수는 애통해했으나 원한을 풀고 그녀의 남편을 죽이지 않았다. 이 여자는
차마 지아비를 죽게 할 수 없어 마침내 자신이 대신 죽었다. 정옹희(鄭雍姬)34)

의 생각이 편벽되었구나!

[원문] 天台郭氏

　　郭氏天台人, 嫁爲某卒妻, 殊有姿色, 千夫長李某心慕焉. 會卒遠戍, 李日至
卒家, 百計調之, 郭氏毅然不可犯. 夫歸, 具以白之. 一日, 李過卒家, 卒憶前事,
怒形于色, 亟持刃出, 而李已脫走, 訴于縣. 案議持刃殺本部官, 罪當死, 置之獄中.
郭氏躬往餽食, 閉戶業績紡, 以資衣食. 久之, 有葉押獄者, 尤有意于郭氏. 乃顧視
其卒, 日飮食之, 情若手足. 卒感激入骨髓. 忽傳有五府官來, 蓋斬決罪囚者. 葉報
卒知, 卒謂郭氏曰: "我死有日, 此葉押獄未有妻, 汝可嫁之." 郭氏曰: "汝以我色致
死, 我又能再適以求生乎?' 旣歸, 持二幼兒痛泣而言曰: "汝父行且死, 汝母死亦在
旦夕, 我兒無所倚, 終必死于饑寒, 今將賣汝以活性命. 汝歸他人家, 非若父母膝
前, 仍自嬌癡爲也." 其子女頗聰慧, 解母語意, 抱母而號, 引裾不肯釋手. 遂攜二兒
出, 召人與之. 行路亦爲之墮淚. 富室有憐之者, 納其子女, 贈錢三十緡. 郭氏以二
之一具酒饌, 攜至獄門, 願與夫一再見, 葉聽入. 哽咽不能語, 旣而曰: "君擾葉押獄
多矣, 可用此少答之. 又有錢若干, 可收取自給. 我去一富家執作, 恐旬日不及見君
也." 飮泣而別. 走至仙人渡溪水中, 危坐而死. 是水極險惡, 竟不爲衝擊倒仆. 人有
見者, 報之縣. 徃驗得實, 皆驚異失色, 爲具棺斂葬之, 表其墓曰"貞烈". 宣撫使廉得
其事, 原卒之情, 釋之. 富家遂還其子女, 卒亦終身誓不再娶.

　　始以色采動人, 累夫於死. 卒能以節動人, 脫夫於死. 世之娶婦, 每求美而不

<hr>

34) 정옹희(鄭雍姬): 춘추시대 鄭나라 大夫 祭仲의 딸로 大夫 雍糾에게 시집갔다.
《左傳》의 기록에 따르면, 鄭厲公 4년에 祭仲이 국정을 전권했으므로 厲公은
이를 염려하여 제중의 사위인 옹규를 시켜 祭仲을 죽이라고 했다. 옹규의 아
내이자 제중의 딸인 정옹희가 그 소식을 듣고 그의 어머니에게 "아버지와 지
아비 중에 누가 더 친하옵니까?"라고 물으니, 그의 어머니가 "누구나 지아비
는 될 수 있지만 아비는 하나뿐이니 어찌 비교할 수 있겠느냐?"라고 했다.
그리하여 딸인 정옹희가 그 소식을 제중에게 알리자 제중은 옹규를 죽여 시
신을 저잣거리에 버렸다고 한다.

求賢, 其自爲亦拙矣.

　　長安大昌里人, 有讐家欲報之而無道. 劫其妻父, 使要其女. 父呼其女而告之. 女計念: 不聽, 則殺父, 不孝; 聽之, 則殺夫, 不義. 欲以身當之, 應曰: "諾, 夜在樓上, 新沐頭, 東首臥, 則是矣. 妾請開戶俟." 讐家至, 斷頭持去, 視之, 乃其妻頭也. 讐家痛焉, 遂釋, 不殺其夫. 此女不忍其夫, 寧自忍也. 鄭雍姬之見偏矣哉.

3. (1-3) 나부(羅敷)35)

　　한단(邯鄲)36)의 진(秦)씨 집안에 딸이 있었는데 이름은 나부(羅敷)라 하였으며 같은 읍에 사는 왕인(王仁) 에게 시집을 갔다. 왕인은 조왕(趙 王)의 가령(家令)37)이었다. 나부가 밭에 나가서 뽕잎을 딸 때 조왕은 높은 누대에 올라갔다가 그녀를 보고 마음에 들기에 술자리를 베풀어 놓고 몸을 빼앗으려 했다. 나부는 쟁(箏)38)을 잘 탔으므로 〈맥상상(陌

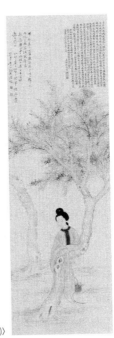

청대(淸代) 강훈(姜壎),
〈나부채상도(羅敷採桑圖)〉

---

35) 이 작품은 晉나라 崔豹의 《古今注》 중권 音樂3에서는 앞의 이야기만 기록했고, 송나라 郭茂倩의 《樂府詩集》 권28에서는 최표의 《고금주》를 인용하면서 〈陌上桑〉 노래도 수록해 놓았다. 《古今情海》 권1 情中貞 上에도 〈陌上桑歌〉의 제목으로 보인다.

36) 한단(邯鄲): 지금의 河北省 邯鄲市이다.

37) 가령(家令): 한나라 때 皇家의 屬官으로 家事를 주관했으며 諸侯國에서도 이 관직을 두었다.

上桑))39)이란 노래를 지어 자신의 뜻을 밝히니 조왕은 이에 그만두었다.

첫 절은 이러하다.

해가 동남쪽에서 떠올라	日出東南隅
우리 진씨네 집을 비추네	照我秦氏樓
진씨 집에는 아리따운 딸이 있는데	秦氏有好女
이름은 나부(羅敷)라 한다네	自名爲羅敷
나부는 누에치기를 좋아하여	羅敷喜蠶桑
성 남쪽에서 뽕잎을 딴다네	採桑城南隅
청색 실로 바구니 끈 만들고	青絲爲籠繫
계수나무 가지로 바구니 고리를 만들었네	桂枝爲籠鉤
느슨히 쪽진 머리를 하고	頭上倭墮髻40)
귀에는 명월주를 달았네	耳中明月珠
누런 비단 치마에	緗綺爲下帬
자주 비단 저고리	紫綺爲上襦
행인이 나부를 보면	行者見羅敷
짐을 놓고 수염을 쓰다듬네	下擔捋髭鬚41)

---

38) 쟁(箏): 현악기의 일종으로 모양은 瑟과 비슷하다. 한나라 應劭의 《風俗通義》 권6 聲音〈箏〉에서 이르기를 "살피건대 《禮記·樂記》에 의하면, 쟁은 筑의 몸통에 다섯 개의 줄이 달려 있는 것이라 했다. 지금 幷州와 涼州에서는 쟁의 모양이 琴과 흡사한데 누가 고쳐 만들었는지는 알 수 없다. 혹자는 말하기를 秦나라 蒙恬이 만든 것이라고 한다."라고 했다.

39) 맥상상(陌上桑): 이 노래는 한나라 때의 樂府詩로 남조 沈約이 편찬한 《宋書·樂志》에 〈艶歌羅敷行〉이란 제목으로 보이며, 남조 陳나라 徐陵이 편집한 《玉臺新詠》 권1에도 〈日出東南隅行〉이란 제목으로 수록되어 있고 송나라 郭茂倩이 편집한 《樂府詩集·相和歌辭》 권28에도 〈陌上桑〉이란 제목으로 전한다.

40) 왜타계(倭墮髻): 동한 후기에 유행했던 여성의 머리모양으로 墮馬髻로 불리기도 했는데 쪽을 한쪽으로 기울게 틀어 쪽진 머리가 떨어질 듯하다고 하여 '倭墮髻'라고 했다.

소년들이 나부를 보면	少年見羅敷
모자를 벗고 두건만 쓴 채로 있네	脫帽着帩頭[42]
밭을 갈던 이가 보면 쟁기질도 잊고	耕者忘其犁
김을 매던 이가 보면 호미질도 잊는다네	鋤者忘其鋤
돌아가서 서로 원망하며 성질만 내니	來歸相怨怒
단지 나부를 바라본 것 때문이라네	但坐觀羅敷

두 번째 절은 이러하다.

사군(使君)이 남쪽에서 와	使君[43]從南來
다섯 필 말이 끄는 마차를 세우고 머뭇거리네	五馬[44]立踟蹰
사군이 아전을 보내	使君遣吏往
뉘 집의 고운 아가씨이냐 물었더니만	問是誰家姝
진씨의 아리따운 딸이온데	秦氏有好女
이름은 나부라 하옵니다	自名爲羅敷
나부의 나이는 몇 살이던고	羅敷年幾何
아직 스무 살은 아니 되었고	二十尚不足
열다섯은 좀 넘었사옵니다	十五頗有餘
사군이 나부에게 묻기를	使君謝羅敷
함께 수레를 타지 않겠느냐	寧可共載不
나부가 앞으로 나아가 말하기를	羅敷前置辭
사군께서는 어찌 그리 우매하신가요	使君一何愚
사군께선 원래 부인이 있으시고	使君自有婦

---

41) 자수(髭鬚): 수염을 뜻한다. 髭는 입술 위의 콧수염을 가리키고 鬚는 입술 아
래의 턱수염을 가리킨다.
42) 초두(帩頭): 고대 중국에서 남자가 머리에 묶던 두건을 뜻한다.
43) 사군(使君): 한나라 때 州郡의 장관인 太守나 刺史를 使君이라 불렀다.
44) 오마(五馬): 한나라 때 태수는 다섯 필의 말이 끄는 마차를 탔으므로 오마는
태수의 수레를 가리킨다.

나부는 지아비가 있사옵니다　　　　　　　　羅敷自有夫

세 번째 절은 이러하다.

동방에 천여 기병이 있는데　　　　　　　　東方千餘騎

제 남편은 선두에 있지요　　　　　　　　夫婿居上頭

어떻게 남편을 알아볼 수 있냐하면요　　　何用識夫婿

백마 타고 그 뒤엔 흑마들이 따르거든요　白馬從驪駒

청색 끈이 말꼬리에 묶여 있고　　　　　青絲繫馬尾

말굴레는 황금으로 되어 있어요　　　　黃金絡馬頭

허리에 찬 녹로검(鹿盧劍)은　　　　　腰中鹿盧劍45)

천만 전(錢)도 넘지요　　　　　　　　可值千萬餘

열다섯에 관부의 아전이 되었고　　　　十五府小吏

스무 살엔 조정 대부　　　　　　　　二十朝大夫

서른에는 시중랑(侍中郎)이 되었으며　三十侍中郎46)

마흔이 되어 성(城) 하나를 다스리고 있지요　四十專城居

생김새는 깨끗하고 흰 피부에　　　　爲人潔白晳

드문드문 수염이 나 있답니다　　　　鬑鬑47)頗有鬚

멋들어진 걸음걸이　　　　　　　　盈盈48)公府步

부중(府中)을 의젓하게 다니시지요　冉冉49)府中趨

좌중의 수천 사람들이　　　　　　　坐中數千人

---

45) 녹로검(鹿盧劍): 검의 이름으로 鹿盧는 도르래라는 뜻이다. 검의 손잡이 모양이 도르래와 비슷하다고 하여 이렇게 불리었다.

46) 시중랑(侍中郎): 한나라 제도에 侍中은 列侯 이하 郎中까지의 관원들이 겸임하면서 황제를 가까이에서 모시는 관직이고, 郎은 郎官으로 황제를 곁에서 모시는 관원들의 통칭이니 侍中郎은 직위가 侍中인 郎官이다.

47) 염렴(鬑鬑): 수염이나 머리가 드물게 난 모양을 뜻한다.

48) 영영(盈盈): 儀態가 아름다운 모양을 뜻한다.

49) 염염(冉冉): 천천히 이동하는 모양을 뜻한다.

모두들 제 남편이 출중하다 하네요　　　　　　　皆言夫婿殊

첫 번째 절에서는 자신의 아름다운 용모를 한껏 묘사했고 마지막 절에서는 풍류스러운 한 훌륭한 남편을 그려냈다. 부부간에 서로 사랑하는 정이 은연중에 드러나 있으니 조왕은 이를 듣고 자신도 모르게 부끄러워 물러난 것이다.

[원문]　羅敷

邯鄲秦氏女, 名羅敷, 嫁邑人王仁. 爲趙王家令. 敷出採桑于陌上, 趙王登臺見而悅之, 因置酒欲奪焉. 敷善彈箏, 作《陌上桑》之歌以自明, 趙王乃止. 其一解[50]云:

"日出東南隅, 照我秦氏樓. 秦氏有好女, 自名爲羅敷. 羅敷喜[51]蠶桑, 採桑[52]城南隅. 青絲爲籠繫, 桂枝爲籠鉤. 頭上倭墮髻, 耳中[53]明月珠. 緗綺爲下帬, 紫綺爲上襦. 行者見羅敷, 下擔捋髭鬚. 少年見羅敷, 脫帽着帩頭. 耕者忘其犁, 鋤者忘其鋤. 來歸相怨怒, 但坐觀羅敷."

其二解云:

"使君從南來, 五馬立踟躕. 使君遣吏往, 問是誰家姝. '秦氏有好女, 自名爲羅敷.' '羅敷年幾何?' '二十尚不足, 十五頗有餘.' 使君謝羅敷: '寧可共載不?' 羅敷前置[54]辭: '使君一何[55]愚! 使君自有婦, 羅敷自有夫.'"

---

50)　解(해): 악곡, 시가, 문장 등의 장이나 절을 의미한다.

51)　【校】喜: 《情史》, 《樂府詩集》에는 "喜"로 되어 있고 《玉臺新詠》에는 "善"으로 되어 있다.

52)　【校】桑: [春], [鳳], [岳], [類], 《玉臺新詠》, 《樂府詩集》에는 "桑"으로 되어 있고 [影]에는 "我"로 되어 있다.

53)　【校】中: [春], [鳳], [岳], [類], 《玉臺新詠》, 《樂府詩集》에는 "中"으로 되어 있고 [影]에는 "目"으로 되어 있다.

其三解云:

"東方千餘騎, 夫婿居上頭. 何用識夫婿, 白馬從驪駒. 青絲繫馬尾, 黃金絡馬頭. 腰中鹿盧劍, 可值56)千萬餘. 十五府小吏, 二十朝大夫, 三十侍中郎, 四十專城居. 爲人潔白皙, 鬑鬑頗有鬚. 盈盈公府步, 冉冉府中趨. 坐中數千人, 皆言夫婿殊."

一解, 極摹57)己容色之美. 末解, 畫出一個風流佳婿. 夫婦相愛之情, 隱然言外. 趙王聞之, 亦不覺恧退矣.

4. (1-4) 노 부인(盧夫人)58)

노(盧) 부인은 방현령(房玄齡)59)의 처이다. 방현령이 미천했을 때 병을

---

54) 【校】置: [影], [鳳], [岳], [類], 《玉臺新詠》, 《樂府詩集》에는 "置"로 되어 있고 [春]에는 "致"로 되어 있다.

55) 【校】一何: [影], [春], 《玉臺新詠》에는 "一何"로 되어 있고 [鳳], [岳], [類]에는 "亦何"로 되어 있다.

56) 【校】值: [鳳], [岳], [類], [春]에는 "值"로 되어 있고 《玉臺新詠》에는 "直"으로 되어 있으며 [影]에는 "置"로 되어 있다.

57) 【校】摹: [鳳], [岳], [類], [影]에는 "摹"로 되어 있고 [春]에는 "慕"로 되다.

58) 전반부의 이야기는 당나라 張鷟의 《朝野僉載》에서 나온 이야기로 《新唐書》 권205 列傳130 列女에도 보인다. 《太平廣記》 권270 婦人一 〈盧夫人〉, 《太平廣記鈔》 권44 〈盧夫人〉에 실려 있기도 하다. 후반부의 이야기는 《說郛》 권36에 수록된 당나라 李綽의 《尚書故實》과 당나라 劉餗의 《隋唐嘉話》에 보이며, 《太平廣記》 권273 婦人三 〈任環妻〉 뒤에도 붙어 있는데 文後에 이르기를 《國史異纂》에서 나왔다고 했다.

59) 방현령(房玄齡, 579~648): 初唐 때 유명한 대신으로 자는 喬이고(일설에 의하면 이름이 喬이고 자가 玄齡이라고 한다) 齊州 臨淄(지금의 山東省 淄博市)사람이다. 수나라 말년에 진사 급제했고 당나라 군대가 쳐들어 왔을 때 秦王이었던 李世民에게 귀순했다. 秦王府의 記室 직을 맡아 이세민을 위해 계책을 세우고 제위를 도모하는 데 이바지하여 일등 공신이 되었으며 梁國公에 봉해졌다.

앓다가 죽게 되자 부인에게 말하기를 "내 병세가 위독해지는구려. 당신은
나이가 젊으니 과부로 살지 말고 새 지아비를 찾아 잘 섬기시오."라고 했다.
노 부인은 울며 휘장 안으로 들어가서 한쪽 눈을 도려내어 방현령에게
보여줌으로써 다른 마음이 없음을 드러내었다. 방현령은 병이 나은 후에
종신토록 부인에게 예를 갖췄다.

　살펴건대 양국공(梁國公) 방현령의 부인은 질투가 지극히 심했다. 당
태종(太宗)[60]이 공에게 미인을 주려고 했으나 공은 누차 사양하며 받지
않았다. 황제는 황후로 하여금 노 부인을 불러서 잉첩 따위를 두는 것은
지금 통상의 제도인 데다가 사공(司空)이 나이가 들어 황제가 장려하고자
하는 뜻이 있다는 것을 말하도록 했다. 그러나 노 부인은 뜻이 굳어 마음을
돌리지 않았다. 이에 황제는 명령을 내려 노 부인에게 말하기를 "너는 질투를
하지 않고 살기를 택하겠느냐, 차라리 질투를 하다가 죽겠느냐?"라고 하고,
곧 사람을 시켜 술 한 잔을 따라 그녀에게 주며 말하기를 "만약 그렇다면
이 짐주(鴆酒)[61]를 마시거라."라고 했다. 하지만 실제로 그 술은 짐주가
아니었다. 부인은 조금도 주저함이 없이 술잔을 들어 한꺼번에 다 마셔버렸

---

60) 태종(太宗): 당나라 太宗 李世民(599~649)을 가리킨다. 고조 李淵과 竇황후의
　　둘째 아들로 高祖 武德 9년(626)에 '玄武門의 變'을 일으켜 태자였던 큰 형 李
　　建成과 셋째 동생 元吉을 죽이고 태자가 된 뒤, 고조를 강제로 퇴위시키고
　　당나라 두 번째 황제가 되었다. 그다음 해 연호를 貞觀으로 바꿨고 '貞觀의
　　治'를 이룩했다.
61) 짐주(鴆酒): 酖은 鴆과 통한다. 鴆은 중국 전설에 나오는 毒鳥의 일종으로 그
　　깃털을 술에 담가 만든 술을 酖酒라고 하니 짐주는 毒酒를 가리킨다. 《山海
　　經》 郭璞의 注에서 이르기를, "짐새는 크기가 독수리만하며 자록색이다. 목이
　　길고 부리가 붉으며 살모사 머리를 먹는데 수컷을 運日이라고 하고 암컷을
　　陰諧라고 한다.(鴆大如鵰, 紫綠色, 長頸赤喙, 食蝮蛇頭, 雄名運日, 雌名陰諧也.)"
　　라고 했다. 郝懿行의 注에서는 《說文》에서 이르기를 '짐새는 독조이다.'라고
　　했다. 몸에 독이 있는데 옛날 사람들은 이것을 짐독이라 불렀다.(《說文》云,
　　'鴆, 毒鳥也.' 體有毒, 古人謂之鴆毒.)"라고 했다.

다. 황제가 말하기를 "나조차도 노 부인을 보기가 무서운데 하물며 현령은
어떠하겠는가?"라고 했다.

사람들은 방 공(公)이 부인을 무서워한다고 했으나 제 눈을 도려냈던
부인의 정에 감사하고 있었던 것을 누가 알겠는가.

[원문]　盧夫人

　　盧夫人, 房玄齡妻也. 玄齡微時, 病且死, 曰: "吾病革62), 君年少, 不可寡居,
善事後人." 盧泣, 入帷中, 剔一目示玄齡, 明無他念. 玄齡愈, 禮之終身.

　　按梁公夫人至妬. 太宗將賜公美人, 屢辭不受. 帝令皇后召夫人, 告以媵妾之
流, 今有常制, 且司空年暮, 帝欲有所優詔之意. 夫人執心63)不廻. 帝乃令謂之曰:
"若寧不妬而生, 寧妬而死?" 乃遣酌卮酒與之, 曰: "若然, 可飮此酖." 然實非酖也.
夫人一擧便盡, 無所留難. 帝曰: "我尚畏見, 何況玄齡?" 人謂房公爲怕婦, 抑孰知
感剔目之情也.

---

62) 革(극): 亟과 통하므로 위급하다는 뜻이다.
63) 【校】心: [鳳], [岳], [類], [影]에는 "心"으로 되어 있고 [眷]에는 "意"로 되어 있다.

5. (1-5) 김삼의 아내(金三妻)64)

　곤산(崑山)65)의 뱃사공인 양(楊)씨는 평소 김(金)씨 성을 가진 어떤 자와
친했다. 김씨가 죽자, 나이가 열 일고여덟 살이 된 김삼(金三)이라고 하는
그의 아들은 매우 가난하게 되어 장차 걸식을 하게 되었다. 양씨가 그를
보고 불쌍하게 여겨 자기의 배로 불러와서 키웠다. 오래되자 양씨 부부는
그가 부지런했기에 그를 매우 좋아하게 되었다. 양씨는 아들 없이 딸 하나만
있었고 나이도 김삼과 비슷했기에 딸을 그에게 시집보냈다. 1년 넘어서
딸 하나를 낳았는데 돌을 넘기고 병으로 죽었다. 김삼은 매우 슬프게 울다가
병이 나서 날로 앙상해지고 위독해졌다. 양씨 부부는 후회하기 시작하더니
그에게 끊임없이 욕을 했다. 하루는 강을 가다가 어느 외딴섬에 배를 대고서
양씨가 김삼에게 이르기를 "배에 땔나무가 떨어져 불을 피울 수 없으니
밥을 짓게 강기슭에 올라가서 마른 나뭇가지 좀 주어 오게나."라고 했다.
김삼이 힘을 다해 아픈 몸을 이끌고 가자 양씨 부부는 그를 버린 채 돛을
올리고 가버렸다. 마른 나뭇가지들을 가지고 배를 댔던 곳으로 왔더니
배가 사라졌으므로 김삼은 양씨가 자기를 버린 것을 알고서 통곡하며 강물에
빠져 죽으려 했다. 얼마 안 있다가 "섬 안에서 혹시 사람을 만나면 구조되기를
바랄 수도 있겠다."라고 다시 생각했다. 발길을 돌려 숲으로 들어가 걷다

---

64) 이 이야기는 명나라 王同軌의 《耳談》 권1에 〈武騎尉金三〉으로, 《耳談類增》
　　권8에는 〈武騎尉金三重婚〉으로 보인다. 명나라 劉仲達의 《鴻書》 권36과 청나
　　라 趙吉士의 《寄園寄所寄》 권10에도 수록되어 있다. 또한 《古今閨媛逸事》 권4
　　에 〈破氈隱語〉로, 《古今情海》 권17에 〈金三妻〉로 실려 있으며 청나라 俞樾의
　　《茶香室續鈔》 권16에도 간략한 줄거리가 기재되어 있다. 《警世通言》 권22
　　〈宋小官團圓破氈笠〉과 無名氏가 기록한 《談薈》에 수록된 〈破氈笠記〉의 本事
　　이다.
65) 곤산(崑山): 지금의 江蘇省 崑山市 일대이다.

보니 어떤 곳에 이르렀는데 병기들이 삼엄하게 그곳을 지키고 있는 것이 보여 매우 놀랐다. 천천히 그곳을 정탐해봤으나 아무런 소리도 들리지 않았다. 점차 가까이 가도 사람 없이 고요했고 단지 여덟 개의 큰 상자만 있었는데 완전하게 봉합되어 있어 무엇인지 알 수는 없었다. 아마도 도적이 강탈한 재물을 이곳에 잠시 놓아둔 것 같았다. 이에 김삼은 병기들을 도랑 속에 숨겨두고 다시 강기슭으로 갔다. 마침 그곳을 지나가는 다른 배가 있기에 그 배를 불러서 말하기를 "내게 짐이 있는데 일행을 기다려도 오지 않으니 나를 배에 태워주시오."라고 했다. 뱃사람들이 허락하자 김삼은 큰 상자 여덟 개를 들고 배에 올랐다. 가다가 의진(儀眞)[66]에 이르러 기거할 집을 찾아 묵으며 남몰래 상자를 열어보니 모두 금은보배들이었다. 그곳에서 그것들을 팔아 얼마간의 돈을 받았기에 입고 먹고 기거하는 것이 옛날과 달랐다. 김삼은 노복을 들인 뒤에 다시 첩을 사려고 했다. 하루는 하하(河下)[67]를 지나가는데 마침 양씨의 배가 그곳에 있어 김삼은 그를 알아봤지만 양씨는 김삼인 줄을 몰랐다. 이에 김삼은 사람을 시켜 양씨의 배를 얻게 하고 호양(湖襄)[68]에 가서 장사를 할 것이라고 했다. 실은 짐이 첩첩이 쌓여 배를 가득 채웠다.

이에 앞서 양씨가 김삼을 버렸을 때 그의 딸은 밤낮으로 울면서 살려고 하지 않았다. 부모가 억지로 다시 사위를 새로 들이려 했지만 따르지 않았다. 이때가 되어 김삼이 배에 오르니 뱃사람들은 그를 우러르며 감히 쳐다보지도 못했다. 여자가 남몰래 그를 엿보고 나서 놀라 어미에게 말하기를 "손님의 생김새가 제 남편과 매우 닮았어요."라고 했다. 어미가 욕을 하며 말하기를

---

66) 의진(儀眞): 지금의 江蘇省 儀征市이다.
67) 하하(河下): 京杭 運河 옆에 있는 鎭으로 지금의 江蘇省 淮安市 淮安區 서북쪽 일대이다.
68) 호양(湖襄): 洪澤湖 이북 襄陽(지금의 湖北省 襄陽市)지역이다.

"돈 많은 남자를 보니까 정신이 나갔구나! 네 서방은 어디서 죽었는지도
모른다."라고 하자, 여자는 감히 다시 말을 하지 못했다. 김삼이 여자를
돌아보면서 뱃사람에게 말하는 것처럼 하며 이르기를 "어찌하여 고물로
가서 헌 털삿갓을 가져다 쓰지 않는 게냐?"라고 했다. 이는 김삼이 가난했을
때 처음으로 양씨의 배에 올라가서 들었던 말이었다. 이에 김삼의 처가
이를 알아채고서 그가 있는 곳으로 나와서 서로 만나 부둥켜안고 울었고
예전과 같이 즐거워했다. 양씨 부부는 김삼을 둘러싸고서 절을 하고 사죄를
하면서 한없이 잘못을 뉘우치니 김삼 또한 이를 따지지 않았다. 곧이어
이들은 함께 김삼의 집으로 돌아갔다. 얼마 지나지 않아 때마침 포악한
도적인 유육(劉六)과 유칠(劉七)[69]이 반란을 일으켜 오(吳)지방으로 들어왔
다. 김삼은 돈을 내어 결사대를 모집하여 군(郡)의 별가(別駕)[70]인 호공(胡公)
을 따라 낭산(狼山)에 있는 도적의 소굴을 공격해 그 우두머리를 잡아 반란군
을 토벌하고 평정시켰다. 김삼은 그 공으로 무기위(武騎尉)[71]의 벼슬을
받았고 아내도 봉호를 받았다.

---

69) 유륙유칠(劉六劉七): 유륙과 유칠 형제는 명나라 중엽 北直隸(지금의 河北省
    일대)에서 봉기한 농민봉기군의 수령이었다. 문안(지금의 河北省 文安縣)사람
    으로 유륙의 이름은 劉寵이고 유칠의 이름은 劉宸이다. 正德 5년(1510) 10월
    에 패주(지금의 河北省 霸州市)에서 봉기를 일으킨 뒤, 수많은 농민이 봉기군
    에 가담하여 각지를 轉戰하면서 그 수가 13만에 이르렀다. 그 뒤 남방으로
    내려가다가 유륙은 黃岡에서 익사했고 유칠은 狼山(지금의 江蘇省 南通市에
    있음)에서 전사했다. 자세한 내용은 《明史》 권187에 보인다.
70) 별가(別駕): 한나라 때부터 있었던 관직으로 州의 刺史를 보좌하는 벼슬이었
    다. 자사를 따라 순찰할 때 따로 수레를 탔으므로 別駕라고 불리었다. 송나
    라 이후에는 通判으로 개칭했고 그 직책이 같았으므로 別駕는 通判의 별명으
    로도 쓰였다.
71) 무기위(武騎尉): 隋나라 文帝 때부터 있었던 武散官의 官名으로 明나라 때에
    는 正六品이었다.

1929년 소엽산방본(掃葉山房本), ≪전도금고기관(全圖今古奇觀)≫ 삽도
〈송금랑단원파전립(宋金郎團圓破氈笠)〉

이 이야기는 ≪이담(耳譚)≫72)에 실려 있다.

[원문] 金三妻

　　崑山舟師楊姓者, 雅與金姓者善. 金姓者死, 有子曰金三, 年十七八, 窶甚, 將行乞. 楊見而憐之, 因招入舟收養之. 既久, 楊夫婦以其力勤也, 愛之甚. 楊無子, 有一女, 年亦73)相若, 因以妻三. 歲餘産一女, 蹼晬盤74), 病死. 三哭之甚哀, 成疾, 日漸尪羸岾危. 楊夫婦始悔恨, 罵詈不絶. 一日江行, 泊孤島下, 楊謂三: "舟中乏薪,

---

72) 이담(耳譚): 명나라 王同軌가 지은 筆記小說集으로 총 15권으로 되어 있다. 귀
신과 요괴와 奇聞逸事에 관한 이야기들이 많이 수록되어 있다. 三言二拍과
≪聊齋志異≫ 등에 영향을 끼쳤다.
73) 【校】 亦:≪情史≫에는 "亦"으로 되어 있고 ≪耳談≫에는 "已"로 되어 있다.
74) 晬盤(수반): 본래 돌잡이 물건을 담아 놓는 소반을 가리키는 말이지만 여기
에서는 돌을 뜻한다.

不得炊, 可登岸拾枯枝爲爨." 三力疾去, 則棄三掛飂行矣. 三得枯枝至泊所, 失舟所在. 知楊棄己也, 慟哭欲赴江死. 旣又念, 島中或逢人, 冀可救援. 轉入林, 行至一所, 見戈戟森森, 列衛在焉, 爲之駭愕. 徐偵之, 無所聞. 漸就, 聞寂無人75), 僅有八大篋, 封識完好, 竟不知爲何. 蓋盜所劫財, 暫置此地. 三乃匿戈溝中, 再臨江濱, 適有他舟經其地, 三招之來, 曰: "我有行李, 待伴不至, 可附我去." 舟人許諾, 遂卽攜八大篋入舟. 行抵儀眞, 問居停主人家, 密啓篋視, 皆金珠也. 卽其地售値得如干76), 服食起居非故矣. 旣收童僕, 復將買妾. 一日過河下, 楊舟適在, 三識之, 楊不知也. 三乃使人顧77)其舟, 去徃湖襄買. 輻重累累, 舳艫充牣.

先是楊棄三時, 女晝夜啼哭不欲生. 父母强之更納婿, 女不從. 至是三登舟, 舟人莫敢仰視. 女竊窺之, 驚語母曰: "客狀甚似吾婿." 母罵之曰: "見金夫不有躬耶? 若三, 不知死所矣." 女遂不敢言. 三顧女, 佯謂舟人曰: "何不向船尾取破氈笠戴之". 蓋三竄時, 初登楊舟有是言也. 於是妻覺之, 出相見, 與抱哭,78) 驩若平生. 而楊夫婦羅拜請罪, 悔過無已. 三亦不之較79). 尋同歸三家焉. 未幾, 會劇寇劉六、劉七叛入吳. 三出金帛募死士, 從郡別駕胡公, 直搗狼山之穴, 縛其渠魁, 討平之, 功授武騎尉, 妻亦從封云. 事載《耳譚》.

---

75) 【校】漸就 聞寂無人: [影], 《耳談》에는 "漸就 聞寂無人"으로 되어 있고 [鳳], [岳], [類]에는 "漸就 暗寂無人"으로 되어 있으며, [春]에는 "漸就問 寂無人"으로 되어 있다.

76) 【校】干: [影], [鳳], [春], 《耳談》에는 "干"으로 되어 있고 [岳], [類]에는 "千"으로 되어 있다.

77) 【校】顧: [影], [岳], [類]에는 "顧"로 되어 있고 [鳳], [春], 《耳談》에는 "雇"로 되어 있다. 여기서 顧는 雇와 통용되어 삯을 주고 쓴다는 뜻이다.

78) 【校】出相見 與抱哭: 《情史》에는 "出相見 與抱哭"으로 되어 있고 《耳談》에는 "出見 相與抱哭"으로 되어 있다.

79) 【校】不之較: [影], 《耳談》에는 "不之較"로 되어 있고 [鳳], [岳], [類]에는 "不計較"로 되어 있으며 [春]에는 "不與較"로 되어 있다.

6. (1-6) 혜사현의 아내(惠士玄妻)80)

혜사현(惠士玄)이 병세가 위독하자 그의 아내인 왕(王)씨가 말하기를 "내 듣자 하니 병자의 똥이 쓴맛이면 낫는다고 하네요."라고 하고 혜사현의 똥을 맛봤더니 자못 단맛이었으므로 왕씨는 더욱더 근심스런 얼굴빛을 띠었다. 혜사현이 왕씨에게 당부하기를 "내 병은 필시 낫지 않을 것이니 전첩(前妾)이 낳은 아들을 당신이 잘 보호해 주시구려. 이 애가 좀 자라기를 기다렸다가 당신은 당신대로 개가하시오."라고 했다. 이에 왕씨는 울며 말하기를 "당신은 어찌 그런 말씀을 하십니까?"라고 했다. 그리고 나서 며칠 뒤에 혜사현이 죽자 왕씨는 장례를 치르고 나서 무덤 옆에서 기거하면서 머리털은 헝클어지고 얼굴에는 때가 낀 채, 예의를 넘어설 정도로 애통해했다. 항상 첩이 낳은 아들을 곁에 두고서 밥을 먹이고 한온에 따라 옷을 입혀 보살피면서도 부족하지는 않나 걱정하기만 했다. 1년여 뒤에 첩이 낳은 아들도 죽자 왕씨는 가슴을 두드리며 외치기를 "하늘이여, 더 이상 희망이 없구나!"라고 하고 남편의 무덤 옆에서 스스로 목을 매고 죽었다.

사는 것과 죽는 것 모두 그릇된 것이라고 속단할 수는 없다. 혹자는 말하기를 정부(貞婦)라고 해서 반드시 죽어야 하는 것은 아니라고 한다. 물론 그렇다. 하지만 죽는 것이 어찌 부정(不貞)한 자가 할 수 있는 것이랴? 옛날에 어떤 부인이 정절로 표창을 받고서 팔십여 세까지 장수하다가 죽기에 앞서 아들 며느리를 앞으로 불러다 놓고 당부했다.

"나는 오늘 세상을 뜰 것 같구나. 혹시 가문이 불행하여 젊은 나이에

---

80) 이 이야기는 《元史》 권201 列女 〈惠士玄妻王氏〉條에 보이고 또한 명나라 謝縉의 《古今列女傳》 권3에도 수록되어 있다.

과부가 된 자가 있게 되면 반드시 속히 재가시켜 수절하게 하지 말거라. 부인이 절개를 지키는 것은 쉬운 일이 아니다."

그리고 곧 왼손을 내밀어 보여주었는데 그의 손바닥 가운데에는 큰 흉터가 있었다. 그것은 젊은 시절, 밤중에 마음이 동했을 때 스스로 참으려고 손으로 탁자를 치려 하다가 잘못하여 촛대의 못을 쳐서 손바닥이 뚫어져 생긴 것이었다. 집안사람들은 그때까지 그것을 모르고 있었던 것이다. 그러므로 정이 뜨거울 때 좋은 결과를 맺는 것이 또한 좋지 않겠는가?

[원문] 惠士玄妻

惠士玄病革, 其妻王氏曰: "吾聞病者, 糞苦則愈." 乃嘗其糞, 頗甜, 王氏色愈憂. 士玄囑王氏曰: "我病必不起, 前妾所生子, 汝善保護之, 待此子稍長, 即從汝改嫁矣." 王氏泣曰: "君何出此言?" 數日, 士玄卒. 比葬, 王氏遂居墓側, 蓬首垢面, 哀毀[81]逾禮. 常以妾子置左右, 飲食寒暖, 調護惟恐不至. 歲餘, 妾子亦死, 乃撫膺呼曰: "天乎, 無復望矣!" 遂自經于墓側.

其生其死, 都不忙錯. 或言貞婦不必死者, 固也. 顧死, 豈不貞者所能辦耶? 昔有婦以貞節被旌, 壽八十餘, 臨歿召其子媳至前, 屬曰: "吾今日知免矣. 倘家門不幸, 有少而寡者, 必速嫁, 毋守. 節婦非容易事也." 因出左手示之, 掌心有大疤, 乃少時中夜心動, 以手拍案自忍, 誤觸燭釘, 貫其掌. 家人從未知之. 然則趁情熱時, 結此一段好局, 不亦善乎!

---

81) 哀毀(애훼): 본래 부모상을 당해 거상을 하면서 슬픔으로 몸이 상하는 것을 가리켰는데 나중에는 일반적으로, 예를 갖춰 거상하는 것을 뜻하게 되었다.

7. (1-7) 장륜의 어머니(章綸母)82)

온주(溫州) 악청(樂清)83)사람인 장문보(章文寶)는 김(金) 씨 성을 가진
여자와 빙례만 올리고 아직 성혼은 하지 않고 있었다. 포(包)씨를 첩으로
들여 그녀가 아이를 뱄으나 장문보는 병에 걸려 곧 죽게 되었다. 김씨는
이 소식을 듣고 문병을 가겠다고 청했지만 부모가 이를 허락하지 않았다.
김씨는 뜻을 굽히지 않고 문병을 갔으며 장문보는 그녀를 보자마자 곧바로
세상을 떠났다. 김씨는 그의 시신을 입관하고 첩을 위로한 뒤에 상복을
입었다. 김씨는 첩이 낳은 아들인 장륜(章綸)84)에게 책 읽는 것을 몸소
가르쳤으며 사서(四書)의 대의를 통달하게 했다. 다시 밖으로 보내 선생에게
공부하게 했더니 마침내 정통(正統)85) 원년(元年)에 진사 급제를 했고 예부주
사(禮部主事)의 관직을 받았다. 앞서 장륜은 태자의 복위를 청하는 주소(奏
疏)를 올리려 하다가 모친에게 걱정을 끼칠까 두려워 주소를 올리지 않았다.
김씨가 이를 듣고서 장륜에게 이르기를 "내 평소에 네게 어떻게 하라고
가르쳤더냐? 네가 벼슬에 있으면서 직간(直諫)을 하다 죽으면 내가 비록
관비가 된다 하더라도 한이 없을 것이다."라고 했다. 이에 장륜은 주소를
올렸다가 황제의 뜻에 거슬려 거의 죽을 정도로 곤장을 맞고 감옥에 갇혔으나

---

82) 이 이야기는 《稗史彙編》 권46에 〈章綸母〉라는 제목으로 보이고 명나라 許浩의
   《復齋日記》에도 보인다. 馮夢龍의 《燕居筆記》 下13권의 《新編南窓筆記補遺》 권
   1에는 〈節婦〉로 수록되어 있고 청나라 傅以漸의 《內則衍義》 권8에도 수록되
   어 있다.
83) 악청(樂清): 지금의 浙江省 溫州市 樂清縣이다.
84) 장륜(章綸, 1413~1483): 명나라 때 사람으로 자는 大經이고 시호는 恭毅였다.
   진사 급제를 한 뒤 禮部議制郞中 등의 벼슬을 지내다가 禮部侍郞으로 사직해
   귀향하여 학당을 열고 藏書樓를 건축했다. 憲宗에 의해 南京禮部尚書로 추봉
   되었으며 문집으로 《章恭毅公集》 등이 전한다.
85) 정통(正統): 명나라 英宗 朱祁鎭의 연호로 1436년부터 1449년까지이다.

김씨는 이연(怡然)해 했다. 장륜은 천순(天順)⁸⁶⁾ 2년에 관직이 회복되었으며
죽을 때까지 김씨를 봉양했다. 일찍이 김씨는 시를 지어 자신의 뜻을 드러냈
는데 그 시는 이러하다.

누가 내게 지아비가 없다 하는가	誰云妾無夫
지아비를 보고 나니 님이 금방 세상을 떠난 것일 뿐	妾猶及見夫方殂
누가 내게 자식이 없다 하는가	誰云妾無子
측실 소생의 아들내미는 지아비를 닮았네	側室生兒與夫似
아들내미는 책을 읽고 나는 삼실을 짜니	兒讀書 妾辟纑⁸⁷⁾
빈 방에선 밤마다 까마귀 우는 소리 들렸네	空房夜夜聞啼烏
아들내미는 공명을 얻었고 난 재가하지 않았으니	兒能成名妾不嫁
남편은 황천에서 편안히 눈을 감겠지	良人瞑目黃泉下

후에 장륜은 벼슬이 예부시랑(禮部侍郎)까지 올랐다.

한 번 본 정이 백년 본 정보다 나았다. 그뿐 아니라 첩을 들인 것을
원망하지 않고 그 아들을 가르칠 수 있었으니 규중(閨中)의 큰 성현이었다.

[원문] 章纑母

溫州樂淸章文寶, 聘金氏⁸⁸⁾, 未成婚. 納妾包氏, 有妊, 而文寶得疾且死. 金氏
聞, 請往視, 父母不許. 金氏堅欲往, 文寶一見即逝. 金氏爲棺殮之, 撫妾守喪.

---

86) 천순(天順): 명나라 英宗 朱祁鎭의 연호로 1457년부터 1464년까지이다.
87) 벽로(辟纑): 삼실을 짜거나 마전하는 일을 이른다.
88) 【校】 金氏: 《情史》에는 "金氏"로 되어 있고 《復齋日記》에는 "某氏"로 되어 있
으며 《燕居筆記》에는 "張氏"로 되어 있다.

妾生子綸, 親教讀書, 通四書大義. 復遣就外傳89), 竟第正統元年進士, 官禮部主
事90). 先欲疏請復儲91), 恐貽母憂, 未上. 金氏聞之, 謂曰: "吾平日教爾何爲? 汝能
諫死職, 我雖爲官婢, 無恨也." 綸遂上疏, 忤旨, 杖幾死, 禁錮詔獄92). 金氏怡然.
綸天順二年復官, 終養金氏. 嘗自爲詩見志, 詩曰:

誰云妾無夫, 妾猶及見夫方殂. 誰云妾無子, 側室生兒與夫似. 兒讀書, 妾辟
纑, 空房夜夜聞啼烏. 兒能成名妾不嫁, 良人瞑目黃泉下.

後綸官至禮侍.

一見之情, 勝于百年. 且不怨納妾而能誨子, 閨中大聖賢也.

8. (1-8) 미인 우희(美人虞)93)

초나라 왕 항적(項籍)94)에게 우(虞)라고 불리는 미인이 있었는데 그녀는

---

89) 外傳(외부): 옛날 귀족자제가 일정한 연령에 이르면 집을 나가 구학하는데
그 선생은 內傳와 상대된 뜻으로 外傳라 불리었다. 《禮記·內則》에 "十年, 出
就外傳, 居宿於外, 學書記."라는 구절이 있는데 鄭玄의 주에는 "外傳, 教學之師
也."라고 되어 있다.

90) 【校】官禮部主事: 《情史》에는 "官禮部主事"로 되어 있고 《復齋日記》에는 "官
至禮部侍郎"으로 되어 있다.

91) 復儲(복저): 명나라 英宗 朱祁鎭이 正統 14년에 몽고군에 포로로 잡혀간 뒤
태자 朱見濬이 두 살밖에 안 되었으므로 朱祁鎭의 아우인 代宗 朱祁鈺이 황
제로 즉위하게 된다. 英宗이 조정으로 돌아온 뒤에 代宗은 제위를 돌려주지
않고 심지어 그의 아들인 朱見濟를 태자로 세우고 朱見濬을 沂王으로 강등시
켰다. 朱見濟가 요절을 하자 조정에서는 沂王을 태자로 복위시켜야 한다는
의론이 있어 당시 禮部郎中이었던 章綸은 監察御使인 鐘同과 함께 상소문을
올려 復儲를 청했다가 투옥된 일이 있었다.

92) 詔獄(조옥): 황제의 어명으로 잡아둔 죄인을 가두었던 감옥을 이른다.

93) 虞姬와 項羽에 관한 이야기는 《史記》 권7〈項羽本紀〉에 보이며《太平御覽》
권87〈項籍〉에도 보인다. 명나라 吳震元의《奇女子傳》권1에는〈虞姬〉로 실
려 있다.

항상 총애를 받아 항왕을 수행했다. 추(騅)라고 하는 준마도 있었는데 항왕은 항상 그 말을 타고 다녔다. 그의 군대가 해하(垓下)⁹⁵⁾에서 패할 때에 이르러 제후의 병사들이 그를 여러 겹으로 포위해 밤에 사방에서 온통 초나라 노랫소리가 들렸다. 이에 비장하게 노래하다가 북받쳐 스스로 시가(詩歌) 몇 수를 지었는데 그 노래는 이러하다.

힘은 산을 뽑을 만하고 기개는 세상을 덮을 듯한데	力拔山兮氣蓋世
시운이 불리하니 오추마(烏騅馬)도 달리지 않는구나!	時不利兮騅不逝
오추마가 달리지 않으니 어찌할 수 있겠는가	騅不逝兮可奈何
우(虞)여 우(虞)여 너를 어찌해야 할고	虞兮虞兮奈若何

우희가 이렇게 화답했다.

한나라 군대가 이미 땅을 침범하여	漢兵已略地
사방에선 초나라 노랫소리 들리네	四面楚歌聲
대왕께서 의기(意氣)가 다 하셨는데	大王意氣盡
천첩이 어찌 구차히 살겠습니까	賤妾何聊生

항왕이 몇 줄기의 눈물을 흘리면서 우희에게 말하기를 "한왕(漢王)을 잘 모시거라."라고 하니, 우희가 말하기를 "첩이 듣기로 충신은 두 임금을

---

94) 항적(項籍, 기원전 232~기원전 202): 자는 羽이며 秦나라 下相(지금의 江蘇省 宿遷市 宿城區)사람이었다. 진나라 말년에 楚懷王 熊心에 의해 魯公으로 봉해졌고 巨鹿 전투에서 초나라 군대를 이끌고 진나라 군대를 크게 격파했다. 진나라가 망한 뒤에 스스로 西楚霸王이라 칭하고 황하 및 장강 하류에 있는 9개의 군을 다스렸다. 그 후 楚漢 전쟁 중에 유방에게 패하여 烏江(지금의 安徽省 和縣에 있다.) 강가에서 스스로 목을 자르고 죽었다.

95) 해하(垓下): 劉邦이 項羽를 포위해 최후의 결전을 벌렸던 곳으로 지금의 安徽省 靈璧縣 동남쪽에 있다.

섬기지 않고 정조를 지키는 여자는 두 지아비를 섬기지 않는다고 하오니 대왕보다 앞서 죽기를 청하옵나이다."라고 했다. 항왕이 검을 뽑아 등 뒤로 건네주자 우희는 곧 스스로 목을 베었다. 우희가 죽은 곳에서 풀이 났는데 그 풀은 춤을 출 수 있었으니 사람들은 이를 우미인초(虞美人草)라고 불렀다.

청대(淸代) 상관주(上官周), 《만소당화전(晩笑堂畫傳)》
가운데 〈우희(虞姫)〉

탁 가옹(卓稼翁)[96]이 지은 〈제소소루(題蘇小樓)〉[97] 사(辭)에서는 이렇게
읊었다.

장부가 한 손으로 검을 들고 　　　　　丈夫隻手把吳鉤[98]
만인(萬人)의 목을 베려 했도다 　　　　欲斷萬人頭
어찌하여 철석으로 다져진 마음이 　　　因何鐵石打成心性
꽃 같은 여인으로 인해 도리어 부드럽게 되었느뇨 　却爲花柔
그대는 보았는가, 항적과 유방(劉邦)이 　君看項籍并劉季[99]
한 번 노하여 사람들을 근심하게 한 것을 　一怒使人愁
단지 우희와 척 부인을 만나 　　　　只因撞着虞姬戚氏[100]
호기가 모두 사라진 것이라네 　　　　豪氣都休

---

96) 탁가옹(卓稼翁): 卓田을 가리킨다. 자는 稼翁이고 호는 西山이며 建陽사람이었
　다. 송나라 甯宗 開禧 元年(1205)에 진사 급제했으며 南宋 黃昇이 집록한 《花
　菴詞選》에 그의 詞 3수가 보인다.
97) 제소소루(題蘇小樓): 《全宋詞》 권331에 〈眼兒媚·題蘇小樓〉라는 제목으로 실
　려 있는데 《情史》에 실린 본 작품과 비교해 볼 때, 문자의 출입이 있다. 그
　사는 다음과 같다. "丈夫只手把吳鉤. 能斷萬人頭. 如何鐵石, 打作心肺, 卻爲花
　柔. 嘗觀項籍並劉季. 一怒世人愁. 只因撞著, 虞姬戚氏, 豪傑都休."
98) 오구(吳鉤): 鉤는 兵器의 일종으로 모양이 검과 유사하나 약간 둥글게 굽은
　모양이다. 춘추시대 오나라 사람들이 鉤를 잘 만들었으므로 吳鉤라 칭하게
　된 것이다. 吳鈎라고 쓰기도 하며 날카로운 검을 널리 가리키기도 한다.
99) 유계(劉季): 한나라 高祖 劉邦(기원전 256~기원전 195)을 가리킨다. 자는 季이
　고(일설에는 원래의 이름이 季라고도 한다.) 沛郡 豐邑 中陽里(지금의 江蘇省
　豐縣)사람이었다. 원래 평민이었는데 秦나라 때 泗水의 亭長 직을 맡았다가
　沛郡에서 봉기를 일으켰으므로 沛公이라 불리었다. 진나라가 망한 뒤에 漢王
　으로 봉해졌으며 楚漢戰爭에서 西楚霸王인 항우를 패배시키고 한나라를 세운
　뒤 황제가 되었다. 廟號는 高祖이고 한나라 景帝 때 太祖로 바뀌었지만 최초
　의 묘호인 高祖로 많이 불리며 시호는 高皇帝이다.
100) 척씨(戚氏): 한나라 고조 유방이 총애했던 시첩인 戚夫人을 가리킨다. 呂皇后
　가 낳은 태자를 폐위시키고 자신의 아들을 태자로 세우려고 했지만 성사시
　키지 못했다. 고조가 죽은 뒤에 여황후에 의해 人彘로 만들어져 잔인하게 죽
　임을 당했다. 자세한 이야기는 《情史》 권14 情仇類 〈戚夫人〉에 보인다.

　내 생각에, 항적이 노하여 소리치자 천만의 사람이 스스로 엎드렸는데 우희는 온순하게 그의 환심을 샀으니, 우희는 정말로 어여삐 여길만한 여자이구나! 항적의 웅지가 이미 우희 때문에 사라졌기에 우희는 단지 죽음으로써 그에게 보답했을 뿐이다. 죽어서 무초(舞草)가 되었는데 누구를 위하여 춤을 추는 것인가? 양 용수(楊用修)[101]는 그 풀이 부드럽고 가냘파 가히 사랑할 만하다 하여 오미인(娛美人)이라 이름한 것인데 와전되어 우미인(虞美人)이 된 것뿐이라고 했다. 용자유(龍子猶)는 이런 시를 지었다.

진평(陳平)도 도망가고 범증(范增)도 달아났건만	陳平[102]逃去范增[103]亾
오직 우미인만 남아 칼날과 짝이 되었구나	獨有虞兮伴劍鋩
항우에게 영혼이 있다면 반드시 천제에게 송사해	喑啞有靈須訟帝
서둘러 무초(舞草)를 원앙으로 변하게 할 텐데	急將舞草變鴛鴦

---

101) 양용수(楊用修): 명나라 때 명재상이었던 楊廷和의 아들인 楊愼(1488~1559)을 가리킨다. 자는 用修이고 호는 升庵이었으며 新都(지금의 四川省 成都市 북쪽 교외)사람이다. 文名이 있었으며 문집인 《升庵集》이 전한다. 虞美人草에 관한 내용이 《升庵集》 권79 〈虞美人草〉 條에 보인다.

102) 진평(陳平, ?~기원전 178): 본래 항우의 모사였으나 유방이 항우의 軟禁에서 벗어날 수 있도록 도와주었으며, 그 뒤 유방에게 의탁해 한나라 개국공신이 되었다.

103) 범증(范增, 기원전 277~기원전 204): 항우의 책사로 亞父라고 받들어졌다. 한나라 원년에 항우를 따라 관중을 공격한 뒤 항우에게 유방의 세력을 없애라고 간했으나 항우는 이를 받아들이지 않았다. 그 후 다시 鴻門宴에서 항장으로 하여금 검무를 추게 하고 유방을 죽이라고 했지만 끝내 성공하지 못했다. 한나라 3년에 유방이 형양에서 항우에게 포위되었을 때 유방은 진평의 계책을 써서 항우와 범증 사이를 이간시켰다. 범증은 항우에게 의심을 받게 되자 관직을 그만둔 뒤, 고향으로 돌아가는 길에 병사했다.

[원문] 美人虞

項王籍, 有美人名虞, 常幸從; 有駿馬名騅, 常騎之. 及軍敗垓下, 諸侯兵圍之數重, 夜間四面皆楚歌, 乃悲歌慷慨, 自爲詩歌數闋[104]. 歌云:

"力拔山兮氣蓋世, 時不利兮騅不逝. 騅不逝兮可奈何, 虞兮虞兮奈若何?"

虞姬和云:

"漢兵已略地, 四面楚歌聲. 大王意氣盡, 賤妾何聊生?"

項王泣數行下, 謂姬曰: "善事漢王!" 姬曰: "妾聞忠臣不二君, 貞婦不二夫. 請先君死." 項王拔劍, 背而授之, 姬遂自刎. 姬葬[105]處, 生草能舞, 人呼爲"虞美人草".

卓稼翁[名田[106]], 建陽人〈題蘇小樓〉辭云:

"丈夫隻手把吳鉤, 欲斷萬人頭. 因何鐵石, 打成心性, 却爲花柔? 君看項籍幷劉季, 一怒使人愁. 只因撞着, 虞姬戚氏, 豪氣都休."

余謂以籍之喑啞叱咤, 千人自廢[107], 而虞能婉順得其歡心, 虞眞可憐人哉! 籍之雄心, 已先爲虞死矣, 虞特以死報之耳. 死爲舞草, 爲誰舞耶? 楊用修謂其柔細可愛, 名"娛美人", 訛爲"虞"耳. 龍子猶有詩云:

"陳平逃去范增亾, 獨有虞兮伴劍鋩.

喑啞[108]有靈須訟帝, 急將舞草變鴛鴦."

---

104) 闋(결): 노래 혹은 詞의 한 수를 한 闋이라고 한다.
105) 【校】葬: [鳳], [岳], [類], [影]에는 "葬"으로 되어 있고 [胄]에는 "死"로 되어 있다.
106) 【校】田: [鳳], [岳], [類], [影]에는 "田"으로 되어 있고 [胄]에는 "由"로 되어 있다.
107) 喑啞叱咤 千人自廢(암아질타 천인자폐):《史記 · 淮陰侯列傳》에서, 韓信이 유방에게 항우를 평가하면서 "항왕이 노하여 소리치면 천 만의 사람이 모두 습복하지만 현명한 장수는 임용할 수 없으니 이는 단지 필부의 용기일 뿐입니다.(項王喑噁叱咤, 千人皆廢, 然不能任屬賢將, 此特匹夫之勇耳.)"라고 했다는 내용이 보인다.
108) 喑啞(음아): 喑噁(음오)와 같은 의미로 노하여 큰 소리로 악을 쓴다는 뜻이다. 여기서는 項羽를 지칭한 것이다.

9. (1-9) 녹주(綠珠)109)

녹주(綠珠)는 성이 양(梁) 씨이고 백주(白州) 박백현(博白縣)110) 사람이다.
백주는 남창군(南昌郡)111)으로 옛날에는 월(越)112)나라 땅이었고 진(秦)나
라 때는 상군(象郡)113)이었으며 한나라 때에는 합포현(合浦縣)114)이었다.
당나라 무덕(武德)115) 연간 초에 소선(蕭銑)116)을 평정하고 이곳에 남주(南
州)를 두었다가 얼마 지나지 않아 백주(白州)로 바꾸었는데 이는 백강(白江)
을 따서 이름한 것이다. 주(州)의 경내에는 박백산(博白山), 박백강(博白江),
반룡동(盤龍洞), 방산(房山), 쌍각산(雙角山), 대황산(大荒山) 등이 있다. 산
위에 연못이 있는데 그 연못에는 비첩어(婢妾魚)117)라는 물고기가 있었다.

---

109) 이 이야기는 송나라 樂史가 지은 傳奇小說 〈綠珠傳〉이다. 〈綠珠傳〉은 《說郛》
  권112上와 노신의 《唐宋傳奇集》 권7에 수록되어 있다. 명나라 吳震元의 《奇
  女子傳》 권2에도 〈綠珠〉로 보이며 王世貞의 《艷異編》 권16에도 〈綠珠傳〉으로
  전한다. 원나라 關漢卿의 雜劇 〈綠珠墜樓〉도 있었는데 지금은 전하지 않는다.
  《燕居筆記》 권8에는 話本小說 〈綠珠墜樓記〉로 각색되어 전하기도 한다.
110) 백주박백현(白州博白縣): 白州는 州의 이름으로 당나라 때 南州를 설치했다
  가 白州로 개칭했다. 博白縣(지금의 廣西省에 속한다)은 白州의 관할지였다.
111) 남창군(南昌郡): 《宋史·地理志六》에 따르면 白州는 南昌郡이라 불리기도 했
  다고 한다.
112) 월(越): 고대 남방의 소수민족으로 粵이라 불리기도 했다. 長江 중·하류 이
  남의 지역에 분포되어 있었으며 부락이 많았으므로 百越 혹은 百粵이라고
  도 칭했다.
113) 상군(象郡): 기원전 214년에 秦나라가 嶺南에 설치한 군으로 지금의 廣西省
  서부 지역과 越南의 중·북부 지역에 해당한다.
114) 합포현(合浦縣): 서한 때 설치된 현으로 당시의 治所는 지금의 廣西省 浦北
  縣 서남 지역이었고 송나라 때에 이르러 지금의 合浦縣으로 치소를 옮겼다.
115) 무덕(武德): 당나라 高宗 李淵의 연호로 618년부터 626년까지이다.
116) 소선(蕭銑, 583~621): 南蘭陵사람으로 後梁 宣帝의 증손이며 원래 수나라 羅
  州令이었다. 수나라 大業 13년(617년)에 군대를 일으켜 스스로 梁王이라 칭
  하고 그다음 해에 황제라 칭했으며 도성을 江陵으로 정했다. 이후 당나라
  高祖가 李靖을 보내 토벌하게 하여 長安에서 피살되었다.
117) 비첩어(婢妾魚): 妾魚라고도 하며 민물고기의 일종인 납줄개를 가리킨다. 당

녹주는 쌍각산 밑에서 태어났으며 아리땁고 고왔다. 월지(越地)의 풍속에
진주를 최상의 보물로 여겼으므로 계집아이를 나으면 주낭(珠娘)이라 했고,
사내아이를 나으면 주아(珠兒)¹¹⁸⁾라고 했다. 녹주라는 이름은 이로 말미암아
붙여진 것이다. 진(晉)나라 석숭(石崇)¹¹⁹⁾은 교지(交趾)¹²⁰⁾의 채방사(採訪
使)¹²¹⁾로 있으면서 진주 세 곡(斛)¹²²⁾으로 녹주를 얻었다. 석숭은 하남(河南)
에 있는 금곡간(金谷磵)¹²³⁾에 별장이 있었는데 그 계곡에는 금수(金水)가
흘렀으며 그 물은 태백원(太白原)¹²⁴⁾에서 발원한 것이었다. 석숭은 골짜기를

나라 白居易는 《禽蟲十二章》詩之三에 있는 "江魚羣從稱妻妾"이라는 구에 스
스로 이렇게 주석을 달았다. "長江과 沱江에 어떤 물고기가 있는데 헤엄을
칠 때면 세 마리가 함께 있어 媵妾이 妻를 따르듯이 한 마리가 앞에 있고
두 마리가 그 뒤를 따르기에 그곳 사람들은 그것을 '비첩어'라고 한다.(江沱
間有魚, 每游輒三, 如媵隨妻, 一先二後, 土人號爲婢妾魚.)"《爾雅·釋魚》에서는
"鱴鮂는 鱥鯞이다.(鱴鮂, 鱥鯞.)"라고 했고, 그 注에서는 "작은 물고기로 붕어
새끼와 비슷하며 검다. 민간에서는 魚婢라고 부르며 江東에서는 妾魚라고
부른다.(小魚也. 似鮒子而黑, 俗呼爲魚婢, 江東呼爲妾魚.)"라고 했다.

118) 주아(珠兒): 梁나라 任昉의 《述異記》 권上에서 이르기를 "越지방 풍속에서
진주를 가장 진귀한 보물로 여겼기에 계집아이를 낳으면 珠娘이라 불렸고
사내아이를 낳으면 珠兒라고 불렸다."라고 했다.
119) 석숭(石崇, 249~300): 西晉 때의 큰 부호로 자는 季倫이고 아명은 齊奴였다.
渤海郡 南皮縣(지금의 河北省 南皮縣) 동북 지역 사람으로 처음에 脩武令을
지내다가 侍中의 벼슬까지 올랐다. 永熙 원년에 荊州 刺史가 되어 왕래하는
행상들을 겁탈해 큰 부자가 되었다. 종실인 王愷, 羊琇와 致富로 서로 다투
며 사치스러운 생활을 했다. 王愷는 석숭과 더불어 재산을 겨루며 武帝 司
馬炎의 도움을 받았어도 석숭을 이기지 못했다고 한다. 八王의 亂이 일어났
을 때 趙王인 司馬倫에게 죽임을 당했다. 자세한 내용은 《晉書》 권33 〈石崇
傳〉에 보인다.
120) 교지(交趾): 한나라 때 설치된 郡으로 지금의 越南 北部 紅河 유역 일대이다.
121) 채방사(採訪使): 당나라 開元 21년에 전국을 15개 道로 나눈 뒤, 각 도에 採
訪處置使를 두어 訟案을 심사하고 州縣의 관리를 감찰하는 역할을 하도록
했다. 채방사는 그 약칭이며 한나라 때의 刺史와 비슷하다.
122) 곡(斛): 식량 등을 재는 양사로 한 斛은 열 斗였다가 南宋 말년 이후에는
다섯 斗로 바뀌었다.
123) 금곡간(金谷磵): 지금의 河南省 洛陽市 서북쪽에 있는 골짜기로 金水가 이곳
을 경유하며 石崇은 여기에 金谷園을 건축했다.

따라 정원을 만들어 놓고 녹주를 머물게 했
다. 녹주가 피리를 잘 부는 데다가 또한 〈명군
(明君)〉125) 춤도 잘 추었으므로 석숭은 그에
게 〈명군가(明君歌)〉를 지어 몸소 가르치기
도 했으며 〈오뇌곡(懊惱曲)〉126)을 지어 선사
하기도 했다.

綠珠

청대(淸代) 왕회(王翽), 《백미신영(百美新詠)》
가운데 〈녹주(綠珠)〉

---

124) 태백원(太白原): 《水經注》 권16 〈穀水注〉에는 "金谷水는 太白原 동남쪽에서
발원하여 金谷을 경유해 흘러가 金谷水라 불리었다.(出太白原東南, 流歷金谷,
謂之金谷水.)"라고 되어 있고, 《太平寰宇記》 권3 〈河南府河南縣〉에는 "太白原
은 芒山의 또 다른 언덕이다. 縣의 서북쪽 68리 되는 곳에 있다. 《輿地志》
에서 이르기를 '金水는 太白原 동남에서 발원하고 金谷을 경유한다.'고 했는
데 바로 이 平原이다.(太白原, 其原芒山之異阜也. 在縣西北六十八里. 《輿地志》
云: '金水始自太白原東南, 經金谷.' 即此原也.)"라고 되어 있다.

125) 명군(明君): 여기서 명군은 舞曲名이다. 《文選》 권27과 《玉臺新詠》 권2에 수
록된 석숭의 〈王明君辭〉 序에 이런 내용이 보인다. "王明君이란 자는 본래
王昭君이었는데 文帝 司馬昭의 이름을 避諱하여 明君으로 바꾼 것이다. 흉
노가 盛하여 한나라에 혼인을 청하자 元帝는 後宮에 있던 양가집 딸인 소
군을 배필로 삼게 했다. 옛날에 한나라 공주가 烏孫으로 시집갈 때 말 위에
서 비파로 음악을 연주하도록 하여 여로의 심사를 달래주었는데 명군을 보
낼 때에도 반드시 그랬을 것이다. 그 새로 지은 곡은 대부분 애절한 소리
였으므로 이를 종이에 기록한다." 왕소군에 대한 자세한 이야기는 《情史》
권13 정감류 〈昭君〉에 보인다.

126) 오뇌곡(懊惱曲): 樂府 吳聲歌曲의 이름으로 〈懊儂歌〉라고도 한다. 《樂府詩集》
권46 〈懊儂歌十四首〉에서 《古今樂錄》을 인용한 다음과 같은 기록이 보인다.
"〈懊儂歌〉라는 것은 晉나라 석숭의 시첩인 녹주가 지은 것으로 오직 '絲布
澀難縫' 한 곡뿐이다. 나중의 것들은 모두 隆安 초 민간의 민요들이다."

  조왕(趙王)인 사마 륜(司馬倫)[127]이 상도(常道)를 어기니 적도(賊徒)인
손수(孫秀)[128]는 사람을 시켜 녹주를 요구했다. 석숭은 바야흐로 노대(露臺)
에 올라 맑은 물을 내려다보고 있었고 비첩들은 옆에서 시중을 들고 있었다.
손수의 사자(使者)가 고하자 석숭은 시녀 수백 명을 불러내어 보여줬는데
그들은 모두 향기를 풍기며 비단 옷을 입고 있었다. 석숭이 말하기를 "마음대
로 택하시오."라고 하자, 사자가 말하기를 "군후(君侯)[129]의 시중을 드는
여자들은 모두 아름답습니다. 저는 명령을 받고서 녹주를 달라고 왔는데
그가 누구인지 모르겠습니다."라고 했다. 석숭이 의연하게 정색을 하며
말하기를 "내가 아끼는 계집이라 그대는 얻을 수 없을 것이외다."라고 했더니,
사자가 말하기를 "군후께서는 고금의 일에 통달하셨고 먼 곳과 가까운
곳을 살피실 수 있으시니 심사숙고하시기 바랍니다."라고 했다. 석숭은
"그렇게는 아니 되오."라고 말했다. 사자가 나가다가 다시 돌아와서 청했지만
석숭은 끝내 허락하지 않았다. 손수가 노하여 석숭의 일가를 멸족하도록
조왕에게 참소했다. 석숭을 잡으러 온 병사들이 갑작스레 이르자 석숭이
녹주에게 말하기를 "내 지금 너 때문에 죄를 받았다."라고 했다. 녹주가

---

127) 사마륜(司馬倫, ?~301): 西晉의 宣帝 司馬懿의 아홉 번째 아들이다. 晉나라
    武帝 司馬炎이 즉위한 뒤에 그를 琅琊郡王으로 봉했고 나중에 다시 趙王으
    로 봉했다. '八王의 亂'을 일으킨 여덟 명의 왕 중의 하나였다. 永寧 원년에
    惠帝를 金墉城으로 보내고 스스로 황제가 되었다. 그 후 4개월 만에 齊王인
    司馬冏이 擧事해 혜제를 다시 맞이했으며, 그는 사약을 받고 죽었다. 이에
    대한 자세한 기록은 《晉書·趙王倫傳》에 보인다.
128) 손수(孫秀, ?~301): 자는 俊忠이고 琅琊(지금의 山東省 臨沂市)사람이었다. 五
    斗米教를 믿었고 젊었을 때 司馬倫의 아전으로 있었는데 아부를 잘하고 사
    마륜의 마음에 들게 상소문을 잘 썼으므로 총애를 받았다. 사마륜을 위해
    離間計로 태자를 폐위시키고 賈皇后를 죽여 제위에 오르도록 했다. 그 후
    齊王을 비롯한 여러 왕들이 함께 거사해 군대를 거느리고 입궁했을 때 中
    書省에서 죽임을 당했다.
129) 군후(君侯): 秦漢 때는 승상을 맡은 제후를 가리켰으나 한나라 이후에는 현
    귀한 사람에 대한 존칭으로 쓰였다.

울면서 말하기를 "군후 앞에서 죽음으로 보답하겠습니다."라고 했다. 이에
석숭이 말렸으나 녹주는 순식간에 누각 밑으로 떨어져 죽었다. 그리고
석숭은 동시(東市)에서 참수되었다. 당시의 사람들은 그 누각을 이름하여
녹주루(綠珠樓)라고 했다. 그것은 보광리(步廣里)130)에 위치하여 적천(狄
泉)131)에 가깝고 왕성(王城)132)의 동쪽에 있다. 녹주에게는 송위(宋禕)라는
제자가 있었는데 국색인 데다가 피리도 잘 불었으므로 나중에 진(晉)나라
명제(明帝)133)의 궁으로 들어갔다.

본전(本傳)134)에서는 다음과 같이 이른다.

백주에 한 물줄기가 있는데 이 물은 쌍각산에서 흘러나와 용주강(容州江)
과 합쳐지고 녹주강(綠州江)이라 불린다. 귀주(歸州)135)에 소군촌(昭君
村)136)과 소군탄(昭君灘)이 있고, 오지(吳地)에 서시곡(西施谷)과 지분당(脂
粉塘)137)이 있는 것처럼 이 강도 미인이 나온 곳을 취하여 이름으로 삼은

---

130) 보광리(步廣里): 漢魏 때 귀족들이 살았던 동네로 洛陽 동북쪽에 있었다.
131) 적천(狄泉): 일명 翟泉이라고도 하며 지금의 河南省 洛陽市에 있는 호수이다.
132) 왕성(王城): 周나라 때 東都인 洛邑을 가리키며 지금의 河南省 洛陽市 서북
    지역이다.
133) 명제(明帝): 晉나라 明帝 司馬紹(298~325)를 가리킨다. 자는 道畿이며 晉元帝
    의 아들로 東晉의 두 번째 황제였다.
134) 본전(本傳): '본래의 傳'이라는 뜻으로 여기에서는 樂史의 〈綠珠傳〉을 가리킨다.
135) 귀주(歸州): 당나라 때 설치한 州로 지금의 寧夏省 동남쪽에 있다.
136) 소군촌(昭君村): 원래의 지명은 寶坪村이었으며 지금의 湖北省 興山縣 남쪽
    교외에 있다. 한나라 때 王昭君이 이 마을에서 태어나고 자라 소군촌이라고
    불리게 되었다.
137) 지분당(脂粉塘): 시내의 이름으로 전설에 따르면, 춘추시대 서시가 목욕했던
    곳이라 한다. 《太平御覽》 권981에서 남조 梁나라 任昉의 《述異記》 권上에
    있는 다음과 같은 이야기를 인용했다. "吳나라 옛 궁전에 香水溪가 있는데
    민간에서는 그곳을 서시가 목욕했던 곳이라고 하며 脂粉塘이라고도 부른다.
    吳王의 宮人들이 이 시내의 상류에서 화장을 씻었는데 지금까지도 그 시냇

것이다. 또한 녹주정(綠珠井)[138]도 있는데 쌍각산 아래에 있다. 노인들이 전하여 말했다.

"이 우물물을 길어 먹은 자가 여자아이를 낳으면 그 아이들은 거의 다 고왔다. 마을에 식견이 있는 자가 미색이 시세(時世)에 좋을 것이 없다고 여겨 큰 돌로 그 우물을 덮어 버렸다. 그 후에 단정하고 예쁜 여자아이를 비록 낳은 적도 있었지만 칠규(七竅)와 사지(四肢)가 다 갖추어지지 않은 경우가 많았다."

어찌 산수가 그렇게 만든 것이 아니겠는가! 소군촌에서 계집아이를 낳으면 모두 얼굴을 불로 지져 망가뜨리니 백거이가 그의 시[139]에서 이렇게 읊었다.

옛 사람의 훈계를 받들지 않으면	不取往者戒
후손에게 원한을 남길까 두려워라	恐貽來者寃
지금까지도 소군촌 처녀들의 얼굴에	至今村女面
불로 지져 상처를 내는구나	燒灼成痕瘢

이는 불구가 된 자를 애석하게 여긴 것이다.

아! 석숭의 파멸은 비록 녹주로부터 시작된 것이기는 하지만 그 내원은 이전부터 쌓여온 것이었다. 석숭은 일찍이 형주(荊州)[140] 자사(刺史)를 지낼 적에 멀리서 온 사자들의 물건을 강탈하고 객상들을 물속에 빠뜨려 죽임으로

물이 향기롭다."

138) 녹주정(綠珠井): 당나라 劉恂의 《嶺表錄異》 권中에 다음과 같은 기록이 있다. "녹주정은 쌍각산 아래에 있다. 옛날에 양씨 집 딸이 용모가 아름다워 석계륜이 교지채방사로 있을 때 진주 세 斛으로 그를 샀다. 양씨가 살았던 그 집에는 옛 우물이 남아 있다." 樂史의 《太平寰宇記》 권167에는 "옛 우물은 지금 이미 막혀 있다."라고 기록되어 있다.

139) 이 시의 제목은 〈過昭君村〉이며 《全唐詩》 권434에 실려 있다.

140) 형주(荊州): 지금의 湖北省 荊州市이다.

써 거부(巨富)가 되었다. 또한 왕개(王愷)[141]에게 짐새를 보내어 함께 짐독(鴆
毒)사건을 모의하기도 했다. 그런 음모를 꾸민 적이 있는 데다가 또한 빈객을
초청해 연회를 열고 미인들로 하여금 한 사람 한 사람에게 술을 따르게
한 뒤에 빈객 중에 다 마시지 않는 자가 있으면 환관을 시켜 그 미인을
베어 죽이게 했다. 일찍이 승상인 왕도(王導)[142]와 대장군인 왕돈(王敦)[143]
이 함께 석숭을 방문한 적이 있었다. 승상은 평소에 술을 마시지 못했음에도
번번이 억지로 술을 마셔서 크게 취하게 되었다. 대장군 왕돈은 술 마실
차례가 되었음에도 일부러 술을 마시지 않고 석숭의 기색만 살피다가 이미
세 사람이 베어 죽임을 당했다. 승상이 왕돈에게 다 마시도록 권하자 왕돈이
말하기를 "저 사람이 스스로 사람을 죽이는 것이 나와 무슨 상관입니까?"라고
했다.

군자가 말하기를 "화복(禍福)에는 문이 없어 오직 사람들이 불러들이는
것이다."라고 했다. 석숭의 마음이 의롭지 못해 지나치게 사람을 죽였으니
어찌 응보를 받지 않을 수가 있겠는가? 녹주가 아니었다면 석숭의 죽임을
앞당길 수 없었을 것이고, 석숭이 아니었다면 녹주의 이름이 드러나지
않았을 것이다.

누각에서 투신한 녹주는 시녀 가운데 정절이 있는 자이다. 옛사람과
견준다면 전륙출(田六出)을 들 수 있으니, 전륙출이란 자는 왕진현(王進

---

141) 왕개(王愷): 晉나라의 유명한 유학자 王肅의 아들이며 晉나라 武帝 司馬炎의
외삼촌이었다. 자는 君夫이고 東海郡 郯地(지금의 山東省 郯城)사람이다. 龍
驤將軍, 散騎長侍 등의 벼슬을 지냈고 지극히 사치스러운 생활을 한 것으로
유명하다. 자세한 내용은 《晉書·外戚列傳》에 보인다.

142) 왕도(王導, 276~339): 자는 茂弘이며 晉나라 琅邪 臨沂(지금의 山東省 費縣
동쪽 일대)사람으로 어려서부터 담력과 식견이 뛰어났다. 東晉의 元帝·明
帝·成帝 때 승상을 지냈다.

143) 왕돈(王敦, 266~534): 王導의 사촌형으로 晉 武帝의 딸 襄城公主를 맞이해 駙
馬都尉의 벼슬을 받았다. 자는 處仲이고 東晉 元帝 때 軍事를 주관했으며
鎭東大將軍을 지냈다.

賢)144)의 시녀였다. 왕진현은 진(晉)나라 민회태자(愍懷太子)145)의 비(妃)였
는데, 낙양(洛陽)이 함락되었을 때 석륵(石勒)146)은 그녀를 빼앗아 얻은
뒤에 아내로 삼으려 했다. 이에 왕진현은 그에게 욕하기를 "나는 황태자의
비이며 사도공(司徒公)147)의 딸인데 오랑캐 놈이 감히 나를 능멸하는 것이
냐?"라고 하고, 말을 마치자 황하(黃河)에 투신했다. 그러자 전륙출은 말하기
를 "대인께서 그렇게 하신 이상 나도 마땅히 그렇게 해야 한다."라고 한
뒤에 또한 황하에 몸을 던졌다.

그 후 시인들은 노래하고 춤추는 기생에 대해 시를 지을 때에 모두 녹주라고
이름했다. 유견오(庾肩吾)148)는 이런 시를 지었다.

---

144) 왕진현(王進賢): 晉나라 武帝 때 尙書令인 王衍의 딸로 자는 惠風이고 愍懷
太子의 妃였다. 그에 대한 傳으로 《晉書‧列女傳》〈愍懷太子妃王氏〉가 있다.

145) 민회태자(愍懷太子): 西晉의 武帝 司馬炎의 손자로 晉 惠帝 司馬衷의 아들인
司馬遹(278~300)을 가리킨다. 趙王 司馬倫은 賈황후를 제거하기 위해 孫秀의
離間計를 써서 賈황후의 손을 빌어 許昌에서 司馬遹을 죽인 뒤, 다시 이 일
을 핑계 삼아 거병하여 賈황후를 주살하는 일이 있었다. 趙王倫은 정권을
잡은 뒤에 司馬遹을 민회태자로 추봉하고 顯平陵에 묻어주었다.

146) 석륵(石勒, 274~333): 자는 世龍이고 원명은 匐勒이며 上黨 武響(지금의 山西
省 楡社縣 북쪽 일대)사람으로 羯族이었다. 十六國時代 後趙을 세우고 역사
상 유일하게 노예의 신분에서 황제가 되어 319년부터 333년까지 재위했다.
그의 대한 傳이 《晉書》 권105에 보인다.

147) 사도공(司徒公): 晉나라 王衍(256~311)을 가리킨다. 자가 夷甫이고 琅玡 臨沂
(지금의 山東省 費縣 동쪽 일대)사람으로 淸談을 숭상했으며 司徒의 벼슬까
지 올랐다. 晉나라 永嘉 5년에 석륵과 교전하다가 포로가 된 뒤, 죽임을 당
했다. 원래 司徒는 政事를 관장하는 우두머리였으나 晉나라 때에 이르러서
는 실권이 없는 벼슬이었다.

148) 유견오(庾肩吾, 487~551): 자는 子愼 혹은 愼之이며 호는 高齊學士이고 南陽
新野(지금의 河南省 新野縣)사람이다. 남조 梁나라 때 宮體詩의 대표적 작가
였고 서예이론서인 《書品》을 남겼다. 詩賦에 능통했으나 작품집은 전하지
않고 명나라 때 張溥가 그의 작품을 모아 《庾度支集》을 집록했다. 인용된
시의 제목은 〈石崇金穀妓〉이고 《玉臺新詠》 권10에 수록되어 있다.

난당(蘭堂)에 상객(上客)이 오면	蘭堂上客至
비단 방석에 앉아 거문고를 타네	綺席清弦撫
스스로 〈명군사(明君辭)〉를 짓고	自作〈明君辭〉
녹주에게 춤을 가르치누나	還教綠珠舞

이원조(李元操)149)는 이렇게 읊었다.

미녀들이 부채춤을 추고	絳樹搖歌扇
금곡원(金谷園)에 춤판이 벌어졌구나	金谷舞筵開
비단 소매로 돌아가는 손님을 스치며 만류하니	羅袖拂歸客
즐거이 남아 옥술잔에 취하네	留歡醉玉杯

강총(江總)150)은 이렇게 읊었다.

녹주는 눈물을 머금고 춤을 추는데	綠珠銜淚舞
손수는 억지로 강요만 하는구나	孫秀強相邀

녹주가 죽은 지 이미 수백 년이 지났는데 시인들은 아직도 그녀에 대해 읊기를 그치지 않으니 그 까닭은 무엇인가? 대개 일개 시첩으로 글을 알지는 못했어도 주인의 은혜를 알아 비분해하며 목숨도 돌보지 않았으니 그 늠름한

---

149) 이원조(李元操): 隋나라 때 사람 李孝貞(?~약 591)을 가리킨다. 자는 元操이고 趙郡 柏(지금의 河北省 隆堯)사람이었다. 高祖 楊堅의 祖父 이름자인 '禎' 자를 피휘하기 위해 字로 불리었다. 蒙州刺史와 內史侍郎 등의 벼슬을 지냈으며 음악과 음주를 즐겼다. 《隋書》 권57에 그에 대한 傳이 보인다.

150) 강총(江總, 519~594): 南朝 陳나라의 시인으로 자는 總持이고 濟陽 考城(지금의 河南省 蘭考)사람이다. 梁, 陳, 隋 三朝에 걸쳐 벼슬을 했으며 尚書令까지 지냈다. 인용된 시구는 5언 율시 〈洛陽道二首〉의 첫째 수 마지막 연이며 송나라 郭茂倩의 《樂府詩集》 권23에 수록되어 있다.

충렬은 진실로 후인들로 하여금 앙모하게 하고 시를 지어 읊조리게 하기에 족하기 때문이다. 후한 봉록을 누리고 높은 관직을 도둑질해 얻으며, 인의에 따라 행동하는 것을 잊고 배반할 마음을 품으며, 조삼모사(朝三暮四)하고 오직 이익만을 도모해 절조가 오히려 일개 부녀자만도 못하면서 어찌 부끄러워하지 않는가?

석숭이 죽은 뒤 열흘이 지나 조왕 사마 륜이 패망하자 좌위장군(左衛將軍) 조천(趙泉)은 손수를 중서성(中書省)[151]에서 참수했다. 군사(軍士) 조준(趙駿)은 손수의 가슴을 가르고 그의 심장을 꺼내 먹었다. 사마 륜은 금용성(金墉城)[152]에 갇혀 금설주(金屑酒)[153]를 받자 수치스러워 수건으로 얼굴을 덮어 가리고 말하기를 "손수가 나를 그르쳤구나!"라고 한 뒤에 금설주를 마시고 죽었으며, 그들의 일족은 모두 주살당했다. 남양생(南陽生)[154]이 말했다.

"이것은 하늘의 힘을 빌려 원한을 갚은 것이다. 그렇지 않다면 어찌 그렇게 빨리 주살되었겠는가?"

---

151) 중서성(中書省): 魏晉 때부터 설치되었으며 나라의 政事를 주관했던 官署이다.

152) 금용성(金墉城): 삼국시대 魏나라 明帝가 만든 城으로 지금 河南省 洛陽市 동북쪽에 있다. 魏晉 때에는 폐위된 황제와 황후들을 가두어 둔 곳이기도 하다.

153) 금설주(金屑酒): 황금가루인 금설을 넣어 만든 술이다. 고대 황제들이 后妃 혹은 측근에 있는 현귀한 자들에게 死藥으로 내렸다.

154) 남양생(南陽生): 樂史를 가리킨다. 王安石의 〈樂氏源流前序〉에 樂史를 비롯한 여러 樂 씨가 北宋 때 河南 南陽에서 宜黃으로 옮겨와 살면서 宜黃 악 씨의 시조가 되었다는 기록이 보인다. 악사에 대한 傳은 《宋史》 권306에 보인다.

[원문] 綠珠

　　綠珠者, 姓梁, 白州博白縣人也. 州則南昌郡, 古越[155]地, 秦象郡, 漢合浦縣也[156]. 唐武德初, 削平蕭銑[157], 於此置南州, 尋改爲白州, 取白江爲名. 州境有博白山、博白江[158]、盤龍洞、房山、雙角山、大荒山. 山上有池, 池中有婢妾魚. 綠珠生雙角山下, 美而豔. 越俗以珠爲上寶, 生女爲珠娘, 生男爲珠兒. 綠珠之字, 繇此而稱. 晉石崇爲交趾採訪使, 以眞珠三斛致之. 崇有別廬在河南金谷磵, 磵中有金水, 自太白原[159]來. 崇即谷製園館綠珠[160]. 綠珠能吹笛, 又善舞《明君》, 崇自製《明君歌》以敎之, 又製《懊惱曲》贈焉.

　　趙王倫亂常, 賊類孫秀使人求綠珠. 崇方登凉觀[161], 臨淸水, 婦女侍側. 使者以告, 崇出侍婢數百人以示之, 皆蘊蘭麝而披羅縠, 曰: "任所擇." 使者曰: "君侯服御, 麗矣. 然受命指索綠珠, 不知孰是?" 崇毅然作色曰[162]: "吾所愛, 不可得也." 使者曰: "君侯博古通今, 察遠見邇, 願加三思." 崇曰: "不然." 使者出而復反. 崇竟不許. 秀怒, 乃譖倫族之. 收兵忽至. 崇謂綠珠曰: "我今爲爾獲罪." 綠珠泣曰: "願效死于君前." 崇因止之, 遽墮樓而死. 崇棄東市[163]. 時人名其樓曰綠珠樓. 樓在步廣

---

155) 【校】越: [鳳], [岳], [類], [春], 《唐宋傳奇集》에는 "越"로 되어 있고 [影]에는 "道"로 되어 있다.

156) 【校】也: 《情史》에는 "也"로 되어 있고 《唐宋傳奇集》에는 "地"로 되어 있다.

157) 【校】蕭銑: [影], [鳳], [岳], [類], 《唐宋傳奇集》에는 "蕭銑"으로 되어 있고 [春]에는 "肖銑"으로 되어 있다.

158) 【校】江: [鳳], [岳], [類], 《唐宋傳奇集》에는 "江"으로 되어 있고 [影], [春]에는 "石"으로 되어 있다.

159) 【校】太白原: 李劍國의 《宋代傳奇集》에는 "太白原"으로 되어 있고 《情史》, 《說郛》, 《唐宋傳奇集》에는 "太白源"으로 되어 있다.

160) 【校】崇即谷製園館綠珠: 《情史》에는 "崇即谷製園館綠珠"로 되어 있고 《唐宋傳奇集》에는 "崇即川阜置園館"으로 되어 있다.

161) 凉觀(양관): 觀은 누대를 의미하고 凉觀은 露臺를 뜻한다.

162) 【校】崇毅然作色曰: 《情史》에는 "崇毅然作色曰"로 되어 있고 《唐宋傳奇集》에는 "崇勃然曰"로 되어 있다.

163) 棄東市(기동시): 한나라 때 長安의 東市(동쪽 시장)에서 사형수를 처결했으므로 나중에 사형장을 東市라고 불렀다. 棄市는 사형에 처한다는 뜻이다.

里164), 近狄泉, 在王城165)之東. 綠珠有弟子宋禕, 有國色, 善吹笛. 後入晉明帝166)
宮中.

　　本傳云: 白州有一派水, 自雙角山出, 合容州江, 呼爲綠珠江. 亦猶歸州有昭
君村、昭君灘, 吳有西施谷、脂粉塘, 蓋取美人出處爲名. 又有綠珠井, 在雙角山
下. 耆老傳云167): "汲此井者, 誕女必多美麗. 里閭有識者以美色無益于時, 因以巨
石鎭之. 邇後雖有産女端姸者168), 而七竅四肢多不完具." 豈非山水之使然169).
昭君村生女, 皆170)炙破其面, 故白居易詩云:

　　"不取往者戒, 恐貽來者寃. 至今村女面, 燒灼成痕瘢."

　　又以不完具者而惜焉.171)

《禮記·王制》에 의하면 "죄수를 시장에서 처형하고 사람들과 함께 그를 唾
棄한다.(刑人於市, 與衆棄之.)"라고 했으니, 본래는 형벌을 받는 사람을 길거
리에서 보이고 민중들로 하여금 함께 그를 타기하게 하는 것을 뜻했으나
나중에 棄市로 사형을 가리키게 되었다.

164) 【校】步廣里: 《情史》, 《宋代傳奇集》에는 "步廣里"로 되어 있고 《唐宋傳奇集》
에는 "步庚里"로 되어 있다.

165) 【校】王城: [春], [鳳], [岳], [類], 《唐宋傳奇集》에는 "王城"으로 되어 있고 [影]
에는 "玉城"으로 되어 있다.

166) 【校】晉明帝: 《唐宋傳奇集》에는 "晉明帝"로 되어 있고 《情史》에는 "宋明帝"로
되어 있다.

167) 【校】耆老傳云: 《情史》, 《唐宋傳奇集》에는 "耆老傳云"으로 되어 있고 《宋代
傳奇集》에는 "故老傳云"으로 되어 있으며 宋나라 晁載之의 《續談助》에는 "耆
老傳"으로 되어 있다. 《廣陵耆老傳》, 《襄陽耆老傳》 등과 여러 《耆舊傳》이 있
듯이 耆老傳도 書名일 가능성이 적잖으나 현전 문헌이 없어 구체적으로 검
증할 수는 없다. 耆老는 耆舊와 같은 뜻으로 老人이라는 뜻이다.

168) 【校】端姸者: [影], [春], 《唐宋傳奇集》에는 "端姸者"로 되어 있고 [鳳], [岳], [類]
에 "多端姸者"로 되어 있다.

169) 【校】豈非山水之使然: 《情史》에는 "豈非山水之使然"으로 되어 있고 《唐宋傳
奇集》에는 "異哉山水之使然"으로 되어 있다.

170) 【校】皆: [影], [春], 《唐宋傳奇集》에는 "皆"로 되어 있고 [鳳], [岳], [類]에는
"多"로 되어 있다.

171) 【校】又以不完具而惜焉: 《唐宋傳奇集》에는 "又以不完具而惜焉"으로 되어 있고

噫! 石崇之破172), 雖自綠珠始, 亦其來有漸矣. 常刺荊州, 劫奪遠使, 沈殺客商, 以致巨富. 又遺173)王愷鳩鳥, 共爲鳩毒之事174). 有此陰謀, 又以每邀燕集175), 令美人行酒, 客飮不盡者, 使黃門斬美人. 王丞相導與大將軍敦, 嘗共訪崇. 丞相素不能飮, 輒自勉強, 至于沈醉. 至大將軍, 故不飮以觀其氣色, 已斬三人. 丞相勸敦使盡, 敦曰: "彼自殺人, 與我何與?" 君子曰: "禍福無門, 唯人所召.176)" 崇心不義, 過殺人, 焉得無報也? 非綠珠無以速石崇之誅, 非石崇無以顯綠珠之名.

綠珠之墮樓, 侍兒之有貞節者也. 比之于古, 則有田177)六出. 六出者, 王進賢侍兒也. 進賢, 晉愍太子妃. 洛陽陷, 石勒掠進賢, 獲焉, 欲妻之. 進賢罵曰: "我皇太子婦, 司徒公女. 胡羌小子, 敢干我乎?" 言畢投河中. 六出曰: "大既有之, 小亦宜然." 復投河中.

其後詩人題歌舞妓者, 皆以綠珠爲名. 庾肩吾曰:

"蘭堂上客至, 綺席淸弦撫. 自作《明君辭》, 還敎綠珠舞."

李元操云:

"絳樹搖歌扇, 金谷舞筵開. 羅袖拂歸客, 留歡醉玉杯."

《宋代傳奇集》에는 "又以不完具而同焉"으로 되어 있으며 [影], [岳], [類]에는 "又與完具者同焉"으로 되어 있고 [鳳]에는 "又與不完具者同焉"으로 되어 있다.

172) 【校】 破: 《情史》에는 "破"로 되어 있고 《唐宋傳奇集》에는 "敗"로 되어 있다.

173) 【校】 遺: [春], [鳳], [岳], [類], 《唐宋傳奇集》에는 "遺"로 되어 있고 [影]에는 "遣"으로 되어 있다.

174) 鳩毒之事(짐독지사): 《晉書·石崇傳》에 다음과 같은 일이 전한다. "석숭이 嶺南에 있을 때 짐새 새끼를 얻어서 그것을 後軍의 장군인 왕개에게 주었다. 당시의 법에 짐새를 장강 이북으로 가져올 수 없도록 되어 있었기에 司隸校尉인 傳祗가 그 일을 적발하였으나 황제는 명령을 내려 석숭을 용서하고 짐새를 도성의 길거리에서 불태우도록 했다.(崇在南中得鳩鳥雛, 以與後軍將軍王愷. 時制, 鳩鳥不得過江. 爲司隸校尉傳祗所糾, 詔原之, 燒鳩於都街.)"

175) 【校】 又以每邀燕集: 《情史》에는 "又以每邀燕集"으로 되어 있고 《唐宋傳奇集》에는 "加以每邀客宴集"으로 되어 있다.

176) 禍福無門 唯人所召(화복무문 유인소소): 《左傳·襄公二十三年》에서 나온 말로 재앙과 복은 정해져 있는 것이 아니라 사람이 스스로 만든 것이라 뜻이다.

177) 【校】 田: [影], [春]에는 "田"으로 되어 있고 [鳳], [岳], [類], 《唐宋傳奇集》에는 "曰"로 되어 있다.

江總云:

"綠珠銜淚舞, 孫秀强相邀."

綠珠之歿, 已數百年矣, 詩人尚詠之不已, 其故何哉? 蓋一姬侍, 不知書而能感主恩, 憤不顧身, 其忠烈凜凜, 誠足使後人仰慕歌詠也. 至有享厚祿, 盜高位, 忘仁義之行[178], 懷反覆之情, 朝三暮四, 唯利是圖, 節操反不若一婦人, 豈不媿哉?

季倫死後十日, 趙王倫敗, 左衛將軍趙泉斬孫秀于中書. 軍士趙駿剖秀心食之. 倫囚金墉城, 賜金屑酒. 倫憅, 以巾覆面曰: "孫秀誤我也." 飲金屑而卒. 皆夷家族. 南陽生曰: "此乃假天之報怨, 不然, 何梟夷之立見乎?"

10. (1-10) 대장군 척계광의 첩(戚大將軍妾)[179]

명나라 대장군 척계광(戚繼光)[180]공의 부인은 위엄이 있고 용맹스러웠으며 군략(軍略)에 밝아 항상 지휘를 분담하여 공을 도와 성공하게 했다. 아들 하나만을 두었는데 그 또한 전투를 잘해 선봉대에 배치되었다. 군법에 의하면 후퇴하는 자는 참수하도록 되어 있었기에, 한번은 그의 아들이 적과 싸우다가 패하여 후퇴하자 척공은 곧 아들을 참수했다. 이에 모든 장졸들은 두려워 결사적으로 싸웠으므로 다시 대승을 거두었다. 부인이

---

178) 【校】行: [影], [春]에는 "行"으로 되어 있고 [鳳], [岳], [類], 《唐宋傳奇集》에는 "性"으로 되어 있다.

179) 이 이야기는 명나라 王同軌의 《耳談》 권2와 《耳談類增》 권31에 〈戚大將軍〉으로 보인다.

180) 척계광(戚繼光, 1528~1588): 자는 元敬이고 호는 南塘이며 山東 蓬萊사람이다. 登州衛 指揮檢事의 벼슬을 세습해 받았고 명나라 嘉靖 연간에 浙江 參將을 지내며 浙江 동쪽에서 활동하던 왜구를 격파했다. 그 후 왜구가 江西와 福建을 침범했을 때도 누차 전공을 세워 福建 總督이 되었다. 《明史》 권212에 그에 대한 傳이 보인다.

이 일로 인하여 다소 분
노한데다가 투기하는 것
또한 타고난 성품이었기
에 척공은 매번 관서에
들어갈 때마다 한눈도
팔지 않았다. 어떤 사람
이 별장에 첩을 두라고
일러주었더니 과연 그는
여러 명의 첩을 숨겨두
고 아들 셋을 낳았다. 부
인은 칼을 들고 돌연 그
곳으로 가곤 했으나 아
무런 인기척도 없었다.
밀실은 별실과 통했지만

청대(清代) 선통(宣統) 원년, 북경자강서국(北京自强書局),
《회도정사(繪圖情史)》 삽도 〈척대장군첩(戚大將軍妾)〉

그 문의 벽돌이 교묘하게 서로 맞춰져 있어서 벽을 봐도 문이 보이지 않았으므
로 오직 척공만 들어갈 수 있었기 때문이었다. 오랜 시간이 지나자 공이
한 애를 아무개 효렴(孝廉)181)의 아들이라고 가칭해 부인에게 양자로 삼기를
청하고 그 효렴을 글 선생으로 있게 하니 부인은 매우 안심을 하게 되었다.
어느 날 부인은 아들이 없는 것을 생각하니 눈물이 났다. 어떤 시녀가
이전에 있었던 일을 발설하자 부인은 크게 노하여 병사를 이끌고 가서

---

181) 효렴(孝廉): 孝는 孝悌한 자를 가리키고 廉은 淸廉한 자를 가리키는 말로 孝
廉은 漢나라 때부터 시작된 추천에 의한 인재 선발의 과목들이었다. 동한
때에는 벼슬을 하고자 하는 자들은 반드시 이 과목을 거쳐야 했고 이후에
는 한 과목으로 통합된 경우가 많았다. 《漢書·武帝紀》에 의하면, 한나라
光元 원년에 무제가 郡國에 효렴 각 한 명씩을 추천하라는 명을 처음 내렸
다고 했다. 推選된 士人을 지칭하기도 했으며 명청대에 이르러서는 擧人을
효렴이라고 부르기도 했다.

그곳을 덮치려고 했다. 누설할 자가 있을까 염려하여 한 명의 병졸도 집 밖으로 나가지 못하게 했으나 효렴은 급히 한 시종을 시켜 여러 겹의 담을 넘어가 척공에게 보고하도록 했다. 척공이 여러 장수들을 불러놓고 계책을 묻자, 어떤 이는 말하기를 "목숨을 걸고 대적하겠습니다."라고 했고 어떤 이는 "일찍 피하시는 것이 좋겠습니다."라고 말했다. 척공은 "모두 다 틀렸다." 라고 말한 뒤 스스로 윗옷과 신발을 벗은 채 무릎을 꿇고 부인을 기다렸다. 첩들은 머리를 풀고 석고대죄하며 각기 자식들을 안고 죽기를 청하면서 애들도 죽여 달라고 했다. 부인은 사람을 시켜 아이들을 안고 모두 집으로 데리고 가도록 명한 뒤에 말하기를 "화근의 우두머리는 저 늙은이다."라고 하고, 척공을 곤장으로 때리도록 명하여 척공은 곧 엎드려 곤장 수십 대를 맞았다. 문밖에서 장졸들의 함성이 크게 일자 부인은 비로소 그만두었고 여러 첩들을 더 독하게 매질한 후에 돌아갔다. 이로 인해 척공은 쉽게 외출할 수 없게 되었다. 공은 첩들과 떨어진 후에 그들이 가지고 있는 것들을 모두 싸게 하여 제 갈 길을 가도록 했다. 첩들은 생각하기를 "우리를 버리신 것이 주인의 본의도 아닌데 차마 어찌 주인을 저버릴 수 있겠는가!'라 고 한 뒤, 간단히 짐을 꾸려 다른 군으로 가서 삭발을 하고 비구니가 되어 여승의 집에 숨어 경을 읽으며 10여 년을 지냈다. 이들은 척공의 부인이 죽고 나서야 비로소 돌아와 각기 그 자식들을 품에 안을 수 있었다. 하지만 그 자식들은 부인이 처음부터 모두 자식처럼 대해주었던지라 아무 탈이 없었다.

대장군이 첩들을 위해 곤장을 맞았으니 첩들은 매질을 당했어도 아프지 않았을 것이다. 공의 첩들은 지아비를 지아비처럼 여겨 마침내 그 자식들을 능히 자식으로 여길 수 있었으니 절의 또한 어찌 남들에게 뒤지겠는가?

[원문] 戚大將軍妾

　　大將軍戚公繼光, 其夫人威猛, 曉暢軍機, 常分麾佐公成功. 止生長嗣一人, 亦善戰, 置在前隊. 軍法: 反顧者, 斬. 偶與敵戰敗反顧, 公即斬之. 于是將士膽落, 殊死戰, 復大勝. 夫人以是不無少恚, 而妬亦天性. 公每入幕, 目無旁矚. 或教以置妾別業者, 果匿數姬, 生三子. 夫人每握刀突至其地, 絶無影響. 蓋于曲房通別室, 其扉牆磚, 巧于合縫, 見牆不見扉, 惟公獨入之耳. 久之, 以一子托言某孝廉子, 丐爲繼嗣, 即令孝廉處以西席182). 夫人大安之. 一日念無子, 涕出. 有小妮子發前事, 夫人大怒, 納兵徃攻之, 而一卒不令出, 恐有洩者. 孝廉急屬一力183)踰重墻報公. 公召諸將問計, 或曰: "願以死迎敵." 或曰: "早避之便." 公曰: "皆非也." 乃自袒跣, 跪迎夫人. 諸姬披髮席藁184), 各抱其子請死, 而請以子嘗刃. 夫人令抱兒起, 皆送還家, 曰: "首禍是老奴." 令杖之. 公即伏受杖數十, 門外將卒喊聲大擧, 乃已. 箠撻諸姬最毒, 罷歸. 緣是公不得輕出. 既與姬絶, 令盡篋其所有, 各從所適. 諸姬計曰: "棄妾非主人意, 何忍違之." 乃輕裝適他郡, 披剃爲尼, 匿女僧家, 梵誦至十餘年. 夫人歿, 始歸, 各擁其子. 然諸子, 始夫人皆子之, 亡恙.185)

　　大將軍爲妾受杖, 妾之箠撻爲不痛矣. 能夫其夫, 竟克子其子, 節義亦何負于人哉.

---

182) 西席(서석): 고대 사람들은 오른쪽 자리를 上座로 생각했기에 스승을 받들어 모시는 자리는 오른쪽 자리로 동쪽을 마주보는 서쪽에 있는 자리이다. 청나라 梁章鉅의 《稱謂錄》 권8에 의하면, 한나라 明帝는 스승인 桓榮에게 예를 갖춰 받들었으며 桓榮의 집에 행차했을 때에는 그로 하여금 동쪽을 마주보는 자리에 앉게 하였으므로 스승을 西席이라고 했다 한다.

183) 【校】 力:《耳談》, [影에는 "力"으로 되어 있고 [鳳], [岳], [類], [春에는 "卒"로 되어 있다.

184) 席藁(석고): 볏짚방석에 앉는다는 의미로 고대에 신하가 죄를 청하는 일종의 방식이었다.

185) 【校】 然諸子 始夫人皆子之 亡恙:《耳談》, [影에는 "然諸子 始夫人皆子之 亡恙"으로 되어 있고 [鳳], [岳], [春], [類]에는 "然諸姬子 夫人皆子之 亡恙"으로 되어 있다.

11. (1-11) 기녀 양씨(楊娼)[186]

　양창(楊娼)이란 기생은 장안(長安)의 화류항에 있던 절세미인으로 자태가 심히 아름다운데다가 어여쁘게 단장하는 것을 좋아했다. 신분이 높은 관리나 현귀한 사람들이 서로 다투어 연회에 그녀를 초청했으며 비록 술을 마시지 못하는 사람이라도 반드시 그녀로 인해 술잔에 술을 가득 따라 마시고 마음껏 즐겼다. 장안의 젊은이들은 한번 그가 머물고 있는 방에 가기만 하면 거의 목숨이 결딴나고 재산을 탕진할 정도에 이르렀으나 후회하지 않았다. 이로 인해 양창은 그 명성이 기적 가운데에서 으뜸이 되어 당시에 높은 몸값에 팔렸다. 영남(嶺南)절도사인 아무개는 현귀한 집안의 자제였다. 그의 아내는 본래 황제 외척의 딸로 매우 사납게 그를 대했다. 앞서 둘이 약속하기를 "만일 다른 마음을 품는 자가 생긴다면 시퍼런 칼에 죽게 될 것이다."라고 했었다. 절도사는 어려서부터 귀하게 자란 데다가 여색을 좋아했지만 집안에서는 그의 아내가 무서워 뜻대로 할 수 있는 것이 없었다. 이에 몰래 많은 재물을 내어 양창을 낙적시키고 남해(南海)로 데리고 와서 다른 집에 머물도록 했다. 그리고 공무 이외의 시간에는 양창과 함께 있다가 저녁이 되어 어두워지면 집으로 돌아가곤 했다. 양창은 총명한 데가 있어 그를 더욱더 존중하며 섬겼다. 평소 여자의 본분을 스스로 지키며 이치에 맞지 않으면 함부로 행동하지 않았다. 또한 절도사 옆에 있는 사람들을 후하게 대해 그들의 환심을 모두 얻었으므로 절도사는 더욱 그를 총애했다. 한 해가 지난 후, 절도사는 병을 얻어 장차 일어날 수 없게 되자 양창을

---

186) 이 이야기는 당나라 房千里의 〈楊娼傳〉이다. 《太平廣記》권491에는 〈楊娼傳〉으로, 《太平廣記鈔》권44에는 〈楊娼〉으로 수록되어 있다. 《艶異編》권29와 《青泥蓮花記》권4, 《虞初志》권5에도 〈楊娼傳〉으로 수록되어 있고 《唐宋傳奇集》권4에도 실려 있다.

한 번 만나려고 생각했지만 그의 아내가 두려웠다. 평소 절도사는 감군사(監軍使)[187]와 친분이 두터웠으므로 은밀히 사람을 보내 그의 뜻을 전달하고 계책을 세워달라고 했다. 이에 감군사는 절도사 부인을 속여 이렇게 말했다.

"장군께서 병이 심하시니, 생각건대 시중을 잘 들고 약을 잘 달이는 자를 찾아 돌보게 하시면 빨리 나으실 것입니다. 제게 좋은 계집종이 있는데 귀한 집안에서 오랫동안 시중을 들어 사람들의 마음에 들도록 행동합니다. 청컨대 부인께서 그 계집종으로 하여금 장군의 몸을 편하게 하도록 해주셨으면 하온데, 어떠신지요?"

그러자 절도사의 부인이 말하기를 "중귀인(中貴人)[188]께서는 미쁘신 분입니다. 진실로 그렇다면 제가 고생할 필요가 없게 되니 빨리 그 계집종을 불러오십시오."라고 했다. 감군사는 곧 양창으로 하여금 계집종으로 가장하여 절도사를 뵙게 했으나 계책이 실행되지도 않아서 일이 누설되었다. 이에 절도사 부인은 튼튼한 계집종 수십 명을 모아 큰 몽둥이를 늘어놓고서 뜰에다가 기름 솥에 불을 피워놓고는 양창이 오기를 기다렸다가 양창이 당도하면 끓는 솥에 던지려고 했다. 절도사가 이를 듣고 크게 두려워하며 서둘러 명하여 양창이 오지 못하도록 하게 했다. 하지만 양창이 장차 당도할 것 같자 절도사가 이렇게 말했다.

"이것은 내 뜻이었는데 하마터면 그에게 누를 끼칠 뻔했구나. 지금 다행히도 내 아직 죽지 않았으니 반드시 그를 범의 아가리에서 벗어나게 할 것이다. 그렇지 않으면 늦을 것이다."

이에 진기한 보배를 많이 보내면서, 집안하인으로 하여금 가벼운 배를 저어 양창을 호위해 북쪽으로 돌아가도록 했다. 그로부터 절도사는 화가

---

187) 감군사(監軍使): 당나라 후기와 명나라 때 환관을 監軍使로 충당해 군대를 감독하게 했다.
188) 중귀인(中貴人): 황제를 측근에서 모시는 현귀한 환관을 이르는 말이다.

더욱 뻗쳐 열흘을 넘기지 못하고 죽었다. 양창이 가다가 때마침 홍주(洪州)[189]에 이르렀을 무렵에 절도사가 죽었다는 소식이 들려왔다. 그녀는 곧 절도사가 준 재물을 모두 돌려보내고 위패를 세우고서 곡하며 말했다.

"장군께서는 첩 때문에 돌아가신 겁니다. 장군께서 이제 돌아가셨는데 제가 살아서 무슨 소용이 있겠습니까? 첩이 어찌 장군을 외롭게 할 사람이겠습니까?"

그리고 곧바로 위패를 거두고 절도사를 따라죽었다.

방천리(房千里)[190]가 말했다.

창기는 용모로 사람을 모시는 자로 이익이 없으면 함께 어울리지 않는다. 하지만 양창이 죽음으로 절도사에게 보답한 것은 의로움이요, 절도사의 재물을 돌려보낸 것은 청렴함이다. 비록 창기이기는 하지만 찬미할 만하구나!

[원문] 楊娟

　　楊娼者, 長安里[191]中之殊色也. 態度甚都, 復以冶容[192]自喜. 王公鉅客[193]

---

189) 홍주(洪州): 지금의 江西省 南昌市 일대이다.

190) 방천리(房千里): 자가 鵠擧이고 河南郡(지금의 河南省 洛陽市)사람이었다. 당나라 太和 연간 초(827년 전후)에 진사에 급제했고 國子博士, 高州刺史 등을 역임했다. 傳奇 작품인 〈楊娟傳〉 이외에 《南方異物誌》1권과 《投荒雜錄》1권 등의 저술이 전한다.

191) 里(리): 唐나라 때에는 長安을 100여 개의 구역으로 나누고 그 구역을 里 또는 坊이라 불렀다. 여기서 이르는 里는 기생들이 모여 살던 平康里를 이르는 것으로 보인다.

192) 冶容(야용): 여자가 아름답게 단장하는 것을 이른다.

193) 【校】 鉅客: 《情史》에는 "鉅客"으로 되어 있고 《太平廣記》, 《唐宋傳奇集》에는 "鉅人享客"으로 되어 있으며 《艶異編》에는 "鉅人豪客"으로 되어 있다.

競¹⁹⁴⁾邀致席上, 雖不飮者, 必爲之引滿盡歡. 長安諸兒一造其室, 殆至亡生破產而
不悔. 緐是娼名冠諸籍中, 大售於時矣. 嶺南帥¹⁹⁵⁾甲, 貴游¹⁹⁶⁾子也. 妻本戚里¹⁹⁷⁾
女, 遇帥甚悍. 先約: 設有異志者, 當取死白刃下. 帥幼貴, 喜淫, 內苦其妻, 莫之措
意. 乃陰出重賂, 削去娼之籍, 而挈之南海, 館之他舍. 公餘而同, 夕隱而歸. 娼有慧
性, 事帥尤謹. 平居以女職自守, 非其理不妄發. 復厚帥之左右, 咸得其歡心, 故帥
益嬖之. 間歲, 帥得病, 且不起, 思一見娼, 而憚其妻. 帥素與監軍使厚, 密遣道意,
使爲方略. 監軍乃誂其妻曰: "將軍病甚, 思得善侍奉煎調者視之, 瘳當速矣. 某有
善婢, 久給事貴室, 動得人意. 請夫人聽以婢安將軍四體, 如何?" 妻曰: "中貴人,
信人也. 果然, 於吾無苦耳. 可促召婢來." 監軍卽令娼冒爲婢以見帥. 計未行而事
泄. 帥之妻乃擁健婢數十, 列白梃, 燃膏鑊於庭而伺之矣. 須其至, 當投之沸鬲.
帥聞而大恐, 促命止之. 娼且至, 帥曰¹⁹⁸⁾: "此我意, 幾累於渠. 今幸吾之未死也,
必使脫其虎喙. 不然, 且無及矣." 乃大遺其奇寶, 令家僮榜¹⁹⁹⁾輕舫, 衛娼北歸.
自是帥之憤益振²⁰⁰⁾, 不踰旬而物故. 而娼之行, 適及洪矣. 聞至²⁰¹⁾, 娼乃盡返帥之
賂, 設位而哭曰: "將軍緐妾而卒. 將軍且死, 安用生爲? 妾豈孤將軍者哉!" 卽撤奠

---

194) 【校】 競: [鳳], [岳], [類], [春], 《太平廣記》, 《艶異編》, 《唐宋傳奇集》에는 "競"으
로 되어 있고 [影]에는 "兢"으로 되어 있다.

195) 嶺南帥(영남수): 嶺南帥는 嶺南節度使를 가리킨다. 당나라 開元 21년(733)에
嶺南五府經略使를 두었고 至德 원년(756)에는 이를 절도사로 승격시켜 廣州
를 주관하고 桂州, 邕州, 容州, 安南을 兼管하도록 했다.

196) 貴遊(귀유): 관직이 없는 종친과 귀족을 가리키는 말로 현귀한 자를 널리
이르기도 한다.

197) 戚里(척리): 황제의 외척을 뜻하는 말로 본래는 황제의 외척들이 모여 사는
동네를 가리키는 말이었다.

198) 【校】 促命止之 娼且至 帥曰: 《情史》, 《艶異編》에는 "促命止之 娼且至 帥曰"로
되어 있고 《太平廣記》, 《唐宋傳奇集》에는 "促命止娼之至 且曰"로 되어 있다.

199) 【校】 榜: [影], [春], 《艶異編》에는 "榜"으로 되어 있고 [鳳], [岳], [類], 《太平廣
記》에는 "傍"으로 되어 있으며 《唐宋傳奇集》에는 "牓"으로 되어 있다.

200) 【校】 振: 《情史》, 《艶異編》에는 "振"으로 되어 있고 《太平廣記》, 《唐宋傳奇
集》에는 "深"으로 되어 있다.

201) 【校】 聞至: 《情史》, 《艶異編》에는 "聞至"로 되어 있고 《太平廣記》, 《唐宋傳
奇集》에는 "問至"로 되어 있다.

而死之.

房千里曰: 夫娼, 以色事人者也, 非其利則不合矣. 而楊能報帥以死, 義也; 却帥之賂, 廉也. 雖爲娼, 差足多[202]乎!

12. (1-12) 관반반(關盼盼)[203]

당나라 때 서주(徐州)[204] 절도사(節度使)를 지냈던 상서(尙書) 장건봉(張建封)[205]이 아끼던 관반반(關盼盼)이라는 가기(家妓)가 있었는데 가무에 능했고 우아했으며 자태가 아름다웠다. 옛 저택에 연자(燕子)라고 하는 작은 누각이 있었는데 상서가 죽은 뒤에 관반반은 옛사랑을 생각하며 시집을

---

202) 足多(족다): 多는 칭찬하다는 뜻으로 足多는 족히 칭찬할 만하다는 뜻이다.

203) 이 이야기는 송나라 計敏夫의 《唐詩紀事》 권78 〈張建封妓〉에 보인다. 당나라 白居易도 《白氏長慶集》 권15 〈燕子樓三首幷序〉 서문에 그 대략을 기술했으며 《類說》 권29에도 〈燕子樓〉로 실려 있고 《麗情集》에서 나왔다고 했다. 송나라 皇都風月主人의 《綠窗新話》 권下 〈張建封家姬吟詩〉와 《全唐詩》 권802, 《天中記》 권19에도 보인다. 명나라 彭大翼의 《山堂肆考》 권99에는 〈念愛不嫁〉로 실려 있고 명나라 梅鼎祚의 《靑泥蓮花記》 권4 記節에는 〈張建封妾盼盼〉으로 보인다. 명나라 吳震元의 《奇女子傳》 권3과 명나라 王世貞의 《艶異編》 권27에는 〈張建封妓〉로, 명나라 赤心子의 《繡谷春容》 雜錄 권1에는 〈盼盼燕子樓述懷〉으로 보인다. 馮夢龍은 《燕居筆記》 권1에서 〈燕樓守節〉이라는 제목으로 각색했으며 《警世通言》 권10 〈錢舍人題詩燕子樓〉 入話도 이 이야기를 바탕으로 하고 있다. 《古今情海》 권6 '情中義'에는 〈燕子樓〉로 실려 있는데 《長慶集》에서 나왔다고 했다.

204) 서주(徐州): 九州 가운데 하나로 上古時代에는 대략 지금의 江蘇, 山東, 安徽 일대 지역이었고 한나라 이후에는 대략 지금의 淮北 지역 일대였다.

205) 장건봉(張建封, 735~800): 자는 本立이고 鄧州 南陽사람이었다. 당나라 때 徐州 武寧軍 節度使와 禮部尙書를 지냈다. 《新唐書》 권158과 《舊唐書》 권140에 그에 대한 傳이 실려 있다.

가지 않고 이 누각에서 10여 년을 살았다. 관반반이 시 3수[206]를 지었는데
그 첫째 수는 이러하다.

청대(淸代) 왕회(王翽), 《백미신영(百美新詠)》 가운데
〈관반반(關盼盼)〉

누각에 꺼질 듯한 등불은 새벽 서리와 짝하는데	樓上殘燈伴曉霜
홀로 자던 이는 합환상(合歡床)에서 일어나네	獨眠人起合歡床
밤새 그리우니 그 정은 얼마던가	相思一夜情多少
하늘 끝 땅 끝도 이처럼 길지는 않으리	地角天涯未是長

그 둘째 수는 이러하다.

---

206) 《全唐詩》 권367에는 張仲素가 지은 〈燕子樓詩三首〉라고 되어 있고, 다시 권
802에는 關盼盼이 지은 〈燕子樓詩三首〉라고 되어 있다. 《全唐詩》에 수록된
시는 《情史》에 수록된 작품과 약간의 문자 출입이 있다. 白居易의 〈燕子樓
三首序〉에서 이 시는 장중소가 관반반을 위해 지은 것이라 했다.

악양에서 기러기 돌아오는 걸 방금 봤는데　　　　　適看鴻雁岳陽[207]回
제비가 봄을 몰고 오는 걸 또 보게 되는구나　　　　又覩玄禽逼社來
옥슬(玉瑟)과 옥소(玉簫)를 탈 마음 없어　　　　　瑤瑟玉簫無意緖
거미줄 치고 먼지가 껴도 그냥 내버려 두네　　　　任從珠網任從灰

그 셋째 수는 이러하다.

북망산 송백은 애수 어린 연기를 매어두고 있는데　　北邙[208]松柏鎖愁烟
연자루에서 쓸쓸히 생각에 잠기네　　　　　　　　燕子樓中思悄然
스스로 옛 영화 묻어버리고 춤 노래 그만두어　　　自埋劍履歌塵[209]絶
붉은 옷소매에 향기 걷힌 지 스무 해가 되었네　　　紅袖香消二十年

백낙천(白樂天)[210]이 그녀의 시를 좋아하여 화답하는 이런 시를 지었다.

창 가득 명월이 비추고 발에는 서리 가득한데　　　滿窓明月滿簾霜
차가운 이불과 향기 사라진 침상을 터누나　　　　被冷香消拂臥床

---

207) 악양(岳陽): 湖北省 동북쪽 長江의 남쪽 기슭에 있는 곳으로 옆에는 洞庭湖
　　가 있다.
208) 북망(北邙): 북망산으로 北芒 혹은 邙山이라고도 한다. 지금의 河南省 洛陽
　　市 동북쪽에 있다. 漢魏 이래 왕후와 귀족들이 이곳에 많이 묻혔으므로 묘
　　지를 상징하는 의미로도 쓰인다.
209) 가진(歌塵): 노랫소리가 듣기 좋은 것을 형용하는 말이다. 《藝文類聚》 권43
　　에서 한나라 劉向의 《別錄》을 인용하며 "한나라가 흥한 이래 《雅歌》를 좋
　　아했던 魯지방 사람인 虞公은 發聲이 맑고도 구슬퍼 대들보의 먼지도 진동
　　시켰다."라고 한 데서 나온 말이다.
210) 백낙천(白樂天): 당나라 때 유명한 시인인 白居易(772~846)를 가리킨다. 자가
　　樂天이며 太原(지금의 山西省 太原市)사람으로 貞元 연간에 진사 급제를 했
　　고 憲宗 元和 연간에 翰林學士 등의 관직을 지내다가 元和 10년에 江州 司
　　馬로 좌천되었다. 만년에 洛陽 香山에 은거하고 香山居士라 자호했으며 문
　　집으로 《白氏長慶集》 등이 전한다. 인용된 시는 〈燕子樓三首〉라는 제목으로
　　《全唐詩》 권438에 수록되어 있다.

연자루의 밤은 끝없어　　　　　　　　　　燕子樓中更漏永

가을밤은 단 한 사람 때문에 길기만 하네　　秋宵祇爲一人長

올봄에 낙양(洛陽)에서 돌아온 객이　　　　今春有客洛陽[211]回

상서의 무덤을 다녀왔다 하네　　　　　　　曾到尙書墓上來

백양나무는 기둥이 될 만큼 자랐다 하는데　見說白楊堪作柱

어찌해 홍분(紅粉)은 재가 되지 않았느뇨　　爭敎紅粉不成灰

가는 띠 비단옷 빛은 연기처럼 바래　　　　細帶羅衫色似烟

몇 번이나 꺼내보려 했지만 눈물만 흐르네　幾回欲起卽潸然

〈예상곡(霓裳曲)〉에 맞춰 춤추지 않고　　　自從不舞霓裳曲[212]

빈 궤에 접어둔 지 스무 해가 되었구나　　　疊在空箱二十年

또 다음과 같은 절구를 지어 보내 그녀를 풍자했다.

황금을 아끼지 않고 미인들을 사들여　　　黃金不惜買蛾眉

꽃 같은 네다섯을 가려냈다네　　　　　　揀得如花四五枝

심력을 다해 가무를 가르쳐 놓았건만　　　歌舞敎成心力盡

하루아침에 떠나니 뒤따르지 않는구나　　一朝身去不相隨

관반반이 시를 받고서 거듭해 읽은 후에 눈물을 흘리며 말했다.

"공께서 돌아가신 후에 따라죽을 수 없었던 것이 아니라, 먼 훗날 사람들이

---

211) 낙양(洛陽): 河南省 서부에 있는 곳으로 東周, 東漢, 魏, 西晉, 北魏, 隋, 武周, 後梁, 後唐 등 모두 아홉 朝代에 걸쳐 이곳을 도성으로 삼았기에 '九朝古都'라고 불린다.

212) 예상곡(霓裳曲): 霓裳羽衣曲의 약칭이다. 당나라 때 유명한 法曲으로 開元 연간에 河西 節度使인 楊敬忠이 진헌한 것이다. 처음 곡명은 〈婆羅門曲〉이 었으나 唐 玄宗이 윤색하고 가사를 붙인 뒤 霓裳羽衣曲이라고 불렀다. 현종이 月宮을 유람하면서 仙樂을 듣고 이 곡을 지었다는 전설이 전한다.

공께서 여색을 좋아하셔서 따라죽은 첩이 있다고 하여 공의 고상한 품격이
더럽혀질까 두려웠습니다."

　그리고 곧 백거이의 시에 이렇게 화답했다.

홀로 빈 방 지키며 수심 어린 눈썹을 찌푸리노니	自守空房斂恨眉
모습은 봄 지난 모란가지 같구나	形同春後牡丹枝
사인(舍人)은 남의 깊은 뜻을 알지도 못하면서	舍人[213]不會人深意
저승길 따르지 않는다고 의아해하는구나	訝道泉臺不去隨

　그런 뒤에 열흘 동안 먹지 않아 죽었다.

　일찍이 소동파(蘇東坡)[214]는 밤에 연자루에 올라 관반반에 대한 꿈을
꾸고서 이런 소사(小詞)를 지었다.

하늘 끝 떠도는 고달픈 나그네	天涯倦客
산속을 거쳐 돌아가는 길	山中歸路
마음으로 끝없이 고향을 바라보누나	望斷故園心眼
연자루가 비어 있는데	燕子樓空
가인(佳人)은 어디에 있느뇨	佳人何在

---

213) 사인(舍人): 白居易가 中書舍人의 관직에 있었으므로 여기에서는 白居易를
　　　가리킨다.
214) 소동파(蘇東坡): 北宋 때 대문장가였던 蘇軾(1037~1101)을 가리킨다. 자가 子
　　　瞻이고 眉山(지금의 四川省)사람으로 東坡居士라 자호했으며 翰林學士를 지
　　　냈으므로 蘇學士라고도 불리었다. 대표적인 豪放派 詞人으로 唐宋八大家 중
　　　의 한 사람이다. 王安石의 變法에 반대하다가 貶謫 당했으며 문집으로《東
　　　坡全集》115권이 전한다. 여기에 있는 사는〈永遇樂〉詞牌에 맞춰서 지은
　　　사의 후반부로《東坡詞》에는 詞 앞에 "夜宿燕子樓夢盼盼 因作此詞 一云徐州
　　　夢覺 北登燕子樓作"이라고 씌어져 있다.

잠긴 누각에는 공연스레 제비만 남아 있구나　　　空鎖樓中燕

고금(古今)은 꿈과 같은데　　　　　　　　　　　古今如夢

그 언제 그 꿈에서 깬 적 있었나　　　　　　　　何曾夢覺

단지 옛날의 수심과 새로운 원한만 있을 뿐　　　但有舊愁新怨

세월이 지나 그 어느 때 남루의 야경을 마주하고서　異時對 南樓夜景

어떤 이가 나를 위해 한탄하겠지　　　　　　　　爲余浩歎

[원문]　關盼盼

徐州張尚書[建封], 有愛妓關盼盼, 善歌舞, 雅多風態. 尚書既歿, 舊第中有小樓名燕子, 盼盼念舊愛不嫁, 居是樓十餘年. 有詩三首, 其一云:

“樓上殘燈伴曉霜, 獨眠人起合歡床.

相思一夜情多少, 地角天涯未是長.”

其二:

“適看鴻雁岳陽回, 又覩玄禽逼社來.

瑤瑟玉簫無意緒, 任從蛛[215])網任從灰.”

其三:

“北邙松柏鎖愁烟, 燕子樓中思悄然.

自埋劍履歌塵絶, 紅袖香消二十年.”

白樂天愛其詩, 和之云:

“滿窓明月滿簾霜, 被冷香消拂臥床.

燕子樓中更漏永, 秋宵祇爲一人長.”

“今春有客洛陽回, 曾到尚書墓上來.

見說白楊堪作柱, 爭教紅粉不成灰.”

“細帶羅衫色似烟, 幾回欲起即潸然.

---

215) 【校】蛛: 《全唐詩》에는 “蛛”로 되어 있고 《情史》에는 “珠”로 되어 있다.

自從不舞霓裳曲, 疊在空箱二十年."

又贈絶句諷之:

"黃金不惜買蛾眉, 揀得如花四五枝.

歌舞教成心力盡, 一朝身去不相隨."

盼盼得詩, 反覆讀之, 泣曰: "自我公薨背, 妾非不能死, 恐千載之下, 以我公重色, 有從死之妾, 是玷我公淸範也." 乃答白公詩曰:

"自守空房斂恨眉, 形同春後牡丹枝.

舍人不會人深意, 訝道泉臺不去隨."

旬日, 不食而死.

東坡嘗夜登燕子樓, 夢盼盼. 因作小詞云:

"天涯倦客, 山中歸路, 望斷故園心眼. 燕子樓空, 佳人何在? 空鎖樓中燕. 古今如夢, 何曾夢覺216), 但有舊愁新怨. 異時對、南樓217)夜景, 爲余218)浩歎."

情史氏曰

종래로 충성하고 효도하며 절개를 지키는 일을 도리상 해야 한다고 생각하여 한 것은 반드시 마지못해 억지로 한 것이었고, 지극한 정에서 우러나와 한 것은 반드시 참되고 간절한 것이었다. 부부는 그 가장 가까운 경우이니, 무정한 지아비는 반드시 의부(義夫)가 될 수 없고 무정한 지어미는 반드시

---

216) 【校】夢覺: [影], [鳳], [岳], [類], 《東坡詞》에는 "夢覺"으로 되어 있고 [春]에는 "覺夢"으로 되어 있다.

217) 【校】南樓: 《情史》, 《東坡詞》에는 "南樓"로 되어 있고 《全宋詞》에는 "黃樓"로 되어 있다. 黃樓는 蘇東坡가 彭城(지금의 江蘇省 江蘇市) 知州로 있을 때 黃河를 治水한 뒤, 城의 東門에 세운 누각 이름이다.

218) 【校】余: [鳳], 《東坡詞》에는 "余"로 되어 있고 [影], [岳], [類]에는 "徐"로 되어 있으며 [春]에는 "徐(余)"로 되어 있다.

절부(節婦)가 될 수 없다. 도리가 정(情)의 규범이 된다는 것만 알지, 정이 도리의 벼리가 된다는 것을 범속한 유자(儒者)들이 어찌 알겠는가? 남자는 하늘을 떠받치고 땅 위에 우뚝 서 있으므로 떠맡고 있는 바가 크기에 미소(微小)한 의(義)를 절박하게 여길 일이 아니다. 나는 이런 이유로 지어미의 절조(節操)는 상세히 기술했고 지아비의 의(義)는 간략하게 적었다. 부절(婦節)에 관한 것은 《시경》의 〈백주(柏舟)〉219)편 이래로 한우충동(汗牛充棟)하여 이루 다 쓸 수 없을 정도라서 그 가운데 만분의 일만 적어 오직 예(例)만 들었을 뿐이다. 옛날에는 빙례로 맞이한 여자는 처였고 예를 갖추지 않고 결합한 여자는 첩이었다. 대저 예를 갖추지 않고 결합한 자는 정 때문에 그리한 것이었다. 예를 갖추지 않고 결합한 것이 정이라면 정조를 지키는 것은 비정(非情)한 것이 된다. 하물며 길가에 있는 도화나무와 버드나무에게 어찌 세한고절(歲寒孤節)을 바라겠는가? 《춘추(春秋)》의 법칙은 화하(華夏)로 하여금 오랑캐를 변화시키도록 하는 것이지 오랑캐로 하여금 화하를 변화시키도록 하는 것은 아니다. 첩이지만 처의 뜻을 품는다면 처로 삼을 수 있고 창기지만 첩이 하는 일을 한다면 첩으로 삼을 수 있다. 그들이 정으로써 다른 사람에게 스스로를 허여하였으니 이에 나는 정으로써 그들을 허여할 것이다. 그들이 참된 정으로 따라 죽었는데 나는 잡란(雜亂)한 정으로 다시 그 사람들을 의심할 수는 없다. 이는 군자가 선한 마음으로 사람을 대하는 것을 즐기는 뜻이다. 그렇지 않으면 지위가 낮은 사람이나 서얼(庶孼)220)들은 충효의 성정에 이르지 못하지 않겠는가?

---

219) 백주(柏舟): 《詩經·鄘風》의 篇名이다. 《詩經·鄘風·柏舟 毛序》에 이렇게 되어 있다. "〈柏舟〉는 공강이 스스로의 뜻을 맹세한 것이다. 衛나라 세자인 共伯이 일찍 죽자 그의 처가 수절을 했다. 부모들이 뜻을 꺾고 시집을 보내려 했지만 그는 맹세를 하며 허락하지 않았다. 그러므로 이 시를 지어 거절한 것이다.(柏舟, 共姜自誓也. 衛世子共伯蚤死, 其妻守義, 父母欲奪而嫁之, 誓而弗許, 故作是詩以絶之.)"

220) 서얼(庶孼): 妃나 妾이 낳은 자식을 가리킨다. 庶는 嫡의 상대어로 처가 아

情史氏221)曰: 自來忠孝節烈之事, 從道理上做者必勉强, 從至情上出者必眞切. 夫婦其最近者也. 無情之夫, 必不能爲義夫; 無情之婦, 必不能爲節婦. 世儒但知理爲情之範, 孰知情爲理之維乎? 男子頂天立地, 所擔者巨, 咫尺之義, 非其所急. 吾是以詳于婦節, 而略于夫義也. 婦人自《栢舟》而下, 彤管222)充棟, 不可勝書. 書其萬萬之一, 猶云擧例云爾. 古者聘爲妻, 奔爲妾223). 夫奔者, 以情奔也. 奔爲情, 則貞爲非情也. 又況道傍桃柳, 乃望以歲寒之骨乎?《春秋》之法, 使夏變夷, 不使夷變夏224). 妾而抱婦之志焉, 婦之可也. 娼而行妾之事焉, 妾之可也. 彼以情許人, 吾因以情許之. 彼以眞情殉人, 吾不得復以雜情疑之. 此君子樂與人爲善225)之意. 不然, 輿臺226)庶孽, 將不得達忠孝之性乎哉?

닌 여자가 낳은 아이를 뜻하고, 孽은 蘖과 통해 움이나 곁가지를 뜻한다.

221) 【校】情史氏: [影]에는 "情史氏"로 되어 있고 [類], [春], [鳳], [岳]에는 "情主人"으로 되어 있다. 情史氏는 '情主人'과 함께《情史》의 文後評과 卷末評에 등장하는 評者로 馮夢龍 자신을 가리킨다.

222) 彤管(동관): 붓대를 붉은색으로 칠한 붓으로 古代에 女官인 女史가 이 붓을 사용해 일을 기록했다.

223) 聘爲妻 奔爲妾(빙위처 분위첩):《禮記·內則》에 이런 구절이 보인다. "빙례로 맞이한 여자는 妻이고 예를 갖추지 않고 결합한 여자는 妾이다.(聘則爲妻, 奔則爲妾.)"

224) 使夏變夷不使夷變夏(사하변이불사이변하): '夏'는 고대 漢 민족이 自稱하는 말로 華夏 또는 諸夏라고도 한다. '夷'는 華夏族이 中原 이외에 살고 있는 소수민족들을 가리키는 말이다.《孟子·滕文公上》에 이런 말이 보인다. "나는 화하의 법을 써서 오랑캐의 도를 변화시켰다는 말은 들었어도 오랑캐에게 변화되었다는 말은 듣지 못했다.(吾聞用夏變夷者, 未聞變於夷者也.)"

225) 與人爲善(여인위선): 원래는 善을 행하도록 남을 도와준다는 뜻이었지만 나중에는 善한 마음으로 남을 대하고 도와준다는 뜻으로 많이 쓰인다.《孟子·公孫丑上》에 다음과 같은 내용이 보인다. "남에게서 선을 취하여 행하는 것은 남이 善을 행하도록 도와주는 것이다. 그러므로 군자는 남이 선을 하도록 돕는 것보다 더 훌륭한 것이 없는 것이다.(取諸人以爲善, 是與人爲善者也. 故君子莫大乎與人爲善.)"

226) 輿臺(여대): 古代에 사람을 10등급으로 나눴는데 '輿'는 여섯 번째 등급이고 '臺'는 열 번째 등급이니 輿臺는 천한 일을 하는 사람이나 노복을 가리킨다.《左傳·昭公七年》에 다음과 같은 내용이 보인다. "하늘에 열 개의 天干이 있듯이, 사람에게는 열 개의 등급이 있어 下級은 上級을 섬기고 上級은 神을 공양한다. 그러므로 王은 公을 부려먹고 公은 大夫를 부려먹으며, 大夫

는 士를 부려먹고 士는 皂를 부려먹으며, 皂는 輿를 부려먹고 輿는 隷를 부려먹으며, 隷는 僚를 부려먹고 僚는 僕을 부려먹으며, 僕은 臺를 부려먹는다.(天有十日, 人有十等, 下所以事上, 上所以共神也. 故王臣公, 公臣大夫, 大夫臣士, 士臣皂, 皂臣輿, 輿臣隷, 隷臣僚, 僚臣僕, 僕臣臺.)"

2

情_정緣_연類_류

'정연류'에서는 공교로운 인연을 통해 사랑을 맺은 이야기들을 싣고 있다. 세부적으로 보면 '뜻밖의 인연으로 맺어진 부부(意外夫婦)', 늦도록 장가들지 못하고 있다가 인연에 따라 장가를 간 남자(老而娶者)', '여자 스스로 지아비를 골라 시집간 이야기들(妻自擇夫)', '부부가 흩어져 있다가 인연으로 다시 만나게 된 이야기들(夫婦重逢)' 등을 다루고 있다. 그 가운데 '뜻밖의 인연으로 맺어진 부부(意外夫婦)'를 소재로 한 이야기와 '부부가 흩어져 있다가 인연으로 다시 만나게 된 이야기(夫婦重逢)'가 가장 많고 '여자 스스로 지아비를 골라 시집간 이야기(妻自擇夫)'가 가장 적게 실려 있다. 권말 '정사씨(情史氏)' 평론에서, 남녀 간의 사랑은 인연이 있으면 미추(美醜)와 양천(良賤)을 불문하고 사랑이 이루어지는 반면 인연이 없으면 사랑을 강요해도 소용없다는 숙명론적인 관점을 드러내고 있다.

13. (2-1) 조간자(趙簡子)[1]

조간자(趙簡子)[2]가 남쪽으로 초(楚)나라를 공격하러 한수(漢水)[3]를 건너려고 하는데 진리(津吏)[4]가 술에 취해 누워 있기에 화가 나서 그를 죽이려했다. 진리의 딸 연(娟)이 노를 들고 앞으로 다가와서 말했다.

"제 아비는 나리께서 깊은 강을 건너시려 한다는 소리를 듣고 장강(長江)과 회하(淮河)의 신에게 기도를 올린 까닭에 술을 이기지 못하고 심취(深醉)하게 된 것입니다. 저는 이 미천한 몸으로 아버지의 목숨과 바꾸고 싶습니다."

이에 조간자는 그의 아비를 용서하고 죽이지 않았다. 조간자가 장차 강을 건너가려 할 때 연은 소매를 걷어붙이고 노를 잡고서 앞으로 나가 배를 저었다. 강 가운데에서 노를 젓는 노래를 했는데 그 노래는 이러하다.

저 언덕으로 올라가 맑은 물을 보아하니	升彼阿兮面觀淸
물결이 일어 아득히 헤아릴 수 없도다	水揚波兮杳冥冥
복을 기원하느라 술에 취해 깨어나지 않아	禱求福兮醉不醒
장차 죽이려하기에 내 마음 놀랐네	誅將加兮妾心驚

---

1) 이 이야기는 劉向의 《列女傳》 권6에 〈趙津女娟〉이라는 제목으로 보이고 명나라 解縉의 《古今列女傳》 권2에도 수록되어 있는데 《情史》의 이 작품과 내용이 조금 다르다. 이외에도 《藝文類聚》 권9, 《太平御覽》 권572, 《古今事文類聚》續集 권3 〈津吏醉臥〉, 《天中記》 권43, 《御定淵鑒類函》 권35 등에 수록되어 있으며 모두 《列女傳》에서 나왔다고 했다.

2) 조간자(趙簡子): 춘추 후기 晉나라의 卿大夫였던 趙鞅(?~기원전 475)을 가리킨다. 성은 嬴이고 氏는 趙이며 原名은 鞅이었다. 나중에 志父로 개명했으며 시호가 簡이었으므로 史書에서는 趙簡子라고 많이 불린다. 晉나라 六卿 중의 한 사람으로 17년 동안 국정을 다스렸다. 전국시대 趙나라의 기반을 닦았고 군현제도를 적극적으로 추진했으며 先秦 법가사상의 실천자였다.

3) 한수(漢水): 長江의 가장 긴 지류로 漢江이라 불리기도 한다. 陝西省 寧强縣에서 발원해 湖北省을 거쳐 武漢市에서 長江으로 들어간다.

4) 진리(津吏): 나루터나 교량을 관리하던 관리이다.

죄에서 벗어난 뒤에야 강물이 맑아지고	罰既釋兮濆乃淸
내가 노를 들고 밧줄을 잡았다네	妾持檝兮操其維
교룡이 도와 주장(主將)이 돌아오기를	蛟龍助兮主將歸
배를 부르셨으니 가시는 길 의심하지 마소서	呼來櫂兮行勿疑

조간자는 매우 기뻐했다. 돌아가서는 그녀를 들여 부인으로 삼았다.

제(齊)나라 선왕(宣王)이 무염(無鹽)5)을 왕후(王后)로 들인 것과 제갈공명(諸葛孔明)이 황두녀(黃頭女)6)와 결혼한 것은 모두 재덕(才德)을 중요시하여 그 추한 것을 잊었기 때문이다. 노를 잡은 이 여자는 사람의 마음을 움직이게 하는 또 다른 무엇이 있은 듯하다.

[원문] 趙簡子

趙簡子南擊楚, 渡漢, 津吏醉臥, 怒, 將殺之. 其女娟持檝走前曰: "妾父聞君渡不測之淵, 故禱江淮之神, 不勝杯酌, 遂至沈醉. 妾願以微軀易父之命." 簡子遂釋不誅. 將渡, 娟攘拳操檝而前. 中流, 發激棹之歌曰:

升彼阿兮面觀淸7), 水揚波兮杳冥冥. 禱求福兮醉不醒, 誅將加兮妾心驚. 罰

---

5) 무염(無鹽): 전국시대 제나라 宣王의 왕후였던 鐘離春을 가리킨다. 無鹽(지금의 山東省 東平縣 동부)사람으로 無鹽女 혹은 無鹽이라고도 불린다. 덕행이 있었으나 용모가 추하였으므로 추녀의 대명사가 되었다. 이에 대한 자세한 이야기는 한나라 劉向의 《列女傳·齊鍾離春》에 보인다.

6) 황두녀(黃頭女): 《說郛》 권58上에 수록된 東晉 習鑿齒의 《襄陽耆舊傳》〈黃承彦〉 條에 의하면, 河南 지역의 名士였던 黃承彦이라는 자가 諸葛孔明이 아내를 찾는다는 이야기를 듣고 자신에게 추한 딸이 있는데 머리가 노랗고 얼굴은 까맣지만 재기는 공명과 짝이 된다고 말하자 공명은 이를 응낙하고 그를 맞이했다고 한다.

7) 【校】 升彼阿兮面觀淸: 《列女傳》에는 "升彼阿兮面觀淸"으로 되어 있고 [影, 《古

既釋兮瀆乃清, 妾持檝兮操其維. 蛟龍助兮主將歸, 呼來權兮行勿疑.

簡子大悅. 比歸, 納為夫人.

齊王納無鹽, 孔明之婚黃頭女, 皆以才德見重, 遂忘其醜. 此持檝女, 似別有動人處.

14. (2-2) 떡 파는 여자(賣餰媼)[8]

당(唐)나라 때 사람 마주(馬周)[9]는 어렸을 때부터 고아가 되어 홀로 가난하게 살았다. 박주(博州)[10]에서 조교(助敎)[11]로 있다가 술을 매우 좋아하여 자사(刺史)였던 달해(達奚)의 노여움을 샀다. 이에 옷소매를 떨쳐버리고

今列女傳》에는 "升彼河兮面觀清"으로 되어 있으며 [春], 《樂府詩集》에는 "升彼河兮而觀清"으로 되어 있고 [鳳], [岳], [類]에는 "升彼河兮以觀清"으로 되어 있다.

8) 이 이야기는 《太平廣記》 권224 〈賣餰媼〉에 보이며 文後에 《定命錄》에서 나왔다고 했다. 《太平廣記鈔》 권43에도 수록되어 있으며 이들 작품에 비해 《情史》에 수록된 작품은 내용이 간략하다. 《喻世明言》 제5권 〈窮馬周遭際賣餶媼〉의 本事이다.

9) 마주(馬周, 601~648): 자는 賓王이고 博州 茌平(지금의 山東省 茌平縣)사람이었다. 어렸을 때 가난했으나 박학했으며 나중에 長安으로 가서 中郎將 常何의 문객이 되었다. 당나라 太宗 貞觀 5년(631)에는 常何를 대신하여 20여 건의 상소문을 지어 올렸는데 太宗이 그것을 높이 평가해 監察御史의 벼슬을 주었다. 그 후 벼슬이 中書令까지 올랐으며 《新唐書》 권98과 《舊唐書》 권78에 그에 대한 傳이 있다.

10) 박주(博州): 당나라 때 郡名으로 지금의 山東省 聊城市이다.

11) 조교(助敎): 學官의 관직으로 晉나라 咸寧 연간부터 있었고 國子祭酒와 博士가 생도를 가르치는 것을 도왔다. 그 이후에도 역대의 國學에서 대부분 經學助敎를 두어 國子助敎, 太學助敎, 四門助敎, 廣文助敎 등이 있었으며, 州郡의 縣學에는 經學助敎가 있었다.

경도로 와서 떡을 파는 여자의 가게에서 머물렀다. 며칠 뒤에 그 여자에게 막료로 있을 자리를 알아봐 달라고 부탁하자 여자는 중랑장(中郎將)12)이었던 상하(常何)13)의 집으로 그를 데리고 갔다. 마주가 상하를 대신하여 상주문을 지었는데 태종(太宗)14)이 그것을 보고 마음에 들어 했다. 태종은 상하에게 물어 마주가 지은 것을 알고서는 그를 소견(召見)하고 감찰어사(監察御史)의 벼슬을 내렸다. 당초 그 여자가 떡을 팔고 있을 적에 이순풍(李淳風)15)과 원천강(袁天綱)16)이 우연히 그녀를 보고서 이상히 여기며 둘이 모두 남몰래 말하기를 "이 여자는 매우 현귀해야 하는데 어찌하여 여기에 있다는 말인가?"라고 했다. 마주는 현귀해진 뒤에 드디어 그녀를 아내로 맞이했다. 그리고 몇 년도 안 되어 마주는 재상(宰相)이 되었으며 여인은 부인(夫人)으로 봉해졌다.

---

12) 중랑장(中郎將): 秦漢 때 中郎署의 長官을 이른다. 궁궐을 守衛하며 황제를 호위 수행했으며 郎中令과 협조해 郎官과 從官을 뽑기도 했고 사신으로 나가기도 했다.

13) 상하(常何, 586~653): 隋나라 말년 汴州 浚儀(지금의 河南省 開封市)사람으로 젊었을 때 瓦崗軍에 참가해 魏公 李密를 따라 수나라 장군 張須陀를 격살했고 당시 太子였던 李建成을 따라 할거세력을 토벌하기도 했으며 당나라 때에 이르러 左屯中郎將이 되었다. 玄武門의 變 때 현무문을 닫아 李世民이 李建成을 죽이도록 도왔으며 武水縣開國伯에 봉해졌고 涇州刺史, 黔州刺史 등의 벼슬을 지냈다.

14) 태종(太宗): 당나라 太宗 李世民(599~649)을 가리킨다. 당나라 고조 李淵의 둘째 아들로 627년부터 649년까지 재위했다. 자세한 내용은《情史》권1 정정류〈盧夫人〉'태종' 각주에 보인다.

15) 이순풍(李淳風, 602~670): 당나라 때 유명한 相士(觀相과 運命을 보는 것을 업으로 하는 사람)로 岐州 雍縣(지금의 陝西省 岐山縣)사람이었다. 그가 袁天綱과 함께 지은 예언서인《推背圖》는 잘 들어맞는 것으로 널리 알려져 있다.《新唐書》권204와《舊唐書》권191에 그에 대한 傳이 있다.

16) 원천강(袁天綱): 당나라 초기에 유명했던 相士로 益州 成都(지금의 四川省 成都市)사람이었다. 相書로《六壬課》,《五行相書》,《推背圖》등을 남겼고《易鏡玄要》1권도 있었으나 현전하지 않는다.《新唐書》권129와《舊唐書》권201에 그에 대한 傳이 있다.

이 여자는 사람을 알아보고 천거할 수 있었으니 진실로 보통 사람이 아닌데 어찌 관상을 볼 필요가 있었는가? 당나라 사람들은 문벌을 가장 중시했으므로 나이가 들어도 혼인을 하지 못한 자들이 있었다. 하지만 마공은 단지 여관에서 서로 투합한 것만으로도 종신토록 부인과 돈독한 부부의 정을 나누면서 함께 부귀를 누렸으니 어찌 하늘의 뜻이 아니겠는가?

[원문] 賣䭔媼

唐馬周, 少孤貧. 爲博州助教, 以嗜酒忤刺史達奚17). 拂衣18)至京, 停於賣䭔媼肆. 數日, 祈媼覓一館地19), 媼乃引致於中郎將常何之家. 代何草封事20), 稱旨21). 太宗詢知周所爲, 卽日召見, 拜監察御史. 媼之初賣䭔也, 李淳風、袁天綱22)常遇而異之, 皆竊云: "此婦當大貴, 何以在此?"及馬公旣貴, 竟取爲妻. 數年內, 馬公拜相, 媼爲夫人.

此媼能引人, 的非常品, 又何必問相. 然唐人最重門第, 故婚嫁有老而未逞者. 而馬公特23)以逆旅相得, 終身魚水24), 富貴共之, 豈非天耶!

---

17) 達奚(달해): 《情史》에는 "達奚"로 되어 있고 《喻世明言》에는 "博州刺史, 姓達名悉."로 되어 있다. 《唐書》에는 "刺史達奚恕"로 되어 있는데 達奚는 鮮卑族 성씨이다.

18) 拂衣(불의): 옷을 턴다는 의미로 감정이 격하거나 격분해 힘차게 떨치고 일어나는 모습을 나타내는 말이다.

19) 館地(관지): 막료나 훈장 자리를 의미한다.

20) 封事(봉사): 밀봉한 상소문을 가리킨다. 옛날에 상소문을 올릴 때 누설을 막기 위해 그것을 검은색 명주주머니에 넣어 밀봉하였으므로 상소문을 封事라고 했다.

21) 稱旨(칭지): 황제의 마음에 들었다는 뜻이다.

22) 【校】綱: [影], [岳], [類], 《太平廣記》에는 "綱"으로 되어 있고 [鳳], [春]에는 "罡"으로 되어 있다.

23) 【校】特: [影], [鳳], [岳], [類]에는 "特"으로 되어 있고 [春]에는 "時"로 되어 있다.

15. (2-3) 정임(鄭任)25)

홍농현(弘農縣)26) 이 현령(李縣令)의 딸이 노생(盧生)이라는 자와 혼약을 했다. 혼례를 올리는 날에 이르러 어떤 여자 무당이 이 현령의 부인에게 묻기를 "사위 되시는 노 서방님은 정말로 긴 수염을 지닌 분인가요?"라고 했다. 부인이 "그렇다."고 대답했더니 그 무당이 말하기를 "이 사람은 부인의 사위가 아닙니다. 부인의 사위 분은 중간 체구에 피부는 희고 수염은 없습니다."라고 했다. 부인이 놀라며 말하기를 "내 딸이 오늘 밤에 시집을 갈 수가 있겠는가?"라고 하자 무당이 말하기를 "가실 수 있습니다요."라고 했다. 부인이 묻기를 "시집을 갈 수 있다고 하면서 또 어찌 노 서방이 아닐 것이라 하느냐?"라고 했다. 무당이 말하기를 "저도 모르겠습니다요."라고 하자 온 집안사람이 노하여 그 무당을 내쫓았다. 노씨가 친영하러 왔다가 여자를 보고 갑자기 놀라며 달아나기에 여러 빈객들이 쫓아가봤지만 돌아오지 않았다. 이 현령은 평소 자존심이 강했으므로 그 분함을 이기지 못한 데다가 딸의 용모가 사람들의 마음을 사로잡을 만큼 고운 것을 믿고서 손님들을 모두 들어오게 했다. 그리고 딸을 불러와 절을 하게 하고서 가리키며 말하기를 "제 이 딸이 어찌 사람을 놀라게 할 정도로 못난 애이오니까? 지금 얼굴을 보여드리지 않으면 사람들은 장차 짐승 모양을 하고 있는 줄로

---

24) 魚水(어수): 《管子·小問》에서 인용한 《詩經》의 "넓고 넓은 것은 물이요, 자유로운 것은 물고기라.(浩浩者水, 育育者魚.)"라는 구절에서 유래된 말로, 물고기가 물과 자유롭게 어울리듯 부부가 서로 투합하고 남녀 간의 애정이 두터운 것을 의미한다.

25) 鄭任의 이야기는 《太平廣記》 권159에 〈盧生〉이라는 제목으로 보이고 문후에 《續玄怪錄》에서 나왔다고 했다. 《太平廣記鈔》 권21과 《廣艶異編》 권17에도 〈盧生〉으로 수록되어 있다. 《初刻拍案驚奇》 권5 〈感神媒張德榮遇虎 湊吉日裴越客乘龍〉 入話의 本事이다.

26) 홍농현(弘農縣): 西漢 武帝 때부터 있었던 縣으로 지금의 河南省 靈寶市이다.

알 것이오이다."라고 하자 사람들은 모두 다 분하게 여기며 탄식했다. 이 현령이 말하기를 "이 애를 이미 보여드렸으니 만약 맞이할 수 있는 사람이 있다면 오늘 저녁 이 좋은 날에 맞춰 성혼하고 싶소이다."라고 했다. 정임(鄭任)이 노생의 들러리로 있다가 즉시 일어나 절을 하고 혼례를 치렀다. 집안사람들이 그의 생김새를 보니 바로 무당이 말한 그대로였다. 그 후 정임이 노생을 우연히 만나 그때 도망간 이유를 묻자 노생이 말하기를 "두 눈은 붉은데다가 크기가 술잔만 하고, 이는 몇 촌(寸)만하게 길어 두 뿔처럼 입 밖으로 나와 있으니 어찌 놀라서 도망하지 않을 수 있었겠는가?"라고 했다. 정임은 평소 노생과 서로 친했으므로 아내를 나오도록 해 그에게 보여줬더니 노생이 크게 부끄러워하며 물러나갔다.

전하는 바에 의하면 경도(京都) 사는 어떤 여자가 있었는데 시집간 날에 침상 가까이 가기만 하면 오줌을 싸기에 집으로 되돌려 보내졌다. 그 뒤 재가를 해도 또 그러했으므로 마침내 버려진 여자가 되었다. 여자가 평소 이런 병이 없었기에 어머니가 괴이하다 여겨 그녀에게 물었더니 답하기를 "시녀가 주홍색 변기를 들고 오는 것이 보여 정말 저도 모르게 오줌을 누게 됩니다."라고 했다. 그 후 어떤 관리의 후처로 시집을 갔는데 그 관리는 벼슬이 상서(尙書)에까지 이르렀고 여자도 부인(夫人)[27]으로 봉해졌다. 어느 날 궁궐에 경하할 일로 인해 명부(命婦)[28] 소속의 부인네들을 따라 들어가 한참을 머물다 때마침 배가 팽팽하게 부풀어 오르기에 궁녀가 이끄는 대로

---

27) 부인(夫人): 命婦에게 내린 封號 중의 하나로 新의 王莽이 崔篆의 어머니인 師氏를 義成夫人으로 봉한 것에서 비롯되었다. 당나라 때에는 1품 文武官 및 國公의 母妻는 國夫人으로 봉해졌고, 3품 이상 관원의 母妻는 郡夫人으로 봉해졌다. 송나라 때에는 執政 이상 관원의 妻는 夫人으로 봉해졌고, 명나라 때에는 1·2품 관원의 妻는 모두 夫人으로 봉해졌다.

28) 명부(命婦): 封號를 받은 여성을 가리킨다. 궁 안의 妃嬪들을 內命婦라 했고 궁 밖에 거주했던 군신들의 母妻를 外命婦라 했다.

변소로 갔다. 거기에 있는 주홍색 변기를 보고 그녀는 비로소 환상이 보였던 이유를 깨닫게 되었다.

[원문] 鄭任

李弘農令之女, 盧生聘之矣. 及吉日, 女巫謂夫人曰: "佳壻盧郎, 信長髥者乎?" 夫人曰: "然." 女巫曰: "是非夫人之子壻也. 夫人之壻, 形中而白, 且無鬚也." 夫人驚曰: "吾女今夕得適人乎?" 巫曰: "得." 夫人曰: "旣得適人, 又何云非盧郎也?" 巫曰: "我亦不識也." 擧家怒巫而逐之. 及盧親迎, 見女, 忽驚而奔, 衆賓追之, 不返. 李弘農[29]素負氣, 不勝其憤, 且恃女容可人, 盡邀客入, 呼女出拜, 指之曰: "此女豈驚人者耶? 今不覿面, 人且以爲獸形也." 衆皆憤歎. 弘農[30]曰: "此女已奉見矣, 如有能聘者, 願應今夕佳期." 鄭任[31]爲盧之儐[32]在焉, 隨起拜成禮. 家衆視其貌, 卽巫之所言也. 後鄭任逢盧, 問其故[33], 盧曰: "兩眼赤, 且大如盞. 牙長數寸, 出口

---

29) 【校】李弘農: 《情史》에는 "李弘農"으로 되어 있고 《太平廣記》, 《太平廣記鈔》, 《廣豔異編》에는 "主人"으로 되어 있으며 《初刻拍案驚奇》에는 "李縣令"으로 되어 있다. 李弘農은 李縣令을 任地인 弘農으로 呼稱한 것이다.

30) 【校】弘農: 《情史》에는 "弘農"으로 되어 있고 《太平廣記》, 《太平廣記鈔》, 《廣豔異編》에는 "主人"으로 되어 있다.

31) 【校】鄭任: 《情史》에는 "鄭任"으로 되어 있고 《太平廣記》에는 "鄭某官某"로 되어 있으며 《太平廣記鈔》에는 "某官鄭某"로 되어 있고 《廣豔異編》에는 "鄭某"로 되어 있다. 《初刻拍案驚奇》에는 벼슬을 받은 鄭 씨 성의 사람으로 소개되어 있다. 《太平廣記》와 《廣豔異編》의 後文에 각각 "鄭任於京"과 "鄭任於官"이라는 구절이 있는 것으로 미루어 볼 때 《情史》에서는 "任"자를 이름으로 오인해 鄭任으로 한 듯하다.

32) 儐(빈): 주인을 도와 손님을 영접하고 안내하는 사람을 가리킨다. 《禮記·文王世子》에 있는 "물러나와 손님을 東序로 안내한다.(乃退, 儐於東序.)"라는 구절에 대해 孫希旦의 集解에는 "예로써 빈객을 접대하는 것을 儐이라 한다.(以禮禮賓謂之儐.)"고 했다.

33) 【校】後鄭任逢盧 問其故: 《情史》에는 "後鄭任逢盧 問其故"로 되어 있고 《太平廣記》에는 "後數年 鄭任於京 逢盧問其事"로 되어 있으며 《太平廣記鈔》에는 "後

兩角. 寧不驚而奔乎!" 鄭素與盧相善, 乃出妻以示之, 盧大慚而退.

　相傳京師有女, 嫁日, 臨牀便小遺, 因退還. 後再嫁亦然, 遂爲棄女. 女生平無此疾, 母怪而叩之, 答云: "見女奴攜朱紅餘桶[34]至, 誠不自覺其遺也." 後嫁一客官[35]爲晚妻, 此官位至尚書, 女封夫人. 以恭賀事, 隨衆命婦入宮. 盤桓良久, 偶腹脹, 宮女引至便處, 見朱紅餘桶, 方悟其夢.

16. (2-4) 유기(劉奇)[36]

　명나라 선덕(宣德)[37] 연간에 하서무(河西務)[38]에 사는 유옹(劉翁) 부부는 술 파는 일을 업으로 하며 살았다. 살림살이는 괜찮았지만 나이가 모두 육십이 넘도록 자식이 없었다. 눈 내리는 어느 날 준수하게 생긴 한 소년이 아비를 따라 투숙했다. 날이 밝을 때에 이르러 그의 아비는 추위로 병이

　鄭逢盧 問其事"로 되어 있고 《廣豔異編》에는 "後數年 鄭任於官 逢盧問其事"로 되어 있다.

34) 餘桶(여통): 변기통을 가리킨다.

35) 客官(객관): 다른 부서나 다른 지역 또는 외국 관원에 대한 호칭이다.

36) 이 이야기는 《醒世恒言》 권10 〈劉小官雌雄兄弟〉의 本事로 명나라 王同軌의 《耳談類增》 권8에 〈劉方劉奇夫婦〉로도 보이지만 《情史》의 〈劉奇〉에 비해 간결하게 서술되어 있다. 이외에도 명나라 徐應秋의 《玉芝堂談薈》 권10, 《古今閨媛逸事》 권4 情愛類 〈兄弟夫妻〉, 《古今情海》 권12 情中緣 〈雄兮將雌胡不知〉 등에도 수록되어 전한다. 명나라 陶輔의 《花影集》 권1 〈劉方三義傳〉, 명나라 起北赤心子 《繡谷春容》 雜錄 권4 〈劉方女僞子得夫〉, 馮夢龍本 《燕居筆記》 권9 〈劉方三義傳〉 등으로도 전한다. 이 이야기를 바탕으로 한 戲曲 작품으로는 葉憲祖의 雜劇 〈三義成姻〉, 王元壽의 〈題燕記〉, 范文若의 〈雌雄旦〉, 黃中正의 〈雙燕記〉, 無名氏의 〈彩燕詩〉(一名 〈風雪緣〉) 등이 있다.

37) 선덕(宣德): 명나라 宣宗 朱瞻基의 연호로 1426년부터 1435년까지이다.

38) 하서무(河西務): 河西務鎭으로 지금의 天津市 武淸區에 속한다.

나서 일어나지 못하다가 며칠 뒤에 죽었다. 유씨는 그를 집 뒤에 묻어주고 소년을 남겨 아들로 삼았으며 본래의 성씨를 없애지 않고서 이름을 유방(劉方)[39]이라 지어주었다. 유방은 유옹 부부에게 자식으로서의 도리를 다했다. 이태가 지난 뒤 다시 큰 바람이 불어 전복된 배에서 한 소년이 구조되었는데 그는 바구니 하나를 손에 꼭 쥐고서 계속해 울고 있었다. 유옹이 그에게 물었더니 산동(山東)에서 온 유기(劉奇)라고 하면서 아비가 과거시험을 모두 끝낸 뒤 벼슬을 제수받으려고 온 집안이 경도에 머물고 있다가 역병(疫病)에 걸려서 부모가 모두 죽었다고 했다. 하지만 부모의 영구를 모시고 갈 힘이 없어 바구니 속에 화장한 유골을 담았다고 말했다. 물에 빠져 짐도 쓸려 내려가 다시 고향으로 돌아갈 수도 없었으므로 유옹은 측은하게 여겨 그에게 여비를 마련해주었다. 유기는 돌아간 지 한 달 남짓 되어 다시 바구니를 지고 돌아와서 이렇게 말했다.

"고향은 강둑이 터져 모든 것이 다 물에 떠내려가 버렸습니다. 부모님의 유골을 묻을 조금의 땅을 주셨으면 합니다. 그럼 제가 종살이를 해 보답하겠습니다."

그러자 유옹은 이를 허락했다.

유기와 유방은 형제가 되어 함께 잠을 자고 함께 밥을 먹으면서 정이 매우 두터워졌다. 유기가 자못 문리에 통달했으므로 유방에게 책 읽는 것을 가르쳐 주었더니 유방은 날로 진전을 보였다. 오래되어 유옹 부부가 모두 세상을 떠나자 두 사람은 친자식들처럼 장례를 치렀다. 유방이 다시 경도로 가서 어머니의 영구를 옮겨와 아버지의 묘에 합장을 하니 세 집안의

---

39) 유방(劉方): 《耳談類增》 권8의 〈劉方劉奇夫婦〉와 《醒世恒言》 권10의 〈劉小官 雌雄兄弟〉 그리고 《花影集》 권1의 〈劉方三義傳〉에는 소년과 그 아비의 성씨 가 모두 '方' 氏로 나온다. 이름을 '劉方'으로 한 것은 劉氏의 姓氏에 소년의 姓氏인 '方'자를 취한 것이다.

무덤은 마치 정(鼎)의 세 다리가 솟아 있는 것과 같았다. 이 일들을 다 하고나서 술 파는 장사를 그만두고 포목전을 열었더니 집안이 날로 흥성해졌다. 진(鎭)에 사는 부자가 와서 혼사를 의론하자 유기는 원했지만 유방이 굳이 안 된다고 하기에 억지로 받아들이게 할 수 없었다.

어느 날 유기는 대들보에 제비가 둥지 트는 것을 보고 벽에 사(詞) 한 수를 적었다.

둥지를 튼 제비	營巢燕
둘 다 수컷일세	雙雙雄
조석으로 진흙을 물어오며 고생을 함께했지	朝暮銜泥辛苦同
암컷을 찾아 알을 낳지 않으면	若不尋雌繼殼卵
둥지를 틀었어도 결국엔 텅 비어 있다네	巢成畢竟巢還空

유방이 그것을 보고 웃으면서 여러 차례 읽더니 그도 붓을 들고 화답하는 사(詞) 한 수를 지었다.

둥지를 튼 제비	營巢燕
쌍 지어 날아다니네	雙雙飛
하늘이 암수를 오래도록 함께 있게 함이로세	天設雌雄事久期
암컷은 수컷을 얻어 이미 바람대로 되었건만	雌兮得雄願已足
수컷은 암컷을 데리고 있으면서 어찌 이를 알지 못하나	雄兮將雌胡不知

유기는 유방이 화답한 사를 보고나서 크게 놀라며 생각하기를 "내 동생이 목란(木蘭)[40]인가? 함께 잠을 잔 이래 무더위에도 알몸으로 있은 적이 없었는

---

40) 목란(木蘭): 중국 민간 전설에 등장하는 인물로서 남장을 하고 아버지를 대신해 종군한 여성으로 널리 알려져 있다. 그의 이야기는 北朝 民歌인 〈木蘭

데 지은 사(詞)와 합쳐 생각해보니 정황을 알 만하다."라고 했다. 이에 알아차리지 못한 척하고 유방으로 하여금 다시 화답하는 사(詞) 한 수를 지으라고 했더니 유방은 다시 이러한 사를 썼다.

둥지를 튼 제비	營巢燕
울음소리 서로 어울리는데	聲聲叶
청춘을 공연스레 흘러가게 하지를 말아	莫使靑春空歲月
가련하도다, 흠 없는 화씨벽(和氏璧)을	可憐和氏璧[41]無瑕
초왕(楚王)은 어이해 받아들이지 않는가	何事楚君終不納

유기가 웃으면서 말하기를 "내 동생이 과연 여자였구나."라고 하자, 유방은 이 말을 듣고 얼굴이 빨개지며 미처 대답을 하지 못하고 있던 차에 유기가 다시 이렇게 말했다.

"너와 나의 정이 혈육과 같은데 어찌 감추고 꺼릴 필요가 있겠느냐? 다만 무슨 연고로 이런 차림을 했는지 모르겠구나."

유방은 눈썹을 찌푸리며 이렇게 말했다.

"전에 저의 집안은 경도에 객거하고 있었어요. 어머니가 돌아가시는 바람에 아버지를 따라 고향으로 돌아가게 되어 도중에 불편할까봐 남장을 했지요. 그 후에 아버지가 돌아가시고 나서 여전히 흙으로 얕게 묻혀 있기만

詩)에 가장 먼저 보이며 이외에도 다양한 작품을 통해 전승되고 있다.

41) 화씨벽(和氏璧): 춘추시대 楚나라 사람인 卞和라는 자가 楚山에서 璞玉을 주워 厲王에게 바쳤으나 玉工이 이를 돌이라고 하자 여왕은 자신을 속였다하여 변화의 왼발을 자르도록 했다. 여왕이 죽고 武王이 즉위한 뒤에 변화는 다시 그 박옥을 무왕에게 바쳤으나 옥공이 또 돌이라고 하여 무왕은 다시 변화의 오른발을 잘랐다. 무왕이 죽고 文王이 즉위한 뒤 변화는 초산 아래에서 곡을 하니, 문왕이 이를 듣고 옥공에게 시켜 비로소 그 박옥을 다듬게 하여 寶玉을 얻고는 이를 '和氏璧'이라 부르게 했다. 이 이야기는 《韓非子 · 和氏》에 보인다.

했지 어머니와 합장을 하지 못했기에 함부로 차림을 바꾸지 못했죠. 몸 둘 곳을 찾아서 부모의 영구를 안치하려 했지요. 다행히 장사는 이미 마친지라 곧 제 스스로 사정을 밝히려고 했어요. 하지만 집안 형편이 아직 좋지 못하기에 형 혼자의 힘으로 세우기 어렵다고 생각하여 다시 뒤로 미뤘던 겁니다."

그러자 유기가 말했다.

"너와 내가 수년 동안 한 침상에서 잠을 자 정이 혈육보다 낫고, 네가 지은 사(詞)에 이미 몸을 낮춰 내게 올 뜻을 드러내고 있는데 나 또한 기어코 다시 장가를 들 리가 있겠느냐. 전에는 형제가 되었으니 이제는 부부가 된다면 은의(恩義)를 모두 온전하게 하는 것이므로 또한 괜찮지 않겠느냐?"

유방이 이렇게 말했다.

"제가 잘 생각해봤습니다. 세 집안의 무덤이 모두 이곳에 있는데 이를 버려두고 가자니 이 또한 매정하여 그렇게 하기가 어렵네요. 형이 만약 못난 저를 버리지 않으신다면 아내가 되어 집안일을 해드리면서 세 집안의 조상을 함께 모시는 것이 제 소원입니다."

그날 밤에 두 사람은 따로 잠을 잤다. 그다음 날에 유기는 진(鎭) 내에 살고 있는 나이 든 사람에게 부탁해 중신을 서게 하여 택일을 하고 세 집안의 무덤에 이를 고한 뒤에 혼례를 올렸다. 마을 가운데 보기 드문 기이한 일로 전해져 그곳을 삼의촌(三義村)이라 이름했다.

유방이 지은 사는 스스로를 자랑하는 것에 가까웠다. 하지만 그의 주된 뜻이 조상을 모시는 것에 있었고 식견이 높은 데다가 일을 도모함에 있어서도 섬세했으니 여자들 가운데 진실로 걸출한 사람이다. 형인 유기는 비록 정직한 사람이기는 했지만 어리석은 사내였고 동생인 유방은 진실로 절개가 있는 여자였으면서도 총명한 사람이었다.

[원문] 劉奇

宣德間, 河西務⁴²⁾劉翁夫婦, 業沽酒, 家亦小康⁴³⁾. 年俱六十餘, 無子. 值雪天, 有童子少俊, 隨父投宿. 及明, 父病寒, 不能興, 數日竟死. 劉爲殯於屋後, 此童遂囓爲兒, 不沒本姓, 命名劉方, 克盡子道. 居二載, 復值大風, 有少年舟覆遇救, 堅持一竹籠, 哭泣不止. 叩之, 則山東劉奇, 父以三考⁴⁴⁾聽選⁴⁵⁾, 擧家在京, 遭時疫, 父母俱喪, 無力扶柩, 此籠中乃火化遺骨也. 旣被溺, 行李蕩然, 無復歸計. 劉翁惻然, 爲助資斧. 奇去月餘, 復負籠而來, 云: "故鄕遭河決, 已漂盡矣. 願乞片地埋骨, 而身爲僕役以報." 劉翁許之. 奇與方遂爲兄弟, 同眠共食, 情愛甚篤. 奇頗通文理, 因敎方讀書, 方亦日進. 久之, 劉翁夫婦俱歿, 二人喪之如嫡. 方復往京, 移母柩至, 與父合葬. 三家之墳, 如鼎峙焉. 事畢, 停沽酒而開布肆, 家事日起. 鎭富民有來議姻者, 劉奇欲之, 而方執意不可, 奇不能强.

一日, 見梁燕營巢, 奇題一詞於壁云:

營巢燕, 雙雙雄. 朝暮銜泥辛苦同.

若不尋雌繼殼⁴⁶⁾卵, 巢成畢竟巢還空.

方見之, 笑誦數次, 亦援筆而和詞云:

營巢燕, 雙雙飛. 天設雌雄事久期.

---

42) 【校】 河西務: [影], [鳳], [岳], [類], 《耳談類增》, 《玉芝堂談薈》, 《醒世恒言》에는 "河西務"로 되어 있고 [春]에는 "西河務"로 되어 있다.

43) 小康(소강): 사회 경제적으로 안정된 상황을 이르는 말이다. 《禮記·禮運》에 의하면, 천하에 大道가 행해지고 천하는 公共의 것이 되며 도둑과 난적이 일어나지 않는 시대를 大同이라 하고, 천하를 私有로 하며 자기의 어버이와 자식만 친애하고 간사한 책략이 일어나 예의로 바로잡으며 이 도를 따르지 않는 자는 지위 고하를 막론하고 폐출시키는 시대를 小康이라 한다.

44) 三考(삼고): 과거시험에서 鄕試, 會試, 殿試를 아울러 이르는 말이다.

45) 聽選(청선): 明淸 때 관직을 수여받고 나서 選用될 때를 기다렸던 것을 가리킨다. 《明史·選擧志三》에서 "처음 관직을 받는 것을 '聽選'이라 하고 陞職한 것을 '陞遷'이라 한다.('初授者曰聽選 陞任者曰陞遷)"고 했다.

46) 【校】 殼: 《情史》, 《耳談類增》, 《醒世恒言》에는 "殼"으로 되어 있고 《玉芝堂談薈》에는 "雛"로 되어 있다.

雌兮得雄願已47)足, 雄兮將雌胡48)不知!

奇覽和, 大驚曰: "吾弟殆木蘭乎? 自同臥以來, 即酷暑, 未嘗赤體. 合之題詞, 情可知也." 乃佯爲不悟, 使方再和一詞. 方復書云:

營巢燕, 聲聲叶49), 莫使靑春50)空歲月.

可憐和氏璧無瑕, 何事楚君終51)不納52)?

奇笑曰: "吾弟果女子也." 方聞言面發赤, 未及對. 奇復云: "你我情同骨肉, 何必隱諱. 但不識何故作此粧束?" 方蹙額告云: "妾家向寓京師, 因母喪, 隨父還鄕, 恐中途不便, 故爲男扮. 後因父歿, 尙埋淺土, 未得與母同穴, 故不敢改形. 欲求一安身之地, 以厝先靈. 幸葬事已畢, 即欲自明. 思家事尙微, 兄獨力難成, 故復遲遲耳." 奇云: "爾我同榻數年, 愛踰嫡血. 弟詞中已有俯就之意, 我亦決無更娶之理. 昔爲兄弟, 今爲夫婦, 恩義兩全, 不亦可乎?" 方曰: "妾籌之熟矣, 三家墳墓, 俱在於斯, 棄此而去, 亦難恝然. 兄若不棄陋質, 使侍箕帚, 共奉三姓香火, 妾之願也." 是夜, 兩人遂分席而臥. 次日, 奇請鎭中年老者爲媒, 擇吉告於三墓, 遂成花燭. 里中傳爲異事, 因名其地爲"三義村".

方之題詞, 近於自衒. 然主意實在奉祀, 見識旣高, 作事又細膩, 眞閨傑也. 大劉雖曰端人, 終是駃漢. 小劉固然貞女, 誠亦巧人.

---

47) 【校】已: [影], [鳳], [岳], [類], 《耳談類增》, 《玉芝堂談薈》, 《醒世恒言》에는 "已" 로 되어 있고 [春], 에는 "自"로 되어 있다.

48) 【校】胡: 《情史》, 《耳談類增》, 《醒世恒言》에는 "胡"로 되어 있고 《玉芝堂談薈》 에는 "朝"로 되어 있다.

49) 【校】聲聲叶: [影], [岳], [類], [春], 《醒世恒言》, 《玉芝堂談薈》에는 "聲聲叶"으로 되어 있고 [鳳]에는 "聲聲葉"으로 되어 있다.

50) 【校】靑春: 《情史》, 《玉芝堂談薈》에는 "靑春"로 되어 있고 《醒世恒言》에는 "靑年"로 되어 있다.

51) 【校】終: 《情史》, 《醒世恒言》에는 "終"으로 되어 있고 《玉芝堂談薈》에는 "偏" 으로 되어 있다.

52) 【校】納: [影], 《玉芝堂談薈》, 《醒世恒言》에는 "納"으로 되어 있고 [鳳], [岳], [類], [春]에는 "識"으로 되어 있다.

17. (2-5) 왕선총(王善聰)53)

왕선총(王善聰)은 금릉(金陵)54)에 사는 여자였다. 열두 살에 어머니를
여의었는데 언니 또한 시집을 간 뒤였다. 그의 부친 아무개는 줄곧 선향(線香)
을 가지고 강북(江北)55)에 있는 여러 군(郡)을 다니며 팔았는데 딸이 어린데
다가 혼자 있는 것이 염려되어 그를 사내아이로 가장시켜서 함께 데리고
다녔다. 나중에 아버지가 죽자 왕선총은 성명을 바꿔 장승(張勝)이라 했다.
고향 사람인 이영(李英)을 만나 함께 동업하며 여전히 향을 파는 것을 업으로
삼았다. 1년 남짓 함께 자고 일어났지만 왕선총은 병이 있다고만 하면서
옷을 벗지 않았다. 대소변은 반드시 밤이 되어서야 보았고 신과 버선도
벗지 않았으므로 이영은 그가 여자라는 것을 알지 못했다. 홍치(弘治)56)
연간 계축년 봄에 이영과 함께 금릉으로 돌아갈 때 왕선총의 나이는 이미
스무 살을 넘었다. 언니에게 인사를 하러 갔더니 언니는 그를 알아보지

---

53) 이 이야기는 《稗史彙編》 권48에 〈假男張勝〉의 제목으로 보이는데 《情史》의
〈王善聰〉과 문장이 같다. 명나라 王兆雲의 《揮塵新譚》 권上 〈王善聰假男子〉
에는 주인공이 王善聰으로 나오고, 명나라 黃瑜의 《雙槐歲鈔》 권10 〈木蘭復
見〉과 명나라 焦竑의 《焦氏筆乘》 권2 〈我朝兩木蘭〉과 《智囊》 권26 〈木蘭等〉
제3條에는 黃善聰의 이야기로 나온다. 《明山藏》 권89에 〈韓氏女黃善聰合傳〉이
수록되어 있는데 여자주인공의 이름은 黃善聰이다. 《明史》 권301 〈列女〉에도
黃善聰에 대한 傳이 있다. 이 이야기는 《喻世明言》 권28 〈李秀卿義結黃貞女〉
의 本事이며 여자주인공의 이름은 黃善聰이다. 이 이야기를 내용으로 한 《販
香記》라는 詞話도 있다.
54) 금릉(金陵): 전국시대 초나라 威王이 월나라를 멸망시킨 뒤, 지금의 南京市
清凉山(石城山)에 金陵邑을 두었으므로 이후에 金陵이 江蘇省 南京市의 별명
으로 쓰였다.
55) 강북(江北): 長江 하류 이북의 지역을 이르는 말이다. 당나라 때에는 淮南道,
송나라 때에는 淮南路, 근대 이후로는 보통 江蘇省, 安徽省 소속의 장강 이북
지역을 가리킨다.
56) 홍치(弘治): 명나라 孝宗 朱祐樘의 연호로 1488년부터 1505년까지이다. 弘治
癸丑年은 1493년이다.

못하고서 이렇게 말했다.

"나는 위로 오라버니도 없고 아래로 남동생도 없습니다. 단지 여동생만 있을 뿐인데 아버지가 장사를 하러 그를 타지로 데리고 가신 지 수년이 되어 소식이 통하지 않아 생사조차 알지 못합니다."

왕선총이 울면서 말했다.

"내가 바로 그 여동생이에요. 아버지가 돌아가시고 홀로 남아 가난하여 돌아올 수 없기에 부득이하게 고향 사람인 이영과 동업을 하며 살길을 도모하다가 이제야 비로소 돌아와 언니를 뵙는 거예요."

그의 언니가 말하기를 "남녀가 오랫동안 함께 있었는데 설마 남모르는 관계가 없었겠는가?"라고 하며 그를 밀실로 데리고 들어가 검사를 해봤더니 과연 처녀였다. 왕선총은 곧 전과 같이 여자의 옷차림으로 바꾸었다. 이틀 뒤에 이영이 그를 보러 왔는데 왕선총이 숨어서 나가려고 하지 않자 그의 언니는 그를 억지로 나가게 했다. 이영이 왕선총을 보고 깜짝 놀라 그 연고를 물어 사실을 알게 되었다. 그때 이영은 아직 장가를 가지 않고 있었기에 제 스스로 나서 청혼을 했으나 왕선총은 부끄러워하며 말없이 서둘러 자리를 떴다. 이영은 집으로 돌아간 뒤에도 왕선총에 대한 생각을 접을 수 없어 곧 중매쟁이를 보냈다. 왕선총은 단호히 그것을 거절하며 이렇게 말했다.

"의심 받을 수 있는 상황에서 삼가지 않으면 안 됩니다. 지금 함께 짝이 된다면 남모르는 관계가 없었다고 해도 있었던 것으로 보여 수년 동안 지켜온 정절이 흐르는 물에 버려지는 것인데 남들이 비웃을까 두렵지도 않습니까?"

이영은 그녀의 지조에 탄복해 그녀를 흠모하는 마음이 더욱더 간절해졌다. 이와 같이 하기를 수차례 오갔으나 왕선총이 끝내 응낙하지 않았다. 이 일이 삼창(三廠)[57]에까지 알려지자 중관(中官)[58]들이 그녀의 절의를 아름답

게 여겨 강제로 혼인을 하도록 하게 하고 재물도 주었다. 왕선총은 감히
거역하지 못하고 마침내 이영과 부부가 되었다.

안타깝게도 이렇게 좋은 일이 중관에 의해 이루어졌다.

[원문] 王善聰

王善聰者, 金陵城中女子也. 年十二喪母, 姊亦嫁. 父某, 向挾線香行販江北
諸郡. 因念女幼而孤, 僞餙爲男, 挈之以行. 後父死, 改姓名曰張勝. 遇鄕人李英,
因合夥[59], 仍以販香爲業. 歲餘, 同臥起, 但云有疾, 不去衫袴. 溲溺必待夜, 亦不去
履襪. 英初不知爲女子也. 弘治癸丑春, 與英還金陵, 年已二十餘矣. 往候其姊,
姊不之識. 且曰: "我上無兄, 下無弟, 止有妹耳. 我父挈往他所, 買販數年, 音問不
通, 存亡未審." 善聰哭曰: "我即是也. 父死, 孤貧不能歸, 不得已與鄕人李英合夥營
度. 今始歸拜姊耳." 姊曰: "男女久處, 得無私乎?" 乃入密室驗之, 果爲處子. 仍作女
餙. 越二日, 英來候, 善聰匿不出, 姊强之. 英一見駭然, 叩得其故. 時英尙未娶,
遂自請婚, 善聰羞默遽退. 英既歸, 念之不置, 旋遣媒往. 聰堅拒之曰: "嫌疑之際,
不可不謹. 今日若與配合, 無私有私, 數年貞節, 付之逝水[60], 不畏人嘲笑乎!" 英服

---

57) 삼창(三廠): 명나라 때 特務 기관인 東廠, 西廠, 大內行廠을 통틀어 이르는 말
   이다. 東廠은 成祖 永樂 18년(1420)에 京師 東安門 북쪽에 설치되었고 西廠은
   憲宗 成化 13년(1477)에 東安門에 설치되었으며 大內行廠은 武宗 正德 3년
   (1508)에 세워졌다. 이들 기관은 모두 환관이 주관해 직접 황제에게 보고하
   고 어명을 받았다.

58) 중관(中官): 宦官을 가리킨다. 《漢書·高后紀》 顔師古 注에서 이르기를 "中官
   들은 궁에서 시중을 드는 거세된 남자들을 모두 이른다.(諸中官, 凡閹人給事
   於中者皆是也.)"고 했다.

59) 合夥(합과): 合火 또는 合伙로 쓰기도 한다. 한 패로 합친다는 뜻으로 두 명
   이나 그 이상의 사람들이 자산을 모아 생산 혹은 무역 등의 사업을 하는 것
   을 의미한다.

60) 付之逝水(부지서수): 逝水는 흘러가 돌아오지 않는 물을 뜻한다. 付之逝水는

其有守, 相慕益切. 往復再四, 終不聽. 事聞三廠, 中官嘉其義, 逼令成婚, 且贈貲焉.
聰不敢違, 遂爲夫婦.

可惜絶好一件事, 却被中官做去.

18. (2-6) 오강사람 전생(吳江錢生)[61]

만력(萬曆)[62] 연간 초년 오강(吳江)[63]의 외딴 시골에 부잣집 아들인 안생
(顔生)이란 자가 있었는데 아버지를 여의고 아직 장가들지 않고 있었다.
태호(太湖)의 서산(西山)[64]에 사는 고옹(高翁)의 딸이 아름다운 명성이 있어
안생이 그것을 듣고 자못 사모하게 되어 그녀에게 청혼을 하도록 했다.
고옹은 좋은 사위를 엄밀히 고르고 있었던 차라서 반드시 직접 만나보려고
했다. 하지만 안씨는 용모가 매우 못생겼으므로 같이 공부하고 있던 사촌
동생인 전생(錢生)을 치장시켜 대신 가도록 했다. 고옹이 전생을 보고서
크게 기뻐하여 혼담이 이루어지게 되었고 안씨는 스스로 계책이 들어맞았다
고 생각했다. 신부를 맞이할 때에 이르러 고옹은 태호를 사이에 두고 떨어져

付之東流와 유사한 의미로 강물과 함께 흘러가 돌아오지 않는다는 뜻인데 완
전히 사라져 없어지는 것을 비유적으로 이른다.

61) 이 이야기는 《醒世恒言》 제7권 〈錢秀才錯占鳳凰儔〉의 本事이다. 《喽蔗》에는
〈錯占鳳儔記〉로 보이고 명나라 沈自晉에 의하여 〈望湖亭〉이란 傳奇 희곡 작
품으로 지어지기도 했다.

62) 만력(萬曆): 명나라 神宗 朱翊鈞의 연호로 1573년부터 1620년까지이다.

63) 오강(吳江): 蘇州府 吳江縣(지금의 江蘇省 蘇州市 吳江區)을 가리킨다.

64) 서산(西山): 太湖에 있는 가장 큰 섬이다. 太湖는 지금의 江蘇省 남부에 있는
중국에서 두 번째로 큰 담수호로 경치가 아름답기로 유명하며 洞庭이라고도
한다.

있으므로 반드시 신랑이 와서 신부를 맞이해 가야 한다고 하였으며 또한 이를 통해 친구와 이웃들에게 좋은 사위를 자랑하고 싶기도 했다. 안씨는 변고가 생길까 걱정되어 중매쟁이와 상의한 뒤 다시 전생에게 부탁하여 가도록 했다. 전생이 그곳에 도착한 뒤에 고옹은 연회를 크게 베풀고 빈객을 초대했다. 술잔이 몇 번 돌 즈음에 갑자기 거센 바람이 크게 일어 배가 출발하지 못하게 되었다. 고옹은 혼례 날짜를 놓칠까 걱정되어 일단 그의 집에서 혼례를 올리도록 했지만 전생은 군이 사양을 했다. 다음 날이 되자 바람은 더욱더 거세지고 눈까지 내렸다. 여러 빈객들이 모두 와서 종용하기에 전생은 어쩔 수 없이 그들의 말에 따랐다. 남몰래 시종에게 말하기를 "네 주인의 일을 성사시키기 위해 내 하는 것이다. 하늘 위에 있는 신령에게 맹세컨대 절대 네 주인의 뜻을 저버리지 않을 게다."라고 했다. 시종은 "예예"라고 하면서도 믿지 않았다. 초례를 치르고 사흘이 지나자 바람이 조금 누그러졌다. 고옹이 여전히 만류했지만 전생이 안 된다고 하기에 고씨 부부는 배를 준비해 몸소 그들을 바래다주었다. 시종은 작은 배를 타고 먼저 빨리 돌아가서 소식을 전했다. 안생은 밤새도록 눈바람이 몰아치는 것을 보고 이미 성이 나 있다가 전생이 잠시 신랑이 되었었다는 말을 듣고서 매우 화가 났다. 그리하여 안생은 전생이 강기슭으로 올라오는 것을 기다렸다가 말 한마디 나눠 보지도 않고 전생에게 욕을 하면서 손찌검을 해댔다. 고옹은 이를 듣고 크게 놀라 이해할 수 없었으므로 옆에 있던 사람에게 캐물어 실정을 모두 알게 되었다. 이에 현아(懸衙)의 관리에게 고소를 하자 전생이 해명하기를 "사촌 형에게 먹고 입는 것을 의지하다보니 시키면 시키는 대로 모두 다 합니다. 비록 사흘 밤을 함께 누워 있었지만 옷을 벗은 적이 없습니다."라고 했다. 관리가 온파(穩婆)를 시켜 검사하게 했더니 진실로 처녀였다. 안생은 크게 후회하며 혼례를 올리고 싶다 했으나 고옹은 한 여자가 화촉을 두 번 밝힐 수 없다고 생각했다. 이에 관원은 전생에게 여자가 가야 한다고 판결하고 중매쟁이를 처벌했으며, 전생은 마침내 고씨 여자와 부부가 되었다. 전생은 가난한 선비였으므로 아내를 의지해 일가를 이루었다.

1929년 소엽산방본(掃葉山房本), 《전도금고기관(全圖今古奇觀)》 삽도
〈전수재착점봉황주(錢秀才錯占鳳凰儔)〉

소설(小說)[65]로는 〈착점봉황주(錯占鳳凰儔)〉가 있는데 안생의 이름은 준(俊)이고 전생의 이름은 청(靑)이며 고옹의 이름은 찬(贊)이고 중매쟁이는 우신(尤辰)이었다. 거기에 보이는 현령의 판결문이 다음과 같다.

"고찬이 딸을 위해 지아비를 골라준 것은 당연한 이치이고 안준이 남을 빌어다가 자기라고 꾸민 것은 진실로 놀라운 일이다. 좋은 사윗감을 이미 골랐는데 양으로 소를 바꾸려 했던 것이었음을 어찌 알았겠는가. 설사 다른 사람이 책망한다 해도 사슴을 끝까지 말이라고 하기 어렵다. 두 번이나

---

65) 소설(소설): 《情史》에서 지칭하는 '소설'이란 용어에 대해서는 유정일의 논문 〈《情史》의 評輯者와 成書年代 考證〉 (《中國小說論叢》45집, 韓國中國小說學會, 2015.)에서 자세히 다뤘다.

강을 건넜으니 용궁에 서신을 전해준 유의(柳毅)[66]에게도 손색없으며 사흘 밤을 이불 밖에서 보냈으니 촛불을 들고 밤을 지새웠던 관우(關羽)에게도 어찌 부끄럽겠는가? 풍백(風伯)[67]이 중매가 되었고 하늘이 부부가 되게 해주었다. 미남자가 아름다운 여자와 짝이 된 것은 둘이 마땅한 것을 얻은 것이고, 아내를 구하다가 결국 얻지 못한 것은 스스로가 만든 재앙이다. 고씨는 전청에게 시집가는 것으로 판결하고 따로 화촉을 밝힐 필요는 없다. 안준은 앞서 속임수를 부리지 말았어야 했고, 또한 그 뒤에 주먹을 휘두르지 말았어야 했다. 하지만 일이 이루어지지 않은 이상 죄책을 면하게 한다. 빙례로 쓴 재물은 전청을 도와준 것으로 하여 전청을 때린 죄를 속죄하기로 한다. 우신은 둘 사이를 오가며 부추기고 꾀어 진실로 다툼의 실마리를 제공했으니 엄하게 징벌하여 경계로 삼는다."

심 백명(沈伯明)[68]은 이 이야기를 전기(傳奇)[69]로 지었다.

---

66) 유의(柳毅): 남편과 시부모에게 학대를 받고 있던 龍女를 대신하여 그의 친정 집인 용궁에 서신을 전해 구조하게 한 柳毅를 이른다. 자세한 이야기는 《情 史》 권19 정의류 〈洞庭君女〉에 보인다. 이 이야기를 다룬 傳奇小說이 당나라 李朝威의 〈柳毅傳〉이다.

67) 풍백(風伯): 신화에 등장하는 風神을 이른다. 동한의 蔡邕이 쓴 《獨斷》 권上 〈六神之別名〉條에서 "風伯이란 神은 箕星에 속하며 그 형상이 하늘에 있고 바람을 일으킬 수 있다.(風伯神 箕星也 其象在天 能興風)"고 했다.

68) 심백명(沈伯明): 明末淸初의 희곡작가인 沈自晉(1583~1665)을 가리킨다. 그는 자가 伯明 또는 長康이었고 호는 西來 또는 鞠通이라 했으며 吳江(지금의 江 蘇省 蘇州市 吳江區)사람이었다. 傳奇 희곡 작품으로 《翠屛山》, 《望湖亭》, 《奢 英會》 등이 전하고 散曲集으로 《黍離續奏》, 《越溪新詠》, 《不殊堂近草》 등이 있다.

69) 전기(傳奇): 명청 때 南曲을 위주로 한 長篇戱曲으로 北雜劇과 구별되며 송원 南戱에서 발전한 것이다. 명나라 嘉靖 연간부터 청나라 乾隆 연간까지 유행 을 했고 대표적인 작품으로는 〈浣紗記〉, 〈牡丹亭〉, 〈淸忠譜〉, 〈長生殿〉, 〈桃花 扇〉 등이 있다.

[원문] 吳江錢生

萬曆初, 吳江下鄉有富人子顔生, 喪父, 未娶. 洞庭西山高翁女, 有美名. 頗聞而慕之, 使請婚焉. 高方妙選佳壻, 必欲覿面. 而顔貌甚寢, 乃飾其同牕表弟錢生以往. 高翁大喜, 姻議遂成. 顔自以爲得計. 及娶, 而高以太湖之隔, 必欲親迎[70], 且欲誇示佳壻於親鄰也. 顔慮有中變, 與媒議, 復徇錢往. 既達, 高翁大會賓客. 酒半, 而狂風大作, 舟不能發. 高翁恐誤吉期, 欲權就其家成禮, 錢堅辭之. 及明日, 風愈狂, 兼雪. 衆賓俱來慫恿, 錢不得已而從焉. 私語其僕曰: "吾以成若主人之事, 神明在上, 誓不相負." 僕唯唯, 亦未之信也. 合巹之三日, 風稍緩. 高猶固留, 錢不可, 高夫婦乃具舫自送. 僕者棹小舟, 疾歸報信. 顔見風雪連宵, 固已氣憤, 及聞錢權作新郎, 大怒. 候錢登岸, 不交一語, 口手併發. 高翁聞而駭然, 解之不能, 乃堅叩於旁之人, 盡得其實. 於是訟之縣官. 錢生訴云: "衣食於表兄, 惟命是聽. 雖三宵同臥, 未嘗解衣." 官使穩婆[71]驗之, 固處子也. 顔大悔, 願終其婚. 而高翁以爲一女無兩番花燭之理. 官乃斷歸錢而責媒, 錢竟與高女爲夫婦. 錢貧儒, 賴婦成家焉.

小說有《錯占鳳皇儔》. 顔生名俊, 錢生名靑, 高翁名贊, 媒爲尤辰. 縣令判牒云: "高贊相女配夫, 乃其常理; 顔俊借人飾己, 實出奇聞. 東牀[72]已招佳選, 何知以

---

70) 親迎(친영): 고대 혼례의 六禮 중의 하나로 신랑이 신부 집에 가서 신부를 집으로 맞아하여 交拜와 合巹의 예를 올리는 것을 가리킨다.

71) 穩婆(온파): 옛날에 궁중이나 관부에서 처녀인지를 검사하는 女役을 가리킨다.

72) 東牀(동상): 원래 동쪽에 있는 침상을 의미하는 말로 사위를 가리킨다. 南朝 송나라 劉義慶의 《世說新語·雅量》에 이런 이야기가 보인다. "郄太傅가 京口 (지금의 江蘇省 鎭江市)에 있을 때 門生을 시켜 王丞相에게 사위를 구하는 서신을 보내자, 왕 승상은 그 문생에게 말하기를 '그대가 동쪽 사랑채에 가서 마음대로 고르시오.'라고 했다. 문생이 돌아가서 극 태부에게 말했다. '왕씨 집 도련님들은 모두 다 훌륭합니다. 사위를 찾으러 온다는 소식을 듣고 모두 몸가짐을 정중히 하고 있었는데 오직 한 도련님만 소식을 못 들은 것처럼 동상에서 배를 드러낸 채 누워 있었습니다.' 극공이 이를 듣고 말하기를 '이 사람이 딱 좋겠구나!'라고 했다. 그가 누군지를 물어봤더니 바로 逸少 (王羲之의 字)였다. 이에 극 태부가 딸을 그에게 시집보냈다." 《晉書·王羲之傳》에는 "오직 한 사람이 동상에 배를 드러낸 채 무엇인가를 먹고 있었다." 라고 되어 있다. 이로 인해 나중에 東牀 혹은 東牀坦腹이 사위를 가리키게 되었다.

羊易牛; 西鄰縱有責言73), 終難指鹿爲馬74). 兩番渡河, 不讓傳書柳毅; 三宵隔被, 何慚秉燭雲長75). 風伯爲媒, 天公作合76). 佳男配了佳婦, 兩得其宜; 求妻到底無妻, 自作之孽. 高氏斷歸錢靑, 不須另作花燭. 顔俊旣不合設騙局於前, 又不合奮老拳於後. 事旣不諧, 姑免罪責. 所費聘金, 合助錢靑, 以贖一擊之罪. 尤辰往來媒誘, 實啓釁端, 重懲示徵." 沈伯明爲作傳奇.

---

73) 西鄰縱有責言(서린종유책언): 西鄰은 서쪽에 있는 이웃이라는 뜻으로 춘추시대 때 晉나라에서 秦나라를 가리키던 말이며 責言은 책망하는 말이라는 뜻이다. 西鄰責言은 다른 사람이 책망하는 것을 이른다. 《左傳·僖公十五年》의 기록에 의하면, 晉나라 獻公이 딸 伯姬를 秦나라 穆公에게 시집보내기 전에 점을 쳤더니 歸妹의 睽卦가 나왔다. 史蘇가 그 점괘를 풀어 말하기를 "불길하옵니다. 그 爻辭가 이르기를 '남자가 양을 잡았으나 양에게 피가 없고 여자가 바구니를 받들고 있으나 바구니에 드릴 물건이 없으며 서쪽 이웃이 꾸짖는다 하더라도 보상할 길이 없사옵니다. 歸妹(여자가 시집가는 것)가 睽卦(작은 일에 吉한 상)로 변한 것은 도움이 되는 것이 없다는 것이옵니다."라고 했다.

74) 指鹿爲馬(지록위마): 사실을 왜곡하고 시비를 뒤섞어 남을 속이려 하는 것을 의미한다. 秦二世 때 丞相인 趙高는 반란을 일으키려고 했으나 군신들이 따르지 않을까 걱정되었다. 이에 군신들의 마음을 떠보려고 사슴 한 마리를 二世에게 바치면서 말이라고 하자 군신들 가운데 어떤 자들은 사슴이라고 했고 어떤 자들은 말이라고 했다. 조고는 사슴이라고 한 자들을 모함해 제거했고 그 뒤로 군신들은 모두 조고를 무서워했다고 한다. 《史記·秦始皇本紀》에 보인다.

75) 秉燭雲長(병촉운장): 삼국시대 蜀나라 명장인 關羽가 등촉을 들고 문밖에서 밤을 지새운 고사를 말한다. 한나라 獻帝 建安 5년(200)에 유비가 徐州에서 曹操에게 戰敗한 뒤 관우는 유비·장비와 흩어지자, 張遼의 권고로 유비의 두 부인을 모시고 조조에게 잠시 항복을 한다. 조조가 고의로 관우로 하여금 형수들과 한 방에서 거처하게 하자 관우는 형수들을 방에 머물게 하고 그는 혼자 밖에서 밤새 촛불을 들고 《春秋》를 읽었다고 한다. 이 이야기는 《三國演義》 제25회에 보인다.

76) 天公作合(천공작합): 《詩經·大雅·大明》에 있는 "文王 초년에 하늘이 배필을 내리시니(文王初載 天作之合)"라는 구절에서 나온 말로 하늘이 배필을 맺어주는 것을 뜻한다.

19. (2-7) 곤산 사람(崑山民)⁷⁷⁾

명나라 가정(嘉靖)⁷⁸⁾ 연간에 곤산(崑山)⁷⁹⁾에 사는 어떤 사람이 아들을 위해 며느리를 맞이하려고 예물을 보냈으나 그 아들이 그만 고질병에 걸리고 말았다. 민간 속신(俗信)에 충희(沖喜)⁸⁰⁾라는 것이 있으므로 중매쟁이를 보내 친영(親迎)을 의논하게 했더니 여자 집에서는 사위가 곧 죽을 것이라 짐작하여 그에 응하지 않았다. 억지로 강요를 하자 여자 집에서는 일시적인 계책으로 어린 아들을 여자로 꾸며 신랑 집으로 보냈다. 간략하게 혼례를 마친 뒤 신랑의 부모는 아들이 병에 걸려 여색을 가까이 하지 말아야 된다고 생각하여 어린 딸로 하여금 올케와 함께 자게 했는데 뜻밖에도 두 사람은 남몰래 부부가 되었다. 한 달이 지나 남자의 병이 점차 나아지자 여자 집에서는 일이 발각될까 두려워 다른 핑계를 대고 속이고서 가짜 신부를

---

77) 이와 유사한 이야기로 가장 이른 작품은 송나라 羅燁의 《醉翁談錄》 丙集 권1 에 〈因兄姊得成夫婦〉가 보이지만 《情史》 〈崑山民〉 속에 드러난 시대 배경과 인물의 성명이 다르다. 〈崑山民〉은 《古今譚概》 雜誌部 제36 〈嫁娶奇合〉에 그 대로 수록되어 있다. 청나라 王初桐 《奩史》 권7에도 수록되어 있고, 청나라 褚人穫의 《堅瓠集》 10집 권3에 〈姑嫂成婚判〉으로도 수록되어 있는데 모두 《暇 戈篇》에서 나왔다고 했다. 또 유사한 이야기가 명나라 戴冠의 《濯纓亭筆記》 권7과 명나라 黃魯曾의 《續吳中往哲記》 권1(〈錢氏女〉)과 《耳談類增》 권8(〈娶 婦得郎〉)에 있다. 명나라 沈璟에 의하여 〈四異記〉라는 傳奇 희곡 작품으로 창 작되기도 했다. 《醒世恒言》 권8 〈喬太守亂點鴛鴦譜〉의 本事이며, 이 〈喬太守 亂點鴛鴦譜〉가 《咳薰》에 실려 있는 〈亂點鴛鴦譜記〉의 원류가 아닌가 싶다.

78) 가정(嘉靖): 명나라 世宗 朱厚熜의 연호로 1522년부터 1566년까지이다.

79) 곤산(崑山): 지금의 江蘇省 昆山市이다.

80) 충희(沖喜): 옛날 민간에서 일반적으로 신랑이나 신랑의 부모가 병이 들었을 때 혼례 같은 경사를 치르게 하여 사악한 기운을 쫓았던 풍속을 이른다. 청 나라 陳慶年의 《西石城風俗志·婚姻》에 이런 기록이 보인다. "혼례를 올리기 전에 신랑의 부모가 병이 들면 수레로 신부를 맞이해 문병하게 했는데 이를 이르러 沖喜라 했다. 신부는 당일로 다시 돌아가거나 혹은 2·3일 뒤에 돌아 가거나 간혹 병이 다 나을 때까지 기다렸다가 돌아가곤 했다."

불러갔으므로 일은 조용해 아무도 몰랐다. 어린 딸이 임신을 했으므로 부모는 이를 캐물어 실정을 알게 되자 관아에 고소했지만 몇 년이 지나도 송안이 해결되지 못했다. 어떤 섭(葉) 씨 성을 가진 어사가 이런 판결문을 내렸다.

"딸을 시집보내려다가 며느리를 얻었고 며느리를 맞이하려다가 사위를 얻었으니 전도는 되었지만 좌우간 같은 의미이다."

이에 부부가 되게 내버려 두었다.

소설(小說)에 이 일이 기재되어 있다. 병에 걸린 남자는 유박(劉璞)이며 그의 여동생은 배구(裵九)의 아들인 배정(裵政)과 이미 혼약을 한 몸이었다. 유박과 혼약을 한 여자는 손(孫)씨이고 그녀의 남동생 손윤(孫潤)도 이미 서아(徐雅)의 딸과 혼약을 했다. 그러나 손윤이 젊고 준수했으므로 누나를 대신하여 충희(沖喜)를 하러 갔다가 유박의 여동생과 사통하게 된다. 관부에 송사하자 관부에서는 손윤과 유씨에게 부부가 되도록 하게 했고 손윤과 약혼한 서씨를 배정에게 넘겨주도록 했으니 이 일이 더욱 기이하다. 그 판결문은 이러하다.

"남동생은 윗누이를 대신해 시집을 갔고 시누이는 그 올케와 함께 잠을 잤다. 딸을 사랑하는 정과 아들을 사랑하는 정이 모두 도리에 맞았으나 암컷 하나와 수컷 하나가 의외의 일을 벌였다. 마른 섶을 세차게 타오르는 불 가까이로 옮겼으니 그것이 불에 탄 것도 이상하지 않거니와 아름다운 옥을 명주의 배필로 삼았으니 제 짝을 얻은 것이다. 손씨의 아들은 윗누이로 인해 아내를 얻어 담장을 넘을 필요도 없이 처녀를 안게 되었고, 유씨의 딸은 올케로 인해 남편을 얻어 자신을 자랑할 필요도 없이 좋은 남자를 품게 되었다. 서로 좋아해 혼인을 하는 것이고 예는 의로써 일으키는 것이니 후하게 해야 할 것을 박하게 하여 일은 임시방편의 조치가 가(可)하다.

서아로 하여금 배구의 아들을 사위로 삼게 하고 배정은 손윤과 약혼했던 여자를 맞이하도록 한다. 남의 아내를 빼앗아 갔지만 남도 그의 아내를 빼앗아 갔으니 두 집안의 원한은 모두 그 풍파가 가라앉았다. 홀로 즐기는 것은 남과 더불어 즐기는 것만 못하거니와 세 쌍의 부부는 물과 고기처럼 각기 잘 어울린다. 사람은 비록 바뀌었지만 열여섯 냥(兩)이 원래 한 근(斤)이듯 같은 것이고, 혼인은 교왕하는 데 문이 되며 오백년의 인연이 있어 이루어진 것이니 맞지 않는 배필은 필시 아닐 것이다. 제 자식 사랑이 남의 자식 사랑에도 미치고 그 부모들은 스스로 중신을 하는 것이며 친척이 아닌 사람이 친척이 되니 우리 관아가 임시방편으로 중매가 되노라. 이미 명확히 판단해 주었으니 각기 가약을 이행토록 하라."

1929년 소엽산방본(掃葉山房本), ≪전도금고기관(全圖今古奇觀)≫ 삽도
〈교태수란점원앙보(喬太守亂點鴛鴦譜)〉

[원문] 崑山民

　　嘉靖間, 崑山民爲子聘婦, 而子得痼疾. 民信俗有沖喜之說, 遣媒議娶. 女家度
壻且死, 不從. 强之, 乃飾其少子爲女歸焉, 將以爲旬日計. 既草率成禮, 父母謂子病
不當近色, 命其幼女伴嫂寢, 而二人竟私爲夫婦矣. 逾月, 子疾漸瘳. 女家恐事敗,
誑以他故, 邀假女去, 事寂無知者. 因女有娠, 父母窮問得之. 訟之官, 獄連年不解.
有葉御史者, 判牒云: "嫁女得媳, 娶婦得壻. 顚之倒之, 左右一義." 遂聽爲夫婦焉.

　　小說載此事. 病者爲劉璞, 其妹已許字[81]裴九之子裴政矣. 璞所聘孫氏, 其弟
孫潤, 亦已聘徐雅之女. 而潤以少俊, 代姊沖喜, 遂與劉妹有私. 及經官, 官乃使孫
劉爲配, 而以孫所聘徐氏償裴. 事更奇. 其判牒云: "弟代姊嫁, 姑伴嫂眠. 愛女愛子,
情在理中; 一雌一雄, 變出意外. 移乾柴近烈火, 無怪其燃; 以美玉配明珠, 適獲其
偶. 孫氏子因姊而得婦, 摟處子不用踰牆; 劉氏女因嫂而得夫, 懷吉士[82]初非衒
玉[83]. 相悅爲婚[84], 禮以義起[85], 所厚者薄[86], 事可權宜. 使徐雅別壻裴九之兒,
許裴政改娶孫郎之配. 奪人婦, 人亦奪其婦, 兩家恩怨, 總息風波. 獨樂樂, 不若與
人樂[87], 三對夫妻, 各諧魚水[88]. 人雖兌換, 十六兩原只一斤[89]; 親是交門, 五百年

---

81) 許字(허자): 字를 허락한다는 뜻으로 딸의 혼약을 맺는다는 의미이다. '字'는
　　딸의 혼약을 맺거나 시집을 보내는 것을 의미한다.

82) 吉士(길사): 賢人과 같은 말로 남자에 대한 미칭이다.

83) 衒玉(현옥): 아름다운 옥을 과시한다는 뜻으로 스스로 아름답다고 자랑하는
　　것을 비유적으로 이른다.

84)【校】婚: [影], [鳳], [岳], [類], 《醒世恒言》에는 "婚"으로 되어 있고 [春]에는 "婿"
　　로 되어 있다.

85) 禮以義起(예이의기): 《禮記·禮運》에 있는 "義에 맞추어 보아서 맞으면 화합
　　하며 그 禮가 비록 선왕의 예법에 아직 없을 지라도 義로써 새로 일으킬 수
　　있다.(協諸義而協, 則禮雖先王未之有, 可以義起也.)"라는 구절에서 나온 말로
　　禮는 義(도리)에서 비롯된다는 뜻이다.

86) 所厚者薄(소후자박): 《大學》에 있는 "그 근본이 어지러운데 말단이 다스려지
　　는 것이 없으며 후하게 할 것을 박하게 하고서 박하게 할 것에 후하게 하는
　　자는 있지 않다.(其本亂而末治者, 否矣. 其所厚者薄, 而其所薄者厚, 未之有也.)"
　　라는 구절에 보인다.

87) 獨樂樂 不若與人樂(독낙악 불약여인악): 《孟子·梁惠王下》에 있는 "맹자가 이
　　르기를 '홀로 음악을 즐기시는 것과 다른 사람과 더불어 음악을 즐기시는 것

必非錯配90). 以愛及愛, 伊父母自作冰人91); 非親是親, 我官府權爲月老92). 已經
明斷, 各赴良期."

중에 어느 것이 더 즐거우신지요?'라고 하자, 왕이 답하기를 '다른 사람과 더
불어 즐기는 것만 못합니다.'라고 했다.(曰: '獨樂樂, 與人樂樂, 孰樂?' 曰: '不若
與人.')"라는 구절에서 나온 말로 혼자 즐기는 것보다 다른 사람과 함께 즐기
는 것이 더 낫다는 뜻이다.

88) 魚水(어수): 부부가 서로 투합하는 것과 남녀가 정이 두터운 것을 형용하는
말이다.

89) 十六兩原只一斤(십륙량원지일근): 16냥은 원래 1근이라는 뜻이다. 秦始皇이 도
량형을 통일한 이래 16兩이 1斤이 되는 16진법의 계량 표준은 명나라 때에도
계속해 사용되고 있었다. 명나라 때 1斤은 약 596.8그램이었고 1兩은 약 37.3
그램이었다.

90) 五百年必非錯配(오백년필비착배): 옛날 민간에서 혼인은 오백년 전에 미리 운
명으로 정해진 것이라 믿었으므로 혼인을 하게 된 이들은 오백년의 인연이
있어 이루어진 것이니 맞지 않는 배필은 필시 아닐 것이라고 한 것이다.

91) 冰人(빙인): 媒人 즉 중매를 가리킨다. 《晉書·藝術傳·索紞》에 의하면 "孝廉
인 令狐策은 얼음 위에 서서 얼음 밑에 있는 사람과 말을 나누는 꿈을 꾸었
는데 索紞이 해몽을 이렇게 했다. '얼음 위는 陽이고 얼음 밑은 陰이니 陰陽
에 관한 일이고, 사내가 처를 맞이하려면 얼음이 녹기 전에 해야 한다 했으
니 婚姻에 관한 일이오. 그대가 얼음 위에서 얼음 밑에 있는 사람과 말을 나
눈 것은 陽을 대신하여 陰에게 말을 하는 것이니 중매를 서는 일이외다. 그
대는 남을 위해 중매를 서게 될 것이고 얼음이 녹으면 그 혼인은 성사될 것
이오.'"라는 내용이 보인다. 이후 冰人은 중매를 서주는 사람을 가리키게 되
었다.

92) 月老(월로): 月下老人의 준말로 전설에 등장하는 혼인을 장관하는 신인데 媒
人을 가리키는 말로도 쓰인다. 자세한 이야기는 당나라 李復言《續玄怪錄·
定婚店》과《情史》권2 정연류〈韋固〉에 보인다.

20. (2-8) 소주의 거지(蘇城丐者)93)

소성(蘇城)94)의 어떤 장(張) 씨 성을 가진 젊은 부인이 친정부모를 뵈러 가는데 시녀를 시켜 장신구 한 상자를 들고서 뒤따르게 했다. 도중에 시녀는 뒷간에 갔다가 그 상자를 잊고 놓아두고서 다시 길을 가다가 비로소 이를 알게 되었다. 되돌아가서 찾아봤더니 어떤 거지가 그것을 보관하고 있다가 바로 돌려주면서 말하기를 "운명이 궁하여 이 지경까지 이르렀는데 어찌 이유 없는 재물을 훔치겠습니까?"라고 했다. 시녀가 매우 기뻐하며 비녀 하나로 사례를 하려 했더니 거지는 웃으며 손사래를 치면서 말하기를 "많은 금붙이도 취하지 않았는데 어찌 유독 비녀 하나만을 탐내겠습니까?"라고 했다. 이에 시녀가 말했다.

"제가 만약에 이 금붙이들을 잃어버렸다면 무슨 면목으로 우리 주인마님을 보겠습니까? 반드시 죽어버렸을 거예요. 당신이 이를 줍게 된 것은 내게 금을 준 것이고 내 죽은 목숨을 살도록 하게 한 겁니다. 설사 당신이 보답을 바라지 않는다 해도 어찌 감히 이리 큰 은덕을 잊어버리겠습니까? 저희 집은 아무개 골목에 있어요. 오늘 이후로 매일 아침과 점심 때 당신이 대문에 당도하기를 기다렸다가 제 몫의 밥을 나눠드리겠습니다."

거지가 말하기를 "당신은 집안에 있는데 어찌 볼 수 있겠습니까?"라고 하자, 시녀가 말하기를 "대문 앞에 긴 대나무가 있으니 그것을 흔들기만 하면 당신이 온 줄로 알겠습니다."라고 했다. 시녀가 말한 대로 가봤더니 시녀는 나와서 그에게 밥을 주었다. 오래 지나 집안의 하인들도 모두 다 알게 되어 주인의 귀에 들어가자 주인은 외간 남자와 정을 통한다고 의심하여

---

93) 이 이야기는 명나라 陸粲의 《說聽》(《說庫》本) 권上에 보이고, 청나라 宣鼎의 《夜雨秋燈錄》 권1 〈靑天白日〉의 本事이다.

94) 소성(蘇城): 지금의 江蘇省 蘇州市이다.

시녀를 문초했기에 시녀는 사실대로 털어놓았다. 주인은 이를 의롭다 여겨 거지를 불러와 집에서 머물도록 했고 나중에는 그 시녀와 짝지어 주었다.

이 이야기는 《설청(說聽)》[95]에 실려 있으며 고모인 장(蔣)씨가 말한 것이라 했는데 아쉽게도 그 성명(姓名)을 잃어버렸다.

거지는 탐욕이 없는데다가 활달했으니 그를 노복으로 삼았으면 반드시 의로운 노복이 되었을 것이고, 만약 그에게 벼슬을 하게 했으면 반드시 청렴한 관리가 되었을 것이다. 주인이 그를 시녀의 남편으로 삼은 것은 제대로 한 일이다. 오자서(伍子胥)와 면사를 빨던 여자는 죽어서 함께할 부부였고 거지와 시녀는 살아서 함께한 부부였다.

[원문] 蘇城丐者

蘇城有少婦張氏歸寧[96], 使青衣挈首飾一箱隨後. 中途如厠, 遺卻. 既行, 始覺. 返覓, 則有丐者守之, 即以授還, 曰: "命窮至此, 奈何又攘無故之財乎!" 婢殊喜, 以一釵爲謝. 丐笑麾之曰: "不取多金, 乃獨愛一釵耶?" 婢曰: "兒儻失金, 何以見主母, 必投死所矣. 遇君得之, 是賜我金, 而生吾死也. 縱君不望報, 敢忘大德乎! 吾家某巷, 今後, 每日早午, 俟君到門, 當分口食[97]以食君." 丐者曰: "爾身在內, 何繇得見?" 婢曰: "門前有長竹, 第搖之, 則知君來矣." 丐如言往, 婢出食之, 久而家

95) 설청(說聽): 명나라 陸粲이 지은 奇聞異事를 기록한 筆記小說集으로 上·下권으로 되어 있다.

96) 歸寧(귀녕): 시집을 간 딸이 친정집에 가서 부모를 뵙는 것을 이른다. 《詩經·周南·葛覃》에 보이는 말로 朱熹 集傳에 의하면, "寧은 편안함이니 問安 드리는 것을 이른다.(寧, 安也. 謂問安也.)"고 한다.

97) 【校】口食: [影], 《說聽》에는 "口食"으로 되어 있고 [鳳], [岳], [類], [春]에는 "日食"으로 되어 있다.

眾皆知, 聞於主翁, 疑有外情, 鞫之, 吐實. 翁義之, 召丐畜於家, 後以婢配焉. 事載
《說聽》, 云其姑蔣氏言之, 惜逸其姓名.

丐廉而且達, 僕之則必爲義僕, 若官之亦必爲清官. 翁以婢壻之, 得其人矣.
子胥與浣紗女是死夫妻[98], 丐與婢是生夫妻.

21. (2-9) 위고(韋固)[99]

두릉(杜陵)[100]사람인 위고(韋固)는 어려서 부모를 여의었다. 일찍 아내를
맞이하려 했지만 여러 가지 곡절로 혼인을 할 수 없었다. 당나라 정관(貞

---

98) 胥與浣紗女是死夫妻(서여완사녀시사부처): 전국 때 楚나라 伍子胥는 대부였던
아버지 伍奢와 형 伍尚이 楚平王에게 죽임을 당한 뒤, 도망가다가 오나라 땅
에 이르렀다. 물가에서 면사를 빨던 여인에게 밥을 얻어먹은 오자서가 남에
게 얘기하지 말라고 부탁을 하고서 다시 길을 떠나자 여인은 물에 투신해
죽었다. 나중에 오자서는 천 금을 물에 던짐으로써 그 여인에 대한 고마움을
표했다. 자세한 이야기는 한나라 趙煜 《吳越春秋》 권1 〈吳太伯傳〉에 보이고,
《情史》 권15 정아류에 있는 〈瀨女〉에서도 다루고 있다. 〈瀨女〉 文後評에서
풍몽룡은 "이 여자는 비록 죽기까지 시집을 가지는 않았지만 어느새 이미 오
자서에게 시집을 간 셈이었다."라고 평했다.

99) 이 이야기는 당나라 李復言의 《續玄怪錄》 권4에 〈定婚店〉으로 보인다. 또한
《太平廣記》 권159와 《太平廣記鈔》 권21에도 〈定婚店〉으로 실려 있고, 송나라
佚名의 《分門古今類事》 권15 〈婚兆門〉에는 〈韋固赤繩〉으로, 《山堂肆考》 권153
에는 〈月老〉로 수록되어 있으며 명나라 徐應秋의 《玉芝堂談薈》 권5 〈數有前
定〉條에도 보인다. 송나라 朱勝非의 《紺珠集》 권9와 송나라 佚名의 《錦繡萬
花谷》 前集 권18과 명나라 陶宗儀의 《說郛》 권26上에도 간략히 수록되어 있
다. 《太平廣記》, 《分門古今類事》, 《山堂肆考》, 《錦繡萬花谷》 등에는 모두 《續
幽怪錄》에서 나온 것이라고 했다. 《續幽怪錄》은 곧 《續玄怪錄》이다.

100) 두릉(杜陵): 지명으로 지금 陝西省 西安市 동남쪽에 있다. 고대에는 杜伯國이
었는데 秦나라 때 이곳에 杜縣을 설치했다. 한나라 宣帝가 동쪽 언덕에 陵을
쌓아 杜陵이라 불리게 되었고 杜縣을 杜陵縣으로 개칭했다.

觀)101) 2년에 청하(淸河)102)를 유람하러 가다가 송성(宋城)103) 남쪽에 있는 여관에 머무르게 되었다. 손님들 가운데 이전에 청하에서 사마(司馬)104) 벼슬을 한 반방(潘昉)의 딸을 의혼(議婚)하는 자가 있기에, 다음 날 여관 서쪽에 있는 용흥사(龍興寺) 문 앞에서 만나기로 약속했다. 위고는 그 여자를 얻으려는 마음이 간절하여 아침 일찍 그곳으로 갔다. 기울고 있는 달은 여전히 밝아 어떤 노인이 자루에 기댄 채 계단에 앉아서 달빛에 책을 보고 있었다. 몰래 엿보았으나 그 글자를 알아볼 수 없기에 위고는 이렇게 물었다.

"노인장께서 살피시는 책은 무슨 책입니까? 저는 어릴 때 고학을 해서 자서(字書)는 알지 못하는 것이 없어 서국(西國)의 범어도 능히 읽을 수 있습니다만 이 책만은 본 적이 없으니 어찌 된 일입니까?"

노인이 웃으며 말하기를 "이는 인간 세상의 책이 아니니 그대가 어찌 볼 수 있겠소?"라고 했다. 위고가 말하기를 "그러면 무슨 책입니까?"라고 했더니, 노인은 "저승의 책이오."라고 말했다. 위고가 말하기를 "저승 사람이 어찌 이곳에 왔습니까?"라고 하자 노인은 이렇게 말했다.

"그대 스스로가 일찍 나온 것이지 내가 오지 말아야 할 곳에 온 것은 아니오. 무릇 저승의 관리들은 모두 다 산사람들의 일을 주관하는데 어찌 그 가운데를 다니지 않을 수가 있겠소? 지금 길 위에 행인들은 사람과 귀신이 각각 반반인데 그대 스스로가 분별을 못할 뿐이오."

위고가 묻기를 "그러면 노인장께서는 무엇을 주관하십니까?"라고 했더니,

---

101) 정관(貞觀): 당나라 太宗 李世民의 연호로 627년부터 649년이다.
102) 청하(淸河): 서한 때 설치된 郡으로 冀州에 속했고 지금의 河北과 山東 일부 지역이다.
103) 송성(宋城): 지금의 河南省 商丘縣이다.
104) 사마(司馬): 관직명으로 隋唐 때 州府의 佐吏로 司馬 한 명이 있었는데 직위가 別吏와 長吏 아래였다. 자세한 내용은 《通典》33 〈職官十五 總論郡佐〉에 보인다.

노인이 말하기를 "세상의 혼사 문서를 주관하오."라고 했다. 위고는 기뻐하며 이렇게 말했다.

"저는 어릴 적에 고아가 되었으므로 일찍 결혼해 후사를 많이 두기를 항상 소원하고 있었습니다. 근래 10년 동안 여러 가지 방법으로 구해보았지만 끝내 뜻대로 되지 않았습니다. 오늘 여기서 만나기로 약속한 사람이 있어 그와 더불어 반 사마 딸과의 혼사를 의론하려 하는데 이루어질 수 있겠습니까?"

노인이 말하기를 "아니오. 그대의 아내는 이제 겨우 세 살이 되었을 뿐이니 열일곱 살에 그대에게 시집 갈 것이외다."라고 했다. 위고가 "자루 속에는 무엇이 있습니까?"라고 묻자 노인은 이렇게 말했다.

"붉은 끈인데 이것으로 부부의 발을 묶지요. 비록 원수의 집안이거나, 귀천의 차이가 현격하거나, 먼 곳에서 벼슬살이를 하거나, 오나라와 초나라 같이 다른 땅에 산다 하더라도, 이 끈으로 일단 묶기만 하면, 끝내 벗어날 수가 없지요. 그대의 발이 이미 저쪽에 묶여져 있는데 다른 사람을 찾아서 무슨 보탬이 되겠소?"

위고가 "제 아내는 어디에 있습니까? 그 집안은 무슨 일을 합니까?"라고 물었더니, 노인이 말하기를 "이 여관 북쪽에 있는 채소 장수 집 할미의 딸이오."라고 했다. 위고가 "볼 수 있겠습니까?"라고 물었더니, 노인이 말하기를 "할미의 성씨는 진(陳) 씨이고 항상 그를 안고 와서 거기서 채소를 판다오. 나를 따라올 수 있다면 그대에게 보여주리다."라고 했다. 날이 밝아도 약속한 사람은 오지 않았다. 노인이 책을 말고서 자루를 메고 가기에 위고는 그를 좇아 채소시장으로 들어갔다. 애꾸눈의 한 할미가 세 살짜리 계집아이를 안고 왔는데 매우 남루한 옷차림을 하고 있었다. 노인이 그 아이를 가리키며 말하기를 "이 아이가 그대의 처요."라고 했다. 위고가 화를 내며 말하기를 "이 애를 죽여도 되겠습니까?"라고 하자, 노인은 "이 아이의 운명은 마땅히 큰 봉록으로 먹고 살게 되고 자식으로 인해 식읍도 받게 되어 있는데 어찌 죽일 수 있겠소?"라고 말한 뒤에 곧 사라졌다. 위고가 작은 칼을 갈아 그의 시종에게 주며 말하기를 "너는 평소 일을 잘했으니, 나를 위해 그 계집아이를 죽여 줄 수 있다면 네게 만 전을 주마."라고 하자, 시종이 말하기를 "예, 알겠습니다."라고 했다. 그다음 날 시종은 소매에 칼을 넣고 야채 시장으로 들어가 사람들 가운데에서 그 아이를 찌르고 도망갔다. 온 시장이 난리가 나서 도망을 가면서도 잡히는 것을 모면했다. 위고가 시종에게 "찔렀느냐?"라고 물었더니, 시종이 말하기를 "애초 심장을 찌르려고 했으나 불행히도 겨우 미간만 찔렀습니다."라고 했다. 그 후로 위고는 구혼을 했지만 끝내 이루지 못했다.

　14년이 또 지난 후에 위고는 선친의 공로로 상주(相州)[105] 참군(參軍)[106]이 되었다. 자사(刺史)[107]인 왕태(王泰)는 위고로 하여금 사호연(司戶掾)[108]을 대리하도록 시켜 옥사 심리를 주관하게 하고는 그를 능력이 있다고 여겨 자신의 여식을 아내로 삼게 했다. 그 딸은 열예닐곱쯤 되었고 용모가 아리따웠기에 위고는 마음이 매우 흡족했다. 하지만 그 여자는 항상 미간에 화전(花鈿)[109] 하나를 붙이고 있었는데 비록 목욕을 하거나 한가롭게 있을 때라도

---

105) 상주(相州): 지금의 河南省 安陽市이다.
106) 참군(參軍): 동한 말년부터 있었던 관직명으로 군사를 參謀한다는 의미이다. 수당 때에 이르러서는 郡官을 겸임하기도 했다.
107) 자사(刺史): 고대 관직명으로 원래 조정에서 보내는 지방을 감독하는 관원인데 후에 지방의 관직명으로 쓰였다.
108) 사호연(司戶掾): 사호의 부직을 이른다. 漢魏 때부터 戶曹掾이 있었는데 民戶를 주관했으며 北齊 때에는 戶曹參軍이라 불리었다. 唐制에서 府의 司戶를 戶曹參軍이라 했고 州에서는 司戶參軍이라 했으며 縣에서는 司戶라 칭했다. 掾는 官府에서 보좌하는 역할을 하는 관리의 통칭이다.
109) 화전(花鈿): 花子와 같은 의미로 고대 중국 여성이 얼굴에 붙였던 장식이다. 꽃 혹은 새, 물고기 등의 다양한 모양이 있었다. 색깔은 붉은색, 푸른색, 노란색 등이 있었는데 붉은색으로 된 것이 가장 보편적으로 쓰였다. 송나라 高承의 《事物紀原》 권3 〈花鈿〉條에 인용된 《雜五行書》의 기록에 따르면, 남

그것을 잠시도 뗀 적이 없었다. 한 해가 조금 지난 뒤, 위고가 캐묻자 그의 처가 눈물을 흘리면서 말했다.

"첩은 군수(郡守)의 조카딸이지 친딸이 아닙니다. 이전에 아버님께서는 일찍이 송성을 다스리시다가 임직을 하시는 중에 돌아가셨습니다. 그 당시 첩은 강보에 싸여 있었고 어머님과 오라버니가 연이어 돌아가셨지요. 오직 별장 하나만 송성 남쪽에 있었으므로 유모인 진씨와 거기서 살았습니다. 그 별장은 여관과 가까웠고 채소를 팔아 연명했지요. 진씨는 저를 가련하게 여겨 차마 잠시도 버려두지 않았습니다. 세 살 때 유모가 시장에서 저를 안고 가다가 제가 미치광이 같은 도적에게 찔렸는데 그 칼의 흔적이 아직도 있기에 화전으로 가리는 것입니다. 칠팔 년 동안 숙부가 노용(盧龍)110)에서 관직을 하시게 되었으므로 제가 옆에서 모시게 되었고 저를 딸로 삼아 낭군께 시집보낸 것입니다."

위고가 말하기를 "진씨가 애꾸눈이었소?"라고 하자 아내가 답하기를 "그렇습니다. 어떻게 아십니까?"라고 했다. 위고가 말하기를 "찌르게 한 사람이 바로 나요."라고 하자, 처가 곧바로 말하기를 "기이하네요."라고 했다. 이에 있었던 일을 다 얘기했고 서로 더욱 존경하게 되었다. 후에 곤(鯤)이라는 아들을 낳았는데 안문(雁門)111) 태수(太守)가 되었고, 위고의 아내는 태원군(太原郡) 태부인(太夫人)에 봉해졌다. 하늘이 정한 일은 바꿀 수 없다는 것을 알게 되었다. 송성 현령이 그것을 듣고 그 여관 현판에 제자하기를 '정혼점(定婚店)'이라 했다.

조 송나라 때 꽃잎이 다섯 개인 매화꽃이 含章殿 처마 밑에 누워 있던 武帝의 딸인 壽陽公主의 이마에 떨어졌는데 이를 뗄 수가 없더니 3일이 지나서야 씻겨 졌다. 궁녀들이 그것을 보고 특이하다고 생각해 서로 다투어 모방했다고 한다.
110) 노룡(盧龍): 盧龍縣으로 지금 河北省 동북 지역에 있고 秦皇島市에 속한다.
111) 안문(雁門): 雁門郡으로 지금의 山西省 右玉縣 남쪽에 있다.

[원문] 韋固

杜陵韋固, 少孤. 思早娶婦, 多歧, 求婚不成. 貞觀[112]二年, 將遊淸河, 旅次宋城[113]南店. 客有以前淸河司馬潘昉女爲議者, 來日, 期於店西龍興寺門. 固以求之意切, 旦[114]往焉. 斜月尙明, 有老人倚巾囊坐於階上, 向月簡書. 覘之, 不識其字. 固問曰: "老父所尋者何書? 固少小苦學, 字書[115]無不識者, 西國梵字, 亦能讀之. 唯此書目所未觀, 如何?" 老人笑曰: "此非世間書, 君何得見?" 固曰: "然則何書[116]也?" 曰: "幽冥之書." 固曰: "幽冥之人, 何以到此?" 曰: "君行自早, 非某不當來也. 凡幽吏皆主生人之事, 可不行其中乎? 今道途之行, 人鬼各半, 自不辨耳." 固曰: "然則君何主?" 曰: "天下之婚牘耳." 固喜曰: "固少孤, 常願早娶, 以廣後嗣. 爾[117]來十年, 多方求之, 竟不遂意. 今者, 人有期此, 與議潘司馬女, 可以成乎?" 曰: "未也. 君婦適三歲矣[118], 年十七, 當入君門." 固問: "囊中何物?" 曰: "赤繩子耳, 以繫夫婦之足. 雖仇敵之家, 貴賤懸隔, 天涯從宦, 吳楚異鄕, 此繩一繫, 終不可逭. 君之脚已繫於彼矣, 他求何益?" 曰: "固妻安在? 其家何爲?" 曰: "此店北, 賣菜家嫗女耳." 固曰: "可見乎?" 曰: "嫗陳姓, 常抱之來賣菜於是. 能隨我行, 當示君." 及明, 所期不至. 老人卷書揭囊而行, 固逐之入菜市[119]. 有眇嫗抱三歲女來, 敝陋亦甚.

---

112) 【校】 貞觀: 《太平廣記》와 《情史》에는 "貞觀"으로 되어 있고 《續玄怪錄》에는 "元和"로 되어 있다.

113) 【校】 宋城: 《續玄怪錄》, 《太平廣記》, [鳳], [岳], [類], [影]에는 "宋城"으로 되어 있고 [春]에는 "朱城"으로 되어 있다.

114) 【校】 旦: 《續玄怪錄》, 《太平廣記》, [鳳], [岳], [類], [影]에는 "旦"으로 되어 있고 [春]에는 "且"로 되어 있다.

115) 字書(자서): 《說文解字》, 《玉篇》 등과 같은 한자의 자형과 독음과 의미를 설명한 책을 이른다.

116) 【校】 書: 《續玄怪錄》, 《太平廣記》, [鳳], [岳], [類], [影]에는 "書"로 되어 있고 [春]에는 "出"로 되어 있다.

117) 【校】 爾: 《續玄怪錄》, 《太平廣記》, [鳳], [岳], [類], [影]에는 "爾"로 되어 있고 [春]에는 "邇"로 되어 있다.

118) 【校】 矣: 《續玄怪錄》, 《太平廣記》, [鳳], [岳], [類], [影]에는 "矣"로 되어 있고 [春]에는 "耳"로 되어 있다.

119) 【校】 菜市: 《續玄怪錄》에는 "菜市"로 되어 있고 《太平廣記》, 《情史》에는 "米

老人指曰: "此君之妻也." 固怒曰: "殺之可乎?" 老人曰: "此人命當食大祿, 因子而食邑, 庸可殺乎?" 老人遂隱. 固磨一小刀, 付其奴曰: "汝素幹事, 能爲我殺彼女, 賜汝萬錢." 奴曰: "諾." 明日, 袖刀入菜肆120)中, 於眾中刺之而走. 一市紛擾, 奔走獲免121). 問奴曰: "所刺中否?" 曰: "初刺其心, 不幸才中眉間爾." 後求122)婚終不遂.

又十四年, 以父蔭參相州軍123), 刺史王泰俾攝司戶掾124), 專鞫獄, 以爲能, 因妻以女, 可年十六七, 容色華麗. 固稱愜之極. 然其眉間常貼一花鈿125), 雖沐浴閒處, 未嘗暫去. 歲餘, 固逼問之, 妻潸然曰: "妾郡守之猶子126)也, 非其女也. 疇昔父曾宰宋城, 終其官. 時妾在襁褓, 母兄次歿. 唯一莊在宋城南, 與乳母陳氏居. 去店近, 鬻蔬以給朝夕. 陳氏憐, 不忍暫棄. 三歲時, 抱行市中, 爲狂賊所刺, 刀痕尚在, 故以花子覆之. 七八年間, 叔從事盧龍, 遂得在左右, 以爲女嫁君耳." 固曰: "陳氏眇乎?" 曰: "然. 何以知之?" 固曰: "所刺者固也." 乃曰: "奇也." 因盡言之, 相敬愈極. 後生男鯤, 爲雁門太守, 封太原郡太夫人. 知陰騭127)之定, 不可變也. 宋城宰聞之, 題其店曰"定婚店".

市"로 되어 있다.

120) 【校】肆: 《續玄怪錄》, 《太平廣記》, [鳳], [岳], [類], [影]에는 "肆"로 되어 있고 [春]에는 "市"로 되어 있다.

121) 【校】奔走獲免: 《太平廣記》와 《情史》에는 "奔走獲免"으로 되어 있고 《續玄怪錄》에는 "固與奴奔走獲免"으로 되어 있다.

122) 【校】求: 《續玄怪錄》, 《太平廣記》, [鳳], [岳], [類], [影]에는 "求"로 되어 있고 [春]에는 "來"로 되어 있다.

123) 【校】軍: [鳳], [岳], 《續玄怪錄》에는 "軍"으로 되어 있고 [類], [春], [影], 《太平廣記》에는 "君"으로 되어 있다.

124) 【校】掾: [鳳], [岳], [類], [春], 《續玄怪錄》, 《太平廣記》에는 "掾"으로 되어 있고 [影]에는 "椽"으로 되어 있다. 掾는 官府에서 보좌하는 역할을 하는 관리의 통칭이다.

125) 【校】花鈿: 《情史》, 《太平廣記》에는 "花鈿"으로 되어 있고 《續玄怪錄》에는 "花子"로 되어 있다.

126) 猶子(유자): 조카딸의 뜻이다.

127) 陰騭(음즐): 인간 세상의 화복을 주관하는 천상계를 의미한다.

22. (2-10) 맹광(孟光)[128]

양홍(梁鴻)의 자는 백란(伯鸞)이다. 권세가 있는 집안들이 그의 고상한 절조를 경모해 딸을 그에게 시집보내려 했지만 양홍은 모두 받아들이지 않았다. 같은 현에 살고 있는 맹씨에게 딸이 있었는데 살찌고 못생긴 데다 피부가 검었으며 힘이 돌절구를 들어 올릴 수 있을 정도였음에도 짝을 고르느라 시집을 가지 않고 있었다. 부모가 그 연고를 묻자, 딸이 말하기를 "양백란같이 어진 사람을 원합니다."라고 했다. 양홍이 이를 듣고서 그녀를 맞이했다. 처음에 꾸민 채로 시집을 왔는데 이레가 지나도 양홍은 그녀와 말을 하지 않았다. 아내가 침상 아래에서 무릎을 꿇고 죄를 청하자, 양홍이 이렇게 말했다.

"내가 원하는 사람은 거친 옷을 입고 나와 함께 깊은 산에서 은거할 수 있는 사람이오. 지금 비단 옷을 입고 화장을 하고 있는 것이 어찌 내가 원하는 바이겠소?"

그의 처는 "서방님의 뜻을 보려고 했을 뿐입니다."라고 말한 뒤, 곧바로 쪽진 머리로 바꾸고 무명옷으로 갈아입은 뒤에 일을 하면서 앞으로 다가왔다. 양홍이 크게 기뻐하며 말하기를 "이것이 진정한 양홍의 처로다."라고 하며, 그녀의 자를 덕요(德耀)라 했고 이름을 맹광(孟光)이라 했다. 함께 패릉산(霸

---

128) 앞부분 梁鴻과 孟光의 이야기는 《後漢書》 권113 列女傳 〈逸民傳 · 梁鴻〉과 晉나라 皇甫謐의 《高士傳》 권下 〈梁鴻〉에 보인다. 송나라 祝穆의 《古今事文類聚》 後集 권14에는 〈簡斥數婦〉로, 명나라 吳震元의 《奇女子傳》 권1에는 〈孟光〉으로, 《天中記》 권18에는 〈擧案齊眉〉로 실려 있다. 이외에도 송나라 鄭樵의 《通志》 권177, 명나라 李贄의 《初潭集》 권1, 《天中記》 권18에 수록되어 있다. 뒤에 있는 鍾離春의 이야기는 《列女傳》 권6 〈辯通傳〉에 보이고, 桓少君의 이야기는 《後漢書》 권114 列女傳 〈鮑宣妻〉에 보이며, 袁隗의 妻인 馬倫의 이야기는 《後漢書》 권74 列女傳 〈袁隗妻〉에 보인다.

陵山)129)으로 들어가 농사를 짓고 길쌈을 하면서 자급자족하려 했다. 당초
오(吳)지방에 이르렀을 때 그들은 고백통(皋伯通)130)에게 의지해 낭하(廊下)
에 살면서 남의 품삯을 받고 쌀을 찧었다. 그의 처는 밥을 차리고서 반드시
밥상을 눈썹까지 올려 들었다. 고백통은 이를 이상히 여기며 말하기를
"저 품팔이를 하는 사람은 자기 처에게 그처럼 존경 받을 수 있으니 보통
사람이 아니다."라고 하고, 곧 그들을 집에 머물도록 했다.

오대(五代) 위현(衛賢), 〈고사도(高士圖)〉 (일부)

---

129) 패릉산(霸陵山): 한나라 文帝의 陵墓인 霸陵이 있는 산이다. 灞河에서 가깝
기에 霸陵이라 했으며 지금의 陝西省 西安市 동쪽 교외에 있다.

130) 고백통(皋伯通): 동한 때 吳郡사람이었다. 송나라 朱長文의 《吳郡圖經續記》
권中 橋梁에 이런 내용이 보인다. "皋橋는 吳縣의 서북쪽에 있으며 고백통
(자는 奉卿)이 살았던 곳이다. 고백통은 한나라 때 議郎이었고 죽은 뒤에
胥門 서쪽 2백 步 떨어진 곳에 묻혔는데 그곳을 '伯通墩'이라 불렀다. 당초
양홍과 맹광은 함께 오지방에 이르러서 고백통의 낭하에서 살면서 품삯을
받고 쌀을 찧었다. 고백통이 그들을 살펴보고는 보통 사람이 아니라고 여
겨 그들을 집에서 살게 했다. 양홍이 죽은 뒤, 또한 葬事도 치러주었으니
진실로 칭송할 만하다."

장경씨(長卿氏)131)는 다음과 같이 말했다.

살찌고 피부가 검고 못 생긴 여자가 비단옷을 입고 분칠하는 일을 몸소 당한다면 장차 어떠하겠는가? 이를 받아들인 사람도 있다. 종리춘(鐘離春)132)은 노란 머리카락에 움푹 들어간 눈을 하고 배불뚝이에 뼈마디가 굵었으며, 들창코에 후골(喉骨)이 나왔고 살찐 목에 머리숱이 적었으며, 곱사등이에 가슴뼈가 튀어나왔고 피부는 옻칠을 한 것처럼 검었다. 그녀는 서른 살이 지나도록 받아들이는 사람이 없고 시집을 보내 달라고 해도 시집갈 수가 없었으므로 스스로 제선왕(齊宣王)133)을 배알하고 후궁으로 받아달라고 청했다. 그리고 왕에게 나라가 처하고 있는 네 가지 위기를 설명하자 왕이 그녀를 왕후로 삼았다. 이것이 못생긴 여자가 남편을 얻는 비결이다. 이 방법이 전해져 환소군(桓少君)134)의 이야기에 변용되었다. 환소군이 포선(鮑宣)135)에게 시집을 가면서 혼수가 심히 성대하니 포선이

---

131) 장경씨(長卿氏):《奇女子傳》의 편자인 吳震元(?~1642)을 가리킨다. 자는 長卿 이고 명나라 太倉(지금의 江蘇省 太倉市)사람이었다. 만력 43년(1612)년에 擧 人이 되었고 저서로《古文記事》,《奇女子傳》,《讀書隨喜錄》,《春夢庵文集》 등이 있다.《情史》에 인용된 "長卿氏曰"의 평론 부분은 모두 吳震元의《奇女 子傳》소재 해당 작품 뒤에 있는 "長卿氏曰"의 평론 부분 가운데 일부 혹은 전부를 인용하고 있다. 여기에 있는 "長卿氏曰"은《奇女子傳》권1〈孟光〉뒤 에 보인다.

132) 종리춘(鍾離春): 전국시대 齊나라 宣王의 왕후로 無鹽(지금의 山東省 東平縣 無鹽村)사람이기에 無鹽女라고 불리기도 했다. 덕행은 있었으나 추녀였으며 후세에 추녀의 대명사가 되었다. 그의 이야기는 한나라 劉向의《列女傳》 권6 辯通傳에〈齊鍾離春〉으로 실려 있다.

133) 제선왕(齊宣王): 전국시대 齊나라 宣王(?~기원전 301)을 가리킨다. 기원전 319년부터 301년까지 재위하며 田嬰을 재상으로 삼아 관원의 품행을 정돈 하고 合縱同盟을 강화시켰다.

134) 환소군(桓少君): 西漢의 名臣인 鮑宣의 아내이고 桓氏의 딸로 少君이다. 그에 대한 자세한 이야기는《後漢書 · 列女傳》제74〈鮑宣妻〉에 실려 있다.

135) 포선(鮑宣, 기원전 30~3): 西漢 때 渤海郡 高城(지금 河北省 鹽山 동남 지역) 사람이었으며 자는 子都였다. 好學하여 經書에 통달했고 哀帝 때 諫大夫로 직간을 서슴지 않았으며 관직은 司隸까지 올랐다.《漢書》권72에 그에 대

불쾌하여 말하기를 "소군은 부유하게 태어나 거만하고 아름답게 꾸미는 것에 익숙하지만 내 생활은 빈천하니 예로 감당할 수 없구나."라고 했다. 환소군이 말하기를 "제 아버님께서 서방님이 덕을 닦고 행동을 삼가시므로 천첩으로 하여금 시중을 들게 하신 것입니다. 이미 서방님을 받들게 되었으니 명하시는 대로 따르겠습니다."라고 했다. 그리고 곧 시종들과 옷가지와 장신구들을 모두 돌려보낸 뒤, 짧은 무명치마로 갈아입고 포선과 함께 작은 수레를 끌고서 고향으로 돌아갔다. 시어머니에게 절을 올리는 예를 마치고 나서 항아리를 들고 물을 길러 나갔다. 이 방법이 다시 전해져 원외(袁隗)136)의 처인 마륜(馬倫)137)의 이야기에 변용되었다. 마륜은 마융(馬融)138)의 딸로 가세가 부유하여 혼수가 심히 성대했다. 원외가 묻기를 "부인은 집안일만 할 뿐인데 어찌 지나치도록 곱게 꾸밀 필요가 있겠소?"라고 하자, 마륜이 대답하기를 "부모님께서 저를 사랑하셔서 주신 것이니 감히 거역할 수 없었습니다. 만약 당신께서 포선과 양홍의 고절(高節)을 따르고자 하신다면 첩 또한 소군과 맹광이 했던 일을 따르겠습니다."라고 했다. 이는 부잣집 딸이 그보다 못한 남편에게 시집가는 비결이다.

한 傳이 있다.

136) 원외(袁隗, ?~109): 後漢 때 太傅로 袁紹와 袁術의 숙부였으며 자는 次陽이다. 젊었을 때부터 벼슬을 해 형인 袁逢보다 더 일찍 三公의 자리에 올랐고 後漢의 太尉와 太傅를 지냈다. 董卓이 정권을 탈취한 뒤, 원씨 형제가 거병을 하여 동탁을 반대하다가 모두 살해당했다.

137) 마륜(馬倫): 袁隗의 妻인 馬倫에 대한 이야기는 《後漢書》 권74 列女傳 〈袁隗妻〉에 실려 있다.

138) 마융(馬融, 79~166): 동한 때의 經學家이자 文學家로 자는 季長이며 扶風郡 茂陵縣(지금 陝西省 興平縣 동북 지역)사람이다. 대장군 馬嚴의 아들로 文才가 뛰어났고 박식했으며 제자의 수가 천 명을 넘었다. 《後漢書》 권90上에 그에 대한 傳이 실려 있다.

[원문] 孟光

梁鴻, 字伯鸞. 勢家慕其高節, 多欲女之, 鴻竝不受. 同縣孟氏有女, 肥醜而黑,
力擧石臼, 擇對不嫁. 父母問其故, 女曰: "欲得賢如梁伯鸞者." 鴻聞[139]而聘之.
始以粧飾入門, 七日而鴻不與語. 妻跪牀下請罪. 鴻曰: "吾欲裘褐之人, 可與俱隱
深山者. 今衣綺縞, 傅粉墨, 豈鴻所願哉?" 妻曰: "以觀夫子之志耳." 乃更爲椎
髻[140], 著布衣, 操作而前. 鴻大喜曰: "此眞梁鴻妻也." 字之曰德耀, 名孟光. 欲相與
入[141]霸陵山中, 以耕織自食. 初[142]至吳, 依皐伯通, 居廡下, 爲人賃舂. 妻具食,
擧案必齊眉. 伯通異之曰: "彼[143]傭能使其妻敬之如此, 非常人." 乃舍之於家.

長卿氏曰: "夫以肥黑而醜之女, 衣綺縞, 傅粉墨, 設以身當之, 將何如乎? 夫有
所受之也. 鐘離春黃頭深目, 長肚大節, 昂鼻結喉, 肥項少髮, 折腰出胸, 皮膚若漆.
行年三十, 無所容入[144], 衒嫁不售, 乃自詣齊宣, 乞備後宮. 乃說王以四殆, 王拜爲
后. 此醜婦求夫訣也. 此法一傳而爲桓少君. 少君歸鮑宣, 裝送[145]甚盛, 宣不悅曰:
'少君生富驕, 習美飾, 而吾食貧賤, 不敢當禮.' 少君曰: '大人以先生脩德守行, 故使
賤妾侍巾櫛. 旣奉承君子, 惟命是從.' 乃悉歸侍御服飾, 更[146]著短布裳, 與宣共挽

---

139) 【校】 聞: [鳳], [岳], [類], [春], 《後漢書》에는 "聞"으로 되어 있고 [影]에는 "問"
으로 되어 있다.

140) 椎髻(추계): 쪽진 머리로 그 모양이 방망이와 같다하여 椎髻라 불리었다. 이
이야기에서 비롯되어 椎髻는 아내가 賢良하고 소박한 옷차림을 하고서 남
편과 뜻을 함께하는 것을 이른다.

141) 【校】 欲相與入: 《情史》에는 "欲相與入"으로 되어 있고 《後漢書》에는 "乃共入"
으로 되어 있다.

142) 【校】 初: [鳳], [岳], [類], [影]에는 "初"로 되어 있고 [春]에는 "初(後)"로 되어
있으며 《後漢書》에는 "遂"로 되어 있다.

143) 【校】 彼: [鳳], [岳], [類], [影], 《後漢書》에는 "彼"로 되어 있고 [春]에는 "被"로
되어 있다.

144) 【校】 入: [鳳], [岳], [類], [影], 《列女傳》에는 "入"으로 되어 있고 [春]에는 "人"
으로 되어 있다.

145) 【校】 裝送: [影], 《後漢書》에는 "裝送"으로 되어 있고 [鳳], [岳], [類], [春]에는
"妝送"으로 되어 있다. 裝送(장송)은 婚需를 이른다.

鹿車147)歸鄕里. 拜姑禮畢, 提甕出汲. 再傳而爲袁隗妻馬倫. 倫是融女, 家勢豐豪, 裝遣148)甚盛. 隗問曰: '婦奉箕帚而已, 何乃過珍麗乎? 對曰: '慈親149)垂愛, 不敢逆命. 君若欲慕鮑宣、梁鴻之高, 妾亦願從少君、孟光之事矣.' 此富家女降夫入門訣也."

23. (2-11) 정만리(程萬里)150)

송나라 말년에 팽성(彭城)151) 사람인 정만리(程萬里)라는 자가 있었는데

---

146) 【校】更: [鳳], [岳], [類], [影], 《後漢書》에는 "更"으로 되어 있고 [春]에는 "共"으로 되어 있다.

147) 鹿車(녹차): 작은 수레를 이른다. 《太平御覽》 권775에서 한나라 應劭의 《風俗通》을 인용하면서, "鹿車는 좁고 작은 수레로 사슴 한 마리만 용납할 수 있다.(鹿車, 窄小裁容一鹿也.)"라고 했다.

148) 【校】裝遣: [影], 《後漢書》에는 "裝遣"으로 되어 있고 [鳳], [岳], [類], [春]에는 "妝遣"으로 되어 있다. 裝遣(장견)은 裝送과 같이 혼수의 뜻이다.

149) 【校】親: [鳳], [岳], [類], [影], 《後漢書》에는 "親"으로 되어 있고 [春]에는 "母"로 되어 있다.

150) 이 이야기와 유사한 작품으로 陶宗儀의 《輟耕錄》 권4에 실려 있는 〈妻賢致貴〉가 있는데 남자 주인공은 程鵬擧로 되어 있고 여자 주인공은 某氏로 되어 있으며, 《情史》의 이 작품과 내용은 같으나 문장이 다르다. 《互史》 外紀 女俠 권1에 있는 〈宦家女〉와 《新編南窓補遺》 권1의 〈妻賢致高〉도 같은 이야기이며 《燕居筆記》下 권13에도 수록되어 있다. 또한 《古今圖書集成·明倫彙編·閨媛典》 권331 閨識部列傳三 〈程萬里妻白玉娘〉과 《古今情海》 권12 情中緣 〈夫婦易履〉에 보이는데 모두 《堯山堂外紀》에서 나왔다고 했으며 《情史》의 이 작품과 문장이 같다. 하지만 현전하는 《堯山堂外紀》에는 이 이야기가 보이지 않는다. 이 이야기는 《醒世恒言》 권19 〈白玉孃忍苦成夫〉의 本事이기도 하며 명나라 董應翰에 의해 傳奇 희곡 작품인 《易鞋記》로 각색되기도 했다.

151) 팽성(彭城): 지금의 江蘇省 徐州市이다.

상서(尚書)였던 정문업(程文業)의 아들이었다. 나이 열아홉에 아버지로 인해
음보(蔭補)152)로 국자감(國子監)의 생원이 되었다. 당시 원(元)나라 군대가
날로 쳐들어오자 정만리는 전(戰), 수(守), 화(和) 세 가지 계책을 올려 직언을
했다가 재상(宰相)의 뜻을 거슬렀다. 죄가 내려질까 두려워 몰래 강릉(江
陵)153)으로 도망가다가 한구(漢口)154)에도 못미처 원나라 장수인 장(張)
만호(萬戶)155)에게 사로잡혔다. 장 만호는 그의 재능과 용맹함을 좋아하여
흥원(興元)156)으로 데리고 돌아온 뒤에 포로로 잡혀 종이 된 여자와 짝지어주
었다. 여자는 통제(統制)157)였던 백충(白忠)의 딸로 이름은 옥양(玉孃)이었
다. 백충이 가정(嘉定)158)을 지키다가 성이 함락되어 그의 온 가문이 모두
죽었으나 오직 그 딸만 간신히 살아남은 것이었다. 혼례를 올리는 날 밤에
두 사람은 각기 전란으로 떠돌아다닌 이야기를 했으며 서로 매우 아끼고
중히 여겼다.

사흘이 지난 뒤에 옥양이 내실에서 나오면서 남편의 얼굴에 눈물 자국이
있는 것을 보고 그가 고향을 그리워하는 것을 알았다. 이에 그를 타이르며
말했다.

"당신의 재능과 품격으로 봐서 반드시 오랫동안 남의 밑에 있을 사람이

---

152) 음보(蔭補): 補蔭, 恩蔭, 資蔭이라고도 했으며 조상의 공훈으로 빈 벼슬자리
   에 임용되었던 것을 뜻한다. 秦漢 때부터 있었지만 常制는 아니었고 隋唐
   때에 이르러 定制가 되었으며 송나라 때 크게 발달했다.
153) 강릉(江陵): 지금의 湖北省 荊州市로 荊州城이라고 불리기도 했다.
154) 한구(漢口): 지금의 湖北省 武漢市 江漢區 일대이다.
155) 만호(萬戶): 원나라의 세습 관직으로 '萬夫之長'의 뜻이다. 중앙의 樞密院 혹
   은 각 路의 行省에 소속되어 萬戶府가 千戶所를 통솔했으며 萬戶는 萬戶府
   의 장관이었다. 자세한 내용은 《元史·百官志七》에 보인다.
156) 흥원(興元): 지금의 陝西省 漢中市 일대이다.
157) 통제(統制): 北宋 때 出戰에 앞서 한 사람을 뽑아 모든 장병을 통솔하게 했
   는데 이를 都統制라고 불렀다. 그 아래로 副都統制가 있었고 다음으로 統制
   와 統領이 있었다. 자세한 내용은 《宋史·職官志七》에 보인다.
158) 가정(嘉定): 嘉定府로 지금의 四川省 중남부 지역이다.

아닌데 어찌하여 일찍이 그물에서 벗어나려는 생각은 하지 않으시고 달가이 남의 노복으로 있으시나요?"

정만리는 대답하지 않고 마음속으로 생각하기를 "이는 반드시 만호가 나를 떠보려고 보낸 것일 게야. 아녀자는 절대 이런 생각을 하지 못하지."라고 했다. 다음 날 옥양이 한 말을 만호에게 고하자 만호는 노하여 옥양을 매질하려고 했으나 그의 아내가 말려 그만두었다. 옥양이 원망하는 기색이 전혀 없자 정만리는 더욱더 그를 의심하게 되었다. 그날 밤 옥양은 정만리에게 다시 그 얘기를 했는데 언사가 더욱 간절했다. 날이 밝은 후 정만리가 다시 만호에게 고하자 만호는 곧 옥양을 다른 사람의 첩으로 팔고 정만리에게는 다른 여자를 맞이해주겠노라고 했다. 정만리는 그제서야 비로소 옥양의 충고를 저버린 것이 후회되었지만 이미 어찌할 수가 없었다. 옥양은 떠나기에 앞서 수놓은 신발 한 짝을 남편의 헌 신발로 바꾸어 그것을 품에 안고 혹시라도 나중에 만날 증표로 삼았다. 이로부터 정만리는 주인에게 거리낌없는 신임을 받다가 마침내 틈을 타서 좋은 말을 훔쳐 타고 남쪽으로 달아났다. 임안(臨安)159)에 이르렀을 때 마침 도종(度宗)160)이 막 즉위해 전조(前朝)의 후예들을 채용하고 있었으므로 정만리는 글을 올려서 자기진술을 하여 복청(福淸)161) 현위(縣尉)로 임명되었으며 민중안무사(閩中安撫使)162) 벼슬

---

159) 임안(臨安): 남송 高宗 紹興 8년(1138)에 杭州(지금의 浙江省 杭州市)를 行在(天子가 巡行을 하다가 머무는 곳)로 삼으면서 臨安이라 개칭했다.
160) 도종(度宗): 송나라 度宗 趙禥(1240~1274)를 가리킨다. 원래 榮王 趙與芮의 아들이었으나 당시 황제였던 理宗에게 아들이 없었으므로 理宗에게 입양되어 景定 元年(1260)에 태자로 세워졌고 景定 5년에 理宗이 병사한 뒤 즉위했다.
161) 복청(福淸): 지금의 福建省 福淸市이다.
162) 민중안무사(閩中安撫使): 閩中은 秦나라 때 설치된 郡으로 秦나라 말년에 폐지되었으나 그 뒤에도 지금의 福建省 일대를 閩中이라고 했다. 송나라 때 한 지방의 軍民兩政을 주관했던 벼슬을 安撫使 혹은 經略安撫使라 불렸는데 보통 지방 장관인 知州와 知府가 겸임을 했다.

까지 역임했다. 송나라가 망한 뒤에 온 성(城)이 원나라에 귀속되었으므로 정만리는 섬서행성(陝西行省)163) 참지정사(參知政事)164)로 승직되었다. 흥원은 섬서행성의 관할지였으므로 정만리는 비밀리에 시종을 보내 증표로 삼았던 수놓은 신발을 지니고 있는 여자가 있는지 알아보도록 했다. 옥양은 처음 팔려갔을 때 자기 옷을 스스로 꿰매어, 죽어도 모욕을 당하지 않으려 했다. 오랜 시간이 지난 뒤에 그는 비구니가 되게 해달라고 간청하여 담화암(曇花菴)에 머물고 있었다. 정만리가 보낸 시종이 옥양의 종적을 쫓아 담화암에 이르러 그의 신발을 꺼내 만지작거리고 있었는데 한 비구니가 불경을 송독하다가 그 신발을 보고 매우 놀라며 그 또한 신발 한 짝을 꺼내는 것이었다. 그것을 맞추어 보았더니 서로 딱 들어맞았다. 시종은 그가 옥양임을 알아차리고 무릎을 꿇고서 주인의 명을 전한 뒤에 정만리가 있는 임지로 맞이해 가고자 했다. 그러자 비구니가 시종에게 이렇게 말했다.

"신발짝이 다시 채워졌으니 내 소원이 이루어졌군요. 내 출가한 지 이미 20여 년이 되어 속세에 대한 마음이 끊어졌습니다. 좋은 관원이 되시라고 낭군께 전해주시고 나는 염려하시지 말라고 해주세요."

시종이 말하기를 "주인어른께서 부인의 의로움을 생각하시어 재취하지 않겠다고 맹세를 하시니 부인께서도 굳지 사양하지 마십시오."라고 했다. 하지만 비구니는 듣지 않고 마침내 안으로 들어가 버렸다. 시종이 늙은

---

163) 섬서행성(陝西行省): 원나라 때 중앙 최고 행정기관인 中書省에 직접 소속된 京師 부근 지역 외에 河南, 江浙, 湖廣, 陝西, 遼陽, 甘肅, 嶺北, 雲南 등의 지역에 11개의 行中書省을 설치하고 전국 각 지역을 관리하는 중앙 정무기구로 삼았으며 그 장관으로 丞相, 平章 등을 두었다. 行省은 行中書省의 준말로 나중에는 지방 최고 행정구역의 명칭으로도 쓰였다.
164) 참지정사(參知政事): 당나라 때 임시로 두었던 관직으로 재상의 직책과 비슷했고 송나라 때부터 常職이 되어 재상의 副職이 되었다. 원나라 때에는 中書省과 行中書省에 부직으로 參知政事가 모두 있었고 줄여서 參政이라고 했다.

비구니로 하여금 몇 번이나 주인의 뜻을 전하도록 했지만 끝내 나오려
하지 않았다. 어쩔 수 없이 시종은 신발 두 짝을 가지고 돌아와 주인에게
그 사실을 고했다. 이에 정만리는 본성(本省)에 공문을 보내 홍원부의 관리로
하여금 예를 갖추어 옥양을 맞이해오도록 했다. 부부의 나이가 모두 마흔이
넘었으므로 옥양은 스스로 나이가 많다고 생각해 남편을 위해 희첩(姬妾)을
많이 두어, 아들 둘을 보았다.

　혼인을 한 지 겨우 6일 만에 이별을 하고 20여 년이 흘렀다. 나이가
들고 나서 다시 회합했고 부귀로 끝을 맺었다. 만약 전부터 사슴처럼 서로
지키며 살았다면 결국 장씨의 노비로 있었을 것인데 어찌 떨쳐 일어날
수 있었겠는가? 남편에게 그물에서 벗어나라고 충고했을 때 그 뜻에 얼마나
먼 안목이 있었던 것인가. 제강(齊姜)165) 이후로 불과 옥양 한 사람뿐이었다.
정만리는 아내를 억울하게 했으나 마침내 이를 이용하여 스스로 빠져나와
성취한 바가 큰데 오기(吳起)166)가 아내를 죽이고 장수가 되었던 것이 어찌

---

165) 제강(齊姜): 齊나라 桓公 종실의 딸로 晉나라 文公인 重耳의 부인이었다. 周
　　朝 齊나라 왕실의 성이 姜姓이었고 고대에 여자는 성씨로 불리었으므로 齊
　　姜이라고 불린 것이다. 晉나라 公子인 重耳가 齊나라로 도망갔을 때 桓公이
　　그의 현명함을 알고서 중이를 잡아두려고 종실의 딸인 齊姜을 중이에게 시
　　집보냈다. 중이는 그 생활에 만족하며 다시 晉나라로 돌아갈 생각을 하
　　지 않았다. 桓公이 병사하자 제강은 중이에게 술을 먹여 취하게 한 뒤 수레
　　에 실어 떠나보냈다. 나중에 중이는 秦나라의 도움을 받아 還國하여 晉文公
　　이 되었다. 이 고사로 말미암아 제강은 현명한 여자의 대명사로 손꼽힌다.
　　자세한 기록은 《國語 · 晉語三》과 《左傳 · 僖公二十三年》에 보인다.
166) 오기(吳起): 戰國 초기의 명장으로 衛나라 左氏(지금의 山東省 定陶縣)사람이
　　었다. 兵家, 法家, 儒家 등 諸家에 통달했고 魯, 魏, 楚 三國에서 벼슬을 했
　　으며 정치와 군사 모든 면에서 큰 성취를 이뤘다. 그가 저술한 兵書로 《吳
　　子》가 있는데 孫臏의 《孫子兵法》과 아울러 《孫吳兵法》이라 불린다. 周나라
　　威烈王 14년(기원전 412년)에 齊나라가 魯나라를 공격하자 노나라의 國君이
　　오기를 장수로 등용시키려고 했으나 오기의 아내가 제나라 사람이었으므로
　　그를 꺼렸다. 이에 오기는 장수가 되어 공명을 이루기 위해 아내를 죽였는

이에 비교될 수 있겠는가. 중이(重耳)167)는 떠나면서 적외(狄隗)168)에게 말하기를 나를 25년 기다려도 돌아오지 않으면 개가하라 했으나 마침내 적외를 부인으로 맞이하게 되었다. 정만리도 20여 년 뒤에야 비로소 수놓은 신발의 짝을 채울 수 있었다. 부부의 회합은 우연이 아니다. 정만리는 이미 옥양이 남의 시첩으로 팔려 간 것을 분명히 알고 있었으면서도 그녀를 왜 찾았겠는가? 그녀의 말을 듣고 그녀의 지조를 살폈기에 반드시 옥양은 굴복하지 않고 욕을 당하지 않았을 것으로 생각했기 때문이다. 진실로 그렇다면 설사 20년이 더 지난다 해도 무방할 것이다.

[원문] 程萬里

　宋末時, 彭城程萬里, 尙書程文業之子也. 年十九, 以父蔭補國子生. 時元兵日逼, 萬里獻戰、守、和三策, 以直言忤時宰169). 懼罪潛奔江陵, 未及漢口, 爲

데 이 일을 '殺妻求將'이라 한다. 자세한 내용이 《史記 · 孫子吳起列傳》에 보인다.

167) 중이(重耳, 기원전 697~기원전 628): 晉獻公의 아들로 춘추시대 晉나라의 國君이었던 晉文公을 가리킨다. 獻公이 총애하는 驪姬의 모함으로 인해 列國으로 도망하여 19년을 떠돌아다녔다. 뒤에 秦나라의 도움으로 還國하여 懷公을 죽이고 스스로 國君이 되었다. 재위 기간에 晉나라가 크게 발전해 이후 100년 동안 中原의 패권을 차지하게 되었다. 《左傳》과 《史記 · 晉世家》 등에 자세한 기록이 보인다.

168) 적외(狄隗): 춘추시대 赤狄 부족의 한 갈래였던 廧咎如의 공주인 季隗를 가리킨다. 그는 狄나라에 포로로 잡힌 뒤 당시 적나라에 도망 와 있는 重耳에게 시집을 갔다. 晉惠公 夷吾가 國君이 된 뒤 列國으로 도망 다니고 있는 중이를 꺼려하여 그를 암살하려고 하자 중이는 다시 적나라를 떠나 도망했다. 떠나기 전에 季隗에게 말하기를 "나를 25년 기다려주시오. 그때까지 오지 않으면 재가를 하시오."라고 하자, 季隗가 답하기를 "제가 지금 스물다섯 살인데 다시 25년을 기다리다가 시집을 가면 그때는 관 속에 들어갈 때가 될 것입니다. 그러니 당신을 기다리게 해주세요."라고 했다. 자세한 내용은 《左傳 · 僖公二十三年》에 보인다.

虜170)將張萬戶所獲. 愛其材勇, 攜歸興元, 配以俘婢, 統制白忠之女也, 名玉孃171). 忠守嘉定, 城破, 一門皆死, 惟女僅存. 成婚之夕, 各述流離, 甚相憐重.

越三日, 玉孃從內出, 見萬里面有淚痕, 知其懷鄉. 乃勸之曰: "觀君才品, 必非久於人下者, 何不早圖脫網, 而自甘僕隷乎?" 萬里不答, 心念, 此殆萬戶遣試我也, 婦人必不及此. 明日以玉孃之言告萬戶. 萬戶怒, 欲撻玉孃, 其妻解之而止. 玉孃全無怨色, 萬里愈疑. 是晚, 玉孃復以爲言, 詞益苦. 及明, 萬里復告之. 萬戶乃鬻玉孃於人爲妾, 而許萬里以別娶. 萬里至是始自恨負此忠告, 然已無及矣. 玉孃臨行, 以繡鞵一隻, 易其夫舊履, 懷之, 以爲異日萍水172)之券173). 自是萬里爲主人委任不忌, 竟以其間, 竊善馬南奔. 至臨安, 値度宗方立, 錄用先世苗裔. 萬里上書自陳, 補福淸尉, 歷官閩中安撫使. 宋亡, 全城歸元, 加陞陝西行省參知政事. 興元, 陝所轄也. 於是密遣僕往訪繡鞋之事. 玉孃初被鬻, 自縫其衣, 死不受污辱. 久之, 因乞爲尼, 居曇花菴. 僕蹤跡至菴, 出鞵玩弄. 有尼方誦經, 瞥眼驚駭, 亦出鞵, 質之相合. 僕知是玉孃, 跪致主命, 欲迎至任所. 尼謂僕曰: "鞵履復合, 吾願畢矣. 我出家已二十餘年, 絕意塵世. 寄語郎君, 自做好官, 勿以我爲念." 僕曰: "主翁念夫人之義, 誓不再娶. 夫人不必固辭." 尼不聽, 竟入內. 僕使老尼傳諭再四, 終不肯出. 僕不得已, 以鞵履雙雙歸報. 萬里乃移文174)本省, 檄興元府官吏, 具禮迎焉. 夫婦年各四十餘矣. 玉孃自謂齒長, 乃爲夫廣置姬妾, 得二子.

---

169) 時宰(시재): 당시의 승상인 賈似道(1213~1275)를 가리킨다. 자는 師憲이며 호는 悅生 또는 秋壑이고 天台사람이었다. 賈涉의 아들이고 南宋 理宗 때의 권신이었다.
170) 虜(노): 옛날에 북방 이민족을 낮잡아서 이르던 말이다.
171) 【校】孃: [影],《醒世恆言》에는 "孃"으로 되어 있고 [鳳],《古今圖書集成·閨媛典》에는 "娘"으로 되어 있다.
172) 萍水(평수): 부평초가 물에 떠다니다가 만나는 것과 같이 우연히 만나는 것을 뜻한다.
173) 券(권): 대나무 혹은 나무 조각에 글이나 무늬를 새겨서 두 조각으로 나누어 가진 뒤 훗날 증표로 삼았던 것을 가리킨다. 나중에는 대부분 종이로 만들었다. 여기에서는 信標를 뜻한다.
174) 移文(이문): 서로 상하 소속관계가 없는 관서 사이에 전달하는 공문을 가리키는 말로 移書 또는 移라고도 했다.

爲婚纔六日, 別乃二十餘年. 老而復聚, 以富貴終. 向使麋鹿相守, 終爲張氏婢僕, 其有振乎? 方其忠告脫網, 意何遠也. 齊姜之後, 僅一人焉. 萬里冤其婦, 卒用自脫, 所成者大, 豈吳起求將之意埒乎哉? 重耳之語狄隗也, 待我二十五年, 不來乃嫁, 卒迎隗爲夫人. 萬里亦二十餘年, 而繡鞿始雙. 夫婦之合, 不偶然矣. 夫萬里已明知玉孃之鬻爲人妾, 而又訪之何也? 聽其言, 察其志, 玉孃之不降、不辱, 必也. 誠如是, 雖更二十年猶可也.

24. (2-12) 선비영(單飛英)175)

경도(京都) 효감방(孝感坊)176)에 형(刑) 지현(知縣)과 선(單) 추관(推官)177)이 있었는데 이들은 대문을 나란히 하고 이웃하며 살고 있었다. 형 지현의 처는 바로 선 추관의 여동생이었다. 선 추관에게는 부랑(符郎)이라는 아들이 있었고 형 지현에게는 춘랑(春娘)이라는 딸이 있었는데 서로 나이가 비슷했으며 갓난아이 때 이미 의혼을 했다. 송(宋)나라 휘종(徽宗) 선화(宣和) 병오(丙午)178)년 여름에 형 지현은 가족을 이끌고 등주(鄧州)의 순양(順

---

175) 이 이야기는 《說郛》 권18下에 수록된 송나라 王明淸의 《摭靑雜說》에서 나온 이야기로 명나라 梅鼎祚의 《靑泥蓮花記》 권7에는 〈楊玉〉으로, 《艶異編》 권30에는 〈符郎〉으로 수록되어 있으며 《古今小說》 권17 〈單符郎全州佳偶〉의 本事이기도 하다. 梅鼎祚에 의해 傳奇 희곡 작품 〈長命縷〉로, 沈璟에 의해 傳奇 희곡 작품 〈雙魚記〉로, 청나라 崔應階에 의해 雜劇 〈煙花債〉로 개작되기도 했다.

176) 효감방(孝感坊): 북송 때 汴京城(지금의 河南省 開封市) 안에 있던 동네 이름이다.

177) 추관(推官): 당나라 때부터 설치된 관직명으로 節度使, 觀察使, 團練使, 防禦使, 採訪處置使 등의 벼슬 밑에 모두 한 명씩 두었다. 직위는 判官보다 낮았으며 書記와 訟案과 관련된 일을 관장했다.

178) 선화병오(宣和丙午): 宣和는 송나라 徽宗 趙佶의 여섯 번째이자 마지막 연호

陽)179) 현관(縣官)으로 부임했다. 선 추관 또한 온 가족이 양주(揚州)180)로 가서 추관직이 비게 되기를 기다렸다. 이들은 임기를 마치는 날에 돌아와 결혼시키기로 약속했다.

그해 겨울, 오랑캐가 큰 난리를 일으켜 형씨 부부는 모두 죽음을 당했다. 형춘랑은 적도에게 잡혀 전주(全州)181)에 있는 기생집으로 팔려갔으며 양옥 (楊玉)이라 불리게 되었다. 형춘랑은 열 살 때 이미《논어(論語)》,《맹자(孟子)》, 《시경(詩經)》,《서경(書經)을 암송할 수 있었고 짧은 사(詞)도 지을 수 있었다. 이때에 이르러 기생어미가 그녀에게 가르쳐 음악과 재예 가운데 절묘하지 않은 것이 없었다. 매번 관가의 연회에서 시중을 들 때마다 옛 시사를 새롭게 고칠 수 있었는데 모두 정황에 적절했다. 양옥이 용모가 청순하고 수려했으며 행동거지가 우아한 데다가 말로 다른 사람과 서로 희롱하며 농담을 하지 않아 양가집 풍도가 있었으므로 부임했던 군수(郡守)들은 모두 그녀를 소중히 여겼다.

선 추관은 강을 건너온 뒤에 여러 번 승진해 낭관(郎官)182)의 벼슬에 이르렀으며 형 지현과는 소식이 끊겨 있었다. 소흥(紹興)183) 연간 초에 선부랑은 아버지의 음덕으로 전주의 사호(司戶)184)가 되었다. 당시 전주의

로 1119년부터 1125년까지이다. 宣和 7년 2월 欽宗이 즉위한 뒤로도 1년간 계속 사용했다. 선화 연간에 병오년이 없으므로 여기서 말하는 병오년은 宣和 7년의 다음 해인 靖康 1년인 듯싶다. 그해에 북송이 금에게 멸망당하여 '靖康의 恥'라고 불린다.

179) 순양현(順陽縣): 河南省 南陽市 淅川縣 남부 지역이다.

180) 양주(揚州): 지금의 江蘇省 揚州市이다.

181) 전주(全州): 지금의 廣西壯族自治區 全州縣이다.

182) 낭관(郎官): 侍郎, 中郎, 郎中 등을 통틀어 이르는 말이다. 가까이에서 황제를 侍奉하며 호위하고 간언하는 일을 담당했다. 秦나라 때부터 郎中令이 있었으며, 隋나라에 이르러 郎官은 侍郎과 郎으로 분리되었고, 唐나라 때에는 六部의 郎官과 郎中 이외에도 員外郎을 두었으며 그 이후로는 제도의 변화가 거의 없었다.

183) 소흥(紹興): 남송 高宗 趙構의 연호로 1131년부터 1162년까지이다.

관리들 중에서 오직 사호만 나이가 젊었다. 사호가 양옥을 보고 그녀를 매우 사모했지만 단지 마음만 있었을 뿐 접할 기회가 없었다. 사리(司理)185)는 사호와 의기투합하여 그에게 기회를 주려고 했지만 태수의 엄격함과 공정함을 꺼려 감히 그리하지 못했다. 2년 뒤에 마침 새로 태수가 부임해 왔는데 그는 사리와 옛 교분이 있는 자인 데다가 사호도 그의 마음에 들게 되어 연회 때마다 앞자리에 앉게 되었다. 이에 사리는 술자리를 마련하고 사호를 초청한 뒤에 단 양옥 한 명만을 데려다가 공경히 시중을 들도록 했다. 술이 거나하게 취하자, 사호는 거짓으로 취해 토하는 척하고 서재로 가서 누워 쉬고 있었다. 사리가 양옥으로 하여금 그에게 탕약을 받들어 올리게 하여 그는 비로소 한 번 만나 소망을 이룰 수 있었다. 곧이어 사호는 양옥에게 칭찬하는 말을 한 뒤, 그녀의 출신을 물으며 기원(妓院)의 여자가 아닐 것이라고 생각했다. 양옥은 부끄러워 얼굴이 빨개지며 천천히 답하기를 "사실 첩은 벼슬아치 집안의 딸로 양씨 어미의 소생이 아닙니다."라고 했다. 이에 사호가 양옥에게 부친의 관직과 성씨를 물었더니 양옥이 울면서 답했다.

"본래의 성은 형 씨이고 경도에 있는 효감방에 살았습니다. 어렸을 때에 외삼촌의 아들과 혼인을 맺기로 했었지요. 아버님께서 등주 순양 현령의 관직을 받으셨으나 불행히도 부모님들은 모두 오랑캐에게 죽임을 당하셨고 첩은 잡혀서 이곳으로 팔려 왔습니다."

---

184) 사호(司戶): 漢魏 때부터 戶曹掾이 있었는데 民戶를 주관했으며 北齊 때에는 戶曹參軍이라 불리었다. 당나라 제도에서, 府에서는 戶曹參軍이라 했고 州에서는 司戶參軍이라 했으며 縣에서는 司戶라고 칭했다. 송나라 때에도 司戶參軍의 관직이 설치되었으며 司倉을 겸임하기도 했다. 《通典·職官十五》,《舊唐書·職官志三》 등에 자세한 내용이 보인다.

185) 사리(司理): 五代 이후, 각 州에 馬步獄을 설치하고 牙校로 하여금 馬步都虞侯를 담당하며 형법을 관장하게 했다. 송나라 태조는 馬步院을 司理院으로 바꾸고 주관인 司理를 新進士 혹은 후보 관원에서 뽑아 소송과 심문을 담당하게 했다. 원나라 때 폐지되었다가 명나라 때에는 推事의 별칭으로 쓰였다. 《事物紀原·司理》와 《文獻通考·職官十七》에 자세한 내용이 보인다.

사호가 다시 그의 외삼촌 집에 대해 자세히 묻자, 양옥은 "외삼촌의 성씨는 선 씨이고 당시에 양주의 추관직을 받으셨습니다. 그 아들의 이름은 부랑이라 했는데 지금은 생사를 모르겠습니다."라고 말하고는 하염없이 눈물을 흘렸다. 사호가 춘낭이라는 것을 알고서 위로하는 척하며 말하기를 "지금 너는 고운 옷을 입고 맛있는 음식을 먹으면서 사람들로부터 매우 사랑을 받고 있는데 부족한 것이 뭐 있겠느냐?"라고 했더니 양옥이 이렇게 말했다.

"첩이 듣기로 여자가 태어나면 그를 위해 시집이 있기를 바란다고 합니다. 설령, 일개 서민에게 시집을 가서 무명치마를 입고 짧은 이불을 덮으며, 콩을 먹고 물을 마신다 하더라도 이 또한 양가집 부녀자입니다. 저는 지금 이곳에서 묵은 손님을 보내고 새로운 손님을 맞이하고 있으니 마음이 어떻겠습니까?"

사호는 그 말이 지극한 진심에서 우러나온 말이라는 것을 알았지만 어찌할 방법이 없어 감히 말을 하지 못했다. 다음 날 그는 술자리를 마련해 사리에게 답례를 하고 양옥을 불러 술시중을 들게 했으나 그녀와 다시 친압하지는 않았다. 그는 곧 좋은 말로 정색을 하며 양옥에게 묻기를 "너는 어제 서민의 아낙네가 되는 것도 달갑다고 했는데, 나는 지금 짝을 잃어 아직 정실이 없으니 네가 나를 따르겠느냐?"라고 했더니 양옥이 이렇게 말했다.

"기생의 삶에서 벗어나는 것은 첩의 간절한 소망입니다. 단지 나중에 새 부인께서 시집을 오시면 저를 용납하지 않으실까 두렵습니다. 만약 시집오실 부인이 있으시면 이를 알리신 뒤에 한마디로 결정하겠습니다."

사호는 곧 서신을 보내 아버지께 이 일을 알렸다.

당초, 정강(靖康)186) 연간 말에 형 지현에게 사 승무(乘務)187)라고 불리는

---

186) 정강(靖康): 송나라 欽宗 趙桓의 연호로 1126년부터 1127년 4월까지이다. 北宋의 마지막 연호이다.

187) 승무(承務): 《隋書・百官志下》에 의하면, 諸司에 承務郎 한 명 씩을 두었는데

아우가 있었는데 강 건너 임안(臨安)188)에 살면서 선 추관과 왕래하고 있었
다. 당시 선 추관은 성(省)에서 낭관으로 있었으므로 사 승무로 하여금
상소문을 갖추게 하여 조정을 거친 뒤에 이를 곧바로 전주로 보내, 양옥이
양인으로 돌아와 옛 혼담을 이룰 수 있도록 간청했다. 영장이 내려진 뒤,
선 추관 또한 태수에게 서신을 썼다. 사 승무는 친히 영장과 선 추관의
서신을 가지고 전주에 이르렀다. 사호는 사리에게 부탁해 양옥을 불러온
뒤에 그녀에게 실정을 알려주고 누설하지 말도록 주의시켰다. 뒷날, 사호는
부친의 서신과 성에서 발부한 영장을 소매에 넣어가지고 태수를 만나러
갔더니, 태수가 말하기를 "이는 좋은 일인데 어찌 감히 명(命)대로 하지
않겠는가?"라고 했다. 시간이 지나 해가 중천에 뜰 때까지도 문서가 하달되지
않았다. 사호는 다른 변고가 있는가 싶어 비밀리에 사람을 시켜 알아보았더
니 태수 관아의 숙수가 연회를 준비하고 있었다. 사호가 말하기를 "이 노인네
아직도 젊은 애들이 하는 짓을 하는구나! 하지만 일이 잘못되었던 것이
한 번이 아니었으니 이 또한 어찌 근심하기에 족하겠는가?"라고 했다. 조금
있다가 태수는 아니나 다를까 양옥에게 명하여 공경히 시중을 들게 하고
단지 통판(通判)189)만을 불렀다. 술자리가 무르익자 태수가 양옥에게 말하기
를 "너는 이제 현군(縣君)190)이 되었는데 무엇으로 내게 보답하겠느냐?"라고

그 직책은 員外郎과 같다고 했다. 이후에 승무는 員外와 마찬가지로 地主나
부호의 통칭으로도 쓰였다.
188) 임안(臨安): 지금의 浙江省 杭州市로 남송 建炎 3년에는 여기에 行宮이 지어
졌고 紹興 8년에는 行在所(수도)로 정하면서 臨安府라고 칭했다.
189) 통판(通判): 송나라 때부터 州府에 설치한 관직으로 州 장관과 '함께 政務를
처리한다'는 뜻이다. 州府 장관보다 조금 아래였지만 州府의 公事를 連署하
고 관리를 감찰할 수 있는 실권이 있어 監州라고 불리었다. 명청 때에는 各
府에 설치하여 식량 운수와 農田 水利 등의 사무를 주관했으므로 직책이 宋
初보다 약화되었다.
190) 현군(縣君): 婦人에게 내리는 封號로 晉나라 때부터 생겼고 당나라 때에 5품
관리의 母妻를 현군으로 봉했으며, 송나라 때에는 庶子, 少卿監, 司業, 郎中,

했다. 양옥이 답하기를 "첩의 이 한 몸은 모두 태수님께서 주신 것으로, 소위 죽은 몸을 살려 백골에 살이 나게 해주신 은덕인데, 또한 무엇으로 보답할 수 있겠습니까?"라고 했다. 태수는 곧 그를 껴안으며 말하기를 "비록 그렇다 하더라도 반드시 내게 보답할 것이 있을 게다."라고 했다. 통판이 자리에서 일어나 정색하며 태수에게 일러 말하기를 "이전에는 우리 주(州)의 기생이었지만 이제는 사호의 부인이 되었으니, 군자의 행동은 마땅히 예로써 하셔야 합니다."라고 했다. 태수가 안절부절 못하면서 사과하며 말하기를 "이 늙은이가 정을 이기지 못하여, 통판의 말이 아니었으면, 스스로 이것이 잘못인 것도 몰랐을 것이오."라고 하고, 곧 양옥으로 하여금 안채로 들어가 여러 딸들과 함께 있도록 했다. 즉시 사리와 사호를 불러 네 사람이 함께 앉아 날이 밝도록 마음껏 즐기고 술자리를 파했다. 태수는 아침에 일어나 일을 살피고 문서를 하달하여 기생어미 내외에게 통고했다. 그들은 뜻밖의 일인지라 소리 지르고 울며 와서 말하기를 "10여 년 동안 딸을 키우며 심력을 다 쏟았는데 어찌 작별의 말조차 할 수 없습니까?"라고 했다. 춘랑이 나와서 그들에게 일러 말하기를 "우리 부부가 상봉한 것은 또한 좋은 일입니다. 나를 10여 년 동안 비록 아껴 키워주시기는 하셨지만 모아 드린 재물 또한 많으니 생활하시기에 족할 것입니다."라고 했다. 기생어미가 여전히 울부짖기를 그치지 않자 태수가 꾸짖으며 물러가도록 했다. 그리고 나서 태수는 주(州)의 관서 시종들로 하여금 안채에서 양옥을 가마에 태우고 나오도록 한 뒤에 사호와 함께 관아로 돌아가게 했다. 사리는 중매가 되고 사 승무는 주례가 되어 격식대로 혼례를 올렸다. 사호의 임기가 장차 끝나갈 즈음에 춘랑이 사호에게 이렇게 말했다.

"첩은 기방생활에 지조를 잃었지만 또한 기생어미 내외가 아껴 키워

京府少尹, 赤縣令 등의 벼슬을 하고 있는 관원의 아내를 현군으로 봉했다.

주었고 아울러 의자매 가운데 정이 두터운 이도 있습니다. 이제 멀리 가면 종신토록 서로 만날 수 없을 터이니 술과 음식을 조금 마련하여 그들과 함께 작별인사를 하고 싶은데 어떻겠습니까?"

사호가 말하기를 "당신의 일은 온 전주(全州)의 사람 가운데 알지 못하는 자가 없으니 어찌 꺼려 숨길 수 있겠으며, 그것이 또한 무슨 해가 되겠소?'라고 했다. 이에 춘랑은 술과 음식을 마련해 회승사(會勝寺)로 가서 기생어미 내외와 의자매 10여 명을 초청해 함께 모여 술을 마셨다. 이영(李英)이라는 기생이 있었는데 본래 춘랑과 나란히 이름이 나 있었고 그녀의 음악과 기예는 모두 춘랑이 가르친 것이었으며, 항상 춘랑 언니라고 부른데다가 서로 마음이 아주 잘 맞았다. 술이 거나해지자 그녀가 갑자기 일어나 춘랑의 손을 잡고 말하기를 "언니는 이제 청운 위로 초탈하게 되었지만 나는 더러운 흙 속에 빠져 벗어날 기약이 없습니다."라고 하며, 곧 목이 메도록 통곡하자 춘랑 또한 울었다.

이영의 바느질 솜씨가 절묘했으므로 춘랑이 그녀에게 말하기를 "사호께서 마침 바느질하는 사람 한 명이 필요하시기는 하지만 동생은 평소 나와 동등했으니 이제 어찌 내 밑으로 들어올 수 있겠는가?"라고 하자, 이영이 말했다.

"서열 가운데 저는 항상 언니의 한 발자국 뒤에 물러나 있었고, 더욱이 지금은 천지(天地) 같은 거리와 적서의 차이가 있습니다. 만약 언니가 저를 도와주셔서 이 그물에서 벗어나게 해 주시면 음덕을 쌓는 일이 될 것입니다. 사호께서는 어쨌든 바느질할 사람이 필요하시고 언니가 제게 그것을 하게 해주신다면 평소부터 서로 잘 알고 있었기 때문에 또한 낯선 사람보다 나을 것입니다."

춘랑이 돌아가서 사호에게 그 얘기를 했더니 사호가 불허하며 말하기를 "한 번도 심한데 어찌 또 할 수가 있겠소?"라고 했다. 그 후 이영이 누차

사람을 보내서 재촉하니 사호는 어쩔 수 없어 염치 불구하고 태수에게
간청했다. 태수가 말하기를 "그대는 화살 하나로 두 마리 독수리를 잡으려
하는구려! 원대로 들어줌으로써 이전에 통판이 책망한 죄를 갚겠소이다."라
고 했다.

사호가 춘랑을 데리고 돌아오니 외삼촌과 외숙모는 그녀를 보자 서로
붙잡고 크게 울었다. 그런 뒤, 이영의 일을 물어보고는 아들을 꾸짖으며
말했다.

"우리의 매우 가까운 친척이 영락해 유랑하는 것은 도리상 마땅히 거둬야
겠지만 그 외에 관계가 없는 사람까지 거두는 것은 아니 된다."

사호는 황공하여 이영을 개가시키려고 했으나 사호의 어머니는 이영이
온순한 것이 좋아 그녀를 남겨두었다. 1년 후에 이씨가 아들을 낳자 형씨는
그를 자기 아들로 삼아 키웠다. 선부랑의 이름은 비영(飛英)이고 자는 등실(騰
實)이었는데 전주의 막료직을 그만 두고 영승(令丞)191)직을 역임했다. 매번
공사(公事)를 해결하지 못할 때마다 상사(上司)는 그를 독촉하며 꾸짖으려
했지만, 춘랑과의 이야기를 듣고 그가 의리를 안다고 여겨 대부분 양해해
주었다. 소흥(紹興)192) 연간 을해(乙亥) 년에 기주(夔州)193)의 부장관으로
있다가 봉사(奉祠) 직을 받고 무릉(武陵)194)에서 객거했는데 형춘랑과 이영
이 모두 그의 곁에 있었다. 사대부들에게 매번 그 일을 갖춰 이야기했는데
감추고 꺼리는 것이 없었으니 사람들은 모두 그를 의롭다고 여겼다.

---

191) 영승(令丞): 令은 中央 혹은 下屬 기관의 主官을 가리키기도 하고 縣令을 의
　　미하기도 한다. 丞은 佐官으로 秦나라 때부터 있었으며, 한나라 이후에는
　　중앙과 地方官의 副職으로서 大理丞, 府丞, 縣丞 등이 있었다.
192) 소흥(紹興): 남송 高宗 趙構의 연호로 1131년부터 1162년까지이다. 紹興乙亥
　　는 1155년이다.
193) 기주(夔州): 지금의 重慶市 奉節縣이다.
194) 무릉(武陵): 남송 때 常德府에 속했던 縣으로 지금의 湖南省 常德市 武陵區
　　이다.

　선부랑과 형춘랑 모두 진정한 도학군자이지 어찌 선부랑만이겠는가?
선부랑의 부모와 태수, 그리고 통판 가운데 한 사람도 진정한 도학군자가
아닌 사람은 없다.

[원문]　單飛英

　京師孝感坊, 有邢知縣、單推官, 並門而居. 邢之妻, 即單之妹. 單有子名符
郎, 邢有女名春娘, 年齒相上下, 在襁褓中已議婚. 宣和丙午夏, 邢挈家赴鄧州順陽
縣官守. 單亦擧家往揚州待推官缺. 約官滿日歸成婚.

　是冬, 戎寇大擾[195], 邢夫妻皆遇害. 春娘爲賊所虜, 轉賣在全州娼家, 名楊玉.
春娘十歲時, 已能誦《語》、《孟》、《詩》、《書》, 作小詞. 至是娼嫗敎之, 樂色事
藝, 無不精絶. 每公庭侍宴, 能改舊詞爲新, 皆切情境. 玉容貌淸秀, 擧措閒雅,
不持口吻以相嘲謔, 有良人風度, 前後守倅[196]皆重之.

　單推官渡江, 累遷至郎官, 與邢聲迹不相聞. 紹興初, 符郎受父蔭爲全州司
戶. 是時州僚惟司戶年少. 司戶見楊玉, 甚慕之, 但有意而無因. 司理與司戶,
契分相投, 將與之爲地[197], 憚太守嚴明, 未敢. 居二年, 會新守至, 與司理有舊. 司戶又
每蒙前席[198]. 於是司理置酒請司戶, 止取楊玉一名祗候. 酒半酣, 司戶佯醉嘔吐,

---

195)　戎寇大擾(융구대요): 북송 宣和 7년(金 天會 3년)인 1125년부터 남송 端平 元
　　年(金 天興 3년)인 1234년까지 100여 년 동안 宋金 간에 대규모 전쟁이 벌
　　어졌다. 여기서 말하는 '戎寇大擾'는 靖康 원년(1126)부터 靖康 2년(1127) 4월
　　까지 지속되었던, 徽宗과 欽宗이 金軍에게 포로로 잡히고 北宋을 멸망하게
　　만든 전란을 가리킨다.
196)　守倅(수쉬): 원래 守는 郡守를 가리키고 倅는 보좌한다는 뜻으로 郡守의 副
　　職을 의미한다. 여기에서 守倅는 州郡의 장관을 널리 이르는 말이다.
197)　【校】地: [春], [影],《撫靑雜說》에는 "地"로 되어 있고 [鳳], [岳], [類]에는 "第"
　　로 되어 있다.
198)　【校】每蒙前席:《情史》에는 "每蒙前席"으로 되어 있고《撫靑雜說》에는 "席每
　　蒙前"으로 되어 있다.

偃息於齋199). 司理令玉侍奉湯飲200), 乃得一會, 以遂所欲. 司戶因褒美之餘, 叩其
來自, 疑非門戶201)中人. 玉赧然徐答曰: "妾實宦族, 非楊媼所生也." 司戶因問其
父官姓, 玉泣曰: "本姓邢, 住京師孝感坊, 幼年許與舅子結姻. 父授鄧州順陽縣令,
不幸父母皆遭寇殺, 妾被掠賣至此." 司戶復細問其舅家, 玉曰: "舅姓單, 是時得揚
州推官. 其子名符郎, 今不知存亡如何." 因大泣下. 司戶知爲春娘也, 佯慰之曰:
"汝今鮮衣美食, 爲時愛重, 有何不足耶?" 玉曰: "妾聞女子願爲有家202), 若嫁一小
民, 布裙短衾, 啜菽飲水203), 亦是良婦. 今在此迎新送故, 是何情緒?" 司戶知其語
出至誠, 然未有所處, 而未敢言204). 後一日, 司戶置酒回司理, 召楊玉佐樽, 遂不復
與狎昵. 因好言正色問曰: "汝前日言, 爲小民婦亦所甘心. 我今喪偶, 猶虛正室,
汝肯隨我乎?" 玉曰: "得脫風塵205), 妾之至願也. 但恐他日新孺人歸, 不能相容.
俟通知孺人206), 一言決矣." 司戶乃發書告其父.

---

199) 【校】於齋: 《情史》에는 "於齋"로 되어 있고 《撫青雜說》에는 "書齋"로 되어
있다.
200) 【校】湯飲: 《情史》에는 "湯飲"으로 되어 있고 《撫青雜說》에는 "湯藥"으로 되
어 있다.
201) 【校】門戶: [鳳], [岳], [類], [影]에는 "門戶"로 되어 있고 [春]에는 "戶門"으로 되
어 있다. 여기에서 門戶(문호)는 妓院의 의미로 쓰였다.
202) 女子願爲有家(여자원위유가): 《孟子·滕文公下》에 보이는 "丈夫가 태어나면
그를 위해 아내가 있기를 원하며 여자가 태어나면 그를 위해 媤家가 있기
를 원하는 것은 부모의 마음이며 사람마다 다 가지고 있는 것이다.(丈夫生
而願爲之有室, 女子生而願爲之有家, 父母之心, 人皆有之.)"라는 구절에서 나온
말이다.
203) 啜菽飲水(철숙음수): 菽은 豆類에 대한 총칭이니 啜菽飲水라는 말은 콩을 먹
고 맹물을 마신다는 뜻으로 거친 음식을 먹으며 가난한 생활을 하는 것을
이른다. 《禮記·檀弓下》에 보이는 "子路가 '가난이 애석합니다. 부모가 생존
했을 때에는 봉양을 할 수 없고 돌아가신 뒤에는 예를 행할 수가 없습니
다.'라고 하자, 공자가 말하기를 '콩을 먹고 맹물을 마시더라도 기쁨을 드리
기만 하면 이를 효(孝)라 이른다.'라고 했다."는 말에서 나왔다.
204) 【校】言: [鳳], [岳], [類], [影], 《撫青雜說》에는 "言"으로 되어 있고 [春]에는
"信"으로 되어 있다.
205) 風塵(풍진): 미색을 팔아 사는 기생이나 그런 장소를 의미한다.
206) 【校】俟通知孺人: 《情史》에는 "俟通知孺人"으로 되어 있고 《撫青雜說》에는
"若有孺人 妾自去裹知"로 되어 있다. 이에 근거하여 '俟通知孺人'의 의미를

初, 靖康之末207), 邢有弟號四承務者, 渡江居臨安, 與單往來. 單時在省爲郎官. 乃命四承務具狀, 經朝廷, 徑送全州, 乞歸良續舊婚. 符既下籍, 單又致書太守. 四承務自賫符並單書到全州. 司戶請司理召玉, 告之以實, 且戒勿泄. 後日208), 司戶自袖其父書幷省符見太守, 守曰: "此美事, 敢不如命." 既而至日中, 牒未下. 司戶疑有他變, 密使探之, 見廚司正謀設宴. 司戶曰: "此老尚作少年態耶! 然209)錯處非一拍, 此亦何足恤210)也." 既而果命楊玉祇候, 只招通判. 酒半, 太守謂玉曰: "汝今爲縣君矣, 何以報我?" 玉答曰: "妾一身皆明府211)之賜, 所謂生死而肉骨也. 又何以報?" 太守乃抱持之, 謂曰: "雖然, 必有以報我." 通判起立, 正色謂太守曰: "昔爲吾州弟子212), 今爲司戶孺人, 君子進退當以禮." 太守跋躇謝曰: "老夫不能忘情, 非判府言, 不自知其爲過." 乃令玉入內宅, 與諸女同處. 即召司理、司戶, 四人同坐至天明, 極歡而罷. 晨起視事, 下牒諭翁媼. 翁媼出不意, 號哭而來曰: "養女十餘年, 費盡心力, 更不得一耶?" 春娘出諭之曰: "吾夫妻相會, 亦是好事. 我十年雖汝恩養, 然所積金帛亦多, 足養汝." 老媼猶號哭不已, 太守叱使去. 既而太守使州司人從213), (自)內宅昇玉出214), 與司戶同歸衙. 司理爲媒, 四承務爲主, 如式成禮.

'若有孺人 俟通知孺人'으로 풀었다.

207) 【校】 靖康之末: 《情史》에는 "靖康之末"로 되어 있고 《撫靑雜說》에 "靖康之亂"으로 되어 있다.

208) 【校】 後日: 《情史》에는 "後日"로 되어 있고 《撫靑雜說》에는 "次日"로 되어 있다.

209) 【校】 然: [影], 《撫靑雜說》에는 "然"으로 되어 있고 [鳳], [岳], [類], [春]에는 "此"로 되어 있다.

210) 【校】 恤: 《情史》에는 "恤"로 되어 있고 《撫靑雜說》에는 "惜"으로 되어 있다.

211) 明府(명부): 漢魏 때부터 郡守나 牧尹에 대한 존칭으로 쓰였으며 明府君이라고도 했다.

212) 弟子(제자): 희극이나 가무를 하는 배우를 가리키는 말로 宋元 시기에는 기생을 이르기도 했다.

213) 州司人從(주사인종): 州司는 州의 관서이고 人從은 隨從을 이른다. 州司人從은 州의 관서에 있는 시종들을 가리킨다.

214) 【校】 自內宅昇玉出: 《情史》에는 "內宅昇玉出"로 되어 있고 《撫靑雜說》에는 "自內宅堂接出玉"로 되어 있다. 이에 근거하여 '內宅昇玉出'을 '自內宅昇玉出'의 의미로 풀었다.

任將滿, 春娘謂司戶曰: "妾失身風塵, 亦荷翁媼愛育, 兼義姊妹中有情厚者. 今既遠去, 終身不相見, 欲具少酒食, 與之話別, 如何?" 司戶曰: "汝事, 一州之人, 莫不聞之, 胡可隱諱, 此亦何害." 春娘遂治酒就會勝寺215), 請翁媼及同列者十餘人會飮. 酒酣, 有李英者, 本與春娘連名, 其樂色皆春娘敎之, 常呼爲姊, 情極相得, 忽起持春娘手曰: "姊今超脫靑雲之上, 我沈淪糞土, 無有出期." 遂失聲慟哭, 春娘亦哭. 李英針線妙絶, 春娘曰: "司戶正少一針線人, 但吾妹平日與我等, 今豈能相下耶?" 英曰: "我在輩中, 常退姊一步, 況今雲泥之隔, 嫡庶之異, 若姊爲我方便, 得解網去, 是一段陰德事. 若司戶左右要針線人, 姊得我爲之, 平素相諳, 亦勝生分人也." 春娘歸以語司戶, 不許, 曰: "一之爲甚, 其可再乎?" 既而, 英屢使人來促. 司戶不得已, 拚一失色懇告. 太守曰: "君欲一箭射雙鵰耶! 敬當奉命, 以贖前者通判所責之罪."

司戶挈春娘歸, 舅姊見之, 相持大哭. 既而問李英之事, 遂責其子曰: "吾至親流落, 理當收拾, 更旁及外人, 是不可已耶." 司戶惶恐, 欲令216)改嫁. 其母愛李婉順, 遂留之. 居一年, 李氏生男, 邢氏養爲己子. 符郎名飛英, 字騰實. 罷全州幕職217), 曆令丞. 每有不了辦公事, 上司督責, 聞有此事, 以爲知義, 往往多得解釋. 紹興乙亥歲, 事夔倅奉祠218), 寄居武陵, 邢李皆在側. 每對士大夫具言其事, 無所隱諱, 人皆義之.

---

215) 【校】會勝寺: [鳳], [岳], [類], [影], 《撫靑雜說》에는 "會勝寺"로 되어 있고 [春]에는 "勝會寺"로 되어 있다. 《撫靑雜說》에는 이 구절이 "春娘遂置上禮就會勝寺"로 되어 있다.

216) 【校】令: [春], [影]에는 "令"으로 되어 있고 [鳳], [岳], [類]에는 "李"로 되어 있으며 《撫靑雜說》에는 "令其"로 되어 있다.

217) 幕職(막직): 지방 장관의 屬吏로 幕府에 봉직하기에 幕職이라 불리었다. 송나라 趙昇의 《朝野類要 · 幕職》에 의하면 幕職은 僉判, 司理, 司法, 司戶, 錄參, 節推, 察推, 節判, 察判 따위를 말한다.

218) 【校】事夔倅奉祠: 《情史》에는 "事夔倅奉祠"로 되어 있고 《撫靑雜說》에는 "自夔罷倅"로 되어 있다. 倅(쉬)는 보좌한다는 뜻으로 州郡 장관의 副職을 의미하기도 한다. 송나라 때 5품 이상의 관원들 중 퇴임한 관원이나 일할 수 없는 관원들에게 宮觀使, 判官, 都監, 提擧, 提點, 主管 등의 관직을 주었는데 이들은 봉록만 받고 일은 하지 않았다. 宮觀使 등의 관직은 원래 제사를 주관했으므로 奉祠라고 일컬었다. 《宋史 · 職官志十》에 자세히 보인다.

單郎、邢娘, 皆眞道學也, 豈惟單郎哉? 單之父母, 以及太守、通判, 無一而非眞道學也.

25. (2-13) 서신(徐信)[219]

남송(南宋) 건염(建炎)[220] 연간 3년에 어가(御駕)가 건강(建康)에 머물렀다. 군교(軍校)[221]인 서신(徐信)이 밤에 아내와 함께 시장에 갔다가 찻집에서 잠시 쉬고 있었는데 옆에 있던 어떤 사람이 그의 아내를 몰래 엿보면서 잠시도 눈을 떼지 않는 것이었다. 서신은 이를 이상하게 여겨 자리를 떴으나 그 사람은 서신의 집 대문 앞까지 잇따라 쫓아오더니 연연해하며 차마 돌아가지 못하고 있었다. 서신이 그 까닭을 묻자 그 사람은 공수(拱手)를 하고 사죄하며 이렇게 말했다.

"가슴속에 있는 사실 그대로를 장차 그대에게 털어놓으려고 하는데 그대가 화를 내지 않는다고 해야 감히 말을 꺼낼 수 있소이다. 원컨대 앞 동네 조용한 곳으로 가서 모든 것을 다 털어놓고 싶습니다."

서신이 그의 말대로 하자 그가 그제야 비로소 말하기를 "그대의 아내는 아무개 주(州) 아무개 현(縣)의 아무개 성씨가 아닙니까?"라고 했다. 서신은 매우 놀라며 "그렇소이다."라고 했다. 그자는 얼굴을 가린 채 울면서 이렇게

---

219) 이 이야기는 《夷堅志》補 권11에 〈徐信妻〉로 보이고 《古今奇聞類紀》 권6에도 수록되어 있다. 또한 《繡谷春容》 雜錄 권4에 〈徐軍校兩妻復舊〉로 수록되어 있고 《警世通言》 권12 〈范鰍兒雙鏡重圓〉 入話의 本事이다.

220) 건염(建炎): 남송 高宗 趙構의 연호로 1127년부터 1130년까지이다.

221) 군교(軍校): 보조직을 담당하는 군관을 가리킨다.

말했다.

"그 사람은 제 아내입니다. 우리 집은 정주(鄭州)²²²)에 있었는데 아내를 맞이한 지 3년밖에 안 되어 금(金)나라가 쳐들어온 전란을 만나 떠돌며 도망 다니다가 갈라지게 되었지요. 그대의 집에 있을 줄 어찌 짐작이나 했겠습니까?"

서신도 이로 인해 감개하고 슬퍼하며 말했다.

"저 서신은 진주(陳州)²²³)사람이오이다. 전란을 만나 아내를 잃어버리고 회남(淮南)²²⁴)에 있는 한 시골 가게에 이르러 옷이 풀려져 있는 채로 산발을 하고서 맨 땅 위에 앉아 있는 한 부인을 만났지요. 그는 스스로 말하기를 패잔병에게 납치되어 이곳까지 이르렀으나 더 이상 갈 수 없게 되었다고 했습니다. 이에 제가 옷과 먹을 것을 주고 하루 이틀 머물게 하다가 결국에는 그와 함께 살게 되었지요. 당초에는 그대의 아내인 것을 몰랐으나 이제는 어찌해야 합니까?"

그 사람이 이렇게 말했다.

"지금 저는 이미 재취를 했고 아내의 재물로 살고 있으니 다시 돌아가 옛 맹세를 지킬 수 없는 형편입니다. 혹시라도 잠시 한번 만나서 그동안의 슬픔과 고통을 애기 나눈 연후에 결별할 수 있게 해주시면 죽어도 여한이 없습니다."

서신이 본래 호탕하고 의협심이 있는 사람인지라 바로 허락을 하고서 다음 날로 약속한 뒤 이웃사람들의 의심을 사지 않기 위해 새로 얻은 아내와

---

222) 정주(鄭州): 송나라 때 四輔郡 가운데 西輔로 지금의 河南省 鄭州市이다.
223) 진주(陳州): 太昊 伏羲氏가 세운 도성의 옛터에 炎帝 神農氏가 다시 도성을 세웠으므로 그곳이 陳이라 부르게 되었다. 北朝 때 州가 되었으며 지금의 河南省 周口市 淮陽縣이다.
224) 회남(淮南): 淮河 이남, 長江 이북의 지역을 가리킨다. 지금은 특히 安徽省의 중부 지역을 말한다.

함께 오라고 했더니 그 사람은 기뻐하며 절을 하고 돌아갔다. 다음 날 그들 부부가 서신의 집으로 찾아와 서신은 마중을 하러 나갔다가 그들을 보고 크게 통곡을 했다. 그 남자가 데리고 온 사람은 바로 서신의 옛날 아내였던 것이다. 네 사람은 서로 바라보면서 놀라고 탄식하며 가슴을 두드리면서 큰 소리로 울부짖었다. 이날부터 이들은 각기 예전의 짝으로 다시 돌아갔으며 대대로 두 집안은 서로 인척(姻戚)과 같이 왕래했다.

근년에 창문(閶門)²²⁵⁾ 밖에 살고 있는 어떤 사람은 용모가 준수했으나 못생긴 아내를 얻었고 한 골목 떨어진 곳에 사는 남자는 용모가 못생겼지만 예쁜 아내를 얻었다. 두 집은 서로 미워하면서도 서로 부러워했으며 다른 사람들조차도 모두 하늘의 처분이 불공평하다고 했다. 하루는 실화로 난 불이 번져 잘생긴 남편이 아내를 데리고 피해 도망가다가 길거리 처맛기슭을 지날 때 대들보가 떨어져 그의 아내가 깔려 죽었다. 그가 앞 골목에 있는 빈집으로 황급히 달려갔더니 자신이 연모하고 있던 못생긴 남자의 예쁜 아내가 먼저 그곳에서 와서 남편이 불에 타죽은 것을 통곡하고 있었다. 이에 서로 위로했으며 얼마 지나지 않아 여러 사람들이 주선하여 짝을 맺어주었다. 일이 공교로운 것으로는 이 같은 경우도 있다.

---

225) 창문(閶門): 蘇州(지금의 江蘇省 蘇州市)의 서쪽 성문으로 옛날에 이 근처는 번화가였다.

[원문] 徐信

建炎三年, 車駕駐建康[226]. 軍較[227]徐信, 與妻子夜出市, 少憩茶肆. 旁一人竊眈其妻, 目不暫釋. 信怪之, 乃捨去. 其人踟躕及門, 依依不忍去. 信問其故, 拱手遜謝曰: "心有情實, 將吐露於君, 君不怒, 乃敢言. 願暑移步至前坊[228]靜處, 庶可傾竭.[229]" 信從之. 始言曰: "君妻非某州某縣某姓氏耶?" 信愕然曰: "是也." 其人掩泣曰: "此吾妻也. 吾家於鄭州, 方娶三年, 而值金戎之亂, 流離奔竄, 遂成乖張. 豈意今在君室." 信亦爲之感愴, 曰: "信, 陳州人也. 遭亂失妻. 至淮南一村店, 逢婦人散[230]衣蓬首, 露坐地上, 自言爲潰兵所掠, 到此不能行[231]. 吾乃解衣饋食, 畱一二日, 乃與之俱. 初不知爲君婦[232], 今將奈何?" 其人曰: "吾今已別娶, 藉其貲以自給, 勢無緣復尋舊盟. 倘使暫會一面, 敍述悲苦, 然後訣別, 雖死不恨." 信固慷慨義士, 即許之, 約明日爲期, 令偕新妻同至, 庶於鄰里無嫌. 其人懽拜而去. 明日

---

226) 車駕駐建康(거가주건강): 車駕는 제왕이 타는 수레를 가리킨다. 靖康 2년(1127) 정월에 金兵이 汴京을 격파하고 북송의 徽宗과 欽宗을 포로로 잡아간 일로 북송이 망한 뒤, 高宗 趙構가 남경(지금의 河南省 商丘市)에서 즉위를 했고 다시 양주(지금의 江蘇省 揚州市)로 도망갔다. 金人이 다음 해에 양주를 공격하여 고종이 다시 양주에서 도망해 建炎 3년 6월에 建康(지금의 江蘇省 南京市)에 있게 된 일을 말한다.

227) 【校】較: [影]에는 "較"로 되어 있고 [鳳], [岳], [類], [春]에는 "校"로 되어 있다. [影]에서는 思宗 朱由校(재위기간: 1627년 8월~1644년 3월)의 이름자 '較'를 피휘하여 '校'자를 모두 '較'자로 썼다. 《明史 · 禮志五》에 다음과 같은 기록이 보인다. "天啓 원년 정월에 禮部의 주청에 따라 '木'자에 '交'자를 더한 글자는 모두 '較'로 바꾼다. 오직 督學은 '較'자로 칭하는 것이 타당하지 못하니 學政으로 바꿔야 한다.(天啓元年正月從禮部奏, 凡…從木加交字者, 俱改爲'較', 惟督學稱較字未宜, 應改爲學政.)"

228) 坊(방): 街, 市, 里, 巷과 마찬가지로 도시에 거주민들이 모여 사는 구역의 명칭이다.

229) 傾竭(경갈): 모두 쏟아 낸다는 뜻으로 여기에서는 가슴 속에 있는 말을 털어내는 것을 이른다.

230) 【校】散: 《情史》에는 "散"으로 되어 있고 《夷堅志》에는 "敝"로 되어 있다.

231) 【校】到此不能行: 《情史》, 《夷堅志》에는 "到此不能行"으로 되어 있다. 何卓의 《夷堅志》校註에 따르면 明鈔本에는 "以不能行見棄"로 되어 있다고 한다.

232) 【校】婦: 《情史》에는 "婦"로 되어 있고 《夷堅志》에는 "故婦"로 되어 있다.

夫婦登信門, 信出迎, 望見長慟, 則客所攜, 乃信妻也. 四人相對驚惋, 拊心號咷.
是日, 各復其故, 通家往來如姻婭[233]云.

　　近年, 閭門外有一人, 貌俊而得醜妻; 隔巷之家, 貌醜而得俊妻. 兩家互憎互
羨, 卽旁人亦謂天公分付不均也. 一日火漏, 俊夫挈妻走避, 過街棚, 梁墜, 妻壓死.
夫急趨前巷空屋下, 而所慕俊妻先在, 方以夫被焚慟哭. 乃互相籍. 未幾, 衆爲撮合
成偶. 事之巧合, 有若此者.

26. (2-14) 양공(楊公)[234]

　　양 아무개 공(公)은 관중(關中) 주질(盩厔)[235]사람이었다. 아내인 이(李)씨
가 아들 하나를 낳아 겨우 일곱 살이 되었을 때 양공은 다시 장사를 하러
민(閩) 지방 장포(漳浦)[236]로 가서 얼(薛)씨 집에 객거를 했다. 얼씨가 막
남편을 잃었기에 양공은 다시 그 집의 데릴사위가 되어 아들 하나를 낳아
얼 씨 성을 따르게 했으며 그 아들도 세 살이 되었다. 돌연 왜구(倭寇)가
임해 지방의 여러 군(郡)들을 침범했을 때 양공을 잡아갔다. 양공은 왜국(倭
國)에서 19년을 살면서 왜인같이 머리를 깎고 맨발로 다니며 싸우는 것이
모두 왜국의 습속처럼 되어 버렸다. 그 뒤로 다시 그는 왜구의 무리를

233) 【校】 姻婭: 《情史》에는 "姻婭"로 되어 있고 《夷堅志》에는 "婚姻"으로 되어
　　있다. 姻婭(인아)는 혼인 관계가 있는 친척을 가리킨다.
234) 이 이야기는 《耳談》 권6에 〈薛公楊公得父〉로 《耳談類增》 권8에 〈薛公楊公得
　　父〉로 보이며 《古今譚槪》 권36에는 〈一日得二貴子〉로 수록되어 있다. 《喩世
　　明言》 권18 〈楊八老越國奇逢〉의 本事이다.
235) 관중주질(關中盩厔): 關中은 函谷關 以西, 지금의 陝西省 渭河 유역 일대의
　　지역이다. 盩厔은 지금의 陝西省 周至縣이다.
236) 장포(漳浦): 지금의 福建省 漳州 남부에 있는 漳浦縣이다.

따라 민 지방을 침범하게 되었다. 마침 민 지방의 장수가 왜구를 물리치자 양공은 도망쳐 돌아오다가 죄수로 잡혀 소흥부(紹興府)²³⁷⁾에 넘겨지게 되었다. 군승(郡丞)²³⁸⁾인 양세도(楊世道)가 그를 가려내려고 "오랑캐냐? 우리 백성이냐?"라고 하자 양공이 말하기를 "저는 민 지방 백성입니다."라고 했다. 곧 그가 말한 동네 친족과 처자식의 성명이 자기와 대부분 들어맞기에 양세도는 이를 이상히 여겨 집으로 돌아와 어머니에게 물었다. 양세도의 어머니는 다시 심문을 하게 한 뒤 병풍 뒤에서 그것을 듣다가 몇 마디 말을 듣지도 않고서 큰 소리로 "너의 아버지이시다."라고 외쳤다. 양세도는 죄수들 가운데에서 그를 부축해 일어나게 한 뒤 절을 올리며 소리 내어 우니 모두 다 비통해 했다. 목욕을 하게 하고 옷을 갈아입도록 했으며 이루 말할 수 없이 기뻐했다. 다음 날 아침에 얼씨의 아들인 얼공(糵公)이 양세도가 아버지를 찾았다는 소리를 듣고서 예물을 들고 축하하러 왔다. 양세도가 술자리를 베푸니 그의 아버지도 나와서 술잔을 주고받았다. 얼공이 양세도의 아버지에게 어떤 연고로 민 지방에 들어갔냐고 묻자 양세도의 아버지가 그 자초지종을 말했는데 얼씨 집 동네 친족들과 처자식의 성명이 또한 일치했다. 얼공도 이를 이상히 여겨 집으로 돌아가서 그의 어머니에게 물었다. 그날 양세도의 아버지가 얼씨 집에 답방을 오니 얼공은 술자리를 베풀고 얼공의 어머니는 몰래 그가 하는 말을 듣다가 또한 큰 소리로 "네 아버지이시다."라고 외쳤다. 양 군승의 집과 같이 희비가 교차했다. 이로 인해 민 지방 그 군의 백성들은 기뻐하면서 법도를 잘 지키는 관리에게 내려진 보응이라고 했으며, 예물을 들고 와 하례하는 사대부들이 무리를

---

237) 소흥부(紹興府): 지금의 浙江省 紹興市이다.
238) 군승(郡丞): 郡守의 副職이다. 《喻世明言》〈楊八老越國奇逢〉에 따르면 "옛날 원나라 시절에 郡丞은 지금 通判의 직책과 같았는데 太守보다 약간 아래에 있으면서 太守와 함께 府의 정사를 돌보았으므로 매우 권력이 있었다."고 한다.

이뤘다.

　군수(郡守)와 군승은 비록 서로 다른 지방의 사람이었고 성씨도 서로
달랐지만 사실은 같은 아버지로부터 태어난 형제들이었다. 그들의 아버지는
머리를 깎고 맨발로 다니며 싸움을 했던 졸개인 데다가 또한 죄수가 되기도
했지만 하루 만에 두 명의 현귀한 아들과 두 명의 부인을 얻고 존귀해져
후한 봉록으로 봉양을 받게 되었다. 떨어져 있다가 한데 모였고 소원해졌다
가 친해졌으며 미천하다가 영귀해진 것이 어찌 하늘이 일부러 그리한 것이
아니겠는가?

[원문]　楊公

　楊公某, 關中鼇戽人. 婦李氏生一子, 纔七歲, 公復239)賈於閩漳240)浦, 主蘗
氏家. 蘗新寡, 復爲其家贅壻, 生一子, 冒姓蘗氏, 亦已三歲. 倭夷突犯海上諸郡,
畧241)公以去. 居十九年, 髡跣跳戰242), 皆倭習矣. 後又隨眾犯閩. 會閩帥敗之去,
而公得遁歸, 爲虜囚屬紹興. 郡丞楊公世道者鞫辨之: "夷耶? 民耶?" 公曰: "我閩中
民也." 因道其里族妻子名姓, 多與己合. 異之, 歸以問母. 母令再讞, 而聽於屛後.
不數語, 大呼曰: "而翁也." 起之囚中, 拜哭皆慟, 洗浴更衣, 慶忭無極. 次朝, 蘗公知
公得翁, 舉羔鴈243)爲賀. 公觴之, 翁出行酒. 蘗公問翁何繇入閩. 翁言其始末, 又與

---

239)　【校】復:《情史》,《耳談》,《古今譚概》에는 "復"로 되어 있고 《耳談類增》에는
　　　"出"로 되어 있다.
240)　【校】漳浦: [影], [鳳], [岳], [類],《耳談》,《耳談類增》,《古今譚概》에는 "漳浦"로
　　　되어 있고 [春]에는 "潭浦"로 되어 있다.
241)　【校】畧: [影],《耳談》,《古今譚概》에는 "畧"으로 되어 있고 [鳳], [岳], [類],
　　　[春],《耳談類增》에는 "掠"으로 되어 있다.
242)　髡跣跳戰(곤선도전): 髡跣은 빡빡 깎은 머리를 하고 맨발로 다니는 사람을
　　　가리키며 跳戰은 挑戰과 같은 말로 싸움을 걸다는 뜻이다.
243)　羔鴈(고안): 새끼 양과 기러기를 아울러 이르는 말로 옛날에 卿과 大夫가

蘗氏家里族妻子姓名合. 異之, 亦歸以問母. 其日翁來報謁, 蘗公觴之, 而母竊聽其
語, 又大呼曰: "而翁也." 其爲悲喜猶楊丞家. 於是閩郡黎老²⁴⁴⁾歡忭, 呼爲循吏²⁴⁵⁾
之報, 士大夫羔鴈成羣. 蓋守丞即異地各姓, 實同體兄第. 而翁以髡跣跳戰之卒,
且爲纍囚, 一日而得二貴子、兩夫人, 以朱幡²⁴⁶⁾千鍾²⁴⁷⁾養焉. 其離而合, 疎而親,
賤而榮, 豈非天故爲之哉?

　　다른 사람을 배알할 때 가져가는 예물을 가리킨다. 《周禮 · 春官 · 大宗伯》에
　　"卿은 새끼 양을 들고 大夫는 기러기를 들고 간다.(卿執羔, 大夫執雁.)"라는
　　구절이 있는데, 鄭玄의 註에서 "羔는 새끼 양으로 떼를 지어 있어 그 무리
　　를 잃지 않는 것을 취한 것이고 기러기는 때를 기다렸다가 가는 것을 취한
　　것이다."라고 했다.

244)【校】黎老:《情史》,《古今譚槪》에는 "黎老"로 되어 있고 《耳談》,《耳談類增》
　　에는 "老黎"로 되어 있다.

245) 循吏(순리): 법도와 이치를 따르는 관리를 말한다.

246) 朱幡(주번): 현귀한 자가 쓰던 빨간색 깃발을 널리 이르는 말이다. 幡은 밑
　　으로 드리우는 깃발로 모양이 펄럭거려 이렇게 이르는 것이다. 《宋史 · 儀衛
　　志六》에 의하면, 告止幡, 傳教幡, 信幡 등이 있었는데 모두 붉은색 비단으로
　　만들어졌고 글씨는 채색으로 썼으며 위에는 붉은색이나 푸른색의 덮개 장
　　식이 있고 사각은 나선무늬 장식이 드리워져 있으며 용머리가 새겨진 대나
　　무장대에 묶었다.

247) 千鍾(천종): 1鐘이 6斛 4斗라는 설과 8斛 또는 10斛이라는 설이 있다. 千鍾
　　은 매우 많은 양의 식량을 뜻하는 말로 후한 봉록을 이른다.

27. (2-15) 소흥 연간의 선비(紹興士人)248)

남송 소흥(紹興)249) 연간에 어떤 선비가 가난해서 장가를 들지 못하고 단두(團頭) 집 데릴사위가 되었다. 단두란 개호(丐戶)250)들의 우두머리였다. 그 딸은 매우 정결하고 우아해 부부가 서로 잘 맞았다. 몇 년이 지나 선비는 과거시험에 응시하여 급제를 하자 아내와 장인을 매우 수치스럽게 여겼다. 그는 회서(淮西)251)에 벼슬을 받아 아내를 데리고 임지로 가는 도중에 강물 가운데에서 아내와 함께 달구경하다가 틈을 타 아내를 밀어 물에 떨어뜨린 뒤 돛을 올리고 가버렸다. 그 아내는 물 위에 떠 있던 나무 조각을 잡고서 죽음을 면하고 있었는데 회서전운사(淮西轉運使)252)의 배가 이르러 울음소리를 듣고 딱하게 여겨 구해주었다. 전운사는 그에게 연고를 물은 뒤 자기 딸로 거두어들이고 집안사람들에게는 누설하지 말라 일렀다. 회서에 이른 뒤에 선비는 속관으로서 전운사를 알현했다. 전운사가 거짓으로 묻기를

---

248) 이 이야기는 명나라 田汝成의 《西湖遊覽志餘》 권23 《委巷叢談》에 보이는데 《情史》에 수록된 이 작품과 내용은 대체로 같지만 문장은 다르다. 《古今小說》 권27 〈金玉奴棒打薄情郎〉의 本事이기도 하며, 명나라 范文若의 傳奇 희곡 작품인 《鴛鴦棒》도 이 이야기를 부연한 작품으로 주인공의 이름은 薛季衡과 錢惜惜으로 되어 있다.

249) 소흥(紹興): 남송 高宗 趙構의 연호로 1131년부터 1162년까지이다.

250) 개호(丐戶): 원나라가 송을 멸망시킨 뒤 포로와 죄수들을 紹興 등지에 모여 살게 하고 '怯憐戶', '樂戶', '惰民'이라 불렀다. 명나라에 이르러 戶籍을 편집할 때 이를 통틀어 '개호'로 편입시키고 세세대대로 婚喪喜慶 등과 같은 천한 일에 충당하도록 했고 평민과 통혼하지 못하게 했으며 과거에도 응할 수 없도록 했다. 일설에 의하면 송나라 장수 焦光瓚이 부하를 데리고 金에 투항했는데 金軍이 물러간 뒤 송나라에서 그들을 '惰民'으로 강등시켰다고도 한다.

251) 회서(淮西): 지금의 江蘇省과 安徽省의 일부 지역이다. 남송 때에는 淮南西路였으므로 淮西라고 불리었으며 淮水 상류 지역이기에 淮上이라고도 했다.

252) 회서전운사(淮西轉運使): 淮西 지역의 轉運使를 이른다. 전운사는 당나라 이후 조정의 運輸에 관련된 사무를 주관했던 관직이다.

"장가는 들었는가?"라고 하자 선비는 답하기를 "아내가 강물에 떨어져 죽었는데 아직 재취하지 않았습니다."라고 했다. 전운사는 곧 다른 관원을 시켜 자기 딸을 위해 선비와 중매를 서라고 했으며 아울러 이르기를 "반드시 데릴사위가 되어야만 한다."고 했다. 선비는 바야흐로 전운사의 높은 문벌을 부러워하고 있었기에 미친 듯이 놀라며 기뻐했다. 혼례를 올린 뒤 선비가 흔연히 안방으로 들어갔더니 갑자기 할미와 계집종들 수십 명이 가는 몽둥이를 들고 문 옆에서 나와 그를 마구 때렸다. 선비는 무슨 죄가 있냐고 말하면서 그 이유를 짐작하지 못했다. 규방에서 "내게 박정한 사내를 끌고 오너라!"라고 하는 고성이 들렸어도 선비는 그 목소리를 알아듣지 못했다. 대면해 보니 바로 예전의 아내였다. 아내가 그의 잘못을 책망하자 선비는 머리를 조아리며 끊임없이 사죄했다. 이에 전운사가 들어가서 그들을 화해시켰다. 이로부터 선비는 종신토록 그의 아내를 공경하고 사랑했으며 아울러 단두에게도 예를 갖춰 대했다.

단두가 비천하다고 생각되면 장가를 가지 않으면 된다. 미천했을 때 장가를 갔고 현귀해졌을 때 아내를 버렸는데 그 아내가 무슨 죄인가? 다행히 그가 단두의 사위였기에 망정이지 만약에 아들이었다면 어찌 유(劉) 노인(老人)253)이 황후가 된 딸에게 매질을 당한 것처럼 되지 않았겠는가? 하늘이

---

253) 유노인(劉老人): 後唐 莊宗 李存勖의 황후였던 劉氏의 아버지를 가리킨다. 《資治通鑑》 권270 '貞明三年十月'條에 이런 기록에 보인다. 후당 장종에게 가장 총애를 받았던 유 부인은 성품이 간사하고 질투심이 많았으며 어렸을 때 晉나라 장수인 袁建豐에게 잡혀 궁으로 들어왔다. 그의 아버지는 醫卜을 생업으로 삼은 사람이었는데 딸이 귀하게 되었다는 소식을 듣고 궁으로 가서 그를 만나려 했다. 장종이 원건풍을 불러다가 물었더니 원건풍이 말하기를 "부인을 처음 얻었을 때 누런 수염이 난 노인이 그를 보호하고 있었는데 바로 이 노인이옵니다."라고 했다. 장종이 유씨에게 얘기했더니, 유씨는 그때 다른 후궁들과 총애를 다투고 있었으므로 자신의 집안이 미천한 것을 수치스럽게 여겨 크게 노하며 이렇게 말했다. "첩이 고향을 떠날 때

전운사를 보내 박정함으로 인해 생긴 이 사건을 마무리 짓게 했다. 그렇지 않았다면 선비는 엄무(嚴武)[254]와 왕괴(王魁)[255]가 받은 응보를 아마도 면치 못했을 것이다.

[원문] 紹興士人

紹興間, 有士人貧不能婚, 贅入團頭家爲壻. 團頭者, 丐戶之首也. 女甚潔雅, 夫婦相得. 逾數載, 士人應試成名[256], 頗以婦翁爲恥. 既得官淮上, 攜妻之任. 中流與妻玩月, 乘間推墜於水, 揚帆而去. 妻得浮木不死. 有淮西轉運使船至, 聞哭聲, 哀而救之. 叩其故, 乃收爲己女, 戒家人勿洩. 比至淮, 士人以屬官晉謁. 運使佯問: "已娶未?" 士人答言: "有妻墜江死, 尚未續也." 運使乃命他僚爲己女議親, 且云 "必入贅乃可." 士人方慕高閱, 驚喜若狂. 既成禮, 士人欣然入闈. 忽嫗妾輩數十人, 持細杖從戶傍出, 亂捶之. 士人口稱何罪, 莫測所以. 聞闈中高喚曰: "爲我摘薄情郞來!" 士人猶不辨其聲. 及相見, 乃故妻也. 妻數其過, 士人叩首謝罪不已, 運使入解之. 自是終身敬愛其婦, 並團頭亦加禮焉.

일은 조금만 기억할 수 있사옵니다. 첩의 아비는 불행하게도 亂兵에게 죽어 첩이 아비의 시신을 지키며 울다가 떠났는데 오늘 무슨 늙은 농사꾼이 감히 이곳을 찾아왔다는 것이옵니까?" 그리고 나서 유 노인을 宮門에서 매질하라고 명했다.

254) 엄무(嚴武, 726~765): 당나라 華州 華陰사람으로 자는 季鷹이고 京兆尹, 御史大夫, 劍南節度使 등을 역임했으며, 《太平廣記》 권130 〈嚴武盜妾〉와 《情史》 권16 정보류 〈嚴武〉 등에 그가 젊었을 때 여자를 배신하여 응보를 받은 이야기가 보인다.

255) 왕괴(王魁): 과거에 급제한 뒤, 자신이 곤궁했을 때 도움을 주어 혼인하기로 약속한 기생인 桂英을 배신하여 응보를 받은 이야기가 《醉翁談錄》 辛集 권2와 《情史》 권16 정보류 〈王魁〉 등에 보인다.

256) 成名(성명): 과거에 급제하는 것을 뜻한다.

以團頭爲可賤, 不壻可也. 微而壻之, 貴而棄之, 其婦何罪? 且幸而爲團頭壻
耳, 假令爲子, 其不爲劉叟之見答者幾何? 天遣轉運使[257]爲結此一段薄情公案,
不然, 嚴武、王魁之報, 恐不免矣.

28. (2-16) 최영(崔英)[258]

원(元)나라 지정(至正)[259] 연간 신묘(辛卯)년 진주(眞州)[260]에 이름이 영
(英)이라고 하는 최 씨 서생이 있었는데 집안이 매우 부유했으며 어려서부터
서화에 능했다. 부친의 음덕으로 절강성(浙江省) 온주(溫州)에 있는 영가현
(永嘉縣)[261] 위관이 되어 처인 왕(王)씨를 데리고 부임하러 길을 떠났다.
도중에 소주(蘇州)의 천산(圌山)[262]을 지날 때 배를 대어 놓고 신묘(神廟)에서
제사를 지난 뒤, 배에서 술을 마셨다. 뱃사공은 그의 술그릇들이 모두 금은으

---

257) 【校】使: [影], [鳳], [岳], [類]에는 "使"로 되어 있고 [春]에는 "史"로 되어 있다.
258) 이 이야기는 명나라 李禎의 《剪燈餘話》 권4에 〈芙蓉屛記〉로 보인다. 《燕居筆
   記》 권7과 《綠窗女史》 권4에도 수록되어 있으며, 凌濛初의 《初刻拍案驚奇》
   권27 〈顧阿秀喜舍檀那物 崔俊臣巧會芙蓉屛〉의 本事이기도 하다. 청나라 徐釚
   의 《詞苑叢談》 권12 外編에는 〈崔英妻詞〉란 제목으로 축약되어 전하며, 《古
   今情海》 권12 情中緣에는 〈芙蓉屛〉으로 실려 있다. 명나라 徐渭의 《南詞敍錄
   》에는 〈芙蓉屛記〉 戲文이 수록되어 있기도 하며, 명나라 葉憲祖에 의해 《芙
   蓉屛》 雜劇으로, 張其禮에 의해 〈合屛記〉 傳奇 戲曲 작품으로, 청나라 王環
   에 의해 〈芙蓉屛〉 傳奇 戲曲 작품으로 각색되기도 했다.
259) 지정(至正): 원나라 惠宗 妥懽帖睦爾의 연호이자 원나라의 마지막 연호로
   1341부터 1370년까지이다. 至正辛卯年은 1351년이다.
260) 진주(眞州): 지금의 江蘇省 儀徵縣이다.
261) 영가현(永嘉縣): 元나라 때 浙江行省 溫州路에 속했으며 지금의 浙江省 永嘉
   縣이다.
262) 천산(圌山): 지금의 江蘇省 鎭江市에 있는 산이다.

로 된 것을 보고 갑자기 악한 마음이 생겼다. 그날 밤에 최영을 물에 빠뜨리고
아울러 노비들도 죽인 뒤에 왕씨에게 이렇게 말했다.

"너를 죽이지 않는 까닭을 아느냐? 내 둘째 아들이 아직 장가를 들지
못했는데 지금 일이 있어 한두 달 항주(杭州)263)에 가 있으니 돌아오기를
기다렸다가 너와 혼인을 시킬 게다. 너는 곧 우리 가족이 되니 무서워하지
말거라."

말을 마친 뒤에 가지고 있던 모든 재물을 거두고 왕씨를 새 며늘아기라고
불렀다. 왕씨는 거짓으로 응하면서 열심히 일을 하고 곡진히 비위를 맞췄다.
뱃사공은 며느리를 얻었다고 마음속으로 기뻐하였으며, 그렇게 점차 친숙해
지자 다시 방비를 하지 않았다.

1929년 소엽산방본(掃葉山房本), 《전도금고기관(全圖今古奇觀)》 삽도
〈최준신교합부용병(崔俊臣巧合芙蓉屏)〉

---

263) 항주(杭州): 지금의 浙江省 杭州市이다.

한 달 남짓 되어 중추절을 맞이해 뱃사공은 풍성하게 술과 안주를 갖춰 놓고 실컷 마시며 마음껏 취했다. 왕씨는 그가 깊이 잠들 때까지 기다린 뒤에 빈 몸을 하고서 강기슭으로 올라갔다. 이삼 리쯤 가다가 갑자기 길을 잃었는데 갈대와 부들만이 우거져 그 끝이 보이지 않았다. 왕씨는 이미 걷기가 힘들었지만 뒤쫓아올까 걱정이 되어 온 힘을 다해 달렸다. 한참 뒤 동녘이 점차 밝아져 멀리 숲 가운데 집이 있는 것을 보고는 급히 거기로 가서 의탁하려 했다. 문이 열릴 때까지 기다려서 보니 비구니 절이었다. 주지가 왕씨에게 찾아온 연유를 묻자, 왕씨는 그를 속여 이렇게 말했다.

"저는 진주 사람입니다. 시아버님께서 강소(江蘇) 절강(浙江) 일대에서 벼슬살이를 하시기에 가족을 이끌고 모두 왔는데 임지에 다다라 남편이 죽었습니다. 과부로 수년을 살다가 시아버님께서 영가현(永嘉縣) 최 위관의 첩으로 시집을 보내셨는데, 정실이 사나워 온갖 매질과 모욕을 당했습니다. 근자에 최 위관이 벼슬을 그만두고 고향으로 돌아가다가 여기에 배를 대게 되었지요. 중추절 달구경을 하며 첩에게 금술잔을 가져다가 술을 따르라고 하였는데 뜻밖의 실수로 그것을 강에 빠트렸습니다. 필시 저를 사지로 내몰 것 같아서 도망쳐 이곳에 이르렀습니다."

비구니가 말하기를 "낭자는 감히 배로 돌아갈 수도 없고 고향도 멀리 있으니 곤궁한 처지에 있는 홀몸으로 장차 어디에 의탁하겠습니까?"라고 했다. 왕씨는 눈물을 흘리며 울기만 할 뿐이었다. 비구니가 이렇게 말했다.

"이곳은 외지고 황량한 물가에 있어 인적이 닿지 않습니다. 낭자가 만약, 애정을 버리고 집착에서 벗어나 육신이 환상인 것을 깨달아서 승복을 입고 삭발을 한 뒤, 이로부터 출가를 하면 선탑과 불등을 곁에 두고 소박한 음식을 먹으며 애오라지 인연에 따라 세월을 보내게 됩니다. 이것이 어찌 다른 사람의 총첩이 되어 금생의 고뇌를 겪으며 내생의 원수를 맺는 것보다 낫지 않겠습니까?"

왕씨는 절을 하고 감사하며 말하기를 "그것이 제가 뜻하는 바입니다."라고 했다. 마침내 부처님 앞에서 삭발을 하고 법명을 혜원(慧圓)이라고 했다. 왕씨는 글자를 알아 책을 읽을 수 있었고 서화에도 모두 통달해 있었다. 한 달도 안 되어 불경에 모두 정통했으므로 사원의 주지로부터 크게 예우를 받게 되었으며 일이 있으면 반드시 그에게 묻고서 행했다. 또한 너그럽고 온화하며 선하여 사람들은 모두 그를 좋아했다. 매일 관세음보살 앞에서 백여 번씩 예배하며 비밀리 마음속에 있는 사연을 호소했는데 비록 엄동설한이든 삼복중이든 이를 그치지 않았다. 예배를 마치면 깊숙한 내실에만 있었으므로 다른 사람들이 그의 얼굴을 보기가 힘들었다.

일 년 남짓 지난 후에 갑자기 어떤 사람이 절에 와서 유람을 한 뒤에 재식(齋食)을 하고 돌아갔다. 그리고 다음 날 부용화(芙蓉畵) 한 폭을 가지고 와서 시주를 했다. 나이든 비구니가 이를 빈 병풍에 붙였는데 왕씨가 지나가다가 그것을 보고서 최영의 필적인 것을 알고 어디서 온 것인가를 물었다. 주지가 답하기를 "근자에 어떤 시주가 보시한 것입니다."라고 했다. 왕씨가 시주의 성명과 지금 어디에 사는지, 그리고 무엇을 하는 사람인지를 물었더니, 주지가 이렇게 말했다.

"같은 현에 살고 있는 고아수(顧阿秀)라는 사람인데 형제가 배를 부리는 것을 업으로 삼고 있습니다. 근년 들어 돈벌이가 뜻대로 잘되니 사람들은 그들이 강하에서 도적질을 한다고 얘기들을 하지만 정말 그런지는 알 수 없습니다."

왕씨가 또 묻기를 "이곳에 자주 왕래하는지요?"라고 했더니, 주지가 말하기를 "가끔 옵니다."라고 했다. 왕씨는 암암리에 이를 기억해 두고, 붓을 들어 병풍 위에 이런 사(詞)를 적었다.

젊은 시절에는 풍류스런 장창의 필치로	少日風流張敞264)筆
그림은 황전(黃筌)에 못지않았네	寫生不數黃筌265)
부용을 가장 곱게 그려냈으니	芙蓉畫出最鮮姸
어찌 알리오, 이 화려한 색이	豈知嬌豔色
도리어 생사의 원한을 품고 있는 것을	翻抱死生冤
채색그림 처량한데 이 육신은 남아	粉繪凄涼餘幻質266)
지금은 영락했으니 누가 가련히 여기리오	只今流落誰憐
빈 병풍 고요히 짝하며 말없이 참선을 하네	素屛267)寂寞伴枯禪
이생의 인연은 이미 끊겼으나	今生緣已斷
재생의 인연은 맺어지기를	願結再生緣

이 사(詞)는 〈임강선(臨江仙)〉268)이다. 비구니들은 모두 그것이 의미하는

---

264) 장창(張敞, ?~기원전 48): 한나라 宣帝 때 河東郡 平陽縣사람으로 자는 子高이다. 太中大夫, 京兆尹, 冀州刺史 등의 벼슬을 했다. 직언으로 간했으며 상벌이 嚴明했다. 아내를 위해 눈썹을 그려줘 탄핵되었는데 宣帝가 묻자, 규방에서는 이보다 더한 일들도 있는 법이라고 해 황제가 벌을 주지 않았다는 이야기가 전해진다. 《漢書》 권76에 그에 대한 傳이 있다.

265) 황전(黃筌, ?~965): 五代 때 前蜀 成都사람으로 자는 要叔이다. 그림을 잘 그리기로 유명했고 그의 그림은 여러 대가들의 장점을 집대성한 것으로 알려져 있다. 前蜀과 後蜀을 모두 거쳐 檢校戶部尙書 겸 御史大夫까지 벼슬을 했고 송나라에 들어와서는 太子左贊善大夫를 역임했다. 그가 그린 花鳥畫는 江南 사람 徐熙와 명성이 나란하여 둘을 합쳐 黃徐라고 불리었다.

266) 환질(幻質): 幻身과 같은 말로 사람의 肉身을 가리킨다. 불교에서는 사람의 몸은 地, 水, 火, 風으로부터 假合된 것이라 하여 실제가 없고 幻象과 같다고 하기에 幻身이라 한 것이다.

267) 소병(素屛): 채색을 하지 않은 흰 병풍을 가리킨다.

268) 임강선(臨江仙): 본래 당나라 때 敎坊의 곡이었으며 詞調名으로 쓰였다. 〈謝新恩〉, 〈畫屛春〉, 〈鴛鴦夢〉 등이라고 불리기도 한다. 당나라 때 詞의 제목은 읊은 내용을 바탕으로 지어진 것이 많듯이 이 작품 또한 그러했다. 송나라 黃昇는 《唐宋諸賢絶妙詞選》의 注에서 "〈臨江仙〉은 水仙을 읊은 것이다.(《臨江仙》, 則言水仙.)"라고 했다. 五代의 詞人들에 이르러서는 이 곡조로 사를 지을 때 주제가 神仙의 일에서 艶情으로 옮겨졌다.

바를 알지 못했다. 하루는 갑자기 성 안에 사는 곽경춘(郭慶春)이라는 사람이
다른 일로 절에 왔다가 그 그림과 사를 보고 정교하고 아름다운 것이 마음에
들어 완상물로 삼고자 사 가지고 돌아갔다. 마침 어사대부(御史大夫)²⁶⁹⁾를
지낸 고납린(高納麟)²⁷⁰⁾이 관직에서 물러나 고소(姑蘇)²⁷¹⁾에 살고 있었는데
글씨와 그림을 매우 좋아했으므로 곽경춘은 병풍을 그에게 바쳤다. 고공은
그것을 안채에 두고서 겨를이 없어 그 자세한 상황을 묻지 못했다. 우연히
밖에서 초서 네 폭을 파는 사람이 있기에 고공이 그것을 가져다 보니 글씨의
품격이 회소(懷素)²⁷²⁾와 비슷했으며 청수(淸秀)하고 힘이 있어 속되지 않았
다. 고공이 누가 쓴 것인지를 물었더니, 그 사람이 대답하기를 "제가 글씨를
배우며 쓴 것입니다."라고 했다. 고공이 그의 용모를 보니 범상한 자가
아니었다. 고향과 성명을 물었더니 눈살을 찌푸리며 이렇게 대답했다.

"제 이름은 영이고 성은 최 씨이며 자는 준신(俊臣)으로 조상 대대로
진주에서 살았습니다. 부친의 음덕으로 영가현 위관의 벼슬을 받아 가족을
데리고 임지로 가다가 신중하지 못해 사공에게 모해를 당해 물속에 빠져
가산과 처첩을 다시는 돌볼 수 없게 되었습니다. 다행히도 어렸을 적에

---

269) 어사대부(御史大夫): 관직명으로 秦나라부터 설치되었으며 직책은 副丞相과
   같았고 탄핵과 규찰 그리고 중요한 문서의 관리를 맡았다. 서한 때에는 승
   상의 자리가 비어 있으면 왕왕 어사대부로 채우기도 했으며 승상(大司徒),
   태위(大司馬)와 합쳐서 삼공이라 불리었다. 명나라 홍무 연간에 이르러 御
   史臺를 都察院으로 바꾸면서 어사대부도 폐지되었다.
270) 고납린(高納麟, 1281~1359): 원나라 河西(지금의 甘肅 서부 지역)사람으로 원
   나라 초기 명신인 高智耀의 손자이고 高睿의 아들이다. 감찰어사와 杭州路
   總管의 벼슬을 지냈다.
271) 고소(姑蘇): 蘇州 吳縣(지금의 江蘇省 蘇州市 吳中區와 相城區)의 별칭이다.
   그곳에 姑蘇山이 있으므로 이렇게 불리게 된 것이다.
272) 회소(懷素, 725~785): 당나라 때 僧으로 자는 藏眞이고 玄奘의 제자였다. 전
   하는 바에 따르면 그가 만여 그루의 芭蕉를 심고 종이 대신 芭蕉 잎에 글
   을 썼으므로 그의 거처를 綠天庵이라 불렀다고 한다. 狂草로 유명했고 張旭
   의 筆法을 이어받았으며 사람들은 이 두 사람을 '顚張狂素'라고 일컬었다.
   지금 전해지는 서첩으로 《自敍苦筍千字文》 등이 있다.

헤엄치는 것을 익혔으므로 잠수해 헤엄쳐 멀리 건넌 뒤에 강기슭으로 올라가 민가에 의탁했습니다. 온몸이 젖어 있었고 돈 한 푼도 없었습니다. 집주인이 저를 가련하게 여긴 덕에 옷을 갈아입게 해주고 밥도 주었으며 게다가 여비까지 줘서 보내주었습니다. 이에 저는 길을 물어 성 밖으로 나와서 평강로(平江路)273) 관아에 고소를 하고 지금까지 1년을 기다리고 있으나 아무런 소식이 없어 오직 글씨를 팔아서 하루하루를 보내고 있습니다. 감히 글씨를 잘 쓴다고는 말할 수 없는데 뜻밖에 저의 형편없는 글씨를 공께서 보시게 되었습니다."

고공은 그의 말을 듣고 매우 가련해하며 말하기를 "자네가 이왕 이렇게 된 것은 어쩔 수 없는 일로 하고, 당분간 우리 집 글방에 머물면서 손자들에게 글씨를 가르쳐주는 것도 좋지 않겠는가?'라고 했다. 최영은 매우 다행스럽게 여겼다. 고공이 그를 안채로 데리고 들어가 함께 술을 마시는데 최영이 문득 병풍에 있는 부용 그림을 보고 눈물을 흘리자 고공이 이상하다 여겨 물었더니, 최영이 말하기를 "이 그림은 배에서 잃은 물건 가운데 하나로 제가 그린 것인데 어찌 여기에 있는지요?'라고 했다. 그리고 그 위에 적혀 있는 사를 소리 내어 읽고서, 또 말하기를 "제 처가 지은 사입니다."라고 했다. 고공이 말하기를 "어떻게 알아볼 수 있는가?'라고 하니, 최영이 말하기를 "제가 아내의 필체를 알아볼 수 있습니다. 또한 이 사의 뜻을 보니 제 처가 지은 것임에 틀림없습니다."라고 했다. 고공은 "만약 그렇다면 내 마땅히 자네를 위해 도적을 잡는 책임을 맡을 테니 당분간 비밀로 하게나."라고 말하고, 최영을 집안에 묵게 했다.

다음 날 비밀리에 곽경춘을 불러서 물었더니, 곽경춘이 말하기를 "비구니 절에서 산 것입니다."라고 했다. 고공은 곧 그를 시켜 비구니에게 누구에게서

273) 평강로(平江路): 路는 원나라 때 행정구역명으로 行中書省의 하급 구역이었다. 平江府였으나 원나라 때 평강로로 바뀌었으며, 지금의 蘇州이다.

받은 것이며 누가 제영한 것인지를 완곡히 물어보도록 했다. 며칠 뒤에 알려오기를 "같은 현에 있는 고아수가 희사를 한 것이며 그 절의 비구니인 혜원이 사를 썼습니다."라고 했다. 고공은 사람을 보내 절 주지에게 이렇게 말했다.

"부인께서 불경 송독을 좋아하시는데 짝이 될 사람이 없습니다. 듣기로 혜원 스님이 깨우치셨다고 하여 스승으로 모시고자 하온데 물리치지 말아 주시기 바랍니다."라고 했다. 절 주지는 허락하지 않았으나, 혜원은 그 얘기를 듣고 매우 나가보고 싶어 했는데 혹시 이것을 계기로 복수할 수도 있다고 생각했기 때문이었다. 주지는 거절을 할 수가 없었다. 고공은 가마로 혜원을 태워 오라고 명을 내리고 부인으로 하여금 그와 함께 자도록 했다. 한가할 때 그에게 집안의 자세한 상황을 물었더니 왕씨는 눈물을 삼키며 사실대로 말을 했다. 또한 부용 그림에 사를 쓴 일도 이야기한 뒤에 다시 또 이렇게 말했다.

"도적은 멀지 않은 곳에 있으니 부인께서 공께 전해주시기 바랍니다. 만약에 죄인을 잡아서 돌아가신 부군을 위로할 수 있다면 죽을 때까지 그 은혜를 잊지 않겠습니다."

그녀는 남편이 아직도 살아 있다는 것을 알지 못하고 있었다. 부인이 이를 고공에게 이야기하자 고공은 부인에게 그녀를 잘 대해주라고 당부했으며 최영에게는 조금도 말하지 않았다. 고공은 고(顧)씨의 거처와 출입을 염탐해 냈지만 감히 경거망동을 하지 않고, 다만 부인으로 하여금 은밀히 왕씨에게 권하게 하여 머리를 기르고 원래의 옷으로 바꿔 입게 했다. 또 반년이 지난 뒤, 진사인 설리 부화(薛理溥化)[274]가 감찰어사(監察御使)[275]가

---

274) 설리부화(薛理溥化): 薛理는 성명이고 溥化는 字인 듯싶다. 《初刻拍案驚奇》 권27 〈顧阿秀喜舍檀那物 崔俊臣巧會芙蓉屏〉에는 薛溥化로 되어 있다.
275) 감찰어사(監察御史): 隋나라 개황 2년부터 설치된 관직으로 百官을 감찰하고

되어 군을 순시하게 되었다. 부화는 옛날에 고공의 속관이었으므로 고공은 그가 일을 잘한다는 것을 알고 있었다. 곧 고공은 부화에게 말해 그들을 엄습하여 잡고 나서 보니 관직 임명장과 재물은 여전히 있었지만 단지 왕씨의 행방만은 알 수 없었다. 추궁해 심문을 하자, 곧 그가 말하기를 "사실 남겨서 제 둘째 아들의 배필로 삼고자 했으나 생각지도 못하게 틈을 타 도망가는 바람에 어디로 갔는지 알지 못합니다."라고 했다. 이에 부화는 그를 극형에 처하고 원래의 재물을 최영에게 돌려주었다.

최영이 고공과 작별을 하고 임지로 떠나려 하는데 고공이 그에게 말하기를 "족하에게 중매를 서줄 터이니 장가간 후에 떠나도 늦지 않을 것 같소."라고 했다. 최영이 사절하며 말했다.

"조강지처가 저와 함께 빈천하게 산 것이 오래되었는데 이제 불행히도 타지를 떠돌아 생사조차 알 길이 없습니다. 일단 홀로 부임하여 세월을 기다리다가 만일 천지신명께서 가련히 여기셔서 아직 처가 살아 있다면 혹시라도 우리 부부가 다시 함께 하기를 바랄 뿐입니다. 따로 아내를 맞이하라는 말씀은 제가 원하는 바가 아닙니다."

고공이 애처로워하며 말하기를 "족하의 깊은 정의가 이와 같으니 반드시 하늘의 가호가 있을 것인데, 내 어찌 감히 강요하겠는가? 다만 전송을 받은 뒤에 길을 떠나시게나."라고 했다. 다음 날 잔치가 열리고 각부의 관원들과 군내의 명사들이 모두 모였다. 고공이 잔을 들어 사람들에게 일러 말하기를 "오늘 이 늙은이가 최 현위를 위해 금생의 인연을 이루도록 하겠소이다."라고 했다. 손님들은 모두 무슨 말인지 몰랐다. 고공이 혜원을 불러 나오게 하니 바로 최영의 처였다. 부부가 서로 붙잡고 크게 통곡했다. 여기서 서로 다시 만나게 될 줄은 생각지도 못했던 것이다. 고공은 그 일의 시말(始末)을

郡縣을 순시하며, 訟案을 바로 잡고 朝儀를 肅整하는 사무 등을 맡았다. 당 송 때 8품이었고 명대에는 7품이었으며 청대에는 종5품이었다.

낱낱이 말하고 부용 병풍을 꺼내 손님들에게 보여주자 그때서야 비로소 고공이 말한 "금생의 인연을 이루다."라는 말이 최영의 처가 지은 사(詞) 가운데 한 구절인 것과 혜원은 바로 최영의 처가 개명한 이름이라는 것을 알게 되었다. 자리에 있었던 모든 사람들이 감탄하며 고공의 덕행에 탄복했다. 고공은 최영에게 사내종과 계집종 각각 한 명씩을 주고 나루터에서 길을 떠나보냈다. 최영이 임기를 마치고 다시 오문(吳門)276)을 지나게 되었는데 고공은 세상을 떠나고 없었다. 부부는 마치 부모를 잃은 것처럼 크게 통곡했으며 고공의 무덤 아래에서 사흘 동안 밤낮으로 수륙재(水陸齋)277)를 올려 그의 은혜에 보답한 뒤에 길을 떠났다. 이 일로 인하여 왕씨는 항상 소식(素食)을 하며 관세음보살을 끊임없이 염불했다.

만약에 도적이 며느리를 얻으려는 마음이 없었더라면 왕씨는 반드시 죽었을 것이다. 설사 며느리를 얻을 마음이 있었더라도 사공의 아들이 항주로 가지 않으면, 또한 왕씨는 반드시 죽었을 것이다. 만약에 최생이 헤엄을 칠 줄 몰랐다면 물결에 휩쓸려 죽었을 것이다. 설사 그렇지는 않았다 해도 하늘 끝 멀리 떨어져 있었다면 더욱더 소식이 절까지 들리지 않았을 것이며, 왕씨가 비록 살아 있어도 죽은 것과 같았을 것이다. 부용 병풍을

---

276) 오문(吳門): 蘇州나 그 일대 지역에 대한 별명이다. 소주는 옛날 오나라 땅이었으므로 이렇게 불린 것이다.

277) 수륙재(水陸齋): 水陸道場과 같은 말로 불교 법회의 일종이다. 僧尼들이 법단을 만들고 송경하며 부처님께 예배하고 음식을 보시함으로써 水陸의 모든 亡靈을 제도하고 六道四生를 널리 구제하기에 붙여진 이름이다. 《事物紀原·歲時風俗·水陸》을 보면, "지금 釋敎에 수륙재라는 의식이 있다. 살피건대 그 일은 梁 武帝 蕭衍으로부터 비롯된 것이다. 당초 양 무제가 法雲殿에 거처하고 있다가 어느 날 밤에 스님이 수륙재 베푸는 것을 가르쳐주는 꿈을 꾸고 깨어나서 그 의식을 구하려 했으나 세상에 그런 것이 없었기에 꿈에서의 순서대로 찬집했다. 완성한 뒤에 金山에서 거행했는데 그때가 天監 7년이었다."고 한다.

시주하여 도적이 스스로를 드러내 공술을 했으며, 또한 돌고 돌다가 권세가의
집으로 들어가 협의심이 있는 사람의 눈에 띄게 되어 원수는 죽임을 당하고
부부는 다시 원만하게 되었다. 중간의 줄거리가 기묘해 기막힌 한 편의
전기(傳奇)278) 골자이다. 최영은 의로운 지아비였고 왕씨는 절조가 있는
지어미였으며, 주인장은 선한 사람이었고 고(高) 어사는 협사였으니, 전(傳)
할 만하지 못한 사람은 하나도 없다.

[원문] 崔英

至正辛卯, 眞州有崔生名英者, 家極富, 少工書畫. 以父蔭補浙江溫州永嘉尉,
携妻王氏赴任. 道經蘇州之圌山, 泊舟賽於神廟. 旣畢, 飮於舟中. 舟人見其飮器皆
金銀, 遽279)起惡念. 是夜, 沉英水中, 并婢僕殺之, 謂王氏曰: "爾知所以不死者乎?
我次子尚未有室, 今有事往杭州一兩月, 俟歸, 與汝成親. 汝卽吾家人, 無恐." 言訖,
席捲所有, 而以新婦呼王. 王佯應之, 勉爲經理, 曲盡慇懃. 舟人私喜得婦. 然漸稔
熟, 不復防閑.

將月餘, 値中秋節, 舟人盛設酒殽, 雄飮痛醉. 王氏俟其睡沉, 輕身280)上岸.
行二三里, 忽迷路. 蘆草菰蒲, 一望無際. 王旣艱步履, 又慮尋躡, 於是盡力狂奔.
久之, 東方漸白, 遙望林中有屋宇, 急往投焉. 候其啓門, 乃一尼院. 院主問王來故,
王誑之曰: "妾眞州人也. 舅宦游江浙, 挈家皆行, 抵任而良人沒矣. 孀居數年, 舅

---

278) 전기(傳奇): 명청 시대에 주로 南曲으로 구성된 일종의 장편희곡을 말한다.
    송원 南戲에서 발전한 장르로 명나라 가정 연간부터 청나라 건륭 연간 사
    이에 성행했다. 昆腔, 弋陽腔, 靑陽腔 등과 같은 劇種은 대부분 傳奇劇本을
    대본으로 삼았다. 이 崔英의 이야기를 바탕으로 하여 각색된 傳奇戲曲 작품
    으로는 명나라 張其禮의 〈合屛記〉와 청나라 王環의 〈芙蓉屛〉 등이 있다.
279) 【校】遽: [影], [鳳], [岳], [類], 《剪燈餘話》에는 "遽"로 되어 있고 [春]에 "遂"로
    되어 있다.
280) 輕身(경신): 空身과 같은 뜻으로 재물 같은 것을 지니지 않은 빈 몸을 이른다.

以281)嫁永嘉崔尉爲妾. 正室悍戾, 筆282)辱萬端. 近者解官, 舟次於此, 因中秋賞月, 命妾取金杯酌酒, 不料失手墜江, 必欲置之死地, 遂迯生至此." 尼曰: "娘子旣不敢歸舟, 家鄕又遠, 孤苦一身, 將何所托?" 王惟涕泣而已. 尼曰: "此間僻在荒濱, 人跡不到, 娘子若捨愛離癡, 悟身爲幻, 披緇283)削髮, 就此出家, 禪榻佛燈, 晨飡暮粥, 聊隨緣以度歲月, 豈不勝於爲人寵妾, 受今世之苦惱, 而結來世之仇讐乎?" 王拜謝曰: "是所志也." 遂落髮於佛前, 立法名慧圓. 王讀書識字, 寫染俱通. 不期月間, 悉究內典284), 大爲院主所禮待, 事必諮而後行. 而復寬和柔善, 人皆愛之. 每日於白衣大士285)前禮百餘拜, 密訴心曲, 雖隆冬盛暑弗替. 旣罷, 卽身居奧室, 人罕見其面.

歲餘, 忽有人至院隨喜, 置齋而去. 明日, 將畫芙蓉一幅來施. 老尼張於素屛, 王過見之, 識爲英筆, 因詢其所自, 院主曰: "近有檀越286)布施." 王問檀越姓名, 今住甚處, 以何爲生. 曰: "同縣顧阿秀, 兄弟以操舟爲業, 年來如意, 人頗道其劫掠江湖間, 未知誠然否." 王又問: "亦嘗往來此中乎?" 曰: "少到耳." 卽默識之. 乃援筆題於屛上曰:

"少日風流張敞筆, 寫生不數黃筌. 芙蓉畫出最鮮姸. 豈知嬌287)豔色, 翻抱死生288)冤. 粉繪凄涼餘289)幻質, 只今流落誰憐? 素屛寂寞伴枯禪. 今生緣已斷, 願

---

281) 【校】以: [影], [鳳], [岳], [類], 《剪燈餘話》에는 "以"로 되어 있고 [春]에 "令"으로 되어 있다.
282) 【校】筆: [影], 《剪燈餘話》에는 "筆"로 되어 있고 [鳳], [岳], [類], [春]에는 "棰"로 되어 있다.
283) 披緇(피치): 출가하여 僧尼가 된다는 뜻이다. 緇는 緇衣를 가리키는 말로 승니들이 입는 검은 색 옷을 이른다.
284) 內典(내전): 불교에서 불교 이외의 다른 종교를 外敎라 하고 佛敎를 內敎라 하며 佛學을 內學이라고 한다. 그 典籍인 불경을 內典이라 이른다.
285) 白衣大士(백의대사): 觀世音菩薩을 가리키는 말로 白衣仙人이라고도 한다. 觀世音菩薩이 항상 흰옷을 입고 하얀 연꽃 안에 앉아 있으므로 이렇게 불리었다.
286) 檀越(단월): 범어인 dâna-pati에 대한 音譯으로 施主(布施하는 사람)를 가리킨다.
287) 【校】嬌: [鳳], [岳], [類], [春], 《剪燈餘話》에는 "嬌"로 되어 있고 [影]에는 "嬌"로 되어 있다.
288) 【校】死生: [春], [影], 《剪燈餘話》에는 "死生"으로 되어 있고 [鳳], [岳], [類]에

結再生緣."

其詞蓋《臨江仙》也. 尼皆不曉其所謂.

一日, 忽在城有郭慶春者, 以他事至院. 見畵與題, 悅其精緻, 買歸爲淸玩. 適御史大夫高公納麟, 退居姑蘇, 多慕290)書畵. 慶春以屛獻之. 公置於內舘, 而未暇問其詳. 偶外間忽有人賣草書四幅, 公取觀之, 字格類懷素, 而淸勁不俗. 公問誰寫, 其人對"是某學書". 公視其貌, 非庸碌者, 詢其鄕里姓名, 蹙額對曰: "英姓崔, 字俊臣. 世居眞州, 以父蔭補永嘉尉, 挈累291)赴官, 不自愼重, 爲舟人所圖, 沉英水中. 家財妻妾, 不復顧矣. 幸幼時習水, 潛泅波間, 度既遠, 遂登岸投民家, 擧體沾溼, 身無一錢. 賴主翁見憐, 易衣賜食, 復贈盤費而遣之. 英遂問路出城, 陳告於平江路, 今292)聽候一年, 杳無消耗, 惟賣字以度日. 非敢謂善書也, 不意惡札上徹鈞覽293)." 公聞其語, 深憫之, 曰: "子既如斯, 付之無奈! 且畱吾西塾, 訓諸孫寫字, 不亦可乎?" 英幸甚. 公延入內舘, 與飮. 英忽見屛間芙蓉, 泫然垂淚. 公恠問之, 曰: "此舟中失物之一, 英手筆也. 何得在此?" 又誦其詞, 復曰: "英妻所作." 公曰: "何以辨識?" 曰: "識其字畫. 且其詞意有在, 眞拙婦所作無疑." 公曰: "若然, 當爲子任捕盜之責. 子姑秘之." 乃舘英於門下.

明日, 密召慶春問之. 慶春云: "買自尼院." 公即使宛轉詰尼, 得於何人, 誰所題詠. 數日報云: "同縣顧阿秀捨, 院尼慧圓題." 公遣人說院主曰: "夫人喜誦佛經, 無人作伴, 聞慧圓了悟, 欲禮爲師, 願勿卻也." 院主不許. 而慧圓聞之, 深欲一出, 或者可藉此復讐. 尼不能拒. 公命舁至, 俾夫人與之同寢處. 暇日, 問其家世之詳. 王飮泣以實告, 且白題芙蓉事, 曰: "盜不遠矣, 惟夫人轉以告公. 倘得縛罪人, 以下

는 "生死"로 되어 있다.

289) 【校】餘:《情史》에는 "餘"로 되어 있고《剪燈餘話》에는 "疑"로 되어 있다.

290) 【校】慕:《情史》에는 "慕"로 되어 있고《剪燈餘話》에는 "募"로 되어 있다.

291) 挈累(설루): 累는 家眷을 가리키고 挈累는 '家率을 이끌다'라는 뜻이다.

292) 【校】今: [影],《剪燈餘話》에는 "今"으로 되어 있고 [春], [鳳], [岳], [類]에는 "令"으로 되어 있다.

293) 鈞覽(균람): 鈞는 尊長 또는 上級에게 쓰는 敬辭로 鈞覽은 尊長의 閱覽을 높여 이르는 말이다.

報夫君, 某死且不朽." 而未知其夫之故在也. 夫人以語公, 公屬夫人善視之, 畧不
與英言. 公廉得顧居址出沒之跡, 然未敢輕動. 惟使夫人陰勸王畜髮, 返初服. 又半
年, 進士薛理溥化爲監察御史按郡. 溥化, 高公舊日屬史, 知其敏手也. 且294)語溥
化掩捕之, 敕牒295)及家財尚在, 惟不見王氏下落. 窮訊之, 則曰: "誠欲雷配次男,
不期乘間逃去, 莫知所住." 溥化遂置之極典296), 而以原贓給英.

英將辭公赴任. 公曰: "待與足下作媒, 娶而後去, 非晩也." 英謝曰: "糟糠之妻,
同貧賤久矣, 今不幸流落他方, 存亡未卜. 且單身與彼, 遲以歲月. 萬一天地垂憐,
若其尚在, 或冀伉儷之重諧耳. 別娶之言, 非所願也." 公悽然曰: "足下高誼如此,
天必有以相佑, 吾安敢苦逼. 但容奉餞, 然後起程." 翌日開宴, 各官297)及郡中名士
畢集. 公擧杯告衆曰: "老夫今日爲崔縣尉了今生緣." 客莫喩. 公使呼慧圓出, 則英
故妻也. 夫婦相持大慟, 不意復得相見於此. 公備道其始末, 且出芙蓉屛示客, 方知
公所云"了今生緣", 乃英妻詞中句, 而慧圓則英妻改字也. 滿座感嘆, 服高公之盛
德. 公贈英奴婢各一, 津298)遣就道. 英任滿重過吳門, 而公薨矣. 夫婦號哭, 如喪其
親. 就墓下建水陸齋三晝夜以報而後去. 王氏因此長齋299), 念觀音不輟.

使賊奴無意得婦, 王必死. 即有意得婦, 而無杭州之行, 王亦必死. 使崔生不
識水性, 與汨俱沒. 即不然而天涯隔絕, 更無消息到空門300), 王雖生亦猶之乎死.
乃芙蓉屛之施, 賊奴自出供案, 而又展轉入於有力者之家, 呈於有心者之目301),

---

294) 【校】且: 《情史》에는 "且"로 되어 있고 《剪燈餘話》에는 "具"로 되어 있다.
295) 敕牒(칙첩): 관직을 수여하는 문서 즉 위임장을 말한다.
296) 極典(극전): 極刑 즉 死刑을 이른다.
297) 【校】各官: 《情史》에는 "各官"으로 되어 있고 《剪燈餘話》에는 "路官"으로 되어 있다.
298) 【校】津: 《情史》에는 "津"으로 되어 있고 《剪燈餘話》에는 "賚"로 되어 있다.
299) 長齋(장재): 본래 佛敎徒가 장기간 동안 정오가 지나면 식사를 하지 않는 것을 이르렀는데 나중에는 장기 素食을 가리키기도 했다.
300) 空門(공문): 대승불교는 觀空을 입문으로 삼기 때문에 불법을 空門이라 칭한다. 여기에서는 佛寺를 가리킨다.
301) 【校】目: [影], [春]에는 "目"으로 되어 있고 [鳳], [岳], [類]에는 "門"으로 되어 있다.

仇讎授首302), 夫婦重圓, 中間情節奇幻, 絶好一部傳奇骨子. 崔, 義夫; 王, 節婦; 主翁, 善人; 高御史, 俠士. 無一不可傳也.

29. (2-17) 옥당춘(玉堂春)303)

하남(河南)304) 사람인 왕순경(王舜卿)305)의 아버지는 높은 벼슬아치로 지내다가 치사(致仕)하고 고향으로 돌아갔다. 왕순경은 경도에 남아서 황제가 그의 부친에게 하사한 재물을 받은 뒤, 소(蘇) 씨 성의 옥당춘(玉堂春)이란 기생과 더불어 친압했다. 집도 짓고 장식품도 갖추느라 1년도 안 되어 재물을 모두 탕진했다. 기생어미가 불만스런 말로 질책을 하니 왕순경은

---

302) 授首(수수): 항복을 하거나 죽임을 당하는 것을 이른다.
303) 이 이야기는 실화를 각색한 것으로 馮夢龍《警世通言》권24〈玉堂春落難逢夫〉의 本事이다.〈玉堂春落難逢夫〉에 있는 "與舊刻王公子奮志記'不同"이란 부제로 봐서 이전에 玉堂春의 이야기를 다룬〈王公子奮志記〉가 있었다는 사실을 알 수 있으나 현재〈王公子奮志記〉에 대한 것은 전해지지 않는다. 이 이야기는 萬曆刊本《全象海剛峰居官公案傳》권1 제29회에〈妒奸成獄〉으로도 보이는데 訟案의 判官은 剛峰 海瑞이다. 명나라 王圻의《稗史彙編》권49에도〈玉堂春〉이라는 작품이 보이는데《情史》의 이 작품과 문장이 같다. 이 밖에도 청나라 王初桐의《奩史》권21에도 간략하게 수록되어 있는데《東山草堂遁言》(淸·邱嘉穗)에서 나왔다고 했다. 이 이야기를 각색한 傳奇 戲曲 작품으로 명나라 祁彪佳의《遠山堂曲品》에 의하면〈完貞記〉와〈玉鐲記〉가 있고, 청나라 笠閣漁翁의《笠閣批評舊戲目》에 의하면〈玉堂春〉이 있으며, 청나라 姚燮의《今樂考證》著錄四〈附燕京本無名氏花部劇碼〉에〈大審玉堂春〉도 보인다.
304) 하남(河南): 黃河 以南의 뜻으로 명나라 때 河南府는 대략 지금의 河南省 일대 지역이다.
305) 왕순경(王舜卿): 이 이야기는 실화를 각색한 것으로 남자주인공 王舜卿은 명나라 때 河南 永城縣사람이었던 王三善이다. 왕삼선은 萬曆 연간 進士 급제를 한 인물로《明史》권249에 그에 대한 傳이 실려 있다.

부득이 기원(妓院)에서 나와 경도에서 유랑을 하다가 어느 사당에 우거하게
되었다. 낭간(廊間)에서 과일을 파는 어떤 자가 그를 보고 말하기를 "공자께서
여기에 계셨군요! 옥당춘이 공자를 위해 손님을 받지 않겠다고 맹세하고
저를 시켜 공자가 있는 곳을 수소문하라고 했으니 이제 다른 곳으로 가지
마십시오."라고 한 뒤에 옥당춘에게로 달려가 이를 알렸다. 옥당춘은 기생어
미에게 치성 드리러 사당에 간다고 속이고서 왕순경을 보자 그를 안고
울며 말하기를 "도련님은 명문가의 공자인데 하루아침에 이런 지경에 이르렀
으니 첩이 지은 죄를 어떻게 말로 다 할 수 있겠습니까? 이러한데도 어찌하여
집으로 돌아가시지 않으십니까?"라고 했다. 왕순경이 말하기를 "길이 멀어
노잣돈이 많이 드니 돌아가고 싶어도 돌아갈 수 없다."라고 했다. 옥당춘이
그에게 돈을 주며 말하기를 "이것으로 옷과 장신구를 마련하시고 다시
우리 집으로 오셔서 천천히 계획하시는 것이 좋겠습니다."라고 했다. 왕순경
이 옷을 화려하게 차려입은 채, 노비를 데리고 다시 갔더니 기생어미가
크게 기뻐하며 더욱 대접을 잘했다. 잔치를 베푼 뒤, 밤이 깊어지자 왕생은
재물들을 모두 거둬 가지고 돌아갔다. 기생어미가 이를 알고 옥당춘을
죽을 정도로 매질을 했으며 그녀의 머리를 자르고 신을 벗겨 주방 노비로
내쳤다. 얼마 지나지 않아 산서(山西)[306]의 상인이 옥당춘의 명성을 듣고
만나고자 하였는데 그 일을 알고는 더욱더 옥당춘을 현명하다고 여겨 백금
(百金)으로 그녀를 속량해 주었다. 해가 바뀌어 머리카락도 자라고 용모도
예전과 같아지자 그녀를 데리고 돌아가 첩으로 삼았다. 당초 그 상인의
처인 피(皮)씨는 남편이 밖으로 나갔으므로 할미에게 부탁해 이웃에 사는
감생(監生)[307]과 사통했다. 남편이 옥당춘을 맞이하자 피씨는 그녀를 시기해

---

306) 산서(山西): 太行山 以西 黃河 以東 지역을 가리킨다. 명나라 때에는 山西行
中書省이었고 청나라 이후 山西省이 되었다.
307) 감생(監生): 명청 때 국자감에 들어가서 공부하는 자들을 모두 감생이라 했

그들이 밤술을 마실 때 술에 독을 넣었다. 옥당춘이 머뭇거리며 마시지 아니하자 남편은 대신해 그것을 마시고는 곧 죽어버렸다. 감생은 피씨를 맞이하고 싶어서 그를 부추겨 관부에 고발해 옥당춘이 남편을 독살했다고 말하게 했다. 옥당춘이 말하기를 "술은 피씨가 마련한 것입니다."라고 하자, 피씨는 말하기를 "처음에 남편은 그를 정실로 삼겠다고 거짓말을 했으므로 그는 첩으로 있는 것을 달가워하지 않아 남편을 죽이고 개가하려고 했던 것입니다."라고 했다. 감생이 남몰래 일을 조종하여 마침내 옥당춘은 옥에 갇히게 되었다.

왕순경이 집으로 돌아가자 그의 아버지가 노하여 그를 꾸짖었다. 그 뒤로 책 읽기에 뜻을 둬 갑과(甲科)308)에 급제한 뒤에 어사(御史)309)로 발탁되어 산서 지방을 순찰하면서 죄인들의 죄상을 살피게 되었다. 왕순경은 은밀히 조사해 감생과 이웃 할미의 일을 알게 되어 그들을 잡아왔으나 그들은 복죄를 하지 않았다. 이에 은밀히 아전 한 명을 대청에 있는 궤 속에 숨겨두고, 감생과 피씨 그리고 할미로 하여금 모두 그 궤짝 옆에서 문초를 받도록 했다. 관원이 거짓으로 물러나가고 이졸들이 흩어지자, 할미는 늙어서 문초를 견디지 못해 남모르게 피씨에게 일러 말하기를 "너희들이 사람을 죽이고서 나를 연루시켰는데 나는 단지 감생이 준 다섯 냥의 돈과 두 필의 베만 받았을 뿐이니, 어찌 너희들을 위해 문초를 받을 수 있겠느냐?"라고 했다. 두 사람이 간청하며 말하기를 "할머니께서 잠시만 더 참아주십시오.

다. 당나라 원화 2년에 東都監生 백 명을 둔 것이 감생의 시초이다.
308) 갑과(甲科): 당송 때 진사 시험은 甲乙科로 나뉘어져 있었는데 명청 때는 진사를 甲科로 칭했고 擧人을 乙科로 칭했다. 자세한 내용은 《文獻通考》29 選擧2 〈擧士〉條에 보인다.
309) 어사(御史): 춘추전국 시대부터 列國에 모두 있었던 관직으로 國君의 측근에 있으면서 문서와 記事를 담당했다. 한나라 이후부터 문서와 기사는 太史가 관장하게 되었고 어사는 점차 규탄을 전문으로 하는 직책이 되었다.

우리가 죄에서 벗어나게 되면 마땅히 후사할 것입니다."라고 했다. 궤 속에 있던 아전이 이 말을 듣고 바로 큰 소리로 말하기를 "세 사람 이미 다 자백했습니다."라고 했다. 관원이 아전을 불러내 증인으로 삼아 모두 법에 따라 사형에 처해졌다. 왕순경은 고향 사람으로 하여금 옥당춘의 오라비로 가장시켜 그녀를 고향으로 데려가게 한 뒤에 남몰래 별장을 두고 측실로 삼았다.

왕생은 그 기생이 아니었으면 끝내 먼 곳에서 곤경에 빠져 있었을 것이고, 기생은 왕생이 아니었으면 끝내 지옥에서 원한을 품고 있었을 것이다. 피차 서로 성취하게 하여 마침내 부부가 되었다. 호사가가 이것으로 〈금천기(金釧記)〉310)를 지었는데 왕순경은 왕호(王瑚)로, 기생 옥당춘은 진림춘(陳林春)으로, 상인은 주당(周鐺)으로, 간부(姦夫)는 막유량(莫有良)으로 등장하며 이야기의 전환이 조금 다르다.

[원문] 玉堂春

　　河南王舜卿, 父爲顯宦, 致政311)歸. 生畱都下, 支領給賜, 因與妓玉堂春姓蘇者狎. 創屋宇, 置器飾, 不一載, 所賫罄盡. 鴇嘖有繁言312). 生不得已出院, 流落都

---

310) 금천기(金釧記): 명나라 祁彪佳의 《遠山堂曲品》의 기록에 따르면, 〈金釧記〉의 줄거리는 이 이야기와 같으나 주인공의 이름은 金時之와 劉小桃라고 한다.

311) 致政(치정): 致仕와 같은 말로 관리가 執政의 권리를 군주에게 다시 되돌려 주는 것을 이른다. 《禮記·王制》에서 이르기를 "50세 넘어서는 봉작을 받고 60세 넘어서는 친히 남에게 배우지 않으며 70세에는 致政을 한다.(五十而爵, 六十不親學, 七十致政.)"라고 했는데 鄭玄은 註에서 致政은 "맡았던 일을 군왕에게 되돌린다.(還君事.)"는 뜻이라 했다.

312) 嘖有繁言(책유번언): 繁言은 煩言과 같은 뜻으로 불만스러워하는 議論을 이른다. 嘖有繁言은 불만스러워 번잡하게 이르는 질책이나 의론을 뜻한다.

下, 寓某廟中. 廊間有賣果者見之曰: "公子迺在此耶! 玉堂春爲公子誓不接客, 命我訪公子所在. 今幸毋313)他往." 乃走報蘇. 蘇誑其母, 往廟酬願. 見生抱泣曰: "君名家公子, 一旦至此, 妾罪何言. 然胡不歸?" 生曰: "路遙費多, 欲歸不得." 妓與之金, 曰: "以此置衣飾, 再至我家, 當徐區畫." 生盛服僕從復往. 鴇大喜, 相待有加. 設宴, 夜闌, 生席捲所有而歸. 鴇知之, 撻妓幾死, 因剪髮跣足, 斥爲庖婢. 未幾, 山西商聞名求見, 知其事, 愈賢之, 以百金爲贖身. 踰年, 髮長, 顏色如故, 攜歸爲妾. 初, 商婦皮氏以夫出, 隣有監生, 洸314)嫗與通. 及夫娶妓, 皮妒315)之. 夜飮, 置毒酒中. 妓逡巡未飮, 夫代飮之, 遂死. 監生欲娶皮, 乃唆皮告官云, 妓毒殺夫. 妓曰: "酒爲皮置." 皮曰: "夫始詒爲正室, 不甘爲次, 故殺夫, 冀改嫁." 監生陰爲左右, 妓遂成獄.

　　生歸, 父怒斥之. 遂矢志讀書, 登甲科, 後擢御史, 按山西錄囚. 潛訪得監生隣嫗事, 逮以來, 不伏. 因潛匿一胥於庭下櫃中. 監生、皮氏與嫗, 俱受刑於櫃側. 官僞退, 吏胥散. 嫗年老不堪受刑, 私謂皮曰: "爾殺人累我, 我止得監生五金及兩疋布, 安能爲若受刑?" 二人懇曰: "姆再忍須臾, 我罪得脫, 當重報." 櫃中胥聞此言, 即大聲曰: "三人已盡招矣." 官出胥爲證, 俱伏法. 王令鄕人僞爲妓兄, 領回籍, 陰置別邸, 爲側室.

　　生非妓, 終將落魄天涯; 妓非生, 終將含冤地獄. 彼此相成, 卒316)爲夫婦. 好事者撰爲《金釧記》. 生爲王瑚, 妓爲陳林春, 商爲周鐙, 姦夫莫有良, 其轉折稍異.317)

---

313) 【校】母: [影],《稗史彙編》에는 "母"로 되어 있고 [鳳], [岳], [類], [春]에는 "無"로 되어 있다.
314) 【校】洸: [鳳], [春]에 "洸"로 되어 있고 [影],《稗史彙編》에는 "俒"으로 되어 있으며 [岳], [類]에는 "挽"으로 되어 있다.
315) 【校】妒: [鳳], [岳], [類], [影],《稗史彙編》에는 "妒"로 되어 있고 [春]에는 "知"로 되어 있다.
316) 【校】卒: [春]에는 "卒"로 되어 있고 [鳳], [岳], [類], [影]에는 "率"로 되어 있다.
317) 【校】其轉折稍異: [鳳], [岳], [類], [影]에는 이 구절이 있고 [春]에는 이 구절이 빠져 있다.

情史氏曰

대저 사람에게 있어서 하룻밤의 만남도 반드시 인연이 있어야 모이는데 하물며 부부가 되는 것에 있어서랴? 모모(嬤母)318)와 같은 여자도 서시(西施)319)로 보일 수 있는 것은 인연이 있으면 미추(美醜)를 불문하기 때문이고, 기왓장도 금옥(金玉)으로 보일 수 있는 것은 인연이 있으면 양천(良賤)을 불문하기 때문이다. 어떤 때에는 백번을 구해도 얻지 못하지만 어떤 때에는 마음이 없어도 저절로 찾아오며, 어떤 때에는 오랫동안 떨어져 있어도 다시 상봉하게 되지만 어떤 때에는 끊으려 해도 결국 이어지게 된다. 인연은 하늘에서 정한 것인데 정 또한 암암리에 그로 인해 바뀌는 것이므로 알 수가 없다. 아! 설사 정이 전혀 없어도 강제로 인연을 끊을 수 없으며, 설사 정이 지극히 많아도 강제로 인연을 맺을 수가 없으니, 참으로 인연은 강제할 수 없다는 것을 알 수 있다. 정이 많은 자는 진실로 남는 정을 거둬들일 필요가 없으며, 정이 없는 자 또한 어찌 기꺼이 스스로 변변치 못하다고 하겠는가?

情史氏曰: 夫人一宵之遇, 亦必有緣焉湊之, 況夫婦乎? 嬤母可爲西子, 緣在不問好醜也; 瓦礫可爲金玉, 緣在不問良賤也. 或百求而不獲, 或無心而自至, 或久暌而復合, 或欲割而終聯. 緣定於天, 情亦陰受其轉而不知矣. 吁! 雖至無情, 不能强緣之斷; 雖至多情, 不能强緣之合. 誠知緣不可强也. 多情者, 固不必取盈, 而無情者, 亦胡爲甘自菲薄耶?

---

318) 모모(嬤母): 嬤姆로 쓰기도 하며, 黃帝의 네 번째 妃였으나 매우 못생겼다 하여 추녀의 대명사가 되었다. 《藝文類聚》 권15에서는 《列女傳》을 인용하면서 그는 "용모가 매우 못생겼으나 가장 현명했다.(貌甚醜而最賢.)"라고 했다.

319) 서시(西施): 中國 古代 四大美人 가운데 하나로 손꼽히며 西子라고도 한다. 西施는 춘추시대 월왕 구천이 오왕 부차에게 미인계를 쓰기 위해 바친 미인이었다. 이에 대한 자세한 이야기는 《情史》 권3 정사류 〈范蠡〉에 보인다.

3

情_정私_사類_류

'정사류'에서는 남녀가 남몰래 밀회하여 정을 통한
이야기들을 싣고 있다. 세부적으로 보면 '처음에
사통을 하다가 나중에 배필로 삼은 이야기들(先私
後配)', '사통을 하고서 끝내 배필로 삼지 않은 이야
기들(私而未及配者)', '밀회를 한 이야기들(私會)',
'시녀와 사통한 이야기들(私婢)' 등을 다루고 있다.
그 가운데, 처음에 사통을 하다가 나중에 배필로
삼은 이야기들(先私後配)이 가장 많고, 밀회를 한
이야기들(私會)과 시녀와 사통한 이야기들(私婢)이
가장 적게 실려 있다. 권말 '정사씨(情史氏)' 평론에
서 사람의 본성은 적적하면 정이 싹트게 된다고
했으며 일단 정이 싹트기 시작하면 무럭무럭 자라
억제할 수 없기는 하지만 잠시의 환락을 위해 남의
평생을 그르치지 말아야 한다고 했다.

30. (3-1) 범려(范蠡)¹⁾

청대(淸代) 왕홰(王翽), 《백미신영(百美新詠)》 가운데 〈서시(西施)〉

　서시(西施)는 월(越)나라의 미녀로 저라촌(苧蘿村)²⁾ 서쪽에 살았으므로
서시라고 불리었다. 그녀를 만나고자 하는 자는 먼저 금전 1문(文)³⁾을 지불해
야 했다. 지금 가흥현(嘉興縣)⁴⁾ 남쪽에는 여아정(女兒亭)⁵⁾이란 정자가 있다.

---

　1) 이 이야기는 《吳越春秋》와 《越絶書》 등에 보이는 范蠡와 西施의 이야기를 뽑
　　 아 모은 것으로 《天中記》 권21에도 西施에 관한 다른 이야기들과 함께 수록
　　 되어 있다.
　2) 저라촌(苧蘿村): 지금의 浙江省 杭州市 蕭山 臨浦鎭에 있는 마을이다. 전하는 바
　　 에 따르면 서시는 이 마을에 있는 苧蘿山에서 나무를 하여 파는 자의 딸이었다
　　 고 한다. 자세한 내용은 한나라 趙曄의 《吳越春秋 · 勾踐陰謀外傳》에 보인다.
　3) 문(文): 돈을 세는 양사로 南北朝 이후 동전 하나를 一文이라고 했다.
　4) 가흥현(嘉興縣): 지금의 浙江省 북부에 있는 嘉興市이다.
　5) 여아정(女兒亭): 당나라 陸廣微의 《吳地記》에 이런 기록이 보인다. "(嘉興)縣

《오월춘추(吳越春秋)》6)에서 이르기를 "월왕(越王)7)이 오왕(吳王) 부차(夫
差)8)가 음탕하고 여자를 좋아했기 때문에 범려로 하여금 서시를 데려다가
그에게 바치도록 했다."라고 했다. 서시는 도중에 범려(范蠡)9)와 더불어
몰래 정을 통해 3년이 지나서야 비로소 오나라에 도착했다. 이에 애 하나를
낳았으며, 그 정자에 이르렀을 때 그 애는 한 살이 되어 말을 할 수 있었으므로
정자의 이름을 '여아정'이라 했다. 《월절서(越絶書)》10)에서 이르기를 "오나

남쪽으로 백 리 떨어진 곳에 語兒亭이 있다. 구천이 범려에게 명하여 서시를
데리고 가 부차에게 바치라고 했으나, 서시가 도중에 범려와 은밀히 사통하
여 3년 뒤에야 비로소 오나라에 이르렀다. 아이 하나를 낳았는데 이 정자에
이르렀을 때 그 아이는 한 살이 되어 말을 할 수 있었으므로 정자의 이름을
'語兒亭'이라고 했다." 이 기록으로 보면 '女兒亭'은 '語兒亭'의 잘못인 듯싶다.

6) 오월춘추(吳越春秋): 동한 때 趙曄이 지은 史書로 춘추시기 吳와 越의 역사를
다뤘다. 《隋書》,《新唐書》와 《舊唐書》에는 모두 12권이라고 기록되어 있으나
《宋史·藝文志》에는 10권이라고 되어 있으며, 현재 10권이 전한다.

7) 월왕(越王): 춘추 말기 월나라의 왕 勾踐(약 기원전 520~기원전 465)을 가리
킨다. 오나라 왕이었던 夫差에게 원수를 갚기 위해 臥薪嘗膽했던 고사로 유
명하다. 이후 오나라를 멸망시키고 제나라와 晉나라의 제후들과 회맹하여 周
나라 元王의 인정을 받고 霸主가 되었다.

8) 부차(夫差, 기원전 496~기원전 473): 춘추시대 吳王 闔閭의 아들로 오나라의
마지막 왕이다. 여색을 좋아해 구천이 미인계로 바친 서시에게 빠져 오자서
가 구천을 죽이라는 간언도 무시하고 太宰 伯嚭의 참언을 들어 오자서를 자
결하도록 했다. 이후 구천에게 패해 자살했으며 오나라의 멸망을 초래했다.

9) 범려(范蠡, 기원전 536~기원전 448): 자는 少伯이고 호는 鴟夷子皮이며 楚나라
宛(지금 河南省 南陽市)사람이다. 월나라에 들어가서 20여 년 동안 구천을 보
좌해 오나라를 멸망시키는 데 공헌했다. 명성이 높아 오래 있을 수 없다고
생각하여 배를 타고 떠난 뒤, 齊에 이르러 농사를 짓고 많은 재산을 모았다.
제나라 사람들은 그가 현명하다는 소리를 듣고 재상으로 삼았다. 벼슬을 그
만둔 뒤에 陶(지금 山東 定陶의 서북 쪽 지역)에 정착해 장사로 막대한 재산
을 모아 '陶朱公'이라고도 불리었으므로 후세 사람들은 큰 부자들을 '陶朱公'
이라고 부르기도 한다.

10) 월절서(越絶書): 춘추 말년부터 전국 초기까지 吳越의 역사, 정치, 경제, 군사,
천문, 지리, 역법, 언어 등에 대한 내용을 다룬 책으로 일명 《越絶記》라고도
한다. 이 책의 成書年代, 작자, 권수, 서명, 편명 등에 대해서는 定論이 없다.
《情史》〈范蠡〉에 기재된 내용은 현전 《越絶書》에는 보이지 않고 《天中記》
등에서 《越絶書》를 인용하고 있는 부분에서만 보인다.

라가 망한 후에 서시는 다시 범려에게로 돌아갔고 곧 이들은 오호(五湖)[11]에 배를 띄우고 떠나갔다."라고 했다. 서시산(西施山)[12] 아래에 완사석(浣紗石)[13]이 있다.

월나라 왕이 저라산(苧蘿山)에서 땔나무를 파는 여자를 얻었는데 이름은 서시와 정단(鄭旦)[14]이었다. 비단 옷으로 꾸미고 몸단장하는 법과 걸음걸이를 가르쳤으며, 토성(土城)[15]에서 연습시키고 도성의 거리로 나오게 해, 3년 동안 배워서 익히게 한 뒤에 오나라 왕에게 바쳤다. 이른바 "3년이

---

11) 오호(五湖): 吳越 지역에 있는 호수로 여기에서는 太湖를 가리키는 것으로 보인다.

12) 서시산(西施山): 지금의 浙江省 紹興市 성 밖에 있는 산으로 일명 土城이라고도 한다. 전하는 바에 의하면 서시가 이곳에서 歌舞를 배웠다고 한다.

13) 완사석(浣紗石): 苧蘿山 아래 浣江 물가에 있는 빨랫돌로 이곳에서 서시가 비단을 빨았다고 전한다.

14) 정단(鄭旦): 西施와 鄭旦을 동일한 사람으로 보는 견해도 있다. 鄭逸梅의 《藝林散葉》 3467條에 다음과 같은 기록이 보인다. "1925년, 諸暨의 孝廉인 陳蔚文이 서시를 기념하기 위해 자금을 모아 苧蘿山 남쪽에 浣溪亭을 중건하고 아울러 비석도 세웠는데 비문은 바로 陳蔚文이 직접 쓴 것이다. 비문에 이렇게 되어 있다. 서시와 정단은 同一人이니 서시의 어머니는 성이 施 씨이고 아버지는 성이 鄭 씨로 施 씨 집 데릴사위였기 때문이다. 東施는 실제로 없었던 인물인데 好事家가 지어낸 것이다. 서시가 오나라로 갈 때에는 나이가 열여섯이었으며 오나라가 망한 뒤에 苧蘿村으로 돌아와 어머니를 모셨는데 그때는 이미 서른여섯 살이었다. 나중에 어머니가 돌아가시자 서시는 비통한 나머지 강물에 투신해서 죽었는데 그때 나이가 52세였다. 후에 그의 族人들은 蕭山으로 옮겨가 살았다.(一九二五年, 諸暨孝廉陳蔚文, 在苧蘿山南, 集資重修浣溪亭, 以紀念西施, 并爲立碑, 碑文即出陳之手筆. 謂西施與鄭旦爲同一人, 因西施母施, 父姓鄭, 乃施家之贅婿. 東施並無其人, 出於好事者所爲. 西施赴吳, 年十六歲, 吳滅, 回苧蘿村侍母, 已三十六歲. 後母卒, 西施悲痛之餘, 投江而死, 年五十有二. 其族人後遷蕭山.)"

15) 토성(土城): 한나라 袁康의 《越絕書·越絕外傳記地傳》에 이런 기록이 보인다. "美人宮은 둘레가 590步가 되고, 陸門 두 개와 水門 하나가 있었는데 지금의 北壇 利里丘 土城이 그곳으로 구천이 미인 서시와 鄭旦을 훈련시켰던 宮臺였다."

걸려서야 비로소 오나라에 도착했다."고 하는 것은 바로 이 배우는 3년을
말하는 것이 아닌가 싶다. 만약 길에서 다시 3년이 걸렸다면 곧 6년이
될 것이니 서시의 나이가 조금 많지 않았겠는가? 게다가 오나라와 월나라가
서로 인접해 가까이 있었고, 그 공서(貢書)16)에 반드시 날짜가 적혀 있었을
것이니, 3년이나 지연되었다면 사자(使者)가 어찌 죄를 얻지 않았겠으며,
오나라 왕 또한 어찌 아무 말도 하지 않았겠는가? 또 다른 기록에 의하면,
월나라가 오나라를 멸망시킨 뒤, 서시를 강물에 빠뜨려 범려에게 보답했다고
한다. 하지만 세간에는 이 두 사람이 작은 배를 타고 오호(五湖)로 갔다는
이야기가 널리 전해진다.

[원문] 范蠡

　　西施, 越之美女, 家于苧蘿村西, 故曰西施. 欲見者先輸金錢一文. 今嘉興縣
南有女兒亭.《吳越春秋》云: "越王以吳夫差淫而好色, 乃令范蠡取西施以獻之."
西施于路與范蠡潛通, 三年始達于吳. 遂生一子, 至此亭, 其子一歲, 能言, 因名'女
兒亭'.《越絕書》云: "吳亡後, 西施復歸范蠡, 因泛五湖而去." 西施山下有浣紗石.
　　越王得苧蘿山鬻薪之女, 曰西施、鄭旦. 飾以羅穀, 敎以容步, 習于土城, 臨
于都巷, 三年學服而獻于吳. 所謂"三年始達于吳"者, 疑卽此學服之三年耳. 若在
路復三年, 則六年矣, 施齒不稍長乎? 且吳越鄰壤密邇, 其貢書必有歲月, 遷延三
歲, 使人烏得無罪, 吳王亦安得無言也? 又別志17): 越旣滅吳, 乃沉西施于江, 以報

---

16) 공서(貢書): 군왕에게 供物을 바칠 때 올리는 문서를 이른다.
17) 別志(별지): 명나라 楊愼은 《丹鉛餘錄》 권15에서, 世傳하는 서시가 범려를 따
　　라갔다는 얘기는 杜牧의 시구(西子下姑蘇, 一舸逐鴟夷.)를 보고 따라 한 것이
　　라고 하면서, 吳越 시대와 가까운 《墨子·親士篇》에 있는 "서시가 물에 빠뜨
　　려지게 된 것은 그의 아름다움 때문이다.(西施之沉, 其美也.)"라는 구절을 근
　　거로 삼아 서시를 강물에 빠뜨렸다고 보았다.

鴟夷18). 而世俗盛傳扁舟五湖之事.

31. (3-2) 가오(賈午)19)

가오(賈午)20)는 태위(太尉)21)인 가충(賈充)22)의 막내딸이었다. 한수(韓
壽)는 자가 덕진(德真)이었고 남양군(南陽郡) 도양현(堵陽縣)23)사람으로 위
(魏)나라 사도(司徒)24)였던 한기(韓曁)25)의 증손이었는데 자태와 용모가

---

18) 鴟夷(치이): 제목이 범려로 되어 있는 것으로 볼 때 편자 풍몽룡은 鴟夷를 범
려로 보고 있는 듯하다. 이와 달리 명나라 楊愼은 《丹鉛餘錄》 권15에서 鴟夷
를 오자서로 보고 있다. 그는 《修文御覽》에서 《吳越春秋》 逸篇에 있는 "오나
라가 멸망한 뒤에 월나라 사람들은 서시를 강에 띄워 보내 鴟夷를 따라 생
을 마치게 했다.(吳亡後, 越浮西施于江, 令隨鴟夷以終.)"라는 내용을 인용한 것
은, 서시로 하여금 鴟夷子 범려(號 鴟夷子皮)를 따라가게 한 것이 아니라 부
차에게 죽임을 당한 뒤에 시신이 鴟夷革(가죽주머니)에 담겨져 강물에 띄워
보내진 오자서의 충성심에 대해 보답하려 한 것이라고 하면서, 杜牧을 비롯
한 사람들이 鴟夷를 범려로 오해한 것으로 보았다.
19) 이 이야기는 《晉書》 권40 列傳 제10 〈賈充〉과 南朝 송나라 劉義慶의 《世說新
語·惑溺》에 보이고, 《艶異編》 권17에도 〈賈午〉로 수록되어 있다.
20) 가오(賈午, 260~300): 西晉의 대신이었던 賈充의 막내딸로 惠賈皇后인 賈南風
의 동생이다. 가남풍은 가오의 아들인 韓慰祖를 입양시켜 태자인 사마휼을
대신하게 해 나라를 어지럽게 했다. 이후 趙王인 사마륜 등은 정변을 일으켜
가남풍과 가오, 한수 등을 모두 사형시켰다.
21) 태위(太尉): 관직명으로 秦나라 때부터 서한 때까지는 전국 軍政의 수뇌로서
승상, 어사대부와 더불어 三公으로 불리었으나, 그 후에는 점차 실권이 없는
명예직이 되었다.
22) 가충(賈充, 217~282): 魏晉 때 平陽郡 襄陵(지금 山西省 襄汾)사람으로 西晉의
개국 공신이며, 太尉, 行太子太保 등의 벼슬을 지냈고 魯郡公에 봉해졌다.
23) 도양현(堵陽縣): 지금의 河南省 方城縣이다.
24) 사도(司徒): 少昊 때부터 있었던 관직으로 周나라 때에는 六卿 중의 하나로서
국토와 백성의 교화를 관장했다. 한나라 哀帝 때 승상을 大司徒라고 하여 大
司馬와 大司空과 더불어 三公이라 칭했다. 동한 때 사도로 개칭되어 이후에

아름다웠으며 의용과 행동거지가 훌륭했다. 가충은 한수를 불러 사공연(司
空掾)[26]으로 삼았다. 가충이 빈객들에게 잔치를 베풀 때면 그의 딸은 그때마
다 창문으로 엿보곤 했다. 그러다가 한수를 보고서 기뻐하며 옆에 있던
시종들에게 묻기를 "저 사람을 아느냐?"라고 하자, 한 시녀가 한수의 성명을
말하며 자기의 옛 주인이라 했다. 가오는 한수를 그리워하여 꿈에서도
그가 나타났다. 이후 그 시녀는 한수의 집으로 가서 그에게 가오의 속마음을
갖추어 말하면서 그녀가 곱고 우아하며 이를 데 없이 단아하다는 말을
했다. 한수는 이를 듣고 마음이 움직여 곧 시녀로 하여금 그의 마음을
전하도록 했다. 시녀가 이를 가오에게 말하자 그녀는 곧 암암리에 한수에게
소식을 전하며 후하게 재물을 줌으로써 친교를 맺고서 한수를 밤에 들어오라
고 불렀다. 한수는 남다르게 힘이 세고 민첩했으므로 담을 넘어 들어왔다.
집안사람들은 몰랐으나 오직 가충만이 딸이 평일과 달리 즐거워한다는
것을 눈치챘다. 당시 서역(西域)에서 공물로 바친 특이한 향이 있었는데
이 향은 일단 사람에게 닿기만 하면 달이 지나도 향기가 사라지지 않았다.
황제가 이를 심히 귀하게 여겨 오직 가충과 대사마(大司馬)[27]인 진건(陳騫)[28]
에게만 하사했는데 가오는 이를 몰래 훔쳐 한수에게 주었다. 가충의 속관(屬

는 모두 이를 이어받았다.

25) 한기(韓曁, 159~238): 韓信의 후손으로 魏나라 司徒를 지냈고 南鄕亭侯로 봉해
    졌으며 시호는 恭侯였다. 《三國志·魏書》에 〈韓曁傳〉이 있다.

26) 사공연(司空掾): 少昊 때부터 있었던 관직으로 周나라 때 六卿 가운데 하나였
    으며 工程을 관장했다. 한나라 때 어사대부를 大司空으로 바꾸었으며 三公
    중의 하나였다. 명나라 때 폐지되었다가 청나라 때에 이르러 工部尙書를 大
    司空으로 불렀고, 侍郎을 少司空이라고 불렀다. 掾은 보좌직 관리에 대한 통
    칭이니 司空掾은 司空을 보좌하는 벼슬이다.

27) 대사마(大司馬): 《周禮·夏官》에 의하면, 국가의 軍政을 관장하는 벼슬이었다.
    魏晉 때에는 上公 중의 하나로 그 지위가 三公 위에 있었다.

28) 진건(陳騫, 211~292): 魏나라 司徒였던 陳矯의 아들로 西晉의 개국공신이었다.
    자가 休淵이고 臨淮 東陽(지금의 安徽省 天長市)사람이었다. 大司馬까지 벼슬을
    했고 高平郡公에 봉해졌으며 시호는 武이다. 《晉書》 권35에 그의 傳이 있다.

官)이 한수와 더불어 한가로이 있을 때 한수에게서 짙은 향기를 맡고 이를 가충에게 말했다. 이로부터 가충은 딸이 한수와 사통하는 것을 알게 되었지만 집에 문단속이 엄격했으므로 어디로 들어오는지는 알 수 없었다. 이에 한밤중에 거짓으로 도둑이 있어서 놀라는 척하고 사람을 시켜 담장을 따라 그 동태를 살펴보도록 했다. 시종들이 아뢰기를 "다른 이상한 점은 없으나 오직 동북쪽 모퉁이만은 여우가 다니는 곳 같습니다."라고 했다. 이에 가충이 딸의 시종들을 고문했더니 모두 사실대로 말했다. 가충은 이를 비밀에 부치고 결국 한수에게 딸을 시집보냈다. 한수는 벼슬이 산기상시(散騎常侍)29)와 하남윤(河南尹)까지 이르렀다.

가충의 딸은 나이가 이미 계년(笄年)이었다. 가충은 한수를 재화(才華)가 있다고 여겨 발탁한 이상 그가 아니면 장차 누구를 사위로 삼았겠는가? 어찌 또 그의 딸이 스스로 택하기를 기다렸던가? 비록 그렇다 하더라도 가오가 남풍(南風)[가충의 장녀, 즉 진(晉)나라 가 황후(賈皇后)30]보다 낫고, 한수도 정도(正度)[진(晉)나라 혜제(惠帝)의 자(字)]31]보다 나으니 가충으로

---

29) 산기상시(散騎常侍): 秦漢 시대에 散騎와 中常侍가 설치되었는데 삼국시대 魏나라 때에 이르러 이를 합병해 散騎常侍라고 불렀다. 황제 좌우에서 간언하며 보좌하는 직책이다. 제세한 내용은 《通典·職官三》과 《續通典·職官三》에 보인다.

30) 남풍(南風): 晉나라 惠帝 司馬衷의 황후 賈南風(256~300)을 가리킨다. 아명은 峕이고 平陽 襄陵(지금의 山西省 襄汾縣 동북쪽)사람이다. 賈充의 딸로 혜제에게 시집간 뒤 나약한 혜제를 억제해 조정을 전권하다가 '八王의 亂'을 초래했으며, 이후 趙王 司馬倫 등에게 죽임을 당했다. 《晉書》 권31에 그에 대한 傳이 있다.

31) 정도(正度): 晉나라 惠帝 司馬衷(259~306)을 가리킨다. 자는 正度이고 河內 溫縣(지금 河南 溫縣 서쪽 지역)사람이었다. 무제 사마염의 둘째 아들로 서진의 두 번째 황제였으며 가남풍을 황후로 맞이했다. '八王의 亂'으로 司馬倫에게 제위를 빼앗기기도 했으며, 전하는 바에 따르면 司馬越에게 독살당했다고도 한다. 자세한 내용은 《晉書》 권4에 〈晉惠紀〉에 보인다.

하여금 사위를 고르게 했다면 딸이 스스로 선택한 것만 못했을 것이다.

[원문] 賈午

賈午, 太尉充少女. 韓壽, 字德[32]眞, 南陽堵陽人, 魏司徒曁曾孫, 美姿貌, 善容止. 賈充辟爲司空掾. 充每燕賓客, 其女輒於靑璅中窺之, 見壽而悅焉. 問於左右: "識此人否?" 有一婢說壽姓字, 云是故主人. 女大感想, 發於寤寐. 婢後往壽家, 具說女意, 並言其女光麗豔逸, 端美絶倫. 壽聞而心動, 便令爲通殷勤. 婢以白女, 女遂潛修音好[33], 厚相贈結, 呼壽夕入. 壽勁捷過人, 踰垣而至. 家中莫知, 惟充覺其女悅暢異于常日. 時西域有貢奇香, 一著人, 則經月不歇. 帝甚貴之, 惟以賜充及大司馬陳騫. 其女密盜以遺壽. 充僚屬與壽燕處, 聞其芬馥, 稱之于充. 自是充意知女與壽通, 而其門閤嚴峻, 不知所繇得入. 乃夜中佯驚有盜, 因使循牆以觀其變. 左右白曰: "無餘異, 惟東北角如狐狸行處." 充乃考問女之左右, 具[34]以狀對. 充秘之, 遂以女妻壽. 壽官至散騎常侍、河南尹.

充女已及笄矣. 充旣才壽而辟之, 舍壽將誰壻乎? 亦何俟其女自擇也. 雖然, 賈午旣勝南風[充長女, 卽賈后], 韓壽亦强正度[晉惠帝字也]. 使充擇壻, 不如女自擇耳.

---

32) 【校】德: [影], [鳳], [岳], [類], 《晉書》에는 "德"으로 되어 있고 [春]에는 "得"으로 되어 있다.

33) 【校】音好: 《情史》, 《晉書》에는 "音好"로 되어 있고 《世說新語》에는 "音問"으로 되어 있다.

34) 【校】具: [影], [鳳], [岳], [類], 《晉書》에는 "具"로 되어 있고 [春]에는 "共"으로 되어 있다.

32. (3-3) 강정(江情)³⁵⁾

복주(福州)³⁶⁾ 태수였던 오(吳) 군(君)³⁷⁾은 강우(江右)³⁸⁾사람이었다. 그에게 열다섯 살이 안 된 딸이 하나 있었는데 매우 총명하고 용모가 아름다웠다. 부모는 그녀를 유달리 사랑하여 항상 옆에 데리고 다녔다. 임기가 다 되어 조정으로 돌아가는 길에 그들은 회안(淮安)³⁹⁾의 갑문에서 바람의 동태를 살피고 있었다. 이웃 배에는 태원(太原)⁴⁰⁾의 강(江)씨라는 상인이 있었는데 그도 이름이 정(情)이라고 하는 나이 열여섯 살의 아들 하나를 데리고 있었다. 그의 우아한 태도는 그림 같았으며 기민하고 좋은 언변은 그야말로 둘도 없었다. 그가 책을 읽는 곳은 마침 여자의 창과 마주하고 있었으므로 여자는 창틈으로 그를 수차례 엿보았다. 강정도 여자에게 눈길을 보냈으나 마음을 전할 길이 없었다. 마침 여자의 시녀가 뱃전에서 비단옷을 빨고 있자, 강정이 그에게 과자를 주며 "아씨는 뉘 집으로 시집가기로 했는가?"라고 물었더니 시녀는 "아직 없으세요."라고 대답했다. 강정이 묻기를 "책은 읽으시는가?"라고 했더니 시녀는 답하기를 "읽으실 수 있지요."라고 했다. 이에 강정은 종이 한 장에 어려운 글자를 써서 핑계를 대며 말하기를 "마침 이 글자들을

---

35) 이 이야기는 《廣豔異編》 권8, 《續豔異編》 권4에 〈綵舟記〉로 실려 있다. 《名媛詩歸》 권28에는 〈吳氏女〉로, 《古今閨媛逸事》 권4에는 〈聯舟緣〉으로 보이며, 《古今圖書集成》 권351 《閨豔部列傳二》에도 실려 있는데 각 판본에 따라 문장에 차이가 있다. 이 이야기는 《醒世恒言》 권28 〈吳衙內鄰舟赴約〉의 本事이기도 한데 江情이 吳彦으로, 吳氏女가 賀秀娥로 이름이 바뀌어져 있다. 傳奇 戲曲 작품으로 명나라 汪廷訥의 〈綵舟記〉가 있다.
36) 복주(福州): 지금의 福建省 福州市이다.
37) 군(君): 남자를 높여 이르는 말이다.
38) 강우(江右): 장강 하류 以西 지역을 가리킨다.
39) 회안(淮安): 지금의 江蘇省 淮安市이다.
40) 태원(太原): 지금의 山西省 太原市이다.

모르겠는데 내 대신 가르침을 청하여라."라고 했다. 여자는 그것을 받고서
미소를 지으며 그 밑에 일일이 자세하게 주를 달면서 말하기를 "선비인데
글자를 모르는 자가 어디 있겠는가?"라고 했다. 시녀가 강정에게로 가서
이를 알렸다. 강정은 여자의 마음을 움직일 수 있음을 알고서 시를 지어
그녀에게 전달했다.

> 공연스레 청아한 소리로 거듭 읊조리며 하늘거리는 연기에 기탁하는데
>
> 空復淸吟託裊煙
>
> 번희가 봄날에 설레는 마음이 홍선에 가득하네
>
> 樊姬41)春思滿紅船42)
>
> 어찌 남교 위에서만 서로 만나야 하리오
>
> 相逢何必藍橋43)路
>
> 물결 푸르고 달빛이 좋은 날을 헛되이 하지 말았으면
>
> 休負滄波好月天

   여자가 시를 받고서 성내며 말하기를 "잠시 우연히 마주쳤는데 어떻게
바로 염정(艶情)을 담은 시구로 사람을 유혹하는가!"라고 하면서 아버지에게
아뢰어 시녀를 매질하게 하려 했다. 시녀가 거듭해 간청했더니 여자가
비로소 웃으면서 말하기를 "내가 시로 그에게 욕을 해줘야지."라고 하고

---

41) 번희(樊姬): 춘추시대 楚나라 莊王의 희첩으로 번희는 장왕에게 사냥을 삼가
   고 정사에 전념하도록 진언했으며 또한 초나라 令尹 虞丘子 대신 孫叔敖를
   令尹으로 삼도록 했다. 나중에 장왕은 손숙오의 보좌로 패주가 되었다. 자세
   한 내용은 劉向의 《列女傳·楚莊樊姬》에 보인다.
42) 홍선(紅船): 彩色으로 그린 화려한 遊船을 가리킨다.
43) 남교(藍橋): 지금의 陝西省 藍田縣 동남쪽에 있는 藍溪에 놓인 다리로 전하는
   바에 의하면 그곳에 仙窟이 있었다고 한다. 당나라 裴鉶의 《傳奇·裴航》에
   裴航이 藍橋에서 선녀인 雲英을 만나는 내용이 보이는데 이로 인해 藍橋는
   남녀가 만나는 장소를 의미하게 되었다.

푸른색 작은 쪽지에 화답시를 적어 봉했다.

꽃다운 정회는 본디 봄을 그리워하지 않고 있는데	自是芳情不戀春
춘광은 무슨 일로 규방에 있는 이를 애처롭게 하는 건가	春光何事慘閨人
회수의 맑은 물에 하늘 끝에 떠 있는 달이 잠기고 있는 것이	淮流淸浸天邊月
낭군의 마음이 내게 가까워지는 것과 흡사하여라	比似郎心向我親

강정은 시를 받고 크게 기뻐했으며 곧바로 시녀를 시켜 돌아가서 오늘밤에 창문을 열어 놓고 삼가 기다릴 것이라고 전하라 했다. 여자가 미소를 지으며 말하기를 "나는 규방에 있는 어리고 연약한 아녀자인데 어떻게 쉽게 나갈 수 있겠어요? 낭군은 발이 없는 사람인가요?"라고 했다. 강정은 그녀의 뜻을 이해하고 밤이 깊어져 인적이 잦아들기를 기다렸다가 살금살금 여자의 배로 올라갔다. 여자는 배의 난간에 기대어 달이 뜨기를 기다리고 있다가 강정을 보자 기뻐하며 그의 팔을 이끌고 배 안으로 들어갔다. 두 사람은 기쁨이 극에 달해 말조차 할 수 없었으며 오직 옷을 빨리 벗지 못하는 것이 불만스러울 뿐이었다. 곧 몸이 늘어지고 정신이 흐릿해져 각기 꿈나라로 빠져 들어갔다. 순풍이 불고 달이 밝아 두 배는 닻줄을 풀고서 동서의 서로 다른 길로 떠나 순식간에 백 리를 갔다. 강정의 아버지는 새벽에 일어나서 아들을 찾아봐도 보이지 않기에 용변을 보다가 회수의 흐르는 물에 떨어져 죽었을 것이라고 생각했다. 배를 돌려 시신을 찾으려 했으나 마치 그림자를 잡는 것과 같이 아득하여 단지 깊은 강물을 내려다보며 통곡만 하다 가 버렸다.

날이 밝아 강정은 옷을 걸치고 나가려 했으나 부모의 배가 어디에 있는지 이미 찾을 수 없었다. 여자는 당황해하며 조급해했으나 계책이 없어 강정을 벽 쪽에 붙어있는 침상 밑에 숨겼다. 낮이면 밥을 나누어 먹고 밤이면 나와서 잠자리를 함께했다. 이렇게 3일이 지났는데도 강정은 여자의 미색에

빠져 부모와 멀리 떨어져 있는 것도 전혀 마음에 두지 않았다. 여자의
올케는 시누이가 방에서 나오지도 않는 데다 두 사람 밥을 먹는 것이 이상하여
밤이 될 때까지 기다렸다가 몰래 엿봤더니 시누이가 젊은 남자와 소곤거리며
말하고 있는 것이 보였다. 시어머니에게 말했더니 시어머니는 화를 내며
믿지 않다가 직접 몰래 가서 보니 과연 그러한지라 이를 오 태수에게 말했다.
오 태수는 선창을 뒤져 침상 밑에서 강정을 찾아냈다. 그의 머리카락을
잡아끌어 나오게 한 뒤 노하여 눈을 부릅뜨고 이를 드러내며 그의 목에
칼을 들이대고 몇 번이나 내리치려 했다. 그러자 강정은 느닷없이 머리를
들어올리고 애걸을 했는데 그 용태가 사람의 마음을 움직이게 할 만했다.
오 태수는 칼을 멈추고 큰 소리로 꾸짖으며 묻기를 "너는 누구냐? 어떻게
여기에 온 것이냐?"라고 했다. 강정은 성명을 모두 말하고 나서 또 이렇게
말했다.

"집안은 본래 진(晉)지방 사람으로 문벌도 낮지 않습니다. 앞서 한 방자한
행동은 사실 따님이 불러들인 것이기도 합니다. 죄가 함께 죽기에 마땅하니
감히 목숨을 보전하려고 도망가지는 않을 것입니다."

오 태수가 한참 동안 그를 자세히 살펴보더니 말하기를 "내 딸은 이미
너로 인해 더럽혀졌으니 도의(道義)로 다시 재가할 도리가 없다. 네가 내
사위가 되고 싶다면 내 너를 위해 혼인을 시켜줄 것이다."라고 하자, 강정은
절을 하고 눈물을 흘리며 매우 다행스럽게 여겼다. 오 태수는 곧 강정으로
하여금 강물에 다리를 담그고 배 키에 매달린 채로 살려달라고 사람들을
불러 마치 물에 빠졌다가 모면한 사람처럼 하게 하여 뱃사람들이 알지
못하게 했다. 강정이 오 태수가 시키는 대로 하자, 오 태수는 삿대질하는
사람을 시켜 강정을 끌어올리게 한 뒤 거짓으로 말하기를 "이 애는 내
친구의 아들이다."라고 하고, 강정에게 의관을 갈아입게 했으며 아들처럼
잘 보살펴주었다.

제주(濟州)[44])에 다다라 화려한 큰 집을 빌리고 주례를 불러 혼례식을 크게 올렸다. 뱃사람들도 모두 잔치에 참석했지만 그 연유를 알지 못했다. 경도에서 돌아온 뒤로 명사(名士)를 맞이하여 강정을 가르치게 했더니 학업이 크게 진보했다. 또한 사람을 시켜 태원에 가서 강정의 아버지를 찾아보도록 했다. 강정의 아버지는 기뻐하며 진귀한 예물을 들고 초(楚)지방으로 가서 여러 달 동안 머물면서 잔치를 한 뒤 이별을 하고 돌아왔다. 강정은 스물세 살에 향시(鄉試)에 합격하고 그다음 해에 진사(進士)에 급제했다. 여자와 함께 고향으로 돌아가 시부모님들께 절을 올리고 친족들과 동네 사람들을 만나 뵌 뒤 가족들을 데리고 임지로 갔다. 처음에는 남경(南京)[45])의 예부(禮部) 주사(主事)[46])로 있었고 나중에는 아무개 군(郡)의 태수까지 지냈다. 2품의 관작에 봉해졌고 자식은 약간 명을 두었다. 원근에 널리 퍼졌고 사람들은 이를 기이한 만남이라 여겼다. 소설 제목은 〈채주기(綵舟記)〉이다.

만약에 한 번 사통을 하고 돌아가 각각 배를 타고 떠났다면 조용히 일도 없었을 것이고 아무런 말도 없었겠지만 두 사람의 좋은 인연은 끝내 막혔을 것이며 행실도 모두 어그러졌을 것이다. 순풍이 불어 배가 출항했으니 하늘이 아름다운 일을 성사시키게 한 것이다.

---

44) 제주(濟州): 지금의 山東省 濟寧市이다.
45) 남경(南京): 지금의 江蘇省 南京市이다.
46) 주사(主事): 명나라 초 중앙의 6부의 諸司에 설치되었고 홍무 29년(1396)에는 정6품 司官이 되었으며 진사에서 임용하거나 지방 현령에서 陞任하기도 했다. 주로 문서 잡무를 관리했지만 郎中과 員外郎의 직무를 분담하기도 했으므로 실권이 있었다.

[원문] 江情

福州守吳君者, 江右人. 有女未笄, 甚敏慧, 玉色47)穠麗. 父母鍾愛, 攜以自隨. 秩滿還朝, 候風于淮安之版閘48). 鄰舟有太原江商, 亦攜一子, 名情, 生十六年矣. 雅態可繪, 敏辨無雙. 其讀書處, 正與女窓相對. 女數從隙中窺之, 情亦流盼, 而無緣致意. 偶侍婢有濯錦船舷者, 情贈以果餌, 問: "小娘子49)許適誰氏?" 婢曰: "未也." 情曰: "讀書乎?" 曰: "能." 情乃書難字一紙, 托云: "偶不識此, 爲我求教." 女郎得之微哂, 一一細注其下. 且曰: "豈有秀才50)而不識字者!" 婢還以告. 情知其可動, 爲詩以達之曰:

空復51)清吟託暮煙, 樊姬春思滿紅船.

相逢何必藍橋路, 休負52)滄波好月天.

女得詩, 慍曰: "暫爾萍水, 那得便以艶句撩人." 欲白父笞其婢, 婢再三懇, 乃笑曰: "吾爲詩罵之." 乃緘小碧箋以酬曰:

自是芳53)情不戀春, 春光何事慘閨人.

淮流清浸天邊月, 比似郎心向我親.

---

47) 玉色(옥색): 옥의 색깔을 이르는 말로 미인의 아름다운 용모를 비유적으로 이르는 말이다.

48) 版閘(판갑): 강물의 유량을 조절하기 위하여 설치하는 나무판으로 된 갑문을 의미한다.

49) 小娘子(소낭자): 소녀에 대한 통칭으로 남의 집 딸을 가리킨다.

50) 秀才(수재): 한나라 때부터 孝廉과 더불어 擧士의 科名이었고 당나라 초기에 明經과 進士와 함께 擧士의 科目으로 설치되었다가 폐지되었다. 이후 唐宋 때에는 과거에 응시하는 자를 모두 수재라 칭했으며 明淸 때에는 府 · 州 · 縣 學에 입학한 생원을 수재라고 했다. 元明 이후에는 선비나 공부하는 사람을 널리 秀才라 부르기도 했다.

51) 【校】復: [影], [鳳], [岳], [類], 《廣艶異編》, 《續艶異編》에는 "復"로 되어 있고 [春]에는 "腹"으로 되어 있다.

52) 【校】負: [影], [春], 《廣艶異編》, 《續艶異編》에는 "負"로 되어 있고 [鳳], [岳], [類]에는 "責"으로 되어 있다.

53) 【校】芳: [影], [春], 《廣艶異編》, 《續艶異編》에는 "芳"로 되어 있고 [鳳], [岳], [類]에는 "芬"으로 되어 있다.

生得詩大喜, 即令婢返命, 期以今宵啓窗虔候. 女微哂曰: "我闡幃幼怯, 何緣
輕出, 郎君豈無足者耶?" 生解其意, 候人定[54], 躡足登其舟. 女憑闌待月, 見生躍
然, 攜肘入舟, 喜極不能言, 惟嫌解衣之遲而已. 旣而體憍神蕩, 各有南柯[55]之適.
風便月明, 兩[56]舟解纜, 東西殊途, 頃刻百里. 江翁晨起, 覓其子不得. 以爲必登溷
墜死淮流. 返舟求尸, 茫如捕影, 但臨淵號慟而去.

　　天明, 情披衣欲出, 已失父舟所在. 女惶迫無計, 藏之船旁榻下. 日則分餉羹
食, 夜則出就枕席. 如此三日, 生耽於美色, 殊不念父母之離邐也. 其嫂怪小姑不
出, 又饌兼兩人, 伺夜窺覘, 見姑與少[57]男子切切[58]私語. 白其母, 母恚不信, 身潛
往視, 果然. 以告吳君. 吳君搜其艙, 得情榻下. 拽其髮以出, 怒目齜齜[59], 礪刃其
頸, 欲下者數四. 情忽仰首求哀, 容態動人. 吳君停刃叱曰: "爾爲何人? 何以至此?"
生具述姓名, 且曰: "家本晉人, 閥閱亦不薄. 昨者猖狂, 實亦賢女所招. 罪俱合死,
不敢逃命." 吳君熟視久之, 曰: "吾女已爲爾所汙, 義無更適之理. 爾肯[60]爲吾壻,
吾爲爾婚." 情拜泣幸甚. 吳君乃命情潛足望舵上, 呼人求援, 若遭溺而幸免者, 庶

---

54) 人定(인정): 밤이 깊고 인적이 드물어 고요한 때를 이른다.

55) 南柯(남가): 당나라 李公佐의 傳奇小說〈南柯太守傳〉에서 주인공인 淳于棼이
　　꿈속에서 다스렸던 郡 이름으로 보통 '꿈나라'를 의미한다. 협객이었던 淳于
　　棼이라는 사람은 술을 마신 뒤 꿈을 꾸게 된다. 꿈속에서 홰나무 밑에 있는
　　개미나라인 槐安國에 이르러 그 나라 공주와 결혼을 하고 南柯郡 太守를 지
　　내며 부귀영화를 누리다가 檀蘿國 군대가 쳐들어와 이에 대항하다 패전하게
　　되며 공주도 병으로 죽게 된다. 이후 우울하게 지내다가 자식들을 거기에 남
　　겨두고 왕과 이별한 뒤 다시 꿈에서 깨어나 인간 세상으로 돌아오게 되며
　　인생의 허무함을 깨닫게 된다.

56) 【校】兩: [影], [鳳], [岳], [類],《廣豔異編》,《續豔異編》에는 "兩"으로 되어 있고
　　[春]에는 "以"로 되어 있다.

57) 【校】少: [影], [鳳], [岳], [類],《廣豔異編》,《續豔異編》에는 "少"로 되어 있고
　　[春]에는 "小"로 되어 있다.

58) 切切(절절): 작고 나지막한 소리를 형용하는 말이다.

59) 【校】齜: [鳳], [岳], [類]에는 "齜"로 되어 있고 [影],《廣豔異編》,《續豔異編》에
　　는 "齜"로 되어 있고 [春]에는 "齜"로 되어 있다. 齜齜는 이를 드러내는 것을
　　의미한다.

60) 【校】肯: [影], [鳳], [岳], [類],《廣豔異編》,《續豔異編》에는 "肯"으로 되어 있고
　　[春]에는 "宜"로 되어 있다.

不爲舟人所覺. 生如戒. 吳君令篙者掖之, 佯曰: "此吾友人子也." 易其衣冠, 撫字61)如子.

抵濟州, 假巨室華居, 召儐相62), 大講合婚之儀. 舟人悉與宴, 了不知其所繇. 旣自京師返旆, 延名士以訓之, 學業大進. 又遣使詣太原, 訪求其父. 父喜, 賣珍聘63)至楚, 留宴累月乃別. 情二十三領鄕薦64), 明年登進士第. 與女歸拜翁姑, 會親里, 攜家之官. 初爲南京禮部主事, 後至某郡太守. 膺翬翟65)之封, 有子凡若干人, 迨邐傳播以爲奇遇云. 小說曰《綵66)舟記》.

若是一偸而去, 各自開舡, 太平無話, 二人良緣終阻, 行止俱虧. 風便舟開, 天所以成美事也.

---

61) 撫字(무자): 撫는 撫養한다는 뜻이고 字는 양육한다는 뜻으로 잘 보살피며 키우는 것을 이른다.
62) 儐相(빈상): 혼례를 올릴 때 贊禮를 맡은 사람을 가리킨다.
63) 【校】 聘: [影], [鳳], [岳], [類], 《廣豔異編》, 《續艶異編》에는 "聘"으로 되어 있고 [春]에는 "品"으로 되어 있다.
64) 領鄕薦(영향천): 鄕試에 급제한 것을 의미한다.
65) 翬翟(휘적): 翬翟은 꿩과(科) 조류에 대한 통칭으로 여기에서는 明나라 二品 文官 흉배에 수놓아져 있는 錦雞를 가리킨다. 《明史·輿服誌》에 의하면, 明나라 때에는 一品 文官의 흉배에는 仙鶴을 수놓았고 二品 文官의 흉배에는 錦雞를 수놓았으며 三品 文官의 흉배에는 孔雀을 수놓았다고 한다.
66) 【校】 綵: [影]에는 "綵"로 되어 있고 [鳳], [岳], [類], [春]에는 "緣"으로 되어 있다.

33. (3-4) 자죽(紫竹)[67]

송(宋)나라 대관(大觀)[68] 연간에 자죽(紫竹)이라고 하는 여자가 있었는데
사(詞)에 능했고 농담도 잘했으며, 천하에 그와 짝이 될 만한 사람이 없다고
항상 말하곤 했다. 하루는 후주(後主) 이욱(李煜)[69]의 사집(詞集)을 손에
쥐고 있었는데 그녀의 아버지인 현백(玄伯)이 그녀에게 묻기를 "후주의
사 가운데 어느 구절이 가장 훌륭하더냐?"라고 했다. 자죽이 답하기를 "묻노
니 그대가 품고 있는 우수는 얼마만큼이뇨. 동쪽으로 흘러가는 봄물과
같음이라.(問君能有幾多愁, 恰似一江春水向東流.)[70]라는 구절이옵니다."라
고 하자, 현백은 아무 말도 하지 않았다.

방교(方喬)라고 하는 수재(秀才)[71]가 있었는데 낙지(樂至)[72]사람이었다.
그는 우연히 야외에서 자죽을 만난 뒤에 다시 보지 못해 밤낮으로 그녀를
그리워하여 우울함이 가슴속에 맺혔다. 매번 저자거리에 갈 때마다 미인도를

67) 이 이야기는 원나라 伊士珍이 지었다고 하는《瑯嬛記》에는 詞를 중심으로 단
락화되어 전하고,《續艷異編》권4와《廣艷異編》권8에는〈紫竹小傳〉으로 수
록되어 있다.《蜀中廣記》권104와 청나라 徐釚의《詞苑叢談》권12 外編에도
실려 있으며 청나라 葉申薌의《本事詞》에도 일부분만 수록되어 있다.
68) 대관(大觀): 송나라 徽宗 趙佶의 연호로 1107년부터 1110년까지이다.
69) 이욱(李煜, 937~978)): 五代十國 때 南唐의 마지막 皇帝로 자는 重光이며 호는
鐘隱 혹은 蓮峰居士였고 彭城(지금 江蘇省 徐州)사람이었다. 開實 8년에 송나
라에게 멸망하여 포로로 汴京에 잡혀 갔다가 나중에 독살되었다. 정치에는
무능했으나 서예, 그림, 음악, 시문 등에 조예가 깊었다.《新五代史》권62에
그에 대한 傳이 실려 있다.《宋史·藝文誌》에 의하면《南唐李後主集》10권이
있다고 했으나 부전하며 30여 수의 詞만 전한다.
70) 이욱의 詞〈虞美人〉가운데 마지막 2구이다. 南宋 何士信이 편집한 詞選인《草
堂詩余》권1에 수록되어 있다.
71) 수재(秀才): 당송 때 과거에 응시하는 자를 모두 秀才라고 칭했다. 자세한 내
용은《情史》권3 정사류〈江情〉'수재' 각주에 보인다.
72) 낙지(樂至): 지금의 四川省 중부에 있는 樂至縣이다.

파는 사람을 보기만 하면 곧바로 그 그림들을 살펴보며 그녀와 닮은 그림이
있기를 바랐다. 혹은 기방(妓房)에 가서도 유심히 보지 않을 때가 없었다.
갖은 방법을 다 썼으나 결국 그런 사람을 찾을 수 없었다. 종일토록 슬픔에
잠겨 그녀를 그리워했으므로 거의 고질병이 되어 버렸다. 그 마음을 담은
시가 있다.

능선 같은 눈썹에 반듯한 이마	眉如遠岫首如蟓73)
그리워만 할 뿐 가까이 할 수는 없구나	但得相思不得親
화공더러 그리게 할 수만 있다면	若使畫工圖軟障
어찌 백일이라도 그 이름 부르기를 마다하리오	何妨百日喚眞眞74)

　하루는 우연히 한 도사를 만났는데 그가 지닌 비단 주머니 안에는 오래된
거울이 들어있었다. 도사가 방교에게 이렇게 말했다.
　"그대가 마음 쓰는 것이 진실로 천지신명에게 알려졌소이다. 내게 이
순양고경(純陽古鏡)이 있는데 오랫동안 간직해 온 것이오만 지금 그대에게
드리겠소. 이 거울은 지극한 음기(陰氣)에 닿기만 하면 그림자가 남아 사라지
지 않지요. 그대가 만났던 여자에게 지극한 음기가 집중되어 있으니 사람을
시켜 그녀를 비추게 하면 그녀의 모습이 드러날 것이오이다. 그런 후에
화공으로 하여금 그것을 그리도록 하시오."

---

73) 진(蟓): 古書에 나오는 매미의 일종으로 머리 모양이 네모나고 이마가 넓으며
　　몸이 푸른색을 띠고 있다고 한다. 매미같이 넓고 반듯한 여성의 이마를 비유적
　　으로 蟓首라고 하기도 하며 蛾眉와 連用하여 여자의 미모를 형용할 때 쓰인다.
74) 진진(眞眞): 당나라 때 진사였던 趙顔이 畫工으로부터 미인이 그려져 있는 족
　　자 하나를 얻고서 그 미인이 살아난다면 아내로 맞이하고 싶다고 말하자, 화
　　공은 그 여자의 이름이 眞眞이라고 알려주면서 백일동안 그의 이름을 부르
　　면 살아날 것이라고 했다. 조안이 그의 말대로 했더니 과연 미인이 그림에서
　　나와 조안의 아내가 되었다고 한다. 이 이야기는 당나라 杜荀鶴의 《松窓雜記》
　　에 보이며, 《情史》 권9 정환류 〈眞眞〉에도 수록되어 있다.

또한 방교에게 해를 비추지 말라고 경고를 했는데, 일단 해를 비추게 되면 바로 일궁(日宮)으로 날아 들어가 흩어져 양기가 될 것이라고 했다. 거울 뒷면에는 전서(篆書)[75] 글자로 "화부에서 백 번 달구어 지극한 양기가 담겨 있는 보물 거울(火府[76]百鍊純陽寶鏡)"이라고 적혀져 있었다. 이에 방교는 꼬불꼬불한 용무늬가 있는 백옥갑에 그 거울을 담아서 할미에게 부탁해 가서 팔도록 했다. 자죽이 거울을 보았더니 그 속에 모습이 남기에 괴이하게 여겨 할미에게 물었다. 할미가 말하기를 "이 거울은 방생에게서 받은 것이니 돌아가서 묻는 것이 마땅하겠습니다."라고 했다. 방생은 할미에게 설명을 해주고 곧 거울을 가져다 자죽에게 주라고 하면서, 그로 하여금 지극히 사모하는 마음을 완곡하게 전달하도록 했다. 드디어 시사(詩詞)를 주고받으며 서로 흠모하는 마음을 전달할 수 있게 되었다.

여름날 방교는 종매관(種梅館)에서 독서를 하다가 자죽이 그리워 밥을 먹는 것조차 잊을 지경이 되었다. 자죽이 느닷없이 서신을 보내왔는데 그 대략은 이러하다.

"눈물은 구슬이 되어 인어가 된 듯한 지 오래되었습니다. 칠월을 기약하니 애오라지 직녀와 같습니다. 원앙 휘장 안에 봄바람이 부니 기러기 울음소리가 추위를 놀라게 해도 무방하고, 공작병풍 안에 비가 내리니 닭울음소리가 아침을 알려도 아랑곳하지 않습니다."

방교가 회답으로 보낸 사(詞) 또한 화려하고 아름다운 데가 많았다. 서신 말미에 〈옥루춘(玉樓春)〉[77] 사(詞)를 지어 부쳤다.

---

75) 전서(篆書): 秦나라에서 통용했던 문자인 小篆을 가리킨다. 大篆을 단순화시킨 것으로 대전에서 隸書, 楷書로 넘어가는 과도기에 존재했던 서체이다.
76) 화부(火府): 火神이 관장하는 곳을 이르는 듯하다.

녹음이 땅에 가득차고 꾀꼬리 소리 가까이 들려오는데	綠陰撲地鶯聲近
솜 같은 버들개지 연초(烟草)와 어울린다	柳絮如綿烟艸襯
두 쪽머리 예쁜 얼굴 벽창(碧窓)에 기댄 사람	雙鬟玉面碧窓人
한 장의 아름다운 편지 봄 새가 가져왔네	一紙銀鉤[78]春鳥信
만날 날은 멀고 먼 맑은 가을밤	佳期遠卜[79]淸秋夜
오동나무 끝에 밝은 달 걸릴 때	梧樹梢頭明月挂
하늘이 이 깊은 정을 아신다면	天公若解此情深
올해 어찌 하삼월(夏三月)이 필요하겠나	今歲何須三月夏

자죽은 다시 〈복산자(卜筭子)〉[80] 사(詞)를 지어 보냈다.

규방이 여러 겹 문으로 거듭 잠겨 있으니	繡閣鎖重門
님의 손 잡는 것도 끝내 쉽지 않구나	攜手終非易
담장 밖 꽃 그림자 흔들린들	牆外憑他花影搖
님이 오셨다 어찌 여기겠나	那得疑郎至
눈을 감고 님 생각하니	合眼想郎君
이별한 지 오래되어 모습을 떠올리기 어렵네	別久難相似
어젯밤 베개 곁에 어떻게 님께서 계셨는가	昨夜如何繡枕邊
꿈에서 뵌 것이 분명도 하구나	夢見分明是

---

77) 옥루춘(玉樓春): 〈惜春容〉, 〈歸朝歡令〉, 〈玉樓春令〉, 〈西湖曲〉이라고도 불리는 詞牌로 白居易의 시구 "玉樓에서 연회를 파하고 따스한 봄에 취하네.(玉樓宴罷醉和春)"에서 취한 것이다.

78) 은구(銀鉤): 본래 銀으로 만든 고리를 가리키는 말인데 여기에서는 아름답고 힘이 있는 書體를 비유적으로 이른다.

79) 복(卜): 본래는 불로 龜甲을 태워 터지는 모양에 따라 길흉을 예측하는 것을 이르는데 여기에서는 '고르다(擇)'라는 의미이다.

80) 복산자(卜筭子): 〈百尺樓〉, 〈缺月掛疏桐〉, 〈楚天遙〉 등으로 불리기도 하는 詞牌로 北宋 때 성행했다. 청나라 萬樹의 《詞律》에 따르면 "당나라 駱賓王이 시에서 숫자를 잘 썼으므로 사람들이 그를 卜算子라고 불렀다.(唐駱賓王詩用數目名, 人謂之卜算子.)"라고 했다. 낙빈왕의 이 별호를 취하여 사패로 삼은 것이다.

드디어 망운문(望雲門)에서 잠시 만나기로 약속했다. 기약한 날이 되어 자죽은 먼저 도착해 담장 아래를 배회했으나 시간이 오래 지나도록 적막하기만 했다. 그러다가 갑자기 사람의 말소리가 들려 규방으로 돌아간 뒤, 한스러움을 담아 〈답사행(踏莎行)〉[81] 사를 지었다.

하늘하늘 버들가지 꾀꼬리를 매혹시키고	醉柳迷鶯
살랑살랑 부는 바람 풀을 스치는데	懶風熨中
한산한 문길에서 님과 잠시 만나기로 기약을 했네	約郞暫會閑門道
흰 담장 그늘 아래서 님이 오시기를 기다려	粉牆陰下待郞來
이끼에 어려 있는 나의 작은 발자국	蘚痕印得鞋痕小
물시계 방울소리 바야흐로 나를 재촉하고	玉漏方催
달빛은 점차 희미해지는데	月光漸小
님 기다려도 오시지 않아 가슴이 방망이질하네	望郞不到心如搗
남몰래 돌아와 작은 병풍에 몸을 기대도	避人歸倚小圍屛
넋 나간 가슴은 아직도 담장 그늘을 감도네	斷魂還向牆陰繞

방교는 왔다가 만나지 못하자 아쉬워하며 가 버렸다. 돌아가서 그는 서신으로 자죽에게 약속을 어겼다고 책망했다. 자죽은 이를 해명하는 〈보살만(菩薩蠻)〉[82] 사를 다음과 같이 장난스레 지었다.

---

81) 답사행(踏莎行): 〈芳心苦〉, 〈踏雪行〉, 〈柳長春〉 등으로도 불리는 詞牌이다. 명나라 楊愼의 《詞品》에 따르면, 당나라 韓翃의 "향부자 풀을 밟으며 봄개울을 지나가네(踏莎行草過春溪)"라는 구절에서 취한 것이라 한다. 이 詞調는 송나라 寇准과 晏殊의 詞에 처음으로 보인다.

82) 보살만(菩薩蠻): 본래 당나라 때 敎坊의 곡이었는데 나중에 사패로 쓰였으며 〈菩薩鬘〉, 〈子夜歌〉, 〈花溪碧〉 등으로도 불린다. 당나라 蘇鶚의 《杜陽雜編》에 따르면, 당나라 宣宗 大中 연간에 女蠻國에서 사자를 보내 雙龍犀와 明霞錦을 바치러 왔는데 그들은 높이 쪽진 머리에 金冠을 쓰고 온몸에 장신구를 달았으므로 그들을 菩薩蠻隊라고 불렀으며, 이로 인해 당시의 倡優들이 〈菩薩蠻〉曲을 노래했고 문인들도 그 詞를 본떴다고 한다.

님과 함께 서상(西廂)에서 만나기로 약속했건만	約郞共會西廂下
부끄러워 마침내 그 말을 저버렸다네	嬌羞竟負從前話
뜻하지 않게 한 번 어그러지니	不道一睽違
아름다운 약속은 다시 기약하기 어렵구나	佳期難再期
부끄러워하는 것을 님께서 아시고	郞君知我愧
일부러 서신을 보내 나를 나무라시네	故把書相詆
글 보내오실 땐 거짓말은 필요 없어요	寄語不須謊
님을 뵈올 땐 때려 줄랍니다	見時須打郞

방교가 다시 사를 지어 장난삼아 이렇게 화답했다.

가을바람 불 때엔 금침을 함께하려 했건만	秋風只擬同衾枕
봄이 돌아와도 예전같이 홀로 잠을 청하네	春歸依舊成孤寢
약속을 어긴 건 생각지도 않고	爽約不思量
오히려 나를 때리겠다 하네	翻言要打郞
원앙새처럼 함께 놀 수만 있다면	鴛鴦如共耍
옥수(玉手)로 때리는 걸 어찌 사양하겠나	玉手何辭打
만약에 다시 가약을 저버린다면	若再負佳期
그때는 마땅히 내가 그대를 때릴 테야	還應我打伊

이에 자죽이 맹세를 서신에 적어 보내자, 방교가 〈답사행〉 사를 지어 이렇게 답했다.

바늘 같은 필세로	筆銳金針
나대(螺黛) 같은 먹물로	墨濃螺黛83)

---

83) 나대(螺黛): '螺子黛'의 줄임말로 옛날에 여자가 눈썹을 그리는 데 썼던 검푸른 색의 鑛物 顔料이다. 《說郛》 권78에서 당나라 顏師古의 〈隋遺錄〉을 인용

맹세를 적어 주머니에 넣었구나	盟言寫就囊兒袋
병풍 앞 향로엔 한 줄기 연기 일고	玉屛一縷獸爐煙
미인의 깊은 침실에선 염원이 간절하네	蘭房深處深深拜
꽃 같은 마음은 끝이 없어	芳意無窮
화전(花牋)에 이루 다 적기 힘드나니	花牋84)難載
발 앞에서 세세한 축원을 바람결에 부치네	簾前細祝風吹帶
우리 둘 사이의 정의가 제방 옆	兩情願得似堤邊
강줄기 녹수처럼 해마다 있기를	一江綠水年年在

뒤에 다시 이전의 약속대로 만나 드디어 애틋한 정을 나눌 수 있게 되었다. 이때부터 두 사람의 마음이 서로 더욱더 잘 맞게 되었다.

세월이 지나 어느덧 다시 봄이 되었다. 자죽의 아버지가 조금 알게 되자 방교를 불러와 자죽을 처로 삼게 했다. 자죽이 지은 사가 매우 많아 다 수록할 수는 없다. 아직도 한 수가 기억에 남는데 그 사는 이러하다.

새벽에 꾀꼬리가 쉼 없이 울어	晨鶯不住啼
우수에 젖은 사람 불러 깨웠네	故喚愁人起
힘없어 새벽 화장도 게을리 한 채	無力曉粧慵
한가로이 연잎에 물 튀기며 놀고만 있어라	閑弄荷錢85)水
단짝 친구 오라 해	欲呼女伴來
꽃그늘 아래서 투초(鬪草) 놀이나 하고 싶구나	鬪中86)花陰裏

하면서 "吳絳仙이 蛾眉를 잘 그려 수양제의 배를 몰았던 殿脚女들이 서로 다투어 그것을 모방했으므로 宮內 일을 주관하는 관리가 매일 螺子黛 다섯 斛을 주었는데 그것을 蛾綠이라 했다. 螺子黛는 波斯國에서 나온 것으로 한 알의 값이 十金이었다."라고 했다.

84) 화전(花牋): 화려하고 아름다운 편지지를 이른다.
85) 하전(荷錢): 새로 난 작은 연잎의 모양이 동전과 비슷하다고 해서 작은 연잎을 荷錢이라고 한다.
86) 투초(鬪中): 鬪百草라고 불리기도 하는 중국의 고대 유희이다. 화초를 따서

아리땁지만 경망하지는 않으니	嬌極不成狂
다시 병풍(屏風)에 의지하네	更向屏山倚

보경(寶鏡)은 분명 기이한 물건인데 이 전(傳)을 지은 자는 그 보경의 행방을 밝히지 않았으니 무엇 때문인가?

[원문] 紫竹

大觀中, 有紫竹者, 工詞, 善于調謔, 恒謂天下無其偶. 一日, 手李後主集, 其父玄伯問曰: "後主詞中, 何處最佳?" 答曰: "問君能有幾多愁, 恰似一江春水向東流'耳." 玄伯嘿然.

有秀才方喬, 樂至人也. 偶與紫竹野遇, 後不復覯. 晝夜思之, 中心鬱結. 每入闤闠[87], 見賣美人圖者, 輒取視, 冀其有相似者. 或狹邪[88]妓館, 無不留意. 用計萬端, 竟無其人. 終日悲慕, 幾成痼疾. 有寄情詩曰:

"眉如遠岫首如蟻, 但得相思不得親.

若使畫工圖軟障, 何妨百日喚眞眞."

一日, 遇道士持一錦囊, 內有古鏡. 謂喬曰: "子之用心, 誠通神明. 吾有此純陽古鏡, 藏之久矣, 今以奉贈. 此鏡一觸至陰之氣, 留影不散. 子之所遇少女, 至陰獨鍾, 試使人照之, 即得其貌矣. 然後令畫工圖之." 又戒喬不可照日, 一照即飛入日宮, 散爲陽氣矣. 鏡背有篆書云: "火府百鍊純陽寶鏡." 喬遂以白玉盤螭匣盛之, 囑媪往售. 紫竹顧鏡, 影遂留焉. 怪以問媪, 媪云: "此鏡得之方生, 宜還詢之." 生爲

그 다소와 우열을 겨루는 놀이로 대부분 端午에 행해졌다. 南朝 梁나라 宗懍의 《荊楚歲時記》에서 이르기를 "5월 5일에 모든 백성들이 함께 百草를 밟으며 鬪百草 놀이도 했다.(五月五日, 四民並踏百草, 又有鬪百草之戱.)"라고 했다.

87) 闤闠(환궤): 길거리 또는 상가 점포를 가리킨다.

88) 狹邪(협사): 좁고 구불구불한 거리나 골목을 가리키는 말로 妓房이나 기생을 이르기도 한다.

解說, 因以鏡獻, 使嫗婉致狂慕之意, 遂得以詩詞徃來, 互致欣慕.

長夏, 喬讀書於種梅館, 懷思紫竹, 至於忘食. 忽紫竹遺以書, 其大畧云:"泣珠[89]成淚, 久比鮫人; 流火[90]爲期, 聊同織女. 春風鴛帳裡, 不妨雁語驚寒; 暮雨[91]雀屏中, 一任雞聲唱曉." 喬所答詞, 亦多瑋[92]麗. 束尾附以《玉樓春》詞曰:

"綠陰撲地鶯聲近, 柳絮如綿烟艸襯. 雙鬟玉面碧窗人, 一紙銀鈎春鳥信. 佳期遠卜淸秋夜, 梧樹梢頭明月挂. 天公若解此情深, 今歲何須三月夏."

紫竹復寄《卜筭子》詞曰:

"繡閣鎖重門, 攜手終非易. 牆外憑他花影搖, 那得疑郎至. 合眼想郎君, 別久難相似. 昨夜如何綉[93]枕邊, 夢見分明是."

遂約於望雲門暫會. 及期, 紫竹先至, 徘徊牆下, 久之寂然. 俄聞人語, 遂歸繡閤[94], 作《踏莎行》詞紀恨云:

"醉柳迷鶯, 懶風熨中, 約郎暫會閑門道. 粉牆陰下待郎來, 蘚痕印得鞋痕小. 玉漏方催, 月光漸小[95], 望郎不到心如擣. 避人歸倚小圍屏[96], 斷魂[97]還向牆陰

---

89) 泣珠(읍주): 전설에 의하면 鮫人(인어)이 울면 눈물방울이 구슬로 변한다고
한다. 한나라 郭憲의 《洞冥記》 권2와 晉나라 張華의 《博物志》 권9에 이런 이
야기가 보인다.

90) 流火(유화): 大火心星이 아래로 흐르는 음력 7월을 이른다. 《詩經·豳風·七月》
에서 "七月이면 大火心星이 기울어 아래로 내려가고, 九月이면 추워서 옷을
만들어 준다.(七月流火, 九月授衣.)"라고 했다. 火는 대화심성을 가리키는데
음력 5월에는 중천에 있고 7월에는 中天에서 점차 서쪽으로 기우니 여름이
가고 곧 가을이 오는 음력 7월을 流火라고 한다.

91) 暮雨(모우): 宋玉의 〈高唐賦〉에 의하면 楚 懷王이 꿈에서 巫山神女를 만나 잠
자리를 같이했다. 무산신녀는 떠나기 전에 자신은 "아침에는 구름이 되고 저
녁에는 비가 된다.(旦爲朝雲, 暮爲行雨.)"고 했다. 이로 인해 남녀 간의 즐거
운 만남을 朝暮雲雨 혹은 雲雨라고 한다. 暮雨도 朝暮雲雨를 변용한 것으로
보인다. 구체적인 이야기는 《情史》 권19 정의류 〈巫山神女〉에 보인다.

92) 【校】 瑋: [影], [鳳], [岳], [類], 《續豔異編》에는 "瑋"로 되어 있고 [춘]에는 "綺"로
되어 있다.

93) 【校】 綉: [影], 《續豔異編》에는 "綉"로 되어 있고 [鳳], [岳], [類], [춘]에는 "爲"로
되어 있다.

94) 繡閤(수달): 화려하게 장식된 문을 이른다. '繡'는 화려하다는 뜻이고, '閤'은
집안에 있는 작은 문을 의미한다.

繞."

　　喬至無所遇, 憾悢而去. 反98)以尺牘責其失約. 紫竹戲爲《菩薩蠻》詞解之曰:

"約郎共會西廂下, 嬌羞竟負從前話. 不道一睽違, 佳期難再期. 郎君知我愧, 故把書相詆. 寄語不須謊99), 見時須打郎100)."

　　喬復爲詞, 戲答云:

"秋風只擬101)同衾枕, 春歸依舊成孤寢. 爽約不思量, 翻言要打郎. 鴛鴦如共耍, 玉手何辭打. 若再負佳期, 還應我打伊."

　　紫竹遂設誓於書. 喬答以《踏莎行》云:

"筆銳金針, 墨濃螺黛, 盟言寫就囊兒袋. 玉屛一縷獸爐煙, 蘭房深處深深拜. 芳意無窮, 花牋難載, 簾前細祝風吹帶. 兩情願得似堤邊, 一江綠水年年在."

　　後因復尋舊約, 遂得諧繾綣之私. 自此兩情相得益甚.

　　蹉跎時景, 忽復青陽102). 其父稍有所聞, 遂召喬以紫竹妻焉. 紫竹詞甚多, 不能畢錄. 猶記一詞云:

"晨鶯不住啼, 故喚愁人起. 無力曉粧慵, 閑弄荷錢水. 欲呼女伴來, 鬪中花陰裏. 嬌極不成狂, 更向屛山倚."

---

95) 【校】玉漏方催月光漸小: 《情史》에는 "玉漏方催月光漸小"로 되어 있고 《續艶異編》에는 "花日移陰簾香失裊"로 되어 있다.

96) 【校】避人歸倚小圍屛: 《情史》에는 "避人歸倚小圍屛"으로 되어 있고 《續艶異編》에는 "避人愁入倚屛山"으로 되어 있다.

97) 【校】魂: [影], [鳳], [岳], [類], 《續艶異編》에는 "魂"으로 되어 있고 [春]에는 "魄"으로 되어 있다.

98) 【校】反: 《情史》에는 "反"으로 되어 있고 《續艶異編》에는 "遂"로 되어 있다.

99) 【校】不須謊: [影], [鳳], [岳], [類]에는 "不須謊"으로 되어 있고 《續艶異編》에는 "不須慌"으로 되어 있으며 [春]에는 "不赴期"로 되어 있다.

100) 【校】郎: [影], [鳳], [岳], [類], 《續艶異編》에는 "郎"으로 되어 있고 [春]에는 "伊"로 되어 있다.

101) 【校】擬: [影], [鳳], [岳], [類], 《續艶異編》에는 "擬"로 되어 있고 [春]에는 "疑"로 되어 있다.

102) 靑陽(청양): 봄을 가리킨다. 《尸子·仁意》에서 "봄은 靑陽이고 여름은 朱明이며, 가을은 白藏이고 겨울은 玄英이다.(春爲靑陽, 夏爲朱明, 秋爲白藏, 冬爲玄英.)"라고 했다.

寶鏡的是異物, 作傳者不着下落, 何也?

34. (3-5) 막 거인(莫擧人)103)

광서(廣西)104)사람인 막(莫) 거인(擧人)105)은 회시(會試)106)를 보러 강도 (江都)107)를 지나가게 되었다. 어떤 관원의 집에 열다섯 살이 된 딸이 분향하 러 절에 가기에 막거인은 그를 따라 절에 갔다. 여자가 분향을 하려고 손을 씻자 시녀가 손수건을 올렸다. 막거인도 곧 물로 손을 씻은 뒤에 성장(盛裝)을 한 옷에 손을 닦았다. 여자가 시녀에게 눈짓하여 손수건을 막거인에게 주도록 하자 막거인은 이를 기이한 만남이라 생각하고 시녀가 나오기를 기다렸다가 소매에서 금을 꺼내 주며 사의를 표했다. 여자가 화가 나서 시녀를 시켜 그 금을 돌려주자 막거인이 시녀에게 말하기를 "나는 너를 시켜 낭자에게 감사드리고 싶은 것인데 어찌 이것을 따질 필요가 있는가?"라고 했다. 시녀가 여자에게 아뢰자 여자는 다른 사람들이 알게 될까 두려워 시녀를 시켜 막거인에게 속히 떠나 사람들의 입방아에 오르내리

---

103) 이 이야기는 청나라 汪森의 《粤西叢載》 권17에 〈廣西莫擧人〉으로도 보이는 데 그 文後에 《談林》에서 나왔다고 했다. 이 이야기를 바탕으로 한 명나라 때 擬話本小說로 《石點頭》 권5에 수록되어 있는 〈莽書生强圖鴛侶〉가 있다.

104) 광서(廣西): 명나라 太祖 洪武 9년(1376)에 廣西承宣布政使司가 설치되고 廣 西라는 명칭이 정해진 뒤 11개 府와 3개 州를 관할하게 했다. 洪武 27년 (1394)에 全州(지금의 全州, 灌陽, 資源)가 湖廣永州府에서 廣西로 병합된 후 대략 지금의 廣西壯族自治區와 같은 권역이 형성되었다.

105) 거인(擧人): 명청 때 鄕試 합격자를 이른다.

106) 회시(會試): 명청 때 3년마다 한 번씩 각 省의 擧人을 모아 京都에서 과거시 험을 거행했는데 그 시험은 會試라 불렀다.

107) 강도(江都): 지금의 江蘇省 揚州市 江都區이다.

지 말게 하라고 전했다. 막거인이 말하기를 "낭자를 한 번 뵙고 싶소이다. 그러지 않으면 죽어도 가지 않겠소이다."라고 했다. 여자는 어쩔 수 없이 비녀 하나와 손수건 하나를 빼서 시녀를 시켜 막거인에게 가져다주면서 이렇게 감사하도록 했다.

"나리의 아름다운 뜻은 감사하나 예도상 뵐 수는 없어 이것으로써 답례하니 단념하시고 바로 떠나시기 바랍니다."

막거인이 전하여 말하기를 "낭자가 이것을 내게 준 것은 나와 만나자고 약속하는 겁니다."라고 하기에 여자는 이를 듣고 후회가 되었지만 이미 그에게 준 뒤였다. 여자는 한참을 망설이다가 비로소 이런 말을 전했다.

"모일(某日)에 집에서 초제(醮祭)를 올리고 날이 저물 때 대문 밖으로 송신(送神)108)을 할 것이니 그때 제가 문어귀로 가서 한 번 뵐 수는 있을 겁니다. 그 외에는 아니 됩니다."

시녀가 막거인에게 이 말을 알리자 그는 매우 기뻐했다. 그날 저녁이 되자 그 여자는 정말로 나와서 막거인과 만나 한 번 읍한 뒤에 곧바로 몸을 돌려 집 안으로 들어갔다. 막거인은 북적대는 틈을 타 그녀의 뒤를 쏜살같이 따랐다. 방에 들어온 지 너무 늦어져 여자가 그에게 나가라고 재촉을 하자 막거인은 이렇게 말했다.

"내 이미 들어왔으니 다시 나갈 수는 없소. 공명을 이루고자 하는 생각도 사라졌소이다. 당신이 비녀와 손수건으로 내게 오라고 약속을 했으니 만약 함께할 수 없다면 죽을 수밖에 없소."

그리고 나서 버선에 넣어두고 있던 칼을 뽑아 스스로 목을 자르려 했다. 여자는 놀라 잠시 그를 만류하고서 몸이 아프다는 핑계로 방 안에 앉았다. 일이 결국에는 탄로 날 것이라 짐작하고 여자는 시녀를 데리고 함께 야반도주

---

108) 송신(送神): 神에게 제사를 올리고 나서 祭神을 마중하여 보내는 것을 이른다.

를 했다. 그 관원의 집에서는 딸을 잃어 매우 놀랐으며 이미 여자가 어떤 벼슬아치 집안과 혼약을 한지라 이때에 닥쳐 일이 누설되어 송사가 날까 두려워했다. 때마침 집안에 병든 시녀가 있기에 그를 독살한 뒤, 거짓말로 딸이 죽었다고 하고서 예에 따라 장례를 치렀다. 막거인은 여자를 데리고 돌아온 뒤에 아들 둘을 보았으며 몇 년 뒤에는 진사 급제하여 강도(江都) 인근 현의 현령 벼슬을 받았다. 아내를 데리고 임지로 간 뒤 여자의 아버지를 뵈었으며 오래되자 두터운 관계를 맺게 되었다. 막거인은 여자의 아버지를 관아로 맞이하여 주연을 베풀고 밤중까지 술을 마시다가 처자식을 불러 절을 올리도록 했는데 이전에 그 시녀도 거기에 있었다. 이에 여자의 아버지가 소스라치게 놀라며 말했다.

"너 여기 있었구나! 이런 일이 생긴 것은 내 딸이 못나서이지 사위의 잘못이 아니다. 다만, 앞서 딸을 잃어버렸을 때 약혼한 신랑 집에서 알게 될까 두려워 병에 걸려 죽었다고 이미 핑계를 대었기에 이제부터는 마땅히 삼가며 비밀로 해야 한다. 나 또한 함부로 잦게 왕래할 수가 없으니 임기를 마치고 다른 곳으로 옮겨가게 되면 내 스스로 찾아가 만날 게다."

그리고 나서 곧 작별을 하고 돌아갔다. 그 후 막거인은 벼슬이 지방 장관에까지 이르렀으며 두 아들도 모두 관직에 올랐다.

서생이 옷으로 손을 닦는 것이 여자와 무슨 상관이 있는가? 시녀에게 손수건을 주라고 눈짓한 것은 아무래도 정이 있었던 것이었으며, 비녀와 손수건으로 답례한 것은 남자에게 더욱더 구실을 준 것이었다. 문어귀에서 한 번 만난 것은 무슨 명분에서 나온 것이었나? 여자는 이미 마음속으로 막거인을 잊지 못하고 있었으나 단지 어린 여자라서 노련한 고수 같은 수단을 쓰지 못했을 뿐이었다. 이 무뢰한 서생이 한 걸음 한 걸음씩 억지를 부려 마침내 두 사람은 어울리는 부부가 되었다. 만약 막거인에게 이미 아내가

있었고 거기에다가 그 아내가 질투가 심한 여자였다면 이 여자는 어떻게
되었겠는가? 위태로웠도다! 위태로웠도다! 어찌 생각을 하지 않았는가?

[원문] 莫擧人

　　廣西莫擧人, 會試過江都. 一宦家有女及笄, 往神廟燒香, 莫隨行至廟. 女盥
手上香, 婢進帨. 莫因就水盥手, 以所衣盛服拭之. 女目婢以帨授莫. 莫以爲奇遇,
候婢出, 出袖中金致謝. 女怒, 令反其金. 莫曰: "我欲爾爲謝娘子, 此何足計?" 婢復
于女. 女恐人知, 命諭士[109]速去, 毋招人議. 莫曰: "我欲一見娘子. 不然, 雖死不
去." 女無奈, 取一簪一帕, 令婢持謝莫, 曰: "感相公美意, 然禮不可見, 以此奉答,
望絶念, 即去." 莫曰: "娘子以此見與, 是期我相見也." 女聞悔之, 業已與矣. 躊躇良
久, 乃曰: "某日家中修醮事[110], 黃昏時門外送神, 我于門首一見可也. 餘則不可."
婢復告莫, 莫喜. 至某日晚, 女果出見, 一揖後, 女即轉身入內, 莫乘鬧纂隨其後.
女至閣中, 將晚, 促之出. 莫曰: "我旣入, 則不可出矣. 我功名之念亦休矣. 爾以簪
帕約我來, 倘不得相從, 有死而已." 抽襪中佩刀欲自刎. 女驚, 姑留莫, 因托疾坐閣
中. 計事必終露, 乃攜婢宵遁. 宦家失女, 大駭. 因女已許聘一宦家, 至是懼事泄成
訟. 適家有病婢, 遂毒死, 詐稱女死, 殯葬如禮. 莫攜女歸, 生二子. 後數年, 登進士,
授江都鄰縣尹. 攜妻之任, 因謁女父. 旣久, 成厚契. 莫迎女父至衙, 設宴, 酒至夜,
呼妻子出拜, 前婢亦在. 父愕然曰: "爾乃在此乎! 此女之不肖, 非婿罪也. 但前失女
時, 恐婿家知, 已托言病死. 自今宜謹密. 我亦不敢頻往來. 任滿別遷, 我自來會."
遂別去. 莫後官至方面, 二子俱登仕籍.

　　書生以衣拭手, 何與女子事? 目婢授帨, 未免有情, 簪帕之酬, 更貽口實. 門首
一見, 出于何名? 女五內[111]固已耿耿不能忘生矣, 特嫩臉不似老作家[112]手段耳.

---

109) 【校】士: [影], [鳳], [岳], [類]에는 "士"로 되어 있고 [鬧]에는 "莫"으로 되어 있다.
110) 醮事(초사): 道士가 法壇을 만들어 놓고 法事를 행하여 재앙을 없애는 일을
　　가리킨다.

得此無賴書生, 步步撒潑[113], 終諧魚水[114]. 令生已有妻, 妻又妬婦, 此女作何下
落? 危哉! 危哉! 何不思之.

35. (3-6) 부채 가게의 여자(扇肆女)

女肆扇

미상(未詳), 《회도정사(繪圖情史)》 삽도 〈선사녀(扇肆女)〉

---

111) 五內(오내): 五中과 같은 말로 五臟을 가리키는 말이며 內心을 뜻하기도 한다.
112) 作家(작가): 口語로 어떤 방면의 高手나 전문가를 뜻한다.
113) 撒潑(살발): 생떼를 쓰고 억지 부리는 것을 뜻한다.
114) 魚水(어수): 부부가 서로 투합하거나 남녀가 정이 두터운 것을 형용하는 말
이다.

　　복건(福建)[115]사람 임생(林生)은 나이가 스무 살이었다. 시장에 흰 부채를 만드는 손옹(孫翁)이란 사람이 있었는데 그의 딸은 항상 가게에 머물러 있었다. 임생이 그녀의 아름다움을 연모해 날마다 가서 부채를 사자, 여자가 의심하여 틈을 타 임생에게 묻기를 "이것을 사서 무엇을 하세요?"라고 했다. 임생은 그녀가 항상 그리워 그 아름다운 모습을 보려 했을 뿐이라고 말했다. 여자는 임생이 젊은 나이에 자질이 아름다운 것을 보고 그 마음을 가엾게 여겨 그에게 향낭과 손수건 그리고 은비녀 하나를 준 뒤 모일(某日) 저녁에 뒷문에서 만나자고 했다. 임생은 매우 기뻐하며 그날을 손꼽아 기다렸다. 약속한 날이 되어 그곳으로 가서 여자를 기다렸으나 오래 지나도 여자는 나오지 않았다. 임생은 이미 그리움이 쌓여 병이 된 데다가 큰 바람을 맞아 몹시 추워 돌아가려 했지만 그대로 돌아갈 수가 없었다. 밤중에 여자가 나오자 임생은 스스로를 돌아볼 겨를도 없이 억지로 여자와 교합을 하다가 마침내 죽어 버렸다. 여자는 여러 번 불러도 대답이 없기에 집안사람들에게 발각될까 두려워 임생을 담장 아래로 부축해 옮긴 뒤, 문을 닫고 들어가 버렸다.

　　다음 날 이웃 사람이 임생이 죽어 있는 것을 보고 그의 아버지인 임옹에게 달려가 이를 알렸다. 임옹은 그 까닭을 알지 못한 채, 아들을 묻어 주었다. 여자는 임생과 만난 뒤로 곧 잉태를 하게 되었다. 어머니가 은밀히 묻자 여자는 숨길 수 없음을 알고 사실대로 고했다. 그녀의 어머니가 아버지에게 말을 했더니 그녀의 아버지는 노하여 딸을 죽이려고 했다. 그녀의 어머니가 말하기를 "당신은 부유하지만 아들은 없고 이 딸 하나밖에 없는데 지금 다행히도 잉태를 했습니다. 혹시 아들 하나를 낳는다면 그 또한 우리 적통의 외손자예요."라고 하니, 아버지도 그렇다고 여겨 남들이 알까 두려워 생업을

---

115) 복건(福建): 지금의 福建省 일대이다.

버리고 다른 곳으로 옮겨가 살았다.

　얼마 지나지 않아 여자는 아들을 낳았으며 그 아들은 자라 서너 살이 되었다. 우연히 시장에 가는 길에 임옹의 집 대문을 지나게 되었는데 임씨 부부가 그 아이를 보고 "이 얘는 누구의 아들이지? 죽은 우리 아들과 너무 닮았네."라고 하면서 함께 눈물을 흘렸다. 그리고 곧 아이를 집으로 데리고 가서 그에게 과자를 주었다. 아이가 집으로 돌아와서 그의 어미에게 이를 말했다. 여자는 아버지에게 고해 아버지로 하여금 그 집 죽은 아들의 성명과 유품이 있는지를 알아보도록 했다. 손옹이 아이를 데리고 갔더니 임옹은 그들을 맞이하면서 아들의 성명과 나이, 생김새 그리고 그때 손옹의 집 뒷문에서 죽은 것 등을 모두 갖춰 말했다. 손옹이 임옹에게 그의 아들이 남긴 물건이 있는지를 묻자, 임옹이 말하기를 "우리 아들의 서재가 있는데 아들이 죽은 뒤로 여태까지 차마 열어보지 못했습니다."라고 했다. 이에 서재로 가서 자물쇠를 열어 보니 먼지가 쌓여 있었고 침실 안에 있는 한 상자 속에 흰 부채와 손수건과 은비녀가 있었다. 손옹은 부채가 모두 자기 집 물건이고 향갑 또한 딸이 손수 만든 것 같기에 이 세 가지 물건을 달라고 한 뒤 집으로 돌아와서 그의 딸에게 보여주었다. 딸이 울면서 말하기를 "이는 모두 전에 임씨에게 준 것들입니다. 이 아이는 과연 임씨의 아들이에요."라고 했다. 손옹이 달려가서 임옹에게 알렸더니 임옹은 크게 기뻐하며 하늘에서 내린 것이라고 여겼다. 곧 두 집안이 함께 살면서 같이 그 아이를 가르쳐 아이는 과거에 급제해 높은 벼슬을 하게 되었다. 이 임씨와 함께 급제한 진사(進士)가 이 일을 기록했다.

[원문] 扇肆女

　　福建林生, 弱冠. 市有孫翁, 造白扇, 一女嘗居肆中. 林生心慕其美, 日往買扇.
女疑之, 乘間問生曰: "買此何爲?" 生告以思念之故, 冀時覩芳容耳. 女見生靑年美
質, 且憐其意, 遺以香囊、汗巾並銀簪一枝, 約某夕會于後門. 生大喜, 數日以待.
至期徃候, 久不出. 生積思固已成疾, 又大風寒甚, 欲歸不捨. 夜半女出, 生不暇自
顧, 勉强交歡, 遂死. 女頻呼不應, 恐爲家人所覺, 扶生牆下, 掩門而入. 明日, 鄰人
見生死, 馳報林翁. 翁罔知其縶, 因葬之. 女會生, 卽成胎. 母密詢之, 知不可諱,
以實告. 母言於翁, 翁怒欲殺女. 母曰: "爾富而無子, 止此女, 今幸孕, 倘得¹¹⁶⁾一子,
亦吾嫡甥也." 翁然之, 懼人知, 乃棄業, 移居他所. 未幾, 女生子, 長數歲矣. 偶適市,
過林翁門, 林夫婦見之曰: "此何人子? 酷似亾兒." 相與揮泣. 遂攜兒至家, 與之果.
兒歸告母, 母告其父, 使訪其亡子姓名, 且有遺物否. 孫翁攜兒徃, 林翁延之, 備言
子之姓名、年貌, 其時死于孫翁後門. 孫問林子所遺物, 林翁曰: "吾兒有書館¹¹⁷⁾,
自歿至今不忍開." 因至館啓鎖, 塵坌堆積. 臥房一箱中, 有白扇、汗巾及銀簪.
孫念扇皆己家物, 香囊又類其女手製. 乃¹¹⁸⁾並求三物, 歸以示女. 女泣曰: "此皆前
贈林者, 此子果林子也." 孫翁走告林, 林大喜, 以爲自天降. 乃二姓合居, 共敎其子,
登科甲, 爲顯宦. 此林同榜進士傳其事.

---

116) 【校】得: [影], [岳], [鳳], [類]에는 "得"으로 되어 있고 [春]에는 "爲"로 되어 있다.
117) 書館(서관): 본래 학동을 가르치거나 전적을 敎授하는 장소를 이르는데 여
　　기에서는 서재를 뜻한다.
118) 【校】乃: [影], [岳], [鳳], [類]에는 "乃"로 되어 있고 [春]에는 "遂"로 되어 있다.

36. (3-7) 완화(阮華)119)

　남송 순희(淳熙)120) 연간에 완화(阮華)라는 선비가 있었다. 잘생긴 용모에
품성이 온화했으며 특히 악기를 잘 다루었는데 당시 사람들은 그를 삼랑(三
郎)이라 불렀다. 상원절(上元節)121) 밤에 함께 교류하는 사람들과 모여서
축(筑)122)을 치고 술을 마시며 노름으로 승부를 겨루었다. 이들은 긴 밤을
즐겁게 보내자고 약속을 한 뒤 서로 이끌며 등시(燈市)123)를 걸었는데 그때는
밤이 깊었으므로 구경하는 사람들이 흩어진 뒤였다. 둥글게 찬 밝은 달을
쳐다보니 달빛이 휘영청했다. 완화가 흔연스레 말하기를 "이 경치를 보고도
잠자리로 돌아간다면 밝은 달이 우리를 비웃을 텐데 각기 잘하는 것을
하며 이 맑은 달빛 아래에서 함께 즐기는 것이 어떻겠는가?"라고 하자
모두 "좋소이다."라고 했다. 한 친구가 노래를 잘하기에 완화가 거기에
맞춰 자옥(紫玉) 소(簫)를 불었더니 그 소리가 구름 밖에까지 울렸다. 근처에
사는 옥란(玉蘭)이라는 여자가 있었는데 진(陳) 태상(太常)124)의 딸이었다.

---

119) 이 이야기는 《廣艶異編》 권8과 《續艶異編》 권4에 〈寶環記〉로 실려 있다.
　　 《喻世明言》 권4 〈閑雲庵阮三償冤債〉와 《淸平山堂話本》에 있는 〈戒指兒記〉의
　　 本事이며 《西湖二集》 권28의 入話 부분에도 이 이야기를 간단히 인용하고
　　 있다. 《金甁梅詞話》 제34회에 西門慶이 李甁兒에게 이 이야기를 얘기해 주
　　 는 내용이 보인다.
120) 순희(淳熙): 南宋 孝宗의 연호로 1174년부터 1189년까지이며 1189년 光宗이
　　 즉위하고 그다음 해까지도 이 연호를 사용했다.
121) 상원절(上元節): 元宵節이라고도 하며 음력 정월 대보름 명절을 가리킨다.
　　 일반적으로 이때를 맞아 번화가에 꽃등을 켜며 사람들은 모여 그것을 구경
　　 했으므로 燈節이라고도 불렀다.
122) 축(筑): 전국시대부터 유행했던 중국 고대 현악기의 일종으로 모양은 箏과
　　 비슷하고 竹尺으로 치면 비장한 소리를 낼 수 있었으며, 5현, 13현, 21현이
　　 었다는 서로 다른 기록이 보인다.
123) 등시(燈市): 元宵節이 되면 길거리에 꽃등을 켜 놓고 사람들이 구경을 하는
　　 풍속이 있는데 그때 꽃등을 진열해 놓고 판매도 하는 곳을 가리킨다.

그녀는 연등놀이에서 막 돌아와 달빛 아래 정원을 산책하고 있다가 갑자기
나지막한 옥관(玉管)[125] 소리가 들리기에 시녀를 시켜 몰래 가서 살펴보라고
했다. 시녀가 돌아와서 말하기를 "완삼랑(阮三郎)이 저기에서 친구들을 만나
고 있습니다."라고 했다. 옥란은 서너 번 머리를 끄덕이다가 한참 동안
응시해 보더니 낮은 소리로 절구 한 수를 읊조렸다.

밤빛은 깊어지고 달빛은 정원에 가득한데	夜色沉沉月滿庭
구름을 에워싸는 저 소리는 누가 부는 것인가	是誰吹徹遠雲聲
나지막이 새 곡조를 불기만 하지	嗚嗚只管翻新調
수심에 잠긴 이가 눈물 흘리는 걸 어찌 생각하리오	那顧愁人淚眼傾

그리고 나서 시무룩하게 방으로 들어갔다. 완화와 그의 친구들은 곡(曲)을
마치고 제각기 흩어져 돌아갔다가 다음 날 밤에도 다시 그곳에서 모였으며
며칠 밤을 모두 그렇게 했다.

어느 날 밤 친구들이 오지 않아 완화는 홀로 성월(星月) 아래를 배회하다가
무료하다 느껴 옥소로 한 곡조를 불며 스스로 즐기고 있었다. 곡을 마치기도
전에 홀연 한 시녀가 천천히 다가오자 완화가 놀리며 말하기를 "뉘 집 아이가
밤이슬을 무릅쓰고 나다니는 것인가?"라고 했다. 시녀가 웃으며 말하기를
"저는 진씨 댁 시녀이옵니다. 아씨께서 정원에서 달구경을 하시다가 소(簫)
소리에 심취하여 특별히 저를 시켜 도련님을 맞이해 한번 뵈려 하십니다."라
고 했다. 완화가 생각하기를 "저 권세 있는 집은 바다같이 깊은 데다가
문지기도 지키고 있으니 만약 생각지도 않은 일이 벌어지면 어떻게 빠져나올

---

124) 태상(太常): 제사와 禮樂을 주관했던 관직으로 秦나라 때 奉常이 설치된 뒤
    한나라 景帝 때에 이르러 太常으로 개명했으며 北齊에서는 太常寺卿이라고
    칭하다가 隋代부터 淸代에 이르기까지 줄곧 太常寺卿이라 불렀다.
125) 옥관(玉管): 옥으로 만들어진 악기로 널리 관악기를 지칭하며 玉琯이라고도
    한다.

수 있겠는가?"라고 하고 겸손한 말로 사양을 했다. 시녀가 갔다가 잠시 뒤에 다시 와서 물건 하나를 꺼내며 말하기를 "만약 도련님께서 의심을 하신다면 이 물건으로 담보를 삼으십시오."라고 했다. 완화가 그것을 보니 상감을 한 금반지였다. 곧 그것을 손가락에 끼고서 의심하고 생각할 겨를도 없이 미친 듯이 기뻐하며 그 시녀를 따라 함께 갔다. 세 번째 문까지 들어가니 달빛이 대낮과 같이 밝았고 옥란이 홀로 난간에 기대고 있는 것이 보였다. 옥란은 붉은색 얇은 비단옷을 입고 있었는데 우아한 자태와 나부끼는 풍치는 놀라서 날아오르는 기러기와 헤엄치는 교룡으로도 그 모습을 비유하기에 부족했다. 바야흐로 손을 잡고 속마음을 털어놓으려고 하는데 갑자기 부르는 소리가 들리더니 옥란이 바로 달아나 버렸다. 완화는 허겁지겁 돌아와 잠자리에 들었으나 잠을 이루지 못하고 사(詞) 한 수를 읊었다.

무심코 옥소(玉簫) 한 곡조 불었는데	玉簫一曲無心度
도원동(桃源洞) 가는 길로 끌어들일 줄 뉘 알았으리오	誰知引入桃源路[126]
구불구불한 난간 옆에서 만나	邂逅曲欄邊
허둥지둥 함께 어깨를 나란히 하려 했었지	勿忙欲並肩
한순간에 비바람이 급히 내려	一時風雨急
갑작스레 양 날개가 서로 갈려졌구나	忽爾分雙翼
고개를 돌려 낙천(洛川)의 여인을 보나니	回首洛川人[127]
도로 구름으로 변했을까 의심스럽네	翻疑化作雲

---

126) 도원로(桃源路): 동한 때 劉晨과 阮肇는 닥나무껍질을 채집하러 天台山에 들어갔다가 길을 잃고 헤매다가 桃源洞에 이르러 두 선녀를 만난다. 선녀의 집에서 반년을 머물다 다시 집으로 돌아와 보니 친척과 친구들은 이미 다 죽고 7대 후손이 살고 있었다 한다. 이 이야기는 남조 송나라 때 劉義慶의 《幽冥錄》에 실려 있는 이야기로 桃源路는 桃源으로 가는 길을 뜻한다.

127) 낙천인(洛川人): 洛川은 지금의 河南省에 있는 洛河를 가리킨다. 曹植이 京師로 가는 길에 낙천을 지나게 되었는데 洛水 여신의 이야기를 듣고 楚王이 巫山에서 神女를 만난 일에 감응하여 자신이 洛水 여신을 보게 된 내용을 〈洛神賦〉로 지었다. 낙천인은 곧 洛水의 여신을 뜻하는 말로 여기에서는 玉蘭을 洛水의 여신에 비유한 것이다.

그는 매일같이 진씨의 집 부근을 배회하였으나 규방이 깊숙하여 마음을 전달할 길이 없었으므로 날로 야위어지고 침식조차 모두 잊게 되었다. 부모와 형이 온갖 방법을 다 써서 물어봐도 모두 감추고 드러내지 않았다. 장원(張遠)이라는 친구가 있었는데 완화와 절친한 사이였다. 그는 완화가 병이 났다는 소식을 듣고 보러 와서 침상으로 다가가 병이 난 이유를 캐물었다. 완화는 망설이며 대답은 하지 않고 손을 자꾸 바라보면서 억제하지 못해 목메어 울기만 했다. 장원이 가까이에서 자세히 보니 단지 손가락에 반지 하나가 끼워져 있을 뿐이었다. 장원이 그의 뜻을 알아채고는 말하기를 "자네가 만난 사람이 있는가? 만약에 내가 힘을 쓸 수만 있다면 힘껏 도모해 주겠네."라고 했으나 완화는 둘러대며 대답하지 않았다. 계속해 간절하게 묻자 완화는 그와 더불어 도모할 수 있을 것이라 짐작하고 곧 장탄식을 하며 말했다.

"기이한 향기만 공연히 몸에 배었지 가(賈)씨 집 담장은 높기만 하여 만날 수 없고, 물총새 깃털만 헛되이 남아 있지 낙천(洛川)의 구름은 흩어져 만날 수 없으니 더 이상 무슨 말을 하겠는가?"

장원이 그 자세한 사정을 알고 나서 말했다.

"저 집은 겹겹의 문이 단단히 잠겨 있어 손을 잡아보는 것도 정말 어렵네. 다행히도 이 반지가 있으니 내가 도모해 보도록 하겠네."

그리고 나서 반지를 소매에 넣고 나와 진씨 집 대문을 응시하며 틈을 엿봤다. 잠시 후 한 비구니가 대문 안에서 나오기에 장완이 그를 따라가 보니 피진암(避塵菴)의 비구니였다. 장원이 기뻐하며 말하기를 "내 계책을 얻었다."라고 하고 비구니를 따라가 암자에 이르러 그의 앞에 은덩이 하나를 꺼내 놓고 말하기를 "부탁드릴 일이 있는데 만약 스님께서 성사하도록 해주시면 후하게 보답하겠습니다."라고 했다. 비구니가 자세한 상황을 묻자 장원이 말했다.

"제 친구 완랑이 진 태상의 딸에게 반해 피차 서로 연모하고 있지만 만날 기일이 없습니다. 평소 스님께서 그 집과 교유한다고 들었는데 좋은 계책을 얻어서 한번 만나게 했으면 합니다."

비구니는 처음에 난색을 보였으나 장원이 여러 차례 간청을 하자 비로소 말하기를 "틈탈 기회를 기다렸다가 보답하겠습니다."라고 하며 그 반지를 받아 두고 장원과 헤어졌다.

다음 날 이른 아침에 비구니가 진 태상의 집에 가서 보니 옥란이 살구빛 노란 적삼을 입고 높게 올린 머리가 반쯤 기울어져 있는 채로 어머니를 따라 정원에서 장미꽃을 따고 있었다. 옥란은 비구니가 오는 것을 보고 놀라며 말하기를 "풀에 이슬도 마르지 않았고 들보 위에 있는 제비도 아직 자고 있는데 스님께서는 어찌 이리 일찍 오셨습니까?"라고 했다. 비구니가 웃으며 말하기를 "아침 이슬을 마다하지 않고 온 것은 특별히 청할 일이 있어서입니다."라고 했다. 옥란의 어머니가 묻자 비구니가 말하기를 "저희 암자에서 새로 보살상을 주조했는데 내일이면 완성됩니다. 원컨대 부인과 아가씨께서 구경 한번 하시러 오셔서 저희 암자를 빛내 주셨으면 합니다."라고 했다. 옥란의 어머니가 말하기를 "여식이 거의 다 자라 저 혼자 가야겠습니다."라고 했다. 그때 옥란은 마침 우울하고 무료하여 한가하게 노닐고 싶어 했으므로 어머니가 허락하지 않은 것을 듣고 얼굴에 약간 불쾌한 기색을 띠었다. 비구니가 여러 번 부추기기에 부인은 함께 가는 것을 허락했다. 그리고 나서 비구니를 초대해 아침 식사를 하면서 한담을 나눴다. 비구니는 사람들의 이목이 집중되어 있어 끝내 옥란에게 뜻을 전달하기 어려웠으므로, 곧 구석진 곳에 있는 변소로 가서 용변을 보겠다는 핑계를 대고 나오자 옥란도 뒤쫓아 그와 함께 나왔다. 비구니가 곧 반지를 살짝 드러냈더니 옥란은 그 반지가 눈에 보이자 놀란 마음으로 끊임없이 쓰다듬었다. 순식간에 그녀는 눈물을 흘리며 스스로를 주체하지 못하다가 곧바로 억지웃음을 지으며 어디서 난 것이냐고 물었다. 비구니가 말하기를 "하루는 어떤 한 도령이 이를 지니고 부처님께 기도를 올렸는데 정성은 깊고 한은 쌓여 자신의 그림자를 보고 상심해 하더니 한동안 소리 없이 기도를 올린 뒤 이 반지를 보시하고 갔습니다."라고 했다. 다시 옥란은 그 사람의 이름을 묻고는 흐느끼며 눈물을 흘렸다. 비구니가 짐짓 놀란 척하며 말하기를 "아가씨께서 이 반지를 보시고 슬퍼하시는데 또 무슨 하실 말씀이 있으신가 요?"라고 했다. 옥란이 한참 동안 부끄러워하며 머뭇거리다가 눈물을 머금은 채 말하기를 "이 정(情)은 오직 스님께만 말씀드릴 수 있고, 또 스님만이 전해 주실 수 있습니다만 망설여져 입에서 말을 꺼낼 수가 없을 뿐입니다."라 고 했다. 비구니가 억지로 청하자 옥란이 말했다.

"전에 한가로이 창문으로 밖을 엿보다가 사모하는 남자를 보았습니다. 무협(巫峽)128)의 무산 신녀와 회왕의 종적을 좇아보고자 한강(漢江)에서 선녀가 정교보(鄭交甫)129)에게 패물을 풀어준 것처럼 이 금반지를 빼어줘 부족하나마 인연을 맺어주는 붉은 실이 되도록 했습니다. 나비 꿈에서 헛되이 놀라 깨어나서 오작교도 아직 놓이지 않았는데 마침 옛 물건을 마주하니 새로운 근심만 생길 뿐입니다."

비구니가 말하기를 "아가씨께서 이같이 마음이 끌리시는데 어찌하여 한번 만나는 것조차 도모하지 않으십니까?"라고 하자 옥란이 탄식하며

---

128) 무협(巫峽): 長江 三峽 중의 하나로 옆에 巫山이 있으므로 巫峽이라 불리었 다. 楚나라 宋玉의 〈高唐賦〉에 楚 懷王이 고당을 유람했을 때 낮에 자다가 꿈에서 무산신녀와 사랑을 나눈 내용이 보이는데 나중에 무협으로 남녀가 밀회하는 것을 가리키게 되었다. '尋巫峽之踪'은 巫峽의 종적을 따라간다는 뜻으로 곧 남녀가 밀회하는 것을 뜻한다.

129) 정교보(鄭交甫): 鄭交甫가 漢江(長江의 가장 큰 지류인 漢水를 가리킨다.) 물 가에 있는 漢皋臺 밑에서 두 선녀를 만났는데 선녀에게 佩物을 달라고 하 자 선녀는 패물을 풀어 鄭交甫에게 주었다는 기록이 《文選注》와 《列仙傳》 등에 보인다. 자세한 내용이 《情史》 권8 정감류 〈鄭德璘〉 '解珮投交甫'에 보 인다.

말했다.

"진대(秦臺)130)는 봉황이 떠나가고 무산(巫山)은 구름이 가득하여 홀몸으로 깊숙한 규방 속에 있는 데다 연약한 몸에서 날개가 돋기도 어려우니 꿈이 아니면 어찌 만날 수 있겠습니까?"

비구니는 옥란이 처참해하고 정이 진실한 것을 보고 찾아온 이유를 말했다. 옥란은 너무 기뻐 말을 할 수 없었으므로 웃으면서 고개만 끄덕일 뿐이었다. 곧 〈규원(閨怨)〉이라고 지은 시를 꺼내 그것으로 회신하도록 했다.

그 첫째 수는 이러하다.

기나긴 여름날 난간에 기대어 수많은 한을 기탁하지만	日永131)凭欄寄恨多
나른하니 규방에서 결국 어찌하겠나	懶懶香閣竟如何
수심어린 가슴은 절로 바늘에 찔린 듯하니	愁腸已自如針刺
한가로운 마음으로 어찌 비단 수를 놓겠는가	那得閑情繡綺羅

그 둘째 수는 이러하다.

---

130) 진대(秦臺): 鳳臺를 가리킨다. 한나라 劉向의 《列仙傳·蕭史》에 따르면 秦穆公 때 사람인 蕭史는 簫를 잘 불어 孔雀과 白鶴을 뜰에 불러올 수 있었다고 한다. 그는 穆公의 딸인 弄玉과 결혼한 뒤 매일 농옥에게 소로 봉황이 우는 소리를 흉내 내는 것을 가르쳐주었더니 몇 년이 지나고 나자 농옥은 봉황이 우는 소리와 같이 소를 불 수 있게 되어 봉황이 그들의 집에 날아와 머물렀다. 이에 진 목공은 봉대를 지어주었고 농옥 부부는 그곳에서 거처하다가 몇 년이 지난 뒤 어느 날 아침에 봉황을 따라 날아가 버렸다.
131) 일영(日永): 원래 해가 길다는 뜻으로 낮이 가장 긴 夏至를 가리키며 여름날에 낮이 긴 것을 의미하기도 한다.

맑고 고요한 밤 쓸쓸하여 잠자리에 들기 싫어　　　　　清夜凄凄懶上牀
등불 돋우며 수심 어린 마음을 스스로 적어보려 해도　　挑燈欲自寫愁腸
사모하는 마음 풀어내기도 전에 넋이 먼저 나간 듯　　　相思未訴魂先斷
한 글자 쓰고는 수만 줄기 눈물만 흘리네　　　　　　　一字書成淚萬行

그 셋째 수는 이러하다.

밤이 깊어 옥루의 물이 다해 베개 가로 가니　　　　　玉漏[132]催殘到枕邊
외로운 휘장이 이제서야 쓸쓸해지는구나　　　　　　　孤幃此際轉凄然
적막함이 밤 긴 것을 혐오하는 줄은 모르고　　　　　　不知寂寞嫌更永
시간 세는 산가지 천만 개나 있는 것만 원망하네　　　却恨更籌[133]有萬千

그 넷째 수는 이러하다.

아침에 화려하게 장식된 창문 앞에 홀로 기대어　　　朝來獨倚綺窗前
언제야 이 인연을 이룰 수 있을지 알아보려고　　　　試探何時了此緣
매일같이 남몰래 점을 쳐 물어보느라　　　　　　　　每日殷勤偸問卜
던져서 깨뜨린 동전이 얼마나 많은지 모르겠구나　　不知擲破幾多錢[134]

　옥란은 곧 반지 하나를 또 꺼내 이전의 반지와 함께 비구니에게 주었다. 그리고 헤어지기 전에 비구니에게 말하기를 "스님의 계책이 정말 좋기는

---

132) 옥루(玉漏): 물시계의 미칭이다.
133) 경주(更籌): 옛날에 밤 시간을 셈하기 위해 사용했던 대나무꼬챙이를 가리킨다.
134) 부지척파기다전(不知擲破幾多錢): 옛날 민간에서 동전을 던져 점을 치는 풍속이 있었는데 동전의 앞면과 뒷면을 보고 미래의 일을 예측했다. '不知擲破幾多錢'은 님과의 인연을 점치기 위해 동전이 깨지도록 수없이 점을 쳤다는 뜻이다.

하지만 단지 어머니와 함께 가기에 틈이 없을까 걱정됩니다."라고 했다.
비구니가 웃으며 말하기를 "이미 계산을 해 두었습니다. 아가씨께서는 암자
에 이르신 뒤에 단지 너무 피곤해 잠자고 싶은 척만 하세요. 제게 계책이
있습니다."라고 했다. 비구니는 곧바로 나가서 부인과 작별을 한 뒤 장원에게
그 소식을 알려주려고 갔다. 몇 걸음도 가지 않았는데 장원이 이미 앞으로
다가오기에 장원과 함께 완화의 거소(居所)로 가서 시와 반지를 완화에게
건넸다. 완화는 주체할 수 없을 정도로 기뻐하더니 병이 곧바로 나았다.
그는 황급히 일어나서 세수를 하고 머리를 빗고서 밤중에 가마를 타고
비구니의 암자에 이르러 작은 밀실에 숨었다. 다음 날 아침 부인과 옥란이
과연 잇따라 암자에 이르렀다. 비구니는 차를 대접한 뒤 그들과 함께 양쪽
회랑을 구경했다. 정오가 되어 옥란이 졸리고 피곤한 것을 이기지 못해
자꾸 탁자에 기대려 하자 비구니가 부인에게 말하기를 "아가씨께서 너무
피곤해 잠을 자고 싶은가 봅니다. 깨끗하고 조용한 방이 있는데 잠시 쉬시다
가 돌아가시면 안 되겠습니까?"라고 했더니 부인이 이를 허락했다. 이에
옥란을 한 작은 방으로 바래다주고 밖에서 자물쇠로 잠갔다. 옥란이 방
안에 들어가서 보니 과연 고요하고 아담하기가 짝이 없었다. 옆에 문 하나가
있었는데 손 가는 대로 열 수가 있었다. 옥란이 마침 눈여겨보고 있는
사이에 완화가 침상 뒤에서 갑자기 나왔다. 옥란은 놀라면서도 한편으로
기뻐하며 그에게 살금살금 걸으라고 했다. 두 사람의 정이 함께 들어맞아
곧 웃으면서 비단 적삼을 벗었는데 물결에 노니는 물고기와 꽃향기에 취한
나비로도 비유할 수 없었다. 즐거움이 막 짙어지는 참에 완화가 갑자기
조용해지더니 움직이지 않았다. 옥란이 놀라서 일어나 그를 자세히 살펴보았
더니 숨소리가 없었다. 그는 어떻게 할 수 없을 정도로 당황스럽고 두려워
완화를 침상의 벽으로 밀어 놓고 재빨리 일어나 급히 머리를 정돈했다.
옥란의 어머니는 비록 딸의 얼굴색이 이상한 것을 의아하게 생각하기는

했으나 단지 병이 난 것으로만 여기고 곧 수레를 준비하라 명한 뒤 비구니와
작별하고 돌아갔다. 수레 소리가 아직 잦아지기도 전에 장원과 완화의
형이 다가와 비구니에게 말하기를 "일이 성사되었습니까?"라고 하자, 비구니
가 웃으며 말하기를 "다행히도 분부를 욕되게 하지는 않았습니다."라고
했다. 장원이 완화가 어디에 있는지 묻자 비구니가 그 방을 가리키며 말하기
를 "아직 양대(陽臺)135)의 꿈에서 깨어나지 않았습니다."라고 했다. 곧 방문
을 밀고 함께 들어가 여러 차례 부르다가 가까이 가서 밀어보니 그가 죽은
채로 있었다. 모두가 놀라 얼굴색이 변하고 말을 잃었으며 오랫동안 아팠던
몸이라 이렇게 되었을 것이라 생각했다. 곧 집으로 돌아와 그의 아버지에게
알리고서 암자에서 병을 다스리다가 죽었다고 둘러댔다. 마침내 그 일은
묻혀져 아는 사람이 없었다. 오직 옥란만 가슴에 사무치고 한탄스런 마음을
풀 길이 없어 자나 깨나 근심하며 원망만 했다. 이에 이전에 지은 시 4수에
이어 다음과 같은 시를 지었다.

그 첫째 수는 이러하다.

사랑의 꿈이 무양(巫陽)에서 끊기니　　行雲一夢斷巫陽136)
예처럼 경대 앞에서 화장을 하는 것도 싫어지네　　懶向臺前理舊妝
초췌함을 이길 수 없어 거울 대하기도 부끄러운데　　憔悴不勝羞對鏡
누구를 위해 머리를 빗고 몸단장을 하겠는가　　爲誰梳洗整容光

135) 양대(陽臺): 초나라 宋玉의 〈高唐賦〉에 楚 懷王이 고당을 유람했을 때 꿈에
　　서 무산신녀와 양대에서 만나 사랑을 나눈 이야기가 나온다. 이로 인해 양
　　대는 男女歡會의 장소를 가리키며 陽臺夢는 男女歡會의 꿈을 의미한다. 자
　　세한 이야기는 《情史》 권19 정의류 〈巫山神女〉에 보인다.
136) 무양(巫陽): 巫山의 남쪽으로 宋玉의 〈高唐賦〉에서 楚 懷王과 무산신녀가 만
　　난 곳이다.

그 둘째 수는 이러하다.

꽃 사이로 다가가 옛 자취 그리던 것이 몇 번이던고 　幾向花間想舊蹤
꽃 아래에서 누가 함께 배회하리오 　徘徊花下有誰同
가련히 얼마나 많은 상사의 눈물을 흘렸던지 　可憐多少相思淚
꽃가지 꽃잎마다 붉게 물들었구나 　染得花枝片片紅

그 셋째 수는 이러하다.

양대(陽臺)에 풍파가 일고 난 뒤 　一自風波起楚臺[137]
깊은 규방은 쓸쓸해져 이미 너무 서럽구나 　深閨冷落已堪哀
남은 연기는 공연스레 향로에서 사라지고 　餘烟空自消金鴨[138]
어찌해 꽃다운 이내 마음은 재가 되어버렸는가 　那得芳心化作灰

그 넷째 수는 이러하다.

홀로 거문고 안고서 잠 이루지 못하다가 　雲和[139]獨抱不成眠
정원 앞으로 발걸음 옮겨보니 달이 하늘에 가득하네 　移向庭前月滿天
이별을 원망하는 말 한마디에 두 줄기 눈물이 떨어져 　別怨一聲雙淚落
가련히도 방울방울 거문고 줄을 적시네 　可憐點點濕朱弦[140]

---

137) 초대(楚臺): 초나라 懷王이 꿈속에서 무산신녀와 만난 陽臺를 가리킨다.
138) 금압(金鴨): 오리 모양으로 된 도금한 구리 향로를 가리킨다.
139) 운화(雲和): 옛날에 雲和山에서 나온 나무로 琴瑟을 만들었으므로 琴瑟과 琵
　　琶 등의 현악기를 모두 雲和라고 칭했다.
140) 주현(朱弦): 熟絲로 만든 붉은색 琴絃을 가리킨다. 《禮記·樂記》에 대한 鄭
　　玄의 註에서 "朱弦은 삶아 익힌 명주실(熟絲)로 만든 붉은 색 현이다. 삶았
　　으므로 소리가 탁하다.(朱弦, 練朱絃. 練則聲濁.)"라고 했다.

이 일이 있은 뒤로부터 하루 종일 맥이 빠진 듯했는데 그녀는 이미 임신을 한 상태였다. 그녀의 어머니가 이상한 것을 알아채고서 남몰래 물어보자 옥란은 숨길 수 없다고 생각하고 실정을 모두 다 얘기한 뒤 울면서 말했다.

"이 딸은 죄를 지은 몸이라 죽어도 아깝지 않습니다. 뻔뻔스러운 얼굴로 구차하게 살고 있는 이유는 아기를 가졌기 때문입니다. 만일 어머니께서 살려 주신다면 완씨의 미망인이 되는 것으로 만족합니다."

곧 어머니가 진 태상에게 비밀리에 아뢰었더니 처음에는 매우 노하였으나 결국에는 어쩔 수 없었다. 완화의 아버지를 밀실로 청해 이 상황을 말하자 그 또한 기뻐했다. 이에 완화의 아버지는 옥란을 일찍이 완화와 혼약한 자라고 둘러대고 그녀를 맞이하여 집으로 돌아갔다. 몇 달이 지나 아들 하나를 낳았고 이름을 학룡(學龍)이라고 지었다. 옥란은 종신토록 채소만 먹고 흰옷만 입었으며 창문으로 내다보지 않았다. 후에 학룡은 나이 열여섯에 급제를 했고 벼슬은 모(某) 주(州)의 주목(州牧)에까지 이르렀으며 이에 옥란도 표창을 받았다.

위오국(僞吳國)[141] 중락교(中樂橋)[142]에서 실을 파는 이(李)씨의 딸이 아름다웠다. 사도(司徒)인 이백승(李伯昇)[143]의 아들은 그 여자를 좋아하여 날마다 그 집 대문에 기대고 서있었다. 한 비구니가 그를 위해 계책을 내어 여자를 방으로 유인했다. 이백승의 아들은 매우 기뻐하더니 교합을

---

141) 위오국(僞吳國): 원나라 말년 江蘇·浙江 일대 봉기군의 수령이었던 吳王 張士誠(1321~1367)이 1363년에 세운 지방할거 정권으로 수도는 平江(지금의 江蘇省 蘇州市)이었다.

142) 중락교(中樂橋): 蘇州(지금의 江蘇省 蘇州市)에 있었던 다리 이름이다.

143) 이백승(李伯昇, ?~1380): 元末明初 때의 명장으로 본래 張士誠 봉기군 정권의 司徒였는데 원나라에 항거하면서 朱元璋의 봉기군과도 다투다가 朱元璋에게 전패해 투항했다. 후에 명나라에서 平章政事와 詹事院事 등의 벼슬을 지냈다.

하자마자 바로 죽어버렸다. 비구니는 그의 시신을 침상 밑에 묻고서 그가 썼던 큰 모자를 침상의 천장 위에 놓아두었다. 얼마 안 있다가 지붕이 새 장인(匠人)을 불러다가 고치도록 했다. 장인이 구멍 속에서 모자를 발견하고 이를 이백승에게 알리자 이백승은 비구니를 잡아오게 한 뒤 조사해 시신을 찾아냈다. 비구니는 죽이고 그 절은 폐사시켰다.

또 《이견지(夷堅志)》144)에 이런 이야기도 있다.

임안(臨安)145)에 사는 젊은이가 모씨(某氏)의 부인을 좋아하여 날마다 그 집 대문에 기대고 서 있었다. 어떤 비구니가 그 집을 드나드는 것을 보고 그 뒤를 따라가 서호(西湖)에 있는 암자로 가서 돈 천만(千萬)을 보시했다. 비구니가 의아하게 여기기에 실정을 말해주었더니 비구니는 달콤한 말로 부인을 꾀어 절로 오게 했다. 부인이 술에 취해 침상으로 올라갔더니 한 남자가 누워 있기에 황급히 가마를 타고 돌아갔다. 비구니가 들어가서 보았더니 그 젊은이는 이미 죽어 있었다. 아마도 너무 기뻐한 나머지 급사했을 것이다. 일이 탄로 나서 비구니는 도형(徒刑)을 받았다. 비구니의 재간 또한 무서워할 만하다. 피진암의 비구니가 요행히 화를 면한 것은 진 태상과 완화의 아버지가 지나치게 너그러웠기 때문이었다.

---

144) 이견지(夷堅志): 남송 洪邁(1123~1202)의 筆記小說集이다. 夷堅은 《列子 · 湯問》에 "夷堅이 듣고 그것을 기록했다."라는 구절에서 나온 것으로 고대의 博物者였다. 《夷堅志》는 총 410권(현전 206권)으로 되어 있었고 송나라 사회에 대한 다방면의 자료가 망라되어 있다. 여기 《情史》에서 인용하고 있는 '임안의 젊은이'에 대한 이야기는 《夷堅志 · 支志景》 권3에 〈西湖庵尼〉條에 보인다.
145) 임안(臨安): 지금의 浙江省 杭州市이다.

[원문] 阮華

淳熙中, 有阮生名華, 美姿容, 賦性溫茂, 尤善絲竹, 時以三郞稱之. 上元夜, 因會其同遊, 擊筑飛觴, 呼盧¹⁴⁶⁾博勝, 約爲長夜之歡, 旣而相攜踏於燈市. 時漏盡¹⁴⁷⁾銅龍¹⁴⁸⁾, 遊人散矣. 仰觀皓月滿輪, 浮光耀采. 華欣然曰: "見此景而歸枕席, 奈明月笑¹⁴⁹⁾人, 孰若各事所能, 共樂淸光之下." 衆曰: "善." 一友能歌, 華吹紫玉簫和之, 聲入雲表. 近居有女玉蘭, 陳太常子也. 燈筵方散, 步月於庭, 忽聞玉管嗚嗚, 因命侍兒窺之. 還曰: "阮三郞會友於彼." 蘭頷之數四, 凝睇者久之. 因低諷一絶曰:

夜色沉沉月滿庭, 是誰吹徹遠雲聲?

嗚嗚只管翻新調, 那顧愁人淚眼傾.

遂怏怏而入. 華等曲終各散去, 明夜復會於此, 如是數夕皆然.

一夕, 衆友不至, 華獨徘徊星月之下, 自覺無聊, 乃吹玉簫一曲自娛. 未終, 忽一雙鬟冉冉而至. 華戲謂曰: "何氏子冒露而行?" 鬟笑曰: "某陳宅侍兒也. 因小姐玩月於庭, 聞簫心醉, 特遣妾奉逆一面¹⁵⁰⁾." 華思曰: "彼朱門¹⁵¹⁾若海, 閽寺¹⁵²⁾

---

146) 呼盧(호로): 도박놀이를 하는 것을 의미한다. 옛날 도박놀이로 양면에 각각 검은 색과 흰색을 칠한 나무판으로 만든 주사위 다섯 개를 던져 다섯 개가 모두 검은색으로 나오면 점수가 가장 높았으므로 '盧'라 불렀다. 도박을 할 때 높은 점수를 얻으려고 왕왕 소리를 지르며 그것을 불렀기에 '呼盧'라고 칭하게 된 것이다.

147) 漏盡(누진): 물시계의 물이 다 떨어졌다는 의미로 밤이 깊어졌거나 날이 장차 밝을 것을 의미한다.

148) 銅龍(동룡): 물시계에 달린 용 모양의 물꼭지를 이르는 말로 물시계를 銅龍이라 부르기도 했다.

149) 【校】 笑: [影], 《續艶異編》, 《廣艶異編》에는 "笑"로 되어 있고 [鳳], [岳], [類], [春]에는 "照"로 되어 있다.

150) 【校】 奉逆一面: [影], [類], [春]에는 "奉逆一面"으로 되어 있고 [鳳], [岳]에는 "奉邀一面"으로 되어 있으며 《續艶異編》, 《廣艶異編》에는 "逆郞以圖淸夜之話"로 되어 있다.

151) 朱門(주문): 붉은 색으로 칠한 대문을 이르는 말로 부호나 귀족 집안을 가리킨다.

152) 閽寺(혼시): 본래 閽人과 寺人을 아울러 이르는 말로 古代 궁중에서 문을 지키던 벼슬아치였으며 나중에는 현귀한 집안의 문지기를 가리키기도 했다.

守之. 倘有不虞, 何以自解." 遜詞謝之. 侍兒去, 俄頃復至, 出一物曰: "如郞見疑,
請以斯物爲質." 華視之, 乃一金鑲指環也. 遂約之於指, 無暇疑思, 心喜若狂, 隨與
俱往. 至三門, 月色如晝. 見蘭獨倚小軒, 衣絳綃衣, 幽姿雅態, 風韻扁然, 雖驚鴻游
龍153), 不足喩也. 方欲把臂訴衷, 忽聞傳呼聲, 蘭卽遁去. 華狼狽而歸, 寢不成寐.
因吟一詞曰:

　　玉簫一曲無心度, 誰知引入桃源路. 邂逅曲欄邊, 勿忙欲並肩. 一時風雨急,
忽爾分雙翼. 囘首洛川人, 翻疑化作雲.

　　逐日徬徨于陳氏之居, 而香閣深沉, 無媒可達. 日爲羸瘦154), 寢食皆忘. 父母
及兄百方問之, 皆隱而不露. 有友張遠, 華之至交也. 聞華病, 往視之, 因就榻究其
病源. 華沉吟不答, 惟時時以目顧其手, 嗚咽不勝. 遠因逼視之, 惟指約一環而已.
遠會其意, 因曰: "子有所遇乎? 倘可致力, 當力圖之." 華支吾不答. 苦叩155)不已,
華度其可與謀, 因長嘆曰: "異香空染, 賈院牆高156); 翠羽徒存, 洛川雲散157). 更何

《禮記・內則》에서 "깊은 궁궐에는 견고한 문이 있는데 閽寺는 그것을 지키
며 남자는 들어가지 못하게 하고 여자는 나오지 못하게 한다."고 했다. 이
에 대한 鄭玄의 註에서는 "閽은 中門의 출입통제를 장관하고 寺는 宮人에
대한 禁令을 장관했다."라고 했다.

153) 驚鴻游龍(경홍유룡): 삼국시대 魏나라 曹植의 〈洛神賦〉에 있는 "가뿐함은 놀
라 날아오르는 기러기와 같으며 완려(婉麗)함은 헤엄치는 교룡과 같구나.
(翩若驚鴻, 婉若游龍.)"라는 구절에서 나온 말로 여인의 유연하고 아름다운
모습을 형용하는 말이다.

154) 【校】瘦: [影], 《續艶異編》, 《廣艶異編》에는 "瘦"로 되어 있고 [鳳], [岳], [類],
[春]에는 "疾"로 되어 있다.

155) 【校】叩: [鳳], [岳], [類], [影], 《續艶異編》, 《廣艶異編》에는 "叩"로 되어 있고
[春]에는 "問"으로 되어 있다.

156) 異香空染 賈院牆高(이향공염 가원장고): 공연히 특이한 향기만 몸에 배였지
담장이 높아 넘어갈 수 없어 사랑하는 임과 만날 수 없다는 뜻이다. 南朝
宋나라 때 劉義慶의 《世說新語・惑溺》에 西晉의 개국공신 賈充의 막료였던
韓壽가 담장을 넘어 가충의 딸 賈午와 밀회를 하는데 가오가 아버지에게서
훔쳐온 서역의 진상품인 특이한 향료를 그에게 선물을 하여 나중에 가충이
한수의 몸에서 나는 특이한 향기를 맡고 그들의 일을 알게 된 뒤 혼인을
시켜주었다는 이야기가 실려 있다. 이 이야기는 《情史》권3 정사류 〈賈午〉
에도 보인다.

157) 翠羽徒存 洛川雲散(취우도존 낙천운산): 푸른 깃털만 공연히 남아 있을 뿐

言哉!" 遠得其曲折, 因曰: "彼重門深鎖, 握手誠難. 幸有此環, 容僕試籌之可也." 遂袖之而出, 凝目於陳氏之門, 以窺其罅. 俄頃, 一尼自其門出. 跡其蹤視之, 乃避塵菴之尼. 遠喜曰: "吾計得矣." 遂尾尼至菴, 出一白鐶於前曰: "有事相煩, 倘師能成之, 當圖重報." 尼扣其詳, 遠曰: "吾友阮郎, 鍾情於陳太常之女. 彼此相慕, 會面無期. 聞師素游其門, 願得良謀, 以圖一晤." 尼始有難色, 遠懇之數四, 始曰: "俟有便可乘, 當相報也." 遂收其環而別.

次日, 尼清晨至陳太常家. 見蘭著杏黃衫子, 雲髻半偏, 從其母摘玫瑰於庭. 見尼至, 驚謂曰: "露中未幹, 梁燕猶宿, 師何來若此早?" 尼笑曰: "不辭曉露而至, 特有所請耳!" 其母問之, 曰: "敝菴新鑄大士[158]寶像, 翌日告成. 願夫人與小姐隨喜[159]一觀, 爲青蓮[160]生色." 其母曰: "女子差長, 身當[161]獨行." 時蘭方抱欝無聊, 正思閒適. 聞母不許, 顔微怫然[162]. 尼再四從臾[163], 夫人因許共往. 遂延早膳, 兼致閑談. 尼因耳目四集, 終難達情. 遂推更衣[164]於小軒僻所, 蘭躡其後, 因與俱

낙천의 구름은 이미 흩어졌다는 뜻으로 사랑하는 이를 만날 수 없음을 이른다. '洛川雲散'은 曹植이 洛川를 지날 때 楚王이 "아침에는 구름이 되고 저녁에는 비가 되어 내린다.(旦爲朝雲, 暮爲行雨.)"라고 하는 巫山神女와 만나는 이야기에 감응하여 〈洛神賦〉를 지은 것에서 비롯된 말이고, '翠羽徒存'은 조식의 〈낙신부〉에 있는 "明珠를 캐기도 하고, 물총새 깃털을 줍기도 한다. (或採明珠, 或拾翠羽.)"라는 구절을 전용한 표현이다.

158) 大士(대사): 불교에서 보살에 대한 통칭이며, 開士라고도 하고 특히 관세음보살을 가리키기도 한다. 南宋 때 宗鑑의 《釋門正統》 第四에서 "菩薩을 大士라고 하고 僧을 德士라고 한다.(菩薩爲大士, 僧爲德士.)"고 했다.

159) 隨喜(수희): 불교에서 불상을 참배하는 것에 따라 환희의 마음이 생긴다고 하여 사찰을 유람하는 것을 隨喜라고 한다. 원래 隨喜라는 말은 남의 착한 일을 보고 따라서 歡喜하는 마음을 가리킨다.

160) 靑蓮(청련): 불교에서 연꽃이 淸淨하여 오염되지 않는다고 여겨 불교와 관련된 사물을 靑蓮이라 칭한다. 여기에서는 구체적으로 佛寺를 가리킨다.

161) 【校】當: [鳳], [岳], [類], [影], 《續艶異編》, 《廣艶異編》에는 "當"으로 되어 있고 [春]에는 "難"으로 되어 있다.

162) 怫然(불연): 怫은 怫과 통용하여 怫然은 불쾌한 모습을 형용하는 말이다.

163) 【校】從臾: [影], 《續艶異編》, 《廣艶異編》에는 "從臾"로 되어 있고 [鳳], [岳], [類], [春]에는 "慫恿"으로 되어 있다. 從臾(종유)는 從諛 또는 從恿로 쓰이기도 하고 부추긴다는 뜻이다.

164) 更衣(경의): 대소변 보는 것을 완곡하게 이르는 말이다.

行. 尼遂微露指環, 蘭觸目心驚, 即把玩不已, 逶巡淚下, 不能自持. 因强作笑容,
叩165)其所自. 尼曰: "日有一郎, 持此禱166)佛, 幽忱積恨, 顧影傷心, 默誦許時,
遂施此環而去." 蘭復叩其姓名, 遂欷歔泣下. 尼故驚曰: "小姐對此而悲, 其亦有說
乎?" 蘭羞怩久之, 逐含淚言曰: "此情惟師可言, 亦惟師可達, 但搖搖不能出口耳!"
尼强之, 曰: "昔者, 閒窺青瑣167), 偶遇檀郎168). 欲尋巫峽之踪, 遂解漢江之佩,
脫茲金指, 聊作赤繩169). 蝶夢170)徒驚, 鵲橋未駕. 適逢故物, 因動新愁耳!" 尼曰:
"小姐既此關情, 何不一圖覿面?" 蘭歎曰: "秦171)臺鳳去, 楚岫172)雲迷; 一身靜鎖
重幃, 六翮173)難生弱體. 自非174)魂夢, 安得相逢?" 尼見凄慘情眞, 遂告以所來之
故. 蘭喜極不能言, 惟笑頷其首而已. 因出所題《閨怨》, 使作回音.

---

165) 【校】扣: [影], 《續艶異編》, 《廣艶異編》에는 "扣"로 되어 있고 [鳳], [岳], [類],
　　　[春]에는 "叩"로 되어 있다.

166) 【校】禱: 《續艶異編》, 《廣艶異編》에는 "禱"로 되어 있고 [影], [鳳], [岳], [類]에
　　　는 "禱"로 되어 있으며 [春]에는 "鑄(禱)"로 되어 있다.

167) 青瑣(청쇄): 青鎖 또는 青璅라고 쓰기도 하며 격자가 있는 창문을 가리킨다.

168) 檀郎(단랑): 《晉書 • 潘岳傳》과 《世說新語 • 容止》의 기록에 의하면, 晉나라 潘
　　　岳이라는 자는 풍채와 용모가 아름다워 길거리로 나가면 부녀자들이 그의
　　　손을 잡고 둘러싸며 타고 있는 수레가 가득 찰 정도로 과일 등을 던져주었
　　　다고 한다. 潘岳의 아명이 檀奴였으므로 檀郎이란 말이 부녀자가 남편이나
　　　사랑하는 남자에 대한 美稱이 되었다.

169) 赤繩(적승): 부부의 인연을 맺어주는 빨간색 줄을 뜻한다. 고대의 전설에 의
　　　하면 月下老人이 빨간색 줄로 남자와 여자의 발을 서로 묶어 놓으면 부부가
　　　된다고 한다. 자세한 이야기가 당나라 李復言의 《續玄怪錄 • 定婚店》과 《情史》
　　　권2 정연류 〈韋固〉에 보인다.

170) 蝶夢(접몽): 《莊子 • 齊物論》에 莊子가 꿈에서 나비로 변한 이야기가 있는데
　　　이로 인해 蝶夢은 황홀한 꿈을 비유하게 되었다.

171) 【校】秦: [影], [鳳], [岳], [類], 《續艶異編》, 《廣艶異編》에는 "秦"으로 되어 있
　　　고 [春]에는 "春"으로 되어 있다.

172) 楚岫(초수): 楚 지방에 있는 巫山을 이르는 말로 남녀가 즐거운 만남을 이
　　　루는 곳을 가리킨다.

173) 六翮(육핵): 조류 날개의 正羽를 이르는 말로 새의 양쪽 날개를 가리킨다.

174) 【校】非: [影], [春], [岳], [類]에는 "非"로 되어 있고 [鳳]에는 "君"으로 되어 있다.

其一曰:

日永凭欄寄恨多, 懨懨香閣竟如何?

愁腸已自如針刺, 那得閑情繡綺羅!

其二曰:

清夜凄凄懶上牀, 挑燈欲自寫愁腸.

相思未訴魂先斷, 一字書成淚萬行.

其三曰:

玉漏催殘到枕邊, 孤幃此際轉凄然.

不知寂寞嫌更永, 却恨更籌有萬千.

其四曰:

朝來獨倚綺窗前, 試探何時了此緣.

每日殷勤偷問卜, 不知擲破幾多錢!

　因更出一環, 並前環付尼. 臨別曰: "師計固良, 第恐老母俱臨, 無其隙耳!" 尼笑曰: "業已籌之, 小姐至菴, 但爲倦極思睡, 某當有計耳." 尼因出別夫人, 往復遠信. 未行數步, 遠已迎前. 遂同至阮所, 以詩及環付之. 華喜不自持, 病立愈矣. 遽起櫛沐, 夜分以肩輿載至尼菴, 閉於小軒邃室.

　次晨, 夫人及蘭果聯翩而至. 尼延茶畢, 遂同遊兩廊. 卓午, 蘭困倦不勝, 時欲隱几. 尼謂夫人曰: "小姐倦極思寢耳. 某室清幽頗甚, 能暫憩而歸乎?" 夫人許諾. 遂送一小室中, 更外而加鏑. 蘭入其內, 果幽雅絕倫. 旁設一門, 隨手可啟. 蘭正注目, 華自牀後忽來. 蘭驚喜交加, 令其躡足. 兩情俱洽, 遂笑解羅襦. 雖戲錦浪之遊鱗, 醉香叢之迷蝶, 亦不足喻也. 歡好正濃, 而華忽寂然不動. 蘭驚起諦視, 聲息杳如. 遂惶懼不勝, 推之牀壁, 蹶然而起, 遽整雲鬟. 母雖訝其神色異常, 第以爲疾作耳, 遂命輿, 別尼而歸. 輿音未寂, 張遠及華之兄至, 謂尼曰: "事成否?" 尼笑曰: "幸不辱命." 遠問三郎何在, 尼指其室曰: "猶作陽臺夢未醒耳!" 遂推門共入, 喚之數四, 近而推之, 死矣. 各相失色無言. 因思久病之軀, 故宜致是. 遂歸報其父, 托言養病於菴而殂. 其事遂隱, 而人無知者. 惟蘭衷[175]心鬱結, 感慨難伸. 凡窹寐

---

175)【校】衷: [影], [鳳], [岳], [類],《續艷異編》,《廣艷異編》에는 "衷"으로 되어 있

之間, 無非愁恨. 乃續前之四韻.

其一曰:

行雲一夢斷巫陽176), 懶向臺前理舊粧.

憔悴不勝羞對鏡, 爲誰梳洗整容光?

其二曰:

幾向花間想舊蹤, 徘徊花下有誰同?

可憐多少相思淚, 染得花枝片片紅.

其三曰:

一自風波起楚臺, 深閨冷落已堪哀.

餘烟空自消金鴨, 那得芳心化作灰.

其四曰:

雲和獨抱不成眠, 移向庭前月滿天.

別怨一聲雙淚落, 可憐點點濕朱弦.

自此終日懨懨, 遂已成娠. 其母察其異, 因潛扣. 蘭度不可隱, 盡露其情, 且涕泣而言曰: "女負罪之身, 死無足惜! 所以厚顏苟存者, 爲斯娠在耳. 倘母生之, 爲阮氏之未亡婦, 足矣!" 母乃密白於太常. 始尤怒甚, 終亦無奈. 遂請阮老于密室, 以斯情達之. 阮亦忻然. 因託言曾聘于華者, 遂迎之以歸. 數月而生一子, 取名學龍. 蘭遂蔬縞終身, 目不窺戶. 後龍年十六而登第, 官至某州牧, 蘭因受旌焉.

僞吳有國, 中樂橋李賣線之女美, 司徒李伯昇之子悅之, 日倚其門. 一尼爲定計, 誘致之室. 李子喜極, 一交接即死. 尼瘞其屍榻下, 而寘其所帶大帽于床頂. 未幾屋漏, 召匠治之. 匠于穴中見帽, 遂以告李. 李執尼出, 驗之, 得屍. 誅尼, 廢其寺.

又《夷堅志》: 臨安少年悅某氏婦, 日倚其門. 見一尼出入, 隨之至西湖菴中, 施錢千萬. 尼訝之, 以情告, 遂爲甘言誘婦至寺. 醉臥登榻, 則一男子伏焉. 婦人倉皇索轎歸. 尼入視, 其人已卒, 蓋喜極暴亡也. 事露, 尼受徒刑. 尼之伎倆, 亦可畏矣. 避塵菴之尼, 幸而免禍, 亦陳阮之過于寬乎!

고 [春]에는 "中"으로 되어 있다.

176) 【校】 陽: [影], [春], 《續艷異編》, 《廣豔異編》에는 "陽"으로 되어 있고 [鳳], [岳], [類]에는 "腸"으로 되어 있다.

37. (3-8) 영영(盈盈)177)

영영(盈盈)이라는 여인은 당나라 천보(天寶)178) 연간 어떤 귀인(貴人)의
첩으로 용모가 아름답기로 당시 으뜸이었다. 마침 그 귀인이 병에 걸려
같은 관서에 있는 동료가 천우(千牛)179) 벼슬을 하고 있는 아들을 보내
병문안을 하게 했더니 그 아들은 영영과 사통해 영영의 방에서 오랫동안
숨어 지냈다. 천우의 부친이 매우 절박하게 그를 찾자 명황(明皇)180)은
이를 듣고서 명을 내려 경도를 대수색해 찾아보지 않은 곳이 없었지만
그의 종적은 보이지 않았다. 명황이 천우의 아버지에게 묻기를 "근래에
간 곳이 어디인가?"라고 하자, "모 귀인이 병에 걸려 일찍이 문병하러 보낸
적이 있사옵니다."라고 말하기에 명을 내려 귀인의 집도 수색하라 했다.
이에 영영이 천우에게 이르기를 "지금 형세로는 몸을 숨기실 수 없습니다.
나가셔도 해는 없으실 거예요."라고 했다. 천우가 죄를 받을까 두려워하자
영영이 이렇게 말했다.

"단 여기에 있었다고 하시면 안 됩니다. 만약 황제께서 어디에 갔었냐고

---

177) 이 이야기는 송나라 王銍의 《默記》 권下에 제목 없이 보이는데 그 문두에
"〈達奚盈盈傳〉은 晏 元獻의 집에 있는데 아마도 당나라 사람이 지은 것일
것이다.(達奚盈盈傳, 晏元獻家有之, 蓋唐人所撰也.)"라고 한 것으로 봐서 당시
에 유전되고 있던 〈達奚盈盈傳〉이라는 작품을 轉寫한 것으로 보인다. 《古今
說海》 說略部一에도 수록되어 있으며 《智囊》 권27에는 〈達奚盈盈〉의 제목으
로 실려 있다. 청나라 褚人獲의 《隋唐演義》 제80회 '安祿山入宮見妃子 高力
士沿街覓狀元'에서는 이 이야기를 敷衍하고 있다.
178) 천보(天寶): 당나라 玄宗 李隆基의 연호로 742년부터 756년까지이다.
179) 천우(千牛): 군주를 가까이에서 호위하는 벼슬로 千牛備身의 준말이다. 後魏
부터 있었으며 당나라 때에는 左右千牛衛가 있었다.
180) 명황(明皇): 당나라 玄宗 李隆基(685~762)를 가리킨다. 시호가 至道大聖大明
孝皇帝였으므로 明皇이라고 불리었다. 《新唐書》 권5와 《舊唐書》 권8에 그에
대한 傳이 있다.

물으시면 '이러이러한 사람들을 보았고 이러이러한 발과 휘장을 봤으며
이러이러한 음식을 먹었는데 제 스스로가 결정할 수 없는 상황이었사옵니
다.'라고만 말씀하세요. 결코 화는 없을 거예요."

천우가 영영의 방에서 나간 뒤 명황이 크게 노하며 묻기에 영영이 말해
준 대로 대답했더니 황제는 웃으면서 더 이상 묻지 않았다. 며칠 뒤에
괵국부인(虢國夫人)[181]이 궁에 들어오자 명황이 농담 삼아 말하기를 "어찌해
오랫동안 소년을 감춰두고 나오지 못하게 하셨소?"라고 하니 괵국부인도
크게 웃을 뿐이었다.

남몰래 요령에 맞춰 결국 괵국부인에게 떠넘겼으니 영영은 가히 약다고
할 수 있다.

[원문] 盈盈

　　盈盈者, 天寶中貴人之妾, 姿豔一時. 會貴者病, 同官之子爲千牛者, 父遣往
問, 遂爲盈盈所私, 匿于其室甚久. 千牛父索之甚急, 明皇聞之, 詔大索京師, 無所
不至, 而不見其迹. 因問: "近往何處?" 其父言: "貴人病, 嘗往問之." 詔且索貴人之
室. 盈盈謂千牛曰: "今勢不能自隱矣, 出亦無甚害." 千牛懼得罪. 盈盈因謂曰:
"第不可言在此. 若上問何住, 但云: '所見人物如此, 所見簾幕屛幃如此, 所食物如
此, 勢不繇己.' 決無患矣." 既出, 明皇大怒, 問之, 對如盈盈言, 上笑而不問. 後數日,

181) 괵국부인(虢國夫人): 당나라 蒲州 永樂(지금의 山西省 芮城縣)사람으로 楊貴
妃의 셋째 언니이다. 양귀비가 명황의 총애를 입게 된 후 천보 연간에 그
의 다른 두 언니와 함께 각각 虢國夫人, 韓國夫人, 秦國夫人에 봉해졌다.
《舊唐書》 권51과 《新唐書》 권89의 기록을 보면, 괵국부인은 楊國忠과 사통
하며 방탕하고 사치스런 생활을 했던 것으로 그려져 있다. 〈盈盈〉에서는
괵국부인의 이런 방탕한 이미지가 전제되어 있다.

虢國夫人入內, 明皇戲謂曰: "何久藏少年不出耶?" 夫人亦大笑而已.
　　暗合奧竅[182], 遂令虢國頂缸[183], 盈盈可謂巧矣.

38. (3-9) 절도사 이공의 총희(李節度使姬)[184]

　경도(京都)[185]의 벼슬아치 집안 자제인 장생(張生)은 원소절(元宵節)[186]
에 건명사(乾明寺)[187]에 놀러 갔다가 붉은색 비단 손수건을 주웠는데 그
손수건은 향낭 하나를 감싸고 있었으며 작은 글씨로 쓴 절구 두 수(首)도
있었다.

　　향낭 속 진향(眞香)을 누가 훔쳐갈거나　　　　　　　囊裏眞香誰見竊[188]

---

182) 奧竅(오규): 비결 또는 요령을 뜻한다.
183) 頂缸(정항): 다른 사람을 대신해 책임을 지거나 벌을 받는 것을 뜻한다.
184) 이 이야기는 《醉翁談錄》 壬集 권1에 〈紅綃密約張生負李氏娘〉이라는 제목으
　　로 자세하게 보인다. 《歲時廣記》 권12에도 실려 있으며 《繡谷春容》 雜錄 권
　　4에는 〈張生元宵會帥妾〉으로, 《燕居筆記》 권1에는 〈書紅綃帕〉로 수록되어
　　있다. 명나라 熊龍峰의 《熊龍峰四種小說》 가운데 첫 번째 작품인 〈張生彩鸞
　　燈傳〉의 入話와 《古今小說》 권22 〈張舜美元宵得麗女〉의 入話 부분도 이 이
　　야기를 부연한 것이다. 南戲 가운데 〈張資鴛鴦燈〉의 殘曲이 전한다.
185) 경도(京都): 북송 때의 수도인 汴京(지금의 河南省 開封市)을 이른다.
186) 원소절(元宵節): 上元節이라고도하며 음력 정월대보름 명절을 가리킨다. 일
　　반적으로 이때를 맞아 번화가에 꽃등을 켜며 사람들은 모여 그것을 구경했
　　으므로 燈節이라고도 불렀다.
187) 건명사(乾明寺): 당나라 武德 연간에 지어진 사찰로 지금의 河南省 襄城縣에
　　있다.
188) 낭리진향수견절(囊裏眞香誰見竊): 晉나라 賈充의 딸인 賈午가 韓壽와 사통을
　　하며, 황제가 그의 아버지에게 하사한 특이한 향료를 훔쳐 몰래 한수에게
　　준 고사가 南朝 송나라 劉義慶의 《世說新語 · 惑溺》에 보인다. 자세한 이야

떨어진 눈물로 비단 손수건이 붉게 물들었네　　　絞綃滴淚染成紅[189]
정의(情意)를 손수건에 은근히 남겨두노니　　　殷勤遺下輕綃意
사랑하는 님이 품속에 담아두시길　　　好與情郞懷袖中

금은보배 부귀함은 우리 집 일이거니　　　金珠富貴吾家事
아름다운 만남을 간절히 바라나 적막하기만 하구나　　　常渴佳期乃寂寥
우연스레 지성(至誠)으로 만남을 구하려는데　　　偶用志誠求雅合
좋은 중매도 반드시 붉은 비단 손수건보다 나을 리 없으리　　　良媒未必勝紅綃

시 끝에 이렇게 씌어 있었다.

"정(情)이 있는 자가 만약에 이를 주워 저와 한번 만나고자 하신다면 내년 원소절 저녁에 대상국사(大相國寺) 뒷문에서 만나지요. 앞에 원앙등(鴛鴦燈) 한 쌍이 걸려 있는 수레가 제 수레입니다."

장생은 한참 동안 찬탄을 하고는 곧 그 시의 운(韻)을 맞춰 이렇게 화답했다.

아름다운 미인이 남겨준 물건을 본 뒤로　　　自覩佳人遺贈物
서재 창가에서 종일토록 홀로 무료하기만 하구나　　　書牕終日獨無聊
선녀의 얼굴을 만나볼 수 없어　　　未能得會眞仙面
때때로 향낭과 붉은 비단 손수건만 감상을 하네　　　時賞香囊與絳綃

기약한 날이 되어 장생이 가서 기다렸더니 과연 화려하게 꾸민 수레가 보였는데 그 수레에는 원앙등 하나가 걸려 있었다. 수레를 모는 사람과

기는 《情史》 권3 정사류 〈賈午〉에 보인다.
189) 교초적루염성홍(絞綃滴淚染成紅): 絞綃는 전설 가운데 나오는 鮫人(人魚)이 짠 비단을 이른다. 鮫人이 울면 그 눈물방울은 구슬로 변한다고 하여 붉은 눈물(홍루)은 미인의 눈물을 이른다. 자세한 내용은 《情史》 권3 정사류 〈紫竹〉 '읍주' 각주와 《情史》 권18 정루류 〈魚玄機〉 '紅淚' 각주에 보인다.

호위하는 사람들이 매우 많아 가까이 갈 계책이 없었으므로 수레 뒤에서
시를 읊조렸다. 여자는 절에 이른 뒤, 비구니로 하여금 장생과 약속을 하게
하여 다음 날 그와 즐거운 만남을 가졌다. 장생이 그녀에게 물어보자 여자는
그 자리에서 시 한 수를 읊조렸다.

문 앞에는 항상 미늘창이 늘어서 있고	門前畫戟[190]尋常設
당 위의 무소뿔 비녀들은 얼마든지 볼 수 있네	堂上犀簪[191]取次看
가장 사람의 마음을 번민하게 하는 것은	最是惱人情緒處
봉루 위에 있는 싸늘한 달빛이라네	鳳皇樓[192]上月華寒

시를 다 읊고 나서 장생에게 말하기를 "소첩은 절도사(節度使) 이공(李公)
의 총희(寵姬)입니다. 이공은 노쇠하여 저의 꽃다운 시절을 그르쳤습니다."
라고 했다. 그리고는 시녀 채운(彩雲)과 함께 장생을 따라 도망가 소주(蘇州)
오현(吳縣)[193)에서 숨어 살면서 해로를 했다.

[원문] 李節度使姬

京師宦子張生, 因元宵遊乾明寺, 拾得紅綃帕, 裹一香囊, 有細書絕句二首云:
囊裏眞香誰見竊? 絞綃滴淚染成紅.
殷勤遺下輕綃意, 好與情郎懷袖中.
金珠富貴吾家事, 常渴佳期乃寂寥.

---

190) 화극(畫戟): 병기의 일종인 미늘창으로 그 위에 채색 장식이 있어 畫戟이라
고 불리었고 儀仗에 많이 쓰였다.
191) 서잠(犀簪): 무소뿔로 만든 비녀를 이른다.
192) 봉황루(鳳皇樓): 鳳樓와 같은 뜻으로 부녀자의 거처를 이른다.
193) 오현(吳縣): 지금의 江蘇省 蘇州市 吳中區과 相城區 일대이다.

偶用志誠求雅合, 良媒未必勝紅綃.

詩尾書曰: "有情者若得此, 欲與妾一面, 請來年燈節夕, 於相藍[194]後門, 車前有雙鴛鴦燈者是也." 生嘆賞久之, 乃和韻曰:

自覩佳人遺贈物, 書憁終日獨無聊.

未能得會眞仙面, 時賞香囊與絳綃.

如期, 生往候, 果見雕輪繡轂, 掛鴛鴦燈一盞. 但騶衛甚眾, 無計可就. 乃誦詩於車後. 女至寺, 令尼約生, 次日與之歡合. 生問之, 女口占[195]一詩云:

門前畫戟尋常設, 堂上犀簪取次看.

最是惱人情緒處, 鳳皇樓上月華寒.

吟畢, 告曰: "妾乃節度使李公寵姬也. 李公老邁, 誤妾芳[196]年." 遂與侍婢彩雲隨生逃, 隱居姑蘇[197], 偕老焉.

사람은 본성이 적막하여 외로워 정이 싹트게 된다. 정이라는 것은 무럭무럭 자라 억제할 수 없는 것인데 어찌 사사로이 비밀로 할 수 있겠는가? 단지 서로 간에 정이 있는 두 사람만 알고 남들은 들을 수도 볼 수도 없으며, 또 사람들이 듣고 볼까 염려하는 까닭에 사사로운 비밀이라 이를 뿐이다. 사사로이 비밀로 하다가 마침내 이루어지게 되면 우레와 비의 동(動)함이 가득하게 되는 것과 같이 되고, 이루어지지 않는다면 매미처럼 슬프게

---

194) 相藍(상람): 송나라 汴京(지금의 河南省 開封市)에 있는 大相國寺를 이른다. 藍은 梵語인 '僧伽藍摩'의 준말로 僧院을 가리키며 나중에 佛寺를 이르게 되었다.
195) 口占(구점): 詩文을 지을 때 草稿를 쓰지 않고 그 자리에서 직접 입으로 읊는 것을 뜻한다.
196) 【校】 芳: [鳳], [春]에는 "芳"으로 되어 있고 [影]에는 "方"으로 되어 있다.
197) 姑蘇(고소): 姑蘇山이 蘇州 吳縣에 있으므로 吳縣의 별명이 되었다.

울거나 귀뚜라미처럼 원망하거나 날이 밝기를 바라는 합단(盍旦)[198]처럼
되거나 봄에 슬피 우는 두견새처럼 된다. 끝까지 사람들의 이목을 가릴
수 있는 자가 있는가? 최앵앵이 말하기를 "낭군께서 저의 몸을 더럽히신
것은 필연이지만 끝까지 책임져 주시오면"이라고 했는데, 이것이 바로 이른
바 스스로의 과오를 잘 고치는 자이다. 미지(微之)[199]의 박정함을 나는
취하지 않겠노라. 우리 같은 사람들은 또한 본래 우리들의 일이 있으니
잠시의 환락을 위해 남의 평생을 삼가 그르치지 말아야할 것이다.

　　情史氏[200]曰: 人性寂而情萌. 情者, 怒生不可閼遏之物, 如何其可私也? 特以
兩情自喩, 不可聞, 不可見, 亦惟恐人聞, 惟恐人見, 故謂之私耳. 私而終遂也,
雷雨之動滿盈[201]; 不遂, 而爲蟬哀, 爲蛩怨, 爲盍旦之求明, 爲杜宇[202]之啼春.
有能終閼人耳目者乎? 崔鶯[203]有言[204]: "必也君亂之, 君終之." 是乃所謂善補過

---

198) 합단(盍旦): 《禮記·坊記》에 대한 鄭玄의 注에서 이르기를 "盍旦은 밤에 울
　　 면서 새벽을 기다리는 새이다.(盍旦, 夜鳴求旦之鳥也)."라고 했다.
199) 미지(微之): 〈鶯鶯傳〉의 작자인 元稹(779~831)의 자이다. 〈鶯鶯傳〉은 원진이
　　 스스로의 경험을 근거로 하여 지은 傳奇小說 작품이라고 보는 것이 일반적
　　 이다. 그러므로 여기에서 〈앵앵전〉의 주인공인 張生이 박정한 것을 '微之(元
　　 稹)의 박정함'이라고 이른 것이다.
200) 【校】 情史氏: [影]에는 "情史氏"로 되어 있고 [鳳], [岳], [類], [春]에는 "情主人"
　　 으로 되어 있다.
201) 雷雨之動滿盈(뇌우지동만영): 《周易·屯》에 "뇌우(雷雨)의 움직임이 천지간을
　　 만물로 가득 채운다(雷雨之動滿盈)."라는 구절이 보인다.
202) 杜宇(두우): 두견새의 별명이다. 당나라 盧求의 《成都記》에 따르면, 杜宇는
　　 杜主라고 불리기도 하는데 하늘에서 내려와 望帝라고 칭했으며, 농사를 잘
　　 지었고 郫城을 다스리다 죽은 뒤, 혼백이 새로 변해 그 새의 이름을 杜鵑이
　　 라 했다고 한다.
203) 【校】 崔鶯: [影], [春], [類]에는 "崔鶯"으로 되어 있고 [鳳], [岳]에는 "崔鶯鶯"으
　　 로 되어 있다.
204) 必也君亂之 君終之(필야군란지 군종지): 이 구절은 〈鶯鶯傳〉(일명 〈會眞記〉)
　　 에서 張生이 과거시험을 보기 위해 京都로 떠나기 전에 崔鶯鶯이 한 말에서
　　 인용한 것이다. "처음에 농락을 하고 결국에 버리는 것은 진실로 마땅한 것

者205). 微之薄倖, 吾無取焉. 我輩人亦自有我輩事, 愼勿以須臾之懽, 而誤人于
沒世也.

이지요. 저는 감히 원망하지는 않습니다. 님께서 저를 농락한 것은 당연한
일이오나 끝까지 사랑해 주신다면 그것은 님께서 주시는 은혜일 것입니다.
(始亂之, 終棄之, 固其宜矣, 愚不敢恨. 必也君亂之, 君終之, 君之惠也.)"

205) 善補過者(선보과자): 과오를 잘 고치는 사람이라는 뜻으로 〈鶯鶯傳〉 결말
부분에 나오는 "당시 사람들은 張生이 과오를 잘 고친 사람이라고 칭찬한
자들이 많았다.(時人多許張爲善補過者.)"라는 구절에서 따온 말이다.

紅拂

4

情_정
俠_협
類_류

'정협류'에서는 정을 위해 협기(俠氣)를 드러낸 사
람들의 이야기들을 싣고 있다. 세부적으로 보면
'스스로 배필을 고른 호탕한 여자들(俠女子能自擇
配者)', '남의 사랑을 이룰 수 있게 해 준 의협심이
있는 여자들(俠女子能成人之事者)', '남의 명예를
보전하게 해 준 협기 있는 여자들(俠女子能全人名
節者)', '다른 사람의 정을 알아준 의협심 있는 대장
부들(俠丈夫能曲體人情者)', '다른 사람을 대신해
사랑을 이루게 해 준 의협심 있는 대장부들(俠丈夫
代人成事者)', '무정한 사람을 주살한 협객들(俠客
能誅無情者)' 등에 대한 이야기들을 다루고 있다.
그 가운데, 다른 사람의 정을 알아준 의협심 있는
대장부들(俠丈夫能曲體人情者)에 대한 이야기들이
가장 많고 무정한 사람을 주살한 협객들(俠客能誅
無情者)에 대한 이야기들이 가장 적게 실려 있다.
권말 '정사씨(情史氏)' 평론에서, 호걸들이 초췌하
게 풍진 속에 있을 때 남자들은 그들을 알아볼 수
없었으나 여자들은 그들을 알아볼 수가 있었고 구
해낼 수 있었으며 도울 수 있었다고 하여 협녀재(俠
女子)들에 대한 긍정적인 평가를 내리고 있다.

39. (4-1) 탁문군(卓文君)[1]

청대(淸代) 왕화(王翽), 《백미신영(百美新詠)》 가운데 〈탁문군(卓文君)〉

---

1) 탁문군과 사마상여에 대한 이야기는 《史記》 권117 〈司馬相如列傳〉과 《漢書》 권57上 〈司馬相如傳〉 그리고 《西京雜記》 권2에 있는 내용에서 뽑아 엮은 것으로 보인다. 이외에도 탁문군과 사마상여의 이야기는 명나라 吳震元의 《奇女子傳》 권1에 〈文君〉으로 보이고, 《艶異編》 권17과 명나라 潘之恒의 《亘史 · 外紀 · 女俠》 권1에도 〈卓文君〉으로 실려 있다. 또한 《國色天香》 雜錄 권4에는 〈白頭吟〉으로, 《繡谷春容》 雜錄 권5와 《綠窗新話》 권下에는 〈文君窺長卿撫琴〉으로 보이며, 《淸平山堂話本》에는 話本小說로 각색되어 〈風月瑞仙亭〉으로 실려 있다. 陸容의 이야기는 명나라 馬大壯의 《天都載》 권3에는 〈陸公耿介〉로, 명나라 蔣一葵의 《堯山堂外紀》 권86에는 〈陸容〉으로 기재되어 있다.

사마상여(司馬相如)²⁾는 자가 장경(長卿)이고 성도(成都)사람이다. 재물로써 낭(郎)의 벼슬을 얻어 한(漢)나라 경제(景帝)³⁾를 섬기게 되었다. 그 당시 양효왕(梁孝王)⁴⁾이 황제를 배알하러 왔는데 따라온 추양(鄒陽)⁵⁾과 매승(枚乘)⁶⁾ 같은 사람들은 모두 다 명사들이었다. 사마상여는 그들을 보고 앙모하여 병을 핑계삼아 벼슬 그만두고 객이 되어 양(梁)지방을 유람하며 〈옥여의부(玉如意賦)〉를 지었다. 양왕이 그를 좋아하여 녹기(綠綺)라는 거문고를 사마상여에게 하사했는데, 그 위에는 "동재합정(桐梓合精)"이라는 명문(銘文)이 씌어져 있었다.

몇 년 있다가 양효왕이 세상을 떠났다. 사마상여는 고향으로 돌아갔으나 집이 가난하여 스스로 생계를 도모할 수 없었다. 평소 임공현(臨邛縣)⁷⁾의 현령인 왕길(王吉)과 사이가 좋아 도정(都亭)⁸⁾으로 가서 머물렀다. 임공

---

2) 사마상여(司馬相如, 기원전 약 179~기원전 117): 漢賦의 대표적 작가로 班固와 劉勰에 의해 '辭宗'으로 칭해졌으며 林文軒, 王世貞 등에 의해 '賦聖'이라고도 불리었다. 魯迅은 《漢文學史綱要》에서 "武帝 때의 문인 중에 賦로는 司馬相如와 견줄 사람이 없고 문장으로는 司馬遷과 견줄 사람이 없다.(武帝時文人, 賦莫若司馬相如, 文莫若司馬遷)"고 했다. 사마상여는 버림받은 陳 皇后를 위해 〈長門賦〉를 지어서 漢 武帝의 마음을 되돌리기도 했는데 그 이야기는 《情史》 권8 정감류 〈長門賦〉에 자세히 보인다.
3) 경제(景帝): 한나라 景帝 劉啟(기원전 188~기원전 141)를 가리킨다. 文帝의 장남으로 어머니는 皇后 竇氏이고 시호는 孝景이다. 그는 文帝의 통치를 이어받아 '文景의 治'를 이룩했다.
4) 양효왕(梁孝王): 양나라 孝王 劉武(기원전 184~기원전 144)를 가리킨다. 景帝의 친동생으로 文帝에 의해 太原王으로 봉해졌다가 후에 다시 梁王으로 봉해졌다. 시호가 孝였으므로 梁孝王이라 불리었다.
5) 추양(鄒陽): 文帝 때 吳王 劉濞의 문객으로 지내면서 문재와 웅변으로 이름을 날렸다. 오왕이 반란을 일으키려하기에 상서를 올려 저지했으나 듣지 않자 枚乘과 嚴忌 등과 함께 오왕을 떠나 梁孝王의 문객이 되었다.
6) 매승(枚乘, ?~기원전 140): 자는 叔이고 서한 때의 문학가로 辭賦에 뛰어났다. '七國의 亂'이 벌어지기 전에 吳王에게 간언하여 저지하였으나 받아들여지지 않았다. 《漢書·藝文志》에 枚乘의 賦가 9편이 있는 것으로 되어 있지만 현전하는 작품은 〈七發〉, 〈柳賦〉, 〈菟園賦〉뿐이다.
7) 임공현(臨邛縣): 秦나라 때부터 설치된 縣으로 지금의 四川省 邛崍市이다.

현령은 공경하는 척하며 매일 가서 사마상여를 알현했다. 임공현의 부자인
탁왕손(卓王孫)이 현령에게 귀객(貴客)이 있다는 것을 알고는 술자리를
마련해 사마상여를 초청하고 아울러 현령도 초대했다. 현령은 이미 도착해
있었으나 사마상여가 병을 핑계로 사절하자, 감히 음식을 맛보지도 못하고
직접 그를 맞이하러 갔다. 사마상여는 어쩔 수 없이 거문고를 안고 갔다.
술이 거나해지자 임공 현령이 그의 앞으로 나아가 거문고를 바치며 말하기를
"듣기에 장경께서 거문고를 좋아하신다고 하니 원컨대 즐겨보셨으면 합니
다."라고 했다. 사마상여는 사양을 하다가 한두 가락을 연주했다. 당시에
탁왕손에게 문군이라는 딸이 있었는데 열일곱 살로 과부였고 음악을 좋아하
였으므로 사마상여가 현령과 서로 존중하는 척하며 거문고에 마음을 담아
그녀를 꾀었다. 그 시9)는 이러했다.

봉이여, 봉이여, 고향으로 돌아와	鳳兮鳳兮歸故鄕
사해를 돌며 그 짝을 찾는구나	遨遊四海求其凰
때를 못 만나 함께하지 못했는데	時未遇兮無所將
오늘 저녁 이곳에 올 줄을 내 어찌 알았더냐	何悟今夕升斯堂
아리따운 숙녀 규방에 있는데	有豔淑女處蘭房
그 방은 가까우나 만날 수 없어 애간장만 타네	室爾人遐毒我腸
어떤 인연이어야 한 쌍의 원앙 되어	何緣交頸爲鴛鴦
서로 오르내리고 돌며 날 수 있는가	相頡頏10)兮共翶翔

---

8) 도정(都亭): 한나라 때에는 10리마다 亭을 설치하고 亭長을 두어 그곳의 치안
을 관리하며 여행객들의 숙식을 제공하고 접대했는데 그 중 都邑 안에 설치
되어 있는 것들을 특히 都亭이라고 했다.

9) 이 시는 徐陵의 《玉臺新詠》 권9에 사마상여의 〈琴歌二首〉로 수록되어 있다.
사마상여가 자신을 鳳에 비유하고 탁문군을 凰에 비유하여 유혹하는 노래이
다. 봉황의 수컷을 '鳳'이라고 하고 암컷을 '凰'이라 한다.

10) 힐항(頡頏): 頡亢으로 쓰기도 하며, 새가 위아래로 오르내리는 모양을 형용하
는 말이다. 《詩經 · 邶風 · 燕燕》의 "燕燕於飛, 頡之頏之."에 대해 毛傳에서 이르

또한 이런 시를 읊었다.

봉이여, 봉이여, 황(凰)을 따라 깃들다가	鳳兮鳳兮從凰棲
서로 정 나누면 영원히 짝 되지 않나	得托孶尾11)永爲妃
몸과 마음 하나 되어	交情通體心和諧
한밤중에 따라와도 그 누가 알겠나	中夜相從知者誰
비익조같이 나란히 솟아 날고 싶지만	雙翼俱起翻高飛
내 마음 몰라주니 슬프기만 하구나	無感我思使余悲

사마상여가 임공현으로 올 때 시종과 거마(車馬)를 이끌고 가는 모습이
온화하고 점잖으며 우아하기가 그지없었다. 그가 탁씨 집에서 술을 마시며
거문고를 연주할 때 탁문군은 문틈으로 몰래 엿보고 마음속으로 기뻐하며
그를 좋아하게 되어 배필이 되지 못할까 걱정했다. 술자리가 파하자 사마상
여는 곧 사람을 시켜 탁문군의 시종에게 큰돈을 주고 속마음을 전달하도록
했다. 문군이 밤에 사마상여에게 도망쳐 오자 사마상여는 곧 그녀와 함께
말을 타고 집으로 돌아왔다. 집 안에는 사방 벽밖에 없었다. 탁왕손이 크게
노하여 말하기를 "딸년이 정말 못났구나. 내 차마 죽일 수는 없고 한 푼의
돈도 주지 않으리라."라고 했다. 어떤 사람이 탁왕손을 타이르기도 했지만
그는 끝내 듣지 않았다. 사마상여는 가난으로 근심하며 고달팠으므로 입던
숙상구(鸘鷫裘)12)를 가지고 시장 상인 양창(楊昌)에게 가서 술과 바꾸어

기를 "날아서 위로 올라가는 것을 頡이라 하고, 날아서 아래로 내려오는 것
을 頏이라 한다.(飛而上曰頡, 飛而下曰頏.)"고 했다.
11) 자미(孶尾): 동물이 교배하고 번식하는 것을 이르는 말이다. 《尙書·堯典》에
"새와 짐승은 새끼를 낳고 교미를 한다.(鳥獸孶尾)"라는 구절에 대해 孔傳에
서는 "새끼 치는 것을 孶라 하고, 交接하는 것이 尾라 한다.(乳化曰孶, 交接曰
尾.)"고 했다.
12) 숙상구(鸘鷫裘): 사마상여가 입었던 하늘다람쥐 가죽으로 만들었다는 갖옷이
다. 청나라 惲敬의 《大雲山房雜記》 권1에 이런 기록이 보인다. "《酉陽雜俎》에

문군과 더불어 즐겼다. 얼마 있다가 문군이 손으로 머리를 감싸고 울며 말하기를 "저는 여태껏 풍족하게 살았는데 오늘은 옷으로 술을 사기까지 했네요."라고 했다. 마침내 함께 임공으로 가서 거마를 모두 팔아 술집 하나를 사서 술을 팔며 탁문군으로 하여금 목로를 맡게 했다. 사마상여는 직접 잠방이를 입고 하인들과 함께 일을 하며 시장에서 그릇을 씻었다. 탁왕손은 이를 듣고 부끄러워서 두문불출했다. 형제들과 장자(長子)들이 다시 탁왕손에게 이렇게 말했다.

"아들 하나와 딸 둘이 있으니 부족한 것은 재물이 아니오. 지금 문군은 이미 사마 장경에게 실절을 했고, 장경은 오래전부터 떠돌며 벼슬살이하는 것에 싫증이 나 있는데, 비록 가난하지만 그의 인품과 재덕은 족히 의지할 만하오. 또한 현령의 손님인데 어찌 이같이 욕되게 할 수 있겠는가?"

탁왕손은 어쩔 수 없이 문군에게 시종 백 명과 돈 백만 그리고 시집갈 때 입는 옷과 이불과 재물을 나눠주었다. 이에 문군은 다시 사마상여와 성도로 돌아가 집과 땅을 사고 부자가 되었다.

오랜 시간이 지난 뒤, 천자(天子)13)가 〈자허부(子虛賦)〉14)를 읽고 나서

서 '鷞鵊은 모양이 제비 같지만 제비보다 조금 크고 발이 쥐같이 짧으며 涼州에서 나온다.'라고 했는데 이것은 바로 지금의 하늘다람쥐이다. 상여의 鷞鵊裘은 바로 이것의 가죽이다. 흰색에 잡털이 섞인 것을 肅霜이라 하는데 말이나 새나 쥐도 그러하다."

13) 천자(天子): 서한의 일곱 번째 황제인 武帝 劉徹(기원전 156~기원전 87)을 가리킨다. 《史記 · 司馬相如傳》에 "황제가 〈子虛賦〉를 읽고 훌륭하다고 여겼다."는 내용이 보인다.

14) 자허부(子虛賦): 사마상여가 梁 孝王의 문객으로 있을 적에 지은 작품이다. 초나라의 子虛 先生이 齊王을 따라 수렵하러 갔을 때 제왕이 초에 대해 물어보자 자허 선생이 초나라의 넓고 풍요로움을 자랑한다. 제나라의 오유 선생이 그것을 인정하지 않고 제나라의 큰 바다와 명산 그리고 진귀한 物種들을 자랑하며 자허 선생을 반박하는 내용이다. '子虛'는 '진실이 아닌 허구'라는 뜻이고, '烏有'는 '어찌 그런 일이 있겠는가?'라는 뜻이다. 〈上林賦〉와 함께 漢賦의 대표작이다.

사마상여가 지었다는 것을 듣고는 곧 그를 불러와 낭(郎)15)의 벼슬을 하게
했다. 몇 년 뒤에 천자가 서남쪽 오랑캐와 교통하려고 사마상여에게 중랑장
(中郎將)16)의 벼슬을 내려 사마상여는 부절(符節)을 들고 그곳으로 갔다.
촉 땅에 이르자 태수는 모든 관원들을 데리고 교외로 나와 그를 맞이했고,
현령은 쇠뇌를 지고 앞서 인도했으니 촉 땅의 사람들은 이를 영광스럽게
여겼다. 이에 탁왕손이 탄식하며 딸을 장경에게 늦게 시집보냈다고 스스로
생각하고, 그에게 재물을 후하게 나누어 주었는데 이는 아들에게 준 것과
같았다. 나중에 사마상여는 병으로 관직을 그만두고 무릉(茂陵)17)으로 돌아
가 그곳에서 생을 마쳤다. 탁문군은 이렇게 뇌사(誄詞)를 지었다.

---

15) 낭(郎): 전국시대 때부터 있었던 관직으로 秦漢 때에 이르러서는 議郎, 中郎,
    侍郎, 郎中 등이 있었다. 직책은 황제를 호위 수행하며 간언하는 것이었다가
    동한 때 尙書臺의 각 부소의 주관자로 尙書郎을 두면서 侍郎, 郎中, 員外郎이
    각 부소의 요직이 되었다.
16) 중랑장(中郎將): 秦漢 때 中郎署의 長官을 이른다. 궁궐을 守衛하며 황제를 호
    위 수행했으며 郎中令과 협조해 郎官과 從官을 뽑기도 했고 사신으로 나가기
    도 했다.
17) 무릉(茂陵): 지금의 陝西省 興平市 동남 지역에 있다. 茂陵은 원래 漢나라 武
    帝의 陵墓로 漢 昭帝 때 도굴 당하고 나서 漢나라 宣帝 때 다시 茂陵을 보수
    한 뒤, 그 지역에 茂陵縣을 설치하고 천하의 부자 6만 여 戶를 이사해 살게
    했다고 한다.

아, 부자(夫子)여, 참으로 유학에 정통했고	嗟嗟夫子兮亶通儒
어려서부터 호학하여 군서(群書)를 박람했도다	少好學兮綜羣書
검술도 자유자재 영민해 명예도 남겼으며	縱橫劍技兮英敏有譽
성현을 앙모해 이름을 상여로 바꿨도다	尚慕往哲兮更名相如[18]
실의에 빠져 멀리 떠돌면서 〈자허부〉를 지었으며	落魄遠游兮賦〈子虛〉
그 웅대한 뜻을 이루어 고관대작 되었구나	畢爾壯志兮駟馬高車[19]

처음 좋아할 때를 생각하니 온화하고 의젓한 모습 떠오르고

憶初好兮雍容孔都[20]

재덕을 우러를 적에 거문고로 전해준 그 마음 서로 화락하게 했네

憐才仰德兮琴心兩娛

영원히 짝이 되어 목로를 했어도 부끄럽지 않았어라	永托爲妃兮不耻當鑪
삶이 급작스러워 그 운명은 도울 길이 없구나	平生淺促兮命也難扶
긴 밤 님 생각에 외로운 내 그림자	長夜思君兮形影孤
뜰 안을 걷노라니 시든 풀은 말라 있네	步中庭兮霜草枯
기러기 울음소리 슬픈데 나는 어디로 가야 하나	雁鳴哀哀兮吾將安如
하늘을 우러르며 탄식해도 우울함을 풀 길 없어라	仰天太息兮抑鬱不舒
이 애처로움을 하소연한들 그 누가 내 말 들어 주려나	訴此凄惻兮疇忍聽余
저승 따라 갈 수 있다면 이 몸 바치오리다	泉穴可從兮願捐其軀

처(妻)는 나란하다는 뜻이다. 덕이나 재능 혹은 용모가 반드시 서로 엇비슷한 뒤에야 나란하다고 할 수 있다. 사마상여가 탁문군을 만나지 못했으면 녹기의 거문고 줄이 쓸모없게 되었을 것이고, 탁문군이 사마상여를 만나지

---

18) 상모왕철혜경명상여(尚慕往哲兮更名相如): 《史記·司馬相如列傳》에 의하면 사마상여의 원명은 司馬長卿이었는데 전국시대의 趙나라의 上卿이었던 藺相如를 흠모하여 이름을 상여로 바꾸었다고 한다.

19) 사마고차(駟馬高車): 네 필의 말이 끄는 높은 수레라는 뜻으로 그 수레를 탄 사람이 현귀하다는 것을 표현하는 말이다.

20) 옹용공도(雍容孔都): 雍容은 태도가 온화하고 점잖은 것을 형용하는 말이고, 孔과 都는 아름답고 우아함을 이르는 말이다.

못했다면 그 아름다운 용모를 후세에 또 누가 전했겠는가? 이 지어미와
이 지아비는 천추의 아름다운 짝이다. 그들의 풍류와 방종이 어찌 책망받기
에 족하겠는가? 오늘의 봉주(蓬州)²¹⁾는 당나라 때 상여현(相如縣)이라 불리
었고, 지금도 사마상여의 사당이 있다. 후대 사람들에게 사마상여가 이같이
중시되고 있으니 그의 풍류와 방종은 적절했음이라.

　장경씨(長卿氏)²²⁾는 말한다.
　탁문군은 사람됨이 방종했으며 풍류스러웠다. 여자가 의협심이 없으면
호협하지 못하고, 의협심은 있으나 방종하고 풍류스럽지 않아도 호협하지
못하다. 방종하며 풍류가 있어도 용모가 곱지 않으면 호협스럽지 않고,
용모가 곱고 방종했으나 쫓아간 사람이 사마상여가 아니었다면 또한 호협스
럽지 않을 것이다. 사마상여를 쫓아갔지만 그의 집이 사방 벽밖에 없을
정도로 가난하지 않았다면 또한 호협스럽지 않았을 것이고, 가난하지만
직접 술을 팔고 사마상여는 하인들과 더불어 일을 하며 시장에서 설거지를
하지 않았다면 또한 호협스럽지 않았을 것이다. 직접 술을 팔고 사마상여가
설거지를 했다 하더라도 시종 백 명과 백만의 돈을 얻고 태수가 교외까지
나와 맞이하며 현령이 노쇠를 지고 탁왕손과 임공의 부자들이 모두 몸을
숙이고 그의 문하로 들어오지 않았다면, 또한 호협스럽지 못할 것이다.
이런 것들이 문군이 방종했으며 풍류스러웠다고 하는 까닭이다. 문군은
사마상여에게 몸을 바쳤고 사마상여 또한 문군에게 몸을 바쳤으니 이들은
거문고 하나와 뇌문 한 편으로 영원토록 전해지기에 이미 족하다. 〈미인부(美

<hr/>

21) 봉주(蓬州): 사마상여의 고향으로 지금의 四川省 南充市 蓬安縣이다.
22) 장경씨(長卿氏): 명나라 吳震元(?~1642)을 가리키며 長卿은 그의 자이다. 같은
　　내용의 평론이 그의 《奇女子傳》 권1에 수록된 〈文君〉 뒤에 실려 있다. 자세
　　한 내용은 《情史》 권2 정연류 〈孟光〉 '장경씨' 각주에 보인다.

人賦)〉23)와 〈백두음(白頭吟)〉24)은 사족인 것이다.

육 식재(陸式齋)[이름은 용(容)이고 자는 문량(文量)이다.]25)는 젊은 시절에 풍채가 좋았다. 명나라 천순(天順)26) 3년에 남경(南京)27)에서 과거 시험에 응시했다. 여관 주인에게 소(簫)를 잘 부는 딸이 있었는데 그녀가 밤에 공의 침소로 찾아갔다. 육 식재는 병을 핑계대고 훗날 밤을 기약했다. 여자가 물러가자 육 식재는 이런 시를 지었다.

바람 맑고 달 밝은 밤 조금 열린 창문 사이	風淸月白夜牕虛
여인이 찾아와 책 읽는 내 모습 엿보고 웃네	有女來窺笑讀書
거문고로 마음을 전하고 싶어도	欲把琴心通一語
내 오래 전에 이미 상여를 가벼이 여기지 않았나	十年前已薄相如

---

23) 미인부(美人賦): 사마상여가 지은 賦이다. 梁 孝王과 대화하는 형식을 취하고 있으며, 宋玉의 〈登徒子好色賦〉를 모방한 흔적이 보이지만 그것보다 더 뛰어나다는 평가를 받는다. 풍류를 즐기지만 여색에 빠지지 않은 고결한 품격을 노래한 작품이다. 《古文苑》 권3, 《藝文類聚》 권18 人部2 등에 수록되어 전한다.

24) 백두음(白頭吟): 《西京雜記》 권3 〈白頭吟〉條에 의하면, 사마상여가 茂陵의 여자를 첩으로 삼으려 하자 탁문군이 〈白頭吟〉을 지어 사마상여와 결별하려 하니 사마상여가 잘못을 뉘우치고 첩을 두려했던 것을 그만두었다고 한다. 자세한 이야기는 《情史》 권8 정감류 〈白頭吟〉에 보인다.

25) 육식재(陸式齋): 명나라 陸容(1436~1494)을 가리킨다. 자는 文量이고 호는 式齋이며 太倉(지금의 江蘇省 太倉市)사람이었다. 효성이 지극했고 책을 좋아했으며 張泰와 陸釴과 더불어 '婁東三鳳'이라고 불리었다. 진사 급제하여 南京主事를 제수받았고 浙江右參政 등의 벼슬을 지냈다. 《式齋集》과 《菽園雜記》 15권이 전한다.

26) 천순(天順): 명나라 英宗 朱祁鎭의 연호로 1457년부터 1464년까지이다.

27) 남경(南京): 명나라 永樂 연간에 북경으로 천도한 뒤에 원래의 도성이었던 應天府를 行在로 개칭하고 正統 연간에 南京으로 삼았다. 지금의 江蘇省 南京市이다.

날이 밝기를 기다렸다가 육 식재는 구실을 대고 다른 데로 가버렸다. 그해 가을 향시에 급제하였는데 그의 나이 스물네 살이었다. 이 여자 또한 방종하며 풍류스럽지 아니한가? 사마상여는 그렇게 해도 되지만 육 식재는 그렇게 하면 아니 된다. 무엇 때문인가? 탁문군은 과부였고 사마상여는 아직 장가를 들지 않은 상태였으니 종이 그들의 속마음을 전달할 때 이미 백년 기약(期約)이 정해져 있었다. 만약 그 여관 주인의 딸이 그렇지 않았다면 육 식재가 장차 어떻게 그 국면을 수습하겠는가? 이 때문에 안 된다고 한 것이다.

[원문] 卓文君

司馬相如, 字長卿, 成都人也, 以貲爲郎[28], 事景帝. 時梁孝王來朝, 所從遊鄒陽、枚乘輩, 皆名流. 相如見而慕之, 因病免, 客游梁, 作《玉如意賦》. 梁王悅之, 賜以綠綺之琴, 其銘曰: "桐梓合精".

居數歲, 王薨. 相如歸, 而家貧, 無以自業. 素與臨邛令王吉善, 往舍都亭. 臨邛令謬[29]爲恭敬, 日往朝相如. 臨邛富人卓王孫, 謂令有貴客, 爲具召之, 并召令. 令旣至, 相如謝病, 臨邛令不敢嘗食, 自往迎焉. 相如不得已, 携琴而往. 酒酣, 臨邛令前奏琴曰: "竊聞長卿好之, 願以自娛." 相如辭謝, 爲鼓一再行. 是時, 卓王孫有女文君, 年十七而寡, 好音, 故相如謬[30]與令相重, 而以琴心挑之. 其詩曰:

"鳳兮鳳兮歸故鄕, 遨遊四海求其凰. 時未遇兮無所將, 何悟今夕升斯堂. 有豔淑女處蘭房, 室爾人遐毒我腸. 何緣交頸爲鴛鴦, 相頡頏兮共翱翔."

---

28) 以貲爲郎(이자위랑): 貲는 資와 같은 뜻으로 '以貲爲郎'은 집안 재산을 내어 郎官에 임용된 것을 이른다. 나중에 돈을 주고 관직을 사는 사람을 貲郎이라 불렀다.

29) 【校】謬:《情史》에는 "謬"로 되어 있고《史記》에는 "繆"로 되어 있다.

30) 【校】謬:《情史》에는 "謬"로 되어 있고《史記》에는 "繆"로 되어 있다.

又曰:

"鳳兮鳳兮從凰棲³¹⁾, 得托孳尾永爲妃. 交情通體心和諧, 中夜相從知者誰. 雙翼俱起翻高飛, 無感我思使余悲!"

相如之臨邛, 侍從車騎, 雍容閑雅甚都. 及飮卓氏, 弄琴, 文君竊從戶窺之, 心悅而好之, 恐不得當³²⁾也. 旣罷, 相如乃使人重賜文君侍者通殷勤. 文君夜亡奔相如, 相如乃與馳歸. 家居徒四壁立. 卓王孫大怒曰: "女至不才, 我不忍殺, 不分一錢也!" 人或謂王孫, 王孫終不聽. 相如貧居愁憊, 以所著鷫鷞裘, 就市人楊昌³³⁾貰酒, 與文君爲懽. 旣而文君抱³⁴⁾頸而泣曰: "我平生富足, 今乃以衣裘貰酒." 遂相與俱如臨邛, 盡賣其車騎, 買一酒舍酤³⁵⁾酒, 而令文君當鱸. 相如身自著犢鼻褌³⁶⁾, 與保傭雜作, 滌器於市中. 卓王孫聞而恥之, 爲杜門不出. 昆弟諸公更謂王孫曰: "有一男兩女, 所不足者非財也. 今文君已失身於司馬長卿, 長卿故倦遊³⁷⁾, 雖貧, 其人才足依也. 且又令客, 獨奈何相辱如此?" 卓王孫不得已, 分予文君僮百人, 錢百萬, 及其嫁時衣被財物. 文君乃復與相如歸成都, 買田宅, 爲富人.

---

31) 【校】鳳兮鳳兮從凰棲: 《情史》에는 "鳳兮鳳兮從凰棲"로 되어 있고 《玉臺新詠》에는 "皇兮皇兮從我棲"로 되어 있다.

32) 當(당): 《漢書·司馬相如傳上》 顔師古의 註에서 "當은 짝이 되는 것을 이른다.(當謂對偶之)"라고 했다.

33) 【校】昌: [鳳], [岳], [類], [影]에는 "昌"으로 되어 있고 [春]에는 "呂"로 되어 있으며 《西京雜記》에는 "陽昌"으로 되어 있다.

34) 【校】抱: [鳳], [岳], [類], [影], 《西京雜記》에는 "抱"로 되어 있고 [春]에는 "拘"로 되어 있다.

35) 【校】酤: [鳳], [岳], [類], [影], 《史記》에는 "酤"로 되어 있고 [春]에는 "沽"로 되어 있다.

36) 犢鼻褌(독비곤): 犢鼻褌이나 犢鼻 혹은 犢褌라고도 하며, 잠방이의 일종이다. 《漢書·司馬相如傳》 顔師古의 注에 "곧 지금의 衳이다. 모양이 犢鼻와 같기에 이렇게 이름한 것이다.(即今之衳也, 形似犢鼻, 故以名.)"라고 되어 있다. 송나라 劉奉世는 "犢鼻穴이 무릎 아래에 있으니 잠방이(褌)를 만들 때 무릎까지 마름질하기 때문에 習俗에 犢鼻라고 이름한 것이지 그 모양이 비슷하다는 것이 아니다.(犢鼻穴在膝下, 爲褌財令至膝, 故習俗因以爲名, 非謂其形似也.)"라고 했다.

37) 倦遊(권유): 遊宦 生活에 싫증을 느낀다는 뜻이다.

居久之, 天子讀《子虛賦》, 聞司馬相如所作, 乃召爲郞. 數歲, 天子欲通西南夷, 拜相如爲中郞將, 建節[38]往. 至蜀, 蜀太守以下郊迎, 縣令負弩矢先驅, 蜀人榮之. 於是卓王孫喟然而歎, 自以爲使女尙長卿晩, 而厚分其女財, 與男等. 後相如以病免, 歸茂陵卒. 文君爲誄云:

嗟嗟[39]夫子兮亶通儒, 少[40]好學兮綜羣書. 縱橫劍技兮英敏有譽, 尙慕往哲兮更名相如. 落魄遠游兮賦《子虛》, 畢爾壯志兮駟馬高車. 憶初好兮雍容孔都, 憐才仰德兮琴心兩娛. 永托爲妃兮不恥當鑪, 平生淺促兮命也難扶. 長夜思君兮形影孤, 步中庭兮霜草枯. 雁鳴哀哀兮吾將安如, 仰天太息兮抑鬱不舒. 訴此凄惻兮疇忍聽余, 泉穴可從兮願捐其軀.

妻者, 齊也[41]. 或德或才或貌, 必相配而後爲齊. 相如不遇文君, 則綠綺之弦可廢; 文君不遇相如, 兩頰芙蓉[42], 後世亦誰復有傳者. 是婦是夫, 千秋佳[43]偶. 風流放誕, 豈足病乎? 今之蓬州, 唐謂之相如縣, 迄今有相如祠. 相如之取重後代若此, 彼風流放誕者得乎哉.

長卿氏曰: "文君之爲人, 放誕風流也. 女不俠, 不豪; 俠不放誕風流, 不豪; 放誕風流不着色姣好, 不豪; 姣好放誕, 所奔非相如, 亦不豪; 奔相如不家徒四壁,

---

38) 建節(건절): 사신이 되어 符節을 잡는다는 뜻이다. 出兵이나 出使를 할 때 황제가 증표로 부절을 주었다. 원래 부절은 금이나 옥이나 대나무 등으로 만들며 그 위에 문자를 쓰고 반으로 나눈 뒤 나중에 서로 맞추어 증거로 삼는 符信의 일종이었다.

39) 【校】 嗟嗟: [影], [春], [類]에는 "嗟嗟"로 되어 있고 [鳳], [岳]에는 "嗟吁"로 되어 있다.

40) 【校】 少: [影], [春]에는 "少"로 되어 있고 [鳳], [岳], [類]에는 "小"로 되어 있다.

41) 妻者 齊也(처자 제야): 東漢 班固의 《白虎通義》 권9 〈嫁娶〉에서 "妻는 나란하다는 뜻으로 지아비와 짝이 되는 것은 천자로부터 서인에 이르기까지 그 도리가 같다.(妻者, 齊也, 與夫齊體, 自天子下至庶人其義一也.)"라고 했다.

42) 兩頰芙蓉(양협부용): 《西京雜記》 권2 〈相如死渴〉 條에 "文君은 용모가 아름다워 눈썹의 빛깔이 멀리 보이는 산과 같고 얼굴 뺨은 항상 芙蓉 꽃 같았다.(文君姣好, 眉色如望遠山, 臉際常若芙蓉.)"라는 내용이 보인다.

43) 【校】 佳: [影], [春]에는 "佳"로 되어 있고 [鳳], [岳], [類]에는 "爲"로 되어 있다.

亦不豪; 家徒四壁, 不親當壚, 相如與傭保雜作滌器於市, 亦不豪; 親當壚, 相如滌器, 不得僮百人, 錢百萬, 太守郊迎, 縣令負弩, 卓王孫、臨邛富人皆偶僂門下, 亦不豪. 此所以爲放誕風流也. 文君以身殉相如, 相如亦以身殉文君, 一琴一誄, 已足千古. 《美人賦》、《白頭吟》, 蛇足矣."

陸式齋[名容, 字文量]少美[44]風儀. 天順三年, 應試南京. 館人有女善吹簫, 夜奔公寢. 公詒[45]以疾, 與期後夜. 女退, 遂作詩云:

風淸月白夜憁虛, 有女來窺笑讀書.

欲把琴心通一語, 十年前已薄相如.

遲明, 托故遷去[46]. 是秋領鄉薦[47], 年二十四. 此女不亦放誕風流乎! 然司馬長卿則可, 式齋則不可. 何也? 文君寡, 相如未娶. 侍者通殷勤時, 固已定百年之期矣. 若館人女不然, 式齋將何以結其局? 故曰不可.

---

44) 【校】美: [鳳], [岳], [類], [影]에는 "美"로 되어 있고 [春]에는 "年"으로 되어 있다.
45) 【校】詒: [影]에는 "詒"로 되어 있고 [鳳], [岳], [類], [春]에는 "給"로 되어 있다.
46) 【校】遷去: 《情史》에는 "遷去"로 되어 있고 《天都載》, 《堯山堂外紀》에는 "去之"로 되어 있다.
47) 領鄉薦(영향천): 鄉薦은 鄉試와 같고 領鄉薦은 鄉試에 뽑혔다는 뜻이다. 明淸 시대에는 매 3년마다 각 省의 성도에서 鄉試를 거행했으며 거기서 뽑힌 자를 擧人이라 불렀다.

40. (4-2) 홍불을 든 가기(紅拂妓)⁴⁸⁾

청대(清代) 선통(宣統) 원년, 북경자강서국(北京自强書局),

《회도정사(繪圖情史)》 삽도 〈홍불(紅拂)〉

---

48) 이 이야기는 당대 傳奇小說인 〈虬髯客傳〉 앞부분만 절록해 놓은 것이다. 《太
平廣記》 권193에 〈虬髯客〉으로 수록되어 있고 文後에 〈虬髯傳〉에서 나왔다고
했다. 《太平廣記鈔》 권29에는 〈虬髯客〉으로, 송나라 洪邁의 《容齋隨筆》 권12
에는 杜光庭의 〈虬髯客傳〉으로, 송나라 范公偁의 《過庭錄》에는 〈黃鬚傳〉으로,
명나라 顧元慶의 《顧氏文房小說》에는 〈虬髯客傳〉으로 수록되어 있다. 이외에
도 《艷異編》 권23, 《虞初志》 권2, 《文苑楂橘》 권1에 〈虬髯客傳〉으로 전하며,
《劍俠傳》 권1에도 〈扶餘國主〉로, 《奇女子傳》 권2에는 〈紅拂妓〉로, 《亙史・外
紀・女俠》 권1과 《智囊》 권26 〈閨志部・雄略〉에는 〈紅拂〉로 전한다. 魯迅의
《唐宋傳奇集》과 汪辟疆의 《唐人小說》에도 수록되어 있다. 〈虬髯客傳〉의 작자
에 대해서는 이설이 적잖다. 《太平廣記》, 《崇文總目》, 《通志・藝文略》 등에는
작자의 이름이 기재되어 있지 않고, 《容齋隨筆》과 《宋史・藝文志》 등에는 杜
光庭으로 되어 있으며, 《說郛》와 《虞初新志》 등에는 張說로 되어 있다. 魯迅
의 《唐宋傳奇集》에는 杜光庭으로 되어 있다. 이 이야기를 戲曲으로 각색한
작품으로는 명나라 張鳳翼의 〈紅拂記〉와 張太和의 〈紅拂記〉 그리고 凌蒙初의
〈虬髯翁〉 등이 있다.

   양소(楊素)49)가 서경(西京)50)을 지킬 때 이정(李靖)51)이 평민의 신분으로
계책을 올렸더니 양소는 상탑(牀榻)에 웅크리고 앉아 그를 맞이했다. 이정이
길게 읍하며 말하기를 "천하가 바야흐로 어지러워 영웅들이 다투어 일어나고
있사옵니다. 공께서는 중신(重臣)으로서 모름지기 호걸들을 모으는 것에
마음을 두셔야 하는데 불손하게 웅크리고 빈객을 맞이하는 것은 마땅치
않사옵니다."라고 했다. 양소는 정색을 하고 그에게 사죄했다. 그때 나열해
있던 시첩들 가운데 홍불(紅拂)52)을 든 여자가 있었는데 용모가 뛰어났으며
유독 이정만을 주시했다. 이정이 간 뒤에 불자를 든 여자는 창가로 가서
아전에게 말하기를 "물러가신 처사(處士)53)께서는 집에서 몇 째이신지,
어디에 사시는지 여쭤봐 주시겠소."라고 했다. 이정이 모두 대답해 주었더니
그 기녀는 중얼거려 외우면서 갔다. 이정이 여관으로 돌아와 있었는데,

---

49) 양소(楊素, 544~606): 자는 處道이고 시호는 景武이며 弘農郡 華陰縣(지금의
   陝西省 華陰市)사람이다. 北朝 士族 출신으로 北周 때 車騎將軍을 지냈다. 당
   시 北周 丞相으로 있던 楊堅(隋 文帝)과 친교를 맺어 양견이 제위한 뒤, 御史
   大夫가 되었다. 그 후 行軍元帥로 陳나라를 멸망시킨 공으로 越國公에 봉해
   졌으며, 隋煬帝 楊廣이 즉위한 뒤에는 司徒의 벼슬을 제수받았고 楚國公으로
   봉해졌다. 《隋書》 권48에 〈楊素傳〉이 있다.
50) 서경(西京): 수나라 煬帝가 낙양을 東京으로 세워 長安은 西京이라 불리었다.
   양제가 순행하기 위해 江都에 갔을 당시 司空이었던 楊素에게 남아서 서경을
   지키게 했다.
51) 이정(李靖, 571~649): 자는 藥師이고 雍州郡 三原縣(지금의 陝西省 三原縣 동북
   일대)사람이었다. 唐初의 걸출한 장수로 衛國公으로 봉해졌으므로 후세에 李
   衛公이라 불리었다. 兵書도 저술했으나 대부분 산일되었고 淸人 汪宗沂가 집
   록한 《衛公兵法輯本》 3권만이 전한다. 《新唐書》 권93과 《舊唐書》 권71에 〈李
   靖傳〉이 있다. 《封神演義》와 《西遊記》 등의 소설 속에서 신격화되어 托塔李
   天王으로 등장하기도 한다.
52) 홍불(紅拂): 붉은색 拂子를 가리킨다. 불자는 짐승의 꼬리털 또는 삼 따위를
   묶어서 자루에 동여매 만든 총채로 원래 먼지를 떨거나 벌레를 쫓는 데에
   쓰였으나 나중에는 雜技와 歌舞를 할 때에도 쓰였으며, 승려나 術士가 속세
   를 털어버리는 의미로도 불자를 가지고 다녔다.
53) 처사(處士): 본래 재덕이 있으나 은거하면서 벼슬하지 않은 사람을 가리켰으
   나 나중에는 아직 벼슬을 하지 않은 선비를 널리 이르게 되었다.

그날 밤 새벽에 갑자기 문을 두드리면서 낮은 소리로 말하는 것이 들렸다. 이정이 문을 열고 보았더니 자주색 옷을 입고 깁으로 만든 모자를 쓴 사람이 보따리 하나를 들고 있었다. 그에게 묻자, "양소의 집에서 홍불(紅拂)을 들고 있었던 기녀입니다."라고 했다. 들어오게 하자 그녀는 외투와 모자를 벗고 나서 서둘러 이정에게 절을 올렸다. 이정은 놀라 그에게 답례를 했으며 또한 찾아온 뜻을 물었다. 그녀가 답하기를 "첩은 양 사공(司空)54)을 모신 지 오래되어 천하의 사람들을 많이 봤지만 공(公) 같은 분은 없었습니다. 그렇기 때문에 공을 찾아왔을 뿐이옵니다."라고 했다. 이정이 말하기를 "양사공은 어찌하고?"라고 했더니 여자가 이렇게 답했다.

"그 사람이 마치 산송장 같아서 두려워하실 필요가 없습니다. 가기(家妓)들 가운데 그가 더 이상 볼 것이 없음을 알고 떠난 자들이 아주 많은 데다가 그도 애써 쫓지도 않습니다. 계획을 꼼꼼히 하였으니 의심하지 마십시오."

그녀에게 성씨를 물었더니 "장(張) 씨입니다."라고 했으며, 형제간에 몇째냐고 묻자 "첫째입니다."라고 했다. 그녀의 피부와 용모와 말씨 그리고 어투를 보니 진정 천상의 사람과 같았다. 이정은 그녀를 얻으리라고는 뜻하지도 않았기에 기쁠수록 더욱 두려움이 생겼고 여러 가지 생각으로 인해 불안해하였으며, 창문으로 엿보려는 사람들의 발걸음도 끊이지 않았다. 며칠이 지나 그녀를 쫓는다는 소리가 들리긴 했으나 그럴 뜻이 준엄하지는 않자, 곧 옷을 잘 갖춰 입고 말을 탄 뒤에 문을 박차고 그곳을 떠났다.

---

54) 사공(司空): 少昊 때부터 있었던 관직으로 周나라 때 六卿 가운데 하나이며 工程을 관장했다. 한나라 때 御史大夫를 大司空으로 바꾸고 大司馬와 大司徒 등과 더불어 三公이라 불렀다. 명나라 때 폐지되었다가 청나라 때에는 工部 尙書를 大司空으로 侍郎을 少司空이라 했다.

홍불은 위공(衛公)을 보자마자 곧 그의 능력을 알아보았고, 또한 월공(越公)이 확실히 아무 것도 할 수 없을 것이라고 추측한 뒤에 위공을 따랐으니 그녀는 아주 잘 추찰할 수 있는 사람이었다. 어떤 사람이 말하기를 "홍불이 절색인 이상, 반드시 특별한 총애를 받았을 것인데 만일 급히 서둘러 그녀를 되찾으려고 했다면 장차 어찌했을 것인가?"라고 했다. 나는 답한다.

"위공은 지혜로운 사람이라 주도면밀하게 계획했을 것이다. 위공이 평민의 몸으로 길게 읍하며, 월공이 웅크린 채로 빈객을 맞이하는 것에 대해 지적하자 월공은 바로 정색하며 그에게 사죄하였으니 그는 능히 남의 말을 받아들일 수 있는 사람이었다. 설령 되찾으러 쫓아왔어도 이정은 반드시 선뜻 나서 만나러 갔을 것이고 불과 몇 마디의 말이면 해결되었을 것이다. 월공이 어찌 여자 하나 때문에 천하 호걸의 마음을 저버리겠는가?"

[원문] 紅拂妓

楊素守西京日, 李靖以布衣獻策, 素踞牀而見. 靖長揖55)曰: "天下方亂, 英雄競起. 公爲重臣, 須以收羅豪傑爲心, 不宜倨56)見賓客." 素斂容謝之. 時妓妾羅列, 內有執紅拂者, 有殊色, 獨目靖. 靖旣去, 而執拂者臨軒指吏曰: "問去者處士第幾, 住何處." 靖具以對, 妓誦而去. 靖歸逆旅, 其夜五更初, 忽聞叩57)門而聲低者. 靖啓視, 則紫衣紗帽人, 杖58)一囊. 問之, 曰: "楊家紅拂妓也." 延入, 脫衣去帽, 遽向靖

---

55) 長揖(장읍): 두 손을 마주 잡고 눈높이만큼 들어 올린 채 허리를 굽혀 읍하는 것을 이른다.

56) 【校】倨: [鳳], [岳], [類], [影]에는 "倨"로 되어 있고 [春], 《太平廣記》에는 "踞"로 되어 있다.

57) 【校】叩: [影], [春]에는 "叩"로 되어 있고 [鳳], [岳], [類], 《太平廣記》에는 "扣"로 되어 있다.

58) 【校】杖: [春], [鳳], [岳], [類]에는 "杖"으로 되어 있고 [影]에는 "扙"으로 되어 있으며 《太平廣記》에는 "杖揭"로 되어 있다.

拜. 靖驚答之, 再叩來意. 曰: "妾侍楊司空久, 閱天下之人多矣, 無如公者. 故來相就耳." 靖曰: "如司空何?" 曰: "彼屍居餘氣[59], 不足畏也. 諸妓知其無成, 去者甚衆矣, 彼亦不甚逐也. 計之詳矣, 幸無疑焉." 問其姓, 曰: "張." 問其伯仲之次, 曰: "最長." 觀其肌膚形狀, 言詞氣語[60], 眞天人也. 靖不自意獲之, 愈喜愈懼, 萬慮不安, 而窺戶者無停履. 數日, 亦聞追討之聲, 意亦非峻, 乃雄服[61]乘馬, 排闥[62]而去.

紅拂一見便識衛公, 又籌定越公無能爲, 然後相從, 是大有斟酌人. 或曰: "紅拂既有殊色, 必膺[63]特眷, 萬一追討甚急, 將如何?" 余曰: "衛公, 智人也, 計之熟矣. 布衣長揖, 責以踞見賓客, 越公遂斂容謝之. 越公能受言者也. 設追討相及, 靖必挺身往見, 不過費一席話耳. 越公豈以一婦人故而灰天下豪傑之心哉?"

---

59) 屍居餘氣(시거여기): 사람이 곧바로 죽을 것 같다는 뜻으로 생기가 없고 무엇을 성취할 수 없는 상태를 형용하는 말이다.

60) 【校】氣語: 《情史》에는 "氣語"로 되어 있으며 《太平廣記》에는 "氣性"으로 되어 있다.

61) 雄服(웅복): 盛服과 같은 말로 화려한 옷차림을 가리킨다.

62) 排闥(배달): 문을 박차서 연다는 뜻이다.

63) 【校】膺: [影], [春]에는 "膺"으로 되어 있고 [鳳], [岳], [類]에는 "有"로 되어 있다. 膺(응)은 받는다는 뜻이다.

41. (4-3) 양 부인(梁夫人)64)

기왕(蘄王) 한세충(韓世忠)65)의 부인은 경구(京口)66)에 살던 창기였다.
그녀가 일찍이 하삭(賀朔)67)을 할 때 시중을 들러 새벽녘에 관아로 들어간
적이 있는데 홀연 사당 기둥 아래에서 범 한 마리가 웅크리고 누워서 큰
소리로 코 고는 것을 보았다. 놀랍고 무서워 급히 뛰어나와서도 감히 말을
하지 못했다. 조금 있다가 온 사람이 많아지기에 다시 가서 보았더니 한
병졸이었다. 이에 그를 발로 차서 깨우고 성명을 묻자 한세충이라고 했다.
마음속으로 이상하게 여겨 어머니에게 은밀히 말했더니 그 병졸은 반드시

---

64) 이 이야기는 송나라 羅大經의 《鶴林玉露》丙編 권2에 〈蘄王夫人〉으로 보인다.
이외에도 《奇女子傳》 권4에는 〈梁夫人〉으로, 《青泥蓮花記》 권3에는 〈蘄王梁
夫人〉으로, 明나라 胡侍의 《眞珠船》 권7에는 〈韓蘄王夫人〉으로 수록되어 있
다. 명나라 王穉登의 《虎苑》 권下 褉志 제14와 명나라 陳繼儒의 《虎薈》 권4
그리고 명나라 宋鳳翔의 《秋涇筆乘》, 청나라 潘永因의 《宋稗類鈔》 권10에도
보인다. 韓蘄王과 梁夫人의 이야기는 명나라 張四維의 〈雙烈記〉와 陳與郊는
〈麒麟罽〉 같은 傳奇戲曲으로 각색되기도 했다. 또한 명나라 熊大木의 《大宋
中興通俗演義》, 청나라 錢彩의 《說岳全傳》, 李玉의 《淸忠譜》, 楊潮觀의 《吟風
閣雜劇·翠微亭卸甲閒遊》 등과 같은 장편소설이나 희곡 작품 속에서도 두 사
람의 이야기가 각색되어 전한다.
65) 한세충(韓世忠, 1089~1151): 18세에 종군한 뒤로 여러 차례 전공을 세웠으며
岳飛가 모함 당하자 누차 상소문을 올려 秦檜를 탄핵했지만 성공하지 못했
다. 죽은 뒤 宋 孝宗 때 蘄王으로 추봉되었고, 高宗의 廟廷에 配享되었다. 후
세에 劉光世, 張俊, 악비와 더불어 中興四將으로 불린다. 그의 부인인 梁氏
(1102~1135)는 史書에는 梁氏로만 기록되어 있고 野史 및 話本小說 등에서는
紅玉이란 이름으로도 나오는데 金氏과 韓世忠이 격전을 벌일 때 몸소 북을
쳐 士氣를 돋우었다 하며 군대가 楚州에 주둔했을 때에는 사졸들과 함께 노
역을 했다고도 전해진다. 이후 安國夫人 등으로 봉해졌다. 자세한 내용이 《宋
史》 권364에 〈韓世忠傳〉에 보인다.
66) 경구(京口): 古城의 이름으로 지금의 江蘇省 鎭江市이다. 209년에 孫權이 수도
를 吳(지금의 蘇州)에서 이곳으로 옮기고 京城이라 칭했다가 211년에 다시
建業으로 옮긴 뒤 京口鎭이라 개칭했다.
67) 하삭(賀朔): 당송 때에는 설날과 5월 1일 그리고 동짓날에 朝會하는 禮를 거
행하였는데 설날과 5월 1일에 하는 朝會를 賀朔이라 불렀다.

범인(凡人)이 아닐 것이라고 했다. 이에 집으로 초청해 술과 음식을 마련하고 밤을 택해 마음껏 즐기며 깊이 친분을 맺은 뒤에 금과 비단을 주며 부부가 되기로 약속했다. 기왕은 후에 수훈을 세워 중흥명장(中興名將)[68]이 되었고, 양(梁)씨는 양국부인(兩國夫人)[69]으로 봉해졌다.

　양 부인은 창기(娼妓)가 아니었다면 기왕을 만나지 못했을 것이고 기왕을 만나지 못했다면 종신토록 일개의 창기에 불과했을 것이다. 대저 그윽한 자태를 지닌 규방의 여인은 부모의 말에 따르고 매파에게 속고 가문에 맞게 맞추고 예법에 구속되어, 남편이 어질든 못났든 간에 맹목적으로 순종할 뿐이다. 불행히도 정조를 잃고 창기가 되면 좋은 배필을 골라서 스스로 자랑스럽게 여길 수 없게 되고, 바람에 따라 진흙이 묻는 버들개지가 되니 어찌 애석한 일이 아니겠는가?

---

68) 중흥명장(中興名將): 송나라가 중흥하는 데 이바지한 명장이란 뜻이다. 《江蘇金石志》 권12 등에 실려 있는 〈韓世忠神道碑〉에 한세충이 紹興 4년(1134)에 金兵을 격퇴한 大儀鎭 전투를 송나라 중흥의 첫 번째로 꼽을 만한 것이라 했다.

69) 양국부인(兩國夫人): 梁 부인이 두 개의 國夫人 봉호를 받은 것을 뜻하나 그 두 봉호가 구체적으로 무엇인지는 문헌의 기록이 상이하여 단정할 수 없다. 《宋史》 권364에는 한세충의 부인 梁氏를 궁으로 불러들여 '安國夫人'으로 봉했다는 기록이 보인다. 송나라 李心傳의 《建炎以來繫年要錄》 권32에서는 "世忠妻和國夫人梁氏"라고 했고 다시 권92에서는 "淮東宣撫使韓世忠妻秦國夫人梁氏"라고 칭했다. 《宋史全文》 권17上에는 梁氏를 '和國夫人'으로 봉한 기록이 보이며, 송나라 杜大珪가 편찬한 《名臣碑傳琬琰之集》 상권13에 실린 趙雄의 〈韓忠武王世忠中興佐命定國元勳之碑〉에서는 梁氏를 '楊國夫人'으로 칭하고 있다.

[원문] 梁夫人

　　韓蘄王之夫人, 京口娼也. 嘗五更入府伺候賀朔, 忽於廟柱下見一虎蹲臥, 鼻息駒駒然. 驚駭, 亟走出, 不敢言. 已而人至者衆, 復往視之, 乃一卒也. 因蹴之起, 問其姓名, 爲韓世忠. 心異之, 密告其母, 謂此卒定非凡人. 乃邀至家, 具酒食, 卜夜盡歡, 深相結納, 資以金帛, 約爲夫婦. 蘄王后立殊功, 爲中興名將. 梁封兩國夫人.

　　梁夫人不爲娼, 則不遇蘄王. 不遇蘄王, 則終身一娼而已. 夫閨閣之幽姿, 臨之以父母, 誑之以媒妁, 敵之以門戶, 拘之以禮法, 壻之賢不肖, 盲以聽焉. 不幸失身爲娼, 乃不能擇一佳婿自豪, 而隨風爲沾泥之絮, 豈不惜哉?

42. (4-4) 누강 지방의 한 기녀(婁江妓)[70]

　　명나라 가정(嘉靖)[71] 연간 누강(婁江)[72]에 손(孫) 태학(太學)[73]이라고 하는 자가 있었는데 기생 아무개와 사이가 좋아 서로 혼인을 하겠다고 맹세했다. 손 태학이 그녀를 위해 재산을 다 털고 얼마 지나지 않아서 아내를 잃고 집안은 더욱 가난해져 쇠락하게 되었다. 이에 친지들은 그로 하여금 그 기생을 고소하도록 부추겼다. 기생은 이를 듣고 계책으로 손

70) 이 이야기는《智囊》권25〈孫太學妓〉에 보이는데 이야기의 내용과 文後評이 모두 동일하다.《警世通言》권31〈趙春兒重旺曹家莊〉의 本事이기도 하다.
71) 가정(嘉靖): 명나라 世宗 朱厚熜의 연호로 1522년부터 1566년까지이다.
72) 누강(婁江): 江蘇省 蘇州市 동쪽에 있는 강물로 太湖의 지류이다. 蘇州 婁門을 통해 동쪽을 향해 장강에 합류한다.
73) 태학(太學): 京都에 설치되어 있던 유가 경전을 전수하는 최고의 學府로 서한 때부터 있었다. 여기에서는 태학에서 공부하는 生員 즉 監生을 의미한다.

태학을 불러다가 음식을 대접하고 그와 더불어 전에 한 약속을 거듭한 뒤 그에게 시집을 갔다. 손 태학은 본래 재산을 잘 다스리지 못했기 때문에 기생이 가지고 온 장신구들도 오래지 않아 모두 탕진했다. 기생은 밤낮으로 부지런히 실을 짜서 남편을 받들었으며 죽으로만 끼니를 때웠다. 이와 같이 10여 년을 지내자 손 태학도 점차 진중해졌으며 잘못을 뉘우치게 되었다. 관직을 받는 날이 다가오자 돈이 없는 것을 스스로 슬퍼하여 밤중에 눈물을 흘리며 울었다. 기생은 그가 진지하다는 것을 알고서 날마다 앉아서 실을 짰던 자리를 손 태학으로 하여금 파게 해 천금을 얻었는데 이는 모두 기생이 몰래 묻어둔 것이었다. 손 태학은 그 돈을 가지고 현위(縣尉)의 관직을 받았으며 후에 안찰사(按察司)의 경력(經歷)74)으로 승직되었다. 벼슬로 번 돈이 조금 여유로워지자 기생이 손 태학에게 벼슬을 그만두라고 권유하기에 벼슬을 버리고 돌아와 편안한 삶을 누리다가 생을 마쳤다.

자유(子猶)가 이렇게 말했다.

"손 태학을 성취시켰을 뿐만 아니라 자신도 귀속할 곳을 얻었으니 두 사람에게 모두 좋은 일이라 할 수 있다. 어려운 것은 10여 년 동안 꿋꿋하게 참아 낸 것이었다."

---

74) 경력(經歷): 명청 때 都察院, 通政使司, 布政使司, 按察使司 등의 관청에는 모두 經歷을 두었는데 이는 문서의 출납을 주관하는 관리였다.

[원문] 婁江妓

　嘉靖間, 婁江75)有孫太學者, 與妓某善, 誓相嫁取, 爲之傾貲. 無何, 孫喪婦, 家益貧落. 親友因唆使訟妓. 妓聞之, 以計致孫, 飮食之, 與申前約, 以身委焉. 孫故不善治産, 妓所攜簪珥, 不久復費盡. 妓日夜勤辟纑以奉之, 饘粥而已. 如此十餘年, 孫益老成悔過. 選期76)已及, 自傷無貲, 中夜泣. 妓審其誠, 於日坐辟績處, 使孫穴地, 得千金, 皆妓所陰埋也. 孫以此得選縣尉, 遷按察司經歷. 宦橐稍潤, 妓遂勸孫乞休, 歸享小康77)終其身.

　子猶曰: "旣成就孫, 而身亦得所歸, 可謂兩利. 所難者, 十餘年堅忍耳."

43. (4-5) 심소하의 첩(沈小霞妾)78)

　금의위(錦衣衛)79)의 경력(經歷)80)이었던 심련(沈鍊)81)은 재상(宰相)인

---

75) 【校】婁江: 《情史》에는 "婁江"으로 되어 있고 《智囊》에는 "婁東"으로 되어 있다.

76) 選期(선기): 과거시험에 급제한 자와 임기를 마친 遞職 관리가 吏部로 가서 관직 임용결과를 기다리는 기간을 가리킨다.

77) 小康(소강): 조금의 재산이 있어 편안하게 세월을 보낼 수 있는 것을 가리킨다.

78) 이 이야기는 《智囊》 권26에 〈沈小霞妾〉으로 보이고 《古今情海》 권7 情中俠에는 〈沈小霞〉로, 《古今閨媛逸事》 권1 賢懿類에는 〈縱夫之機智〉로 수록되어 있다. 《明史》 권209에 沈小霞의 아버지인 沈鍊의 傳記를 다룬 〈沈鍊傳〉이 있으며, 명나라 江盈科의 《皇明十六種小傳》 권3과 권4에 〈沈小霞傳〉과 〈沈小霞妾傳〉이 있는데 《情史》의 작품과 내용이나 문장이 다르다. 《喩世明言》 권40 〈沈小霞相會出師表〉의 本事이고 傳奇 戲曲으로 〈出師表〉가 있다.

79) 금의위(錦衣衛): 명나라 때 황궁을 호위하는 禁衛軍과 황제의 儀仗을 관장했던 관서이다.

80) 경력(經歷): 錦衣衛 소속 經歷司에서 문서의 출납을 주관하는 관리였다.

81) 심련(沈鍊, 1507~1557): 자가 純甫이며 호는 靑霞이고 會稽(지금의 浙江省 紹興市)사람이었다. 嘉靖 17년(1538)에 진사 급제한 뒤 溧陽知縣과 錦衣衛經歷을

엄숭(嚴嵩)82)을 탄핵했다가 죄를 얻어 보안(保安)83)으로 귀양을 가서 농사를 짓게 되었다. 당시 총독(總督)84)이었던 양순(楊順)과 순안(巡按)85)이었던 노해(路楷)는 모두 엄숭의 문객으로 있었는데 그들은 엄세번(嚴世蕃)86)에게 이런 지시를 받았다.

"만약 내 부스럼을 떼어 준다면 크게는 후(侯)가 될 것이요, 작아도 경(卿)은 될 것이오."

이에 양순은 노개와 함께 계책을 세워 백련교(白蓮教)87) 교도들 중에 오랑캐와 결탁한 자들 여럿을 잡아 심련의 이름을 그 명부에 섞어 넣고서 심련을 참수형에 처하고 그의 가산도 몰수했다. 양순은 그 공으로 아들 하나를 금의천호(錦衣千戶)의 벼슬에 앉혔고 노해는 경시(卿寺)88)에 있는

지냈으며 상소문을 올려 嚴嵩의 열 가지 죄상을 탄핵했다. 《明史》 권209에 그에 대한 傳이 실려 있다.

82) 엄숭(嚴嵩, 1480~1567): 명나라 世宗 때의 재상으로 자는 惟中이었고 호는 勉庵이었으며 袁州府 分宜縣(지금의 江西省 分宜縣)사람이었다. 재상으로 20년 동안 국정을 전권하면서 황제의 비위를 잘 맞췄으며 사리를 도모했고 이견 있는 사람들을 배척했다. 만년에 세종에게 소외되어 치사하고 가산도 몰수되었으며, 隆慶 원년에 죽었다.

83) 보안(保安): 保安州로 지금의 河北省 涿鹿縣 일대이다.

84) 총독(總督): 지방의 군무를 감독하는 관직이다. 명나라 초기에 用兵할 때 部院의 관원을 보내 군무를 관장하게 했는데 成化 5년에 이르러 전문직으로 兩廣總督을 둔 뒤 점차 각지에 總督을 두다가 定制가 되었다.

85) 순안(巡按): 명나라 때 巡按御史의 준말로 황제를 대신해 지방을 순찰하는 監察御史를 가리킨다. 吏治를 考核하고 중대한 안건을 심리했으며 知府 이하의 관원은 모두 그의 명령에 따랐다.

86) 엄세번(嚴世蕃, 1513~1565): 아버지인 엄숭의 힘으로 국자감에 들어간 뒤 환로에 들어섰으며 벼슬은 尚寶司少卿과 工部左侍郎까지 올랐다.

87) 백련교(白蓮教): 송나라 고종 소흥 3년에 茅子元에 의해 창립된 불교 白蓮宗에서 유래되었으며 원·명·청대에 성행했고 彌勒下生이라 가칭했던 민간 비밀 종교단체를 가리킨다. 내부 파벌이 심했고 계급이 엄격했으며, 원나라 말년 '홍건적의 난'과 명나라 가정 연간 江南, 山西, 內蒙古 일대에서 일어났던 농민봉기 그리고 청나라 가경 연간에 있었던 '백련교도의 난' 등과 같이 항상 농민봉기의 조직도구가 되었다.

5품 관직을 제수받았다. 그러자 양순은 매우 불쾌해하며 말하기를 "재상께서 내게 상을 박하게 주셨는데 그렇게 했어도 부족함이 있었던가?"라고 하고 심련의 세 아들을 잡아 매질해서 죽였다. 그리고 나서 월(越)[89] 지방에 포고문을 발포하여 생원이었던 심련의 맏아들인 심양(沈襄)[90]을 잡아와 매일 매질하며 고문을 하니 심양은 위급해져 곧 죽을 지경에 이르게 되었다. 마침 양순과 노해는 죄상이 적발되어 결국 황제의 명으로 붙잡혀 치죄(治罪)되었으며 심양은 가볍게 처벌을 받아 수자리를 하는 것으로 판결이 났다. 당초 심양이 잡혀 왔을 때 단지 애첩 하나만이 따르고 있었으므로 이때에 이르러 그 첩과 함께 수자리할 곳으로 가게 되었다. 도중에 엄씨가 사람을 시켜 길을 막고 있다가 그를 죽일 것이라는 소리가 어렴풋이 들리기에 심양은 두려워 달아나려 했으나 첩을 돌아보고는 버리고 갈 수가 없었다. 첩이 말하기를 "심 씨 집안의 대는 당신 한 몸에 달려 있으니 그냥 가시고 제 걱정은 하지 마세요."라고 했다. 그래서 심양은 압송하는 자를 속여 말하기를 "성시(城市)에 서로 왕래하며 지내는 아무개가 있는데 우리 집의 돈을 빌렸으니 찾으러 가면 받을 수 있을 겁니다."라고 했다. 압송하는 자는 첩이 남아 있는 것을 믿고서 심양이 갔다 오도록 의심 없이 풀어주었다. 한참 지나도 돌아오지 않자 압송하는 자가 그 아무개의 집에 가서 물어봤더니 "온 적이 없습니다."라고 말했다. 돌아와서 다시 첩에게 묻자 첩은 그의 옷자락을 잡고 크게 통곡하며 말하기를 "우리 부부는 환난 속에서 서로를 지켜주며

<hr>

88) 경시(卿寺): 九卿이 머무는 관서를 가리킨다. 《左傳》〈隱公七年〉條 孔穎達 疏에 "한나라 이래로 三公이 거처하는 곳을 府라 했고 九卿이 거처하는 곳을 寺라 했다.(自漢以來, 三公所居謂之府, 九卿所居謂之寺.)"라는 내용이 보인다.
89) 월(越): 춘추시대 월나라의 땅이었던 지역을 가리키는 말로 지금의 浙江이나 절강 동부 지역 혹은 紹興 일대를 이른다.
90) 심양(沈襄): 沈鍊의 맏아들로 자는 叔成이고 호는 小霞이며 山陰(지금의 浙江省 紹興)사람이었다.

잠시라고 떨어진 적이 없는데 지금은 가서 돌아오지 않으니 반드시 너희들이 엄씨에게 지시를 받아 내 남편을 죽였을 것이다."라고 했다. 구경하는 사람들이 시장의 사람들처럼 많아지고 판단할 수 없게 되자 이를 감사(監司)91)에게 알렸다. 감사도 엄씨가 정말 이런 일을 했을지도 모른다고 의심해 어쩔 수 없이 첩을 비구니 절에 잠시 머물게 하고서 압송하는 자에게 기한을 정해 주고 심양을 추적하도록 했다. 압송하는 자가 그를 찾지 못해 여러 차례 태형(笞刑)을 받자 심양의 첩에게 애걸하며 그는 정말 제 스스로 도망간 것이니 자기에게 누명을 씌우지 말라고 하고 틈을 타 도망가 버렸다. 오랜 시간이 지나 엄숭이 망하자 심양은 비로소 나와서 억울함을 호소했다. 그리하여 양순과 노해는 잡혀가 죄에 합당한 벌을 받았으며 첩은 다시 심양을 따르게 되었다. 심양의 호는 소하(小霞)이며 초지(楚地)사람 강진지(江進之)92)는 〈심소하첩전(沈小霞妾傳)〉을 지었다.

엄씨가 장차 길을 막고 있다가 심양을 죽이도록 한 일이 있었는지 없었는지는 알 수 없다. 하지만 심양이 이렇게 도망간 것은 실로 아주 남는 장사였고 아주 깔끔하게 한 일이었다. 이 첩이 이렇게 한 번 생떼를 써서 위에 있는 관원도 정말로 이런 일이 있을 수 있다고 의심하게 되었기에 비로소 심양은 탈 없이 안전하게 도망갈 수 있었다. 양순과 노해 같은 무리들은 죽어도 그 살조차 개에게도 먹일 수 없는데 이 첩은 심씨 부자와 함께 전해지니 충성스러움과 지혜로움이 한 가문에 모여 성하기도 하구나!

---

91) 감사(監司): 감찰의 직책을 맡은 관원을 가리킨다. 한나라 이후에 司隷校尉와 州縣을 督察하는 刺史, 轉動使, 按察使, 布政使 등을 모두 감사라고 불렀다.

92) 강진지(江進之): 公安派 대표 문인 중의 한 사람이었던 江盈科(1553~1605)를 가리킨다. 자는 進之였고 호는 淥蘿였으며 桃源(지금의 湖南省 桃源縣)사람이었다. 政務에 있어서는 민정을 잘 살폈고 현명했으며 문학에 있어서는 公安派 창립에 참여했다. 문집으로《江盈科集》이 전한다.

[원문] 沈小霞(妾)

錦衣衛經歷沈鍊, 以攻嚴相得罪, 謫田[93]保安. 時總督楊順、巡按路楷, 皆嵩客, 受世蕃指: "若除吾瘍, 大者侯, 小者卿." 順因與楷合策, 捕諸白蓮教通虜者, 竄鍊名籍中, 論斬, 籍其家. 順以功廕一子錦衣千戶; 楷候選[94]五品卿寺. 順猶快快曰: "相君薄我賞, 猶有不足乎?" 取鍊三子[95], 杖殺之. 而移檄[96]越, 逮公長子諸生[97]襄, 至則日掠治, 困急且死. 會順、楷被劾, 卒奉旨逮治, 而襄得末減[98]問戍. 襄之始來也, 止一愛妾從行. 及是與妾俱赴戍所. 中道微聞嚴氏將使人要而殺之. 襄懼欲竄, 而顧妾不能割. 妾曰: "君一身沈氏宗祧所係, 第去, 勿憂我." 襄遂詒押者: "城市有年家[99]某, 負吾家金錢, 往索可得." 押者恃妾在, 不疑, 縱之去. 久之不返, 押者往某家詢之, 云: "未嘗至." 還復叩妾. 妾把其襟, 大慟曰: "吾夫婦患難相守, 無頃刻離. 今去而不返, 必汝曹受嚴氏指, 戕殺吾夫矣." 觀者如市, 不能判. 聞於監司. 監司亦疑嚴氏眞有此事, 不得已, 權使寄食尼菴, 而立限責押者跡襄. 押者物色不得, 屢受笞. 乃哀懇於妾, 言襄實自竄, 毋枉我. 因以間亡命去. 久之, 嵩敗, 襄始出訟冤, 捕順、楷抵罪. 妾復相從. 襄號小霞, 楚人江進之有《沈小霞妾傳》.

---

93) 【校】田: 《情史》에는 "田"으로 되어 있고 《明史》, 《智囊》에는 "佃"으로 되어 있다.

94) 候選(후선): 《明史》 권290에 있는 〈沈鍊傳〉에는 "楷待銓五品卿寺"라고 되어 있는데 "候選"은 "待銓"과 같은 의미로 벼슬을 받은 관원이 缺席이 생겨 정식으로 임용될 때를 기다리는 것을 의미한다.

95) 【校】三子: 《情史》에는 "三子"로 되어 있고 《智囊》에는 "二子"로 되어 있으며 《明史》에는 "子袞 襄"로 되어 있다.

96) 移檄(이격): 移와 檄을 아울러 이르는 말로 文書를 公告하고 頒布하여 알리는 것을 뜻한다. 移는 서로 소속 관계가 없는 官署 간에 주고받는 公文으로 牒과 유사한 것을 이르며, 檄은 官府에서 徵募, 曉諭, 聲討 등의 목적으로 반포하는 檄文을 가리킨다.

97) 諸生(제생): 명청 때 官學에 입학한 生員을 가리키는 말이다.

98) 末減(말감): 가볍게 論罪를 하거나 減刑하는 것을 뜻한다.

99) 年家(연가): 같은 해에 과거 급제한 두 사람이 서로에 대한 호칭이다. 明末 이후에는 같은 해 급제한 관계가 아니더라도 서로 왕래하며 通謁할 때 모두 年家라 불렀다.

嚴氏將要襄殺之, 事之有無不可知. 然襄此去, 實大便宜, 大乾淨. 得此妾一番撒賴, 則上官亦疑眞有是事, 而襄始安然亡命無患矣. 順、楷輩死, 肉不足餧狗, 而此妾與沈氏父子並傳, 忠智萃於一門, 盛矣哉.

44. (4-6) 양소(楊素)100)

진(陳)나라 태자사인(太子舍人)101)이었던 서덕언(徐德言)의 아내는 후주(後主) 진숙보(陳叔寶)102)의 동생이었다. 그녀는 낙창공주(樂昌公主)로 봉해졌으며 재색(才色)이 당대 으뜸이었다. 그 당시 진나라가 바야흐로 정치가 문란하게 되자 서덕언은 서로 보호해 줄 수 없음을 알고 아내에게 이렇게 말했다.

---

100) 이 이야기는 당나라 孟棨의 《本事詩》 情感 제1에 나오는 이야기이다. 《太平廣記》 권161에는 〈楊素〉로, 송나라 羅燁의 《醉翁談錄》 辛集 권1에는 〈樂昌公主破鏡重圓〉으로, 송나라 陳元靚의 《歲時廣記》 권12에는 〈尚公主〉로 실려 있다. 송나라 무명씨의 《錦繡萬花谷》 後集 권15에는 〈分鏡〉이라는 제목으로 간략하게 수록되어 있다. 이외에도 《太平御覽》 권30, 《類說》 권51, 《說郛》 권80, 명나라 董斯張의 《吳興備志》 권27 등에도 수록되어 전한다. 그리고 《艶異編》 권23에는 〈樂昌公主〉로, 명나라 王圻의 《稗史彙編》 권43에는 〈破鏡再合〉으로, 陳耀文의 《天中記》 권4에는 〈賣半照〉로, 풍몽룡의 《燕居筆記》 권1에는 〈樂昌合鏡〉으로 수록되어 있다. 송나라 때의 戲文 작품인 〈樂昌公主破鏡重圓〉과 명나라 때의 傳奇戲曲 작품인 〈合鏡記〉로 각색되기도 했다.

101) 태자사인(太子舍人): 秦漢 때부터 송나라까지 설치되었던 관직으로 처음에는 東宮의 宿衛를 관장했다가 나중에는 문서 처리와 수행까지 담당하기도 했다. 품계는 보통 종6품이나 7품이었다.

102) 진숙보(陳叔寶, 553~604): 남조 陳나라의 後主 陳叔寶(553~604)를 가리킨다. 재위 기간 동안 궁실을 크게 짓고 사치와 여색에 빠져 정사를 돌보지 않았다. 수나라 군대가 남하할 때도 長江이 막아줄 것이라고 믿고 대비하지 않고 있다가 포로가 되어 낙양에서 병사했다.

"당신의 재주와 용모로 나라가 망하면 필시 권세 있는 집안으로 들어갈 테고 그것이 영원한 이별이 될 게요. 만약 연분이 끊기지 않는다면 서로 만나기를 바라기에 마땅히 신표로 삼을 것이 있는 게 좋겠소."

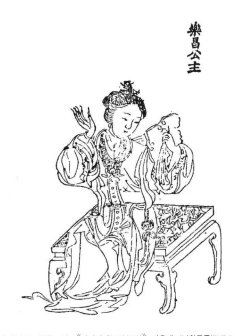

청대(淸代) 왕홰(王翽), 《백미신영(百美新詠)》 가운데 〈낙창공주(樂昌公主)〉

이에 거울 하나를 깨뜨려 각각 그 반씩을 나눠 가진 뒤에 그가 아내에게 약속하기를 "나중에 반드시 정월 보름날에 도성의 시장에서 이것을 팔구려. 내가 만약 거기에 있다면 바로 그날로 가서 찾으리다."라고 했다. 진나라가 망하자 과연 그의 아내는 월공(越公) 양소(楊素)[103]의 집으로 들어갔고 매우

---

103) 양소(楊素, 544~606): 陳나라를 멸망시킨 전공을 세워 隋 文帝에 의해 越國公으로 봉해졌기에 越公楊素라고 칭한 것이다. 이에 대한 자세한 내용은 《情史》 권4 정협류 〈紅拂妓〉 '양소' 각주에 보인다.

두터운 총애를 받았다. 서덕언은 이리저리 떠돌면서 심한 고생을 겪으며 경도에 겨우 이르러 정월 보름날에 도성 시장으로 찾아갔다. 어떤 하인이 반쪽 거울을 팔고 있었는데 그 값을 크게 올리자 사람들은 모두 그를 비웃었다. 서덕언은 그를 거처로 데려와서 음식을 차려 놓고 그 까닭을 모두 얘기했다. 그리고 다른 반쪽 거울을 꺼내 합치고는 이런 시를 지었다.

거울과 사람이 함께 떠나갔다가	照與人俱去
거울은 돌아왔으나 사람은 돌아오지 않는구나	照歸人不歸
상아의 모습은 거울 속에 다시 보이지 않고	無復嫦娥影
명월 같은 밝은 빛만 공연스레 남아 있구나	空留明月輝

진씨는 시를 받고 눈물을 흘리며 곡기를 끊었다. 양소는 이를 알고 슬퍼하여 얼굴색이 변했다. 그리고 곧 서덕언을 불러서 그의 아내를 돌려주었으며 게다가 재물까지 후하게 주었다. 이 일을 들은 사람들 가운데 감탄하지 않은 자가 없었다. 양소가 서덕언과 진씨와 더불어 술을 마시며 진씨에게 시를 지으라고 했더니, 진씨는 그 자리에서 절구 한 수를 읊었다.

오늘 이 자리 얼마나 어색한가	今日何遷次[104]
새 서방과 옛 서방이 마주하고 있네	新官[105]對舊官
감히 웃지도 울지도 못하겠으니	笑啼俱不敢
이제야 인간사 처신의 어려움을 알겠네	方驗做人難

그리고서 서덕언과 더불어 강남(江南)[106]으로 돌아가서 마침내 평생토록 함께 살았다.

---

104) 천차(遷次): 난처하고 어색하다는 뜻이다.
105) 관(官): 妻妾이 남편을 지칭을 할 때 쓰는 호칭이다.
106) 강남(江南): 長江 以南의 뜻으로 대개 지금의 江蘇省과 安徽省 남부 그리고 浙江省 일대 지역을 가리킨다.

도망한 홍불기(紅拂妓)도 쫓지 않았고 낙창공주도 놓아주었으니 이는 모두 월공의 매우 호걸다운 일들이다. 대장군이 문을 열어 홍불기를 놓아준 것은 같은 마음에서였다. 저 태위(太尉) 석숭(石崇)[107]은 소인배였을 뿐이다.

[원문] 楊素

陳太子舍人徐德言之妻, 後主叔寶之妹, 封樂昌公主, 才色冠絶. 時陳政方亂, 德言知不相保, 謂其妻曰: "以君之才容, 國亡必入權豪之家, 斯永絶矣. 儻情緣未斷, 猶冀相見, 宜有以信之." 乃破一照, 人執其半, 約曰: "他日必以正月望日賣於都市, 我當在, 即以是日訪之." 及陳亡, 其妻果入越公楊素之家, 寵嬖殊厚. 德言流離辛苦, 僅能至京, 遂以正月望日訪於都市. 有蒼頭[108]賣半照者, 大高其價, 人皆笑之. 德言直引至其居, 設食, 具言其故. 出半照以合之, 仍題詩曰:

照與人俱去, 照歸人不歸. 無復嫦娥影, 空留明月輝.

陳氏得詩, 涕泣不食. 素知之, 愴然改容. 即召德言, 還其妻, 仍厚遺之. 聞者無不感歎. 乃與德言陳氏偕飮, 令陳氏爲詩. 口占[109]一絶云:

今日何遷次? 新官對舊官. 笑啼俱不敢, 方驗做人難.

遂與德言歸江南, 竟以終老.

不追紅拂妓, 放樂昌, 俱越公大豪傑事. 大將軍開門放妓, 一般胸襟. 彼石太尉, 小家子[110]耳!

---

107) 석숭(石崇): 晉나라 때 부호로 南蠻校尉의 벼슬을 지냈으므로 石太尉라고 칭한 것이다. 석숭에 관한 자세한 이야기는 《情史》 권1 정정류 〈綠珠〉 '석숭' 각주에 보인다.
108) 蒼頭(창두): 노복을 뜻한다. 본래 전국시대에 푸른 색 두건을 쓴 군대를 가리켰으나 한나라 때에 이르러 戰事가 줄어들자 점차 노복이 되어 귀족 집안에서 잡일을 하게 되다가 魏晉 이후에는 완전히 私宅의 노복이 되었다.
109) 口占(구점): 詩文을 지을 때 草稿를 쓰지 않고 그 자리에서 직접 입으로 읊는 것을 뜻한다.
110) 小家子(소가자): 본래 출신이 낮은 사람을 가리키는 말로 대범하지 못한 사

45. (4-7) 영왕 이헌(寧王憲)111)

영왕(寧王) 이헌(李憲)112)은 현귀(顯貴)하여 총애하는 가기(家妓)가 수십
명 있었는데 모두 기예가 뛰어났으며 용모가 탁월했다. 그의 저택 옆에
전병을 파는 자의 아내가 있었는데 그녀는 가는 몸매에 피부가 희었으며
아리땁고 사랑스러웠다. 영왕은 그녀를 보자마자 눈에 들어 그녀의 남편에게
재물을 후하게 주고 그녀를 얻었는데, 총애하고 아끼는 것이 보통이 아니었
다. 1년이 지난 후에 그녀에게 묻기를 "너는 전병 장수가 다시 그립지는
않느냐?"라고 했다. 그녀는 잠자코 대답을 하지 않았다. 이에 남편을 불러와
만나게 하자 아내는 남편을 주시하더니 두 줄의 눈물이 뺨으로 흘러내렸으며
정을 이기지 못하는 듯했다. 그때 영왕과 자리에 함께 앉아 있었던 빈객
십여 명은 모두 당시의 문사들이었는데 이를 애처롭게 여겨 낯빛이 변하지
않은 사람이 없었다. 영왕이 명하여 시를 지으라고 하자 우승(右丞)이었던
왕유(王維)113)가 먼저 시114)를 지었다.

람이나 그런 태도를 이르는 말이다.

111) 이 이야기는 《本事詩》情感 제1에서 나온 이야기로 《古今事文類聚》後集 권
14와 《說郛》권80에도 보인다. 《類說》권51에는 〈餠師〉로, 《天中記》권18에
는 〈憶餠師〉로 수록되어 있다.

112) 이헌(李憲, 679~742): 당나라 睿宗의 長子로 태자로 세워졌으나 예종이 武則
天에 의해 황위에서 물러나자 태자 자리에서 내려오게 되었다. 예종이 복
위한 뒤 태자로 세우려 하자 동생 李隆基(玄宗)에게 스스로 양보했다. 현종
이 즉위한 뒤에 寧王으로 봉해졌으며 太尉 등의 관직을 지냈고 讓皇帝로 追
諡되었다. 《新唐書》와 《舊唐書》에 〈讓皇帝憲傳〉이 있다. 《本事詩》에는 '寧王
曼'으로 되어 있는데 이는 잘못이다.

113) 왕유(王維, 701~761): 당나라 시인으로 자는 摩詰이다. 불교를 숭상하는 집
안에서 태어나 이름과 자를 모두 《維摩詰經》에서 취했다. 불교를 篤信하여
불교적 성격을 띤 작품을 많이 지어 詩佛로 칭해졌으며 尙書右丞의 벼슬을
지내 王右丞이라고도 불리었다. 약 400여 수의 시가 현전하며 문집으로는 《王
右丞集》이 전한다.

오늘날 총애를 받아도	莫以今時寵
어찌 옛 은정을 잊을 리 있겠는가	寧忘舊日恩
꽃을 보아도 눈물만 글썽이며	看花滿目淚
초왕(楚王)과 말 한마디 안 하네	不共楚王言

자리에 함께 있던 빈객들 가운데 감히 이어서 시를 짓는 자가 없었다. 영왕은 곧 그녀를 전병 장수에게 돌려보내 해로할 수 있게 했다.

[원문] 寧王憲

寧王憲貴盛, 寵妓數十人, 皆絶藝上色. 宅左有賣餠者妻, 纖白明媚. 王一見屬目, 厚遺其夫取之, 寵惜逾等. 環歲, 因問之: "汝復憶餠師否?" 默然不對. 因呼使見之, 其妻注視, 雙淚垂頰, 若不勝情. 時王座客十餘人, 皆當時文士, 無不悽異115). 王命賦詩, 王右丞維詩先成:

"莫以今時寵, 寧忘116)舊日恩. 看花滿目117)淚, 不共楚王言."

坐客無敢繼者. 王乃歸餠師以終其老.

---

114) 이 시는 〈息夫人〉이라는 제목으로 《全唐詩》 권128에도 실려 있다. 식부인은 원래 춘추시대 息國의 왕후였는데 楚 文王이 식국을 멸망시키고 그녀를 차지했다. 식부인는 초 문왕의 아이 두 명을 낳고도 그와 말 한마디 하지 않았다고 한다. 이 이야기는 《左傳》, 《呂氏春秋》, 《史記》, 《列女傳》 등에 보인다.

115) 【校】悽異: [影], 《本事詩》에는 "悽異"로 되어 있고 [鳳], [岳], [類], [春]에는 "淒異"로 되어 있다. 悽異(처이)는 슬픔으로 인해 얼굴빛이 변한다는 뜻이다.

116) 【校】忘: [影], 《本事詩》에는 "忘"으로 되어 있고 [鳳], [岳], [類], [春]에는 "亡"으로 되어 있다.

117) 【校】目: 《情史》에는 "目"으로 되어 있고 《本事詩》에는 "眼(津逮本作'目')"으로 되어 있다.

46. (4-8) 진국공 배도(裴晉公)118)

　　당나라 원화(元和)119) 연간에 호주(湖州)120) 녹사참군(錄事參軍)121)의
벼슬을 새로 제수받은 자가 있었다. 부임해 가기도 전에 도적을 만나 거의
모든 것을 다 빼앗겨 관직을 제수받은 증명서와 역임 문서들도 전혀 남지
않았다. 이에 인근 고을을 떠돌면서 헌 옷을 얻어 입고 어정거리며 다니면서
돈을 빌려 달라고 한 뒤 여관으로 다시 돌아왔다. 그 여관은 진공(晉公)
배도(裴度)122)의 저택과 매우 가까웠다. 그때 진공은 휴가 중에 있었으므로
미복 차림으로 나갔다가 우연히 호주 참군이 머물고 있는 여관에 이르러
참군과 서로 읍한 뒤 자리에 앉아 함께 이야기를 나누었다. 떠나는 날짜를
물어보자 참군은 "제 고통스런 사연들은 남들은 차마 들을 수 없을 정도입니
다."라고 말문을 떼며 눈물을 흘렸다. 진공이 그를 불쌍히 여겨 그 사정을
자세히 물어보자 참군은 이렇게 대답했다.

　　"저는 경도에서 수년을 살다가 지방의 벼슬을 제수받았는데 도적을 만나

---

118) 이 이야기는 《太平廣記》 권167에 〈裴度〉로 실려 있는데 약간의 문자 출입
　　　이 있으며 문후에 《玉堂閒話》에서 나왔다고 했다. 《太平廣記鈔》 권28과 《玉
　　　芝堂談薈》 권6에도 수록되어 있다. 《喻世明言》 권9 〈裴晉公義還原配〉의 本
　　　事이다.

119) 원화(元和): 당나라 憲宗 李純의 연호로 806년부터 820년까지이다.

120) 호주(湖州): 지금의 浙江省 湖州市이다.

121) 녹사참군(錄事參軍): 晉나라 때부터 公府에 설치된 벼슬로 여러 관서들의 文
　　　簿를 주관하고 善惡을 糾察하는 일을 맡았다. 후세에는 군대를 거느리는 자
　　　사들의 막료가 되기도 했으며 줄여서 錄事라고 했다. 隋나라 초기부터는 郡
　　　官이 되었는데 한나라 때 州郡의 主簿에 해당했다. 당송 때에는 沿用을 했
　　　으며 京府에 있을 경우 司錄參軍이라고 개칭했다.

122) 배도(裴度, 765~839): 당나라 정원 연간에 진사 급제했고 憲宗 원화 연간에
　　　재상이 되었으며 淮西 할거세력 吳元濟를 토벌한 공으로 晉國公으로 봉해져
　　　裴 晉公이라 불리었다. 그 후 文宗을 옹립한 공으로 中書令이 되었고 죽은
　　　뒤에 太傅에 추봉되었다. 문학에도 조예가 있어 그의 작품이 《全唐文》에 2
　　　권, 《全唐詩》에 1권이 수록되어 있다.

모두 다 빼앗기고 이 미천한 목숨만 남았습니다. 이것도 작은 일일 뿐이지요.
제가 장가를 가려하고 있었지만 친영(親迎)하기도 전에 군수(郡守)가 강제로
아내를 데려가 재상인 배 공(公)에게 바치는 일을 당했습니다."

1929년 소엽산방본(掃葉山房本), 《전도금고기관(全圖今古奇觀)》 삽도
〈배진공의환원배(裴晉公義還原配)〉

배도가 "그대 아내는 성이 무엇이오?"라고 물었더니 "성은 모(某)씨이고
이름이 황아(黃娥)입니다."라고 답했다. 그때 배도는 자주색 바지적삼을
입고 있었으므로 참군에게 말하기를 "제가 바로 진공을 가까이서 모시고
있는 교위(校尉)인데 그대를 위해 한번 알아보겠소이다."라고 한 뒤 성명을
묻고 자리를 떴다. 참군은 거듭해 후회하기를 "이 사람이 혹 중서령(中書
令)[123]의 측근일지도 모르는데 가서 아뢰기라도 하면 화를 부를 것이야!"라고
하며 편히 잠을 이루지 못했다. 날 샐 무렵에 일단 가서 은밀히 살펴보았더니

---

123) 중서령(中書令): 中書省의 장관으로 中令이라고도 했으며 직책은 宰相과 같다.

배도는 이미 안에 들어가 있었다. 저녁때가 되자 붉은 옷을 입은 어떤 아전이 여관으로 갑자기 찾아와서 중서령께서 부른다고 했다. 참군은 이를 듣고 두려워하며 황급히 아전과 함께 갔다. 그는 소청(小廳)으로 들어가 엎드려 절을 하고는 땀을 흘리며 감히 쳐다보지도 못했다. 앉으라 하여 자리에 앉은 뒤 슬그머니 중서령을 보았더니 어제 만난 자주색 옷을 입은 그 압아(押牙)[124]였다. 이에 잘못했다고 여러 번 사죄를 하자 중서령이 말하기를 "어제 그대의 말을 듣고서 진심으로 측은하였기에 오늘 조금이나마 그대의 근심을 달래주려는 것이라네."라고 했다. 그리고 곧 상자 안에서 제수 문서를 가져다주라고 명했는데 거기에는 이미 다시 호주 참군으로 제수되어 있었다. 참군이 날 듯 기뻐하고 있는 중에 진공이 다시 또 말하기를 "황아도 함께 임지로 가는 것이 좋겠다."라고 하고 특별히 참군이 묵고 있는 여관까지 바래다주도록 했으며, 천 관(貫)의 행장을 꾸려주고 함께 임지로 떠나게 했다. 《옥당한화(玉堂閒話)》[125]에 나온다.

---

124) 압아(押牙): 당송 때 儀仗과 侍衛를 주관했던 무관직으로 押衙라고 쓰기도 한다. 당나라 李匡乂의 《資暇集》 권中에 의하면 "武職에 押衙라는 이름의 관직이 있는데 衙는 마땅히 '牙'로 되어야 한다. 이 관직의 이름은 그 관청 (衙府)을 관리하는 것이 아니라 대체로 牙旗를 관리하는 것이었다."라고 한다. 牙旗는 깃대가 상아로 장식된 깃발로 주로 장수가 사용했으며 儀仗으로도 쓰였다.

125) 옥당한화(玉堂閒話): 五代 王仁裕(880~956)가 지은 筆記小說集으로 주요 내용은 당나라와 五代 시기에 걸친 中原, 秦隴, 隴蜀 지역의 역사와 일화들이었다. 原書는 宋元 사이에 失傳되었고 일문 186편만이 《太平廣記》, 《類說》, 《紺珠集》, 《說郛》 등의 문헌에 산포되어 전한다. 《崇文總目》 권2에 따르면 《玉堂閒話》는 10권으로 되어 있었다고도 하며 《宋史》 권206 〈藝文志〉에 의하면 3권으로 되어 있었다고도 한다.

배 진공의 인품으로도 군수가 남의 아내를 강제로 빼앗아 그에게 바쳤는데 하물며 다른 사람들은 어떠하겠는가? 권세를 누리는 만큼 악업(惡業)을 만드는 것이다. 반드시 자신이 지은 것이 아니라 해도 대신해서 하는 사람들이 많으니 현요(顯要)한 자리에 있는 자들은 심사숙고하지 않으면 어찌되겠는가?

[원문] 裴晉公

元和中, 有新授湖州錄事參軍, 未赴任, 遇盜, 攘剽殆盡. 告敕126)歷任文簿, 悉無子遺. 遂於近邑行丐故衣127), 逶迤假貸, 却返逆旅. 旅舍俯逼裴晉公第, 時晉公在假, 因微服出游, 偶至湖紏128)之店, 相揖而坐, 與語周旋. 問及行日, 紏曰: "某之苦事, 人不忍聞." 言發涕零. 晉公憫之, 細詰其事. 對曰: "某住京數載, 授官江湖, 遇寇蕩盡, 唯餘微命, 此亦細事爾. 某將娶而未親迎, 遭郡牧强以129)致之, 獻於上相裴公矣." 裴曰: "子室何姓氏?" 答曰: "姓某, 字黃娥." 裴時衣紫袴衫, 謂之曰: "某即晉公親較130)也, 試爲子偵." 遂問姓名而往. 紏復悔之, 此或中令之親近, 入白當致禍也. 寢不安席. 遲明, 姑往偵之, 則裴已入內. 至晚, 忽有緒衣吏詣店,

---

126) 告敕(고칙): 告身과 같은 말로 조정에서 벼슬을 수여할 때 관리에게 주는 증명서이다.

127) 【校】行丐故衣: [影], [類], [鳳], [岳], 《太平廣記》에는 "行丐故衣"로에는 "行丐故衣"로 되어 있고 [春]에는 "行(求)丐故衣"로 되어 있으며 《玉芝堂談薈》에는 "行丐故交"로 되어 있다.

128) 湖紏(호규): 湖州錄事參軍을 가리키는 말이다. 湖는 湖州이고 錄事參軍의 직책 가운데 善惡에 대해 紏察하는 것도 있었기에 湖紏라고 칭한 것이다.

129) 【校】以: [影], 《太平廣記》에는 "以"로 되어 있고 [鳳], [岳], [類], [春]에는 "而"로 되어 있다.

130) 【校】較: [影]에는 "較"로 되어 있고 [鳳], [岳], [類], [春]에는 "校"로 되어 있으며 《雲谿友議》에는 "効"로 되어 있다. [影]에서는 思宗 朱由校(재위기간: 1620~1627)의 이름자 '較'를 避諱하여 '校'자를 모두 '較'자로 썼다. 《情史》 권1 情貞類 〈范希周〉 '解釋' 각주 참조. 親校(친교)는 측근에서 호위하는 校尉를 가리킨다.

稱令公[131]召. 紸聞之惶懼, 倉卒與吏俱往, 延入小廳, 拜伏流汗, 不敢仰視. 既延之坐, 竊視之, 則昨日紫衣押牙也. 因首過再三. 中令曰: "昨見所話, 誠心惻然. 今聊以慰爾憔悴." 即命箱中取官誥[132]授之, 已再除湖紸矣. 喜躍未已. 公又曰: "黃娥可于飛[133]之任也." 特令送就其逆旅. 行裝千貫, 與偕赴所任. 出《玉堂閒話》.

　　以裴晉公之人品, 而郡牧猶有强奪人妻以奉之者, 況他人乎! 一分權勢, 一分造業[134], 非必自造也, 代之者眾矣. 當要路者, 可不三思乎!

---

131) 令公(영공): 中書令을 높여 이르는 말이다.
132) 官誥(관고): 황제가 작위나 관직을 수여할 때 내리는 詔令이다.
133) 于飛(우비): 원래 偕飛와 같은 뜻으로 함께 날아다닌다는 의미였으나 나중에는 부부나 남녀가 동행하거나 금슬이 좋은 것을 비유하게 되었다. 《詩經·周南·葛覃》에 있는 "꾀꼬리 날아 灌木에 모여들어 서로 어울리며 울어대네.(黃鳥于飛, 集於灌木, 其鳴喈喈.)"라는 구절에서 나온 말이며, 鄭玄의 箋에서는 "꾀꼬리가 관목에 모여드는 것으로 여자가 군자에게 시집가는 이치를 드러냈다.(飛集叢木, 興女有嫁于君子之道.)"고 했다.
134) 造業(조업): 불교에서 業을 짓는다는 뜻으로 악한 일을 하는 것을 이른다.

47. (4-9) 당 현종 당 희종(唐玄宗 僖宗)135)

청대(淸代) 왕회(王翽), 《백미신영(百美新詠)》 가운데
〈개원궁인(開元宮人)〉

　　당나라 개원(開元)136) 연간에 변방을 지키는 군인들에게 솜옷을 하사했는데 그것은 궁중에서 만들어진 것들이었다. 어떤 병사가 짧은 두루마기 속에서 이런 시137)를 발견했다.

---

135) 당나라 현종의 이야기는 《本事詩》情感 제1에서 나왔다. 《太平廣記》 권274에는 〈開元製衣女〉로, 송나라 曾慥의 《類說》 권51에는 〈兵士袍中詩〉로, 《古今事文類聚》 續集 권5에는 〈戰袍中得詩〉로, 송나라 計敏夫의 《唐詩紀事》 권78에는 〈開元宮人〉으로, 명나라 彭大翼의 《山堂肆考》 권40에는 〈袍中有詩〉로 기재되어 있으며, 명나라 徐應秋의 《玉芝堂談薈》 권6에도 보인다. 僖宗의 이야기는 송나라 計敏夫의 《唐詩紀事》 권78과 《古今事文類聚》 권16, 그리고 송나라 龍袞의 《全唐詩話》 권6 등에 〈僖宗宮人〉으로 실려 있다.

136) 개원(開元): 당나라 玄宗 李隆基의 연호로 713년부터 741년까지이다.

전장에서 변방을 지키는 객이여	沙場征戌客
추위와 고달픔에 어찌 주무시는가	寒苦若爲眠
내 손수 만든 이 군복은	戰袍經手作
그 누구 곁으로 갈 것인가	知落阿誰邊
애써 촘촘히 꿰매고	蓄意多添線
정을 담아 솜을 더 두네	含情更着綿
금생은 이미 놓쳤으니	今生已過也
후생에서 인연 맺기를	重結後身138)緣

　　병사가 시를 가져다 장수에게 아뢰자 장수는 그것을 황제에게 올렸다. 현종(玄宗)139)이 육궁(六宮)140)의 모든 후궁들에게 시를 두루 보여주라고 명하며 말하기를 "이 시를 지은 자가 있거든 숨기지 말거라. 죄를 묻지 않겠노라."라고 했다. 어떤 궁녀가 백 번 죽어 마땅하다며 스스로 죄를 청했다. 현종이 그녀를 매우 가련히 여겨 그 시를 얻은 사람에게 시집보내며 거듭 말하기를 "내가 너에게 금생의 인연을 맺어주노라."라고 했다. 주변에 있던 사람들이 모두 감동하여 눈물을 흘렸다.

---

137) 이 시는 《全唐詩》 권797과 명나라 曹學佺의 《石倉歷代詩選》 권46에 開元宮人의 〈袍中詩〉로 수록되어 있다.
138) 후신(後身): 불교에서 말하는 三世 가운데 다시 태어난 몸을 이르는 말이다.
139) 현종(玄宗): 당나라 현종 李隆基(685~762)를 가리킨다. 예종 李旦의 셋째 아들로 시호가 至道大聖大明孝皇帝이기에 唐明皇이라고도 불린다. 太平公主와 함께 정변을 일으켜 韋皇后를 제거한 뒤, 아버지 이단을 옹립해 태자로 세워졌다. 즉위해 연호를 開元으로 바꾸었으며 '開元盛世'를 일궈냈으나, 후기에 양귀비와 간신 李林甫를 총애해 '安史의 亂'의 빌미를 제공했다.
140) 육궁(六宮): 고대 황후의 寢宮은 하나의 正寢과 다섯 개의 燕寢이 있었으므로 이를 합쳐 六宮이라 했다. 후비 혹은 그들이 거처하는 곳을 가리킨다. 《禮記·昏義》에서 이르기를, 천자의 황후는 六宮을 세우고 夫人 3명, 嬪 9명, 世婦 27명, 御妻 81명을 두고서, 천하 부녀자들의 내훈을 다스리고 부녀자들의 孝順을 밝히기에 천하의 집안이 화목해지고 다스려진다고 했다.

당나라 희종(僖宗)[141]이 궁궐에서 전포(戰袍) 천 벌을 보내 변방 밖에 있는 관병들에게 하사했다. 신책군(神策軍)[142]에 있던 마진(馬眞)이란 자가 전포 속에서 금으로 만든 자물쇠 하나와 시 한 수를 발견했다.

촛불 밝히고 전포 만드는 이 밤	玉燭制袍夜
호호 입김을 불어가며 마름질하네	金刀呵手裁
천 리 밖 어느 님께 자물쇠를 보내지만	鎖寄千里客
자물쇠는 영원히 열 수 없음이라	鎖心終不開

마진이 시장에 가서 그 자물쇠를 팔다가 어떤 사람에게 고발당하게 되었다. 장군이 그 시를 얻어서 이를 황제에게 아뢰었다. 희종은 마진을 궁궐로 들어오게 했고 그 궁녀를 찾아내어 그에게 시집보냈다. 그 뒤 희종이 촉지(蜀地)로 행차를 할 때 마진은 밤낮으로 옷을 벗지 않고 앞뒤에서 호위를 했다.

여자 하나를 보낸 일은 극히 사소한 것이지만 병사로 하여금 천자가 변방을 생각하는 마음을 알게 해 감동시켜 분발하게 한 바는 매우 크다. 이른바 왕도(王道)는 인정(人情)을 근본으로 삼는다고 했는데 그 본보기는 이와 멀지 않다.

---

141) 희종(僖宗): 당나라 懿宗의 다섯째 아들로 이름은 李儇(862~888)이다. 의종이 위독해지자 환관들에 의해 황태자로 옹립되었고 이름을 李儇으로 고쳤으며, 의종 사후에 즉위해 873년부터 888년까지 재위했다.

142) 신책군(神策軍): 당나라 禁軍의 명칭이다. 천보 연간에 隴右節度使인 哥舒翰에 의해 세워졌으며 代宗과 德宗 때에는 환관이 통솔하기도 했다. 左廂과 右廂으로 나뉘어져 다른 禁軍보다 지위와 供給이 우위에 있었으며 당나라가 망하면서 폐지되었다. 구체적인 내용은 《文獻通考 · 職官十二》에 보인다.

[원문]　唐玄宗 僖宗

開元中, 頒賜邊軍纊衣, 制於宮中. 有兵士於短袍中得詩曰:

"沙場征戍客, 寒苦若爲眠. 戰袍經手作, 知落阿誰邊.

蓄意多添線, 含情更着綿. 今生已過也, 重結後身[143]緣."

兵士以詩白於帥, 帥進之. 玄宗命以詩遍示六宮曰: "有作者勿隱, 吾不罪汝." 有一宮人自言萬死. 玄宗深憫之, 遂以嫁得詩人, 仍謂曰: "我與汝結今生緣." 邊人皆感泣.

僖宗自內出袍千領, 賜塞外吏士. 神策軍馬眞, 於袍中得金鎖[144]一枚, 詩一首, 云:

"玉燭制袍夜, 金刀呵手裁. 鎖寄千里客, 鎖心終不開."

眞就市貨鎖, 爲人所告. 主將得其詩, 奏聞. 僖宗令赴闕, 訪出此宮人, 遂以妻眞. 後僖宗幸蜀, 眞晝夜不解衣, 前後捍禦.

去一女子事極小, 而令兵士知天子念邊之情, 其感發最大. 所謂王道本乎人情[145], 其則不遠.

---

143) 【校】 後身: [影], [鳳], [岳], [類]에는 "後身"으로 되어 있고 [春]에는 "後生"으로 되어 있다.

144) 金鎖(금쇄): 금을 자물쇠 모양으로 만든 장신구로 富貴長壽의 상징이다.

145) 王道本乎人情(왕도본호인정): 漢나라 劉向의 《新序·善謀篇》에 있는 "왕도란 마치 숫돌처럼 평평해서 人情에 근본을 두며 禮義에서 나온다.(王道如砥, 本乎人情, 出乎禮義.)"라는 구절에서 나온 말이다.

48. (4-10) 원앙 갈주(袁盎 葛周)146)

　　원앙(袁盎)147)이 오국(吳國)의 재상으로 있을 때 어떤 종사(從史)148)가
그의 시녀와 사통했는데 그는 이를 알고도 발설하지 않았다. 어떤 사람이
그 종사를 말로 겁을 줘 그가 도망하자 원앙은 친히 뒤쫓아가서 돌아오게
한 뒤에 뜻밖에도 그에게 시녀를 주고 예전과 같이 대했다. 경제(景帝)149)
때 원앙이 조정에 들어가 태상(太常)150)이 되어 다시 사자로 오국(吳國)에
갔다. 그때 오왕(吳王)151)은 모반해 원앙을 죽이려고 오백 명의 사람으로

---

146) 袁盎의 이야기는 《史記》 권101, 《漢書》 권49, 송나라 鄭樵의 《通志》 권97에
　　있는 〈袁盎傳〉에 보인다. 한나라 劉向의 《說苑》 권6 報恩과 송나라 王欽若
　　의 《冊府元龜》 권865에도 보인다. 《古今事文類聚》 後集 권16에는 〈私盜侍
　　兒〉로 되어 있고 別集 권31에는 〈盜妾報恩〉으로 되어 있으며, 《說郛》 권25
　　下에는 〈袁盎〉으로, 《山堂肆考》 권99에는 〈即賜從史〉로, 《智囊》 권1 上智部
　　에 〈袁盎〉으로 기재되어 있다. 葛周의 이야기는 五代 王仁裕의 《玉堂閑話》
　　권2에 〈葛周〉로 보인다. 《太平廣記》 권177에도 〈葛從周〉로 수록되어 있으며,
　　《玉芝堂談薈》 권6에도 보인다. 《古今小說》 권6에 〈葛令公生遣弄珠兒〉의 本
　　事이다. 張說의 이야기는 송나라 張表臣의 《珊瑚鉤詩話》 권3과 《說郛》 권83
　　上에 보이며, 《類說》 권16에는 〈夜明簾解張說之難〉으로 수록되어 있다. 种世
　　衡의 이야기는 송나라 朱熹의 《宋名臣言行錄》 前集 권7과 송나라 江少虞의
　　《事實類苑》 권58 將帥才略 〈种世衡〉七에 보인다. 《錦繡萬花谷》 前集 권15에
　　는 〈遺侍姬〉로 수록되어 있으며, 명나라 唐順之의 《武編》 後集 권2와 청나
　　라 潘永固의 《宋稗類鈔》 권16에도 기재되어 있다.
147) 원앙(袁盎, 기원전 ?~기원전 148): 자는 絲이고 한나라 때 楚지방(지금의 湖
　　北省 주변 지역)사람이었다. 한나라 文帝 때 直諫을 하여 隴西都尉로 좌천되
　　었다가 다시 吳相이 되었으며, 景帝가 즉위한 뒤에는 太常 등의 관직을 지
　　냈다. 梁王이 후계자가 되는 것을 반대하다가 자객에 의해 피살되었다. 《史
　　記》 권101과 《漢書》 권49에 그의 傳이 보인다. 《史記》에는 "袁盎"으로 되어
　　있고 《漢書》에는 "爰盎"으로 되어 있다.
148) 종사(從史): 從吏와 같은 하속 관리로 일정한 직책이 없었다.
149) 경제(景帝): 한나라 景帝 劉啓(기원전 188~기원전 141)를 가리킨다. 文帝 劉
　　恒의 장남으로 어머니는 竇太后였으며 시호는 孝景皇帝였다.
150) 태상(太常): 夏商周 三代 때에는 史官 및 曆官의 우두머리였다. 秦나라 때에
　　는 太史令이라 불리었으며 한나라 때는 太常이라고 불리었다. 天文曆法을
　　주관했으며 官秩은 600石이었다.

그를 포위했으나 원앙은 이를 알지 못하고 있었다. 마침 그 종사는 원앙을 포위하고 있는 군대의 교위사마(校尉司馬)¹⁵²⁾였으므로 이백 석의 진한 술을 내어 오백 명의 사람을 모두 취하게 했다. 그리고 밤에 원앙을 끌어 일으키며 말하기를 "빨리 떠나셔야 합니다. 내일 아침이면 오왕이 주공을 죽일 것입니다."라고 했다. 원앙이 묻기를 "그대는 무엇을 하는 자요?"라고 했더니, 사마가 말하기를 "예전에 주공의 종사로 주공의 시녀를 훔쳤던 자입니다."라고 했다. 이에 원앙은 놀라서 달아났다.

후량(後梁)의 시중(侍中)¹⁵³⁾ 갈주(葛周)¹⁵⁴⁾가 연주(兗州)¹⁵⁵⁾를 진수(鎭守)할 때 일찍이 종차정(從此亭)을 유람한 적이 있었다. 갈주에게 청두(廳頭)¹⁵⁶⁾를 맡고 있던 갑(甲)이 있었는데 장년이 되어서도 장가를 가지 않고 있었다. 그는 풍채가 좋았으며 말타기와 활쏘기를 잘했고 담력이 남달랐다. 마침 공무를 아뢰려 하고 있었는데 갈주가 그를 불러들였다. 그때 여러 명의

---

151) 오왕(吳王): 서한 때 제후 왕이었던 劉濞(기원전 215~기원전 154)를 가리킨다. 유방의 조카로 沛郡 豐邑(지금의 江蘇省 豐縣)사람이었으며 吳王으로 봉해졌다. 楚과 趙 등 6개 제후국과 연합해 景帝 前元 3년(기원전 154)에 반란을 일으켰다. 역사상 이를 '七國의 亂'이라 부르며, 반란이 평정된 뒤에 죽임을 당했다.

152) 교위사마(較尉司馬): 較尉는 校尉와 같은 말로 漢 武帝 초에 특종 부대의 장령으로 中壘, 屯騎, 步兵, 越騎, 長水, 胡騎, 射聲, 虎賁 등 여덟 가지가 설치되었다. 司馬는 武官의 屬官이다.

153) 시중(侍中): 秦나라 때부터 설치되었던 관직으로 丞相의 屬官이었다.

154) 갈주(葛周): 後梁 때 侍中을 지낸 葛從周를 가리킨다. 자는 通美이고 唐末의 濮州 鄄城(지금의 山東 鄄城 동북쪽 일대)사람이다. 後梁 太祖 朱溫이 제위에 오르기 전에 그를 도와 큰 전공을 세웠다. 여러 관직을 거쳐 右衛上將軍으로 치사한 뒤에 太子太師, 檢校太師 겸 侍中의 관직을 받았으며 후에 陳留郡王으로 봉해졌다. 《新·舊五代史》와 《十國春秋》 및 《山東通志》에는 葛從周로 되어 있고 《玉堂閒話》에는 葛周로 되어 있다.

155) 연주(兗州): 九州 가운데 하나로 한나라 14州 중의 하나였다. 관할 지역은 지금의 山東省과 河南省 일부 지역에 해당한다.

156) 청두(廳頭): 관청을 지키는 군사의 우두머리를 이른다.

희첩(姬妾)들이 나란히 갈주 옆에서 시중을 들고 있었다. 그 가운데 한 총희(寵姬)가 국색(國色)이었는데 늘 갈주 곁에 있었다. 갑은 그녀를 엿보며 눈을 떼지 못했다. 갈주가 갑에게 자문을 두세 차례나 했지만 그는 미색에 한창 눈이 팔려 있어 대답하는 것조차 잊고 있었다. 갈주는 단지 머리를 떨구고 있기만 하다가, 갑이 물러간 뒤에 그를 슬쩍 비웃었다. 어떤 사람이 갑에게 이를 일러주자 갑은 그제야 두려워하며 말하기를 "정신이 팔려 공께서 분부하신 일도 기억나지 않소이다."라고만 했다. 그리고 수일 동안, 뜻하지 않는 화가 생길까 걱정했다. 갈주는 갑이 매우 걱정하고 있다는 것을 알고 온화한 얼굴로 대했다.

얼마 지나지 않아, 갈주에게 출정하여 황하에서 후당(後唐)의 군대를 막으라는 조서가 내려졌다. 그때 수일 동안 적과 결전을 벌였지만 적군은 진을 견고히 하며 꿈쩍도 하지 않았다. 해 저물 무렵이 되자 군사들은 기갈이 나서 거의 생기가 없었다. 갈주가 갑을 불러다가 말하기를 "네가 적진을 함락시킬 수 있겠느냐?"라고 묻자, 갑이 답하기를 "네"라고 했다. 그리고 곧 고삐를 끌어당겨 말에 올라타고 수십 명의 기병과 더불어 적진으로 달려들어가 적의 머리 수십 급(級)[157]을 베었다. 대군이 그 뒤를 따르자 후당의 군대는 대패하게 되었다. 갈주가 개선한 뒤에 곧 그 총희에게 말하기를 "갑이 전공을 세워 마땅히 상을 받아야 하기에 너를 그의 처로 주겠노라."라고 하니, 총희는 눈물을 흘리며 명을 거두어 달라고 했다. 갈주가 그녀에게 권면하며 말하기를 "한 남자의 처가 되는 것이 첩으로 사는 것보다 낫지 않겠느냐?"라고 했다. 수천 민(緡)[158] 어치의 혼수를 마련하게 하고, 갑을

---

157) 급(級): 秦나라 제도에 전쟁에서 적의 머리를 벤 수량에 따라 戰功을 논하고 진급시켜주었으므로 나중에 벤 머리를 首級이라 했고, '級'이 벤 머리의 수를 세는 양사로 쓰이게 되었다.

158) 민(緡): 화폐의 양사로 1緡은 1천 文이다. 남북조 이래로 엽전 한 닢을 1문이라 했다.

불러 이렇게 말했다.

"네가 황하에서 전공(戰功)을 세웠는데, 아직 결혼하지 않은 것을 내 알고 있으니 오늘 아무개를 처로 삼게 하고, 아울러 여러 직책을 겸임하도록 하겠다. 이 여자는 바로 네가 눈여겨봤던 그 여자이다."

갑은 거듭하여 죽을죄를 지었다고 하며 감히 명령을 받들지 못했지만 갈주는 굳이 그에게 그 여자를 넘겨주었다. 갈주는 후량의 명장으로 적중에서도 그 명성을 떨쳤다. 하북(河北) 지방의 속담에 "산동(山東)에 갈(葛)이 있는데 함부로 그를 건드리지 말라."라는 말이 있다.

초(楚)나라 장왕(莊王)도 절영지회(絕纓之會)[159]에서 단지 죄를 지은 자를 숨겨주었을 뿐이었지 직접 그 여자를 주었다는 얘기는 듣지 못했다. 원앙은 은혜를 주고 나서 그 보답을 받았다. 갈주는 공을 세우기를 기다린 뒤에야 여자를 주었지만 뜻은 다르지 않다. 종사가 이미 사통을 하고 도망을 갔으니 그에게 주지 않으면 종사도 불안할 뿐만 아니라 시녀 또한 불안해할 것이다. 미색에 눈이 팔려 대답하기를 잊은 것과 같은 일은 덮어줄 수 있다. 갑은 한창 걱정을 하느라 겨를이 없었고 분전하여 면죄를 받으려고만 했지 어찌 그 큰 상을 받을 줄 알았겠는가? 설사 목숨을 바쳐야 한다 했더라도 달가운 마음으로 했을 것이다. 장열(張說)[160]이 문객을 놓아주고 종세형(種世衡)[161]

---

159) 절영지회(絕纓之會): 한나라 劉向의 《說苑》 권6에 이런 이야기가 있다. 춘추 오패 중의 한 사람이었던 楚莊王이 신하들과 함께 연회를 베풀었는데 날이 저물고 술자리가 무르익자 어떤 자가 장왕의 미인의 옷을 잡아당기기에 미인은 그 사람의 冠에 달려 있는 끈을 잡아당겨 끊어버렸다. 초장왕은 이를 알고 난 뒤, 그 사람을 찾아내려 하지 않고 오히려 좌중에 있던 모든 사람들에게 관의 끈을 떼라고 명했다. 그런 뒤, 불을 켜게 하고 다시 마음껏 즐기다가 자리를 파했다. 2년 뒤에 晉나라와의 전쟁에서 어떤 장수가 목숨을 걸고 싸워 진나라를 이길 수 있었는데 그는 바로 예전에 장왕의 미인을 희롱했던 사람이었다.

160) 장열(張說, 667~730): 자는 說之이고 范陽(지금의 河北省 涿縣)사람이었다.

이 소모은(蘇慕恩)에게 희첩을 준 것과 같은 일들은 그 말에 감응이 되었거나 혹은 자기의 일에 도움이 되어서 한 것이므로 원앙과 갈주 이 두 사람과 비교하면 한층 뒤진다.

장열의 문객들 가운데 그가 아끼는 시녀와 사통한 자가 있어 장열이 법으로 다스리려 하자 그 문객이 큰 소리로 말하기를 "상공(相公)께서 어찌 급한 일로 사람을 쓰실 때가 없겠습니까? 어찌해 시녀 하나를 아끼십니까?"라 고 했다. 장열은 그의 말이 남다르다 여겨 시녀를 주어 보냈는데 그 뒤 아무런 소식도 없었다. 장열이 요숭(姚崇)162)에게 모함을 당해 재앙이 장차 닥칠 때에 이르자 그 문객이 밤에 찾아왔다. 그리고 장열에게 청하여 야명렴 (夜明簾)163)을 구공주(九公主)164)에게 바쳐서 구공주가 그를 위해 현종에게

당나라 武后 때, 약관의 나이로 對策 수석으로 급제하여 太子校書 등의 벼 슬을 하다가 武后의 寵臣인 張昌宗의 뜻을 거슬러 欽州로 유배 갔다. 중종 때 다시 풀려나 예종 때 同中書門下平章事를 지내다가 현종 때 右丞相 등의 벼슬을 지냈으며, 燕國公으로 봉해졌고 시호는 文貞이다. 《新唐書》와 《舊唐 書》에 그에 대한 傳이 있다.

161) 종세형(種世衡, 985~1045): 자는 仲平이고 洛陽사람이며 북송 때 변경을 지 키는 유명한 장수였다. 절개 있고 재략이 있었으므로 서북 지역 軍務를 주 관했던 范仲淹이 그를 중히 여겼다. 范仲淹이 〈東染院使种君墓誌銘〉에서 그 에 대해 "나라의 공로를 세운 신하이다.(國之勞臣也.)"라고 했다. 《宋史》권 335에 〈種世衡傳〉이 있다.

162) 요숭(姚崇, 651~721): 陝州 硤石(지금 陝縣 硤石鄉)사람으로 原名은 元崇이고 자는 元之였는데 唐 玄宗의 연호인 開元의 '元'자를 피하기 위해 이름을 崇으 로 바꾸었다. 張說과 마찬가지로 三朝의 재상을 지냈고 '開元의 治'에 큰 기여 를 했다. 政見이 달라 장열과 갈등이 있었고 서로 權術을 겨룬 적도 많았다.

163) 야명렴(夜明簾): 밤에 빛을 내는 발을 이른다. 《采蘭雜志》에 이런 내용이 보 인다. "張說은 정월 보름날에 여러 희첩들과 함께 연회를 베풀었는데 달이 없는 것이 아쉬워 부인이 鷄林에서 나온 夜明簾을 달자 대낮같이 훤하게 되었다. 밤중에 달이 나왔으나 오직 장열의 집에만 달빛이 안 보였다. 야명 렴의 빛이 달빛을 가렸기 때문이었다."

164) 구공주(九公主): 당나라 睿宗의 딸이자 玄宗 李隆基의 친동생이었던 玉眞公主 를 가리킨다. 처음에 崇昌縣主로 봉해졌으며 仙道를 좋아해 上淸玄都大洞三景

말을 해주도록 해 장열은 위험에서 벗어나게 되었다.

　오랑캐 가운데 소모은의 부락이 가장 세력이 강했다. 종세형은 일찍이 밤에 그와 더불어 술을 마신 적이 있었는데 희첩을 불러내 술시중을 들게 했다. 조금 이따가 종세형이 일어나 안으로 들어가자 소모은은 희첩과 몰래 농지거리를 했다. 종세형이 갑자기 나와서 들이닥치자 소모은은 부끄러워하며 죄를 청했다. 종세형은 웃으면서 말하기를 "그대는 이 계집을 원하시오?"라고 한 뒤, 그에게 그 희첩을 넘겨줬다. 이로부터 여러 부락 가운데 모반을 꾀하려는 자가 있을 때에는 소모은으로 하여금 가서 토벌하게 하면 평정되지 않은 일이 없었다.

[원문]　袁盎 葛周

　袁盎爲吳相時, 有從史私盎侍兒, 盎知之, 弗泄. 有人以言恐從史, 從史亡, 盎親追反之, 竟以侍兒賜, 遇之如故. 景帝時, 盎旣入爲太常, 復使吳. 吳王時謀反, 欲殺盎, 以五百人圍之, 盎未覺也. 會從史適爲守盎較尉司馬, 乃置二百石醇醪, 盡醉五百人. 夜引盎起曰: "君可疾去, 旦日王且斬君." 盎曰: "公何爲者?" 司馬曰: "故從史, 盜君侍兒者也." 於是盎驚脫去.

　梁葛侍中周[165], 鎭兗之日, 嘗遊從此亭. 公有廳頭甲者, 年壯未壻, 有神采, 善騎射, 膽力出人. 偶因白事, 葛公召入. 時諸姬妾並侍左右. 內一寵姬, 國色也, 嘗在公側, 甲窺見, 目之不已. 葛公有所顧問, 至於再三, 甲方流盻殊色, 竟忘對答. 公但俛[166]首而已. 旣罷, 公微哂之. 或有告甲者, 甲方懼, 但云: "神思迷惑, 亦不記

　　師라 칭했다. 예종에게 본래 11명의 딸이 있었는데 둘째 딸인 安興昭懷公主가 요절했으므로 玉眞公主는 비록 열 번째 딸이었지만 九公主라고 불리었다.
165)【校】葛侍中周: 《情史》, 《玉堂閒話》에는 "葛侍中周"로 되어 있고 《太平廣記》에는 "葛侍中從周"로 되어 있다.

憶公所處分事." 數日之間, 慮有不測. 公知其憂甚, 以溫顏接之. 未幾, 有詔命公出征, 拒唐師於河上. 時與敵決戰數日, 敵軍堅陣不動. 日暮, 軍士饑渴, 殆無人色. 公召甲謂之曰: "汝能陷此陣否?" 甲曰: "諾." 即攬轡超乘, 與數十騎馳赴敵軍, 斬首數十級. 大軍繼之, 唐師大敗. 及葛公凱旋, 乃謂愛姬曰: "甲立戰功, 宜有酬賞, 以汝妻之." 愛姬泣涕辭命. 公勉之曰: "爲人妻, 不愈於爲妾耶!" 令具資粧直數千緡, 召甲告之曰: "汝立功於河上, 吾知汝未婚, 今以某妻, 兼署列職. 此女即所目也." 甲固稱死罪, 不敢承166)命. 公堅與之. 葛公爲梁名將, 威名著於敵中. 河北諺曰: "山東一條葛, 無事莫撩撥."

楚莊絕纓之會, 但隱之而已, 未聞直以妻之者. 盍168)賜之而後食其報. 周必俟其功而後賜之, 意非異也. 從史已私矣, 已逃矣, 不賜之, 不惟從史不安, 即侍兒亦不安. 若流盻忘169)答, 事可以隱. 甲方跼蹐170)不暇, 思力戰以免罪, 而孰知荷此奇賞乎? 即捐軀所甘心焉. 若張說之縱171)門下生, 种世衡之遺蘇慕恩, 或感其言, 或濟其事, 方之二公, 下一乘矣.

張說有門下生盜其寵婢, 欲置之法, 生呼曰: "相公豈無緩急用人時耶? 何惜一婢?" 說奇其語, 遂以賜而遺之. 後杳不聞. 及遭姚崇之搆, 禍且不測. 此生夜至, 請以夜明簾獻九公主, 爲言於玄宗, 得解.

胡酋蘇慕恩部落最強, 种世衡嘗夜與飲, 出侍姬佐酒. 既而世衡起入內, 慕恩竊與姬戲. 世衡遽出掩之, 慕恩慚愧請罪. 世衡笑曰: "君欲之耶?" 即以遺之. 繇是諸部有貳者, 使慕恩往討, 無有不克.

---

166) 【校】俛: [影], 《玉堂閒話》에는 "俛"으로 되어 있고 [鳳], [岳], [類], [眷]에는 "俯"로 되어 있다.
167) 【校】承: [影], [鳳], [岳], [類], 《太平廣記》에는 "承"으로 되어 있고 [眷]에는 "奉"으로 되어 있다.
168) 【校】盍: [影], [鳳], [岳], [類]에는 "盍"으로 되어 있고 [眷]에는 "蓋"로 되어 있다.
169) 【校】忘: [鳳], [岳], [類], [眷]에는 "忘"으로 되어 있고 [影]에는 "妄"으로 되어 있다.
170) 跼蹐(국척): 불안해서 안절부절하지 못하는 것을 이른다.
171) 【校】縱: [影]에는 "縱"으로 되어 있고 [眷], [鳳], [岳], [類]에는 "從"으로 되어 있다.

49. (4-11) 허준(許俊)[172]

柳氏

청대(清代) 왕회(王翽), 《백미신영(百美新詠)》
가운데 〈유씨(柳氏)〉

172) 이 이야기는 《本事詩》 情感 제1에서 나온 이야기로 《古今事文類聚》 後集 권
17에는 〈章臺柳〉로, 송나라 阮閱의 《詩話總龜》 권23과 《說郛》 권80 그리고
《綠窗新話》 권上에는 〈沙吒利奪韓翃妻〉로 수록되어 있다. 당나라 許堯佐의
傳奇小說 작품 〈柳氏傳〉(혹은 〈章臺柳傳〉)도 있는데 이 이야기보다 더 자세
하게 서술되어 있다. 〈柳氏傳〉는 《太平廣記》 권485, 《太平廣記鈔》 권80, 《燕
居筆記》 권9, 《唐宋傳奇集》 권2 등에 수록되어 있다. 명나라 吳長儒의 〈練囊
記〉와 청나라 張國壽의 〈章臺柳〉 등과 같이 희곡 작품으로 각색되기도 했다.

한익(韓翊)[173]이라는 자는 어려서부터 재주로 명성을 누렸으며 당나라 천보(天寶)[174] 연간 말에 진사과에 급제했다. 그는 곧고 바르고 과묵했으며, 그와 더불어 교제하는 자들은 모두 당시의 명사들이었다. 하지만 그는 가난하여 집안에는 사방 벽밖에 없었다. 이웃에 이(李) 씨 성을 갖은 장군의 기생 유(柳)씨가 있었는데 이 장군은 그에게 갈 때마다 반드시 한익을 불러 함께 술을 마셨다. 한익은 이 장군을 활달하고 대범한 대장부라고 여겨, 늘 거절하지 않았으며 오래 지난 뒤에는 더욱 스스럼이 없게 되었다. 유씨는 한가할 때마다 갈라진 벽 틈으로 한익이 사는 곳을 엿보았는데 집은 허름했으며 잡초가 무성했다. 손님이 찾아오는 소리가 들리곤 하였는데 그들은 모두 유명한 사람들이었다. 이에 유씨가 틈을 타서 이 장군에게 말하기를 "한 수재(秀才)는 몹시 가난하기는 하지만 더불어 교유(交遊)하는 사람들은 모두 명사들이므로 반드시 오랫동안 빈천하게 지내지 않을 터이니 마땅히 그의 힘을 빌려야 합니다."라고 했더니 이 장군은 옳다 여기며 고개를 끄덕였다. 하루가 지난 뒤에 이 장군은 음식을 마련하고 한익을 초청했다. 술에 얼큰히 취했을 때, 한익에게 말하기를 "수재께서는 당금(當今)의 명사이시고 유씨는 당금의 절색이니, 절색으로 명사의 짝이 되게 하는 것이 또한 가하지 않겠습니까?"라고 한 뒤에, 유씨를 한익의 옆에 앉도록 했다. 한익은 너무나 뜻밖이라 간절히 사양하며 감히 그리하지 못했다. 이 장군이 말하기를 "대장부의 만남은 술 한 잔하는 사이에 말 한마디가 들어맞아도 서로 목숨까

---

173) 한익(韓翊): 자는 君平이고 南陽(지금의 河南省 南陽)사람이다. 大曆十才子 가운데 한 사람으로 당나라 天寶 연간에 진사 급제했고 寶應 연간에 淄青節 度使인 侯希逸 밑에서 從事로 지내다가 建中 연간에 〈寒食〉이란 시로 德宗 에게 높이 평가받아 中書舍人이 되었으며 駕部郎中의 벼슬까지 올랐다. 문 집으로 《韓君平集》 3권이 전한다. 《本事詩》, 《古今事文類聚》, 《說郛》, 《綠窗 新話》 등에는 韓翊이 韓翃으로 되어 있으나 동일인으로 보인다.
174) 천보(天寶): 당나라 玄宗 李隆基의 연호로 742년부터 756년까지이다.

지 바치니 하물며 여자 하나를 어찌 사양할 필요가 있겠소이까?"라고 하고, 마침내 유씨를 건네주니 거절할 수가 없었다. 또한 한익에게 말하기를 "선생께서는 가난하게 살아 자급하실 수 없는데 유씨에게 수백만의 재물이 있으니 그것을 취해 보탬이 되게 하실 수 있을 겁니다. 유씨는 현숙한 사람이니 선생을 섬기기에 적합하여 능히 그 지조를 다할 것이외다."라고 한 뒤, 곧 길게 읍하고 돌아갔다. 한익은 사양하려고 쫓아가다가 그를 바라보며 멍하니 스스로 헤아리기를 "이처럼 호쾌하신 분이 어제 저녁에 얘기를 다 해 주셨으니 다시 의아하게 해드리지 말아야지."라고 하고, 곧 유씨에게로 가서 살다가 다음 해 과거에 급제했다. 수년이 지난 뒤 치청(淄靑)[175] 절도사(節度使)인 후희일(侯希逸)[176]이 황제에게 아뢰어 그를 종사(從事)[177]로 삼도록 했다. 세상이 한창 어지러운 터라 감히 유씨를 따라오게 할 수 없었으므로 경도에 그녀를 남겨두었다가 때가 되면 맞이하기로 했다. 3년이 지나도 맞이할 수 없기에 좋은 금을 비단 주머니에 넣어 유씨에게 부치면서 이런 시[178]도 지어 보냈다.

---

175) 치청(淄靑): 당나라 때 군사관리 구역이었던 方鎭의 이름으로 淄靑平盧 혹은 平盧라고 불리었다. 寶應 원년(762)에 설치되었고 관할구역은 지금의 山東省 대부분의 지역과 江蘇省 북부 지역이다.

176) 후희일(侯希逸, 720~765): 營州(지금의 遼寧省 錦州)사람으로 본래 安祿山의 부하였으나 안록산이 반란을 일으킬 때 가담하지 않고 반란군과 싸운 공으로 平盧節度使 겸 御史大夫를 제수받았다. 또한 寶應 원년에는 史朝義를 토벌해 檢校工部尚書를 제수받기도 했다. 그 후 다시 檢校尚書右僕射와 上柱國을 제수받고 淮陽郡王으로 봉해졌다.

177) 종사(從事): 한나라 이후부터 三公 및 州郡의 長官은 스스로 屬官을 두었는데, 일반적으로 그들을 從事라고 불렀다.

178) 이 시는 《全唐詩》 권245에 韓翃의 〈寄柳氏〉로 수록되어 있다.

장대(章臺)에 있는 버들이여　　　　　　　章臺柳[179]

장대에 있는 버들이여　　　　　　　　　章臺柳

왕년의 그 푸르름 지금도 그러한가　　　　往日靑靑今在否

긴 버들가지 예전처럼 늘어져 있다 해도　縱使長條似舊垂

다른 이의 손에 꺾어졌겠지　　　　　　　也應攀折他人手

유씨가 회신을 보내 이런 시[180]로 답했다.

버드나무 가지여　　　　　　　　　　　楊柳枝

향기로운 꽃피는 시절에　　　　　　　　芳非節

한스럽게도 해마다 이별할 때면 보내지는구나　可恨年年贈離別[181]

이파리 하나 바람에 흩날려 홀연 가을을 알리는데　一葉隨風忽報秋[182]

설령 님께서 오신다 해도 어찌 꺾을 만하리요　縱使君來豈堪折

---

179) 장대류(章臺柳): 柳氏를 비유적으로 이르는 말이다. 章臺는 원래 전국시대 秦나라가 지은 궁전의 이름이었다. 한나라 때 장안에 章臺街가 있었는데 그곳에 장대의 유적지가 있었다. 당나라 때 사람들이 말한 장대는 구체적으로 장안의 어디에 있었는지 알 수는 없으나 그곳에 버드나무가 많았던 것은 분명하다. 韓翃의 〈少年行〉과 李商隱의 〈贈柳〉란 시에 '장대의 버드나무'가 등장한다.

180) 이 시는 《全唐詩》 권899에 柳氏의 〈楊柳枝〉로 실려 있으며 권800에는 〈答韓翃〉으로도 수록되어 있다.

181) 증이별(贈離別): 漢代 장안에서 송별할 때 버들가지를 꺾어 주는 습속이 있었는데 이런 습속은 당나라 때까지도 있었다. 《三輔黃圖·橋》에 다음과 같은 기록이 보인다. "霸橋는 長安의 동쪽에 있는 다리로 강물 양쪽 기슭에 걸쳐 만든 다리였다. 漢나라 사람들은 이 다리까지 손님을 배웅하고 버들가지를 꺾어 주었다."

182) 일엽보추(一葉報秋): 一葉知秋와 같은 말로, 낙엽 하나를 보고서 가을이 오는 것을 알 수 있다는 뜻이다. 미세한 징조로 사물이 발전하는 추세를 짐작할 수 있다는 의미이다. 《淮南子·說山訓》에 있는 "작은 것으로써 큰 것을 안다. 나뭇잎 하나가 떨어지는 것을 보고 한 해가 장차 저물려고 하는 것을 알고, 병 속의 얼음을 보고 천하의 추위를 안다.(以小明大, 見一葉落而知歲之將暮, 睹瓶中之冰而知天下之寒.)"라는 구절에서 나온 말이다.

유씨는 미색이 뛰어난 데다가 혼자 살고 있었기에 스스로를 지키지 못할까 두려워 삭발을 하고 비구니가 되어 절에서 살고자 했다. 나중에 한익은 후희일을 따라 조정에 들어간 뒤에 유씨를 찾아봐도 찾을 수가 없었다. 이미 유씨는 공을 세운 오랑캐 장군 사타리(沙吒利)183)에게 겁탈을 당하고 그의 모든 총애를 한 몸에 받고 있었다. 한익은 창연해하며 마음에서 그녀를 놓을 수 없었다. 마침 중서(中書)184)로 들어가다가 자성(子城)185)의 동남쪽 모퉁이에 이르러 우차(牛車)와 마주쳤다. 그 우차를 천천히 따라가고 있는데 차 안에서 "혹시 청주(靑州)186) 한 원외(員外) 아니십니까?"라고 물어오기에 그는 "예"라고 대답했다. 그러자 차 안에 있던 사람이 발을 걷고 말했다.

"첩은 유씨입니다. 사타리에게 몸을 빼앗겨 벗어날 길이 없습니다. 내일도 이 길로 돌아갈 터인데 다시 한 번 오셔서 작별이라도 나눌 수 있었으면 합니다."

이에 한익은 심히 감개무량하였다. 다음 날 약속대로 가보니 우차가 곧 잇따라왔다. 그 차 안에서 빨간 수건으로 싼 작은 함을 던졌는데 그 안에는 향고(香膏)가 담겨 있었다. 유씨는 흐느끼며 말하기를 "영원한 이별을 고하옵니다."라고 한 뒤, 우차는 쏜살같이 가버렸다. 한익이 정을 이기지 못하고 눈물을 흘렸다.

그날 임치(臨淄)187)의 대교(大校)188)가 시정에 있는 주루(酒樓)에서 술자

183) 사타리(沙吒利): 《舊唐書·劉仁軌傳》에 百濟의 首領이었던 沙吒相如란 자가 보이고, 《舊唐書·則天皇后紀》에 百濟사람 右威武大將軍 沙吒忠義가 보인다. 沙吒는 百濟人의 復姓이었으며 沙吒利는 百濟사람으로 당나라에 들어가 장수가 된 자가 아닌가 싶다.
184) 중서(中書): 中書省에 대한 준말로 詔書와 政令을 내리는 중추행정기관이었다.
185) 자성(子城): 큰 성 속에 있는 작은 성으로 內城과 같다.
186) 청주(靑州): 禹임금이 나눈 九州 가운데 하나로 泰山 以東부터 渤海까지의 구역에 해당한다.
187) 임치(臨淄): 齊나라의 옛 도성으로 지금의 山東省 淄博市이다.

리를 벌인 뒤에 한익을 초청했다. 한익은 술자리에 가서도 슬픔에 잠겨 즐거워하지 않았다. 좌중에 있던 사람이 말하기를 "한 원외께서는 풍류스럽고 담소도 잘 나누시며 일찍이 즐거워하시지 않은 적이 없었는데 오늘은 어찌 슬퍼 보이십니까?"라고 하자, 한익은 모든 사정을 얘기했다. 그 자리에 있던 우후장(虞候將)[189] 허준(許俊)이 젊은 데다가 술기운까지 올라서 일어나 이렇게 말했다.

"저는 항상 충의와 절개가 있다고 스스로 자부해 왔습니다. 원컨대 원외께서 친히 몇 자 써 주시면 당장 부인을 데리고 오겠습니다."

그러자 좌중에 있던 사람들이 모두 격찬을 했다. 한익은 어쩔 수 없이 몇 자를 써 주었다. 이에 허준은 급히 복장을 갖춘 뒤, 말 한 필은 타고 한 필은 끌고 내달려 곧장 사타리의 저택으로 향했다. 마침 사타리가 출타하였기에 바로 들어가 말하기를 "장군께서 말에서 떨어져 곧 돌아가시게 되어 나를 보내 유 부인을 데려오라 하셨소이다."라고 말하자 유씨가 놀라서 나왔다. 곧 한익의 서찰을 보여주고 그녀를 말 위에 태운 뒤에 재빨리 말을 몰고 내달았다. 술자리가 파하기도 전에 허준이 유씨를 한익에게 넘겨주며 말하기를 "다행히 명을 저버리지 않았습니다."라고 하자 좌중에 있던 사람들이 모두 경탄했다. 그때 사타리가 막 공을 세워 대종(代宗)[190]이 한창 그를 아끼고 있었던 터라, 화가 될까 매우 두려워 좌중에 있던 모든 사람들은 함께 후희일을 알현하고 그 사정을 아뢰었다. 후희일이 격분해 말하기를 "이런 일은 내가 이전에 했던 일인데 허준도 그렇게 할 수 있구나!"라고 한 뒤에, 곧 표를 지어서 황제께 아뢰어 사타리를 심하게 책망했다.

---

188) 대교(大校): 將軍 아래에 있던 將領을 이른다.
189) 우후장(虞候將): 절도사에 소속된 무관으로 규찰과 軍紀를 주관했다.
190) 대종(代宗): 당나라 대종 李豫(726~779)를 가리킨다. 숙종 李亨의 맏아들로 숙종이 죽은 뒤에 황위를 계승했다.

대종은 오랫동안 찬탄한 뒤, 비답을 내리기를 "사타리에게는 마땅히 비단 이천 필을 하사할 것이며 유씨는 한익에게 다시 되돌려 보내도록 하라."라고 했다.

유씨는 정절을 지킨 여자는 아니었지만 한익이 빈천할 때 그를 알아봤기에 취할 만하다. 이 장군은 유씨를 한익에게 주었는데 사타리는 그녀를 빼앗았으니 어질고 그렇지 못한 것 사이의 거리가 어찌 천 리뿐이랴? 우후 허준이 의로움을 얼굴에 드러낸 채 발연히 사타리의 집으로 갔지만 만약 장군 사타리가 마침 집에 있었더라면 어찌할 수 있었겠는가? 다행히 그가 없는 틈을 타서 계책을 내어 유씨를 데리고 왔는데, 그렇지 않았다면 유씨를 구하지 못했을 것이니 한익에게 무엇이라고 답했겠는가? 후희일이 사타리보다 황제에게 먼저 표를 올려 대종의 감탄을 자아낼 수 있었으니 또한 시원스럽고 적확한 대장부이다. 유씨 하나 때문에 앞뒤로 세 명의 협사가 일을 성사시켰으니 한익은 얼마나 행운이 많은가?

[원문] 許俊

韓翃少負才名, 天寶末擧進士. 孤貞靜默, 所與游皆當時名士. 然而蓽門圭竇[191], 室唯四壁[192]. 鄰有李將失名妓柳氏, 李每至, 必邀韓同飮. 韓以李豁落大丈夫, 故常不逆. 旣久愈狎. 柳每以暇日隙壁窺韓所居, 卽蕭然葭艾. 聞客至, 必名人[193]. 因乘間語李曰: "韓秀才窮甚矣, 然所與遊必聞名人, 是必不久貧賤, 宜假借

---

191) 蓽門圭竇(필문규두): 蓽門은 대오리나 싸리로 엮은 문이다. 圭竇는 담에 낸 圭 모양의 구멍이란 뜻으로 가난한 집안의 문을 가리킨다. 蓽門圭竇는 가난한 생활을 형용하는 말이다.
192) 室唯四壁(실유사벽): 집 안에는 오직 사방의 벽밖에 없다는 뜻으로 매우 빈궁하고 가난한 것을 이르는 말이다.

之." 李深領之. 間一日, 具饌邀韓, 酒酣, 謂韓曰: "秀才當今名士, 柳氏當今名色, 以名色配名士, 不亦可乎?" 遂命柳從坐接韓. 韓殊不意, 懇辭不敢當. 李曰: "大丈夫相遇, 杯酒間, 一言道合, 尚相許以死. 況一婦人, 何足辭也." 卒授之, 不可拒. 又謂韓曰: "夫子居貧, 無以自振, 柳資數百萬, 可以取濟. 柳, 淑人也, 宜事夫子, 能盡其操." 即長揖而去. 韓追讓之, 顧悅然¹⁹⁴⁾自疑曰: "此豪達者, 昨暮¹⁹⁵⁾備言之矣, 勿復致訝." 俄就柳居, 來歲成名¹⁹⁶⁾. 後數年, 淄靑節度侯希逸奏爲從事. 以世方擾¹⁹⁷⁾, 不敢以柳自隨, 置於都下, 期至而迓之. 連三歲不果迓. 因以良金置練囊中寄之, 題詩曰:

"章臺柳, 章臺柳, 往日靑靑今在否? 縱使長條似舊垂, 也應攀折他人手."

柳復書, 答詩曰:

"楊柳枝, 芳菲節, 可恨年年贈離別. 一葉隨風忽報秋, 縱使君來豈堪折!"

柳以色顯獨居, 恐不自免, 乃欲落髮爲尼, 居佛寺. 後翊隨侯希逸入朝, 尋訪不得, 已爲立功番將沙吒利所劫, 寵之專房¹⁹⁸⁾. 翊悵然不能割. 會入中書, 至子城¹⁹⁹⁾東南角, 逢犢車, 緩隨之, 車中問曰: "得非靑州韓員外耶?" 曰: "是." 遂披簾曰: "某柳氏也. 失身沙吒利, 無從自脫. 明日尙²⁰⁰⁾此路還, 願更一來取別." 韓深感之.

---

193) 【校】名人: [影], [鳳], [岳], [類], 《本事詩》, 《說郛》에는 "名人"으로 되어 있고 [春]에는 "召入"으로 되어 있다.

194) 【校】悅然: [影], 《本事詩》, 《說郛》에는 "悅然"으로 되어 있고 [春], [鳳], [岳], [類]에는 "恍然"으로 되어 있다.

195) 【校】暮: 《本事詩》, 《說郛》에는 "暮"로 되어 있고 [春], [鳳]에는 "已"로 되어 있으며 [影], [岳], [類]에는 "春"으로 되어 있다.

196) 成名(성명): 세상에 명성을 날린다는 뜻으로 여기서는 과거시험에 급제하는 것을 이른다.

197) 【校】擾: [影], [鳳], [岳], [類], 《本事詩》, 《說郛》에는 "擾"로 되어 있고 [春]에는 "憂"로 되어 있다.

198) 專房(전방): 專夜와 같은 의미로 시첩이 혼자서 잠자리를 독점해 모신다는 뜻이다.

199) 【校】子城: [影], 《本事詩》, 《說郛》에는 "子城"으로 되어 있고 [春], [鳳], [岳], [類]에는 "於城"으로 되어 있다.

200) 【校】尙: [影], [鳳], [岳], [類], 《本事詩》, 《說郛》에는 "尙"으로 되어 있고 [春]에는 "當"으로 되어 있다.

明日如期而往, 犢車尋至, 車中投一紅巾包小合子, 實以香膏, 嗚咽言曰: "終身永
訣." 車如電逝. 韓不勝情, 爲之雪涕.

　　是日, 臨淄大較201)致酒於都市酒樓, 邀韓. 韓赴之, 悵然不樂. 座人曰: "韓員
外風流談笑, 未嘗不適. 今日何慘然耶?" 韓具話之. 有虞侯將許俊, 年少被酒, 起曰:
"俊嘗以義烈自許, 願得員外手筆數字, 當立致之." 座人皆激贊. 韓不得已與之.
俊乃急裝, 乘一馬, 牽一馬而馳, 迤趣沙吒利之第. 會吒利已出, 即以入曰: "將軍墜
馬, 且不救, 遣取柳夫人!" 柳驚出, 即以韓札示之, 挾上馬, 絶馳而去. 座未罷,
即以柳氏授韓曰: "幸不辱命." 一座驚嘆. 時吒利初立功, 代宗方優借202), 大懼禍
作, 闔坐同見希逸, 白其故. 希逸扼腕奮髥203)曰: "此我往日所爲事, 俊乃能爾乎!"
立脩表上聞, 深罪沙吒利. 代宗稱嘆良久, 御批曰: "沙吒利宜賜絹二千疋, 柳氏却
歸韓翊."

　　柳非貞婦, 然其識君平於貧賤時, 可取也. 李贈之, 沙奪之, 賢、不肖相去何
啻千里哉? 許虞侯義形於色, 勃然而往, 設遇沙將軍在家, 可若何? 幸投其間, 以計
取之, 不然, 未能折柳, 何以報韓? 侯帥之表, 先沙上聞, 遂能動代宗之嗟嘆, 亦爽剴
丈夫哉. 一柳氏, 而先後三俠士成就之, 何韓郎之多幸也?

---

201) 【校】大較: [影]에는 "大較"로 되어 있고 [禹], [鳳], [岳], [類], 《本事詩》, 《說郛》
　　　에는 "大校"로 되어 있다. [影]에서는 思宗 朱由校(재위기간: 1620~1627)의 이
　　　름자인 '校'자를 避諱하여 '校'자와 통하는 '較'자로 썼다.
202) 優借(우차): 어떤 사람의 힘을 빌리고자 그 사람을 우대하는 것을 이른다.
203) 扼腕奮髥(액완분염): 扼腕은 한쪽 손으로 다른 한쪽의 손목을 쥔다는 뜻으로
　　　분발하거나 아쉬워하거나 격분한 정서를 드러내는 동작을 이른다. 奮髥은 수
　　　염을 흔들리게 한다는 뜻으로 격분하거나 격앙된 모습을 형용하는 말이다.

50. (4-12) 고 압아(古押衙)204)

당나라 왕선객(王仙客)205)이라는 자는 건중(建中)206) 연간에 상서(尙書)
를 지낸 유진(劉震)의 생질이었다. 왕선객은 어릴 적에 아버지를 여의고
어머니를 따라 외가로 돌아가서 살았다. 유진의 딸인 무쌍과 어려서부터
서로 스스럼없이 좋아하여 유진의 처도 항상 장난삼아 그를 왕 서방이라고
불렀다. 어느 날 유씨는 병들어 죽음에 임박하자 유진을 불러 왕선객을
부탁하며 무쌍을 다른 집안으로 시집보내지 말라고 했다. 왕선객은 어머니의
영구를 호송해 고향인 양등(襄鄧)207)으로 돌아가 장례를 치렀다. 그리고
탈상을 하고 난 뒤에 행장을 꾸려 경도로 갔다. 그 당시에 유진은 조용사(租庸
使)208)로 있으면서 명성과 권세가 혁혁하여 왕선객을 학관(學館)에 머물게

---

204) 이 이야기는 당나라 薛調의 傳奇小說인 〈無雙傳〉이다. 《太平廣記》 권486에
는 〈無雙傳〉으로, 《太平廣記鈔》 권29에는 〈古押衙〉로, 《說郛》 권112上에는
〈劉無雙傳〉으로, 《類說》 권29에 수록된 《麗情集》에는 〈無雙仙客〉으로, 《分
門古今類事》 권16에는 〈仙客遭變〉으로 수록되어 있다. 이외에도 명나라 陸
采의 《虞初志》 권5와 《艶異編》 권23에는 〈無雙傳〉이라는 제목으로, 《綠窗新
話》 권上에는 〈王仙客得到無雙〉으로, 《文苑楂橘》 권1에는 〈古押衙〉로, 《繡谷
春容》 雜錄 권4에는 〈王仙客得劉無雙〉으로, 《奇女子傳》 권3과 《互史·內紀·
女俠》 권2에는 〈無雙〉이라는 제목으로 실려 있다. 명나라 凌蒙初의 《二刻拍
案驚奇》 권9의 〈莽兒郞驚散新鶯燕〉의 本事이기도 하며, 명나라 陸采는 傳奇
戲曲인 《明珠記》로 각색하기도 했다.
205) 왕선객(王仙客): 《新唐書·宰相世系表二中》과 천보 연간의 〈唐故中散大夫滎陽
郡長史崔府君故夫人文水縣君太原王氏墓誌〉에 따르면, 王仙客은 당나라 초기
太原사람으로 太常博士를 지냈다고 한다. 이 이야기는 시대 배경과 왕선객
의 관직이 서로 부합하지 않는 것을 볼 때, 왕선객이라는 이름을 빌어 지
어낸 이야기로 보인다.
206) 건중(建中): 당나라 德宗 李適의 연호로 780년부터 783년까지이다.
207) 양등(襄鄧): 襄과 鄧은 漢水 중류에 위치하고 있는 지역으로 지금의 湖北省
襄樊市와 河南省 鄧州市 일대이다.
208) 조용사(租庸使): 당나라 前期에 租庸調法을 시행했는데 租는 정부에 租粟을
납부하는 것이고 庸은 명주나 布로 노역을 대신하는 것이었다. 이를 위해

했다. 하지만 택일을 하고 성혼시킨다는 의론은 전혀 들리지 않았다. 게다가 창문 틈을 통해 무쌍을 엿보았더니 선녀처럼 눈부시게 고와 왕선객은 미칠 것만 같았으며 오직 혼사가 이루어지지 않을까 걱정되기만 했다. 이에 갖고 있는 물건을 모두 팔아 돈 수백만을 얻어서 외숙부 집의 내외 시종으로부터 잡일을 하는 노복에 이르기까지 돈을 모두 후하게 주었다. 또한 때때로 술자리도 마련해 주었으므로 중문 안까지도 다 들어갈 수 있게 되었다. 외숙모의 생일을 맞이하여 조각된 무소뿔과 옥을 올리니 외숙모가 크게 기뻐했다. 다시 열흘 지난 후에 한 노파를 보내 청혼의 뜻을 전달했으나 유진은 단호히 불허했다. 왕선객은 낙담하여 아침이 될 때까지 잠을 이루지 못했지만 외삼촌 내외를 모시는 일은 감히 게을리하지 않았다.

하루는 유진이 조회를 하러 갔다가 해가 막 뜰 무렵에 이르러 갑자기 말을 몰고 집안으로 돌아들어왔다. 땀을 흘리며 헐떡이면서 단지 "문을 잠가라, 문을 잠가라."라고만 했으므로 온 집안사람들은 놀라 무서워하면서도 그 까닭을 알 수 없었다. 한참이 지난 뒤에 그는 비로소 이렇게 말했다.

"경원(涇原)[209]에 주둔하고 있던 병사가 반란을 일으켜 황제께서는 원림(園林) 북문(北門)[210]으로 나가셨고 모든 관원들도 황제가 계신 곳으로 쫓아갔느니라. 나는 부인과 딸애가 염려되어 일을 수습하려고 잠시 돌아온

개원 21년부터 租庸使(혹은 租庸地稅使, 租庸鹽鐵使)를 두고 稅政을 독촉하게 했다. 조용사는 임시로 둔 직책이었기 때문에 겸직이었으며 代宗 永泰 원년(733)부터는 폐지되었다. 게다가 建中 원년에 租庸調法이 兩稅法으로 바뀌었으므로 이 이야기의 시대적 배경이 된 建中 연간에는 租庸使가 있을 수 없었다.

209) 경원(涇原): 당나라 때 方鎭(군사관리구역)의 이름으로 지금의 甘肅省 涇川 북부지역이다.

210) 북문(北門): 당나라 때 長安城 북쪽에는 東內苑, 西內苑, 禁苑이 있었는데 그 중에서 금원이 가장 컸으며 모두 11개의 문이 있었다. 德宗이 도주했을 때 처음에 咸陽으로 간 경로를 고려하면 금원의 永泰門을 통해 나갔을 것으로 짐작된다.

것이다. 나와 더불어 집안일을 처리하게 선객을 빨리 불러 오거라. 무쌍을 그에게 시집보내겠노라.”

왕선객은 명을 듣고 놀랍기도 하고 기쁘기도 하여 외숙부에게 절을 올려 감사했다. 이내 금은과 비단을 스무 마리의 말에 싣고 왕선객에게 이렇게 하명했다.

“옷을 바꿔 입은 뒤 이것을 끌고 개원문(開遠門)211)으로 나가서 한 외딴 여관을 찾아 머물고 있거라. 나는 네 외숙모와 무쌍과 함께 계하문(啓夏門)212)으로 나가 성을 돌아서 곧 따라가겠노라.”

왕선객은 일러준 대로 했으나 해질 무렵까지 한참을 기다려도 외삼촌 일가는 오지 않았다. 성문은 오후부터 잠겼으며 남쪽을 뚫어지게 바라보았지만 아무것도 보이지 않았다. 이에 등불을 들고 말을 탄 뒤, 성을 돌아 계하문에 이르러 보니 그 문 또한 잠겨 있었다. 문지기들은 한둘이 아니었는데 모두 몽둥이를 들고 있었으며, 서 있는 자도 있었고 앉아 있는 자도 있었다. 왕선객이 말에서 내려 침착하게 묻기를 “성안에 무슨 일이 있어 이러시는 것입니까?”라고 했다. 그리고 또 묻기를 “오늘 어떤 사람이 이리로 나갔습니까?”라고 하자, 문지기가 이렇게 답했다.

“주 태위(朱太尉)213)께서 이미 천자(天子)가 되셨소. 오후에 한 사람이 부녀자 네다섯 명을 데리고 이 문으로 나가고자 했소만, 길 가는 사람들이 모두 그를 알아보고 조용사 유 상서라고하기에 문을 지키는 관리가 감히

---

211) 개원문(開遠門): 長安城은 사방 모두 12개의 성문이 있었는데 그 중 서쪽으로 난 세 개 문 가운데 가장 북쪽에 있던 문이다.

212) 계하문(啓夏門): 長安城에 있는 남쪽으로 난 세 성문 가운데 가장 동쪽에 있던 문이다.

213) 주태위(朱太尉): 당나라 장수 朱泚(742~784)를 가리킨다. 幽州 昌平(지금의 北京 昌平 서남쪽 일대)사람으로 建中 원년에 涇原節度使가 되었으며 中書令과 太尉의 벼슬까지 올랐다. 建中 4년에 경원 병변이 일어났을 때 황제로 추대되어 국호를 秦이라 했으나 나중에 패배한 뒤 부하에게 죽임을 당했다.

내보내지 못하였소. 어두워질 무렵에 말을 타고 그를 쫓는 자들이 다다르더니 곧바로 북쪽으로 쫓아갔소이다."

왕선객은 목이 메도록 통곡하고 여관으로 돌아갔다. 삼경이 거의 다 지날 무렵, 성문이 갑자기 열리고 횃불이 대낮같이 비치더니 병사들이 모두 병기를 들고 있는 것이 보였다. 그리고 참작사(斬斫使)214)가 성 밖으로 나가 도망 간 조정 관리들을 수색한다고 외치는 소리가 들렸다. 왕선객은 놀라 재물을 실은 수레와 말을 버리고 도망갔다. 양양(襄陽)215)으로 돌아가 시골에서 삼년을 지냈다. 그 뒤 경도가 회복된 것을 알고, 곧 상경하여 외숙부 일가의 소식을 수소문했다. 신창(新昌)216)의 남쪽 거리에 이르러 말을 세워 놓고 갈팡질팡하고 있는데 갑자기 한 사람이 말 앞으로 와서 절을 하기에 자세히 봤더니 전에 노복으로 부리던 새홍(塞鴻)이었다. 상서는 모반 정권의 관직을 받은 까닭에 부인과 함께 모두 극형에 처해졌고, 무쌍은 황제의 궁으로 이미 들어갔으며, 오직 그전에 시비로 부리던 채빈(採蘋)만 지금 금오장군(金吾將軍)217)인 왕수중(王遂中)의 집에 있다는 소식을 비로소 듣게 되었다. 왕선객이 말하기를 "무쌍은 물론 볼 날이 없겠지만 채빈이라도 볼 수 있다면 죽어도 한이 없겠네."라고 했다. 다음 날 왕선객은 곧 명함을 내어 왕수중에게 배알을 청하고 생질로서 뵙는 예로 그를 만난 뒤, 일의 전말을 모두 얘기하고 후한 값을 매겨 채빈을 사려 하니 왕수중이 이를 허락했다. 왕선객은 집을 얻어서 새홍과 채빈과 함께 살았다. 새홍이

---

214) 참작사(斬斫使): 斬斫은 斬殺의 뜻이다. 여기서 斬斫使는 도망간 종실과 관원을 추살하도록 朱泚가 보낸 사자를 가리킨다.
215) 양양(襄陽): 지금의 湖北省 襄樊市 襄城區 일대 지역이다.
216) 신창(新昌): 新昌坊을 이른다. 長安 東門인 延興門과 가까운 데 있었다. '新昌의 남쪽 거리'는 延興門과 西門인 延平門을 연결하는 길이었다.
217) 금오장군(金吾將軍): 당나라 禁軍에는 경성의 순찰을 맡은 左右金吾衛가 있었는데 거기에는 각각 정3품 大將軍 한 명과 종3품 장군 두 명을 두었다.

항상 왕선객에게 말하기를 "도련님께서는 나이가 점점 많아지셔서 마땅히 벼슬할 생각을 하셔야 되는데 근심스레 우울해하기만 하시니 세월을 어찌 보내실 겁니까?"라고 하기에 왕선객은 그 말에 감응되어 왕수중에게 사정을 간곡히 고했다. 왕수중은 그를 경조윤(京兆尹)[218] 이제운(李齊運)[219]에게 추천하여 부평현(富平縣)[220] 현령으로 삼아 장락역(長樂驛)[221]을 관장하도록 했다.

몇 달이 지나 중사(中使)[222]가 궁녀 30명을 인솔해 청소를 하러 황릉으로 간다는 소식이 갑자기 들리더니 장락역에 모전차 열 대가 머물렀다. 왕선객이 새홍에게 이렇게 말했다.

"내 듣기로 궁으로 들어간 여인들은 대부분 관원집 여식이라고 하는데 어쩌면 무쌍도 거기에 있을지 모르니 네가 나를 위해 한번 은밀히 살펴보거라. 사람의 일은 단정할 수 없는 것이다."

곧 왕선객이 새홍을 역리(驛吏)로 가장시키고 발 밖에서 차를 끓이게 하고는 그를 단속하기를 "다기를 잘 지키고 잠시도 자리를 떠나지 말거라. 만약 무쌍을 보거든 재빨리 와서 알리도록 해라."라고 하자, 새홍은 "예, 예"라고 응답하며 갔다. 궁녀들은 모두 발을 드리워 놓고 있었으므로 볼수는 없었고 단지 밤에 시끄럽게 떠드는 소리만 들릴 뿐이었다. 밤이 깊어져 사람들의 움직임이 모두 잦아들었으나 새홍은 다기를 설거지하고 모닥불을 피우면서 함부로 잠을 자지 않고 있었다. 갑자기 발 안에서 "새홍아, 새홍아,

---

218) 경조윤(京兆尹): 京兆府의 장관이다. 당나라 玄宗 開元 원년(713)에 長安이 있는 雍州를 京兆府라 했는데 그 밑에는 長安, 萬年 등 22개의 縣이 있었다.

219) 이제운(李齊運): 蔣王인 李惲의 손자로 建中 연간에 京兆府少尹과 河中府尹을 거쳐 興元 원년부터 貞元 원년까지 京兆尹을 지냈다.

220) 부평현(富平縣): 京兆府 소속의 縣으로 지금 陝西省 富平縣 서부지역이다.

221) 장락역(長樂驛): 長樂坡에 있는 驛으로 長安城 북쪽 동문인 通化門 以東 7리 밖에 있다.

222) 중사(中使): 궁중에서 보내는 사자라는 뜻으로 대부분 宦官을 가리킨다.

너는 내가 여기에 있는 것을 어찌 알았느냐? 서방님께서는 건강하시지?"라고
말한 뒤에 흐느껴 우는 소리가 들렸다. 새홍이 말하기를 "서방님께서 지금
이 역을 관장하고 계신데 오늘 아씨께서 여기에 계실 듯싶어 저로 하여금
안부를 묻도록 하셨습니다."라고 했다. 무쌍이 또 말하기를 "내 길게 말을
할 수 없으니 내일 내가 간 뒤에, 동북쪽 객사(客舍)의 작은 방에 놓인
자주색 요 아래에서 서신을 가져다가 낭군께 드리거라."라고 한 뒤에 곧장
가버렸다. 갑자기 발 안에서 아주 소란스럽게 "궁녀가 급병(急病)에 걸렸다."
라는 소리가 들렸다. 환관은 아주 급히 탕약을 달라고 했는데 그 궁녀는
바로 무쌍이었다. 새홍이 재빨리 왕선객에게 이를 알리자 왕선객이 놀라며
말하기를 "내가 어떻게 하면 한번 만나볼 수 있겠느냐?"라고 했다. 새홍이
이렇게 말했다.

"지금 바야흐로 위교(渭橋)[223]를 수리하고 있으니 서방님께서는 다리
공사를 관리하는 관원으로 가장하시고 수레가 위교를 지날 때 수레 가까이에
서 계십시오. 만약 무쌍 아씨가 서방님을 알아보신다면 반드시 발을 걷으실
터이니 잠깐 보실 수 있을 것입니다."

왕선객은 새홍의 말대로 따랐다. 세 번째 수레가 이르러 과연 발이 걷히기
에 엿보았더니 틀림없는 무쌍이었다. 왕선객은 슬픔과 한 맺힌 그리움에
정을 이기지 못했다. 새홍은 무쌍이 말한 대로 작은 방에 있는 요 밑에서
서신을 찾아 왕선객에게 가져다주었다. 다섯 장의 예쁜 종이에 쓴 편지는
모두 무쌍의 친필이었는데 문장에 드러난 감정이 애절했고 사정에 대한
서술이 상세했다. 왕선객은 그것을 보고 한을 품은 채 눈물을 흘렸으며
이로부터 영원히 결별할 줄로 알았다. 그 편지의 후미에서 이르기를 "칙사(敕
使)에게 부평현(富平縣) 고(古) 압아(押衙)[224]가 세상에서 의협심이 있는

---

223) 위교(渭橋): 長安 북쪽에 渭水에 놓인 세 개의 다리 가운데 동쪽에 있는 다
리인 東渭橋을 가리킨다.

사람이라고 항상 들었는데, 지금 그에게 도움을 청할 수 없겠습니까?"라고
했다. 이에 왕선객은 경조부(京兆府)에 서류를 올려 역을 관리하는 일을
그만두고 본래의 관직으로 돌아가기를 청했다.

곧 고 압아를 수소문해 찾아보니 시골 별장에 살고 있었다. 왕선객은
직접 찾아가서 그를 만났다. 고 압아가 원하는 것이라면 반드시 온 힘을
다해 바쳤으므로 오색비단과 보옥이 이루다 헤아릴 수도 없이 많았지만
왕선객은 1년이 되도록 자신의 소청(所請)을 입에서 꺼내지 않았다. 왕선객
은 임기가 다 되어 한가로이 부평현에서 살고 있었는데 고 압아가 갑자기
찾아와 그에게 이렇게 말했다.

"저 고홍은 일개의 무부로 나이까지 들었으니 무슨 쓸모가 있겠습니까만
도련님께서는 제게 갖은 마음을 다 쓰셨습니다. 도련님의 뜻을 살펴보면
이 늙은이에게 부탁할 것이 있는 것 같습니다. 저는 일편의 의협심이 있는
사람으로 도련님의 깊은 은혜에 감사해 분골쇄신하여 보답하고 싶습니다."

왕선객은 눈물을 흘리며 절을 한 뒤에 사실대로 말했다. 고 압아는 하늘을
쳐다보며 손으로 머리를 서너 차례 두드리더니 "이 일은 결코 쉽지 않습니다.
도련님을 위해 해 보겠으나 하루아침에 되리라고는 기대하시지 마십시오."
라고 말했다. 왕선객이 절을 올리며 말하기를 "다만 생전에 봤으면 할 뿐이지,
어찌 감히 기한을 정하겠습니까?"라고 했다. 반년이 지나도록 소식이 없다가
하루는 문을 두드리는 소리가 들리더니 고 압아로부터 편지가 왔다. 편지에
서 이르기를 "모산(茅山)으로 갔던 사자가 돌아왔으니 우선 이곳으로 오십시
오."라고 하여, 왕선객은 급히 말을 달려 고 압아를 만나러 갔다. 고 압아가
말하기를 "일단 차를 드십시오."라고 했다. 밤이 깊어지자 그가 왕선객에게

---

224) 압아(押衙): 押牙과 같은 말로 節度使나 觀察使 관아에서 警衛를 주관했던
   무관으로 左·右押牙, 左·右廂都押牙 등이 있었다. 衙는 牙가 와전된 것이
   다. 자세한 내용은 《情史》 권4 정협류 〈裴晉公〉 '압아' 각주에 보인다.

일러 말하기를 "댁에 무쌍을 아는 시녀가 있습니까?"라고 하자 왕선객은 채빈이 있다고 대답한 뒤, 곧장 그를 데리고 왔다. 고 압아는 채빈을 자세히 보고 나서 웃으면서 기뻐하며 말하기를 "며칠 동안 이곳에 맡겨두시고 도련님께서는 일단 돌아가 계십시오."라고 했다. 그 후 며칠이 지나자, "어떤 고관이 지나가다가 황릉에 있는 궁녀를 죽였다."라는 말이 갑자기 전해 들렸다. 왕선객은 마음속으로 매우 의아하게 생각되어 새홍으로 하여금 죽임을 당한 궁녀를 알아보도록 했더니 바로 무쌍이었다. 왕선객은 큰 소리로 통곡하고 탄식하며 말하기를 "본래 고 압아에게 희망을 걸고 있었는데 이제 무쌍이 죽었으니 어찌해야 하는가?"라고 한 뒤, 눈물을 흘리며 흐느껴 울면서 스스로를 억제하지 못했다. 그날 저녁, 밤이 깊어지자 급히 문을 두드리는 소리가 들려서 열어보니 바로 고 압아였다. 그는 대나무로 만든 가마 한 대를 이끌고 들어와서 왕선객에게 이렇게 말했다.

"이 여자가 무쌍입니다. 지금은 죽어 있지만 심장에 미지근한 온기가 있으니 하루가 지나면 살아날 것입니다. 탕약을 조금 먹이고, 반드시 조용히 비밀로 해야 됩니다."

고 압아가 말을 마치자 왕선객은 무쌍을 안고 작은 방으로 들어가 홀로 그녀의 곁을 지켰다. 날이 밝을 무렵에 이르러 무쌍은 온몸에 따뜻한 기운이 돌았다. 왕선객을 보자 외마디 통곡을 한 뒤에 기절을 하여 밤이 될 때까지 치료를 했더니 비로소 나았다. 고 압아가 또 말하기를 "잠시 새홍을 시켜 집 뒤에 구덩이 하나를 파도록 하겠습니다."라고 했다. 구덩이가 조금 깊어지자 칼을 뽑아 새홍의 머리를 베어 구덩이 안에 떨어뜨렸다. 왕선객이 놀라 두려워하자 고 압아가 말했다.

"도련님께서는 두려워하지 마십시오. 오늘에서야 도련님의 은혜에 족히 보답을 했습니다. 근래에 듣기로 모산(茅山)225) 도사가 묘약을 짓는 기술이 있는데 그 약을 복용한 자는 바로 죽었다가 삼일 뒤에 다시 살아난다고 하더군요. 저는 사람을 시켜 특별히 구해 약 한 알을 얻어가지고, 어제 채빈으로 하여금 환관으로 가장하게 하여 무쌍에게 역적의 도당이라고 하며 그 약을 주고 자진하도록 했습니다. 그리고 황릉 아래로 가서 친척이라 둘러대고 백 필의 합사 비단과 그의 시체를 바꾸었습니다. 오는 도중에 역리들에게 모두 후하게 뇌물을 주었으니 절대로 누설되지 않을 것입니다. 모산에 갔던 사자와 대나무 가마를 들었던 사람들은 야외에서 처치를 했고, 이 늙은이도 도련님을 위해 스스로 목을 베고 죽을 것입니다. 도련님께서는 더 이상 여기서 사시면 안 됩니다. 문밖에 짐꾼 열 명과 말 다섯 필 그리고 비단 이백 필이 있으니 새벽이 되면 바로 무쌍을 데리고 길을 떠나 성명을 바꾸고 떠돌이 생활을 하며 화를 피하십시오."

고 압아는 말을 마치자 칼을 들었다. 왕선객은 그를 구하려 했지만 이미 머리가 땅에 떨어진 뒤였다. 곧 머리와 시신을 함께 묻어준 뒤에 몰래 촉지(蜀地)로 도망하여 삼협(三峽)을 따라 내려가 강릉(江陵)에서 우거했다. 경도에서 별다른 소식이 들리지 않고 조용하기에 곧 가족을 이끌고 양등에 있는 별장으로 돌아가 무쌍과 더불어 부부가 되어 50년을 살았다. 당나라 설조(薛調)226)가 이 이야기를 〈무쌍전(無雙傳)〉으로 지었다.

---

225) 모산(茅山): 도교의 명산으로 江蘇省 句容縣 동남쪽에 있다. 《南史·隱逸傳 下·陶弘景》에 의하면, 본래 句曲山이라고 했는데 三茅君이 득도한 뒤, 이 산으로 와서 관장했으므로 茅山이라 했다고 한다. 三茅君은 한나라 茅盈과 동생 茅衷, 茅固를 가리키며, 전설에 따르면 이들이 이 산에서 약초를 캐고 수도해 得仙했다고 한다.

226) 설조(薛調, 829~872): 당나라 河中 寶鼎(지금의 山西省 萬榮縣)사람으로 宣宗 大中 연간에 진사 급제했고 憲宗 때 戶部 員外郞과 翰林學士 등을 역임했으며 咸通 13년에 급사했다. 송나라 王讜의 《唐語林》 권4에 다음과 같은 내용이 보인다. "薛調는 용모가 아름다워 사람들은 그를 '生菩薩'이라고 불렀다. 설조가 翰林學士로 있을 때, 郭妃가 그의 용모를 좋아해 懿宗에게 말하기를 '駙馬가 어찌 薛調와 같겠습니까?'라고 했다. 설조는 얼마 지나지 않아 급사했다. 당시 사람들은 그가 독살된 것이라 생각했으며, 그의 나이 마흔 셋이었다."

무쌍이 말하기를 "고 압아는 세간 사람들 중에서 의협심이 있는 사람입니다."라고 했고, 고 압아도 말하기를 "이 늙은이는 일편의 의협심이 있는 사람입니다."라고 했다. 무쌍이 궁에 있을 때부터 고 압아에 대해 잊지 않고 있다가 왕선객을 보자 곧 그로 하여금 고 압아를 찾게 했는데 그 뜻은 무엇을 하기 위함이었던가? 이를 보면 무쌍 또한 세간 사람들 가운데 정의(情意)가 있는 사람이다. 왕선객은 무쌍을 십여 년 동안 도모하다가 생각을 접기는 했지만 끝내 단 하루도 잊은 날이 없었다. 무쌍이 규방에 있을 때에는 규방에 있을 때 대로 그녀를 꼭 얻고 싶어 했고, 황릉에 있을 때에는 황릉에 있을 때 대로 그녀를 반드시 얻고 싶어 했으니 이 또한 세간 사람들 가운데 정의가 있는 사람이다. 새홍은 왕선객을 위해 채빈을 찾아 주었고 관직을 얻도록 해 주었으며 무쌍의 소식도 수소문해 주었다. 게다가 고 압아도 얻도록 해 주었으니 역시 세간 사람들 가운데 정의가 있는 사람이다. 천하에 이처럼 정의가 있는 많은 사람들이 일 하나를 성사시키지 못한 적이 없었다. 설령 그렇다 하더라도 왕선객의 어머니는 무쌍을 얻기 위해 구혼을 한 뒤 먼저 세상을 떠났으며, 외숙모는 혼인을 보증하고 외숙부는 혼인을 주재한 뒤에 모두 죽었다. 새홍도 장락역에서 중매 역할을 해서 죽었고 채빈 또한 황릉에서 중매 역할을 해서 죽었다. 모산에 갔던 사자는 약을 주어서, 가마꾼은 무쌍을 가마로 데려다 주어서 또한 죽었다. 고 압아도 혼인을 성사시킨 뒤에 또한 죽었으니 무쌍으로 인한 재앙이 너무 심하지 않는가. 범 촉공(范 蜀公)227)이 이렇게 말했다.

---

227) 범촉공(范蜀公): 여기서 范蜀公의 말로 인용된 내용은 송나라 邵伯溫의 《聞見錄》권10과 명나라 何良俊의 《語林》권14 등에 의하면 范忠宣公 즉 范純仁이 한 말로 되어 있다. 이로써 볼 때 풍몽룡이 范忠宣公(范純仁)과 范蜀公(范鎭)을 혼동한 것이 아닌가 싶다. 范純仁은 范仲淹의 차자로 북송 때 명재상이었다. 자는 堯夫였고 시호는 忠宣이었으며 문집으로 《范忠宣公集》이 전한다. 范蜀公은 范鎭(1007~1087)을 가리킨다. 자는 景仁이고 華陽사람으로

"가령 정령위(丁令威)228)가 학이 되어 돌아와서 성곽의 사람들이 모두 옛날의 사람들이 아닌 것을 봤다면, 홀로 살아 있어도 어찌 족히 즐거웠겠는가?"

나는 왕선객과 무쌍이 해로할 때도 이런 생각을 했는지 모르겠다.

[원문] 古押衙

唐王仙客者, 建中中尚書229)劉震230)之甥也. 仙客少孤, 隨母歸外氏, 與震女無雙幼相狎愛, 震妻常戲呼仙客爲王郎231). 一旦, 劉氏疾且死, 召震以仙客爲託, 無令無雙歸他族. 仙客護喪, 歸葬襄鄧. 服闋, 飾裝抵京. 時震爲租庸使, 聲勢赫突, 置仙客於學館, 寂不聞選取232)之議. 又於牎隙間窺見無雙, 明豔若神. 仙客發狂, 惟恐姻事之不諧也. 遂罄橐得錢數百萬, 舅家內外給使, 達於廝養233), 皆厚遺之.

翰林學士와 端明殿學士 등의 벼슬을 지냈으며 蜀郡公으로 봉해졌다. 시호는 忠文이고 《宋史》권337에 그에 대한 傳이 실려 있다.

228) 정령위(丁令威): 한나라 때 遼東 사람으로 靈虛山에서 도술을 배우고 신선이 되었다고 한다. 그가 학으로 변해서 날아 돌아와 성문에 있는 華表柱 위에 앉았는데 어떤 소년이 활로 쏘려고 하자, 그 학은 날아 공중에서 배회하면서 이렇게 말했다. "새여, 새여, 丁令威여! 집 떠난 지 천년 만에 이제야 돌아왔네. 성곽은 옛날 그대로인데 사람은 옛 사람이 아니로다. 어찌해 선도를 배우지 않고 무덤만 즐비한가!" 자세한 내용은 晉나라 陶潛의 《搜神後記》권1에 보인다.

229) 【校】 尙書: 《情史》에는 "尙書"로 되어 있고 《太平廣記》, 《唐宋傳奇集》에는 "朝臣"으로 되어 있다.

230) 【校】 劉震: 《情史》, 《太平廣記》, 《唐宋傳奇集》에는 "劉震"으로 되어 있고 《類說》, 《分門古今類事》에는 "劉振"으로 되어 있다. 劉震이나 劉振에 관한 기록이 없는 것으로 볼 때 허구적 인물이 아닌가 싶다.

231) 【校】 郎: 《情史》에는 "郎"으로 되어 있고 《太平廣記》, 《唐宋傳奇集》에는 "郎子"로 되어 있다.

232) 選取(선취): 取는 娶와 통한다. 택일하여 成婚을 한다는 뜻이다.

233) 廝養(시양): 원래 廝는 땔나무를 하거나 장작을 패는 남자 노복을 뜻했고 養은 밥을 하는 노복을 가리켰다. 나중에는 廝養이 노복의 범칭으로 쓰이게

又時設酒饌, 中門之內, 皆得入之矣. 遇舅母生日, 雕鏤犀玉以獻, 舅母大喜. 又旬日, 遣老嫗達求親意, 而震意必不允. 仙客心氣俱喪, 達旦不寐, 然奉事不敢懈怠. 一日, 震趨朝, 至日初出, 忽走馬入宅, 汗流氣促, 唯言: "鏁却門! 鏁却門!" 一家惶駭不測. 良久, 乃言: "涇原兵士反234), 天子出苑北門, 百官奔赴行在235). 我以妻女爲念, 畧歸部署. 疾召仙客與我勾當家事, 我嫁爾無雙." 仙客聞命, 驚喜拜謝. 乃裝金銀羅錦二十馱, 命仙客: "易服押領, 出開遠門, 覓一深隙店安下. 我與汝舅母及無雙出啓夏門, 遶城續至." 仙客依所敎. 至日落, 待久不至. 城門自午後局鎖, 南望目斷236). 遂乘驄秉燭, 遶城至啓夏門, 門亦鎖, 守門者不一, 持白梃, 或立或坐. 仙客下馬, 徐問曰: "城中何事如此?" 又問: "今日有何人出此?" 門者237)曰: "朱太尉已作天子. 午後有一人, 領婦人四五輩, 欲出此門. 街中人皆識, 云是租庸使劉尙書, 門司不敢放出. 近夜, 追騎至, 一時驅向北去矣." 仙客失聲慟哭, 却歸店. 三更向盡, 城門忽開, 見火炬如晝, 兵士皆持兵挺刃, 傳呼斬斫使出城, 搜城外朝官. 仙客捨輜騎驚走, 歸襄陽, 村居三年. 後知駕復京師, 乃入京訪舅氏消息. 至新昌街街, 立馬彷徨之際, 忽一人馬前拜, 熟視之, 舊使蒼頭238)塞鴻也. 乃聞尙書受僞命官, 與夫人皆處極刑, 無雙已入掖庭239), 唯所使婢採蘋240)者, 今在金吾將軍王遂中宅. 仙

되었다.

234) 涇原兵士反(경원병사반): 唐나라 建中 4년(783)에 淮西 節度使인 李希烈이 반란을 일으켜 襄城을 공격하자 조정에서는 涇原 節度使였던 姚令言을 보내 구원하려 했다. 군사들이 京城에 집결해 있을 때 京兆尹이 거친 밥을 주며 푸대접을 하자 병변을 일으킨 사건을 이른다.

235) 行在(행재): 行在所와 같은 말로 황제가 행차하는 곳을 이른다.

236) 目斷(목단): 한참을 멀리 바라보아도 보이지 않은 것을 뜻한다.

237) 門者(문자): 문을 지키는 관리로 閽史와 같은 뜻이다.

238) 蒼頭(창두): 노복을 가리킨다. 자세한 내용은 《情史》 권4 정협류 〈楊素〉'蒼頭' 각주에 보인다.

239) 掖庭(액정): 궁녀나 비빈들이 사는 宮中의 곁채를 가리킨다. 당나라 때에는 중죄를 지은 신하들의 가산을 몰수하고, 그 妻女 가운데 기능이 있는 자들은 액정에 들어가 宮人이 되게 했고 기능이 없는 자들은 司農寺에 분배해 雜役을 담당하도록 했다. 內侍省에는 궁인을 관리하는 掖庭局이 설치되어 있었다.

240) 【校】採蘋: [影], 《太平廣記》, 《說郛》, 《唐宋傳奇集》에는 "採蘋"으로 되어 있

客曰: "無雙固無見期, 得見採蘋, 死亦足矣." 明日, 乃刺謁[241], 以從姪禮見遂中, 具道本末, 願納厚價以贖採蘋, 遂中許之. 仙客稅屋, 與鴻, 蘋居. 塞鴻每言: "郎君年漸長, 合求官職, 悒悒不樂, 何以遣時?" 仙客感其言, 以情懇告遂中. 遂中薦之於京兆尹李齊運, 以爲富平縣尹[242], 知長樂驛.

累月, 忽報中使押領內家[243]三十人往園陵, 以備灑掃, 氈車子[244]十乘, 下驛中訖. 仙客謂鴻曰: "我聞掖庭多衣冠[245]子女, 恐無雙在焉, 汝爲我一窺之. 人事固未可定." 因令鴻假爲驛吏, 烹茗於簾外, 約曰: "堅守茗具, 無暫捨去. 如有所覩, 即疾報來." 塞鴻唯唯而去. 宮人悉在簾下, 不可得見, 但夜語誼譁而已. 至夜深, 羣動皆息. 鴻滌器搆火, 不敢輒寐. 忽聞簾下語曰: "塞鴻! 塞鴻! 汝爭得知我在此耶? 郎健否?" 言訖嗚咽. 鴻曰: "郎君見知此驛, 今日疑娘子在此, 令塞鴻問候." 又曰: "我不久語, 明日我去後, 汝於東北舍閤子中紫褥下, 取書送郎君." 言訖便去. 忽聞簾下極鬧云: "內家中惡[246]." 中使索湯藥甚急, 乃無雙也. 鴻疾告仙客, 仙客驚曰: "我何得一見?" 塞鴻曰: "今方修渭橋, 郎君可假作理橋官, 車過橋時, 近車子[247]立. 無雙若認得, 必開簾, 當得瞥見耳." 仙客如其言. 至第三車, 果開簾, 窺覰, 眞無雙也. 仙客因悲戚怨慕, 不勝其情. 鴻於閤子中褥下得書, 送仙客. 花牋五幅, 皆無雙眞跡. 詞理哀切, 敍述周盡. 仙客覽之, 茹恨涕下. 自此永訣矣. 其書後云: "常見敕使說富平縣古押衙, 人間有心人[248]. 今能求之否?" 仙客遂申府, 請解

고 [鳳], [岳], [類], [春]에는 "采蘋"으로 되어 있다.

241) 刺謁(자알): 名刺(名帖)를 들여보내 배알을 청하는 것을 이른다.

242) 【校】縣尹: 《情史》, 《說郛》, 《太平廣記》에는 "縣尹"으로 되어 있고 《分門古今類事》에는 "縣尉"로 되어 있다.

243) 內家(내가): 본래 황궁이나 궁정의 뜻으로 여기서는 궁녀를 가리킨다.

244) 氈車子(전차자): 毛氈으로 덮어씌운 수레를 뜻한다.

245) 衣冠(의관): 衣와 冠을 아울러 이르는 말로 고대에는 士 이상의 신분인 사람들만 관을 썼기 때문에 사대부를 가리키기도 했다.

246) 中惡(중악): 급병에 걸렸다는 뜻으로 바르지 못한 기운을 맞아서 일어난 병의 일종이다. 헛소리를 하며 이를 악물거나 머리가 어지러워 혼절하는 등의 증상을 보이고 俗稱 中邪라 하기도 한다.

247) 【校】子: [影], [岳], [類], 《說郛》, 《太平廣記》에는 "子"로 되어 있고 [鳳], [春]에는 "孑"로 되어 있다.

驛務, 歸本官²⁴⁹⁾.

　　遂尋訪古押衙, 則居於村墅. 仙客造詣, 見古生. 生所願, 必力致之, 繒綵寶玉, 不可勝紀. 一年未開口. 秩滿, 閑居於縣. 古生忽來, 謂仙客曰: "洪一武夫, 年且老, 何所用? 郎君於某竭分. 察郎君之意, 將有求於老夫. 老夫乃一片有心人也, 感郎君深恩, 願粉身答效." 仙客泣拜, 以實告. 古生仰天, 以手拍²⁵⁰⁾腦數四, 曰: "此事大不易. 然與郎君試求, 不可朝夕便望." 仙客拜曰: "但生前得見, 豈敢以遲晚爲限耶." 半歲無消息. 一日, 扣門, 乃古生送書. 書云: "茅山使者回, 且來此." 仙客奔馬去見古生. 生云: "且喫茶." 夜深, 謂仙客曰: "宅中有女家人識無雙否?" 仙客以採蘋對, 立取而至. 古生端相, 且笑且喜云: "借雷三五日, 郎君且歸." 後累日, 忽傳說曰: "有高品過, 處置園陵宮人." 仙客心甚異之. 令塞鴻探所殺, 乃無雙也. 仙客號哭, 乃歎曰: "本望古生, 今死矣, 爲之奈何!" 流涕歔欷, 不能自²⁵¹⁾已. 是夕更深, 聞扣門甚急. 及開門, 乃古生也. 領一笋子²⁵²⁾入, 謂仙客曰: "此無雙也. 今死矣, 心頭微暖, 後日當活, 微灌湯藥, 切須靜密." 言訖, 仙客抱入閤子中, 獨守之. 至明, 遍體有暖氣. 見仙客, 哭一聲遂絶. 救療至夜, 方愈. 古生又曰: "暫借塞鴻, 於舍後掘一坑." 坑稍深, 抽刀斷塞鴻頭於坑中. 仙客驚怕, 古生曰: "郎君莫怕, 今日報郎君恩足矣. 比聞茅山道士有藥術, 其藥服之者立死, 三日却活. 某使人專求, 得一丸. 昨令採蘋假作中使, 以無雙逆黨, 賜此藥令自盡. 至陵下, 託以親故, 百縑贖其尸. 凡道路郵傳²⁵³⁾, 皆厚賂矣, 必免漏泄. 茅山使者及舁笋人, 在野外處置訖, 老夫爲郎君亦自刎. 君不得更居此, 門外有檐子²⁵⁴⁾一十人, 馬五匹, 絹二百匹. 五更挈無雙便發,

---

248) 有心人(유심인): 細心하거나 情意가 있거나 俠義心이 있는 사람을 가리킨다.

249) 本官(본관): 나중에 겸임한 관직에 대해 상대적인 의미로 본래의 관직을 이른다. 여기에서는 王仙客의 본래 관직인 富平縣의 縣尹을 가리킨다.

250) 【校】 拍: 《說郛》, 《太平廣記》, 《唐宋傳奇集》에는 "拍"으로 되어 있고 《情史》에는 "指"로 되어 있다.

251) 【校】 自: [鳳], [岳], [類], [春]에는 "自"로 되어 있고 [影]에는 "是"로 되어 있다.

252) 笋子(순자): 좌석만 있고 덮개가 없는 간편한 가마를 이른다. 《正字通·竹部》에 의하면, "笋는 대나무로 된 가마로 篼의 별명이고 속칭은 笋子이다.(笋, 竹輿也, 篼之別名, 俗謂笋子.)"라고 했다.

253) 郵傳(우전): 본래는 傳舍나 驛館의 뜻이었는데 역관에서 근무하는 사람을 가리키기도 한다.

變姓名浪跡以避禍." 言訖擧刀, 仙客救之, 頭已落矣. 遂幷尸蓋覆訖, 潛奔蜀下
峽255), 寓居於渚宮256). 悄不聞京兆之耗, 乃挈家歸襄鄧別業. 與無雙爲夫婦五十
年. 唐薛調撰《無雙傳》.

　　無雙曰: "古押衙, 人間有心人也." 古生亦曰: "老夫乃一片有心人也." 夫無雙
在掖庭卽不忘古生, 見王郎, 便使之求古生, 意何爲乎? 亦人間有心人也. 王郎謀無
雙者十數年, 念絶矣, 終無一日忘無雙. 在闈闈, 必欲得之於闈闈; 在園陵, 必欲得
之於園陵. 是亦人間有心人也. 塞鴻爲王郎謀得採蘋, 謀得官, 謀得無雙消息, 復謀
得古生. 亦人間有心人也. 天下未有如許有心人而不得成一事者也. 雖然, 母爲無
雙求婚, 先死; 舅母爲保婚, 舅氏爲主婚, 俱死; 塞鴻爲長樂驛媒, 亦死; 採蘋爲園陵
媒, 亦死; 茅山使者贈藥, 昇輿人送親, 亦死; 古生了婚事, 亦死. 爲無雙者, 不崇甚
乎! 范蜀公云: "假使丁令威化鶴歸來, 見城郭人民俱非, 卽獨存, 亦何足樂?" 吾不知
王郎與無雙偕老時, 亦復念此否也?

---

254) 檐子(담자): 唐나라 초기 성행했던 포장이나 덮개가 없는 가마로 筧子와 유
　　사하다. 보통 2명이 메는데 4명이나 8명이 메는 경우도 있었다. 여기서는
　　번갈아가며 가마를 멜 가마꾼들을 가리킨다.
255) 奔蜀下峽(분촉하협): 奔蜀은 蜀지방(지금의 四川省 일대)으로 도망간다는 뜻
　　이고, 下峽은 長江을 따라 동쪽으로 三峽을 거쳐 내려간다는 뜻이다. 三峽은
　　瞿塘峽, 西陵峽, 巫峽을 가리킨다.
256) 渚宮(저궁): 渚宮은 본래 춘추시대 楚나라의 궁전이었는데 그 터가 江陵縣
　　(지금의 湖北省 江陵縣 서북 쪽 紀南城)에 있으므로 江陵의 代稱으로도 쓰였다.

51. (4-13) 곱슬 수염의 노인(虯鬚叟)257)

여용지(呂用之)258)가 양주(揚州)259)에 있었을 때 발해왕(渤海王)260)을 보
좌하며 정권을 전횡하여 사람들을 해쳤다. 당나라 중화(中和)261) 4년 가을에
유손(劉損)이라는 상인이 가솔들을 이끌고 큰 배를 타고서 강하(江夏)에서
양주로 왔다. 여용지는 공사(公私) 일로 오는 사람들을 만나면 모두 그들의
행동을 몰래 살피도록 했다. 유손의 처인 배(裴)씨가 국색(國色)이었으므로
여용지는 은밀히 일을 꾸며 유손을 옥에 가두고 배씨를 맞이했다. 유손은
황금 백 냥을 바쳐 죄를 면해 생각하지도 않았던 재앙에서 비록 벗어나기는
했으나 몹시 분하고 한스러웠다. 이로 인해 유우석(劉禹錫)의 〈의사수시(擬四
愁詩)〉262)에 감응하여 이것을 하루 종일 그치지 않고 읊조렸다.

---

257) 이 이야기는 五代 無名氏의 《燈下閑談》 권上에 실려 있는 〈神仙雪冤〉에 보
인다. 명나라 王世貞의 《劍俠傳》 권3에는 〈虯鬚叟〉로, 명나라 楊愼의 《升庵
集》 권60에는 〈呂用之〉로, 《廣豔異編》 권13과 《續艷異編》 권7, 그리고 《國
色天香》 권9, 《繡谷春容》에는 〈虯鬚叟傳〉이라는 제목으로 수록되어 있다.

258) 여용지(呂用之, ?~887): 당나라 말년의 方士로 江西 鄱陽 사람이다. 원래는
시정에서 丹藥을 팔던 사람이었는데 幻術을 좋아했던 淮南節度使 高騈의 신
임을 얻어 그의 책사가 되면서부터 권세를 부렸다. 나중에 廬州刺史인 楊行
密에게 멸족을 당했다.

259) 양주(揚州): 지금의 江蘇省 揚州市이다.

260) 발해왕(渤海王): 당나라 말년의 명장 高騈(?~887)을 가리킨다. 昭宗 때 淮南
節度使를 지냈고 渤海郡王으로 봉해졌다. 처음에는 전공도 많이 세웠지만
만년에는 神仙幻術에 빠져 呂用之, 張守一, 諸葛殷 등을 중용해 軍政大權을
그들에게 맡겼다. 여용지가 독단하고 권술을 잘 부리며 고병의 부하 장수
들을 자주 모함했으므로 淮南將領 畢師鐸이 이를 두려워하여 中和 5년(885)
에 반란을 일으켰다. 光啓 3년에 畢師鐸에게 패배하여 죽임을 당했다.

261) 중화(中和): 당나라 僖宗 李儇의 연호로 881년부터 885년까지이다.

262) 의사수시(擬四愁詩): 이 시는 《燈下閑談》, 《廣豔異編》, 《劍俠傳》 등에 보이
고 《全唐詩》 권597에는 〈憤悗詩三首〉로 실려 있다. 시의 내용은 劉禹錫이
李逢吉에게 총애하는 家妓를 빼앗긴 뒤에 지은 〈懷妓四首〉와 매우 흡사하
다. 劉禹錫의 이야기는 《情史》 권14 정구류 〈劉禹錫〉에 보인다.

維揚河街上史三十
不殺用之令君
妻歸

청대(清代) 임위장(任渭長), 《삼십삼검객도(三十三劍客圖)》
가운데 〈규염객(虬髯叟)〉

어느 날 밤 강물이 내려다보이는 창문에 기대어 다시 그 시를 읊었는데 목소리가 매우 애처로웠다. 강가 길에 있던 곱슬 수염의 어떤 노인이 보였는데 그는 골격과 용모가 위풍당당했고 눈빛이 날카로웠으며 발걸음이 재빨랐다. 노인이 배 안으로 뛰어들어 유손에게 읍하며 말하기를 "그대 마음속에 무슨 불평이 있길래 이처럼 애처롭게 시를 읊고 있소이까?"라고 했다. 유손이 모두 갖춰 대답을 하자, 노인이 말하기를 "지금 바로 그대를 위해 부인을 데려오겠소이다. 돌아오는 대로 곧장 길을 떠나 더 이상 이곳에 머무르면 안 되오이다."라고 했다. 유손은 그가 반드시 협객일 것이라는 생각이 들어 거듭 절하며 아뢰기를, "어르신께서는 세상의 공정하지 않은 일을 처결할 수 있으신데 어찌 뿌리를 뽑지 않으시고 간사한 무리들을 도리어 용인하십니까?"라고 하자 노인이 말했다.

"여용지가 백성을 도살해 사람과 신령이 모두 분노하고 있으나 오직 저승의 신령이 그의 죄목을 모두 기록하고 난 뒤에야 비로소 그의 머리를 떼어 놓을 것이오. 그 화는 일신에만 비칠 뿐만 아니라 재앙이 칠대 조상에게 까지 연루될 것이외다. 오늘은 일단 그대를 위해 일을 처리하기는 하지만 감히 신령이 할 몫을 급히 앞서서 하지는 못하외다."

그는 곧 여용지의 집으로 들어가 두공(斗拱)²⁶³⁾ 위에서 다른 형상으로 화신(化身)하여 여용지를 꾸짖으며 그의 죄를 낱낱이 열거하고 유씨의 아내를 돌려보내라고 명했다. 만약 다시 여색을 좋아하고 재물을 탐내면 반드시 칼로 내려쳐 머리를 떨어뜨릴 것이라고 했다. 말이 끝나자 우렁찬 소리가 나더니 어디로 갔는지 보이지 않았다. 여용지는 놀랍고 무서워서 황급히 일어나 분향하고 거듭 절을 했으며, 밤에 사람을 시켜 배씨와 황금을 모두 유손에게 돌려보내도록 했다. 유손은 날이 밝기를 기다리지 않고 뱃사공을 재촉하여 밧줄을 풀고 길을 떠났다. 곱슬 수염의 노인도 종적이 없이 사라졌다.

여용지는 평소에 귀신의 일로 항상 발해왕을 속였기에 이미 오래전부터 불안해하고 있었는데 이제 직접 이인(異人)을 보았으니 어찌 두려워하지 않을 수가 있겠는가? 아, 세상에는 양심을 속인 박덕한 무리들이 거리낌이 없이 횡행하고 있는데 내 어디서 이 곱슬 수염의 노인을 찾아 집집마다 가서 타이르게 할 수 있는가?

---

263) 두공(斗拱): 斗와 拱은 모두 목조 건축에서 쓰이는 지붕 받침의 構材이다. 기둥과 대들보가 연접되는 곳에 기둥 꼭대기에서 밖으로 뻗어 나온 弓形 재목을 拱이라 하고, 拱과 拱 사이를 받치는 사각형 재목을 斗라고 한다. 斗拱은 건물의 무게를 지탱하며 처마를 밖으로 많이 뻗혀 내보낼 수 있게 한다.

[원문] 虬鬚叟

呂用之在維揚264)日, 佐渤海王擅政害人. 中和四年秋, 有商人劉損, 挈家乘巨船, 自江夏至揚州265). 用之凡遇公私來, 悉令偵覘行止266). 劉妻裴氏, 有國色. 用之以陰事下劉獄, 納裴氏. 劉獻黃金百兩免罪, 雖脫非橫267), 而憤惋不堪. 因感劉禹錫《擬四愁詩》268), 終日吟詠不輟. 一日晚, 凭水牕復吟前詩, 聲音哀楚. 見河街上一虬鬚269)老叟, 骨貌昂藏, 眸光射人, 行步迅速, 躍入船中, 揖損曰: "子衷心有何不平, 而苦吟如此?" 損具對之. 客曰: "祇今便爲取賢閤. 回時即發, 不可更停於此." 損意其必俠士也, 再拜啟曰: "長者能報人間不平, 何不去蔓除根, 而更容奸黨?" 叟曰: "呂用之屠割生民, 神人共怒, 祇候冥靈聚錄, 方令身首支離, 不惟禍及一身, 須殃連七祖. 今且爲君了事, 未敢遽越神明也." 乃入呂用之家, 化形於斗拱上, 叱呂用之, 歷數其罪, 勒以退還劉氏之妻. 倘更悅色貪財, 必見頭隨刀落. 言訖, 鏗然不見所適. 用之驚悸, 遽起焚香再拜. 夜遣幹事270), 送裴氏並黃金俱還劉損. 損不待明, 促舟子解維. 虬鬚亦無跡矣.

---

264) 維揚(유양): 揚州의 별칭이다. 《尚書·禹貢》에 있는 "淮河와 바다 사이에 揚州가 있다.(淮海惟揚州.)"라는 구절에서 나온 말로 惟는 維와 통용되므로 維揚이 揚州의 별칭으로 쓰인다. 揚州 지역은 북쪽으로는 淮水에 이르고 동남쪽으로는 바다에 이른다.

265) 【校】挈家乘巨船 自江夏至揚州: [影], [類], [鳳], 《燈下閑談》, 《廣豔異編》, 《劍俠傳》에는 "挈家乘巨船 自江夏至揚州"로 되어 있고 [岳], [春]에는 "挾重貨來楚江夏 至揚州"로 되어 있다.

266) 【校】行止: [影], [類], [鳳], [岳], 《燈下閑談》, 《廣豔異編》, 《劍俠傳》에는 "行止"로 되어 있고 [春]에는 "行篋"으로 되어 있다.

267) 非橫(비횡): 뜻밖의 재난 혹은 급작스런 災禍를 가리킨다.

268) 【校】而憤惋不堪 因感劉禹錫擬四愁詩: 《情史》에는 모두 "而憤惋不堪 因感劉禹錫擬四愁詩"로 되어 있고 《燈下閑談》, 《廣豔異編》, 《劍俠傳》에는 "然亦憤惋因成詩三首"로 되어 있다.

269) 虬鬚(규수): 곱슬곱슬한 수염을 말하는 것으로 虯須 혹은 虯鬚로 쓰기도 한다.

270) 幹事(간사): 일을 노련하게 잘 처리한다는 뜻으로 여기서는 그런 사람을 가리킨다.

用之平日, 慣以神鬼事欺渤海, 其中久已抱歉, 今親見異人, 哪得不懼? 嗚呼,
世間欺心薄德之徒, 橫行無忌, 吾安得此虬鬚叟, 家至而戶說之也?

52. (4–14) 곤륜노(崑崙奴)271)

당나라 대력(大曆)272) 연간에 최(崔)생이라는 자가 있었는데 그의 아버지
는 현달한 관료로 당대 일품(一品)273) 훈신과 잘 아는 사이였다. 이때 최생은
천우(千牛)274)의 벼슬을 하고 있었다. 그의 아버지는 그로 하여금 일품관(一

---

271) 이 이야기는 당나라 裴鉶의 《傳奇》에 실려 있는 〈崑崙奴〉이다. 《類說》권32
에는 〈崔生〉으로, 《太平廣記》권194, 《太平廣記鈔》권29, 《說郛》권112, 《劍
俠傳》권3, 《文苑楂橘》권1 등에는 〈崑崙奴〉로 수록되어 있다. 또한 《艶異
編》권24와 명나라 陸楫의 《古今說海》권25에는 〈崑崙奴傳〉으로, 《繡谷春容》
雜錄 권4에는 〈崔生踰垣會紅綃〉로, 명나라 汪雲程의 《逸史搜奇》丁集10에는
〈崑崙奴〉로 기재되어 있기도 하다. 원나라 楊景言의 〈磨勒盜紅綃〉와 명나라
梁伯龍의 〈紅綃〉그리고 梅鼎祚의 〈昆侖奴〉등은 雜劇으로 각색된 것이며,
〈盜紅綃〉라는 京劇으로 각색되기도 했다.
272) 대력(大歷): 당나라 代宗 李豫의 연호로 766년부터 779년까지이다.
273) 일품(一品): 관원의 품계 가운데 최고 등급이다. 당나라 때 文武官의 품계는
종1품을 넘을 수 없었고 爵位를 받거나 혹은 王으로 봉해지면 정1품이 되
었으나 異姓의 大臣이 왕으로 봉해진 경우는 매우 드물었다. 郡王, 國公은
모두 종1품이었고, 三師(太師, 太傅, 太保)와 三公(太尉, 司徒, 司空)만 정1품
이었다. 大歷 연간에 朔方節度使를 지낸 1품 勳臣은 汾陽王 郭子儀 한 사람
이었으므로 여기서 말하는 '一品官'을 郭子儀로 보는 견해가 일반적이다. 郭
子儀(697~781)는 華州 鄭縣(지금의 陝西省 華縣)사람으로 朔方節度使, 兵部尚
書, 太尉, 中書令 등의 벼슬을 지냈고 시호는 忠武이다. 《新唐書》와 《舊唐書》
에 그에 대한 傳이 있다.
274) 천우(千牛): 禁衛官인 千牛備身과 千牛衛의 약칭이다. 北魏 때부터 설치된 관
직으로 千牛刀를 들고 군왕의 호위를 맡았다. 당나라 때 左右千牛衛를 설치
하고 속관으로 千牛備身을 두었는데 그 대부분은 귀족의 자제로 충당되었
다. 《莊子 · 養生主》에서 庖丁의 칼을 두고 "수천 마리의 소를 잡았지만 칼날

品官)에게 가서 병문안을 하도록 했다. 일품관은 최생을 방으로 불러들였다. 최생은 나이가 어리고 용모가 옥과 같았다. 그가 배례를 하고 아버지의 말씀을 전달하자 일품관은 기뻐하며 생을 어여삐 여겨 자리에 앉게 하고 더불어 얘기를 나누었다. 그때 세 명의 기녀들도 있었는데 곱기가 모두 당대 으뜸이었다. 앞에서 금사발에 담긴 앵두를 쪼개어 그 위에 단젖을 부어 올렸다. 곧 일품관은 붉은 비단옷을 입은 기생에게 명하여 한 그릇을 올려 최생에게 먹도록 했다. 최생이 쑥스러워하며 먹지 않자 일품관은 그 기생에게 명하여 숟가락으로 떠주도록 했다. 그가 어쩔 수 없이 먹자 기생은 빙그레 웃었다. 이윽고 최생이 인사를 하고 떠나려 하자 일품관이 그에게 말하기를 "자네가 한가할 때 꼭 다시 찾아오게나. 이 늙은이와 거리를 두지 말고."라고 한 뒤에 붉은 비단옷을 입은 기생에게 명하여 마당 밖까지 배웅하도록 했다. 그때 최생이 고개를 돌려 바라보았더니, 기생이 손가락 세 개를 세우고 손바닥 세 번을 뒤집은 뒤에 가슴 앞에 있는 작은 거울을 가리키면서 말하기를, "기억하세요!"라고 했다. 그리고 다른 말은 없었다. 최생은 돌아가 일품관의 뜻을 아버지께 전했다. 서재로 돌아간 뒤에 그는 정신이 팔려 흐리멍덩해졌고 말수가 줄어들었으며 얼굴이 초췌해졌다. 그리고 멍하니 생각에 잠겨 날마다 밥조차 제대로 먹지 않고 그저 시275)를 읊기만 했다.

은 방금 숫돌에 간 것과 같다.(所解數千牛矣, 而刀刃若新發於硎.)"는 말이 나오는데, 千牛刀는 여기서 비롯된 것으로 날카로운 칼 또는 御刀를 가리킨다.
275) 이 시는 송나라 洪邁의 《萬首唐人絶句》 권66에 崔生의 〈贈紅綃妓〉로 수록되어 있다.

어쩌다가 봉래산(蓬萊山) 꼭대기에 올라가 놀았는데	誤到蓬萊[276]頂上游
명주 귀고리 한 미인이 별 같은 눈을 깜박였다네	明璫玉女動星眸
붉은 문으로 반쯤 가려진 깊은 궁궐의 달은	朱扉半掩深宮月
옥설 같은 미인의 시름을 비추고 있겠지	應照瓊芝[277]雪豔愁

주변에 있는 사람들은 그 뜻을 알 수 없었다. 그때 집에 마륵(磨勒)이란 곤륜노(崑崙奴)[278]가 있었는데 그가 최생을 보고 말하기를, "마음속에 한이 있으신 모양인데 이 늙은 노비에게 어찌 말씀하시지 않으십니까?"라고 했다. 최생이 "너희들이 무엇을 안다고 내 마음속에 있는 일을 묻느냐?"라고 말했더니, 마륵이 말하기를 "말씀만 하시면 도련님을 위해서 해결해 드리겠습니다."라고 했다. 최생은 놀라 의아해하며 그에게 모두 알려 주었더니, 마륵이 말하기를 "작은 일일 뿐인데 어찌 스스로를 괴롭게 하십니까?"라고 했다. 최생이 그 가기(歌妓)의 은어(隱語)도 일러주었더니 마륵이 이렇게

---

276) 봉래(蓬萊): 蓬萊山이다. 전하는 바에 의하면, 봉래산은 바다에 있는 三仙山(蓬萊, 方丈, 瀛州) 가운데 하나로 신선들이 사는 곳이라 한다. 한나라 東方朔의 《十洲記》에 이런 내용이 보인다. "蓬萊山는 東海의 동북 해안과 마주하며 둘레는 5000里였다. 주위가 바다로 둘러싸여 있는데 그 바닷물이 순검정색이라서 사람들은 그것을 冥海라고 했다. 바람 없이도 백 길의 큰 파도가 일어 왕래할 수 없었으며 오직 날아다니는 신선만 그곳에 이를 수 있었다."

277) 경지(瓊芝): 芝草의 일종인 玉芝를 가리키며 瓊芝라고 쓰이기도 하는데, 이것을 먹으면 불로장생할 수 있다고 한다. 여기서는 紅綃妓를 비유적으로 이르는 말이다.

278) 곤륜노(崑崙奴): 고대에 중국 부호의 집에서는 南海에서 온 사람들을 노예로 삼곤 했는데 그들을 곤륜노라고 불렀다. 慧琳의 《一切經音義》 권81에 있는 《大唐西域求法高僧傳》 권下 〈崑崙〉 條에 다음과 같은 기록이 보인다. "첫 글자의 음은 昆(kūn)과 같고, 두 번째 글자의 음은 論(lún)과 같았으며 당시 속어로 편하게 骨論이라고도 했다. 南海洲 섬에서 사는 오랑캐 사람들로 피부가 까맣고 나체로 다녔으며 맹수와 코뿔소와 코끼리를 길들일 수 있었다. 물에 잘 들어가 하루 종일 물에서 있어도 죽지 않는다." 곤륜노가 南洋 흑인으로부터 유래했을 것이라는 이 설과 함께 아프리카 흑인으로부터 유래했을 것이라는 설도 있다.

말했다.

"이해하기 어려울 게 뭐가 있겠습니까? 손가락 세 개를 세운 것은 일품관의 집에 가기(歌妓)들의 거처가 열 채가 있는데 그가 사는 곳은 세 번째라는 뜻입니다. 손바닥을 세 번 뒤집은 것은 열다섯 손가락을 센 것으로 열다섯이란 숫자를 뜻합니다. 가슴 앞의 작은 거울은 보름날 밤에 달이 거울과 같이 둥글 때 도련님께서 오시라는 뜻입니다."

최생이 크게 기뻐하며 말하기를 "어떤 계책으로 나를 이끌어 줄 수 있겠나?"라고 하자, 마륵이 웃으면서 말했다.

청대(淸代) 임위장(任渭長), 《삼십삼검객도(三十三劍客圖)》 가운데 〈곤륜노(崑崙奴)〉

"모레 밤이 바로 보름밤이니 짙은 청색 비단 두 필을 주시면 도련님을 위해 몸에 딱 맞는 옷을 만들어 드리겠습니다. 그 일품관 댁에 가기가 머무는 집채를 지키는 사나운 개가 있는데 낯선 사람은 마음대로 들어갈 수 없고, 들어가면 반드시 물어 죽일 것입니다. 그 개는 귀신같이 기민하고 범같이 용맹하여 바로 조주(曹州)279) 맹해(孟海)280)의 개와 같습니다. 이 늙은이가 아니면 그 개를 죽일 수 없습니다. 오늘 밤에 도련님을 위해 그 개를 때려죽이겠습니다."

그리고 나서 곧 철퇴(鐵槌)를 들고 나갔다. 한 식경이 지난 뒤 돌아와서 말하기를 "그 개는 이미 죽었으니 실로 장애는 없을 것입니다."라고 했다. 그날 밤 삼경(三更)이 되자, 마륵은 최생에게 청색 옷을 입혀서 곧 그를 등에 업고, 열 겹의 담을 뛰어넘어 열 명의 가기가 있는 집채 안마당에 이르게 되었다. 세 번째 문에 이르니 화려한 지게문이 잠겨 있지 않은 채로 있었다. 금등잔의 불빛이 희미하게 밝혀져 있었으며 가기가 앉아서 길게 탄식하는 소리만 들렸는데 마치 기다리는 사람이 있는 듯했다. 그는 이런 시281)를 읊고만 있었다.

깊은 동굴 꾀꼬리 울 제 완낭(阮郎)을 원망하네   深洞鶯啼恨阮郎282)
남 몰래 꽃 아래로 다가와 내 구슬을 풀게 하셨네   偸來花下解珠璫283)

---

279) 조주(曹州): 지금의 山東省 曹縣, 荷澤, 定陶, 鄆城 및 河南省 일부 지역에 해당한다.

280) 맹해(孟海): 隋나라 말년에 曹州에서 농민봉기를 일으킨 孟海公을 가리키는 듯하다.

281) 이 시는 《全唐詩》 권800과 《萬首唐人絕句》 권65에 紅綃妓의 〈憶崔生〉으로 수록되어 있는데 글자의 출입이 있다.

282) 심동앵제한완낭(深洞鶯啼恨阮郎): 深洞은 지금의 浙江省 天台縣 북쪽 天台山에 있는 桃源洞을 가리킨다. 남조 송나라 劉義慶의 《幽冥錄》에 이런 이야기가 있다. 東漢 때 劉晨과 阮肇는 약초를 캐러 天台山에 갔다가 우연히 桃源洞에 들어가 선녀 두 명을 만난 뒤, 그들의 집으로 초청을 받았다. 그 후 반년 뒤에 집으로 다시 돌아가서 보니 이미 7대의 후손이 살고 있었다.

283) 해주당(解珠璫): 珠璫을 풀어서 준다는 뜻이다. 珠璫은 구슬을 꿰어 만든 장신구를 이른다. 李善의 《文選註》 권12에서 《韓詩外傳》을 인용하면서 다음과 같은 이야기를 수록했다. "옛날에 鄭交甫가 漢皋를 지나갈 때 구슬 두 개를 차고 있는 두 여자를 만났다. 정교보가 말하기를, '원컨대 그대의 패물을

푸른 구름 흩날려 소식 전혀 없으니　　　　　碧雲[284]飄斷音書絶

헛되이 옥소에 의지하며 봉황이 오지 않아 근심을 하네　空倚玉簫愁鳳凰[285]

　시위(侍衛)들이 모두 잠이 들고 주변이 적막해지자 최생은 곧 천천히 발을 걷어 올리고 안으로 들어갔다. 한참 지난 뒤에 최생인 것을 확인하고 가희(歌姬)는 침상에서 뛰어내려와 그의 손을 잡고 말했다.

　"낭군이 총명하셔서 말로 하지 않아도 반드시 아실 줄로 믿고 손짓으로 표현했습니다. 그런데 낭군이 어떤 신통술이 있으시기에 이곳까지 오실 수 있으신지 모르겠습니다."

　최생은 마륵의 계책을 모두 알려줬다. 가희가 "마륵은 어디에 있습니까?"라고 묻기에 "발 밖에 있소이다."라고 했더니, 곧 불러들여 금사발에 술을 따라 주고 마시도록 했다. 그리고 가희는 최생에게 이렇게 말했다.

　"저의 집은 본래 부유했으며 삭방(朔方)[286]에서 살았습니다. 주인께서 군대를 통솔하고 계셨으므로 억지로 저를 가기(歌妓)로 삼았습니다. 자결할

갖고 싶소이다.'라고 했더니 두 여자는 패물을 풀어 정교보에게 주었다. 그는 그것을 품속에 넣고 가다가 열 걸음 뒤에 손으로 만져보았더니 구슬이 없었다. 뒤돌아서 보니 두 여자도 보이지 않았다."《情史》권8 정감류 〈鄭德璘〉'해패투교보' 각주를 참조하라.

284) 벽운(碧雲): 푸른 하늘에 있는 구름이라는 뜻으로 먼 곳이나 하늘 끝을 비유적으로 이른다. 이별의 정서를 나타내는 데에 많이 쓰인다.

285) 공의옥소수봉황(空倚玉簫愁鳳凰): 한나라 劉向의 《列仙傳 · 蕭史》에 이런 이야기가 보인다. "蕭史는 秦穆公 때 사람으로 簫를 잘 불어 孔雀과 白鶴을 뜰에 불러 올 수 있었다. 穆公에게 弄玉이라고 하는 딸이 있었는데 蕭史를 좋아했으므로 秦穆公은 딸을 그에게 시집보냈다. 蕭史는 매일 弄玉에게 簫로 봉황이 우는 소리를 흉내 내는 법을 가르쳐주었다. 몇 년이 지나고 나서 봉황이 우는 소리와 같이 소를 불 수 있게 되자 봉황이 그들의 거처로 날아와 머물렀다. 이에 秦穆公은 鳳臺를 지어주었고 弄玉 부부는 그곳에서 살았다. 몇 년이 지나지 않아서, 어느 날 아침 이들은 모두 봉황을 따라 날아갔다."

286) 삭방(朔方): 한나라 郡名으로 당나라 때에도 그것을 이어받아 方鎭의 이름으로 사용했으며, 그 장관으로 삭방절도사를 두었다.

수도 없어 아직도 구차하게 살아있으니 비록 비단옷과 화려한 장신구는 걸쳤지만 마치 질곡에 있는 것과 같습니다. 호위용사께서 신통술이 있으신 이상, 이 감옥 같은 곳에서 벗어나게 해주시는 것을 어찌 꺼리시겠습니까? 저의 소원은 이미 말씀드렸으니 비록 죽는다 해도 후회하지 않겠습니다."

최생이 근심스런 표정을 하고 말을 하지 않자, 마륵이 말하기를 "낭자의 뜻이 이미 확고한 이상 이 또한 작은 일일 뿐입니다."라고 하니 가희가 매우 기뻐했다. 마륵은 먼저 가희의 짐 보따리와 경대를 등에 지겠다고 청하고, 이와 같이 세 번을 반복해 나른 뒤에 말하기를 "지체하다가 날이 밝을까 걱정됩니다."라고 했다. 그리고 곧 최생과 가희를 지고 높은 담장 십여 겹을 나는 듯이 빠져나왔다. 일품관 집의 수위들 가운데 발견한 자는 아무도 없었다. 이윽고 서재로 돌아와서 가희를 숨겼다. 아침이 되어서야 일품관 집 사람들은 비로소 이를 알게 되었다. 게다가 개가 이미 죽어 있는 것을 보고는 일품관이 몹시 놀라며 말했다.

"이는 반드시 협사(俠士)가 데려간 것이니 더 이상 떠벌리거나 소문을 내지 말거라. 괜히 재앙과 근심만 될 뿐이다."

가희는 최생의 집에서 두 해를 숨어 지냈다. 그리고 꽃이 필 무렵에 작은 수레를 타고 곡강(曲江)[287)을 유람했는데 일품관 집의 사람이 남몰래 그녀를 알아보고는 곧바로 일품관에게 아뢰었다. 일품관이 이를 이상히 여겨 최생을 불러 그 일에 대해 캐묻자, 최생은 두려워 감히 숨기지 못하고 바로 노비 마륵에 대해 말했다. 일품관이 말하기를 "다른 일은 불문하고, 내 모름지기 천하의 사람들을 위해 해로운 것을 없애야 하겠네."라고 한 뒤, 병사 50명에게 명하여 병장기를 단단히 갖추고 최생의 집을 포위해

---

287) 곡강(曲江): 당나라 때 장안성 동남쪽에 있는 명승지로 지금의 西安市 동남 부 일대이다. 曲江池라고도 했으며, 당나라 때에는 中和, 上巳, 重陽 등과 같 은 명절에 많은 사람들이 이곳을 유람했다고 한다.

마륵을 잡도록 했다. 마륵은 비수를 들고 높은 담을 나는 듯이 넘어갔는데 언뜻 보니 날개가 돋친 듯했고 빠르기가 매와 같았으며 비 오듯 쏘아대는 화살로도 그를 맞히지 못했다. 눈 깜짝할 사이에 그가 어디로 갔는지 알 수 없었다. 그 뒤 일품관은 후회스럽기도 하고 두렵기도 하여 매일 밤 많은 시종들로 하여금 창과 검을 들고 호위하도록 했는데 이렇게 일 년을 하고 나서야 비로소 그만두었다. 십여 년 뒤에 최생 집의 어떤 사람이 낙양(洛陽)의 저자에서 마륵이 약을 팔고 있는 것을 보았는데 그의 용모가 예전과 다름없었다고 했다. 이 이야기는 배형(裴鉶)의 《전기(傳奇)》에 나온다.

최생이 문약(文弱)한 것은 붉은 비단옷을 입은 가기가 아는 바인데, 하물며 그로 하여금 예측할 수 없는 심연으로 가게 하고 비상한 일을 하게 했는가? 수수께끼 같은 은어(隱語)를 던진 것은 그저 장난으로 했을 뿐인데 최생은 용맹한 노복에게 힘입어 마침내 그 일을 성사시켰으니 이 같은 대단한 중매를 어찌 금사발의 술 한 잔으로 능히 갚을 수 있는 것이랴? 일품관이 곤륜노는 어찌할 수 없었으나 최생 부부에게는 무엇이 어려웠겠는가? 그래도 이들을 내버려 두고 따지지 않았다. 옛날부터 호걸대장부들이 마음껏 술을 마시고 미색(美色)을 탐했던 것은 오직 회포를 풀려고 한 것이었지 음탕하게 즐기려고 한 것이 아니었기에 그 득실은 원래 따질 바가 아니다.

[원문] 崑崙奴

　　唐大曆中, 有崔生者, 其父爲顯僚, 與蓋代之勳臣一品者熟. 生時爲千牛, 其父使往省一品疾. 一品召生入室. 生少年, 容貌如玉. 拜傳父命, 一品忻然愛慕, 命坐與語. 時三妓人, 豔皆絶代, 居前以金甌貯含桃[288]而擘之, 沃以甘酪[289]而進. 一品遂命衣紅綃妓者, 擎一甌與生食. 生赧不食. 一品命紅綃妓以匙進之, 生不得已而食, 妓哂之. 遂辭去. 一品曰: "郎君暇, 必相訪, 無間老夫也." 命紅綃送出院.
時生回顧, 妓290)立三指, 又反掌者三, 然後指胸前小鏡子云: "記取!" 餘更無言.
生歸, 達一品意. 返學院, 神迷意奪, 語減容沮, 怳然凝思, 日不暇食, 但吟詩曰:
"誤到蓬萊291)頂上遊, 明璫玉女動星眸.

　　朱扉半掩深宮月, 應照瑤芝雪艶愁."

　　左右莫能究其意. 時家有崑崙奴磨勒, 顧瞻郎君曰: "心中有恨, 何不報老奴?"
生曰: "汝輩何知, 而問我襟懷間事?" 磨勒曰: "但言, 當爲郎君釋解." 生駭異, 具告
之. 磨勒曰: "小事耳, 何自苦耶?" 生又白其隱語. 勒曰: "有何難會? 立三指者,
一品宅中有十院歌姬, 此乃第三院耳. 反292)掌三者數十五指, 以應十五之數. 胸
前小鏡子, 十五夜, 月圓如鏡, 令郎來耳." 生大喜, 謂曰: "何計而能導我?293)" 磨勒
笑曰: "後夜乃十五夜, 請深靑絹兩疋, 爲郎君製束身之衣. 一品宅有猛犬守歌妓院
門, 非常人不得輒入, 入必嗾殺之. 其警如神, 其猛如虎, 卽曹州孟海之犬也. 非老
奴不能斃此犬, 今夕當爲郎君搹殺之." 遂携鍊椎而往. 食頃而回, 曰: "犬已斃, 固無
礙耳." 夜三更, 與生衣靑衣, 遂負而逾十重垣, 乃十歌妓院內. 至第三門, 繡戶不扃,
金缸294)微明, 惟聞妓長歎而坐, 若有所俟, 但吟詩曰:

　　深洞鶯啼恨阮郎, 偸來花下解珠璫.

---

288) 含桃(함도): 含桃는 櫻桃의 별명이다.

289) 甘酪(감락): 酪은 소, 양, 말 등의 젖으로 만든 식품으로, 묽고 걸쭉한 것과
　　건조시켜 말린 조각 모양의 것이 있다. 여기서 甘酪은 달콤한 맛이 나는 걸
　　쭉한 유제품을 가리킨다.

290) 【校】妓: [春], [類], [鳳], [岳], 《豔異編》, 《劍俠傳》, 《太平廣記》에는 "妓"로 되
　　어 있고 [影]에는 "伎"로 되어 있다. 伎(기)는 妓와 통한다.

291) 【校】蓬萊: 《情史》에는 "蓬萊"로 되어 있고 《太平廣記》, 《說郛》, 《豔異編》,
　　《劍俠傳》에는 "蓬山"으로 되어 있다.

292) 【校】反: [春], [類], [鳳], [岳], 《豔異編》, 《劍俠傳》에는 "反"으로 되어 있고
　　[影], 《太平廣記》에는 "返"으로 되어 있다.

293) 【校】何計而能導我: 《情史》에는 모두 "何計而能導我"로 되어 있고 《太平廣記》
　　에는 "何計而能導達我鬱結"로 되어 있으며 《說郛》, 《劍俠傳》에는 "何計而能導
　　達我鬱結耶"로 되어 있고 《豔異編》에는 "何計而能導達我鬱結乎"로 되어 있다.

294) 金缸(금항): 金釭으로 쓰기도 하며 금으로 된 등잔이나 촛대를 이른다.

碧雲飄斷音書絕, 空倚玉簫愁鳳凰.

侍衛皆寢, 鄰近閴然, 生逶緩緩搴簾而入. 良久, 驗是生, 姬躍下榻, 執手曰: "知郎君穎悟, 必能默識, 所以手語耳. 又不知郎君有何神術而能至此." 生具告磨勒之謀, 姬曰: "磨勒何在?" 曰: "簾外." 遂召入, 以金甌酌酒而飮之. 姬白生曰: "某家本富, 居在朔方, 主人擁旄[295], 逼爲姬僕, 不能自死, 尙且偸生, 雖綺羅珠翠, 如在桎梏. 賢爪牙[296]旣有神術, 何妨爲脫狴牢[297]? 所願旣申, 雖死不悔." 生愀然不語. 磨勒曰: "娘子意旣堅確, 此亦小事耳." 姬甚喜. 磨勒請先爲姬負其囊橐粧奩, 如此三復焉, 然後曰: "恐遲明." 遂負生與姬飛出峻垣十餘重. 一品家之守禦, 無有警者. 遂歸學院而匿之. 及旦, 一品家方覺, 又見犬已斃, 一品大駭曰: "此必俠士挈之[298], 無更聲聞, 徒爲禍患耳." 姬隱崔生家二載. 因花時駕小車遊曲江, 爲一品家人潛誌認, 遂白一品. 一品異之, 召崔生詰其事. 懼不敢隱, 遂言奴磨勒. 一品曰: "他事不問, 某須爲天下人除害." 命甲士五十人, 嚴持兵仗, 圍崔生院, 使擒磨勒. 磨勒持匕首飛出高垣, 瞥若翅翎, 疾同鷹隼, 攢矢如雨, 莫能中之. 頃刻之間, 不知所向. 後一品悔懼, 每夕多以家童持劍戟自衛, 如此周歲方止. 後十餘年, 崔家有人見磨勒賣藥於洛陽市, 容顔如舊. 出《傳奇》.

---

295) 擁旄(옹모): 旄는 旄節의 뜻으로 고대에 황제가 장수에게 주었던 軍權을 의미하는 일종의 符信이다. 擁旄는 旄를 지닌다는 뜻으로써 황제의 명을 받아 군대를 통솔하는 것을 말한다. 여기에서는 節度使를 맡은 것을 의미한다.

296) 賢爪牙(현조아): 賢은 훌륭하다는 뜻이고 爪牙는 발톱과 이빨을 아울러 이르는 말로 용맹한 사람을 형용하는 말이다. 여기서 賢爪牙는 상대방의 노복, 즉 崑崙奴에 대한 존칭이다.

297) 狴牢(폐뢰): 狴는 狴犴으로 전설 속에 나오는 神獸이다. 감옥 문에 그 형상을 많이 새겨 감옥을 狴牢라고 했다. 명나라 楊愼의 《升菴集》 권81〈龍生九子〉에 이런 이야기가 있다. 龍이 아홉 마리의 새끼를 낳았는데 그 새끼들은 용이 되지 못했다. 폐안은 그 넷째로 모양이 호랑이와 비슷하고 威力이 있었으므로 감옥의 문에 그것을 세워 둔다고 한다.

298)【校】此必俠士挈之:《情史》에는 모두 "此必俠士挈之"로 되어 있고《太平廣記》에는 "此必俠士而挈之"로 되어 있으며《艶異編》,《說郛》,《劍俠傳》에는 "此必是一大俠矣"로 되어 있다.

崔生文弱, 紅綃所知, 况使蹈不測之淵, 行非常之事乎? 啞謎相授, 聊以爲戲
耳. 而生賴賢爪牙力, 卒成其事. 如此大媒, 豈金甌一酌所能酬哉? 一品不能誰何
崑崙, 然于崔生夫婦何難焉? 而能置之不較, 從古豪傑丈夫, 其縱酒漁色[299], 止以
遣懷消忌, 不爲淫樂, 得失固非所計也.

53. (4-15) 풍연(馮燕)[300]

　　당나라 풍연(馮燕)이라고 하는 자는 위(魏)[301]지방 사람으로 젊어서 의협
심이 강했으며 오로지 격구(擊毬)[302]와 닭싸움 놀이만 하며 지냈다. 위지방
시장에 재물을 놓고 싸우는 자들이 있었는데 풍연은 이를 듣고 공정치
못한 자를 때려죽인 뒤에 시골로 숨었다. 관부에서 급히 그를 잡으려 하자
마침내 풍연은 활(滑)[303]지방으로 도망가 그곳의 군대에 있는 젊은이들과

---

299) 漁色(어색): 미색을 낚는다는 뜻이다. 《禮記·坊記》에 "제후는 臣民들 가운
　　데서 미색을 골라 처첩으로 삼지 않는다.(諸侯不下漁色.)"라는 말이 있는데,
　　이에 대해 孔穎達의 疏에서 이르기를 "漁色이라는 것은, 어부가 물고기를
　　잡을 때 그물에 걸린 것은 모두 취하는 것에 비유하여 미색을 취할 때에도
　　마음에 드는 자를 모두 취하는 것이 어부가 물고기를 잡는 것과 같다하여
　　漁色이라 이른 것이다.(漁色, 謂漁人取魚, 中網者皆取之, 譬如取美色, 中意者皆
　　取之, 若漁人求魚, 故云漁色.)"라고 했다.

300) 이 이야기는 당나라 沈亞之의 《沈下賢集》 권4에 수록된 〈馮燕傳〉이다. 《太
　　平廣記》 권195와 《太平廣記鈔》 권28에 〈馮燕〉으로 수록되어 있고 《文苑英華》
　　권795와 명나라 賀復徵의 《文章辨體彙選》 권531과 《互史·外篇·豪俠》 권2
　　에는 〈馮燕傳〉으로 실려 있다. 《繡谷春容》 雜錄 권5와 《綠窗新話》 권下에는
　　〈馮燕殺主將之妻〉로 보이고, 話本小說集 《型世言》 권5 〈淫婦背夫遭誅 俠士蒙
　　恩得宥〉의 入話도 이 이야기를 바탕으로 하고 있다.

301) 위(魏): 魏州를 가리키며 지금의 河北省 大名縣 동북쪽 일대이다.

302) 격구(擊毬): 擊鞠과 같은 말로 당나라 때 군대에서 유행했던 체육 활동이었
　　다. 말에 타거나 뛰어다니면서 공을 치는 운동이다.

닭싸움과 격구로 더욱더 투합했다. 당시 상국(相國)304)이었던 가탐(賈耽)305)
이 활지방을 지키고 있었는데 그는 풍연의 재능을 알고서 그를 군대에
남겨두었다. 그 후 어느 날 풍연은 마을로 나갔다가 창문 옆에서 소매로
얼굴을 가린 채 그를 바라보고 있는 여자를 보았는데 용모가 매우 요염했다.
풍연은 사람을 보내 좋은 말로 뜻을 전하게 하여 마침내 그 여자와 사통했다.
그녀의 남편은 활 지방의 장수인 장영(張嬰)이었는데 그가 친구들을 따라
술을 마시러 나가자 풍연은 그 틈을 타서 다시 그녀의 집으로 가 문을
닫고 침상에 누웠다. 장영이 돌아오자 그의 처는 문을 열고 장영을 맞이하며
치맛자락으로 풍연을 가렸다. 풍연은 몸을 낮추고 치마가 가려주는 대로
그녀 뒤에서 살금살금 걸어 다시 문짝 뒤로 숨었다. 그런데 두건(頭巾)이
베개 아래로 떨어져 있었으니 장영의 패도(佩刀)가 놓인 옆이었다. 장영이
술에 취해 눈이 감겨 있었으므로 풍연은 두건을 가리키며 장영의 처에게
그것을 가져오도록 했으나 그 여자는 곧 칼을 가져다가 풍연에게 주었다.
풍연은 장영의 처를 뚫어지게 바라보다가 칼로 그 여자의 머리를 벤 뒤,
두건을 쓰고 나와 버렸다. 다음 날 아침 장영은 일어나서 처가 죽임을
당한 것을 보고 깜짝 놀라며 밖으로 나가 자백하려 했다. 이웃사람들은
정말 장영이 죽인 것으로 알고 그를 잡아 밧줄로 묶어놓은 뒤, 그의 처족(妻族)
들에게 달려가 이를 알렸다. 처족들이 모두 와서 말하기를 "항상 질투해
우리 딸을 때리며 잘못을 했다고 무함하더니, 이제는 죽이기까지 했구나!"라

---

303) 활(滑): 滑州를 가리키고 지금의 河南省 滑縣 동쪽 일대이다.
304) 상국(相國): 춘추전국 시대 楚國 이외의 다른 나라에서는 모두 相을 두고,
　　　相國, 相邦, 丞相이라 부르며 百官의 우두머리로 삼았다. 秦나라부터 한나라
　　　초년까지 相國은 丞相보다 지위가 존귀했고, 나중에는 相國을 재상에 대한
　　　존칭으로 사용했다.
305) 가탐(賈耽, 730~805): 滄州 南皮(지금의 河北省 南皮縣)사람으로 자는 敦詩였
　　　다. 천보 연간에 명경과에 급제를 했고 汾州刺史 등의 벼슬을 역임하다가
　　　貞元 2년(786)에 檢校右僕射가 되어 滑州刺史, 義成軍節度使를 겸임했다.

고 했다. 모두 장영을 잡고서 백여 차례나 매질을 했으므로 그는 말도
할 수 없을 정도가 되었다. 관부에서 살인죄로 장영을 가두었는데 변명해
주는 자가 아무도 없어 그는 억지로 복죄를 하게 되었다. 사법관(司法官)[306]
과 방망이를 든 아전 수십 명이 장영을 끌고서 처형을 하러 저잣거리로
갔는데 구경하는 자들이 천여 명이나 되었다. 이때 어떤 사람이 구경꾼들을
헤치고 들어와서 소리치며 이렇게 말했다.

"무고한 사람을 죽이지 마시오. 내가 그의 처와 사통하고 또한 죽였으니
마땅히 나를 잡아야 하오이다."

스스로 소리치며 말을 한 그 사람을 아전이 잡아서 보니 바로 풍연이었다.
아전은 풍연과 함께 가탐을 뵙고서 정황을 모두 다 얘기했다. 이에 가탐은
장계를 올려 황제에게 알리고 스스로 관인(官印)을 내놓음으로써 풍연이
지은 사죄(死罪)를 대속해 달라고 청했다. 황제는 풍연을 의롭다고 여겨,
조서를 내려서 활성(滑城)에 있는 사죄(死罪)를 지은 자들을 모두 사면시켰다.

자유(子猶)씨는 말한다.

사죄(死罪)를 지은 자들을 모두 사면시킨 것은 법에 맞지 않는다. 하지만
세상 사람들이 다 풍연이 아니기에 사죄에 처해진 경우들이 모두 의심스럽다.
사면시켜 의기(義氣)를 권면하는 것 또한 가하지 않겠는가?

---

306) 사법관(司法官): 司法은 관직명으로 兩漢 때 刑法을 관장하는 決曹와 賊曹掾
    에서 비롯되었다. 당나라 제도로 府에 있으면 法曹參軍이라 하고 州에 있으
    면 司法參軍이라 했다. 제세한 내용은 《文獻通考·職官十七》에 보인다.

[원문] 馮燕

　唐馮燕者, 魏人, 少任俠, 專爲擊毬鬪鷄戲[307]. 魏市有爭財毆者, 燕聞之, 搏殺不平, 沈匿田間. 官捕急, 遂亡滑, 益與滑軍中少年鷄毬相得. 時相國賈耽鎭滑, 知燕材, 畱屬軍中. 他日出行里中, 見戶傍婦人翳袖而望者, 色甚冶. 使人熟其意, 遂通[308]之. 其夫滑將張嬰, 從其類飮, 燕因得間, 復拒戶偃寢. 嬰還, 妻開戶納嬰, 以裾蔽燕, 燕卑踖步就蔽, 轉匿戶扇後. 而巾墮枕下, 與佩刀近. 嬰醉目[309]瞑, 燕指巾, 令其妻取. 妻卽以刀授燕. 燕熟視, 斷其頸, 遂巾而去. 明旦嬰起, 見妻殺死, 愕然, 欲出自白. 嬰鄰以爲眞嬰殺, 畱縛之. 趨告妻黨. 皆來曰: "常娍毆吾女, 誣以過失, 今復賊殺之矣!" 共持嬰百餘笞, 遂不能言. 官收繫殺人罪, 莫有辨者, 彊伏其辜. 司法官與小吏持朴者數十人, 將嬰就市. 看者千餘人. 有一人排衆而來, 呼曰: "且無令不辜死. 吾竊其妻, 而又殺之, 當繫我." 吏執自言人, 乃燕也. 與燕俱見耽, 盡以狀對. 耽乃狀聞, 請歸其印, 以贖其死. 上誼之, 下詔, 凡滑城死罪者皆免.

　子猶氏曰: "皆免, 非法也. 然世不皆馮燕, 則凡死罪盡可疑矣. 免之以勸義氣, 不亦可乎?"

---

307)【校】少任俠　專爲擊毬鬪鷄戲.:《情史》에는 "少任俠　專爲擊毬鬪鷄戲"로 되어 있고《沈下賢集》에는 "燕少以意氣任專　爲擊球鬪雞戲"로 되어 있으며《太平廣記》에는 "燕少時意氣任專　專爲擊毬鬪雞戲"로 되어 있다. 任俠(임협)은 권위나 용력 혹은 재력을 믿고 약한 사람을 도와주는 것을 말한다.
308)【校】通:《情史》에는 모두 "通"으로 되어 있고《沈下賢集》,《太平廣記》에는 "室"로 되어 있다.
309)【校】目:《情史》,《太平廣記》에는 모두 "目"으로 되어 있고《沈下賢集》에는 "且"로 되어 있다.

54. (4-16) 형 십삼낭(荊十三娘)310)

당나라 때 진사 조중행(趙中行)은 집이 온주(溫州)311)였고 호협(豪俠)을
일삼았다. 그가 소주(蘇州)312)에 갔을 때 지산(支山) 선원(禪院)에 머물렀다.
형 십삼낭(荊十三娘)이라고 하는 한 여자 상인이 죽은 남편을 위해 대상재(大
祥齋)313)를 올리다가 조중행을 사모하여 그를 배에 태우고 함께 양주(揚州)314)
로 돌아가게 되었다. 조중행은 의기(義氣)를 믿고 형 십삼낭의 재물을 쓰는
데 전혀 개의치 않았다. 조중행의 친구인 이정랑(李正郎)은 집안 형제들
사이에서 서른아홉 번째였으며 그에게는 총애하는 기녀가 있었다. 기녀의
부모가 그에게서 딸을 빼앗아 제갈은(諸葛殷)315)에게 주자 그는 하염없이
창연해했다. 당시 제갈은은 여용지(呂用之)316)와 함께 태위(太尉) 고병(高
駢)317)을 현혹시켜 권세를 믿고 함부로 행동했다. 이정랑은 화가 될까 두려워

---

310) 이 이야기는 五代 孫光憲의 《北夢瑣言》 권8에 〈荊十三娘義俠事〉로 보인다.
   《太平廣記》 권196, 《太平廣記鈔》 권28, 《說郛》 권112下, 《劍俠傳》 권2 등에
   는 〈荊十三娘〉으로 수록되어 있다. 청나라 葉承宗에 의해 雜劇 〈十三娘〉으
   로 각색되었기도 했고, 〈荊十三娘〉이라는 京劇 작품도 있다.

311) 온주(溫州): 당나라 高宗 上元 2년(675)에 설치된 州로 지금의 浙江省 溫州市
   이다.

312) 소주(蘇州): 지금의 江蘇省 蘇州市이다. 吳, 吳中, 東吳, 吳門이라고 불리다가
   隋나라 開皇 9년(589年)에 蘇州로 개칭되었다.

313) 대상재(大祥齋): 사람이 죽은 지 두 돌 만에 올리는 제사이다. 《儀禮 · 士虞
   禮》에 이런 내용이 보인다. "다시 1년이 지나면 大祥을 올리는데, 이르기를
   祥事를 올린다고 한다.(又朞而大祥, 曰: '薦此祥事.')" 賈公彦의 疏에서 이렇게
   일렀다. "이는 25개 월 뒤에 올리는 大祥祭를 말하는 것이므로 復朞라고 한
   것이다. (此謂二十五月大祥祭, 故云復朞也.)"

314) 양주(揚州): 지금의 江蘇省 揚州市이다.

315) 제갈은(諸葛殷): 당나라 말년의 方士이다. 幻術를 좋아했던 太尉 高駢을 呂用
   之 등과 함께 미혹시켜 권세를 부렸다.

316) 여용지(呂用之, ?~887): 당나라 말년의 方士로 시정에서 丹藥을 팔던 사람이
   었다. 幻術을 좋아했던 淮南節度使 高駢의 신임을 얻어 그의 책사가 되면서
   부터 권세를 부렸다. 이후 盧州刺史인 楊行密에게 멸족을 당했다.

눈물을 삼킬 뿐이었다. 이를 형낭에게
우연히 말했더니 형낭 또한 분노하며
이 삼십구랑(李三十九郎)에게 이렇게
말했다.

"이는 작은 일이니 제가 능히 도령을
위해 복수해 줄 수 있습니다. 강을 건너
셔서 윤주(潤州)318)에 있는 북고산(北
固山)319)에서 6월 6일 정오(正午)에 저
를 기다리십시오."

이정랑은 그녀의 말대로 따랐다. 기
한이 되자 형씨는 그 기녀와 기녀 부모
머리를 자루에 담아 이정랑에게 돌려
주고 다시 조중행과 함께 절중(浙
中)320)으로 들어갔는데 그들이 어디에
머물러 살았는지는 알 수 없다. 이 이야
기는 《북몽쇄언(北夢瑣言)》321)에서 나

청대(淸代) 임위장(任渭長),
《삼십삼검객도(三十三劍客圖)》 가운데
〈형십삼낭(荊十三娘)〉

---

317) 고병(高騈, 821~887): 당나라 말년의 명장으로 太尉를 지냈다. 자세한 내용
은 《情史》 권4 정협류 〈虬鬚叟〉 '발해왕' 각주에 보인다.

318) 윤주(潤州): 지금의 江蘇省 鎭江市이다.

319) 북고산(北固山): 北顧山이라고 쓰이기도 하며, 지금의 鎭江市 동북쪽에 있다.
南, 中, 北에 세 개의 봉우리가 있는데 北峰이 삼면에서 강물이 내려다보이
며 지형이 험준한 요충지라서 北固라고 불리었다.

320) 절중(浙中): 당나라 肅宗 때 江南東道를 浙江東路와 浙江西路로 나누고 이를
兩浙이라고 했다. 지금의 浙江省 지역 일대이다.

321) 북몽쇄언(北夢瑣言): 五代 孫光憲(901~968)이 지은 筆記小說集이다. 당나라
武宗 때부터 五代十國까지의 역사적인 사건들을 기록하고 문인사대부들의
언행과 정치적 史實들을 담아내 正史를 보완했다. 총 20권 가운데 권16까지
는 唐代 일을 다뤘고 권17부터는 五代의 일을 기록했다.

왔다.

　이 도령을 위해 복수한 것은 힘으로 할 수 있는 것이지만 기한을 지킨
것은 대단히 기이하지 않은가? 복수해 준 것은 그녀의 의로움을 보여주고
기한을 지킨 것은 그녀의 신의를 보여주니 형낭은 아마도 대협객(大俠客)이
었을 것이다. 조생은 능히 그녀로 하여금 사모하게 할 수 있었고 그녀와
사귀며 떠나지 않았으니 또한 어찌 평범한 사람이리요?

[원문]　荊十三娘

　　唐進士趙中行322), 家溫州, 以豪俠爲事. 至蘇州, 旅舍支山禪院. 有一女商荊
十三娘, 爲亡夫設大祥齋, 因慕趙, 遂同載歸揚州. 趙以義氣, 耗荊之財殊不介意.
其友人李正郞323), 第324)三十九, 有愛妓. 妓之父母奪與諸葛殷, 李悵悵不已. 時諸
葛殷與呂用之幻惑高太尉騈, 恣行威福325). 李懼禍, 飮泣而已. 偶話于荊娘, 荊亦
憤惋, 謂李三十九郞曰: "此小事, 吾能爲郞仇之326). 但請過江, 於潤州北固山六月

---

322) 【校】趙中行: 《情史》, 《太平廣記》, 《北夢瑣言》에는 "趙中行"으로 되어 있고
　　《劍俠傳》, 《說郛》에는 "趙中立"으로 되어 있다.

323) 【校】李正郞: 《情史》, 《太平廣記》, 《說郛》, 《劍俠傳》에는 "李正郞"으로 되어
　　있고 《北夢瑣言》에는 "李正朗(一作郞)"으로 되어 있다.

324) 【校】第: 《情史》, 《說郛》, 《劍俠傳》에는 "第"로 되어 있고 《北夢瑣言》에는
　　"第(一作弟)"로 되어 있으며 《太平廣記》에는 "弟"로 되어 있다.

325) 威福(위복): 《尙書·洪範》에서 "오직 임금만이 복을 내리고 오직 임금만이
　　위엄을 갖춘다.(惟辟作福, 惟辟作威.)"라고 했다. 이에 대한 孔穎達의 疏에서
　　"오직 임금만이 복을 내려 상을 줄 수 있으며, 오직 임금만이 위엄을 갖추
　　어 벌을 줄 수 있다.(惟君作福得專賞人也, 惟君作威得專罰人也.)"고 했다. 이
　　와 같이 원래 威福이란 뜻은 통치자가 지니는 상벌의 권한을 가리켰으나
　　나중에는 권세를 가진 자가 제멋대로 행동하는 것을 의미하기도 했다.

326) 【校】仇之: 《情史》에는 "仇之"로 되어 있고 《太平廣記》에는 "籌之"로 되어
　　있으며 《說郛》, 《劍俠傳》에는 "取之"로 되어 있고 《北夢瑣言》에는 "報讎"로

六日正午時待我." 李亦依之. 至期, 荊氏以囊盛妓及其父母之首歸於李327), 復與
趙同入浙中, 不知所止. 出《北夢瑣言》.

　　爲郞仇之, 力所能辨也, 刻期328), 不大奇乎! 仇之示義, 刻期示信, 荊娘蓋大
俠也. 趙生能致其相慕, 周旋不舍, 趙亦豈常人也哉.

情史氏曰

　　호걸들이 초췌하게 풍진 속에 있을 때 남자들은 그들을 알아볼 수 없었으나
여자들은 그들을 알아볼 수가 있었다. 그들이 혹 곤궁하거나 위난(危難)에
처했을 때 부귀하고 권세가 있는 자들도 그들을 구해내지 못했으나 여자들은
능히 그들을 구해냈다. 명예와 절조에 관계되는 것에 이르렀을 때 평소
성현이라고 자처했던 자들도 그들을 도울 수 없었으나 여자들은 능히 그들을
도울 수 있었다. 사희맹(謝希孟)329)이 말한, "산악을 비출만한 기질과 장대하
고 탁월함은 남자에게 모여 있지 않고 여자에게 모여 있다."는 것이 아니겠는
가? 이런 여자는 만나기가 쉽지 않으니 만나게 된다면 호걸장부는 마땅히

되어 있다.
327) 【校】荊氏以囊盛妓及其父母之首歸於李: 《情史》에는 "荊氏以囊盛妓及其父母之
　　首歸於李"로 되어 있고 《說郛》, 《劍俠傳》에는 "荊娘以囊盛妓與妓之父母首級授
　　李"로 되어 있으며 《太平廣記》, 《北夢瑣言》에는 "荊氏以囊盛妓兼致妓之父母首
　　歸於李"로 되어 있다. [影]에만 "妓"가 "伎"로 되어 있다.
328) 刻期(각기): 刻은 剋과 통한다. 刻期는 기한을 정하거나 기한대로 하는 것을
　　이른다.
329) 사희맹(謝希孟, 1156~?): 자는 古民이며 호는 晦齋이다. 남송 때 黃岩 靈石
　　(지금의 浙江省 台州市에 속함)사람으로 젊었을 때부터 文名이 있었고 陸九
　　淵의 문하에서 수학을 했다. 大理寺司直, 嘉興府通判 등을 지냈으나 벼슬길
　　이 순탄치 못해 妓房에 빠져 지냈다. 나중에 고향 靈石으로 돌아가 은거를
　　했다.

그녀를 위해 다른 마음을 없애야 한다. 요사스런 꽃이나 고운 달, 노래하는 꾀꼬리나 춤추는 버드나무 같은 것들은 평범한 노리개인데 어찌 귀히 여기기에 족하겠는가? 왕공(王公)과 귀척(貴戚)들이 혹 필부와 더불어 하루의 즐거움을 다투는 일이 얼마나 얕고 속 좁은 것인가! 월공(越公) 양소(楊素) 이하의 이야기들에 나오는 의협심이 있는 장부들은 인정을 살필 줄 알아서, 아름다운 여인들을 남에게 미루어 양보하고도 전혀 개의치 않았다. 원앙(袁盎)과 갈주(葛周) 제공(諸公)들은 또한 이를 빌려 호걸들과 마음을 맺고 그들의 쓰임을 거두어 썼으니 이들이 어찌 정이 없는 자들이겠는가? 만약 제 스스로가 정이 없다면 어찌 남의 정을 체득할 수 있겠는가? 남들의 정을 떨쳐버리지 않았던 자들이야말로 진정 정에 매우 깊이 들어간 자들이었다. 허우후(許虞侯)와 고압아(古押衙)는 정을 위해 위험을 무릅썼고, 규수수(虯鬚叟)와 곤륜노(昆侖奴)는 정을 위해 재주를 드러냈으며, 풍연(馮燕)과 형낭(荊娘)은 정을 위해 의분했다. 정이 지극하지 않았다면 의로움을 격발시킬 수 없었을 것이고 일어난 일도 기이하지 않았을 것이다. 아! 이것이 바로 이전에 부인과 여자들이 비웃은 바였다.

　　情史氏曰: 豪傑憔悴風塵之中, 鬚眉男子不能識, 而女子能識之. 其或窘迫急難之時, 富貴有力者不能急, 而女子能急之. 至於名節關係之際, 平昔聖賢自命者不能周全330), 而女子能周全之. 豈謝希孟所云"光岳氣分, 磊落英偉, 不鍾於男子而鍾於婦人331)"者耶? 此等女子不容易遇. 遇此等女子, 豪傑丈夫應爲心死. 若夫

---

330) 周全(주전): 일을 성사시키거나 일이 성사되도록 도와준다는 뜻이다.

331) 謝希孟所云 光岳氣分 磊落英偉 不鍾於男子而鍾於婦人: 사희맹의 이 말은 스승 陸九淵이 그가 기생 陸氏를 위해 누각을 세워줬다는 소리를 듣고 꾸짖었을 때 謝希孟이 그 자리에서 읊은 〈鴛鴦樓記〉 가운데 한 구절이다. 陸氏들의 조상인 陸遜, 陸抗, 陸機, 陸雲 등이 세상을 떠난 뒤로, 천지간의 빼어난 기운을 받은 여자(기생 陸氏)는 있어도 그런 남자가 없다는 뜻으로 陸九淵을 풍자한 것이다. 자세한 이야기는 《情史》 권5 정호류 〈謝希孟〉에 보인다.

妖花艶月, 歌鶯舞柳, 尋常之玩, 詎足爲珍. 而王公貴戚, 或與匹夫爭一日之娛,
何戔戔332)也! 越公而下, 能曲體人情, 推甘讓美, 全不在意. 而袁、 葛諸公, 且借以
結豪傑之心, 而收其用, 彼豈無情者耶? 己若無情, 何以能體人之情. 其不拂人情
者, 政其入情至深者耳333). 虞侯、 押衙, 爲情犯難; 虬鬚、 崑崙, 爲情露巧; 馮
燕、 荆娘, 爲情發憤. 情不至, 義不激, 事不奇. 吁, 此乃向者婦人女子所笑也!

---

332) 戔戔(전전): 《周易 · 賁》에 있는 "언덕의 동산에서 꾸밈이니 한 묶음의 비단
이 얕고 작기만 하다.(賁于丘園, 束帛戔戔.)"라는 구절에서 나온 말로 朱熹의
本義에서 "戔戔은 얕고 작다는 뜻이다.(戔戔, 淺小之意.)"라고 했다.
333) 【校】政其入情至深者耳: [影], [岳]에는 "政其入情至深者耳"로 되어 있고 [類]에
는 "正其入情至深者耳"로 되어 있으며 [鳳], [春]에는 "眞其人情至深者耳"로 되
어 있다.

5

情_정
豪_호
類_류

'정호류'에서는 사랑에 있어서 호기(豪氣)를 부린 사람들의 이야기들을 싣고 있다. 세부적으로 보면, 사랑을 위해 '호사했던 자들에 대한 이야기들(豪奢)', '호화로움을 즐겼던 자들에 대한 이야기들(豪華)', '호탕하고 자유분방하게 행동했던 사람들의 이야기들(豪狂)', '호탕하고 용감하게 행동했던 사람들에 대한 이야기들(豪勇)' 등에 대해 다루고 있다. 그 가운데 사랑을 위해 호사(豪奢)스러웠던 자들에 대한 이야기들이 가장 많고, 사랑을 위해 호탕하고 용감하게 행동했던 사람들에 대한 이야기들이 가장 적게 실려 있다. 권말 '정사씨(情史氏)' 평론에서 필부도 남아도는 돈이 조금만 있어도 옷과 장신구를 사서 아내의 환심을 사려고 하는데 왕공과 귀인들이 정을 드러내는 데 무엇을 아끼겠느냐고 했다. 여자를 위해 호기를 부리는 가장 보편적인 방법은 호사(豪奢)하는 것이며 대부분 왕공과 귀인들의 일이다. 이 이외에 화려함(豪華)을 추구할 수도 있으니 이는 사치보다 아름다움을 좇는 것이었다. 그리고 세속의 이목에 얽매이지 않고 자유분방한 호기를 보일 수도 있는데 그런 자들은 대부분 문인들이었다. 평민들이 사랑을 위해 호기를 부린 것의 대부분은 호용(豪勇)이었으니 이들은 사랑에서 발로한 용기로 맹수나 귀신도 두려워하지 않는 모습을 보여준다.

55. (5-1) 하리계(夏履癸) 상주(商紂)¹⁾

이계는(履癸) 곧 걸(桀)²⁾이다. 힘이 세서 쇠갈고리와 쇠사슬을 펼 수 있었다. 유시씨(有施氏)³⁾를 토벌하자 유시씨는 말희(妹喜)를 걸에게 바쳤다. 말희는 총애를 받아 걸은 그녀가 하는 말이면 모두 따랐다. 걸은 화려한 궁전과 누각을 지어 백성들의 재물을 탕진했다. 고기는 산을 이루었고 포(脯)는 숲을 이루었으며, 술을 담은 못에서는 배를 저을 수 있었고 술지게미로 쌓은 둑에서는 십 리 밖을 바라볼 수 있었다. 한 번 북을 치면 삼천 명이 소처럼 몸을 숙이고서 술을 마셨으니 말희는 웃으며 이를 재밋거리로 삼았다. 땅을 파서 야궁(夜宮)⁴⁾을 지었고 그곳에서는 남녀가 뒤섞여 머물렀다.

---

1) 夏履癸와 商紂의 이야기는 한나라 劉向의 《列女傳》 권7 孼嬖傳과 송나라 鄭樵의 《通志》 권3上에 모두 보이며 《情史》보다 내용이 자세하다. 夏履癸의 이야기는 《韓詩外傳》 권3, 《博物志》 권7, 晉나라 皇甫謐의 《帝王世紀 · 夏》, 송나라 劉恕의 《資治通鑑外紀》 권2 등에도 보이며, 商紂의 이야기는 《史記》 권3과 송나라 蘇轍의 《古史》 권4에도 실려 있다. 이들은 모두 내용은 흡사하나 문장 출입이 심하다. 《情史》의 이 작품들은 馮夢龍이 夏履癸와 商紂에 관한 이야기를 모아 재편집한 것으로 보인다.

2) 걸(桀): 發(일설에는 皐라고도 함)의 아들로 癸 혹은 履癸라고도 한다. 夏나라의 마지막 군주로 역사상 유명한 暴君이다. 商나라 湯王에 의해 망한 뒤, 추방되어 굶어 죽었다.

3) 유시씨(有施氏): 고대 東夷 부족 가운데 하나이다. 《辭海》에서는 "有喜氏라고 칭하기도 한다.(亦稱有喜氏.)"고 했다. 《國語 · 晉語一》에 이런 기록이 보인다. "옛날에 夏桀이 有施氏를 토벌하자 유시씨는 妹喜를 걸에게 바쳤다." 이에 대한 韋昭의 注에서 "有施는 喜姓의 國이고 妹喜는 그 國의 여자이다."라고 했다.

4) 야궁(夜宮): 桀王이 지었다는 궁으로 자세한 내용은 전해지지 않는다. 《博物志》 권7에 "깊은 골짜기에 長夜宮을 지었다."라고 기록되어 있는데 바로 이를 말하는 것으로 보인다.

상(商)나라 주(紂)⁵⁾가 유소씨(有蘇氏)⁶⁾를 토벌하자 유소씨는 달기(妲己)
를 그에게 바쳤다. 달기가 총애를 받아 주는 그녀가 하는 말이면 저버린
적이 없었다. 사연(師延)⁷⁾을 시켜 조가(朝歌)⁸⁾의 퇴폐한 춤과 저속한 음악을
만들도록 했다. 녹대(鹿臺)⁹⁾를 짓고 옥으로 장식된 궁전과 대문을 만들었는
데 그 크기가 3리(里)였고 높이는 천 척(尺)에 달했으며 7년이 되어서야
완성되었다. 세금을 무겁게 징수하여 녹대에 재물을 채워 넣고 거교(鉅橋)¹⁰⁾
에 곡식을 가득 쌓았으며 개와 말과 기이한 물건들로 궁실을 가득 채웠다.

---

5) 주(紂, 기원전 약 1105~1046): 商나라의 마지막 군주로 이름은 辛이고 周나라
武王이 그를 紂라고 불렀다. 武王에게 토벌되어 스스로 焚身해 죽었다고 알
려져 있으나 《左傳》에서는 紂는 전쟁을 하다가 죽었다고 했다. 《左傳》 등의
先秦 문헌에서 紂는 폭군으로 묘사되어 있지 않고 오히려 용맹스럽고 지략이
있는 인물로 드러나지만 그 후대 문헌에서는 점차 夏桀과 같은 폭군으로 형
상화되었다.
6) 유소씨(有蘇氏): 有蘇는 商代 국명으로 지금의 河北省 沙河縣 서북쪽 지역에
그 옛터가 남아있다. 《國語·晉語一》에 이런 기록이 보인다. "殷辛이 有蘇를
토벌하자 有蘇氏는 妲己를 그에게 바쳤다." 이에 대한 韋昭의 注에서 "有蘇는
己姓의 國이고 妲己는 그 國의 여자이다."라고 했다.
7) 사연(師延): 殷나라 紂王의 樂師였던 延이다. 周나라 武王 紂를 토벌할 때 濮
水에 투신해 죽었다. 자세한 이야기는 《韓非子·十過》와 《史記·樂書》 등에
보인다.
8) 조가(朝歌): 지명으로 지금의 河南省 淇縣이다. 商나라 군주인 盤庚이 殷(朝
歌)으로 천도한 뒤에 朝歌라 개칭했다.
9) 녹대(鹿臺): 殷나라 紂王이 珠玉과 재물을 저장했던 누대의 이름으로 《水經注》
권9 淇水 條에 의하면 별명이 '南單之臺'였다고 한다. 지금의 河南省 湯陰縣
朝歌鎮 남쪽에 그 옛터가 남아 있다.
10) 거교(鉅橋): 殷나라 紂王 때 곡식 창고의 이름으로 지금의 河北省 曲周縣 동북
쪽에 그 옛터가 남아 있다. 《史記·殷本紀》에서 "(紂는) 세금을 무겁게 징수하
여 鹿臺에 재물을 채우고 鉅橋에 곡식을 가득 쌓았다."고 했다. 裴駰의 《史記
集解》에서는 服虔의 말을 인용해 해석하기를, "鉅橋는 穀倉의 이름이다. 許愼
은 鉅鹿의 강물에 있는 큰 다리이며, 이 물길을 이용해 곡식을 나른다고 했
다."고 했다. 司馬貞은 《史記索隱》에서 鄒誕生의 말을 인용해 이렇게 해석했
다. "鉅는 크다는 뜻이고 橋는 그릇의 이름이다. 紂는 賦稅를 무겁게 징수했
기에 그릇을 크다는 뜻으로 이름한 것이다."

사람을 짐승에게 먹였고 사구(沙丘)[11]에 있는 원림과 누대를 넓혔다.

《죽서기년(竹書紀年)》[12]에서 이렇게 일렀다.

"반경(盤庚)[13]이 천도해 이곳으로 온 뒤로부터 273년 동안 도성을 옮긴 적이 없었다. 주(紂)가 도성을 넓혀 남쪽은 조가(朝歌)에 달하게 했고 북쪽은 한단(邯鄲)[14]과 사구에 이르게 했는데 모두가 행궁과 별관들이었다. 술로 연못을 만들었고 고기를 달아 숲을 만들었으며 남녀들이 그곳에서 알몸으로 서로 쫓아다녔다. 궁 가운데 시장을 열어 밤새도록 술을 마셨다."

[원문] 夏履癸 商紂

履癸, 即桀也, 有力, 能申鐵鉤索. 伐有施氏, 有施氏以妹喜女焉. 喜有寵, 所言皆從. 爲瓊宮瑤臺, 殫百姓之財. 肉山脯林, 酒池可以運船, 糟隄可以望十里. 一鼓而牛飮者三千人, 妹喜笑以爲樂. 鑿地[15]爲夜宮, 男女雜處.

紂伐有蘇氏, 有蘇氏以妲己女焉. 妲己有寵, 惟言莫違. 使師延作朝歌北鄙之

---

11) 사구(沙丘): 지금의 河北省 廣宗縣 서북쪽 大平臺이다. 《史記集解 · 殷本紀》에서 《漢書 · 地理志》를 인용해 말하기를 "鉅鹿 동북쪽 70리 떨어진 곳에 있다."고 했다.

12) 죽서기년(竹書紀年): 夏商周 시대부터 전국시대까지의 역사를 기록한 編年體 史書이다. 魏나라를 중심으로 기술했으므로 전국시대 魏나라 史官이 지은 것으로 보기도 한다. 《史記》 등과 같은 정통 史書와 相異한 기록이 보여 先秦 史 연구에 참고가 된다.

13) 반경(盤庚): 商나라 군주로 이름은 旬이다. 祖丁의 아들로 형인 陽甲 죽은 뒤에 商나라 스무 번째 왕이 되었다. 당시 사회의 불안정한 국면을 되돌리기 위해 수도를 殷(지금의 河南省 安陽市 小屯村)으로 옮기고 정치를 정돈해 나라를 부흥시켰다.

14) 한단(邯鄲): 지금의 河北省 邯鄲市로 전국시대에는 趙나라의 수도가 되기도 했다.

15) 【校】 地: [鳳]에는 "地"로 되어 있고 [舂]에는 "池(地)"로 되어 있으며 [影], [岳]에는 "池"로 되어 있다.

舞16), 靡靡之樂. 造鹿臺, 爲瓊宮玉門, 其大三里, 高千尺, 七年乃成. 厚賦以實鹿臺
之財, 充鉅橋之粟, 狗馬奇物, 充牣宮室. 以人食獸, 廣沙丘苑臺. 《竹書紀年》云:
"自盤庚徙都至此, 二百七十三年, 未嘗遷動17). 紂廣大其邑, 南距朝歌, 北拒18)邯
鄲及沙丘, 皆離宮別館. 以酒爲池, 懸肉爲林19), 男女裸相逐於其間. 宮中九市,
爲長夜之飮."

56. (5-2) 진시황(秦始皇)20)

처음에 진(秦)나라 혜문왕(惠文王)21)이 궁전 '아(阿)'의 터를 닦았으나
궁실을 완성하지 못한 채로 죽었다. 진시황(秦始皇)이 함양(咸陽)22)의 궁전

---

16) 朝歌北鄙之舞(조가배비지무): 朝歌의 퇴폐적인 舞樂을 가리킨다. 《史記 · 樂書》
에서, "紂가 朝歌 지방의 퇴폐적인 음악을 지어 스스로도 죽고 나라도 망했
다. (中略) 대저 朝歌 지방의 음악은 좋지 않았다. 北란 것은 敗(패배하다)이
고 鄙라는 것은 陋(粗惡하다)이다. 紂가 그런 음악을 좋아하여 다른 나라들과
마음이 갈렸고 제후들도 그를 따르지 않게 되었으며, 백성들이 그와 친목하
지 않고 천하가 등져 스스로도 죽고 나라도 망하게 되었다.(紂爲朝歌北鄙之
音, 身死國亡…中略…夫朝歌者不時也, 北者敗也, 鄙者陋也, 紂樂好之, 與萬國殊
心, 諸侯不附, 百姓不親, 天下畔之, 故身死國亡.)"라고 했다. 나중에 北鄙之音
혹은 北鄙之聲이 亡國의 음악을 가리키게 되었다.
17) 【校】自盤庚徙都至此二百七十三年未嘗遷動: 《情史》에는 "自盤庚徙都至此二百七
十三年未嘗遷動"으로 되어 있고 《竹書紀年》에는 "自盤庚徙殷至紂之滅七百七十
三年更不徙都"로 되어 있다.
18) 【校】拒: [影], [岳]에는 "拒"로 되어 있고 [春], [鳳]에는 "距"로 되어 있다.
19) 【校】林: [影], [岳], [鳳]에는 "林"으로 되어 있고 [春]에는 "杯"로 되어 있다.
20) 진시황에 대한 이야기는 《史記》 권6 〈秦始皇本紀〉, 《三輔黃圖》 권1, 蘇轍의
《古史》 권7 〈秦始皇本紀〉, 《資治通鑒》 〈秦紀二〉 등에 보인다.
21) 혜문왕(惠文王, 기원전 356~기원전 311): 전국시대 秦孝公의 아들로 효공이
죽은 뒤, 기원전 338년에 즉위해 秦나라 왕이 되었다. 성은 嬴이고 이름은
駟이다.

을 작다고 여겨 그 터를 더욱 넓혔으니 규모의 광대함이 삼백 리에 다다랐으며 그것을 일러 아방궁(阿房宮)이라 했다. '아(阿)'는 굽다는 뜻으로 궁전의 사아(四阿)23)가 모두 방(房)이었다는 말이다. 혹자는 이르기를 큰 언덕을 '아(阿)'라고 하고 전각이 높아 마치 언덕 위에 방실을 지은 것과 같다는 말이라고도 한다. 그 방들의 동서 간 거리는 오백 보였고 남북 간 거리는 오십 장이었으며, 전각 위는 만 명의 사람이 앉을 수 있었고 전각 아래는 다섯 장 길이의 기를 세울 수 있었다. 전각 사이를 연결한 공중 복도를 돌아 말을 달리면 전각 아래로부터 남산(南山)24)까지 곧장 다다를 수 있게 했고 남산 꼭대기에 궐각(闕閣)을 세워 표지로 삼았다. 공중에 복도를 만들어 아방궁으로부터 위수(渭水)를 건너 함양까지 이르도록 했다. 무릇 연(燕)·조(趙)·한(韓)·위(魏)·제(齊)·초(楚) 등의 6국에서 얻은 후궁(後宮)의 여자로 모두 그곳을 채웠다. 이런 연유로 두목(杜牧)25)은 〈아방궁부(阿房宮賦)〉26)에서 다음과 같이 읊었다.

---

22) 함양(咸陽): 秦나라의 수도로 지금의 陝西省 咸陽市이다. 산은 남쪽을 陽이라고 하고 강물은 북쪽을 陽이라고 한다. 咸陽은 渭河의 북쪽 기슭과 九峻山의 남쪽에 있으므로 咸陽(모두 陽이라는 뜻)이라 불린 것이다.

23) 사아(四阿): 《周禮 · 考工記》에 "殷나라의 제도는 四阿의 重屋이다.(殷四阿重屋)"라는 기록이 보인다. 四方이 휘어져 있으며 지붕이 두 층으로 되어 있다는 뜻이다. 송나라 王與之의 《周禮訂義》 권78에서 王宮門阿에 대해 이렇게 설명하고 있다. "阿는 '굽다'라는 뜻이다.(中略)門阿는 용마루의 양 끝이 鴟夷 따위와 같이 위로 치뻗쳐 굽은 채로 서로 마주해 있다고 하여 阿라 한 것이다." 四阿는 지붕의 四方이 휘어져 끝이 하늘로 뻗혀 있는 모양을 이르는 것으로 보인다.

24) 남산(南山): 지금의 陝西省 西安市 남쪽에 있는 終南山을 가리킨다.

25) 두목(杜牧, 803~852): 唐末 시인으로 자는 牧之이고 호는 樊川居士이며 京兆 萬年(지금의 陝西省 西安)사람이다. 文宗 때 진사 급제한 뒤, 弘文館校書郎을 제수받았고 理人國史館修撰, 司勳員外郎, 睦州刺史 등을 역임했으며 벼슬이 中書舍人까지 올랐다. 杜甫와 구별하기 위해 小杜라 불리었고, 李商隱과 더불어 小李杜라고 칭해졌다. 만년에 長安城 樊川 別墅에 살았으므로 杜樊川이라고도 한다. 문집으로 《樊川文集》 20권이 전한다.

26) 아방궁부(阿房宮賦): 杜牧의 작품으로 아방궁의 건설부터 훼멸까지의 과정을

밝은 별처럼 반짝이는 빛은	明星熒熒
경대 거울을 여는 것이고	開粧鏡也
검푸른 구름처럼 뭉실뭉실 이는 것은	綠雲擾擾
새벽녘 머리타래를 빗기 때문이라	梳曉鬟也
위수(渭水)에 뜬 기름은	渭流漲膩
연지 씻고 버린 물이요	棄脂水也
연무가 자욱한 것은	烟斜霧橫
초란을 태우기 때문이네	焚椒蘭27)也
번개소리 같아 언뜻 놀라서 보니	雷霆乍驚
궁차가 지나갔음이라	宮車過也
덜커덩 덜커덩 수레 소리 멀어지더니	轆轆遠聽
아득히 간 곳을 모르겠네	杳不知其所之也
살결 얼굴빛 하나하나가	一肌一容
교태를 다하여 곱기가 그지없고	盡態極姸
하염없이 선 채로 먼 곳을 바라보며	縵立遠視
황제의 행차만 고대하고 있구나	而望幸焉
서른여섯 해나 보지 못한 이도 있었지	有不得見者三十六年28)
연나라 조나라에서 수장했던 것이며	燕趙之收藏
한나라 위나라에서 모아두었던 것이며	韓魏之經營
제나라 초나라에서 가장 빼어난 물건들은	齊楚之精英
몇 대 몇 년 동안	幾世幾年
그 백성들을 약탈해 모아	剽掠其人

서술하면서 진시황이 사치로 인해 망국을 자초한 내용을 다뤘다. 당나라 말년의 통치자에게 경고하면서 憂國憂民의 정서를 드러낸 작품으로 두목의 대표작 가운데 하나이다. 《樊川集》 권1과 송나라 李昉이 편찬한 《文苑英華》 권47 그리고 송나라 姚鉉의 《唐文粹》 권1에 수록되어 있다.

27) 초란(椒蘭): 椒은 산초를 가리키고 蘭은 난초를 가리킨다. 모두 향기로운 식물이므로 아울러 椒蘭이라 칭한 것이다.
28) 삼십육년(三十六年): 秦始皇이 황제로 군림했던 시간을 이른 것이다. 기원전 246년부터 기원전 210년까지 36년이었다.

산같이 겹겹이 쌓아 두었건만	倚疊如山
하루아침에 가질 수 없게 되자	一旦不能有
이곳으로 실려 왔구나	輸來其間
진귀한 정(鼎)은 여염집 솥처럼 옥은 돌처럼	鼎[29]鐺玉石
금은 흙덩이처럼 구슬은 조약돌처럼	金塊珠礫
길거리에 내버려져 즐비해 있도다	棄擲邐迤
진나라 사람들은 그것을 보고도	秦人視之
그다지 아까워하지 않았네	亦不甚惜

당나라 주규(朱揆)의 《차소지(釵小志)》[30]에서 이르기를 "진시황은 부녀(婦女)가 수백이었고 창우(倡優)가 수천이었다."라고 했다.

[원문] 秦始皇

初, 秦惠文王作宮阿基, 房未成而亡. 始皇以咸陽宮庭小, 益廣其基, 規恢三百里, 謂之阿房. 阿, 曲也. 言殿之四阿皆爲房. 或云, 大陵爲阿, 言殿高, 若於阿上爲房也. 其房東西五百步, 南北五十丈, 上可坐萬人, 下可建五丈旗. 周馳於[31]閣道[32], 自殿下直抵南山, 表南山之巔以爲闕. 爲複道, 自阿房渡渭, 屬之咸陽. 凡所得六國後宮女子, 咸實其中. 故杜牧《阿房宮賦》曰: "明星熒熒, 開粧鏡也; 綠雲擾擾, 梳曉鬟也; 渭流漲膩, 棄脂水也; 烟斜霧橫, 焚椒蘭也. 雷霆乍驚, 宮車過也;

---

29) 정(鼎): 고대에 음식을 삶는 솥으로 익은 희생물을 담기도 했다. 주로 靑銅이나 陶土로 만들었고, 圓鼎은 兩耳三足, 方鼎은 兩耳四足이었으며, 商周시대에 성행했다. 종묘에서 禮器와 墓의 明器(副葬品)로 많이 쓰였다.

30) 차소지(釵小志): 당나라 朱揆가 지은 필기잡록으로 주로 기생이나 名士들의 侍妾들에 관한 간단한 이야기와 일화를 모아 기록했다.

31) 【校】於: 《情史》에는 "於"로 되어 있고 《史記》에는 "爲"로 되어 있다.

32) 閣道(각도): 複道와 같은 말로 누각 또한 벼랑에 위 아래로 낸 두 개의 통로를 뜻한다.

轣轣遠聽, 杳不知其所之也. 一肌一容, 盡態極妍, 縵33)立遠視, 而望幸焉. 有不得
見者三十六年. 燕趙之收藏, 韓魏之經營, 齊楚之精英, 幾世幾年, 剽掠34)其人,
倚疊如山, 一旦不能有, 輸來其間35). 鼎鐺36)玉石, 金塊珠礫, 棄擲邐迤. 秦人視37)
之, 亦不甚惜."

    唐朱揆《釵小志》云: "秦皇婦女連百, 倡優累千."

57. (5-3) 오왕 부차(吳王夫差)38)

    월(越)나라가 오(吳)나라를 멸망시키려고 세상의 기이한 보물들과 미인
그리고 산해진미를 모아서 오나라에 바쳤다. 삼생(三牲)39)을 죽여 천지에

---

33) 【校】縵: [鳳], [岳], [眘], [類], 《樊川集》에는 "縵"으로 되어 있고 [影]에는 "漫"으로 되어 있다.
34) 【校】剽掠: [鳳], [岳], [類], 《樊川集》에는 "剽掠"으로 되어 있고 [影], [眘]에는 "取掠"으로 되어 있다.
35) 【校】一旦不能有輸來其間: [鳳], [岳], [類], [眘], 《樊川集》에는 "一旦不能有輸來其間"으로 되어 있고 [影]에는 "一旦有不能輸來其間"으로 되어 있다.
36) 【校】鐺: [鳳], [岳], [類], [眘], 《樊川集》에는 "鐺"으로 되어 있고 [影]에는 "璫"으로 되어 있다.
37) 【校】視: [鳳], [岳], [類], [影], 《樊川集》에는 "視"로 되어 있고 [眘]에는 "觀"으로 되어 있다.
38) 이 이야기는 晉나라 王嘉의 《拾遺記》 권3에서 나온 것으로 《太平廣記》 권272와 《太平廣記鈔》 권44에 〈夷光〉으로 수록되어 있다. 송나라 周守忠의 《姬侍類偶》 권下에는 〈夷光貢吳〉로, 《艷異編》 권5에는 〈越王〉으로 수록되어 있으며, 명나라 滑惟善의 《寶槧集》과 명나라 董斯張의 《廣博物志》 권24에도 보인다. 夫差(기원전 496~기원전 473)는 춘추시대 오나라의 군주로 묘호는 吳英宗이고 시호는 吳末王이다. 기원전 473년에 월나라에게 전패한 뒤 스스로 목숨을 끊었다.

빌고 용과 뱀을 죽여 산하(山河)에 제사를 올렸다. 강남에 사는 억만 호의 백성들을 책려하여 오나라로 보내 머슴이 되게 했다. 월나라에 미인이 두 명 있었으니 한 명의 이름은 이광(夷光)이라 했고 다른 한 명의 이름은 수명(脩明)이라 했는데 [즉 서시(西施)와 정단(鄭旦)의 별명이다] 이들을 오나라에 바쳤다. 오왕은 그들을 산초나무꽃으로 꾸민 방에 머무르게 하며 작은 구슬을 꿰어 발을 만들어 놓고서, 아침에는 그것을 내려 햇빛을 가리고 저녁에는 걷어올려 달맞이를 할 수 있게 했다. 이 두 미인이 창문을 마주하고 나란히 앉아 주렴 안에서 몸단장을 하는 모습을 몰래 엿본 자 중에 깜짝 놀라 마음이 설레고 이들을 일러 선녀라 하지 않는 자가 없었다. 오왕은 요염한 미색에 미혹되어 정사를 잊고 있다가 월나라 병사가 쳐들어와서야 비로소 두 여자를 안고 오원(吳苑)40)으로 도망갔다. 월나라 군사들이 난입해 두 여자가 나무 밑에 있는 것을 보고 모두 다 선녀라고 말하며 바라보기만 했지 감히 침범하지 못했다. 지금 오나라 도성 사문(蛇門)41) 안에 썩은 그루터기가 있는데 그곳은 아직도 선녀에게 제사 지내는 곳이다.

---

39) 삼생(三牲): 소(牛), 羊, 돼지(豕) 세 가지 희생물을 가리키며 속칭 大三牲이라고도 한다. 제사를 지낼 때 소, 양, 돼지 三牲을 모두 갖춘 것은 太牢라 했고, 양과 돼지만 바친 것은 少牢라 했다.

40) 오원(吳苑): 苑은 禽獸를 키우고 나무가 심어져 있는, 황제나 귀족의 園林을 말한다. 吳苑은 吳王 夫差의 宮苑으로 長洲苑이라 불리기도 했으며, 그 터는 지금의 江蘇省 蘇州市 서남 太湖 북쪽에 있다.

41) 사문(蛇門): 춘추시대 蘇州城에 있던 여덟 개의 문들 가운데 하나로 蘇州의 南園橋 서쪽에 있다. 楚나라 春申君이 吳지방에 있을 때 세웠다고 한다. 당나라 陸廣微의 《吳地記》의 기록에 의하면, "蛇門 남쪽에 육지만 있고 물이 없었으므로 春申君이 越나라 군대를 방어하기 위해 이를 세웠는데 문이 巳 방위에 있어 蛇(뱀)에 속하기에 蛇門이라 불렀다."고 한다.

[원문] 吳王夫差

越謀滅吳, 畜天下奇寶、美人、異味進於吳. 殺三牲以祈天地, 殺龍蛇以祠[42]川岳. 矯以江南億萬戶民, 輸吳爲傭保[43]. 越又有美女二人, 一名夷光, 二名脩明[即西施、鄭旦之別名][44], 以貢於吳. 吳處以椒華之房, 貫細珠爲簾幌, 朝下以蔽景, 夕捲以待月. 二人當軒竝坐, 理鏡靚粧於珠幌之內, 竊窺者莫不動心驚魂, 謂之神人. 吳王妖惑忘政. 及越兵入國, 乃抱二女以逃吳苑. 越軍亂入, 見二女在樹下, 皆言神女, 望而不敢侵. 今吳城蛇門內有朽株, 尙爲祠神女之處.

58. (5-4) 수제 양광(隋帝廣)[45]

수(隋)나라 대업(大業)[46] 원년에 수양제(隋煬帝)[47]가 서원(西苑)[48]을 건

---

42) 【校】 祠: [影], 《拾遺記》에는 "祠"로 되어 있고 [崇], [鳳], [岳], [類]에는 "祀"로 되어 있다.

43) 傭保(용보): 傭人이나 雇工과 같은 뜻으로 머슴이나 품팔이를 이른다.

44) 一名夷光 二名脩明[即西施鄭旦之別名](일명이광 이명수명): 越나라에서 西施와 鄭旦을 吳나라로 바친 이야기는 《情史》 권3 정사류 〈范蠡〉에 보인다.

45) 이 작품은 隋 煬帝의 사치스럽고 퇴폐한 생활을 다룬 傳奇小說 작품인 〈海山記〉, 〈迷樓記〉, 〈隋遺錄〉에서 절록한 것이다. 작자 미상인 〈海山記〉와 〈迷樓記〉는 《說郛》 권110下에도 같은 제목으로 수록되어 있으며, 《古今說海》 권120 · 121에는 〈煬帝海山記〉와 〈煬帝迷樓記〉로 수록되어 있다. 〈隋遺錄〉은 《說郛》 권110下에 당나라 顏師古가 지은 〈大業拾遺記〉라고 되어 있는데 여기에 대해 後人의 僞作이라 보는 견해가 보편적이다. 《艶異編》 권9에는 각각 〈海山記〉, 〈迷樓記〉, 〈大業拾遺記〉로 수록되어 있다. 《醒世恒言》 권24 〈隋煬帝逸遊召譴見〉의 本事이다.

46) 대업(大業): 수나라 煬帝 楊廣의 연호로 605년부터 618년까지이다.

47) 수양제(隋煬帝): 수나라의 두 번째 황제 楊廣(569~618)을 이른다. 隋 文帝 楊堅과 文獻 황후의 차남으로 開皇 20년(600)에 태자로 세워졌고 仁壽 4년(604)에 즉위했다. 재위하면서 東都를 세워 낙양으로 천도했고 운하를 건설했으며 과거제도를 개창했다. 또한 吐谷渾과 고구려를 정벌하기도 했으며 618년에

축했는데 둘레가 200리(里)에 달했으며 그 안에는 열여섯 개의 원(院)을
지어 놓았다. 그리고 스스로 원의 이름들을 지었는데 첫 번째를 경명(景明),
두 번째를 영휘(迎暉), 세 번째를 서란(棲鸞), 네 번째를 신광(晨光), 다섯
번째를 명하(明霞), 여섯 번째를 취화(翠華), 일곱 번째를 문안(文安), 여덟
번째를 적진(積珍), 아홉 번째를 영문(影紋), 열 번째를 의봉(儀鳳), 열한
번째를 인지(仁智), 열두 번째를 청수(淸修), 열세 번째를 보림(寶林), 열네
번째를 화명(和明), 열다섯 번째를 기음(綺陰), 열여섯 번째를 강양(降陽)이라
했다. 한 원에는 스물여덟 사람이 들어가게 되어 있었으며 모두 궁중에서
아름다운 미인을 뽑아 그 안을 채웠다. 항상 잠자리에서 황제를 모시는
자들을 뽑아서 매 원의 우두머리로 삼았으며 환관이 출입하며 물품의 구입을
주관하도록 했다. 열여섯 개 원은 다투어 음식을 서로 더 정교하고 화려하게
함으로써 황제의 총애를 사려고 했다. 양제는 달밤에 말 탄 수천 명의
궁녀를 데리고 서원을 노니는 것을 좋아하여 〈청야유곡(淸夜遊曲)〉49)을
지어 말 위에서 연주했다. 양제는 서원에 자주 행차했는데 오가는 것에
일정한 때가 없었으므로 많은 시첩들이 양쪽 길가에서 잠을 잤으며 양제는
왕왕 밤중에 행차를 하곤 했다. 다섯 개의 호수를 파기도 했는데 각 호수는
사방 40리에 달했다. 동쪽에 있는 것을 취광(翠光), 남쪽에 있는 것을 영양(迎
陽), 서쪽에 있는 것을 금광(金光), 북쪽에 있는 것을 결수(潔水), 가운데에
있는 것은 광명(廣明)이라 했다. 호수 가운데에 토석(土石)을 쌓아 산으로

江都에서 부하에게 죽임을 당했다. 당나라 때에 이르러 煬皇帝라는 시호를
주었으며 《全隋詩》에 그의 시의 40여 수가 수록되어 있다.
48) 서원(西苑): 수나라 대업 연간 초기에 지어진 황가 원림으로 會通苑 혹은 芳
華苑이라 불리기도 했으며, 당나라 때에는 紫苑 혹은 禁苑이라 불리었다. 지
금의 河南省 洛陽市 서쪽에 있다.
49) 청야유곡(淸夜遊曲): 맑은 밤에 西苑에서 노닌 것을 노래한 곡인 듯하다. "好
以月夜從宮女數千騎遊西苑, 作〈淸夜遊曲〉, 於馬上奏之."라는 내용이 송나라 孔
平仲의 《續世說》 권9 汰侈에 보인다.

만들었고 정자와 전각을 지었는
데 그것들은 맑고 푸른 호수를
구불구불 둘러싸고 있었으며 하
나같이 매우 화려했다. 또한 북해
(北海)를 파기도 했는데 둘레는
40리가 되었고 가운데에는 봉래
(蓬萊), 방장(方丈), 영주(瀛洲)를
본떠 만든 산 세 개가 있었다. 그
위는 모두 누대와 회랑(回廊)들이
었고 물의 깊이가 몇 장(丈)에 달
했다. 개천을 파서 다섯 개 호수가
통하도록 했고 용봉(龍鳳)으로 장
식한 배를 띄웠으며, 스스로 직접
〈망강남(望江南)〉50) 곡조에 맞
춰 〈호상곡(湖上曲)〉 여덟 수를
지어 궁중의 미인으로 하여금 그
것을 노래 부르도록 했다.

원대(元代) 실명(佚名), 〈양제야유도(煬帝夜遊圖)〉

　양제는 만년에 들어서 더욱 여색에 빠져 가까이에서 시중드는 자에게
이렇게 말했다.

　"궁전은 비록 웅장하고 화려하며 탁 트여있기는 하다만 밀실이나 작은
방에 고요하고 나직한 난간이 없는 것이 아쉽구나. 만약 이런 것들을 얻는다

---

50) 망강남(望江南): 望江南은 사패 즉 曲調名이고 湖上曲은 그 작품의 제목이다.
　　望江南 곡조에 맞춰 湖上曲을 지어 노래로 부른 것이다. 〈海山記〉에는 湖上
　　의 풍경과 호수를 유람하는 내용의 歌詞가 구체적으로 보인다.

면 내 그 안에서 늙어 가리라."

이에 가까이에서 시중을 들고 있던 고창(高昌)이 항승(項昇)을 추천했다. 다음 날 항승을 불러서 물었더니 항승은 먼저 도면을 올리게 해달라고 청했다. 양제는 도면을 보고 매우 기뻐하며 당일로 담당 관리에게 명을 내려 목재를 제공하라고 했다. 역부(役夫)가 수만 명이었으며 한 해가 지나 완성되었다. 누각들은 들쑥날쑥했고 창문은 가려도 비쳐서 보였으며 그윽한 방과 밀실들이 있었다. 옥으로 된 난간과 붉은 난간들이 서로 이어져 있었고 사방으로 굽은 누각들이 저절로 연통되어 있었다. 천 개의 문과 만 개의 창문들이 위아래에서 황금빛과 푸른빛을 발했으며 마룻대 밑에는 금빛 용이 엎드려 있는 모양이 새겨져 있었고 옥으로 깎은 짐승이 문 옆에 웅크리고 앉아 있었다. 담장과 섬돌에서는 빛이 났고 쇄창(瑣窓)으로는 햇빛이 비춰 들어왔으니 그 극도의 공교함은 예로부터 없었던 것들이었다. 금옥(金玉)의 소비로 국고가 텅 비게 되었다. 잘못 들어간 자는 하루 종일 걸려서도 나올 수 없었다. 양제는 그곳에 행차하여 크게 기뻐하며 좌우에 있던 사람들을 돌아보면서 말하기를 "설사 신선이 이 안에서 노닌다 해도 길을 잃을 것이니 '미루(迷樓)[51]'라고 칭할 수 있겠구나."라고 한 뒤, 항승에게 5품의 벼슬을 내리라고 명했다. 미루 안에는 네 개의 화려한 휘장을 걸었는데 그 휘장들은 각기 이름이 달라 첫 번째 것은 산춘수(散春愁), 두 번째 것은 취망귀(醉忘歸), 세 번째 것은 야감향(夜酣香), 네 번째 것은 연추월(延秋月)이라고 했다. 양갓집 여자 수천 명을 뽑아 그곳에서 살게 했으며 한 번 행차하면 간혹 한 달이 지나도록 나오지 않기도 했다. 그 달에 대부인 하조(何稠)[52]가

---

51) 미루(迷樓): 들어가면 헷갈려 길을 잃기 쉬운 누각이라는 뜻으로 迷樓라고 칭한 것이다. 자세한 내용은 〈迷樓記〉에 보이며, 그 옛터는 지금의 江蘇省 揚州市 서북쪽 교외에 있는 觀音山에 있다.

52) 하조(何稠): 자는 桂林이고 郫縣(지금의 四川省 郫縣)사람으로 北周 때부터 당나라 초기까지 살았다. 工藝와 建築에 재능이 있었고 御府監, 太府丞, 太府少

어동녀차(御童女車)53)를 바쳤다. 수레의 크기가 매우 작아 단 한 사람만
들어갈 수 있었으며 그 가운데에는 기기(機器)가 있어 그것으로 동녀(童女)의
손발을 채워 조금도 움직일 수 없게 했다. 양제는 이것으로 처녀와 시험을
해 보고 매우 기뻐하며 하조에게 천금을 내려 그의 솜씨를 표창했다. 하조는
또한 전관차(轉關車)54)를 올렸는데 수레 주변에서 그것을 끌면 누각으로
올라갈 수 있었으며 평지를 가는 것과 같았고 수레 안에서 여자와 교합하면
저절로 흔들렸다. 양제가 더욱 기뻐하며 그것의 이름이 무엇이냐고 물었더니
하조가 답하기를 "소신이 임의로 만들었기에 아직 이름이 없사옵니다."라고
했다. 이에 양제는 임의차(任意車)라는 이름을 내렸다. 수레 휘장에는 교초망
(鮫綃網)55)이 드리워져 있었는데 거기에는 옥 조각과 방울이 뒤섞여 달려
있었다. 수레가 가면 이것들이 흔들려서 맑은 소리를 냈으므로 수레 안에서
담소(談笑)하는 소리와 뒤섞이게 하여 옆에 있는 사람들로 하여금 알아듣지
못하게 하려 했다. 양제는 화공에게 남녀가 교합하는 그림 수십 폭을 그리도
록 하여 누각 안에 걸어 놓았다. 그해 상관시(上官時)56)가 강남에서 교체되어
돌아와 적동(赤銅)으로 병풍 수십 면(面)을 주조했는데 높이는 5척(尺)이었고
너비는 3척이었다. 그것을 거울이 되게 갈아서 병풍으로 만들었으니 가히

卿, 太府卿 등을 역임했으며, 황실을 위해 병기와 여러 器物들을 만들었다.
53) 어동녀차(御童女車): 御는 여자와 교합한다는 뜻이고 童女는 어린 여자아이나
　　처녀를 가리키는 말이다. 御童女車는 동녀와 교합할 때 동녀를 움직이지 못
　　하게 하는 기구였던 것으로 보인다.
54) 전관차(轉關車): 轉關은 회전을 시켜 여닫는 것을 조종하는 기구 장치로 짐작
　　되며 轉關車는 그런 장치가 설비되어 있는 수레인 듯하다.
55) 교초망(鮫綃網): 鮫綃로 만든 網을 뜻한다. 鮫綃는 원래 전설 가운데 鮫人(인
　　어)이 짠 綃를 뜻하는 것으로 얇은 비단이나 가벼운 紗를 널리 이르기도 한
　　다. 남조 양나라 任昉의 《述異記》 권上에 의하면 "南海에서 鮫綃紗가 나오는
　　데 그것은 鮫人이 泉室(水中 居所)에서 몰래 짠 것으로 일명 龍紗라고도 하
　　며, 그 값은 백여 금에 달했고 그것으로 옷을 만들면 물에 들어가도 젖지 않
　　는다."고 한다.
56) 상관시(上官時): 人名으로 보이나 《隋書》에 기록이 보이지 않는다.

침소를 둘러칠 수 있었다. 그가 궁궐에 들어가 그것을 바치자 양제는 미루 안에 들여놓고 그 안에서 여자와 교합을 했는데 극히 미세한 것도 모두 다 거울에 비쳤다. 양제가 웃으며 말하기를 "그림은 그 형상만 그려낼 수 있지만 이것은 그 참된 모습을 모사하는구나!"라고 하며 다시 그에게 천금을 하사했다. 대업 12년에 양제가 다시 강도(江都)[57]로 행차하려 했다. 동도(東都)[58]의 궁녀들은 절반이 따라갈 수 없게 되자 양제의 수레를 잡아당기며 만류해 묵게 하려고 손가락의 피가 수레에 묻기까지 했으나 그의 마음을 돌릴 수 없었다. 양제는 스무 자로 된 시를 장난삼아 지어 비백체(飛白體)[59]로 쓴 뒤 남아서 궁을 지킬 궁녀들에게 주었다.

내 꿈에 강도가 아름다운 것을 보았고	我夢江都好
요동(遼東) 정벌 또한 우연스런 일이었도다	征遼[60]亦偶然
어여쁜 얼굴만 잘 보존하고 있으라	但存顏色在
이별은 단지 올해뿐이라	離別只今年

그리고 나서 어가(御駕)는 곧 출발을 했다.

장안(長安)에서 어차녀(御車女)[61] 원보아(袁寶兒)를 양제에게 바쳤는데

---

57) 강도(江都): 지금의 江蘇省 揚州市 일대로 隋煬帝 때 行都였다.

58) 동도(東都): 隋唐 때 洛陽을 가리켰다.

59) 비백체(飛白體): 飛白書와 같은 말로 書法의 일종이다. 마른 붓으로 쓴 것과 같이 필획에 흰 부분이 조금씩 드러나므로 飛白이라 불리었다. 당나라 李綽의 《尙書故實》에 따르면 "飛白書는 蔡邕으로부터 비롯된 것으로 그가 鴻門에서 匠人이 빗자루로 白土를 바르고 있는 것을 보고서 새롭게 만들어낸 것이다."라고 했다.

60) 정료(征遼): 隋煬帝는 大業 8년(612)과 대업 9년(613) 그리고 대업 10년(614)에 세 번에 걸쳐 遼東지방을 놓고 親征하여 고구려와 전쟁을 벌였다.

61) 어차녀(御車女): 御는 '곁에서 시중을 들다.'라는 뜻으로 어차녀는 수레 안에서 시중드는 여자를 가리킨다.

그녀는 열다섯 나이에 몸매가 가녀리고 천진난만하며 자태가 아름다웠으므로 양제의 두터운 총애를 받았다. 당시에 낙양(洛陽)에서 한 줄기에 나란히 피어 있는 꽃 한 쌍을 진상했다. 숭산(嵩山)62)의 산골짜기에서 얻었다고 했는데 사람들이 그 꽃의 이름을 알지 못해 꽃을 캔 자가 기이하게 여겨 그것을 바쳤다. 마침 양제의 수레가 이르렀으므로 그 꽃을 영련화(迎輦花)라 이름하였다. 그 꽃의 겉은 진보라 색이었고 속은 부드러운 흰색에 향기가 났으며 분홍색 꽃술에 화심은 심홍색이었다. 꽃받침에 두 송이 꽃이 다투어 피어 있었고 가지 줄기는 엷은 푸른색이었다. 통초(通草)63)와 비슷했지만 가시가 없었으며 잎은 둥글길죽하고 얇았다. 그 향기는 짙어 간혹 옷자락에 배면 한참이 지나도 사라지지 않았으며 그것을 맡으면 잠을 줄일 수가 있었다. 양제가 원보아로 하여금 그 꽃을 들게 하고 그녀를 사화녀(司花女)라 불렀다. 당시에 우세남(虞世南)64)을 불러와 옆에서 〈정료지휘덕음칙(征遼 指揮德音65)敕)〉을 기초하라고 했는데 원보아가 그를 한참 동안 주시하자 양제가 우세남에게 이렇게 말했다.

"옛날에 조비연(趙飛燕)이 사람의 손바닥 위에서 춤을 출 수 있었다고 전하지만 내 항상 유생(儒生)들이 글을 꾸며 기록한 것이라고 생각했다. 이제 보아를 보니 진실로 그럴 수 있는 것 같다만 천진난만하면서도 어리석은

---

62) 숭산(嵩山): 河南省 登封縣 북쪽에 있는 산으로 五嶽 가운데 中嶽이다.
63) 통초(通草): 木通(으름덩굴)을 가리킨다. 李時珍의 《本草綱目・草七・通草》에 의하면 줄기 가운데에 가는 구멍으로 뚫려 있었으므로 '通草'라 불린다고 한다.
64) 우세남(虞世南, 558~638): 越州 餘姚(지금의 浙江省 餘姚市)사람으로 北周, 隋, 唐 세 朝代를 거쳤고 당나라 淩煙閣 24공신 가운데 한 사람이다. 서예에 뛰어나 歐陽詢, 褚遂良, 薛稷과 더불어 '唐初四大家'라 불리었고 詩文에도 조예가 깊었다. 문집으로 《虞秘監集》이 있고 《全唐詩》에 그의 시 1권이 수록되어 있다. 《新唐書》 권115와 《舊唐書》 권76에 그에 대한 傳이 실려 있다.
65) 덕음(德音): 본래 德言과 같은 뜻으로 仁德에 맞는 언어와 敎令을 이르는 말인데 帝王의 詔書를 가리키기도 한다.

데가 많구나. 오늘 보아가 경에게 주목을 했으니 경이 이를 조롱해 보라."
우세남이 명을 받들어 절구 한 수를 지었다.

이마에 아황(鵝黃)을 그리는 화장을 반도 아직 못 배워　學畫鵝黃66)半未成
어깨와 소매는 늘어져 너무나 천진하고 바보스럽네　　垂肩嚲袖太憨生67)
바보스런 천진함으로 되레 군왕의 아낌을 받아　　　　緣憨卻得君王惜
항상 꽃가지 들고 옥련 곁에서 수행을 하네　　　　　長把花枝傍輦行

양제가 크게 기뻐하였다.

변거(汴渠)68)에 이르러 양제는 용모양이 새겨진 배를 탔으며 소비(蕭妃)69)
는 봉황 무늬로 장식된 배를 탔는데 돛은 비단으로 되어 있었고 닻줄은
채색으로 되어 있어 사치가 극에 달했다. 배 앞에 무대를 만들어 놓고
그 위에 햇빛을 가리는 발을 드리웠다. 그 발은 포택국(蒲澤國)70)에서 바친
것으로 부산문(負山蚊)71)의 속눈썹을 연근의 실로 꼬아서 작은 구슬을 꿰어

<hr>

66) 아황(鵝黃): 額黃이나 宮黃이라고도 하며, 옛날에 여성이 화장할 때 이마에
　　노란색 분을 바르는 것을 뜻한다. 한나라 때부터 생겨 六朝 때에 유행했으
　　며, 궁중에서 궁녀들이 먼저 시작해 민간에도 전파되었다.
67) 태감생(太憨生): 太嬌癡와 같은 말로 바보처럼 천진난만하고 세상물정을 모르
　　는 것을 형용한다.
68) 변거(汴渠): 中原에서 동남 연해 지역으로 가는 주요 水路로 지금의 河南省 滎
　　陽市 동북에서 黃河와 이어져 江蘇省 徐州市 북쪽에 이르러 泗水와 합류한다.
69) 소비(蕭妃): 隋 煬帝의 황후 蕭氏(?~647)를 가리킨다. 소씨는 양나라 昭明太子
　　蕭統의 증손녀이고 西梁 孝明帝 蕭巋의 딸로 常州 武進사람이다.《隋書》권36
　　과《北史》권14에 그에 대한 傳이 실려 있다.
70) 포택국(蒲澤國): 史籍에서 이 나라에 대한 기록이 보이지 않는다. 내용으로
　　볼 때 아마도 허구적인 國名이 아닌가 싶다.
71) 부산문(負山蚊):《莊子·應帝王》에 있는 "그렇게 천하를 다스린다면 마치 바
　　다를 건너고 나서 운하를 파는 것과 모기에게 산을 지게 하는 것과 같다.(其
　　於治天下也, 猶涉海鑿河, 而使蚉負山也.)"라는 구절에서 나온 말로, '산을 지는
　　모기'라는 뜻이다.

모기 속눈썹과 엇갈려 짠 것인데 설사 아침 햇살이 내리쬔다 해도 빛이 들지 않았다. 배마다 곱고 키가 크면서도 피부가 하얀 여자 천 명을 뽑아, 조각을 하고 금으로 상감을 한 노를 잡게 하고서 그들을 전각녀(殿脚女)라 불렀다. 비단 돛이 지나가는 곳에서 10리(里)까지 향기가 났다.

[원문] 隋帝廣

　　大業元年⁷²⁾, 築西苑, 周二百里, 內爲十六院. 自製院名: 一景明, 二迎暉, 三棲鸞, 四晨光, 五明霞, 六翠華, 七文安, 八積珍, 九影紋, 十儀鳳, 十一仁智, 十二淸修, 十三寶林, 十四和明, 十五綺陰, 十六降陽. 院有二十八人⁷³⁾, 皆擇宮中佳麗美人實之. 每一院, 選帝常幸御者爲之首, 有宦者主出入易市. 十六院爭以餚羞精麗相高, 求市恩寵. 帝好以月夜從宮女數千騎遊西苑, 作《淸夜遊曲》, 於馬上奏之. 帝多幸苑中, 去來無時. 侍御⁷⁴⁾多夾道而宿, 帝往往中夜即幸焉. 又鑿五湖, 每湖四十里⁷⁵⁾, 東曰翠光, 南曰迎陽, 西曰金光, 北曰潔水, 中曰廣明. 湖中積土石爲山, 搆⁷⁶⁾亭殿, 屈曲環繞澄碧, 皆窮極華麗. 又鑿北海, 周環四十里, 中有三山, 效蓬萊、 方丈、 瀛洲⁷⁷⁾. 上皆臺樹迴廊, 水深數丈. 開溝⁷⁸⁾通五湖, 行龍鳳舸.

---

72) "大業元年" 단락은 〈海山記〉에서 절록한 것으로 보인다.

73) 【校】二十八人: 《情史》에는 "二十八人"으로 되어 있고 《說郛》, 《古今說海》, 《艶異編》에는 "二十人"으로 되어 있다.

74) 【校】侍御: 《情史》, 《說郛》, 《古今說海》, 《艶異編》에는 "侍御"로 되어 있고 《唐宋傳奇集》에는 "宿御"로 되어 있다. 侍御(시어)는 황제를 모시는 시첩들을 가리킨다.

75) 【校】每湖四十里: 《情史》에는 "每湖四十里"로 되어 있고 《說郛》, 《古今說海》에는 "每湖四方十里"로 되어 있으며 《玉芝堂談薈》, 《艶異編》, 《唐宋傳奇集》에는 "每湖方四十里"로 되어 있다.

76) 【校】搆: [影]에는 "搆"로 되어 있고 [鳳], [岳], [類], [春], 《說郛》, 《古今說海》, 《玉芝堂談薈》, 《艶異編》, 《唐宋傳奇集》에는 "構"로 되어 있다.

77) 蓬萊 方丈 瀛洲(봉래 방장 영주): 전설 가운데 바다에 있다고 하는 세 神山이

自製湖上曲《望江南》八闋79), 令宮中美人歌唱之.

　晚年益沉80)迷女色81), 謂近侍曰: "宮殿雖壯麗顯敞, 苦無曲房小室, 幽軒短檻. 若得此, 則我期老於其中也." 近侍高昌以項昇薦. 翌日召問, 昇請先進圖本. 帝覽之大悅, 即日詔有司82)供具材木. 凡役夫數萬, 經歲而成. 樓閣高下, 軒牕掩映, 幽房曲室, 玉欄朱楯, 互相連屬, 四合曲屋自通. 千門萬牖, 上下金碧, 金虬伏於棟下, 玉獸蹲於戶傍. 壁83)砌生光, 瑣牕射日, 工巧之極, 自古未有. 費用金玉, 帑庫84)爲之一空. 人誤入者, 雖終日不能出. 帝幸之, 大喜, 顧左右曰: "使眞85)仙遊其中, 亦當自迷也, 可目之曰'迷樓'." 詔以五品官賜昇. 於迷樓上張四寶帳, 帳各異名: 一名"散春愁", 二名"醉忘歸", 三名"夜酣香", 四名"延秋月". 選良家女數千居樓中. 每一幸, 或經月不出. 是月, 大夫何稠進御童女車. 車之制度絶小, 祇容一人. 有機處其中, 以機礙女之手足, 纖毫不能動. 帝以試處女, 極喜. 乃以千金贈稠, 旌其巧也. 稠又進轉關車, 車周挽之, 可以升樓閣, 如行平地. 車中御女, 則自搖動. 帝尤喜悅, 問此何名, 稠曰: "臣任意造成, 未有名也." 帝乃賜名"任意車". 車輬86)垂

다. 《史記·秦始皇本紀》에 "齊人 徐市 등이 상소문을 올려 말하기를, 바다에 세 神山이 있는데 이름이 蓬萊, 方丈, 瀛洲라 한다고 했다."라는 내용이 보인다.

78) 【校】溝: [鳳], [岳], [類], [春], 《說郛》, 《古今說海》, 《艶異編》에는 "溝"로 되어 있고 [影]에는 "搆"로 되어 있다.

79) 闋(결): 노래나 詞의 한 首를 一闋이라 한다.

80) 【校】沉: [影], [鳳], [岳], [類], 《說郛》, 《古今說海》, 《艶異編》에는 "沉"으로 되어 있고 [春]에는 "深"으로 되어 있다.

81) "晚年益深迷女色" 단락은 〈迷樓記〉에 보인다.

82) 有司(유사): 관련 관리를 가리킨다. 司는 주관한다는 뜻으로 고대 관리들은 각각 나누어 맡은 직책이 있었으므로 이렇게 칭한 것이다.

83) 【校】壁: 《情史》, 《說郛》, 《艶異編》에는 "壁"으로 되어 있고 《古今說海》, 《唐宋傳奇集》에는 "璧"으로 되어 있다.

84) 帑庫(탕고): 관서에서 재물을 보관하는 곳을 가리킨다.

85) 【校】眞: [影], [鳳], [岳], [類], 《說郛》, 《古今說海》, 《艶異編》에는 "眞"으로 되어 있고 [春]에는 "其"로 되어 있다.

86) 【校】車轓轓: [影], 《說郛》, 《艶異編》에는 "車轓轓"으로 되어 있고 [鳳], [岳], [類], [春], 《唐宋傳奇集》에는 "車轓"으로 되어 있다. 車轓은 車幰과 같이 수레 사방에 치는 휘장을 가리킨다.

鮫綃網, 雜綴片玉鳴鈴, 行搖玲瓏, 以混車中笑語, 冀左右不聞也. 帝令畫工繪士女
會合之圖數十幅, 懸於閣中. 其年, 上官時自江外[87]得替回, 鑄烏銅屛數十面, 其高
五尺, 而濶三尺, 磨以成鑑爲屛, 可環於寢所. 詣闕投進. 帝內之迷樓, 而御女其中,
纖毫皆入鑑中. 帝笑曰: "繪得其象, 此乃肖其眞矣!" 又以千金賜上官時. 大業十二
年, 帝復幸江都[88]. 東都宮女, 半不隨駕. 攀車乞宿, 指血染靷, 帝意不回. 戲飛白題
二十字賜守宮女云:

　　我夢江都好, 征遼亦偶然. 但存顏色在, 離別只今年.

　　車駕遂發.

　　長安貢御車女袁寶兒, 年十五, 腰肢纖墮[89], 騃憨[90]多態, 帝寵愛特厚. 時洛
陽進合蒂花, 云得之嵩山塢中, 人不知名, 採者異而貢之. 會帝駕適至, 因名曰"迎
輦花". 花外殷紫, 中素膩菲芬, 粉蕊心深紅, 跗爭兩花, 枝幹烘翠, 類通草, 無刺,
葉圓長薄. 其香氣穠[91]芬馥, 或惹襟袖, 移日[92]不散, 嗅之令人減睡. 帝令寶兒持
之, 號曰"司花女". 時詔虞世南草《征遼指揮德音敕》於帝側, 寶兒注視久之. 帝謂
世南曰: "昔傳飛燕可掌上舞, 常謂儒生飾于文字. 今觀寶兒信然, 然多憨態. 今注
目於卿, 卿可嘲之." 世南應詔爲絶句云:

　　學畫鴉黃半未成, 垂肩嚲袖太憨生.

　　緣憨卻得君王惜, 長把花枝傍輦行.

---

87) 江外(강외): 中原에서 볼 때 江南 지역은 長江 以外의 지역으로 보이기 때문
　　에 江南을 江外라고 칭했다.
88) "大業十二年 煬帝將幸江都"부터 "號爲殿脚女"까지의 내용은 〈隋遺錄〉에서 절록
　　한 것으로 내용이 심하게 축약되어 있어 이야기의 전개가 순조롭지 못하다.
　　〈隋遺錄〉에는 "大業十二年, 煬帝將幸江都, 命越王侑留守東都. 宮女半不隨駕, 爭
　　泣留帝, 言遼東小國, 不足以煩大駕, 願擇將征之. 攀車留借, 指血染靷, 帝意不回,
　　因戲飛白題二十字, 賜守宮女云: 我夢江都好, 征遼亦偶然. 但存顏色在, 離別只今
　　年. 車駕既行, 師徒百萬前驅."로 되어 있다. 江都는 지금의 江蘇省 揚州市 江都
　　區이다.
89) 纖墮(섬타): 纖惰와 같은 말로 섬세하고 연약한 모양을 형용하는 말이다.
90) 騃憨(애감): 바보스럽도록 천진난만하여 사랑스러운 모습을 이르는 말이다.
91) 【校】 香氣穠: [影], [鳳], [岳], [類], 《說郛》, 《艶異編》에는 "香氣穠"으로 되어 있
　　고 [春]에는 "香濃郁"으로 되어 있다.
92) 移日(이일): 해가 이동했다는 뜻으로 짧지 않은 시간을 이른다.

上大悅.

　至汴, 帝御龍舟, 蕭妃乘鳳舸. 錦帆彩纜, 窮極侈靡. 舟前爲舞臺, 臺上垂蔽日
簾. 簾即蒲澤國所獻, 以負山蚊[93]睫紉[94]蓮根絲, 貫小珠[95], 間睫編成, 雖曉日激
射, 而光不能透. 每舟擇妙麗長白女子千人,
執雕板鏤金[96]楫, 號爲"殿脚女". 錦帆過處,
香聞十里.

명대(明代) 구영(仇英), 〈금곡원도(金谷園圖)〉

59. (5-5) 석숭(石崇)[97]

　태위(太尉) 석숭(石崇)[98]은 항상 아름
다운 여자 수십 명을 뽑아서 똑같이 꾸미
게 하고 옆에서 시중들게 하여 얼핏 봐서
는 구별할 수 없도록 했다. 옥을 조각하여
용모양의 장신구를 만들고 금을 녹여 봉

93) 【校】蚊: [鳳],《唐宋傳奇集》에는 "蚊"으로 되어 있고 [春]에는 "蛟(蚊)"으로 되
　　어 있으며 [影], [岳], [類],《說郛》,《艷異編》에는 "蛟"로 되어 있다.
94) 【校】紉: [鳳],《唐宋傳奇集》에는 "紉"으로 되어 있고 [春]에는 "幼(紉)"으로 되
　　어 있으며 [影], [岳], [類],《說郛》,《艷異編》에는 "幼"로 되어 있다.
95) 【校】珠: [鳳],《唐宋傳奇集》,《說郛》,《艷異編》에는 "珠"로 되어 있고 [春]에는
　　"絲(珠)"로 되어 있으며 [影], [岳], [類]에는 "絲"로 되어 있다.
96) 鏤金(누금): 조각을 하고 그 가운데에 금을 상감하는 것을 말한다.
97) 이 이야기는《拾遺記》권9에 나오는 이야기로《太平廣記》권272〈石崇婢翾
　　風〉에도 보인다.《艷異編》권16의〈石崇〉과〈石崇事〉에도 실려 있으며《廣博
　　物志》권37에도 보인다.
98) 석숭(石崇): 晉나라 때 부호인 石崇을 가리킨다. 석숭이 南蠻校尉의 벼슬을
　　지냈으므로 石太尉라고 칭한 것이다. 석숭에 관한 자세한 내용은《情史》권1
　　정정류〈綠珠〉'석숭' 각주에 보인다.

황 모양의 비녀를 만들었다. 소매가 서로 잇닿아 대청의 기둥을 둘러싸고 춤을 추었는데 이것이 밤낮으로 계속되었으므로 이를 일러 상무(常舞)라고 했다. 석숭은 부르려는 자가 있으면 성명을 부르지 않고 언제나 패옥 소리를 듣고 비녀의 빛깔을 보았는데 옥소리가 낮은 자는 앞으로, 금빛깔이 선명한 자는 뒤로 순서를 삼아 들어오도록 했다. 시녀들은 모두 향기가 짙은 향료를 입에 물고 있었으므로 웃거나 말을 하면 입 안의 향기가 바람 따라 흩날렸다. 침향(沈香)⁹⁹⁾을 체로 쳐서 먼지처럼 만들어 상아로 장식한 평상 위에 뿌려놓고 총애하는 여자에게 그것을 밟도록 했다. 발자국이 나지 않으면 진주 백 알을 하사했고 만약 발자국이 나면 음식을 줄여 몸을 가볍고 가냘프게 했다. 규중(閨中)의 여자들이 서로 농담으로 말하기를 "네가, 가는 뼈와 가벼운 몸이 안 된다면 어떻게 백 알의 진주를 얻을 수 있겠느냐?"라고 했다.

[원문] 石崇

　　石太尉, 常擇美豔者數十人, 裝飾一等, 常侍於側, 使忽視之, 不相分別. 雕玉爲倒龍之佩, 鎔金爲鳳冠¹⁰⁰⁾之釵. 結袖繞楹而舞, 晝夜相接, 謂之常舞¹⁰¹⁾. 若有所

---

99) 침향(沈香): 香木의 이름으로 재질이 딱딱하고 무거우며, 노란색이고 향기난다. 속재목이 熏香料로 쓰인다. 晉나라 嵇含의 《南方草木狀·蜜香沈香》에 이런 내용이 보인다. "交趾에 蜜香이 있는데 나무줄기는 버들과 비슷하고, 꽃은 하얗고 많이 피며, 잎은 귤나무 잎과 비슷하다. 그 나무를 베어 몇 년을 두면 줄기와 가지는 각각 다른 색깔을 띠게 된다. 속재목과 마디는 딱딱하고 검은색이며 물에 가라앉기에 沈香이라 한다."
100) 鳳冠(봉관): 古代 부녀자들이 쓰던 禮帽로 그 위에는 金玉으로 만든 봉황모양의 장식이 있다. 漢代에는 太皇太后, 皇太后, 皇后 등의 廟에 들어가서 예를 올릴 때만 썼는데 각 조대마다 그 규정이 달랐다. 귀족의 부녀자들과 命婦들도 이를 禮帽로 썼으며, 평민의 부녀자들은 혼례를 올릴 때 쓰기도 했다.
101) 【校】 常舞: 《情史》에는 "常舞"로 되어 있고 《拾遺記》에는 "恒舞"로 되어 있다.

召者, 不呼姓名, 悉聽珮聲、視釵色, 玉聲輕者居前, 金色豔者居後, 以爲行次而進也. 侍女各含異香, 笑語則口氣從風而颺. 又篩102)沉水之香, 如塵末, 布致象牀103)上, 使所愛踐之. 無跡, 則賜珍珠百粒; 若有跡者, 則節飮食, 令體輕弱. 閨中相戲: “爾非細骨輕軀, 那得百粒珍珠?”

60. (5-6) 원재(元載)104)

청대(清代) 왕회(王翽), 《백미신영(百美新詠)》 가운데 〈설요영(薛瑤英)〉

---

102) 【校】 篩: 《情史》에는 “篩”로 되어 있고 《拾遺記》에는 “屑”로 되어 있다.

103) 象牀(상상): 象床으로 쓰이기도 하며 象牙로 장식한 床(좌탑)을 가리킨다.

104) 이 이야기는 당나라 蘇鶚의 《杜陽雜編》 권上에 나오는 이야기로 송나라 計有功의 《唐詩紀事》 권32에 〈楊炎〉으로 수록되어 있고, 《太平廣記》 권237의 〈蠹輝堂〉에도 보인다. 또한 《說郛》 권46上, 《天中記》 권19, 《艶異編》 권16 〈元載〉, 《綠窗新話》 권下 〈薛瑤英香肌絶妙〉, 《姬侍類偶》 권上 〈瑤英飯香〉, 《麗情集》 〈香兒〉 등과 청나라 張邦畿의 《侍兒小名錄拾遺》에도 보인다.

　　원재(元載)105)는 만년에 설요영(薛瑤英)을 첩으로 들여, 금실로 만든 휘장
과 먼지가 묻지 않는 요에 있도록 했고 용초의(龍綃衣)106)를 입혔다. 설요영
의 몸이 가벼워 무거운 옷을 감당할 수 없기에 이국에서 이 옷을 구해온
것이었다. 가지(賈至)107)와 양염(楊炎)108)만이 원재와 친했기에 때때로 설요
영의 가무를 볼 수 있었다. 가지가 지어준 시109)는 이러하다.

춤출 땐 구슬 옷이 무거울까 두렵고	舞怯珠衣重
웃을 땐 얼굴에 도화가 핀 것 같구나	笑疑桃臉開
이제야 알겠네, 한나라 성제(成帝)가	方知漢成帝
헛되이 피풍대를 지었다는 것을	虛築避風臺110)

---

105) 원재(元載, ?~777): 자는 公輔이고 鳳翔 岐山(지금의 陝西省 鳳翔縣)사람으로
　　당나라 代宗 때 中書侍郎同平章事, 天下元帥行軍司馬 등의 벼슬을 지냈다.
　　대종을 도와 집권했던 환관을 제거한 공으로 황제의 신임을 얻어 크게 재
　　산을 모아 토목공사를 했으며 사치스러운 삶을 누리다가 결국 貪汚로 사형
　　에 처해졌고 가산도 몰수되었다. 《舊唐書》 권118에 그에 대한 傳이 있다.
106) 용초의(龍綃衣): 龍綃로 만든 옷이다. 용초는 鮫綃를 뜻한다. 鮫綃는 전설 가
　　운데 나오는 鮫人(인어)이 짰다고 하는 얇은 비단을 말하는 것으로 얇은 生
　　綃 혹은 비단을 가리킨다. 자세한 내용은 《情史》 권5 〈隋帝廣〉 '교초망' 각
　　주를 참조하라.
107) 가지(賈至, 718~772): 당나라 때 시인으로 자는 幼隣이고 洛陽사람이다. 명
　　경과에 급제했고 安祿山의 亂이 일어났을 때 당현종을 따라 촉지방으로 도
　　망가기도 했다. 中書舍人 등의 벼슬을 역임한 바 있으며 문집 30권이 전하
　　고 《唐才子傳》에 그에 대한 傳이 있다.
108) 양염(楊炎, 727~781): 자가 公南이고 鳳翔사람이다. 당나라 德宗 때 門下侍郎
　　등의 벼슬을 역임했고 지조가 있기로 이름을 날렸으며 나중에 元載와 결당
　　을 하다가 좌천되기도 했다. 文集 10권이 전하며 《新唐書》와 《舊唐書》에 그
　　에 대한 傳이 있다.
109) 이 시는 《全唐詩》 권235에 賈至의 〈贈薛瑤英〉으로 수록되어 있다.
110) 피풍대(避風臺): 한나라 成帝의 황후 趙飛燕이 몸이 가벼워 바람을 이기지
　　못했으므로 성제가 그를 위해 바람을 막아주는 七寶避風臺를 지었다고 한
　　다. 《拾遺記 · 前漢下》에 이런 기록이 보인다. "지금도 太液池에 피풍대가 있
　　는데 바로 이곳이 成帝가 조비연의 치마를 끈으로 묶었던 곳이다." 자세한
　　이야기는 《情史》 권17 정예류 〈飛燕合德〉에 보인다.

양염 또한 긴 시[111]를 지어 그녀를 찬미하였는데 그 대략은 이러하다.

눈 같은 흰 얼굴에 엷은 눈썹의 하늘나라 선녀가	雪面澹娥天上女
퉁소 소리에 날아가려 하는구나	鳳簫鸞翅[112]欲飛去
옥비녀 꽂은 미인은 걸어가도 먼지가 일지 않고	玉釵碧翠步無塵
버들가지처럼 가는 허리는 봄을 이길 수 없구나	楚腰[113]如柳不勝春

[원문] 元載

元載末年, 納薛瑤英爲姬. 處以金絲帳, 却塵褥[114], 衣以龍綃衣. 載以瑤英體輕, 不勝重衣, 於異國求此服也. 惟賈至、楊炎[雅][115]與載善, 時得見其歌舞. 至贈詩云:

舞怯珠衣重, 笑疑桃臉開. 方知漢成帝[116], 虛築避風臺.

炎亦作長歌美之, 畧曰:

---

111) 이 시는 《全唐詩》 권121에 楊炎의 〈贈元載歌妓〉로 수록되어 있다. 《全唐詩》에 있는 시와 《杜陽雜編》에 있는 시와는 글자의 출입이 있다.

112) 난시(鸞翅): 排簫(길고 짧은 대나무를 길이 순으로 늘어놓은 원시적인 악기)를 가리킨다.

113) 초요(楚腰): 《韓非子·二柄》에 "楚나라 靈王이 허리가 가는 여자를 좋아해서 나라 안에 밥을 굶는 여자가 많았다.(楚靈王好細腰, 而國中多餓人.)"라는 말이 있다. 이후로 여자의 가는 허리를 가리키게 되었다.

114) 却塵褥(각진욕): 먼지가 붙지 않은 요를 가리킨다. 《杜陽雜編》 권上에 이런 기록이 보인다. "그 요는 高句麗國에서 나온 것으로, 일설에 의하면 먼지가 붙지 않은 짐승의 털로 만든 것이라고 한다. 그 색깔은 붉고 선명하며 비할 데 없이 윤이 나고 부드럽다.(其褥出自句麗國. 一云是却塵之獸毛所爲也, 其色殷鮮, 光軟無比.)"

115) 【校】楊炎[雅]: [影], [岳], [鳳]에는 "楊炎雅"로 되어 있고 [春]에는 "楊公雅(南)"로 되어 있으며, 《杜陽雜編》에는 "楊公南"으로 되어 있다.

116) 【校】漢成帝: 《全唐詩》에는 "漢成帝"로 되어 있고 《情史》, 《杜陽雜編》에는 "漢武帝"로 되어 있다.

雪面澹娥天上女, 鳳簫鸞翅欲飛去.
玉釵碧翠步無塵, 楚腰如柳不勝春.

61. (5-7) 송기(宋祁)117)

　송나라 송기(宋祁)118)는 먼저 황명을 받아《당서(唐書)》를 수찬하고 있었
는데 촉 땅을 다스리게 되자 그 편찬 관리들을 데리고 갔다. 그는 매번
연회가 끝나고 나면 세수를 한 뒤, 내실 문을 열고 발을 드리우고 나서
큰 촛불을 두 개를 밝혀 놓았다. 잉첩(媵妾)들은 그의 양 옆에서 시중들며
먹을 갈고 종이를 폈다. 멀리서 그것을 보는 사람들은 공이《당서》를 수찬하
고 있다는 것을 알았는데 그 모습은 마치 신선과도 같았다.

　하루는 큰 눈이 내리자 자경(子京)은 발에 장막을 덧씌운 뒤에 큰 촛불
두 개는 밝혀 놓고 두 개의 촛불은 들고 있도록 했다. 좌우 양쪽에는 큰
화로 두 개에 숯불을 피워 놓았으며 여러 첩들이 그를 둘러싸고 시중을
들었다. 이런 뒤에야 비로소 먹을 갈고 붓을 적시어 징심당지(澄心堂紙)119)에

117) "宋祁先奉詔修唐書"로 시작되는 이야기는 송나라 魏泰의《東軒筆錄》권15에
　　보이고《山堂肆考》권99에는〈子京伸紙〉의 제목으로 보인다. "子京一日逢大
　　雪"로 시작되는 이야기는 송나라 朱弁의《曲洧舊聞》권6과《古今譚槪》권14
　　汰侈部〈宋景文〉등에 보인다. "子京好客"으로 시작되는 이야기는 명나라 蔣
　　一葵의《堯山堂外紀》권46〈宋庠〉에 보이며 청나라 潘永因의《宋稗類鈔》,
　　徐士鑾의《宋豔》에도 수록되어 있다.
118) 송기(宋祁, 998~1062): 자는 子京이고 시호는 景文이며 安州 安陸(지금의 湖
　　北省 安陸市)사람이다. 송나라 天聖 2년에 進士 급제한 뒤, 翰林學士, 史館修
　　撰으로 지내다가 仁宗의 명으로 歐陽修 등과 함께《新唐書》를 수찬했다. 형
　　인 宋庠과 함께 문명을 날려 당시 사람들은 그들을 小宋과 大宋이라고 불렀
　　다. 문집으로《宋景文公集》이 전한다.

아무개의 전(傳)을 기초했다. 그리고 완성하기 전에 여러 희첩들을 둘러보며 말하기를 "너희들 모두 다른 사람 집에 있었던 적이 있는데 주인이 이같이 하는 것을 일찍이 본 적이 있느냐? 고결하다 할 수 있을 게다."라고 했다. 그들 모두가 "진실로 없었습니다."라고 했다. 그 가운데 한 명이 황족 자제의 집에서 왔기에 송기가 그를 보면서, "네가 모셨던 태위(太尉)께서는 이런 날씨에 또한 어찌하셨느냐?"라고 묻자, 그 희첩은 이렇게 대답했다.

"그저 화로만 끼고 앉으셔서 술과 음식을 마련해 놓으시고 노래판을 벌여 가무를 즐기시거나 간간히 잡극을 보시면서 술에 실컷 취하시는 일뿐이었습니다. 상서(尙書)께서 하시는 고결한 일은 못하셨습니다."

이에 송기는 붓을 놓고 큰 소리로 웃으며 말하기를 "그 또한 나쁘지 않다."라고 했다. 그리고 재빨리 붓과 벼루를 거둔 뒤에 술을 내오라 이르고 노래를 하라 명을 내려 다음 날 날이 밝을 때까지 실컷 술을 마셨다. 또한 자경은 손님 접대를 좋아해 일찍이 넓은 집 안팎에 여러 겹으로 막을 설치하고 그 안에 촛불을 늘어놓은 뒤, 갖은 음식을 다 마련해 놓고 가무 배우들을 연이어 등장하게 한 적이 있었다. 보는 사람들은 피곤한 줄도 몰랐으며 그저 밤 시간이 조금 길다고만 느꼈는데 술자리를 파하고 보니 이미 다음 날 밤이었다. 이름하여 '불효천(不曉天: 밝지 않는 날)'이라 했다. 그의 형인 송상(宋庠)[120]은 정부(政府)[121]에 있었는데 원소절(原宵節) 밤에 서원(書院)

---

119) 징심당지(澄心堂紙): 송나라 羅願의 《新安志》 권10에 "黟縣, 歙縣 지역에서 좋은 종이가 많이 나오는데 凝霜과 澄心이라고 불리는 것이 있다. 후자는 그 폭이 50척에 달하며 처음부터 끝까지 골고루 얇다."는 기록이 보인다. 南唐 後主 李煜이 이 종이를 매우 좋아해 堂을 짓고 그것을 저장했다 하여 澄心堂紙라고 불리게 되었다.

120) 송상(宋庠, 996~1066): 宋祁의 형으로 大宋이라 불리었다. 자는 公序이고 재상까지 벼슬을 했고 시호는 元憲이다. 문풍이 고아했으며, 저서로는 《國語補音》 3권, 《紀年通譜》 12권, 《尊號錄》 1권 등이 있다.

121) 정부(政府): 당송 때 재상이 정무를 보았던 곳을 政府라고 했다. 나중에는 널리 국가의 행정기관을 가리키게 되었다.

안에서 《주역(周易)》을 읽다가 아우인 송기가 화려한 등불을 밝혀 놓고서 가기(歌妓)를 끼고 취하도록 술을 마신다는 소리를 들었다. 다음 날 가까운 사람에게 일러 송기에게 이렇게 책문(責問)하도록 했다.

"상공께서 학사에게 전하신 말씀입니다. 어젯밤에 등불을 밝히고 연회를 열면서 온갖 사치를 다 부렸다는 소리를 들었는데 모(某) 년 원소절에 함께 모 주(州)의 주학(州學)에서 짠지로 밥을 끓여 먹었을 때를 기억하는지 모르겠다고 하십니다."

송기가 웃으면서 말했다.

"도리어 상공께 말을 전해야겠는데, 모 년에 함께 모 처에서 짠지로 밥을 끓여 먹었던 것은 무엇을 위함이었던지 모르겠습니다."

《촉광기(蜀廣記)》122)에 다음과 같은 이야기가 있다.

정월 2일에 태수(太守)123)는 동쪽 교외로 나가 대자사(大慈寺)124)에서 아침 연회를 열었다. 청헌공(淸獻公)125)이 이렇게 기록했다.

---

122) 촉광기(蜀廣記): 명나라 曹學佺의 지리서인 《蜀中廣記》를 이른다. 《蜀中廣記》는 총 108권으로 되어 있고 名勝, 邊防, 通釋, 人物, 方物, 風俗, 詩話, 畫苑 등 12門으로 나뉘어져 있으며, 내용이 해박해 蜀지역에 관한 이야기들이 대부분 수록되어 있다. 여기에서 인용한 이 이야기는 《蜀中廣記》 권55에 보이고 원나라 費著의 《歲華紀麗譜》에도 보인다.

123) 태수(太守): 宋祁가 益州(즉 지금의 四川省 일대) 太守를 지냈으므로 이렇게 칭한 것이다.

124) 대자자(大慈寺): 당나라 때 세워진 사찰로 현종이 救建大聖慈寺의 편액을 하사했다. 여러 번 전란으로 소실되었으며 현재의 대자사는 청나라 順治 연간에서 同治 연간 사이 재건한 것이다. 당송 때에는 벽화로 유명했고 蘇軾은 그것을 "精妙冠世"라고 평한 바 있다. 지금의 四川省 成都市 東風路에 있다.

125) 청헌공(淸獻公): 趙抃(1008~1084)을 가리킨다. 자는 閱道이고 시호는 淸獻이며 송나라 衢州 西安(지금의 浙江省 衢州市)사람이다. 景祐 元年(1034)에 진사 급제했고 殿中侍御史, 太子少保 등의 벼슬을 역임했으며 권세가를 무서워하지 않아 당시에 鐵面御史라고 불리었다.

"연회가 끝나면 기생이 새로 지은 사를 노래하며 차를 올리는 것은 송기로 부터 비롯되었다. 대저 임공(臨邛)¹²⁶⁾사람 주지순(周之純)은 가사(歌詞)를 잘 지었으므로, 일찍이 차사(茶詞)를 지어 기생에게 주고 처음으로 그것을 노래로 부르게 하여 송기에게 바쳤다. 이것이 후에 선례가 되었다."

진실로 송공(宋公)의 풍류도 볼 수 있으며, 또한 당시 태평스럽고 전성했던 광경도 추측할 수 있다.

[원문] 宋祁

宋祁先奉詔修《唐書》, 既帥蜀, 因以書局¹²⁷⁾自隨. 每宴罷盥漱, 闔寢門垂簾, 燃二¹²⁸⁾椽燭¹²⁹⁾, 媵婢夾侍, 和墨伸紙. 望之者, 知公修《唐書》, 若神仙焉. 又, 子京一日逢大雪, 添帟¹³⁰⁾幕, 燃椽燭二, 秉燭二, 左右熾炭兩巨爐, 諸姬環侍, 方磨墨濡毫, 以澄心堂紙, 草某人傳. 未成, 顧諸姬曰: "汝輩俱曾在人家, 曾見主人如此否? 可謂淸矣." 皆曰: "實無有." 其間一人, 來自宗子家. 宋顧謂曰: "汝太尉當此天氣, 亦復如何¹³¹⁾?" 姬對云: "只是擁爐列酒饌, 羅管絃, 歌舞之餘, 間以雜劇, 引滿大醉而已. 不能爲尙書淸事也." 宋爲閣筆¹³²⁾大笑曰: "此亦不惡." 亟徙去筆硯, 呼酒

126) 임공(臨邛): 전국시대 秦惠文王 更元 14년(기원전 311)에 세워진 城으로 지금의 四川省 邛崍縣 일대이다.
127) 書局(서국): 관부에서 책을 편찬했던 기구나 그 소속관리를 가리킨다.
128) 【校】二: [影], [鳳], [岳], [類], 《東軒筆錄》에는 "二"로 되어 있고 [舂]에는 "一"로 되어 있다.
129) 椽燭(연촉): 촛불이 서까래와 같이 크다는 뜻으로 큰 촛불을 椽燭이라 한다.
130) 【校】帟: [舂], [鳳], [岳], [類]에는 "帟"으로 되어 있고 [影], 《曲洧舊聞》에는 "帬"으로 되어 있다.
131) 【校】如何: [影], [鳳], [岳], [類], 《曲洧舊聞》에는 "如何"로 되어 있고 [舂]에는 "何如"로 되어 있다.
132) 【校】閣筆: [影], 《曲洧舊聞》에는 "閣筆"로 되어 있고 [舂], [鳳], [岳], [類]에는 "擱筆"로 되어 있다. 閣筆(각필)은 擱筆과 같다. 글을 쓰거나 그림 그리는 것

命歌, 酣飮達旦. 又, 子京好客, 嘗於廣廈中外設重幕, 內列寶炬, 百味具備, 歌舞俳
優相繼. 觀者忘疲, 但覺更漏[133]差長. 席罷, 已二宿矣. 名曰: "不曉天" 大宋居政
府, 上元夜, 在書院內讀《周易》, 聞小宋點華燈, 擁歌妓醉飮. 翌日, 諭所親令誚讓
云: "相公寄語學士, 聞昨夜燒燈夜宴, 窮極奢侈. 不知記得某年上元, 同在某州州
學內喫韲[134]齏飯時否?" 學士笑曰: "却須寄語相公, 不知某年同某處喫韲齏飯是
爲甚底?"

　　按《蜀廣記》故事: 正月二日, 太守出東郊, 早宴大慈寺. 清獻公記云: "宴罷,
妓以新詞送茶, 自宋公祁始. 蓋臨邛周之純善爲歌詞, 嘗作茶詞, 授妓首度之, 以奉
宋公. 後遂爲故事." 固見宋公風流, 亦想見當日太平全盛之景矣.

62. (5-8) 사봉(史鳳)[135]

　　사봉(史鳳)은 선성(宣城)[136]의 기녀였는데 등급의 차이에 따라 손님을
접대했다. 아주 남다른 손님은 미향동(迷香洞)[137]과 신계침(神鷄枕) 그리고

을 멈추고 붓을 놓는다는 뜻이다.
133) 更漏(경루): 漏는 물시계의 뜻이다. 밤에는 물시계로 시각(更)을 알렸으므로
　　 밤 시간을 更漏라고 했다.
134) 韲(제): 야채나 과일을 잘게 설어서 소금 혹은 장에 절여 만든 음식물들을
　　 이른다.
135) 앞의 이야기는 당나라 馮贄의 《雲仙雜記》 권1에 〈迷香洞〉으로 이야기만 보
　　 이며, 文後에 《常新錄》에서 나온 것이라 했다. 《稗史彙編》 권49에도 같은
　　 형태로 전한다. 작품 안에 있는 시는 《全唐詩》 권802에 보인다. 작품 전체
　　 는 《古今情海》 권15 情中豪에 〈題九迷詩〉로 보인다. 뒷부분 賣油郎의 이야
　　 기는 馮夢龍의 《醒世恒言》 권3 〈賣油郎獨占花魁〉의 本事이고, 《咦嚯》에도
　　 〈花魁娘傳〉으로 보인다.
136) 선성(宣城): 서한 때 설치된 宣城郡을 말한다. 지금의 安徽省 宣城市이다.

쇄련등(鎖蓮燈)으로 대접했고, 그다음 등급은 교홍피(鮫紅被)와 전향침(傳
香枕) 그리고 팔분갱(八分羹)으로 대접했다. 각각 제영한 시가 있는데 미향동
에 제영한 시는 이러하다.

미향동 문 앞의 선녀는 깃털과 무지개로 꾸민 채	洞口飛瓊[138]珮羽霓
향기로운 바람 스치니 사람을 미혹시키네	香風飄拂使人迷
부용(芙蓉) 휘장 안에서 만난 뒤로	自從邂逅芙蓉帳[139]
무수한 복숭아꽃 시냇물에 흐르네	不數桃花流水溪

신계침(神鷄枕)[140)에 제영한 시는 이러하다.

베개 위에 수놓은 원앙새는 오래 더불어 깃들고	枕繪鴛鴦久與棲
새로 마름질한 가벼운 비단 위엔 신계(神鷄)가 다투네	新裁霧縠[141]鬪神鷄
님과 단꿈을 꾸느라 새벽 오는 것도 까맣게 잊었고	與郎酣夢渾忘曉
닭도 헤어지기 싫어 울지 않으려 하는구나	鷄亦留連不肯啼

쇄련등(鎖蓮燈)[142)에 제영한 시는 이러하다.

---

137) 미향동(迷香洞): 迷香은 사람을 미혹시키는 향이란 뜻으로 迷香洞은 사봉이
   손님을 맞이했던 방의 이름이다.
138) 비경(飛瓊): 《漢武帝內傳》에 나오는 西王母의 시녀인 許飛瓊을 이르며 나중
   에는 일반적으로 선녀를 가리키는 말로 쓰였다.
139) 부용장(芙蓉帳): 부용꽃으로 비단을 물들여서 만든 휘장을 말하는 것으로
   화려한 휘장을 뜻한다.
140) 신계침(神鷄枕): 神鷄는 靈異한 닭의 뜻이고 神鷄枕은 神鷄를 수놓은 베개를
   이르는 말이다.
141) 무곡(霧縠): 옅은 안개같이 가볍고 얇은 천을 말한다. 宋玉의 〈神女賦〉에 대
   한 李善의 注에서 이르기를, "縠은 지금의 가벼운 깁을 가리키는데 그 천은
   안개같이 얇다.(縠, 今之輕紗, 薄如霧也.)"고 했다.
142) 쇄련등(鎖蓮燈): 연꽃모양의 등불을 이른다.

등잔의 연꽃이 술단지에 비치고　　　　　　　　燈鎖蓮花花照罍
높다란 초대(楚臺)에서 비취 비녀도 함께 취한 듯　翠鈿同醉楚臺143)巍
타고 남은 재 긁어낸 뒤엔 이내 여린 손 끌고 가주오　殘灰剔罷携纖手
님을 보내고 돌아오는 발걸음보다 나으리니　　　　也勝金蓮144)送却回

교홍피(鮫紅被)145)에 제영한 시는 이러하다.

강굉(姜肱)의 이불은 단지 추위를 막는 것이었건만　肱被146)當年僅禦寒
청루(靑樓)에선 항상 피 같은 선홍색으로 비단을 물들이네　靑樓慣染血猩紈
화려한 침상에서 원추새와 난새는 함께 모였다 흩어지고　牙牀147)舒卷鵷鸞共
마침 창틀엔 둥근 달 하나 걸려 있구나　　　正直牎櫺月一團

전향침(傳香枕)에 제영한 시는 이러하다.

한수의 향은 어디서 온 것이기에　　　　　韓壽香148)從何處傳

---

143) 초대(楚臺): 楚 懷王이 꿈에서 무산신녀를 만났던 陽臺를 말하는 것으로 남
　　녀가 운우지정을 나누는 곳을 가리킨다. 자세한 이야기는《情史》권19 정
　　의류〈巫山神女〉에 보인다.
144) 금련(金蓮):《南史・齊紀下・廢帝東昏侯》에 따르면, 東昏侯는 금으로 된 연꽃
　　을 바닥에 붙인 뒤, 潘妃로 하여금 그 위를 걸어 다니도록 하게하고 이를
　　일컫기를 "걸음마다 연꽃이 생긴다.(步步生蓮華也)."라고 했다 한다. 이로 인
　　해 金蓮은 여자의 아름다운 걸음걸이나 여자의 작은 발을 의미하게 되었다.
145) 교홍피(鮫紅被): 전설 속에 인어가 짰다고 하는 비단으로 만든 붉은색 이불
　　이란 뜻이다.
146) 굉피(肱被):《後漢書・姜肱傳》에 대한 李賢의 注에서 삼국시대 吳나라 謝承
　　의《後漢書》를 인용했는데 거기에 漢나라 姜肱이 동생과 우애가 있어 항상
　　같은 이불을 덮고 잤다는 이야기가 보인다.
147) 아상(牙牀): 象牙로 장식한 침상 혹은 좌탑을 가리키는 말로 정교하고 화려
　　한 침상을 이른다.
148) 한수향(韓壽香): 晉나라 賈充의 딸인 賈午가 韓壽와 사통하며 황제가 그의
　　아버지에게 하사한 특이한 향료를 한수에게 준 고사가 남조 송나라 劉義慶

베개 가의 향기가 미인을 그립게 하는가　　　　　　　枕邊芬馥戀嬋娟

예쁘게 치장한 미녀가 칼부림할 거라 의심치 마시길　　休疑粉黛加鋌刀

옥 같은 여자도 불상 앞에서 향을 태운다오　　　　　　玉女梅檀[149]侍佛前

팔분갱(八分羹)[150)에 제영한 시는 이러하다.

당가네 풍미 있는 기름진 양고기　　　　　　　　　　党家[151)風味足肥羊

화려한 누각에 남아 천천히 비교해 보시길　　　　　綺閣留人謾較量

호사스런 음식을 먹는 것도 남아의 일이지만　　　　萬羊[152)亦是男兒事

의 《世說新語 · 惑溺》에 보인다. 이로 인해 한수향은 특이한 향료나 남녀 간의 사랑의 증표를 가리키는 뜻으로 쓰인다. 자세한 이야기는 《情史》 권3 정사류〈賈午〉에 보인다.

149) 전단(梅檀): 범어 梅檀那(candana)의 약칭으로 檀香을 가리킨다. 매우 향기로운 목재로 기물을 만들거나 향료로 태운다. 절에서 이를 태우며 부처에게 기도를 한다.

150) 팔분갱(八分羹): 양고기를 약간 덜 익게 끓여 만든 국인 듯하다.

151) 당가(党家): 명나라 陳繼儒의 《辟寒部》 권1에 따르면, 송나라 陶穀의 첩은 본래 党進의 家姬였는데 하루는 눈이 와서 도곡이 그로 하여금 눈을 녹여 차를 달이라고 하며 당진의 집에서도 이런 풍경이 있었냐고 물었더니, 시첩이 답하기를 "그는 상스러운 사람인데 어찌 이런 풍경을 알 수 있겠습니까? 단지 금실로 꾸민 휘장 안에서 술을 따르고 낮은 소리로 노래나 하며 羊羔酒를 마실 줄만 알 뿐이었습니다."라고 했다. 이로 인해 党家는 비속한 부호 집을 뜻하게 되었다. 양고주는 汾州(지금의 山西省에 속함) 지역에서 나오는 名酒로 기름진 양고기를 配料로 써서 그 맛이 달고 부드럽다.

152) 만양(萬羊): 당나라 張讀의 《宣室志》 권9에 이런 이야기가 있다. "승상인 李德裕가 太子少保로 낙양에서 근무하고 있을 때 한 노승을 불러다가 자신의 길흉을 물은 적이 있었다. 노승이 말하기를 '금방 끝낼 수 있는 것이 아니니 壇을 만들고 佛像을 세웠으면 합니다.' 노승이 단에 있은 지 3일 뒤에 李德裕에게 말하기를 '공의 재앙이 아직 다하지 않았기에 만 리의 남행길을 떠나시게 될 것입니다.' (중략) 이덕유가 묻기를 '남행길은 진실로 면할 수 없겠지만 결국 돌아오게 되지 않을까요?'라고 하자, 노승이 말하기를 '돌아오시게 될 겁니다.'라고 했다. 이덕유가 그 이유를 묻자, 노승이 답하기를 '상국께서 평생에 양 만 마리를 드시게 되어 있는데 지금까지 9천 5백 마리를 드셨습니다. 돌아오셔야 할 이유는 이 5백 마리의 양을 아직 다 드시지 않았기 때문입니다.'라고 했다." 이로부터 萬羊은 귀족의 집안에서 음식을

막된 사람을 본떠 함부로 맛보진 마시길　　　　　　　莫學狂夫取次嘗

　아래 축에 드는 손님은 만나지도 않고 폐문갱(閉門羹)[153]으로 대접하고는 사람을 시켜 말을 전하기를, "공께서는 꿈에 오십시오."라고 했다. 또한 이런 시도 있다.

애오라지 국 한 그릇 한량에게 주고서　　　　　　　　一豆聊供游冶郎[154]
갈 때에는 서둘러 문을 잠그라 하네　　　　　　　　　去時忙喚鎖倉琅[155]
문 안으로 들어가 사마상여 같은 배필을 홀로 사모하며　入門獨慕相如侶
옥금(玉琴)으로 〈봉구황(鳳求凰)〉을 타려고 하네　　　欲撥瑤琴彈鳳凰[156]

　풍수(馮垂)가 사봉의 손님으로 가서·주머니를 털어보니 돈 30만 냥이 있기에 이를 모두 그녀에게 바쳤다. 미향동까지 들어갈 수 있었으므로 조춘병(照春屏)이란 병풍에 〈구미시(九迷詩)〉를 지어 놓고 돌아왔다. 이

먹는 것이 호사스럽다는 것을 형용하는 말로 쓰였다.

153) 폐문갱(閉門羹): 손님에게 국(羹)은 만들어서 주기는 하지만 만나주지는 않는다는 말이다. 손님을 들이지 않고 만나주지 않는 것을 가리킨다.

154) 유야랑(游冶郎): 본래 游冶는 '나가서 놀며 즐기다'라는 뜻인데 기방을 드나들며 聲色을 즐기는 것을 이르기도 한다. 游冶郎은 그렇게 하는 남자를 가리킨다.

155) 창랑(倉琅): 大門에 달려 있는 銅으로 된 鋪首와 고리를 가리키는 것으로 대문의 대칭으로 쓰인다. 鋪首(포수)는 대문 고리를 부착시키는 사자, 호랑이, 용 등과 같은 짐승머리 형상의 쇠붙이 주물이다.

156) 입문독모상여려 욕발요금탄봉황(入門獨慕相如侶 欲撥瑤琴彈鳳凰): 상여는 한나라 사마상여를 가리키고 瑤琴(요금)은 옥으로 장식한 거문고를 이른다. 彈鳳凰(탄봉황)은 사마상여가 탁문군을 위해 〈鳳求凰〉 곡을 지어서 연주한 것을 이른다. 그 노래에 있는 "봉이여, 봉이여, 고향으로 돌아와 사해에 노닐며 그 짝을 찾는구나."라는 구절로 인해 '鳳求凰'이라 불리었다. 자세한 이야기는 《情史》 권4 정협류 〈탁문군〉에 보인다.

이야기는 《상신록(常新錄)》에 나온다.

　소설(小說) 속에 기름을 파는 총각이 있었는데 한 이름 난 기생을 사모하여 매일 몇 푼씩 돈을 저축했다. 그리하여 2년여 만에 10금을 얻은 뒤, 이를 다 털어서 금괴 하나로 만들어 기생어미에게 건네주고 하룻밤 잠자리를 청했다. 그날 밤 기생이 밖에서 술을 마시고 취해 돌아왔는데 그 남자는 혼자 팔짱을 낀 채로 누워 다음 날 아침이 될 때까지 감히 몸을 돌리지도 않았다. 기생이 술이 깨었을 때에는 이미 날이 밝아 있었다. 어찌 자기를 불러 깨우지 않았냐고 기생이 묻자, 총각이 말하기를 "가까이에서 하룻밤을 보낸 것도 이미 복에 넘는 것인데 어찌 감히 범할 수 있겠습니까?"라고 했다. 그 후 기생은 총각의 마음에 감동하여 자신의 재물을 그에게 주었고 마침내 시집까지 가게 되었다. 대저 10금이 얼마나 되겠는가만 기름 파는 총각에게는 또한 하룻밤의 호사였던 것이다.

[원문] 史鳳

　史鳳, 宣城妓也, 待客以等差. 甚異者, 有迷香洞、神鷄枕、鎖蓮燈; 次則鮫紅被、傳香枕、八分羹. 各有題咏. 咏迷香洞云:
　洞口飛瓊珮羽霓, 香風飄拂使人迷.
　自從邂逅芙蓉帳, 不數桃花流水溪.
　神鷄枕云:
　枕繪鴛鴦久與棲, 新裁霧縠鬪神鷄.
　與郎酣夢渾忘曉, 鷄亦雷連不肯啼.
　鎖蓮燈云:
　燈鎖蓮花花照疊, 翠鈿同醉楚臺巍.

殘灰剔罷携纖手, 也勝金蓮送却回.

鮫紅被云:

肱被當年僅禦寒, 青樓慣染血猩紈.

牙牀舒卷鴛鸞共, 正直膽欄月一團.

傳香枕云:

韓壽香從何處傳, 枕邊芬馥戀嬋娟.

休疑粉黛加鋌刃, 玉女栴檀侍佛前.

八分羹¹⁵⁷⁾云:

党家風味足肥羊, 綺閣嵒人謾¹⁵⁸⁾較量.

萬羊亦是男兒事, 莫學狂夫取次嘗.

下則不相見, 以閉門羹待之. 使人致語曰: "請公夢中來." 亦有詩云:

一豆聊供游冶郎, 去時忙¹⁵⁹⁾喚鎖倉琅.

入門獨慕相如侶, 欲撥瑤琴¹⁶⁰⁾彈鳳凰.

馮垂客於鳳, 罄囊有銅錢三十萬, 盡納之. 得至迷香洞, 題《九迷詩》於照春屏而歸. 出《常新錄》.

　　小說有賣油郎, 慕一名妓, 乃日積數文. 如是二年餘, 得十金, 傾¹⁶¹⁾成一錠, 以授嫗求一宿. 是夜, 妓自外醉歸, 其人擁背而臥, 達旦不敢轉側. 妓酒醒時, 已天明矣. 問何不見喚. 其人曰: "得近一宵, 已爲蹻福, 敢相犯耶?" 後妓感其意, 贈以私財, 卒委身焉. 夫十金幾何, 然在賣油郎, 亦一夕之豪也.

---

157)【校】八分羹:《情史》에는 "八分羹"으로 되어 있고《全唐詩》에는 시 제목이 "八分羊"으로 되어 있다.

158)【校】謾:《情史》에는 "謾"으로 되어 있고《全唐詩》에는 시 제목이 "漫"으로 되어 있다.

159)【校】忙:《全唐詩》에는 "忙"으로 되어 있고《情史》에는 "杯"로 되어 있다.

160)【校】琴:《全唐詩》에는 "琴"으로 되어 있고《情史》에는 "笙"으로 되어 있다.

161)【校】傾: [影], [鳳], [岳], [類]에는 "傾"으로 되어 있고 [春]에는 "鎔"으로 되어 있다.

63. (5-9) 완적(阮籍)162)

완적(阮籍)163)의 이웃집에는 미색이 뛰어난 젊은 아낙네가 있었는데 그녀
는 목로에서 술을 팔았다. 완적은 항상 그곳에 가서 술을 마셨고 취하면
바로 그녀의 옆에서 누워 자곤 했다. 어떤 군인 집안에 딸이 있었는데
재색은 있었으나 시집도 가기 전에 죽었다. 완적은 그 여자의 부형(父兄)도
모르면서 곧바로 가서 곡을 하고 애도를 다한 뒤에 돌아왔다.

당대(唐代) 손위(孫位), 〈고일도(高逸圖)〉 가운데 완적(阮籍)

---

162) 완적의 두 일화는 《世說新語·任誕》, 《晉書》 권49, 《通志》 권123, 송나라 王
欽若의 《冊府元龜》 권855, 원나라 郝經의 《續後漢書》 권73 등에 보이고, 《古
今譚槪》 권11에도 〈阮籍〉이라는 제목으로 수록되어 있으며, 명나라 陸紹의
《小窗幽記》 권2에도 보인다.

163) 완적(阮籍, 210~263): 삼국시대 魏나라 시인으로 자는 嗣宗이고 陳留尉氏(지
금의 河南省 開封市 尉氏縣)사람이다. 建安七子 가운데 한 사람이었던 阮瑀
의 아들로 步兵校尉를 지냈으므로 阮步兵이라 불리었다. 《世說新語·任誕》
에 의하면, 완적을 포함한 혜강, 유령 등 7인이 항상 대나무 숲 아래에 모
여 마음껏 술 마셨다하여 竹林七賢이라 불리었다고 한다.

《예기(禮記)》에 이르기를 "죽은 사람을 알지만 산 사람을 모르면 애도는 하되 조문은 하지 않는다."라고 했으니, 완적 또한 오로지 옛 법도를 따른 것이다. 자유(子猷)¹⁶⁴⁾가 대나무를 감상할 때 주인이 누군지를 묻지 않았던 것 또한 이와 같은 뜻에서였다.

[원문] 阮籍

鄰家少婦有美色, 當爐¹⁶⁵⁾沽酒. 籍常詣飮, 醉便臥其側. 兵家¹⁶⁶⁾女有才色, 未嫁而死. 籍不識其父兄, 徑往哭之, 盡哀而返.

《禮》云: "知死而不知生, 傷而不弔."¹⁶⁷⁾ 步兵亦猶行古之道也. 子猷看竹, 不問主人, 亦是此意.

---

164) 자유(子猷): 晉나라 왕희지의 아들인 王徽之로 자가 子猷였다. 천성이 대나무를 좋아하여 "어찌 하루라도 그대(대나무) 없이 살 수 있겠는가!(何可一日無此君!)"라고 했다 한다. 자유가 대나무를 감상할 때 주인에게 묻지도 않은 일화는 《世說新語・簡傲》에 보인다. "晉나라 왕휘지가 吳中을 지날 때, 어떤 사대부 집에 좋은 대나무가 있는 것을 보고 가마를 타고 곧장 대나무 아래로 가서 한참 동안 그 대나무들에 대해 읊고 노래한 뒤, 문을 나가려고 했더니, 그 집 주인이 시종들을 시켜 대문을 닫고 나가지 못하게 만류했기에 마음껏 즐기고 갔다."

165) 【校】當爐: [影]에는 "當爐"로 되어 있고 [鳳], [岳], [類], [春], 《世說新語》, 《晉書》에는 "當壚"로 되어 있다. 當爐(당로)은 當壚과 같은 의미로 술집에서 목로를 맡아 술을 판다는 뜻이다.

166) 兵家(병가): 魏晉 시대에 군인 출신의 사람들을 兵家라고 불렀다.

167) 【校】傷而不弔: 《禮記》에는 "傷而不弔"로 되어 있고 《情史》에는 "哭而不弔"로 되어 있다. 《禮記・曲禮上》에서 사람이 죽었을 때 문상하는 것에 대해 이르기를 "산 사람을 아는 경우에는 弔問하고 죽은 사람을 아는 경우에는 哀悼하며, 산 사람을 알고 죽은 사람을 모르는 경우에는 弔問은 하되 哀悼는 하지 않고 죽은 사람을 알지만 산 사람을 모르는 경우에는 애도는 하되 조문은 하지 않는다.(知生者弔, 知死者傷. 知生而不知死, 弔而不傷; 知死而不知生, 傷而不弔.)"고 했다.

64. (5-10) 두목(杜牧)¹⁶⁸⁾

어사(御史)¹⁶⁹⁾ 두목(杜牧)¹⁷⁰⁾이 낙양(洛陽)에서 임직을 하고 있었다. 그때
사도(司徒)였던 이원(李愿)¹⁷¹⁾은 벼슬을 그만두고 한가로이 집에 있었는데
명성이 매우 혁혁하여 당시 으뜸이었으므로 낙양에 있는 명사들이 모두
그를 배알했다. 이에 이원이 크게 연회를 베푸니 조정의 관원들과 재사들
가운데 참석하러 가지 않는 자가 없었다. 이원은 두목이 법령을 관장하고
있었기에 감히 그를 초청하지 않았다. 하지만 두목이 그 자리에 참석하는
손님으로 하여금 자신의 뜻을 전하게 하여 연회에 참석하고 싶다고 하자,
이원은 부득이하게 급히 그에게 서신을 보냈다. 두목은 바야흐로 술을

168) 이 이야기는《本事詩》高逸 제3에 보인다.《太平廣記》권273과《太平廣記鈔》
권44에〈杜牧〉으로 수록되어 있고《唐闕史》에서 나왔다고 했다.《類說》권
51에는〈紫雲〉으로,《古今事文類聚》권17에는〈杜牧狎遊〉로,《詩人玉屑》권
16에는〈分司洛陽〉으로, 명나라 何良俊의《何氏語林》권25와《唐詩紀事》권
56 그리고《艷異編》권27에는〈杜牧〉으로,《山堂肆考》권99에는〈破顏〉으로
각각 수록되어 있다.
169) 어사(御史): 춘추전국 시대부터 열국에 있었던 관직으로 국군의 측근에 있
으면서 문서와 記事를 담당했다. 秦나라 때에는 승상의 副職으로 어사대부
가 있었는데 매우 존귀했으며 감찰과 규탄의 직권이 있었다. 한나라 이후
부터 문서와 기사는 太史가 관장하게 되었고 어사는 점차 규탄을 전문으로
하는 직책이 되었다.
170) 두목(杜牧, 803~852): 만당 때 시인으로 자는 牧之이고 호는 樊川居士이며
京兆 萬年(지금의 陝西省 西安市)사람이다. 文宗 때에 진사 급제하여 宏文館
校書郞을 제수받은 후, 睦州刺史와 監察御史 등의 벼슬을 거쳐 中書舍人까지
지냈다. 李商隱과 더불어 小李杜라고 불리었으며, 만년에 장안 남쪽에 있는
樊川 別墅에 살았으므로 杜樊川이라 불리었다.《新唐書》와《舊唐書》에 그에
대한 傳이 있고 문집으로《樊川文集》이 전한다.
171) 이원(李愿, ?~762): 당나라 중기의 명장이었던 西平王 李晟의 아들로 여러
州의 節度使와 檢校尙書左僕射, 檢校司空 등의 벼슬을 역임했으며 죽은 뒤에
司徒로 추증되었다. 사도(司徒)에 대해서는《情史》권3 정사류〈賈午〉'사도'
각주를 참고하라.

앞에 놓고 독작(獨酌)으로 이미 기분 좋게 마시고 있다가 오라는 말을 듣고는 서둘러 그곳으로 갔다. 그때 자리에 있던 사람들은 이미 술을 마시고 있었고, 기생 백여 명도 있었는데 모두 기예가 뛰어난 절세미인들이었다. 두목은 홀로 남쪽으로 난 줄에 앉아서 눈을 똑바로 뜨고 그들을 주시하며 술 세 잔을 가득히 따라 마신 뒤, 이원에게 묻기를 "자운(紫雲)이란 계집이 있다고 들었는데 누구입니까?"라고 했다. 이원이 손으로 자운을 가리키자 두목이 한참 동안 그녀를 주시하다가 말하기를 "괜히 얻은 명성은 아니군요. 제게 주셔서 감사드려야겠습니다."라고 했다. 이원은 고개를 숙인 채 웃었고, 기생들도 모두 머리를 돌리고 웃었다. 두목은 또 제 스스로 세 잔을 따라 마시고 일어나면서 큰소리로 이런 시[172]를 읊었다.

오늘 화려한 대청에 성대한 연회를 열고	華堂今日綺筵開
누가 낙양에서 임직하고 있는 어사를 오라 했는가	誰喚分司御史來
홀연 광언을 하여 만좌(滿座)를 놀라게 하니	忽發狂言驚滿座
양쪽에 있는 미인들이 일시에 머리를 돌리네	兩行紅粉一時迴

그는 기색이 편안했고 곁에 사람이 없는 듯 거리낌이 없었다.

소탈하고 멋대로 행동하는 것이 진(晉)나라 사람들의 풍류에도 손색이 없다.

---

172) 이 시는 《全唐詩》 권525에 〈兵部尚書席上作〉으로 수록되어 있는데, 《全唐詩》 에 수록되어 있는 시와는 글자 출입이 있다.

[원문] 杜牧

御史杜牧, 分務173)洛陽. 時李司徒愿174), 罷鎭175)閒居, 聲甚176)豪華, 爲時第一. 洛中名士咸謁見之. 李乃大開宴席, 朝客高流, 無不臻赴. 以牧持憲, 不敢邀致. 牧遺座客達意, 願預斯會. 李不得已馳書. 方對酒177)獨斟, 亦已酣暢, 聞命遽來. 時會中已飮酒, 女妓178)百餘人, 皆絶藝殊色. 牧獨坐南行, 瞪目注視, 引滿三卮. 問李云: "聞有紫雲者孰是?" 李指示之. 牧復凝睇良久, 曰: "名不虛得, 宜以見惠179)." 李俯而笑, 諸妓皆亦迴首破顔. 牧又自飮三爵, 朗吟而起曰:

華堂今日綺筵開, 誰喚分司御史來.

忽發狂言驚滿座180), 兩行紅粉一時迴.

意氣閒逸, 旁若無人.

灑然行意, 不減晉人風流181).

---

173) 分務(분무): 分司와 같은 말로 唐宋 때에는 중앙관원이 陪都인 洛陽에 임직하는 것을 일러 分務라고 했다.

174) 【校】李司徒愿: [影], [岳], [類], [春], 《太平廣記》에는 "李司徒愿"으로 되어 있고 [鳳]에는 "李司徒願"으로 되어 있으며 《本事詩》에는 "李司徒"로 되어 있다.

175) 鎭(진): 軍權을 가지고 한 지역을 鎭守하는 일을 뜻한다.

176) 【校】甚: 《情史》에는 "甚"으로 되어 있고 《本事詩》에는 "伎"로 되어 있으며 《太平廣記》에는 "妓"로 되어 있다.

177) 【校】對酒: 《情史》, 《太平廣記》에는 "對酒"로 되어 있고 《本事詩》에는 "對花"로 되어 있다.

178) 【校】女妓: 《情史》, 《太平廣記》에는 "女妓"로 되어 있고 《本事詩》에는 "女奴"로 되어 있다.

179) 見惠(견혜): 다른 사람이 증정해 준 것에 대해 감사할 때 쓰는 謙辭이다.

180) 【校】滿座: [影], 《本事詩》, 《太平廣記》에는 "滿座"로 되어 있고 [鳳], [岳], [類], [春]에는 "四座"로 되어 있다.

181) 晉人風流(진인풍류): 여기에서 風流는 소탈하고 구속받지 않은 것을 말한다. 晉나라 때에는 玄學이 발달해 사람들이 自然이나 眞을 추구하는 경향이 있었다. 宋나라 王沂孫은 〈晉王大令保母帖〉에서 "晉나라 사람들은 風流에 뛰어나 후세 사람들과 달랐다.(晉人擅風流, 宜與後世殊.)"라고 했다.

65. (5-11) 사희맹(謝希孟)182)

사희맹(謝希孟)183)은 육 상산(陸象山)184)의 제자였다. 젊었을 때 기백이 크고 남다르게 행동했으며 기생인 육(陸)씨와 친압했다. 육 상산이 꾸짖어도 사희맹은 단지 죄송하다고만 할 뿐이었다. 후일에 또 그 기생을 위해 원앙루(鴛鴦樓)를 짓자 육 상산이 이를 가지고 다시 그에게 핀잔을 했다. 사희맹은 사죄하며 말하기를 "누각만 짓고 말 것이 아닙니다. 이를 위해 기(記)도 쓸 것입니다."라고 했다. 육 상산은 그의 글을 좋아했으므로 자기도 모르게 이렇게 말했다.

"누기(樓記)에 뭐라고 쓸 것인가?"

사희맹은 그 자리에서 첫 구를 읊조렸다.

"육손(陸遜), 육항(陸抗), 육기(陸機), 육운(陸雲)이 죽은 뒤로부터 천지간의 지혜롭고 빼어난 기운은 사내들에게는 깃들지 않고 부녀자들에게 깃들어 있도다."

---

182) 이 이야기는 송나라 龐元英의 《談藪》에 나온다. 명나라 田汝成의 《西湖遊覽志餘》 권16과 명나라 陸楫의 《古今說海》 권100에도 보인다. 《山堂肆考》 권111에는 〈悲戀希孟〉으로, 명나라 瞿佑의 《香臺集》 권下에는 〈陸姬樓記〉로, 《稗史彙編》 권49에는 〈謝希孟善戲〉로, 《古今譚槪》 권30에는 〈鴛鴦樓〉로, 《艶異編》 권30에는 〈謝希孟〉으로, 청나라 葉申薌의 《本事詞》 권下에는 〈謝希孟小詞〉로, 《古今情海》 권8 情中豪에 〈你莫思量我〉로 수록되어 있다.

183) 사희맹(謝希孟, 1156~?): 자는 古民이고 호는 晦齋이며 台州 黃岩사람이다. 젊었을 때부터 文名이 있었으며 理學의 대가인 陸九淵의 문하에서 수학했다. 남송 淳熙 연간에 진사 급제했고 大社令, 大理寺司直, 奉儀郎, 嘉興府通判 등의 벼슬을 역임했다. 벼슬길이 순탄치 않아 기생들과 어울리며 기방을 드나들었다.

184) 육상산(陸象山): 陸九淵(1139~1192)을 가리킨다. 자가 子靜이고 호는 象山先生이며 江西 撫州 金溪사람이다. 心學를 개창했으며 朱熹를 비롯한 정통 理學派에 대항해 큰 영향을 끼쳤고 주희와 더불어 朱陸이라 불리었다.

육 상산은 아무 말도 하지 않았지만 그가 자기를 경멸한 것임을 알았다. 어느 날 사희맹은 그 기생의 집에 있다가 문득 깨달아 홀연 돌아갈 마음이 생겨 작별도 하지 않고 길을 떠났다. 기생은 강변까지 쫓아가 배웅을 하며 그를 연연해하여 슬피 눈물을 흘렸다. 사희맹은 의연히 목도리를 풀어 거기에 사 한 수를 써서 그녀에게 주었다. 그 사[185]는 이러하다.

두 짝 노의 물보라는 잔잔하고	雙槳浪花平
양쪽 강기슭은 청산에 갇혀 있네	夾岸靑山鎮
너는 너대로 집으로 돌아가고 나는 나대로 돌아가서	你自歸家我自歸
어떻게 지낼지를 말하고 있구나	說著如何過
나는 결코 그리워하지 않을 테니	我斷不思量
너도 나를 생각하지 말거라	你莫思量我
이전에 내게 줬던 그 마음을	將你從前與我心
이제는 남에게 주면 될 것이다	付與他人可

누각을 짓고 글을 쓴 것도 진실로 호방하거니와 홀연 깨닫고서 작별도 하지 않고 떠난 것은 더욱 호방하다. 오이는 익으면 저절로 꼭지가 떨어지고 물이 이르는 곳은 저절로 물고랑이 생기니 육 상산이 애써 꾸짖을 필요가 전혀 없었다.

[원문] 謝希孟

謝希孟者, 陸象山門人也. 少豪俊, 與妓陸氏狎. 象山責之, 希孟但敬謝而已. 他日復爲妓造鴛鴦樓, 象山又以爲言. 希孟謝曰: "非特建樓, 且爲作記." 象山喜其

---

185) 이 사는 《全宋詞》에 〈卜算子 · 贈妓〉로 수록되어 있다.

文, 不覺曰: "樓記云何?" 即占首句云: "自遜、抗、機、雲186)之死, 而天地英靈之
氣, 不鍾於男子, 而鍾於婦人." 象山嘿然, 知其侮也. 一日, 希孟在妓所, 恍然有悟,
忽起歸輿, 不告而行. 妓追送江滸, 悲戀而啼. 希孟毅然取領巾書一詞與之, 云:

雙槳浪花平, 夾岸青山鎖. 你自歸家我自歸, 說著如何過. 我斷不思量, 你莫
思量我. 將你從前與我心, 付與他人可187).

造樓作文, 固狂. 忽然有悟, 不告而行, 更狂. 瓜熟蒂落, 水到渠成188), 全不勞
象山棒喝189).

---

186) 遜抗機雲(손항기운): 陸遜(183~245), 陸抗(226~274), 陸機(261~303), 陸雲(262~
303)을 가리킨다. 陸遜는 자가 伯言이고 吳郡 吳縣(지금의 江蘇省 蘇州市)사
람이다. 三國 時代 東吳의 승상이며 대장군이었다. 陸抗는 陸遜의 차남으로
자가 幼節이고 三國 時代 吳나라의 大司馬를 지냈으며 유명한 장수이기도
했다. 陸機는 陸抗의 아들로 자는 士衡이고 西晉 때 유명한 문학가이자 서
예가였다. 平原內史, 祭酒, 著作郎 등을 역임했다. 陸雲은 陸機의 동생으로
자는 士龍이고 젊어서부터 문재가 있었으며 형 陸機와 더불어 二陸이라 불
리었다.
187) 【校】可: [春], [鳳], [岳], [類], 《談藪》에는 "可"로 되어 있고 [影], 《艷異編》에
는 "呵"로 되어 있다.
188) 瓜熟蒂落 水到渠成(과숙체락 수도거성): 瓜熟蒂落은 오이가 익으면 저절로
꼭지가 떨어진다는 뜻이다. 원래 태아가 성숙하면 저절로 분만하게 되는
것을 비유적으로 이르는 말이었으나 조건이 성숙하면 일이 저절로 이루어
진다는 뜻으로 쓰이게 되었다. 水到渠成은 물이 흐르는 대로 도랑이 생긴다
는 뜻이다. 조건이 갖추어지면 일은 자연히 성사된다는 것을 비유적으로
이르는 말이다.
189) 棒喝(봉갈): 원래 불교 禪宗에서 쓰는 말로 禪師가 佛學의 입문자에게 그의
根機를 판별하기 위해 물음에 말로 답하지 않고 警策으로 때리거나 一喝하
여 답하는 것을 이른다. 나중에는 미혹되었거나 오류에 빠진 자들을 깨우
치는 것을 모두 棒喝이라 이르게 되었다.

66. (5-12) 강해(康海)190)

장원을 했던 강해(康海)191)는 자가 덕함(德涵)이고 호는 대산(對山)이며
사곡(詞曲)으로 명성을 떨쳤다. 관직을 그만두고 고향으로 돌아가서 살
때 그는 야한 노래와 여색을 매우 좋아했다. 이름이 흔가자(狠架子)라고
하는 한 기생을 일찍이 총애한 적이 있었다. 마침 그 기생은 죄를 져서
벌로 쌀을 내야만 했다. 강해는 헌부(憲副)192) 유대모(劉大謨)193)에게 일이
있었으므로 곧바로 서신을 보내 이르기를 "흔가자는 내가 아끼는 기생인
데다가 마 공순(馬公順)이 그의 늙은 서방이었으니, 원부(遠父) 선생께 절을
올려 간청하건대 곡식을 좀 덜 내도록 해주십시오."라고 했다. 유대모는
웃으며 그의 말대로 따랐다. 공순은 헌부(憲副)였던 마응상(馬應祥)194)의
자(字)인데 그 또한 일찍이 그 기생과 친압했던 적이 있는 자였다. 원부는
유대모의 자(字)이다.

대산(對山)에게는 네 명의 시첩이 있었는데 대산 스스로 그들을 '수신사수

190) 康海에 대한 이 이야기들은 명나라 蔣一葵의 《堯山堂外紀》 권92 〈康海〉에
보인다. 강해가 기생과 함께 당나귀 타고 길거리 노닌 이야기는《古今譚槪》
권11에 〈挾妓遊行〉으로 간단히 수록되어 있다.
191) 강해(康海, 1475~1540): 자는 德涵이고 호는 對山 혹은 沜東漁父이며 武功(지
금의 陝西省 武功縣)사람이었다. 명나라 홍치 연간에 장원급제했고 翰林院修
撰를 제수받았다. 前七子 가운데 한 사람이며, 시문집으로 《對山集》, 雜劇으
로 《中山狼》, 散曲集으로 《沜東樂府》 등을 남겼다.
192) 헌부(憲副): 都察院의 副長官인 左·右副都御史에 대한 별칭이다. 도찰원은
명나라 홍무 연간부터 설치되었던 관서로 관리의 감찰과 탄핵을 주관했으
며 중대한 송안을 심리하는 데 참여하기도 했다.
193) 유대모(劉大謨):《河南通志》 권57에 따르면, 자는 遠夫이고 儀封(지금의 河南
省 蘭考縣)사람이었으며 정덕 무진년에 진사 급제한 뒤, 戶部主事, 右僉都御
史 등의 벼슬을 지냈다고 한다.
194) 마응상(馬應祥): 자가 公順이고 高宛(지금의 山東省 高宛縣)사람이었다. 홍치
병진년에 진사 급제했고 山西督屯, 按察副使 등의 벼슬을 지냈다. 여기에서
憲副는 按察使의 副使를 가리킨다.

(隨身四帥)195)'라고 일컬었으며, 그들의 이름은 금국(金菊), 소두(小斗), 부용(芙蓉), 채련(采蓮)이었다. 당초 대산은 자식이 없었는데 마침 어떤 기생이 시장에서 노래를 해 돈벌이를 하고 있기에 그를 눈여겨보았다. 얼마 지나지 않아서 술을 마시자고 공을 부르는 자가 있었는데 그 기생도 그 자리에 있었다. 공도 거문고를 잘 탔고 기생도 잘 탔기에 기생이 한 곡을 타자 공이 매우 기뻐했다. 그리하여 그의 기생어미를 불러와 이백 금과 비단 네 두루마리를 주고 그를 들였다. 곧 아들을 낳았으며 그 아들은 나중에 거인(擧人)으로 뽑혔다. 대산은 항상 기생과 함께 한 필의 절름발이 당나귀를 타고서 종자(從者)에게는 비파(琵琶)를 들고 따르게 하고 길거리를 거닐었는데 오만한 모습으로 남을 개의치 않았다.

[원문] 康海

康狀元海, 字德涵, 號對山, 以詞曲擅名. 里居時, 最好聲色. 常嬖一妓, 名"狠架子". 妓適被罪, 當罰米. 康以事在劉憲副大謨, 乃束劉云: "狠架子是我表子196), 馬公順是他老子. 拜上遠父197)先生, 乞望饒些草子." 劉笑而從之. 馬公順乃馬憲副應祥字, 亦嘗狎此妓者. 遠父, 劉字也.

對山有四姬198), 自199)爲隨身四帥, 其名曰: 金菊、小斗、芙蓉、采蓮. 初,

---

195) 수신사수(隨身四帥): 옆에서 수행하는 네 명의 장수라는 뜻이다.
196) 表子(표자): 옛날에 기녀에 대한 호칭으로 情婦를 가리키기도 했다. 《名義考》에 따르면 "민간에서 창기를 表子라고 하고 私娼을 乃老라고 한다. 表는 裏의 상대적인 의미로 칭한 것으로 表子는 外室을 말한다.(俗謂倡曰表子, 私倡者曰乃老. 表對裏之稱, 表子, 稱言外婦.)"라고 했다.
197) 【校】遠父: 《情史》, 《堯山堂外紀》에는 "遠父"로 되어 있고 《河南通志》에는 "遠夫"로 되어 있다.
198) 【校】姬: [影], [鳳], [岳], 《堯山堂外紀》에는 "姬"로 되어 있고 [春]에는 "妓"로 되어 있다.

對山無子, 適有妓鬻歌於市, 公目之. 未幾有招公飮者, 是妓在焉. 公善琴, 妓亦善, 試彈一曲, 公大喜. 招其母, 授以二百金、幣四, 納焉. 卽生子, 後擧孝廉[200]. 對山常與妓女同跨一蹇驢, 令從人賚琵琶自隨, 游行道中, 傲然不屑.

67. (5-13) 양신(楊愼)[201]

장원을 했던 양신(楊愼)[202]은 대례제(大禮制) 사건으로 영창(永昌)[203]에서 수자리를 하면서 안녕(安寧)[204]에서 우거를 했다. 임안(臨安)[205]과 대리(大理)[206] 등 여러 군들을 두루 유람하면서 가는 곳마다 창우들을 데리고 갔다. 그 창우들은 모두 대리의 동(董) 수재가 양신을 위해 불러 모은 자들이었기에 사람들은 동 수재를 '동 뚜쟁이'라고 불렀다. 오랑캐 부락의 수령들은 양신이 직접 쓴 시문을 얻고자 했지만 얻을 수 없었다. 이에 촘촘히 짠

---

199) 【校】自: 《情史》에는 "自"로 되어 있고 《堯山堂外紀》에는 "目"으로 되어 있다.

200) 孝廉(효렴): 明淸 시대에는 鄕試의 급제자인 擧人을 효렴이라 불렀다.

201) 양신에 대한 이 이야기들은 모두 《堯山堂外紀》 권95 〈楊愼〉과 王世貞의 《藝苑卮言》 권6에 보인다. 첫 번째 이야기는 명나라 謝肇淛의 《滇略》 권10에도 보이고 두 번째 이야기는 《古今譚槪》 권11에 〈挾妓遊行〉이라는 제목으로도 실려 있다.

202) 양신(楊愼, 1488~1559): 자는 用修이고 호는 升庵이며 新都(지금의 四川省 成都市 新都區)사람이었다. 어렸을 때부터 文才가 있었고 명나라 正德 연간에 殿試 수석으로 翰林院修撰을 제수받았으며 천성이 강직하여 직간을 했다. 嘉靖 3년에 大禮議로 世宗의 뜻을 거슬러 雲南永昌衛로 수자리를 간 뒤, 거기서 30여 년 객거하다가 죽었다. 解縉과 徐渭와 함께 明朝 三才子로 불리었다. 문집으로 《楊升庵集》이 전한다.

203) 영창(永昌): 永昌衛는 지금의 雲南省 保山市이다.

204) 안녕(安寧): 지금의 雲南省 安寧市이다.

205) 임안(臨安): 지금의 雲南省 建水縣이다.

206) 대리(大理): 지금의 雲南省 大理白族自治區이다.

흰 비단으로 옷자락이 있는 윗옷을 만들어 기생들에게 입힌 뒤, 술자리에서 술을 마시는 사이에 그에게 써달라고 간청하도록 했다. 그가 흔연히 붓을 휘둘러 취한 채로 쓴 글씨의 먹물이 치마와 소매를 적셨다. 수령들은 기생들에게 후하게 상을 주고 그것을 사가지고 가서 두루마리로 표구를 했다. 양신은 후에 이를 알고서 더욱 통쾌하게 여겼다.

양 용수(用修)[양신의 자(字)]가 노주(瀘州)207)에 있을 때, 일찍이 술에 취한 적이 있었다. 그때 그는 연백분을 얼굴에 바르고 머리를 두 가닥으로 땋아 올린 채로 꽃을 꽂고 있었다. 제자들이 그를 마주 들고, 여러 기생들이 술잔을 받들며 성 안을 돌아다녔는데 양신은 조금도 부끄러워하지 않았다.

[원문] 楊愼

楊狀元愼, 以議禮208)戍永昌, 僑寓安寧. 遍游臨安、大理諸郡, 所至攜倡伶以從. 皆大理董秀才爲楊羅致, 人呼爲“董牽頭209)”. 諸夷酋欲得其詩翰, 不可. 乃以精白綾作襪210), 遣諸妓服之, 使酒間乞書. 楊欣然命筆, 醉墨淋漓裙袖. 酋重賞妓女, 搆211)歸裝潢212)成卷. 楊後知之, 更以爲快.

---

207) 노주(瀘州): 지금의 四川省 瀘州市로 四川과 雲南의 접경지대에 있다.
208) 議禮(의례): 禮制를 의론하는 것을 말한다. 明나라 正德 16년(1522)에 武宗 朱厚照가 病死하고 후사가 없으므로 그의 사촌 동생 朱厚熜이 황위에 올랐다. 朱厚熜은 즉위한 뒤, 친부모를 황제와 황태후로 추봉하려 했다. 많은 군신들이 禮制에 어긋난 것이라 하며 반대하다가 형장을 맞았다. 당시 內閣 首輔였던 楊廷和(楊愼의 부친)는 이 일로 인해 벼슬을 사직했고, 楊愼은 雲南永昌衛로 수자리를 갔다.
209) 牽頭(견두): 부정한 남녀관계를 이어준 사람을 가리키는 말로 馬伯六이라고도 한다.
210) 【校】襪: [影], 《堯山堂外紀》, 《藝苑卮言》에는 “襪”으로 되어 있고 [鳳], [岳], [類]에는 “襖”로 되어 있으며 [舂]에는 “襪”로 되어 있다.
211) 【校】搆: [影]에는 “搆”로 되어 있고 [鳳], [岳], [舂], 《堯山堂外紀》, 《藝苑卮言》

楊用修愼字在瀘州, 嘗醉. 胡粉²¹³⁾傅面, 作雙丫髻, 揷花. 門生舁之, 諸妓捧
觴, 游行城市, 了不爲怍.

68. (5-14) 당인(唐寅)²¹⁴⁾

당 백호(唐伯虎)²¹⁵⁾[이름은 인(寅)이고 자는 자외(子畏)이다.]는 재주가

에는 "購"로 되어 있으며 [類]에는 "構"로 되어 있다. 搆는 구매한다는 뜻으로 購와 통한다.

212) 【校】 裝潢: [鳳], [岳], [春], 《堯山堂外紀》, 《藝苑卮言》에는 "裝潢"으로 되어 있고 [影], [類]에는 "裝潢"으로 되어 있다. 裝潢(장황)은 裝璜이라고 쓰기도 하며 書畫를 표구한다는 뜻이다. 옛날에 표구를 할 때 黃蘗나무의 즙으로 물들인 潢紙를 사용했으므로 이렇게 불린 것이다.

213) 胡粉(호분): 얼굴에 바르거나 그림을 그릴 때 쓰는 鉛粉을 가리킨다. 《釋名·釋首飾》에서 이르기를, "胡는 餬(가루와 물을 섞어 만든 풀 같은 물질의 총칭)이며, 기름과 섞어 얼굴에 바르는 것이다.(胡, 餬也, 脂合以塗面也.)"라고 했다.

214) 당인의 이야기는 본편 文後에서 이르기를 《涇林雜記》에 나온다고 했지만 《續四庫全書》에 수록되어 있는 《涇林雜記》에는 보이지 않는다. 《古今譚槪》 권11에도 〈傭〉이라는 제목으로 간략하게 수록되어 있고 그 文後에도 《涇林續記》에 나온다고 했지만, 이 역시 《涇林續記》에 보이지 않는다. 《古今情海》 권15 情中豪에는 〈名士風流〉로 실려 있는데 또한 《涇林雜記》에 나온다고 했다. 유사한 이야기가 명나라 姚旅의 《露書》 권7, 청나라 翟灏의 《通俗编》 권37에 수록되어 있는데 주인공은 吉道人으로 되어 있고 시녀 이름이 秋香으로 되어 있다. 《警世通言》 권26 〈唐解元一笑姻緣〉의 本事이기도 하고 《咲薕》에도 〈唐伯虎傳〉으로 보이는데 〈唐解元一笑姻緣〉보다 조금 간단하다. 뒷부분 陳玄超의 이야기는 《耳談》 권13과 《耳談類增》 권25에 있는 〈陳玄超遇銅帽仙人〉에서 節錄한 것이다.

215) 당백호(唐伯虎): 唐寅(1470~1523)을 가리킨다. 자는 伯虎 혹은 子畏라 했으며 호는 六如居士, 桃花庵主, 魯國唐生, 逃禪仙吏였고 吳縣(지금의 江蘇省 蘇州市)사람이었다. 호방하고 文才가 있었으며 祝允明, 文征明, 徐禎卿 등과 더불어 명나라 때 江南四才子로 불리었다. 書畫에도 조예가 깊어 沈周, 文征明,

뛰어나고 기백이 웅건하여 세상을 경시했으며 세속간의 굴레에서 벗어나 겉치레에 신경 쓰지 않았다. 기생집에서 기생과 술을 마시다가 서로 마음이 맞을 때마다 항상 자기 스스로를 잊곤 했다. 그의 시화(詩畵)는 특히 당시 사람들에게 진귀하게 여겨졌다. 석산(錫山)216)의 화홍산(華虹山) 학사는 유난히 그를 추앙하고 존경하여 피차 마음으로 흠모하며 지낸 지 수년이나 되었지만 아직 얼굴을 보지 못하고 있었다. 당 백호는 모산(茅山)217)에 가서 참배를 하려 했는데 그 길이 무석(無錫)218)을 거치게 되어 있었기에 배를 타고 돌아올 때 화홍산을 만나 속마음을 털어놓아야겠다고 생각했다. 밤에 배를 강에 정박하고 강기슭으로 올라 한가로이 걷다가 우연히 동쪽에서 수레가 오는 것을 보았다. 그 뒤에 따르는 시녀들이 구름처럼 많았는데 그중 어떤 계집종의 용모가 특히 아름다웠다. 당 백호는 자기도 모르게 마음이 설레어 몰래 그들의 뒤를 따라갔다. 한 큰 대문에 이르러 그 사람들이 모두 한꺼번에 몰려 들어가자 이를 바라보며 아쉬워했다. 이에 주변에 사는 사람들에게 알아보고는 화홍산 학사의 저택인 것을 알게 되었다. 당 백호는 배로 돌아간 뒤에 정신이 팔려서 밤새 뒤척이며 잠을 이루지 못했다. 한밤중에 갑자기 계책 하나가 떠오르자 마치 가위에 눌린 것처럼 산발한 채로 미친 듯이 소리를 질렀다. 사람들이 놀라 일어나서 그 연유를 묻자 당 백호가 이렇게 말했다.

"방금 전에 꿈속에서 한 천신(天神)을 보았는데 그는 붉은 머리털에 툭 튀어나온 긴 이빨이 나와 있었고 손에는 금저(金杵)219)를 쥐고 있었다.

仇英 등과 더불어 吳門四家라고 칭해지기도 했다.

216) 석산(錫山): 지금의 江蘇省 無錫市에 있는 산이다.
217) 모산(茅山): 지금의 江蘇省 句容市와 金壇市 사이에 있는 산이다.
218) 무석(無錫): 지금의 江蘇省 無錫이다.
219) 금저(金杵): 불교에서 마귀를 항복시키는 병기의 일종으로 쇠몽둥이를 가리
킨다.

그가 내게 말하기를 '참배할 때 경건하지 않아 옥황상제께서 보시고 꾸짖으시며 나로 하여금 너를 때리도록 하셨다.'라고 했다. 그러더니 곧 금저를 들고 내리치려고 하여 나는 머리를 조아리며 애걸하기를 거듭했다. 그가 말하기를 '일단 너를 용서해 주겠노라. 혼자 향을 들고서 가는 길을 따라 배례를 하고 산에 이르러 사죄하면 혹시나 요행히 화를 모면할 수도 있을 게다. 그렇지 않으면 당장 재앙이 내릴 것이다.'라고 하기에 내가 놀라서 깨어나 벌벌 떤 것이다. 이제 마땅히 신의 가르침에 따라 혼자 가서 그 약속을 지켜야만 하니, 너희들은 배를 타고 서둘러 돌아가 내가 하는 일을 방해하지 말거라."

그리고 나서 바로 미복(微服)을 한 뒤에 보따리와 우산을 들고 분연(奮然)히 강기슭으로 올라가 급한 걸음으로 길을 떠났다. 뒤를 따라간 자가 있었으나 당 백호는 대로(大怒)하며 돌아가도록 쫓았다. 화홍산의 전당포로 은밀히 가서 그곳을 맡고 있는 집사를 보고 겸손한 말투로 스스로를 낮추며 말하기를, "소인은 오현(吳縣)²²⁰⁾사람으로 자못 글씨를 잘 쓰기에 귀댁에 의탁하여 문서 쓰는 일을 하고 싶으니 추천해 주셨으면 합니다."라고 한 뒤에 바로 붓을 꺼내 한 장의 종이에다 몇 줄의 글씨를 써서 그에게 주었다. 집사가 그것을 가지고 들어가 화홍산에게 아뢰자 그는 당 백호를 들어오라 했다. 풍채가 뛰어나고 글씨가 단정한 것을 보고는 화홍산은 몹시 기뻐하는 얼굴빛을 띠며 묻기를 "평소에 무슨 공부를 하는가?"라고 했다. 당 백호는 이렇게 대답했다.

"어려서 유가의 책을 읽어 제법 글은 잘 짓습니다만 여러 번 시험을 보아도 급제하지 못해 떠돌아다니다가 여기에 이르게 되었습니다. 원컨대 서기(書記)의 일을 맡았으면 하옵니다."

---

220) 오현(吳縣): 지금의 江蘇省 蘇州市 일부 지역이다.

화홍산은 말하기를 "만약 그렇다면 우리 집 큰 아들의 반독(伴讀)[221]이 될 수 있겠다."라고 하며 화안(華安)이란 이름을 주고 사숙으로 보냈다.

화안이 그 집에 들어가게 된 뒤, 전에 보았던 계집종에 대해 은밀히 알아봤더니 그의 이름은 계화(桂華)라 했고 공이 평소에 총애하는 자였으므로 계책을 낼 수 없었다. 머문 지 오래되면서부터 가끔 화공의 아들이 쓴 글이 타당하지 못한 부분이 있는 것을 보면 남몰래 고쳐주었고 혹은 대신 지어 주기도 했다. 아들의 글 선생은 자신의 제자가 날로 향상되는 것을 기뻐하여 그의 글을 들고 화공 앞에서 자랑을 했다. 화공은 "이는 어린아이가 미칠 수 있는 바가 아니니 반드시 다른 사람에게 부탁했을 것이오."라고 말한 뒤에 아들을 불러다가 힐문을 하자 아들은 감히 숨기지 못했다. 이에 글제를 내어 화안을 시험해 보았는데 그는 붓을 잡자마자 즉시 완성을 했으며 글을 들고 줄 때 보니 손에 육지(六指)가 있었다. 화공이 그 글을 읽어 보았더니 문사(文詞)와 문의(文意)가 모두 아름다웠기에 심히 더욱 기뻐하며 측근에 두고 문방(文房)을 맡도록 했다. 무릇 오가는 서찰들은 모두 그로 하여금 짓게 하거나 답장을 하도록 했는데 하나같이 화공의 마음에 들었다. 얼마 지나지 않아 집사가 죽자 화공이 화안에게 잠시 그 일을 대리하도록 했다. 화안이 신중하게 출납을 하면서 추호도 사심이 없기에 화공은 그로 하여금 정식으로 그 직책을 맡게 하려고 했다. 그가 장가들지 않은 것을 꺼림칙하게 여겨 중임(重任)을 맡기기 어려웠으므로 매파를 불러 아내를 고르도록 했다. 화안은 이를 듣고 화공과 평소 잘 알고 지내는 사람에게 은밀히 이렇게 청했다.

---

221) 반독(伴讀): 본래 송나라 諸王의 王府와 南北院에 있었던 관직으로 宗室 자제를 가르치는 일을 담당했다. 요나라부터 명나라까지 王府에는 계속 있었으며, 관원 집 자녀가 사숙에서 공부할 때 동반하면서 시중도 들던 사람도 아울러 이르게 되었다.

"주공께서 저를 발탁해 주셨고 장가드는 것까지도 생각해 주시니 은혜가 천지와 같습니다. 다만, 거듭 번거롭게 해 드리는 것을 원치 않으니 시녀로 짝지어 주시면 될 뿐입니다."

이에 그 사람이 화공에게 화안의 뜻을 전달하니, 화공이 말하기를 "시녀가 제법 많으니 스스로가 고르도록 하게 하지요."라고 했다. 화안이 계화를 얻고 싶다는 마음을 살짝 드러내자 화공이 처음에는 난색을 보였지만 그 뜻을 어기기가 어려워 혼인 날짜를 잡고 따로 방 하나를 꾸며준 뒤에 호화롭게 연회를 베풀어 주었다. 합환주를 마시는 날 밤, 서로 마음이 맞아 매우 즐거웠다. 며칠 있다가 두 사람의 정의가 더욱 투합하게 되자 당 백호는 드디어 실정을 토로했다.

"내가 당 해원(解元)²²²)이오이다. 그대의 자태와 용모를 사모하여 내 스스로를 낮추고 여기에 와서 일을 한 것이오. 지금 원했던 바를 이루었으니 이는 하늘이 준 연분이오만, 어찌 이곳이 오래 머무르기에 마땅하겠소? 몰래 도망해 소주(蘇州)로 가는 것이 좋겠소이다. 그들이 내 생각을 짐작하지 못하니 해로를 도모해야 마땅할 것이오."

그러자 여자는 흔연히 따르고자 했다. 드디어 작은 배를 사서 밤을 틈타 급히 출발했다. 날이 밝아 하인들이 화안의 방문이 잠겨 있는 것을 보고서 문을 열고 방 안을 살펴보았다. 옷가지와 패물들이 모두 기록되어 있었고 가져간 것은 조금도 없었다. 화공은 깊이 생각해 보아도 그 연유를 짐작할 수 없었으며 사람을 시켜 두루 찾아보았지만 묘연히 종적이 없었다.

1년이 좀 지난 뒤에 화공이 우연히 소주의 창문(閶門)²²³)에 이르렀을

---

222) 해원(解元): 향시에서 수석을 한 사람을 해원이라고 불렀다. 당백호는 弘治 11년(1498)에 應天府에서 거행한 향시에 수석으로 급제했으므로 이렇게 불린 것이다.

223) 창문(閶門): 춘추시대부터 있었던 성문의 이름으로 지금의 江蘇省 蘇州市 서쪽에 있다.

때 한 사람이 책방 안에 앉아 있는 것이 보였다. 그 모습이 화안과 매우 비슷하여 종자가 이를 아뢰자 화공은 그 사람을 자세히 살펴보라고 했다. 당 백호는 여전히 서점에서 서책을 들고 훑어보고 있었는데 손에 또한 육지(六指)가 있었다. 시종이 더욱 놀라 이상히 여기며 누구인지를 물었더니 옆에 있던 사람이 말하기를 "이 사람이 당 백호이오이다."라고 했다. 돌아가 화공에게 아뢰자 그는 곧 명첩을 들고 당 백호를 찾아갔다. 당 백호가 나와서 화공을 맞이하고 좌정을 했다. 화공이 여러 번 살펴보니 과연 그는 화안과 비슷했다. 차(茶)가 나오자 육지가 드러나 화안인 것이 틀림없다고 더욱 확신은 했지만 직언하기 어려워 주저하다가 말을 꺼내지 않았다. 당 백호가 사람을 시켜 술을 마련하고 대작을 하여 반쯤 취하자 화공은 참지 못해 그를 떠보려고 화안이 자기 집에 왔다간 시말을 자세히 말해 보았다. 하지만 당 백호는 단지 응대만 할 뿐이었다. 화공이 또 말하기를 "그의 외모와 손가락이 공과 자못 비슷한데 무슨 연유인지 모르겠습니다."라고 했다. 하지만 당 백호가 계속해 응대만 했지 인정을 하려고 하지 않았으므로 화공은 더욱더 의심스러웠다. 화공이 자리에서 일어나 작별하고 떠나려 하자, 당 백호가 말하기를 "좀 더 머무시면 공께 그 일을 밝혀 드리겠습니다."라고 했다. 술잔이 다시 몇 차례 돌자 당 백호는 하인으로 하여금 촛불을 들고 앞서게 하고 후당으로 들어가서 색시를 불러 절을 올리도록 했다. 진주 영락(瓔珞)으로 겹겹이 가려져 있었으므로 아리따운 얼굴은 드러나지 않았다. 절을 마치자 당 백호는 색시를 데리고 화공에게 가까이 가서 자세히 보게 한 뒤에 웃으면서 말하기를 "공께서 화안이 소생과 비슷하다고 하셨는데 계화 또한 이 여자와 비슷한지 모르겠습니다."라고 했다. 이에 함께 크게 웃고 헤어졌다. 화공은 돌아가서 후하게 혼수를 갖추어 그 여자에게 보냈고 당 백호와 인척을 맺었다. 이 일은 《경림잡기(涇林雜紀)》[224]에 나온다.

또한 《이담(耳談)》[225]에 진현초(陳玄超)에 관한 이야기가 실려 있는데 이와 몹시 비슷하다. 진현초는 이름이 현(玄)이고 구오(句吳)[226]사람이었다. 그의 아버지는 시어(侍御)[227]로 있으면서 엄씨(嚴氏)[228]를 탄핵하는 상소를 올렸다가 유배되어 죽었다. 진현초는 나이가 젊고 호방하여 세속에 얽매이지 않았다. 일찍이 객(客)과 더불어 호구(虎丘)[229]에 올라갔다가 어떤 관원집의 계집종을 본 적이 있었는데 용모가 아름답고 자태가 고왔으며 웃으면서 자기를 돌아보고 있었다. 진현초는 그 계집종을 좋아하게 되어 사람을 시켜 그의 집까지 뒤를 밟도록 했다. 미복을 하고 곤궁한 척하며 서사(書寫)의 일을 청해 머물면서 그 집 두 아들의 시중을 들었다. 이로부터 두 아들의 글이 날로 기발해져서 그들의 아버지와 글 선생은 매우 놀랐지만 그 글이 진현초로부터 나온 줄은 몰랐다. 얼마 안 있다가 장가를 가야한다는 이유로

---

224) 경림잡기(涇林雜紀): 명나라 周復俊의 筆記集이다. 雜記는 雜紀와 통하며, 正史 이외의 史料를 가리키는 말로 異聞逸事 등을 다룬 筆記를 말한다.

225) 이담(耳談): 명나라 王同軌가 지은 筆記小說集으로 총 15권으로 되어 있다. 귀신과 요괴와 奇聞逸事에 관한 이야기들이 많이 수록되어 있다. 三言二拍 과 《聊齋志異》 등에 영향을 끼쳤다.

226) 구오(句吳): 옛 吳나라 지역을 가리키는 말로 지금의 江蘇省 및 安徽省의 일부이다.

227) 시어(侍御): 당나라 때에는 殿中侍御史나 監察御史를 侍御라고 불렀으며 그 뒤로도 이를 따랐다.

228) 엄씨(嚴氏): 명나라 武宗과 世宗 때에 權臣이었던 嚴嵩(1480~1565)과 그의 아들 嚴世蕃(1513~1565)을 가리킨다. 엄숭은 자가 惟中이고 호는 勉庵이며 江西 分宜사람이었다. 吏部尚書 등의 벼슬을 거쳤고 私利를 도모하며 20여 년 동안 국정을 장악했다. 만년에 가산이 몰수되었으며 2년 뒤에 죽었다. 《明史》에서 그에 대해 평하기를 "다른 재능이 없이 오직 한 마음으로 황제에게 아첨하여 권력과 이익을 도모했을 뿐이다."라고 했다. 엄세번은 호가 東樓이고 아버지 엄숭 덕에 국자감에서 공부했으며 벼슬은 工部左侍郎까지 올랐다. 간사하고 교활했으며 《明史·奸臣傳》에 그의 傳이 실려 있다.

229) 호구(虎丘): 蘇州城 서북쪽에 있는 산으로 '吳中第一名勝'이라 불리었다. 한나라 袁康의 《越絕書·外傳記吳地傳》에 따르면, "吳王 闔廬의 무덤이 閶門 밖에 있는데 이름을 虎丘라고 한다. (중략) 무덤을 만든 지 3일 뒤, 白虎가 그 위에 앉아 있었다고 하여 虎丘라고 불리었다."고 한다.

돌아가겠다고 하자 두 아들은 이를 듣지 않으며 말하기를, "집안 여자들 가운데 네 마음대로 골라라."라고 했다. 그가 말하기를 "정 그렇다면 추향(秋 香)이 괜찮겠습니다."라고 했는데 추향은 바로 이전에 만났던 그 계집종이었 다. 두 아들은 부모에게 진현초를 장가들이도록 아뢰었다. 결혼을 하고 나서 그 계집종이 묻기를 "낭군께서는 호구에서 만났던 사람이 아닙니까?"라 고 하자, "그렇소."라고 대답했다. 계집종이 말하기를 "낭군은 귀공자이신데 어찌 이와 같이 스스로를 낮추십니까?"라고 하니, 진현초는 "그대가 이전에 웃으며 나를 돌아보았기에 그 정을 잊지 못했을 뿐이오."라고 답했다. 계집종 이 말하기를 "첩은 그때 낭군께서 복상을 하고 계셨는데 겉에는 소복을 하시고 속에는 화려한 옷을 입으신 것을 보고서 젊은 나이에 경박하신 것이 우스워서였지 다른 뜻은 아니었습니다."라고 했다. 진현초는 그렇지 않을 것이라 여겼으며 두 사람은 더욱더 서로 화락했다. 마침 어떤 귀한 손님이 그의 주인을 방문하러 왔다. 진현초는 의관을 빌려 입고 그 손님을 맞이했으며 손님은 진현초와 더불어 매우 즐겁게 이야기를 나누었다. 진현초 는 침착하게 백(白) 이부(吏部)[230]에 대해 말을 했는데 백 이부는 진현초의 장인이었다. 당시 백 이부는 국정을 잡고 있었으며 지위가 높아 이름이 알려져 있었다. 집주인은 이를 듣고 크게 놀랐으며 비로소 일의 자초지종을 알고는 급히 백금어치의 물건을 마련해 시녀와 함께 진현초에게 주었다.

이 두 가지 일은 마치 한 수레바퀴에서 나온 자국처럼 흡사하다. 그러나 화 학사는 인재를 아꼈던 반면 진현초의 주인은 권세나 재산에 따라 사람을 차별했다고 아니할 수 없다. 다른 책에서는 또한 추향의 일을 당 자외(唐子畏)

---

230) 이부(吏部): 中央行政 六部 가운데 하나로 관리의 任免, 考課, 升降, 직무변동 등을 관장했으며 다른 部보다 班列이 위에 있었다. 여기에서는 吏部의 관원 을 이른다.

의 일에 뒤섞기도 했다.

당인(唐寅), 〈왕촉궁기도(王蜀宮妓圖)〉

[원문] 唐寅

唐伯虎名寅, 字子畏, 才高氣雄, 藐視一世, 而落拓不羈, 弗脩邊幅231). 每遇花酒232)會心處, 輒忘形骸. 其詩畫特爲時珍重. 錫山華虹山學士, 尤所推服, 彼此神交有年, 尚未覿面. 唐往茅山進香, 道出無錫. 計返棹時, 當往詣華傾倒. 晚泊河下, 登埠閒行. 偶見乘輿東來, 女從如雲, 有丫鬟貌尤豔麗. 唐不覺心動, 潛尾其後. 至一高門, 衆擁而入. 唐凝盼悵然. 因訪居民, 知是華學士府. 唐歸舟, 神思迷惑, 展轉不寐. 中夜忽生一計, 若夢魘狀, 被髮狂呼. 衆驚起問故, 唐曰: "適夢中見一天神, 朱髮獠牙, 手持金杵, 云233): '進香不虔, 聖帝見譴, 令我擊汝.' 持杵欲下, 予叩頭哀乞再三, 云: '姑且恕爾, 可隻身持香, 沿途禮拜, 至山謝罪, 或可倖免. 不則禍立降矣!' 予驚醒戰悚. 今當遵神敎, 獨往還願. 汝輩可操舟速回, 母234)溷乃公爲也." 卽微服持包傘, 奮然登埠, 疾行而去. 有追隨者, 大怒逐回. 潛至華典中, 見主櫃者, 卑詞降氣曰: "小子吳縣人, 頗善書, 欲投府上寫帖, 幸爲引進." 卽取筆書數行於一紙, 授之. 主者持進白華, 呼之入. 見儀表俊偉, 字畫端楷, 頗有喜色. 問: "平日習何業?" 曰: "幼讀儒書, 頗善作文. 屢試不得進學, 流落至此, 願備書記之末." 公曰: "若爾, 可作吾大官伴讀." 賜名華安, 送至書館.

安得進身, 潛訪前所見丫鬟, 云名桂華, 乃公所素寵愛者. 計無所出. 居久之, 偶見郞君文義有未妥處, 私加改竄, 或爲代作. 師喜其徒日進, 持文誇華. 華曰: "此非孺子所及, 必倩人耳." 呼子詰之, 弗敢隱. 因出題試安, 援筆立就. 擧文呈華, 手有枝指235). 華閱之, 詞意兼美. 益喜甚, 罾爲親隨, 俾掌文房. 凡往來書劄, 悉令

---

231) 邊幅(변폭): 용모나 옷차림을 이른다.

232) 花酒(화주): 기방에서 기생과 어울리며 술자리를 하는 것을 가리킨다.

233) 【校】 云: [鳳], [岳], [類], [春]에는 "云"자가 있는데 [影], 《古今情海》에는 "云"자가 없다.

234) 母(무): 毋의 古字이다. 《殷契粹編》에 대한 郭沫若의 考釋에서 이르기를 "母자는 발음이 '毋'와 같으며, 옛날에는 본래 한 글자였는데 후대에 이르러 분화되었다.(母字讀爲毋, 古本一字, 後乃分化.)"라고 했다.

235) 枝指(지지): 엄지손가락 옆에 하나가 더 난 손가락을 가리킨다. 《莊子 · 騈拇》에 대한 成玄英의 疏에서 "枝指란 것은 손의 엄지손가락 옆에 한 손가락이 더 나 六指가 된 것을 이른다.(枝指者, 謂手大拇指傍枝生一指, 成六指也.)"라

裁復, 咸當公意. 未幾, 主典者告殂, 華命安暫攝, 出納惟愼, 毫忽無私. 公欲令即
眞236), 而嫌其未婚, 難以重托, 呼媒爲擇婦. 安聞, 潛乞於公素所知厚者, 云: "安
蒙237)主公提拔, 復謀爲置室, 恩同天地. 第不欲重費經營, 或以侍兒見配可耳!"
所知因爲轉達. 華曰: "婢媵頗衆, 可令自擇." 安遂微露欲得桂華. 公初有難色,
而重違其意, 擇日成婚. 另飾一室, 供帳華侈. 合巹之夕, 相得甚歡, 居數日, 兩情益
投, 唐遂吐露情實, 云: "吾唐解元也. 慕爾姿容, 屈身就役. 今得諧所願, 此天緣也.
然此地豈宜久羈, 可潛遁歸蘇. 彼不吾測, 當圖諧老耳!" 女欣然願從. 遂買小舟,
乘夜遄發. 天曉, 家人見安房門封鎖, 啟視室中, 衣飾細軟238), 俱各登記, 毫無所
取. 華沉思莫測其故. 令人遍訪, 杳無形跡.

　　年餘, 華偶至閭門, 見書坊中坐一人, 形極類安. 從者以告, 華令物色之. 唐尚
在坊, 持文繙閱, 手亦有枝指. 僕尤駭異, 詢爲何人, 旁云: "此唐伯虎也." 歸以告華,
遂持刺往謁. 唐出迎, 坐定. 華審視再三, 果克肖. 茶至而指露, 益信爲安無疑.
奈難以直言, 躊躇239)未發. 唐命酒對酌. 半酣, 華不能忍, 因縷述安去來始末以探
之. 唐但唯唯. 華又云: "渠貌與指頗似公, 不識何故." 唐又唯唯, 而不肯承. 華愈狐
疑, 欲起別去. 唐曰: "幸少從容, 當爲公剖之." 酒復數行, 唐命童秉燭前導, 入後堂,
請新娘出拜. 珠珞重遮, 不露嬌面. 拜畢, 唐携女近華, 令熟視之. 笑曰: "公言華安
似不佞, 不識桂華亦似此女否." 乃相與大笑而別. 華歸, 厚具裝奩贈女, 遂締姻好
云. 事出《涇林雜紀240)》.

고 했다.
236) 即眞(즉진): 攝政 혹은 監國을 하다가 정식으로 황위에 오르는 것을 뜻하는
　　말로 관리의 직무가 대리에서 정식으로 바뀌는 것을 이르기도 한다.
237) 【校】蒙: [影]에는 "蒙"으로 되어 있고 [鳳], [岳], [類], [春]에는 "聞"으로 되어
　　있다.
238) 細軟(세연): 휴대하기 쉬운 귀중품을 이르는 말이다.
239) 【校】躊躇: [鳳], [岳], [類], [春]에는 "躊躇"로 되어 있고 [影]에는 "躕躇"로 되
　　어 있다.
240) 【校】涇林雜紀: [影], 《續四庫全書》에는 "涇林雜紀"로 되어 있고 [鳳], [岳], [類],
　　[春]에는 "涇林雜記"로 되어 있다. 《涇林雜記》는 明나라 周復俊의 筆記集이다.
　　雜記는 雜紀와 통하며, 正史 이외의 史料를 가리키는 말로 異聞 逸事 등을
　　다룬 筆記를 말한다.

又《耳談》載陳玄超事, 與此絶類. 陳玄超, 名玄, 句吳人. 父侍御, 疏論嚴氏,
謫死. 玄少年, 倜儻不羈. 嘗與客登虎丘, 見宦家從婢姣好姿媚, 笑而顧己. 悅之,
令人跡至其家. 微服作落魄, 求傭書焉. 遂侍二子. 自是二子文日奇. 父、師大驚,
不知出玄也. 已而以娶求歸, 二子不從, 曰: "室中惟汝所擇." 曰: "必不得已, 秋香
可." 即前遇婢也. 二子白父母以娶. 玄旣娶, 婢曰: "君非虎丘遇者乎?" 曰: "然."
曰: "君旣貴公子, 何自賤若此?" 曰: "汝昔笑顧我, 不能忘情耳!" 曰: "妾昔見君服喪,
表素而華其裏. 少年挑撻可笑, 非有他也." 玄謂不然, 盆兩相歡. 會有貴客過其主
人, 玄因假衣冠謁客, 客與歡甚. 從容言及白吏部, 蓋玄之外父. 吏部正柄國, 尊顯.
主人聞, 大駭, 始悉玄始末. 亟治百金裝, 倂婢贈之. 二事若出一轍. 然華學士憐才,
而陳之主人未免勢利矣. 他書亦有以秋香事混作唐子畏者.

69. (5-15) 원앙사 쌍비사(鴛鴦寺 雙飛寺)241)

남당(南唐)의 마지막 황제였던 이욱(李煜)242)이 황위에 있었을 때 미복을
하고 기생집을 갔다가, 마침 어떤 중이 술자리를 벌이고 있었으므로 불청객이
되었다. 그 중은 주령(酒令)이든, 시를 읊는 것이든, 거문고 소리에 맞춰

241) 두 이야기는 송나라 陶穀의 《淸異錄》 권上에 〈偎紅倚翠太師〉와 〈梵嫂〉로 실
려 있으며, 唐伯虎가 편찬했다고 되어 있는 《僧尼孼海》에는 〈李煜遇僧〉과
〈相國寺僧〉으로 수록되어 있다. 첫 번째 이야기인 〈鴛鴦寺〉의 경우는 《說郛》
권39에 수록된 陸游의 《避暑漫抄》와 《宋稗類鈔》 권17에도 보이고 《艶異編》
권13 〈後主〉에도 실려 있다.
242) 이욱(李煜, 937~978): 五代十國 때 南唐의 마지막 황제였다. 자는 重光이고
호는 鐘隱과 蓮峰居士이며 彭城(지금의 江蘇省 徐州)사람이다. 남당이 망하
자 송나라에 투항해 포로가 되어 汴京으로 잡혀간 뒤, 右千牛衛上將軍과 違
命侯로 봉해지기도 했으나 나중에 송나라 太宗에게 독살되었다. 국정을 제
대로 다스리지 못했지만 서예, 시문, 음악 등에 조예가 있었으며 특히 시사
(詩詞)에 능했다.

노래를 하는 것이든 어느 것 하나 뛰어나지 않은 것이 없었다. 이욱이
총명하면서도 드러내지 않는 것을 보고 중은 의기투합하여 그를 좋아했다.
이욱은 술기운을 타 오른쪽 벽에 큰 글씨로 이렇게 썼다.

"술을 조금씩 따라 마시면서 낮은 소리로 노래하며 기생을 껴안고 있는
대사로다. 원앙사(鴛鴦寺) 주지는 풍유 교의(敎義)를 지녔도다!"

한참 있다가 중은 기생을 안고 안방으로 들어갔다. 이욱은 천천히 걸어
나왔으며 중과 기생은 끝내 그를 알아차리지 못했다. 이욱은 일찍이 이를
서현(徐鉉)243)에게 은밀히 알린 바 있다.

상국사(相國寺)244) 성진원(星辰院)의 중이었던 징휘(澄暉)는 아리따운
기생을 처로 삼았다. 그는 매번 술에 취했을 때마다 자기 스스로를 가리키며
이렇게 말했다.

"나는 무뢰 나한이요, 여색을 좋아하는 석가요, 또한 머리털이 없는 낭인(浪
人)이며, 아내가 있는 여래로다. 쾌활하고 풍류가 있으며 머리는 빡빡 깎고
후사가 없도다."

갑자기 한 젊은이가 찾아와 징휘에게 술자리를 마련해 놓고서 그의 아내를
만나고 싶다 했지만 그는 이를 곤란하다고 여겼다. 다음 날 새벽, 사원의
편액 위에 "칙사쌍비지사(敕賜雙飛之寺)"245)라고 종이에 휘갈겨 쓴 글만이

---

243) 서현(徐鉉, 916~991)은 자가 鼎臣이고 會稽사람이다. 南唐 때 御史大夫, 率更
令, 右散騎常侍, 吏部尚書 등의 벼슬을 역임했고 동생 徐鍇와 더불어 文名을
떨쳐 二徐라고 불리었다.
244) 상국사(相國寺): 河南省 開封市에 있는 相國寺가 아닌가 싶다. 北宋 때 東京
(현 開封市)에서 가장 큰 사찰로 北齊 天保 6년(555)에 지어졌다.
245) 칙사쌍비지사(敕賜雙飛之寺): '황제가 이름을 하사한 雙飛의 절'이라는 뜻이
다. 雙飛는 본래 쌍을 이루어 함께 날아다닌다는 뜻으로 부부의 정이 두터
운 것을 비유적으로 이르는 말이다. 정이 두터운 부부가 사는 절이라는 역
설적 의미를 드러낸 것이다.

보였다.

[원문] 鴛鴦寺 雙飛寺

李煜在國, 微行娼家. 遇一僧張席, 煜遂爲不速之客. 僧酒246)令謳吟彈唱, 莫不高絕. 見煜明俊韞藉, 契合相愛重. 煜乘醉大書右壁曰: "淺斟低唱, 偎紅倚翠247)大師. 鴛鴦寺主, 持248)風流教法." 久之, 僧擁妓入屛帷裏. 煜徐步而出, 僧, 妓竟不知249). 煜常密諭鉉云250).

相國寺星辰院比丘澄暉, 以豔娼爲妻. 每醉, 點胸曰: "二四阿羅251), 烟粉252)釋迦. 又沒頭髮浪子253), 有室254)如來, 快活風流255), 光前絕後." 忽一少年, 踵門

---

246) 【校】僧酒: 《淸異錄》, 《說郛》, 《艷異編》에는 "僧酒"로 되어 있고 《情史》에는 "酒"로 되어 있다.

247) 偎紅倚翠(외홍의취): 偎倚는 기대거나 바짝 붙어 있는 것을 뜻한다. 偎紅倚翠는 여색을 친압해 기생과 어울리는 것을 가리킨다.

248) 【校】持: 《情史》에는 "持"로 되어 있고 《淸異錄》, 《艷異編》에는 "傳持"로 되어 있으며 《說郛》에는 "住持"로 되어 있다.

249) 【校】僧妓竟不知: [影], 《說郛》, 《艷異編》에는 "僧妓竟不知"로 되어 있고 [鳳], [岳], [類], [春]에는 "僧妓竟不知也"로 되어 있으며 《淸異錄》에는 "僧妓竟不知煜爲誰也"로 되어 있다.

250) 【校】煜常密諭鉉云: 《情史》에는 "煜常密諭鉉云"으로 되어 있고 《淸異錄》, 《說郛》에는 "煜嘗密諭徐鉉 鉉言於所親焉"으로 되어 있으며 《艷異編》에는 "煜嘗密諭徐鉉 鉉因言於所親焉"으로 되어 있다.

251) 二四阿羅(이사아라): 二四는 無賴漢의 뜻이다. 阿羅는 阿羅漢과 같은 말이며, 阿羅漢는 범어 Arhat에 대한 음역으로 羅漢을 뜻한다.

252) 【校】烟粉: 《淸異錄》, 《僧尼孼海》에는 "烟粉"으로 되어 있고 《情史》에는 "烟彩"로 되어 있다. 烟粉(연분)은 烟花粉黛의 준말로, 여자 특히 창녀를 가리키며 남녀 간의 염정에 관한 일을 가리키기도 한다.

253) 【校】浪子: 《淸異錄》, 《僧尼孼海》에는 "浪子"로 되어 있고 《情史》에는 "娘子"로 되어 있다. 浪子(낭자)는 빈들거리며 노는 사람을 뜻한다.

254) 【校】有室: 《情史》에는 "有室"로 되어 있고 《淸異錄》, 《僧尼孼海》에는 "有房室"로 되어 있다. 有室(유실)은 남자가 아내를 얻는 것을 뜻한다.

謁暉, 願置酒參會梵嫂. 暉難之. 淩晨, 但見院牌用紙漫書曰: "救賜雙飛之寺."

70. (5-16) 여항현 사람 광(餘杭廣)256)

　동진(東晉) 승평(升平)257) 말년에 고장현(故鄣縣)258)의 한 노인이 딸과 함께 깊은 산 속에서 살고 있었다. 여항현(餘杭縣)259)의 광(廣)이라고 하는 사람이 그의 딸을 아내로 들이고 싶다고 청했으나 노인은 이를 허락하지 않았다. 그 후 노인이 병사(病死)해 딸은 관을 사러 읍내로 들어가다가 도중에 광과 마주쳐 그에게 정황을 모두 이야기했다. 이어 말하기를 "만약 당신이 우리 집으로 가서 아버지의 시신을 지키면서 제가 돌아올 때까지 기다려 주실 수 있다면 당신의 아내가 되겠습니다."라고 하자, 광은 이를 승낙했다. 여자가 말하기를 "저희 집 우리 안에 돼지가 있으니 그것을 잡아서 일하는 사람들에게 먹이십시오."라고 했다. 광이 그 여자의 집에 이르자 방 안에서 박수치고 즐겁게 춤을 추는 소리만 들렸다. 울타리를 헤치고 보니 여러 귀신들이 함께 노인의 시신을 받쳐들고 대청에서 놀고 있었다. 광이 몽둥이를 들고 큰소리로 외치며 문 안으로 들어가자 귀신들이 모두 도망쳤다. 광은 시신을 지키며 돼지를 가져다 잡았다. 밤이 되었을 때 시신

---

255) 風流(풍류): 본래의 의미는 풍치 있고 멋스럽다는 뜻이지만 여기에서는 남녀관계에 있어서 경박한 것을 이른다.
256) 이 이야기는 《太平廣記》 권383과 《太平廣記鈔》 권58에 〈餘杭廣〉으로 실려 있고, 《廣博物志》 권15에도 수록되어 있으며 文後에서 이르기를 《幽明錄》에서 나왔다고 했다.
257) 승평(升平): 東晉 穆帝 司馬聃의 연호로 357년부터 361년까지이다.
258) 고장현(故鄣縣): 秦末부터 있었던 縣으로 지금의 浙江省 安吉縣 일대이다.
259) 여항현(餘杭縣): 浙江省 북부에 있었던 縣으로 지금의 杭州市 餘杭區이다.

옆에서 한 늙은 귀신이 손을 내밀며 고기를 달라는 것이 보였다. 이에 그 귀신의 팔을 잡아 귀신은 다시 도망갈 수 없게 되었다. 광이 그 귀신을 더욱더 단단히 붙잡자 문밖에서 여러 귀신들이 함께 외치기를 "늙은 놈이 탐식을 하다가 저렇게 되었으니 아주 속 시원하구나!"라고 하는 소리만 들렸다. 광이 늙은 귀신에게 말하기를 "어르신을 죽인 놈이 필시 너렷다. 속히 혼령을 돌려보내면 너를 풀어줄 것이지만, 만약 그렇지 않으면 끝까지 놓아주지 않겠노라."라고 했다. 늙은 귀신은 말하기를 "내 자식들이 어르신을 죽인 것이오."라고 하며, 바로 귀신 아들을 불러 말하기를 "돌려 주거라."라고 했다. 노인이 점차 살아나자 광은 그 늙은 귀신을 풀어주었다. 딸이 관을 싣고 집으로 와서 서로 보고는 놀라면서 슬피 울었다. 광은 곧 그 여자를 아내로 맞이하였다. 이 이야기는 《유명록(幽明錄)》[260]에서 나왔다.

[원문] 餘杭廣

晉升平末, 故鄮縣老公有一女, 居深山, 餘杭廣求爲婦, 不許. 公後病死, 女上縣買棺, 行半道, 逢廣, 女具道情事. 因曰: "君若能往家守父屍, 須吾還者, 願爲君妻." 廣許之. 女曰: "我欄中有豬, 可爲殺以飴作兒." 廣至女家, 但聞屋中有撫掌欣舞之聲. 廣披籬, 見眾鬼在堂, 共捧弄公屍. 廣持杖大呼入門, 羣鬼盡走. 廣守屍,

---

260) 유명록(幽明錄): 南朝 송나라 宗室이었던 劉義慶이 집록한 志怪小說集으로 《幽冥錄》 혹은 《幽冥記》라고도 한다. 《隋書·經籍志》에는 21권이었다고 되어 있고 《舊唐書·經籍志》와 《新唐書·藝文志》에는 30권이라고 되어 있는데 송나라 때 이미 실전되었던 것으로 보이며 魯迅이 《古小說鉤沈》에 265則의 佚文들을 모았다. '幽明'이란 《周易·繫辭傳》에 나오는 말로 有形과 無形의 사물을 가리킨다. 이 책은 주로 鬼神靈怪에 관한 이야기들을 다루어 '幽明'의 뜻과 부합하기에 이렇게 이름하게 된 것이다. 《列異傳》, 《搜神記》, 《搜神後記》 등과 중복되는 이야기들도 많다.

取豬殺. 至夜, 見屍邊有老鬼伸手乞肉. 廣因捉其臂, 鬼不復得去, 持之愈堅. 但聞
戶外有諸鬼共呼云: "老奴貪食至此, 甚快." 廣語老鬼: "殺公者, 必是汝. 可速還精
神, 我當放汝. 汝若不還者, 終不置也." 老鬼曰: "我兒等殺公耳!" 即喚鬼子: "可還
之." 公漸活, 因放老鬼. 女載棺至, 相見驚悲. 因娶女爲婦. 出《幽明錄》.

71. (5-17) 유씨의 아내(劉氏子妻)261)

유(劉) 씨 성의 사람이 있었는데 어려서부터 의협심이 강했으며 담력과
용기가 있었다. 일찍이 초주(楚州) 회음현(淮陰縣)262)에서 객거한 적이 있었
는데 교유했던 사람들은 대부분 시정 불량배들이었다. 이웃 사람인 왕(王)씨
에게 딸이 있었다. 유씨는 그녀를 아내로 맞이하려고 청혼을 했으나 왕씨는
이를 허락하지 않았다. 그 후 몇 년 뒤에 그는 배고픔으로 인해 종군을
했으며, 수년 후 군역이 끝나자 다시 초주를 유람하면서 옛 친구들과 만나
매우 즐거워했다. 그들은 항상 말을 타고 마음껏 구경을 하며 돌아다녔다.
낮에는 사냥을 일삼았고 밤에는 기방에서 만나곤 했다. 한번은 성곽 밖으로
나갔다가 10여 리 떨어진 곳에 있는 한 무너진 무덤에서 관이 드러나 있는
것을 보고 돌아와 모여서 술을 마셨다. 그때는 장차 여름으로 접어들 무렵이

---

261) 이 이야기는 《太平廣記》 권386과 《太平廣記鈔》 권61에 〈劉氏子妻〉로 실려
    있으며 《原化記》에서 나왔다고 했다. 《廣艷異編》 권16과 《續艷異編》 권15에
    도 〈劉氏子妻〉로 기재되어 있으며 《稗史彙編》 권43에는 〈劉氏娶尸〉로 실려
    있다. 《初刻拍案驚奇》 권9에 〈宣徽院仕女秋千會 淸安寺夫婦笑啼緣〉의 入話도
    이 이야기를 바탕으로 하고 있다.
262) 회음현(淮陰縣): 淮河의 남쪽에 있으므로 淮陰이라 불리었으며 지금의 江蘇
    省 淮安市 淮陰區이다.

었고 밤에 폭우가 막 그친 뒤였다. 사람들이 농담 삼아 말하기를 "누가 물건을 그 무너진 무덤에 있는 관 위에 가져다 놓을 수 있겠나?"라고 하자, 유씨는 술기운에 자신의 기개를 믿고 말하기를 "내가 할 수 있소!"라고 했다. 사람들이 말하기를 "만약에 정말로 할 수 있다면, 내일 우리들이 그 일에 대한 상으로 술자리를 한 번 마련하겠네."라고 했다. 이에 벽돌 하나를 가져와서 함께 모였던 사람들이 그 위에 이름을 적고 유생으로 하여금 가져가게 한 뒤에 나머지 사람들은 술을 마시며 그를 기다렸다. 유생은 혼자 걸어서 한밤중에 무덤에 도착했다. 달이 막 떠올라 있었는데 마치 무엇이 관 위에 웅크려 앉아 있는 것 같아 자세히 보았더니 한 죽은 여자였다. 유생은 벽돌을 관 위에 놓은 뒤, 그 시체를 등에 지고 돌아왔다. 사람들이 한창 환담을 하고 있을 때, 유생이 문을 미는 소리가 문득 들렸는데 마치 무거운 것을 지고 있는 듯했다. 문이 열리고 유생이 곧장 등불 앞으로 들어와 바닥에 시체를 내려놓자 그 시체가 우뚝 섰다. 그 얼굴에는 흰 분과 눈썹먹이 칠해져 있었으며 틀어 올린 머리가 반쯤 풀어헤쳐져 있었다. 한자리에 앉아 있던 모든 사람들이 놀라고 두려워하였으며 급히 달아나 엎드려 숨는 자도 있었다. 유생은 말하기를 "이 사람은 나의 처이오이다."라고 하고, 곧 시체를 안고 침상으로 가서 그 여자와 동침을 했다. 사경(四更)이 되자 갑자기 그 여자의 입과 코에서 약간의 숨기가 있는 것이 느껴지기에 자세히 살펴봤더니 이미 살아나 있었다. 그녀에게 사연을 물었더니 왕씨의 딸인데 급병으로 죽었으며 자기 스스로도 관 위에 웅크리고 앉아 있었던 이유를 알지 못했다. 날이 밝자 유생은 물을 떠다가 여자의 얼굴과 손을 씻겨주고 머리단장을 해주었더니 그녀의 병이 이미 다 나아 있었다. 곧 이웃 사람들이 놀라며 서로 이렇게 말하는 소리가 들렸다.

"왕씨의 딸이 장차 시집갈 즈음에 갑자기 죽어 염(殮)도 하지 않았는데 어젯밤 천둥이 치고 나서 그 시체가 사라졌어요."

이에 유생이 왕씨에게 이를 알려 주자, 왕씨는 한편으로는 슬퍼하면서도 다른 한편으로는 기뻐하며 곧 딸을 유생에게 시집보냈다. 사람들은 모두 하늘의 뜻에 감탄했으며 또한 유생이 두려워하지 않은 것에 탄복했다.

[원문] 劉氏子妻

　　劉氏子263)者, 少任俠, 有膽氣. 嘗客游楚州淮陰縣, 交遊多市井惡少. 鄰人王氏有女, 求聘之, 王氏不許. 後數歲, 因饑, 遂從戎. 數年後, 役罷, 再游楚鄉. 與舊友相遇, 甚歡. 常恣遊騁, 晝事弋獵, 夕會狹邪264). 因出郭十餘里, 見一壞塚, 棺柩暴露, 歸而合飲酒. 時將夏, 夜暴雨初止. 衆人戲曰: "誰能以物送至壞塚棺上者?" 劉乘酒恃氣曰: "我能之." 衆曰: "若審能之, 明日衆置一筵以賞其事." 乃取一磚, 同會人列名於上, 令生持去, 餘人飲而待之. 生265)獨行, 夜半至墓. 月初上, 如有物蹲踞棺上. 諦視之, 乃一死婦人也. 生捨磚於棺背, 負此屍而歸. 衆方歡語, 忽聞生推門, 如負重之聲. 門開, 直入燈前, 置屍於地, 卓然而立. 面施粉黛, 鬒髮半披. 一座驚駭, 亦有奔走藏伏者. 生曰: "此我妻也." 遂擁屍致牀同寢. 至四更, 忽覺口鼻微微有氣. 診視之, 則已甦矣. 問所以, 乃王氏之女, 因暴疾亡, 亦不自知屍踞棺上何繇也. 天明, 生取水與之洗面、濯手、整釵鬒, 疾已平復. 乃聞鄰里相駭云: "王氏女將嫁, 暴卒未殮. 昨夜因雷, 遂失其屍." 生乃以告王氏, 王氏悲喜, 乃嫁生焉. 衆咸歎其冥契, 亦伏生之不懼也.

---

263) 劉氏子(유씨자): 劉 씨 성을 가진 사람이라는 뜻이다. 여기서 '子'는 사람에 대한 범칭으로 쓰였다.
264) 狹邪(협사): 좁고 꼬불꼬불한 거리나 골목을 가리키는 말로 妓房이나 기생을 이른다.
265) 【校】生: [影], [鳳], [岳], [類], 《太平廣記》에는 "生"으로 되어 있고 [春]에는 "劉"로 되어 있다.

72. (5-18) 장준(張俊)[266]

　　장준(張俊)이란 자는 선주(宣州)[267] 율수현(溧水縣)[268]의 현위(縣尉)였던 원담(元澹)의 소작농이었다. 아내가 호랑이에게 잡혀가자 그는 복수를 하겠다고 맹세를 했다. 이에 활을 들고 산으로 들어가서 호랑이 굴 가까이에 있는 나무 위로 올라가 엿보았더니, 곧 그의 아내가 이미 죽은 채로 호랑이에게 잡혀 있는 것이 보였다. 시신이 저절로 일어나 호랑이에게 절을 하더니 스스로 옷을 벗고 알몸이 되어 다시 빳빳하게 되었다. 호랑이는 또, 굴에서 새끼 네 마리를 이끌고 나왔는데 새끼들은 모두 크기가 살쾡이만 했으며 꼬리를 흔들면서 기뻐 날뛰었다. 호랑이가 혓바닥으로 죽은 아내의 시신을 핥자 새끼들은 서로 다투어 먹으려고 달려들었다. 장준은 활을 연달아 쏴서 호랑이를 죽인 뒤 머리를 베었으며, 아울러 네 마리의 새끼도 죽이고서 그 머리들을 취했다. 그런 뒤 아내를 등에 업고서 집으로 돌아왔다.

　　양향(楊香)[269]은 그의 아버지를 구하는 데 급급했기에 연약한 소녀의 몸으로 호랑이의 목을 졸랐으며, 장준은 그의 처를 구하는 데 급급했기에 필부의 몸으로 호랑이를 죽였으니 세상의 충효(忠孝)와 절의(節義)에 관한 일은 모두 정(情)에서 격발된 것이다. 그러므로 '정담(情膽)'[270]이라는 자유씨

---

266) 이 이야기는 《太平廣記》 권433과 《太平廣記鈔》 권66에 〈張俊〉으로 실려 있으며 모두 《原化記》에서 나왔다고 했다. 《御定淵鑑類函》 권429에도 보이고 명나라 陳繼儒의 《虎薈》 권2와 명나라 王穉登의 《虎苑》 권上에도 수록되어 있으며 《天中記》 권60에는 〈禁屍起拜〉로 실려 있다.

267) 선주(宣州): 지금의 安徽省 宣城市이다.

268) 율수현(溧水縣): 지금의 南京市 溧水區이다.

269) 양향(楊香): 晉나라 때의 효녀이다. 송나라 劉敬叔의 《異苑》 권10에 따르면, 14살 때 아버지를 따라 밭으로 가다가 아버지가 호랑이에게 물리자 맨손으로 호랑이의 목을 졸라 아버지를 구했다고 한다.

(子猶氏)의 말이 있는 것이다.

[원문]　張俊

張俊者, 宣州溧水縣尉元澹莊客[271]也. 其妻爲虎所取, 俊誓欲報讐. 乃挾矢入山, 於近虎穴處, 上樹伺之. 乃見其妻已死, 爲虎所禁. 屍自起, 拜虎訖, 自解其衣, 裸而復僵. 虎又於穴中引四子, 皆大如狸, 掉尾歡躍. 以舌舐死人, 虎子競來爭食. 俊連射斃之, 截虎頭, 並殺四子, 取其首, 負妻而歸.

楊香情急於救父, 故以處女而扼[272]虎. 張俊情急於救妻, 故以匹夫而斃虎. 世上忠孝節義之事, 皆情所激. 故子猶氏有情膽之說.

情史氏曰

승상은 무명 이불을 덮는데 마부는 여러 가지 반찬에 밥을 먹으니 사치함과 검소함은 아마도 천성일 것이다. 그런데 그것은 여자를 위하는 것에서 특히 심하다. 필부(匹夫)도 남아도는 돈이 조금만 있으면 옷을 사고 장신구를 마련하여 아내의 환심을 사려고 하지 않는 자가 없는데 하물며 왕공과 귀인들이 그들의 지극한 정을 드러내는 데 또한 무엇을 아끼겠는가? 그렇지

---

270) 정담(情膽): 정으로 인해 격발되어 생긴 膽力을 뜻한다.

271) 莊客(장객): 佃農(소작농)과 雇農(고용농)에 대한 통칭이다. 장객은 경작 이외에 다른 노역도 맡았으며 田莊을 보호하는 책임도 있었다.

272) 【校】扼:《太平御覽》,《異苑》에는 "搤"으로 되어 있고 《情史》에는 "厄"으로 되어 있다. 搤은 '손으로 조인다'는 뜻으로 扼과 통한다.《情史》에서는 "扼"을 "厄"으로 오기한 듯하다.

만 걸(桀)과 주(紂) 이하의 이야기에서는 멸망이 뒤따랐다. 금곡원(金穀園)273)도 모래사장이 되었고 사치스럽게 지었던 궁전에도 가시나무만 우거졌으며 석숭(石崇)과 원재(元載)는 모두 웃음거리가 되고 말았으니 호사 떠는 것을 또한 어찌 가히 할 수 있겠는가? 송기(宋祁) 등의 제공(諸公)들은 혹은 짠지로 죽을 끓여 먹으며 고생했던 그 부족함을 보상받거나, 혹은 우울하고 뜻을 이루지 못한 그 무료함을 달래려고 그리한 것이었다. 오릉(五陵)274)의 호객(豪客)275)에 이르러서는 박력과 기세가 가득 차 있어서 기생을 뽑고 가녀(歌女)를 모집하여 환락과 웃음을 사는 것은 본디 그들이 항상 하는 일이었을 뿐이었다. 두목(杜牧)이 천성이 호방해 구속받지 않았던 것 또한 정(情)을 억제할 수 없었기 때문이었다. 강해(康海)는 모욕을 무릅쓰고 친구를 구해 옛 열사의 풍도가 있으니 풍류를 즐기며 방탕했던 것은 오점이 되기에 족하지 않다. 양신(楊愼)과 당인(唐寅)은 모두 세상에 쓸모 있는 인재들이었으나 법망에 걸려 오랫동안 쌓인 억울함이 씻기지 않았으므로 방달(放達)하고 스스로를 내팽개쳐 가슴속에 맺힌 불평을 이것으로 풀었다. 노래하는 것을 우는 것으로 삼았으니 이는 군자가 애달파하는 방법이다. 사희맹(謝希孟)은 시끄럽고 떠들썩한 곳에서 홀연 냉정한 눈을 떴으니 광자(狂态)하도다, 광자하도다! 거의 성인의 생각이로다. 절의 중이 무뢰한인데

---

273) 금곡원(金谷園): 晉나라 때 대부호였던 석숭이 金谷澗에 세운 園館이다. 석숭이 지은 〈金谷詩序〉에서 이에 대해 자세히 기술해 놓았다.

274) 오릉(五陵): 지금의 陝西省 咸陽市 근처에 있는 五陵은 長陵, 安陵, 陽陵, 茂陵, 平陵 등의 다섯 개 縣을 합쳐서 이르는 말로 모두 渭水 북쪽 기슭에 있으며 西漢의 황제 다섯 명의 능묘가 있어 붙여진 이름이다. 한나라 元帝 이전에 매번 陵墓를 세울 때면 사방의 부호와 외척으로 하여금 그곳으로 옮겨 살게 하고 園陵을 供奉하게 했다.

275) 호객(豪客): 호화스럽고 사치스러운 사람들을 뜻한다. 당나라 白居易는 〈琵琶行〉에서 "五陵의 젊은이들은 서로 다투어 纏頭(옛날 가무배우들이 연출한 뒤, 손님들이 선물로 주었던 비단을 이른다.)를 주었으니, 한 곡이 끝나면 내려진 붉은 비단이 셀 수 없었네.(五陵年少爭纏頭, 一曲紅綃不知數.)"라고 했다.

거듭 그와 농담한 것은 방종에 가깝다. 여항광(餘杭廣) 등 세 사람이 분기하고
결연한 뜻에 귀신도 피했고 맹수도 굴복했다. 어떤 사람이 말하기를 "이들은
용감함으로써 정을 성취한 자들이다."라고 했다. 비록 그렇기는 하지만
무정한 자가 또한 능히 용감할 수 있으랴?

　　情史氏[276]曰: "丞相布被[277], 車夫重味[278], 奢儉殆天性乎! 然於婦人尤甚.
匹夫稍有餘貲, 無不市服治飾, 以媚其內者. 況以王公貴人, 求發攄其情之所鍾,
又何惜焉? 然桀、紂而下, 滅亡相踵. 金谷沙場, 木妖[279]荊棘. 石崇、元載, 具爲
笑端. 豪奢又安可爲也? 景文諸公, 或以饘粥辛勤, 償其不足; 或以抑鬱未遂, 發其
無聊. 至於五陵豪客, 力膽氣盈. 選伎徵歌[280], 買歡鬻笑, 固其常爾. 杜牧天性疎
狂, 亦緣情不能制耶. 對山辱身救友[281], 有古烈士之風. 風流浪宕, 未足爲玷. 用

---

276) 【校】情史氏: [影]에는 "情史氏"로 되어 있고 [鳳], [岳], [類], [春]에는 "情主人"
　　으로 되어 있다.

277) 丞相布被(승상포피): 布被는 무명 이불이란 뜻으로 청빈한 생활을 묘사하는
　　말이다. 《史記·平準書第八》에서 이르기를 "公孫弘은 漢나라의 丞相이었는데
　　무명 이불을 덮고 밥을 먹을 때에는 두 가지 이상의 반찬을 먹지 않았다.
　　(公孫弘以漢相, 布被, 食不重味.)"고 했다.

278) 車夫重味(차부중미): 車夫는 수레꾼이며 重味는 두 가지 이상의 반찬을 놓고
　　밥을 먹는 것을 이른다.

279) 木妖(목요): 저택이나 궁전을 사치스럽게 짓는 것을 이른다. '妖'는 상리에
　　어긋나는 괴이한 일을 말한다. 송나라 孔平仲의 《續世說·汰侈》에 이런 기
　　록이 보인다. "安史의 亂 이후, 법도가 산만해 內臣과 장수들이 서로 사치
　　러움을 다퉈 정원과 저택을 지을 때, 있는 돈을 다 써야 비로소 그만 두었
　　으니 당시 사람들은 이를 일러 木妖라 했다."

280) 選伎徵歌(선기징가): 기생을 뽑고 歌妓를 모집한다는 뜻으로 방탕한 생활을
　　이르는 말이다. 이백의 시 〈宮中行樂詞〉其二에 있는 "기녀를 뽑아 화려하
　　게 조각한 가마 뒤를 따르게 하고, 가기를 모집해 내실을 드나들게 하네.
　　(選妓隨雕輦, 徵歌出洞房.)"라는 구절에서 나온 말이다.

281) 對山辱身救友(대산욕신구우): 對山는 康海의 호이다. 정덕 원년에 환관인 劉
　　瑾이 국정을 쥐고 있으면서 강해를 同黨으로 만들려고 했으나 강해는 이를
　　거절했다. 그 뒤 정덕 4년에 강해의 친구였던 李夢陽이 劉瑾에게 모함을 당
　　해 하옥되자 강해는 자신을 낮추고 유근에게 부탁해 이몽양을 풀어주도록
　　했다. 다음 해 유근이 처형된 뒤에 강해도 그의 일당으로 연루되어 落職되

脩、子畏, 皆用世才, 而掛於法網, 沉冤不滌[282]. 放達自廢, 胸中磊塊, 借此散之. 歌以當泣, 君子傷焉. 希孟熱鬧場中忽開冷眼[283], 狂[284]乎, 狂乎! 殆聖人之所思[285]乎. 寺僧無賴, 復與爲讎, 近於縱矣. 餘杭廣三人[286], 意所奮決, 鬼神避而猛獸伏. 或曰:‘彼以勇獲伸其情者.’ 雖然, 無情者又能勇乎哉?”

였다. 이 일은《明史》 권286 〈康海〉에 보인다.

282) 掛於法網 沉冤不滌(괘어법망 침원불척): 양신과 당인이 법망에 걸려 오랫동안 쌓인 억울함을 씻지 못한 것을 이른다. 양신이 大禮議로 인해 장형을 받고 수자리 간 사건(〈楊愼〉 ‘議禮’ 각주 참조.)과 당인이 會試를 볼 때 문제를 미리 훔쳐봤다는 누명을 썼던 일을 말한다. 《明史》 권286 〈唐寅〉에 의하면, 당인은 弘治 11년에 향시 수석으로 應天府 解元이 된 후, 경성에 회시를 보러 갔다가 시험문제 유출 사건에 연루되어 하옥 된다. 그 뒤 작은 벼슬을 받기는 했으나 그 직위를 하찮게 여겨 부임하지 않고 벼슬에 대한 관심을 끊고서 더욱 방종하게 되었다고 한다.

283) 冷眼(냉안): 냉정하고 객관적인 시각을 이르는 말이다.

284) 狂(광): 호방하고 세속에 얽매이지 않은 것을 이른다. 《論語·陽貨》에서 이르기를 “옛날의 ‘狂’은 작은 예절에 구애받지 않는 것이었는데 지금의 ‘狂’은 방탕하기만 한 것이다.(古之狂也肆, 今之狂也蕩.)”라고 했다.

285) 【校】思: [影]에는 “思”로 되어 있고 [鳳], [岳], [類], [春]에는 “想”으로 되어 있다.

286) 餘杭廣三人(여항광삼인): 〈餘杭廣〉, 〈劉氏子妻〉, 〈張俊〉에 나오는 주인공들인 餘杭廣, 劉氏子, 張俊 등 세 사람을 이른다.

6

情愛類

情정 愛애 類류

'정애류'에서는 깊이 사랑한 사람들에 대한 이야기
들을 싣고 있다. 세부적으로 보면 '남자가 여자를
사랑한 경우의 이야기들(男愛女)', '여자가 남자를
사랑한 경우의 이야기들(女愛男)', '남녀가 서로 사
랑한 이야기들(男女相愛)' 등을 다루고 있다. 그 가
운데, 남자가 여자를 사랑한 경우의 이야기들(男愛
女)이 가장 많고, 남녀가 서로 사랑한 이야기들(男
女相愛)이 가장 적게 실려 있다. 권말 '정사씨(情史
氏)' 평론에서 깊이 사랑을 기울이다보면 사망하고
멸절하는 일이 있을 수도 있으나 그것은 사랑을
선용(善用)하지 못해서 그런 것이지 정 자체가 잘못
되어 그런 것이 아니라고 했다.

73. (6-1) 여연 이 부인(麗娟 李夫人)[1]

한(漢)무제(武帝)[2]가 총애했던 궁인은
이름이 여연(麗娟)이었다. 그녀는 열네 살
로 피부가 옥과 같이 희고 부드러웠으며
숨결에 묻어나는 향기는 난초보다 나았다.
옷에 끈을 달지 않으려 했는데 그것에 거슬
리면 몸에 흔적이 남을까 염려했기 때문이
었다. 노래를 부를 때마다 이연년(李延年)[3]
이 그에 따라 반주를 했다. 지생전(芝生殿)
에서 〈회풍(廻風)〉이란 곡을 불렀더니 뜰
에 있는 꽃들이 모두 흩날리며 떨어졌다.
그녀를 명리장(明離帳) 안에 있게 했는데
먼지가 그녀의 몸을 더럽힐까 염려해서였

청대(淸代) 왕회(王翽), 《백미신영(百美新詠)》
가운데 〈여연(麗娟)〉

---

1) 여연의 이야기는 한나라 郭憲의 《洞冥記》 권4에 나오는 이야기로 《太平廣記》
　권272와 《太平廣記鈔》 권44 그리고 《說郛》 권77上에 〈麗娟〉으로 수록되어 있
　다. 또한 《山堂肆考》 권40과 《廣博物志》 권24, 그리고 《天中記》 권21에도 실
　려 있다. 李夫人의 이야기는 《漢書》 권97上 〈孝武李夫人傳〉, 《青泥蓮花記》 권
　6 〈孝武李夫人傳〉, 《艶異編》 권6 〈孝武李夫人傳〉과 《武帝》, 《互史·外紀·宮艶》
　권2 〈李夫人〉, 《拾遺記》 권5 등에 있는 이야기들을 가려 뽑은 것으로 보인다.
2) 한무제(漢武帝): 서한의 일곱 번째 황제인 武帝 劉徹(기원전 156~87)을 가리킨
　다. 자는 通이며 시호는 孝武이고 묘호는 世宗이다. 동중서의 건의를 받아들
　여 百家를 폐지시키고 儒術(유교)만을 존숭하도록 했다. 漢代에서 가장 넓은
　강역을 확장시킨 황제였으며 중국 역사상 三大盛世 가운데 하나인 漢武盛世
　를 이룩했다.
3) 이연년(李延年, ?~기원전 90): 한무제 때의 사람으로 음악에 대해 잘 알았고
　가무에 능했으며 新聲(새로운 음악)을 잘 지었다고 한다. 여동생인 이 부인
　덕에 樂府의 協律都尉를 지냈으며, 나중에 동생인 李季가 궁녀와 간통한 사
　건이 발각되어 이연년도 함께 멸족되었다.

다. 무제가 항상 옷 띠로 여연의 소매를 묶어 여러 겹으로 된 장막 가운데에
가두어 두었는데 그녀가 바람 따라 날아가 버릴까 두려웠기 때문이었다.
여연은 호박(琥珀)을 패옥으로 삼아 옷섶 안에 넣은 뒤에 다른 사람들이
알지 못하게 하고 뼈마디에서 저절로 소리가 난다고 했으므로 사람들은
그녀를 신괴(神怪)로 여겼다. 이 이야기는《동명기(洞冥記)》4)에서 나왔다.

　이 부인(李夫人)5)은 본디 창우였다. 당초에 이 부인의 오라버니인 이연년
이 음악을 잘 하여 일찍이 황제 앞에서 춤을 춘 적이 있었는데 그 노래6)는
이러하다.

　　　북방에 가인 있는데　　　　　　　　　　　　　北方有佳人
　　　절색으로 둘도 없구나　　　　　　　　　　　　絶世而獨立
　　　눈길 한 번 주면 성이 기울고　　　　　　　　一顧傾人城
　　　두 번 눈길 주면 나라가 기운다네　　　　　　再顧傾人國
　　　성이 기울고 나라가 기우는 것을 어찌 모르겠냐만　寧不知傾城與傾國
　　　가인을 다시 얻기 힘들기 때문이라　　　　　　佳人難再得

　황제가 탄식하며 말하기를 "세상에 어찌 이런 사람이 있겠는가?"라고
하니 평양공주(平陽公主)7)가 이연년에게 여동생이 있다고 아뢰었다. 황제가

---

4) 동명기(洞冥記): 郭憲이 지었다고 하는 志怪小說集으로《漢武帝別國洞冥記》,
　《漢武洞冥記》라고도 하며 총 4권 60則의 이야기가 실려 있다. 곽헌은 동한
　초기의 인물로 汝南 宋縣(지금의 安徽省 太和縣)사람이다.
5) 이부인(李夫人): 한무제의 총비로 中山(지금의 河北省 定縣)사람이고 昌邑 哀
　王 劉髆의 어머니이다. 후에 孝武皇后로 추봉되었으며 茂陵으로 이장되었다.
　그에 대한 자세한 내용은《漢書》권97上〈孝武李夫人傳〉에 보인다.
6) 이 노래는《玉臺新詠》권1에도 李延年의〈歌詩一首〉로 실려 있다.
7) 평양공주(平陽公主): 한나라 景帝 劉啟와 황후 王娡의 장녀로 武帝 劉徹의 누
　나이다. 본래 陽信公主로 봉해졌는데 平陽侯인 曹壽에게 시집갔으므로 平陽公

불러다가 보니 아리땁고 춤도 잘 추었으므로 그녀를 총애하게 되었다. 아들 한 명을 낳았는데 이 아들이 창읍(昌邑)의 애왕(哀王)[8]이 되었다. 이 부인의 병세가 위독해지자 황제가 몸소 가서 병문안을 하려고 했지만 이 부인은 이불을 덮어쓰고 사절하며 이렇게 말했다.

"첩은 오랫동안 병상에 누워 있어 용모가 망가졌으므로 성상을 뵐 수가 없사옵니다. 원컨대 성상께 아들과 형제들을 부탁드리옵니다."

황제가 말하기를 "부인은 병세가 심하여 아마 일어날 수 없을 것 같은데 한 번 나를 보고 아들과 형제들을 부탁하는 것이 어찌 마음이 편하지 않겠는가?"라고 하자, 이 부인이 이렇게 말했다.

"여자는 용모를 꾸미지 않고는 천자를 뵙지 않사옵니다. 첩은 단정하지 못한 모습으로 감히 성상을 뵐 수 없사옵니다."

황제가 말하기를 "부인이 나를 한 번 보기만 하면 천금을 더 하사하고 형제들에게 높은 벼슬을 주겠노라."라고 하자, 이 부인은 말하기를 "높은 벼슬을 주시는 것은 성상의 마음에 달려 있는 것이지 한 번 뵙는 것에 달려 있지 않사옵니다."라고 했다. 황제가 거듭 말을 하며 기필코 보려고 하자, 이 부인은 곧 몸을 돌리고 흐느껴 울며 다시 아무 말도 하지 않았다. 이에 황제가 불쾌하여 자리에서 일어났다. 부인의 자매들이 그녀를 나무라며 말하기를 "귀인께서는 어찌 성상을 한 번 뵙고 형제를 부탁하지 않으십니까? 어찌하여 이처럼 성상을 한스럽게 하십니까?"라고 하자, 이 부인이 이렇게 말했다.

"대저 자색(姿色)으로 사람을 모시는 자는 자색이 쇠하면 총애도 줄어들고,

主라고 불리었다.

8) 애왕(哀王): 哀王 劉髆은 한무제와 이부인 사이에서 낳은 아들로 昌邑王(昌邑은 지금의 山東省 金鄉縣 북쪽 일대)에 봉해졌으며 哀王은 그의 시호이다. 그 자세한 내용이 《漢書》권63 列傳 제33 〈昌邑哀王〉에 보인다.

총애가 줄어들면 받는 은혜도 끊기는 법입니다. 성상께서 나를 연연해하시는 까닭은 평소 나의 용모 때문인데, 이제 내 얼굴이 망가져 옛날과 다른 것을 보시면 반드시 싫어하시면서 나를 버리실 것입니다. 그런데 여전히 나를 거듭 그리워하시어 형제들을 가련하게 여기시며 써주시겠습니까? 성상을 뵈려고 하지 않는 까닭은 바로 형제들을 잘 부탁드리고 싶기 때문입니다."

이 부인이 죽자 황제는 황후의 예로 장례를 치르고 감천궁(甘泉宮)⁹⁾에 그녀의 모습을 그려 두었으며 이 부인의 오라비들에게 모두 벼슬을 올려주었다. 황제는 죽은 이 부인을 그리워했지만 이 부인을 다시 얻을 수는 없었다. 이때부터 비로소 곤영지(昆靈池)를 파고 거기에 상금주(翔禽舟)를 띄웠으며, 황제가 직접 노래를 짓고 여창우(女倡優)로 하여금 그것을 부르도록 하게 했다. 그때, 해는 이미 서쪽으로 기울어 서늘한 바람이 물결을 차고 여창우의 노랫소리는 심히 우렁차게 들렸다. 이에 〈낙엽애선(落葉哀蟬)〉이란 곡을 지었다.

청대(淸代) 왕해(王翽), 《백미신영(百美新詠)》
가운데 〈이부인(李夫人)〉

---

9) 감천궁(甘泉宮): 궁전 이름으로 그 터는 지금의 陝西 淳化縣 서북쪽에 있는 甘泉山에 있다. 본래 秦나라 궁전이었는데 한무제가 확장시킨 뒤, 여기서 제후를 조회하고 여름에 피서하기도 했다. 《三輔黃圖·甘泉宮》에 따르면, 雲陽宮이라 불리기도 했고 둘레가 19리가 되었으며 장안성이 내려다보였다고도 한다.

비단 소매 소리 사라졌고	羅袂兮無聲
옥섬돌에 먼지 쌓였네	玉墀兮塵生
빈 방은 차갑고 적막할 뿐	虛房冷而寂寞
낙엽은 겹겹이 채워진 빗장 문에 기대고만 있구나	落葉依於重扃
저 아름다운 여인을 바라봄이여	望彼美之女兮
어찌 느낄 수나 있으리오, 가라앉힐 수 없는 이내 마음을	安得感余心之未寧

황제는 노랫소리를 듣고 마음이 동요되어 스스로 견딜 수 없을 정도로 우울해졌다. 특별히 용고(龍膏)[10] 촛불을 켜도록 명령하여 배 안을 비췄지만 스스로 슬픔을 억제할 수 없었다. 옆에서 시중들고 있던 자가 황제의 얼굴빛이 원한(怨恨)과 우수에 차 있는 것을 깨닫고는 곧 홍량주(洪梁酒)[11]를 문라(文螺)잔에 따라 올렸다. 황제는 세 잔의 술을 마시고 나자 얼굴에 기쁜 기색이 돌고 마음이 즐거워져 여창우를 불러내어 시중을 들도록 했다.

무제는 연량실(延凉室)에서 쉬다가 잠이 들어 이 부인이 자기에게 형무향(蘅蕪香)을 주는 꿈을 꾸었다. 놀라서 일어나 보니 향기가 여전히 옷과 베개에 배어 있는데 달이 지나도 사라지지 않았다. 무제는 더욱 그리워 그녀를 찾고자 했지만 끝내 다시 볼 수 없기에 흐르는 눈물이 자리를 적셨다. 그리하여 연량실의 이름을 바꿔 유방몽실(遺芳夢室)이라 했다. 일설(一說)[12]

---

10) 용고(龍膏): 용의 脂膏를 말한다. 《拾遺記》 권10 〈方丈山〉에 이런 내용이 보인다. "燕나라 昭王 2년에 海人이 아름답게 장식된 배를 타고와 조각된 항아리에 담긴 몇 말의 기름을 소왕에게 바쳤다. 소왕은 通雲臺 일명 通霞臺라는 곳에 앉아서 용고를 등불의 기름으로 썼는데 그 빛은 백 리를 밝혔으며, 연기의 색깔은 자홍색이었다. 백성들이 멀리서 그것을 보고 모두 상서로운 빛이라 말했으며 사람들은 멀리서 그것에 절을 올렸다."

11) 홍량주(洪梁酒): 《拾遺記》 권5에 이런 내용이 보인다. "洪梁酒는 洪梁縣에서 나왔는데 이곳은 右扶風에 속했으며 哀帝 때에 이르러 이 읍을 폐했다. 남방 사람들이 이 술을 담그는 방법을 이어받았으며, 지금 雲陽에서 좋은 술이 나온다고들 하는데 雲陽과 洪梁의 발음이 서로 비슷해서 헷갈린 것이다."

12) 一說(일설): "一說"로 인용된 내용은 당나라 馮贄의 《雲仙雜記》 권10과 명나라

에 의하면, 종산(鍾山)13)에 있는 향초를 동방삭(東方朔)14)이 무제에게 바쳤
는데 그것을 품으면 꿈에서 이 부인이 보였으므로 이름하여 회몽초(懷夢草)
라 했다고 한다. 무제는 이 부인을 끊임없이 그리워하여 영몽대(靈夢臺)를
짓고 세시마다 제사를 지냈다.

[원문] 麗娟 李夫人

漢武帝所幸宮人, 名麗娟. 年十四, 玉膚柔軟15), 吹氣勝蘭. 不欲衣纓, 拂之恐
體痕也. 每歌, 李延年和之. 于芝生殿唱廻風之曲, 庭中花皆翻落. 置麗娟於明離之
帳, 恐塵垢汚其體也. 帝常以衣帶縛麗娟之袂, 閉于重幙之中, 恐隨風而去也. 麗娟
以琥珀爲佩, 置衣裾裏, 不使人知, 乃言骨節自鳴, 相與爲神怪也. 出《洞冥記》.

李夫人本以倡進. 初, 夫人兄延年善音, 嘗于上前起舞. 歌曰:

北方有佳人, 絶世而獨立. 一顧傾人城, 再顧傾人國. 寧不知傾城與傾國, 佳
人難再得.

上歎息曰: "世豈有此人乎?" 平陽主因言延年有女弟, 上召見之, 妙麗善舞,

---

13) 종산(鍾山): 신화전설에 나오는 산으로 북쪽 끝에 있다는 혹한의 땅이다. 청
나라 蔣驥의 《山帶閣註楚辭》 권3의 〈日安不到燭龍何照〉條에서 《洞冥記》를 인
용하면서 "東方朔이 북극에 있는 鍾火山을 유람했는데 그곳은 해와 달도 비
추지 못해 청룡 한 마리가 촛불을 입에 물고 산의 사방 끝을 비춘다. 按컨데
이것이 어찌 바다 밖 북쪽 끝에 있는 종산이 아니겠는가?"라고 했다.

14) 동방삭(東方朔, 기원전 154~93): 동한 때 문학가로 자는 曼倩이며 平原郡 厭次
縣(지금의 山東省 惠民縣)사람이었다. 武帝 때 자천하여 郎이 되었고 常侍郎,
太中大夫 등의 벼슬을 지내면서 황제에게 간언을 하곤 했다. 성격이 익살스
럽고 지략이 많았지만 武帝는 그를 俳優로 생각해 重用하지는 않았다. 문집
으로는 후인이 집록한 《東方太中集》이 있으며 후세에 신격화되어 謫仙으로
묘사되곤 한다.

15) 【校】軟: [影], 《洞冥記》에는 "軟"으로 되어 있고 [鳳], [岳], [類], [春]에는 "快"로
되어 있다.

繇是得幸. 生一男, 是爲昌邑哀王. 及病篤, 上自臨候之. 夫人蒙被謝曰: "妾久寢病, 形貌毀壞, 不可以見帝. 願以王及兄弟爲托." 上曰: "夫人病甚, 殆將不起. 一見我, 屬托王及兄弟, 豈不快哉?" 夫人曰: "婦人貌不修飾, 不見君父. 妾不敢以燕婧16)見帝." 上曰: "夫人第一見我, 將加賜千金, 而子兄弟尊官." 夫人曰: "尊官在帝, 不在一見." 上復言, 欲必見之, 夫人遂轉向歔欷, 而不復言. 于是上不悅而起. 夫人姊妹讓之曰: "貴人獨不可一見上, 屬托兄弟耶? 何爲恨上如此?" 夫人曰: "夫以色事人者, 色衰而愛弛, 愛弛則恩絶. 上所以攣攣我者, 以平生容貌故. 今見我毀壞, 顏色非故, 必畏惡吐棄我. 尚肯復追思閔錄其兄弟哉? 所以不欲見帝者, 乃欲以深託兄弟也." 及夫人卒, 上以后禮葬焉. 圖其形於甘泉宮, 諸兄皆益官. 帝思懷徃者, 李夫人不可復得. 時始穿昆靈之池, 泛翔禽之舟, 帝自造歌曲, 使女伶歌之. 時日已西傾, 凉風激水, 女伶歌聲甚遒. 因賦 《落葉哀蟬》之曲曰:

　　羅袂兮無聲, 玉墀兮塵生. 虛房冷而寂寞, 落葉依於重局. 望彼美之女兮, 安得感余心之未寧?

　　帝聞唱動心, 悶不自支. 特命龍膏之燭, 以照舟內, 悲不自止. 親侍者覺帝容色愁怨, 乃進洪梁之酒, 酌以文螺之巵17). 帝飲三爵, 色悅心歡, 乃詔女伶出侍. 帝息于延凉室, 臥夢李夫人授帝蘅蕪之香. 帝驚起, 而香氣猶著衣枕, 歷月不歇. 帝彌思求, 終不復見, 涕泣洽席, 遂改延凉室爲遺芳夢室. 一說: 鍾山18)有香草, 東方朔獻帝, 懷之即夢見李夫人, 名"懷夢草". 帝思李夫人不輟, 乃作靈夢臺, 歲時祀焉.

---

16) 燕婧(연타): 의용이 단정하지 못한 모습을 형용하는 말로 燕惰라고 쓰이기도 한다.
17) 文螺之巵(문라지치): 무늬가 있는 소라껍질로 만든 술잔을 이른다.
18) 【校】鍾山: 《情史》에는 "鍾山"으로 되어 있고 《雲仙雜記》, 《玉芝堂談薈》에는 "鍾火山"으로 되어 있다.

74. (6-2) 등 부인(鄧夫人)19)

   오(吳)나라 손화(孫和)20)는 등부인(鄧夫人)을 좋아하여 항상 그녀를 무릎 위에 앉혔다. 손화가 달빛 아래에서 수정으로 만든 여의(如意)21)를 휘두르다가 실수로 등부인의 뺨을 다치게 해, 피가 흘러 바지를 적셨고 그녀의 아리따운 얼굴에는 고통스러움이 가득했다. 손화는 직접 그 상처를 핥으며 태의(太醫)에게 약을 만들어 오라고 명했다. 태의가 말하기를 "흰 수달의 골수를 찾아서 옥과 호박(琥珀)의 가루와 섞어 바르면 이 흉터를 없앨 수 있습니다."라고 했다. 그리하여 곧바로 백 금(金)의 걸고 그것을 얻으려 했다. 부춘강(富春江)22)의 한 어부가 이렇게 말했다.

   "이 동물은 사람이 자기들을 취하려 하는 것을 알면 곧 석굴로 도망쳐 들어갑니다. 그들이 고기를 잡아 늘어놓을 때 싸움을 하다가 죽는 것들이 있으므로 석굴 속에는 해골이 있을 것입니다. 비록 골수는 없어도 그 뼈를 옥과 섞어 빻아 가루를 내어 상처에 불어 대면 흉터가 없어질 것입니다."

---

19) 이 이야기는 《拾遺記》 권8에서 나온 이야기로 《艷異編》 권8에는 〈吳鄧夫人〉으로, 《繡谷春容》 雜錄 권5에는 〈吳夫人傷額盆姸〉으로 수록되어 있고 《太平御覽》 권367, 《天中記》 권60, 《類說》 권5 〈白獺髓〉, 《格致鏡原》 권88 〈獺〉, 《奩史》 권26 등에도 보인다.

20) 손화(孫和, 224~253): 삼국시대 오나라 첫 번째 황제 孫權의 아들로 자는 子孝였다. 처음에 태자로 세워졌다가 생모인 王夫人이 孫和의 이복 자매인 全公主 사이의 불화로 모함을 당해 폐위 되어 長沙로 추방되었다. 그의 아들 孫皓가 황제로 즉위한 뒤 文皇帝로 추봉되었다.

21) 여의(如意): 器物의 이름으로 범어인 '阿那律'의 음역이다. 옛날에는 뼈, 뿔, 대나무, 옥, 돌, 구리, 쇠 등으로 만들었고 길이는 3척 정도 된다. 앞쪽이 손가락 모양으로 되어 있어 등이 간지러우면 그것으로 마음대로 긁을 수 있어 如意라 불리게 되었고, 혹 물건을 가리키거나 호신용으로도 쓰였다. 근대에 들어서 如意는 보통 길이가 1·2척이고 그 끝은 영지나 구름 모양으로 되어 있으며 이름이 상서롭기에 완상용으로 쓰일 뿐이다. 자세한 내용은 송나라 吳曾의 《能改齋漫錄·事始二》와 《釋民要覽·道具》 등에 보인다.

22) 부춘강(富春江): 富陽縣과 桐廬縣 경내를 경유하는 浙江의 한 가닥이다.

　손화는 곧 명을 내려 약을 만들었으나 호박이 너무 많이 들어가 흉터가 나아졌을 때에 이르러 연지 같은 붉은 점이 남게 되었는데 가까이에서 보면 그녀의 아리따움을 더욱 돋보이게 했다. 여러 시첩들도 총애를 받으려고 모두 붉은 연지로 뺨에 점을 찍고 시침을 들었다. 사람을 유혹하는 요염함이 서로 잇따라 마침내 음란한 풍속이 되었다.

[원문]　鄧夫人

　　吳孫和, 悅鄧夫人, 常置膝上. 和於月下舞水精如意, 惧傷夫人頰, 血流汙絝, 嬌妊彌苦. 自舐其瘡, 命太醫合藥. 醫曰: "得白獺髓, 雜玉與琥珀屑, 當滅此痕." 即懸百金購致之. 有富春漁人云: "此物知人欲取, 則逃入石穴. 伺其祭魚[23]之時, 獺有鬪死者, 穴中應有枯骨, 雖無髓, 其骨可合玉春爲粉, 歒於瘡上, 其痕則滅." 和乃命合此膏. 琥珀太多, 及差, 而[24]有赤點如朱. 逼而視之, 更益其妍. 諸嬖人欲要寵, 皆以丹脂點頰, 而後進幸. 妖惑相動, 遂成淫俗.

---

23) 祭魚(제어): 수달은 물고기를 잡은 뒤 항상 물가에 늘어놓는데 마치 공물을 바쳐 제사를 올리는 것과 같다고 하여 이를 祭魚라고 했다.

24) 【校】 而: [影], 《拾遺記》에는 "而"로 되어 있고 [岳], [鳳], [眘], [類]에는 "面"으로 되어 있다.

75. (6-3) 양태진(楊太眞)25)

청대(清代) 강도(康濤), 〈화청출욕도(華清出浴圖)〉

---

25) 양태진의 이야기는 송나라 악사가 지은 傳奇小說 〈楊太眞外傳〉에서 節錄한
    것이다. 〈楊太眞外傳〉은 《艷異編》 권12와 《唐人說薈》 그리고 《唐宋傳奇集》
    권7 등에 수록되어 있다. "千葉桃花" 뒤의 이야기들은 五代 後周 王仁裕의 《開
    元天寶遺事》에 보이며, 念奴의 이야기는 《繡谷春容》 雜錄 권5에 〈念奴有出雲
    之音〉으로 수록되어 있다. 청나라 趙翼은 《二十二史箚記》 권19 〈唐女禍〉條에
    서 당나라를 여자로 인해 화를 입은 왕조라고 보고 고종의 무후, 중종의 위
    후 등과 함께 현종의 양귀비를 거론하면서, "開元의 治世에는 거의 모두 집
    집마다 넉넉하고 사람마다 풍족했으나 양귀비 하나가 그것을 망치기에 충분
    했다.(開元之治, 幾於家給人足, 而一楊貴妃足以敗之.)"라고 했다.

양태진(楊太眞)²⁶⁾은 천보(天寶)²⁷⁾ 4년 7월에 귀비로 책봉되었다가 다음 해 7월, 질투가 심하고 사나워 황제의 뜻을 거슬렀기에, 현종(玄宗)²⁸⁾ 황제는 고력사(高力士)로 하여금 그녀를 한 대의 마차에 태워 양섬(楊銛)²⁹⁾의 집으로 돌려보내도록 했다. 그녀를 막 내보낸 뒤, 황제는 마음이 우울하고 허전하여 지나가는 환관을 자주 매질하였으므로 두려워 도망하는 자까지 있었다. 이에 고력사는 황제에게 청해 양태진을 불러 되돌아오도록 했다. 밤이 되자 곧 안흥방(安興坊)³⁰⁾의 문을 열고 태화택(太華宅)³¹⁾을 통해 그녀를 들였다. 새벽이 되어 황제는 전(殿) 안에서 그녀를 보고 크게 기뻐하였으며 양귀비는 절을 올린 뒤, 울면서 잘못을 사죄했다. 곧 장안(長安)에 있는 동서 양시(兩市)³²⁾의 잡극(雜劇) 배우들을 불러다가 그녀를 즐겁게 했다.

---

26) 양태진(楊太眞): 楊玉環(719~756)을 가리킨다. 蜀州(지금의 四川省 崇州市)사람으로 아버지는 蜀州司戶를 지낸 楊玄琰이다. 10세 때 아버지를 여의고 숙부의 집에서 살다가 17세 때 壽王(현종의 열여덟 번째 아들)의 妃로 뽑혔다. 당 현종은 그녀의 미모가 마음에 들어 후궁으로 들이려고 일단 그녀에게 여도사가 되게 하고 道號는 太眞이라 했으며 입궁시킨 뒤 총애하며 귀비로 봉했다. '安史의 亂' 때 馬嵬坡에 이르러 六軍의 요구로 인해 楊國忠과 함께 죽임을 당했다. 자세한 내용이 《舊唐書》 권51에 있는 〈玄宗楊貴妃傳〉에 보이며, 《情史》 권13 정감류 〈楊太眞〉과 권17 정예류 〈唐玄宗 楊貴妃〉에도 실려 있다.
27) 천보(天寶): 당나라 玄宗 李隆基의 연호로 742년부터 756년까지이다.
28) 현종(玄宗): 당나라 현종 李隆基(685~762)를 가리킨다. 이융기는 예종 李旦의 셋째 아들로 712년부터 756년까지 재위했다. 시호가 至道大聖大明孝皇帝이었기에 明皇이라고도 불리었다. 《新唐書》 권5, 《舊唐書》 권8에 그에 대한 傳이 있다.
29) 양섬(楊銛): 양귀비의 숙부인 楊玄珪의 아들로 양귀비의 사촌 오빠이다.
30) 안흥방(安興坊): 당나라 때 長安 동북쪽에 있던 坊이다. 장안의 거주지는 110개의 坊으로 나뉘어져 있었는데 坊들은 서로 독립되어 있었으며 그 사이에는 담장과 문이 있어 밤이나 비상시에는 坊門을 닫았다고 한다.
31) 태화택(太華宅): 太華公主의 저택을 이른다. 태화공주는 당현종과 무혜비 사이에서 낳은 딸로 현종에게 각별한 총애를 받았다. 현종은 그녀를 양귀비의 숙부 양현규의 아들인 楊錡에게 시집을 보낸 뒤, 특별히 황궁 가까이에 있는 저택을 하사하고 이를 太華宅이라 했다.
32) 양시(兩市): 당나라 때 장안성에 있던 두 개의 시장인 東市와 西市를 아울러 이르는 말이다.

그녀의 언니들도 음식을 먹으며 즐겼고 이로부터 황제는 양귀비를 더욱더
총애했다. 천보 9년 2월에 그녀는 몰래 영왕(寧王)33)의 자옥(紫玉) 피리를
불어 성지를 거슬렸으므로 다시 궁 밖으로 내쫓겼다. 길온(吉溫)34)이 이렇게
상주했다.

"귀비는 여자라 아는 것이 없어 성안(聖顔)을 거슬렸기에 죄는 죽어 마땅하
옵니다. 하지만 기왕 은총을 입었사오니 궁궐 안에서 생을 마치는 것이
합당하옵니다. 폐하께서는 어찌 자그마한 땅을 아깝게 여기시어 그로 하여금
궁궐 안에서 죽지 못하게 하십니까? 차마 그로 하여금 밖에서 욕보이게
하실 수 있으시겠습니까?"

이로 인해 황제는 실의에 빠졌다. 중사인 장도광(張韜光)이 양귀비를
전송해 집에 이르자 양귀비는 울면서 이렇게 말했다.

"밖에 걸친 의복들은 모두 성상께서 하사해 주신 것이고 오직 머리카락과
피부만 부모님께서 주신 것들입니다. 지금 곧 죽을 것인데 성상께 보답할
것이 없습니다."

그리고 나서 가위를 가져다가 머리카락 한 움큼을 잘라 장도광에게 부탁해
황제께 올리도록 했다. 황제가 그것을 보고 놀라 탄식하며 급히 고력사로
하여금 양귀비를 불러 돌아오도록 하게 한 뒤에 더욱더 그녀를 총애했다.

양귀비는 촉지(蜀地)에서 태어나 여지(荔枝)를 몹시 좋아했다. 남해(南

---

33) 영왕(寧王): 당나라 睿宗의 장남인 李憲(679~742)을 가리킨다. 본명은 成器였
고 본래 태자였지만 황위를 동생 李隆基(唐玄宗)에게 양보해 죽은 뒤에 讓皇
帝로 추봉되었다. 시사 음률에 능통했으며 특히 피리를 잘 불었다. 太子太師,
太尉 등의 벼슬을 지냈고 開元 4년에 영왕으로 봉해졌다.
34) 길온(吉溫, ?~755): 당나라 현종 때 奸相 李林甫 수하의 酷吏로 이림보를 도와
많은 사람들을 모함했다. 戶部郎中와 常帶御史를 지냈고 安祿山이 河東節度使
로 있을 때 절도부사로 있기도 했다. 재상되려고 했으나 양국충이 반대하며
그가 뇌물 받은 일을 들추어내자 좌천되었고 심문 도중에 옥사했다. 《唐書》
권186下에 그에 대한 傳이 있다.

海)35)에서 난 여지의 맛이 촉지에서 난 것보다 좋았으므로 해마다 역마를
몰고 달려와 여지를 진상하도록 하게 해 밤을 넘기지 않게 했으니 이는
여지의 맛이 상할까 우려했기 때문이었다. 이런 연고로 두목(杜牧)36)의
시37)에서 이렇게 읊었다.

말발굽에 이는 흙먼지 보고 귀비가 웃는데　　　一騎紅塵妃子笑
여지를 가져온 것임을 아는 이 없으리라　　　無人知是荔枝來

　어원(御苑)에 천엽도화(千葉桃花)38)가 새로 심겨져 있었는데 황제가 친히
꽃가지 하나를 꺾어 양귀비가 쓴 보관(寶冠)에 꽂아주며, "이 꽃이 교태를
더욱 돋보이게 할 수 있다."라고 말해 그 꽃을 '조교화(助嬌花)'라고 부르게
되었다. 5월 5일에 황제는 더위를 피하여 흥경지(興慶池)를 유람하다가
양귀비와 수전(水殿)39) 안에서 낮잠을 자고 있었다. 비빈들은 난간에 기대어
한 쌍의 자원앙이 물 위에서 노는 것을 다투어 보고 있었다. 이때 황제가
얇은 비단 휘장 안에서 양귀비를 안은 채로 그들에게 말하기를, "너희들은
물에 있는 자원앙을 좋아하는데 어찌 내 이불 속에 있는 원앙만 하겠느냐?"라
고 했다. 8월 가을에 태액지(太液池)40)에 있는 천엽백련(千葉白蓮) 꽃 여러

---

35) 남해(南海): 秦나라 때부터 있었던 郡으로 지금의 廣東省 廣州市이다. 荔枝가
　　많이 나는 곳이다.
36) 두목(杜牧, 803~852): 당나라 때 시인으로 자는 牧之이고 호는 樊川居士이며
　　京兆 萬年(지금의 陝西省 西安市)사람이다. 자세한 내용은 《情史》 권5 정호류
　　〈杜牧〉 '두목' 각주에 보인다.
37) 이 시는 두목의 〈過華淸宮絶句三首〉 가운데 첫째 수로, 全詩는 "長安回望繡成
　　堆, 山頂千門次第開. 一騎紅塵妃子笑, 無人知是荔枝來."이며 《全唐詩》 권521에
　　수록되어 있다.
38) 천엽도화(千葉桃花): 복숭아나무의 일종인 碧桃의 별명이다. 꽃잎이 겹겹이
　　있고 열매를 맺지 않으며 관상과 약용으로만 쓰인다.
39) 수전(水殿): 황제가 탔던 호화스런 유람선을 이른다.

가지가 활짝 피어 황제가 친족들과 더불어 연회를 열고 완상하니 좌우가
모두 찬탄하며 부러워할 뿐이었다. 황제가 양귀비를 가리키며 좌우에게
일러 말하기를 "어찌 나의 해어화(解語花)⁴¹⁾만하겠는가!"라고 했다.

궁녀 가운데 염노(念奴)라는 이가 있었는데 자색도 있고 노래도 잘 했기에
황제는 그녀를 특별히 아껴 하루도 곁을 떠나게 한 적이 없었다. 매번
박자판을 잡기만 하면 자리에 있는 사람들을 쭉 둘러보았기에 황제가 양귀비
에게 일러 말하기를, "이 계집은 곱고 아름다운데다가 그 눈빛이 사람을
매혹시키는구나."라고 했다. 목청을 돋울 때마다 그 목소리는 아침노을
위로 울리는 듯해, 비록 반주악기들의 소리가 요란하다 해도 노랫소리를
덮을 수가 없었다.

[원문] 楊太眞

楊太眞, 以天寶四載七月冊爲貴妃, 次年七月, 以妒悍忤旨, 令高力士以單車
送還楊銛宅. 初出, 上無聊, 中官⁴²⁾趨過者, 或笞撻之, 至有驚怖而亡者. 力士因請
召還. 旣夜, 遂開安興坊⁴³⁾, 從太華宅以入. 及曉, 上見之殿內, 大悅. 貴妃拜泣謝
過. 因召兩市雜劇以娛之. 諸姊進食作樂, 自此恩遇日深. 九載二月, 以竊吹寧王紫
玉笛忤旨, 復放出宮. 吉溫奏曰: "妃, 婦人, 無知識, 有忤聖顔, 罪當死. 旣蒙恩寵,
只合死于宮中. 陛下何惜一席之地, 使其就戮? 而忍使其取辱于外乎?" 上爲之憮

---

40) 태액지(太液池): 당나라 大明宮 含涼殿 뒤에 있던 연못으로 가운데에는 太液
亭이 있었다.
41) 해어화(解語花): 말을 할 줄 아는 꽃이라는 뜻으로 미인을 비유하여 이르는
말이다.
42) 中官(중관): 궁에서 시중드는 환관을 가리킨다.
43) 【校】安興坊: 《艶異編》, 《唐宋傳奇集》에는 "安興坊"으로 되어 있고 《情史》에
는 "大興坊"으로 되어 있다.

然44). 中使張韜光送妃至宅, 妃泣曰: "衣服之外, 皆聖恩所賜. 惟髮膚是父母所生. 今當就死, 無以謝上." 引刀剪髮一綹45), 附韜光以獻. 上見之驚惋, 遽使力士召歸, 益嬖焉.

妃旣生蜀, 嗜荔枝. 南海味勝于蜀, 乃令每歲馳驛以進, 毋過宿, 恐味敗也. 故杜牧詩云:

一騎紅塵妃子笑, 無人知是荔枝來.

御苑新有千葉桃花, 帝親折一枝揷于妃子寶冠. 帝曰: "此花尤能助嬌態." 因呼爲"助嬌花". 五月五日, 上避暑遊興慶池, 與妃子晝寢于水殿中. 宮嬪輩憑欄倚檻, 爭看雌雄二鸂鶒46)戲于水中. 上時擁妃子于綃帳內, 謂宮嬪曰: "爾等愛水中鸂鶒, 爭如我被底鴛鴦!" 秋八月, 太液池有千葉白蓮數枝盛開, 帝與貴戚宴賞, 左右皆歎羨而已. 帝指妃子示左右曰: "爭如我解語花!"

宮妓中有念奴者, 有姿色, 善歌唱. 帝所鍾愛, 未嘗一日離左右. 每執板47), 當席顧盼. 帝謂妃子曰: "此女妖麗, 眼色媚人." 每囀聲歌喉, 則聲出于朝霞之上, 雖鐘鼓笙竽嘈雜, 而莫能遏.

---

44) 憮然(무연): 悵然하고 失意한 모습을 이르는 말이다.

45) 【校】 綹: [岳], [類], [春], 《艶異編》, 《唐宋傳奇集》에는 "綹"로 되어 있고 [鳳], [影]에는 "鬘"로 되어 있다.

46) 鸂鶒(계칙): 원앙새와 비슷한 물새로 紫鴛鴦이라 불리기도 한다.

47) 板(판): 노래할 때 박자를 맞추는 악기인 歌板을 이른다. 歌板은 拍板이라고도 한다.

76. (6-4) 온 도감의 딸(溫都監女)48)

소동파(蘇東坡)49)가 혜주(惠州)50)
로 좌천되어 갔을 때, 그곳에 온(溫)
도감(都監)51)의 딸이 있었는데 용모
가 매우 아름다웠으며 나이가 열여섯
이 되도록 시집을 가려 하지 않았다.
그녀는 소동파가 온 것을 듣고 무척
기뻐하며 사람들에게 일러 말하기를
"그 분이 내 서방님이십니다."라고 했
다. 그리고 밤마다 동파가 시를 읊조

명대(明代) 주천연(朱天然), 《역대고인상찬(歷代古人像讚)》
가운데 〈소식(蘇軾)〉

---

48) 이 이야기는 송나라 王楙의 《野客叢書》 권24에 〈東坡卜算子〉라는 제목으로
보인다. 《奇女子傳》 권4에는 〈溫都監女〉로, 《本事詞》 권上에는 〈東坡卜算子〉
로 수록되어 있으며 청나라 徐釚의 《詞苑叢談》 권10에도 실려 있다. 이외에
도 원나라 林坤의 《誠齋襍記》 권下와 《甋史》 권39에 보이고 청나라 沈雄의 《古
今詞話》에 〈坡公爲超超作卜算子〉로 수록되어 있는데 이 세 문헌에서는 여주
인공의 이름을 '超超'라고 밝히고 있다. 청나라 周如璧이 雜劇 〈孤鴻影〉으로
각색하기도 했다.

49) 소동파(蘇東坡): 북송 때의 문학가 蘇軾(1037~1101)을 가리킨다. 자가 子瞻이
고 호는 東坡居士이며 시호는 文忠으로 眉州 眉山(지금의 四川省 眉山市)사람
이었다. 翰林學士를 지냈으므로 蘇學士라고 불리기도 했다. 王安石의 新法에
반대하고 新法을 풍자한 시를 지은 죄로 하옥되어 黃州로 貶謫되었다. 나중
에 翰林學士, 杭州知州 등을 거쳐 禮部尚書의 벼슬하다가 新黨이 執政한 뒤,
다시 惠州, 儋州로 貶謫되었다. 문풍이 호방하고 서화에도 뛰어났으며 唐宋八
大家 중의 한 사람으로 아버지 蘇洵과 동생 蘇轍과 함께 '三蘇'라 불리었다.
문집으로 《東坡全集》 115권이 전한다.

50) 혜주(惠州): 鵝城이라 불리기도 하며 지금의 廣東省 惠州市이다. 송나라 元祐
8년(1093)에 哲宗이 집정하게 되면서 新黨이 다시 執權을 한 후, 다음해 6월
에 蘇東坡가 이곳으로 좌천되었다.

51) 도감(都監): 兵馬都監의 준말로 송나라 때 路, 州, 府에는 모두 兵馬都監을 두
었다. 《文獻通考 · 職官十三》에 의하면, 이들은 그 지역 군대의 주둔과 兵甲과
훈련 그리고 差役을 관장했으며 城을 순찰하기도 했다고 한다.

리는 것이 들리면 그 창밖에서 배회하곤 했다. 소동파가 이를 알아차리고 창문을 열자, 바로 담장을 넘어가 버렸다. 소동파가 쫓아가서 찾아내어 물었더니 그녀는 그 연유를 모두 말했다. 소동파가 말하기를 "내가 왕랑(王郞)을 불러 그대와 혼인을 맺도록 하겠소."라고 했다. 얼마 지나지 않아 소동파가 바다 건너 담주(儋州)로 가는 바람에 이 의혼(議婚)이 이루어지지 않았다. 소동파가 혜주로 돌아온 날에 이르러 그 여자는 이미 죽어 모래사장 옆에 묻혀 있었다. 소동파는 창연해하며 〈고홍(孤鴻)〉이라는 사를 지어 〈복산자(卜筭子)〉[52] 곡조에 맞춰 읊었다.

성긴 오동나무에 일그러진 달 걸려 있고	缺月掛疎桐
물시계소리 끊기니 인적도 잦아드네	漏斷人初靜
때때로 보이는 유인(幽人)의 홀로 오고감은	時見幽人[53]獨往來
아득한 저 멀리 외기러기 그림자	縹渺孤鴻影
놀라 날아오르며 고개 돌리는데	驚起却回頭
품은 한을 살펴주는 이 없어라	有恨無人省
마른 가지는 고르고 골라도 머물고 싶지 않아	揀盡寒枝不肯棲
적막한 모래톱은 차갑기도 하구나	寂寞沙洲冷

이 사는 기러기를 빌어 비유한 것이니 실은 기러기를 말하는 것은 아니다. "마른 가지는 고르고 골라도 머물고 싶지 않아"라고 한 것은 그녀가 젊었을 때 짝을 고르느라 시집가지 않은 것을 이른 말이다. "적막한 모래톱은 차갑기도 하구나"라는 구절은 묻힌 곳을 가리킨 말이다. 이 사는 아마도 혜주에 있는 백학관(白鶴觀)[54]에서 지어진 듯하다. 어떤 이는 황주(黃州)[55]에서

---

52) 복산자(卜筭子): 〈百尺樓〉, 〈缺月掛疏桐〉, 〈楚天遙〉라고도 불리는 詞牌로 북송 때 성행했다. 청나라 萬樹의《詞律》에 따르면 "당나라 駱賓王이 시에서 숫자를 잘 썼으므로 사람들이 그를 卜算子라고 불렀다.(唐駱賓王詩用數目名, 人謂之卜算子.)"라고 했다. 駱賓王의 이 별호를 취하여 詞牌로 삼은 것이다.
53) 유인(幽人): 幽居하는 사람을 가리킨다.

왕(王)씨 여자를 두고 지은 것이라 하는데 이는 잘못된 것이다.

장경씨(長卿氏)56)는 말한다.

사람들은 조운(朝雲)57)이 동파의 첩인 것은 알고 있지만 이 여자가 진정한 동파의 첩이라는 것은 모른다. 동파가 오령(五嶺) 밖으로 좌천되어 갔을 때에는 노쇠한 예순의 노인이었다. 열여섯의 여자가 얼마나 좋아했으면 마음을 주고 그를 위해 죽기까지 했겠는가? 그러나 그때의 동파는 옛날 웅위한 모습의 동파가 아니고 여러 사람들이 온 힘을 다해 죽이려는 사람이었다. 오직 한 여자만이 그를 아꼈으니, 슬프도다!

이화상(李和尙)58)이 말했다.

나는 오직 그 여자가 견식을 갖춘 것이 안타깝다. 그녀는 동파가 신선인 것을 알았고 이인(異人)인 것을 알았으며 온 세상에 둘도 없다는 것을 알고 있었다. 이에 가까이 갈 수 없었으니 차라리 죽는 것이 나을 뿐이었다. 그러므로 설사 소동파가 왕랑을 불러다가 결혼을 하라고 했어도 그녀는

---

54) 백학관(白鶴觀): 지금의 惠州市 博羅縣 羅浮山에 있는 道觀으로 東晉 咸和 연간(326~334)에 葛洪이 지었다고 한다.
55) 황주(黃州): 지금의 湖北省 黃岡市이다. 북송 神宗 연간에 소식은 왕안석의 신법에 대해 반대한 죄목으로 黃州團練副使로 좌천되었다.
56) 장경씨(長卿氏): 명나라 吳震元(?~1642)을 가리키며 長卿은 그의 자이다. 인용된 평론은 李和尙의 평론과 함께 그의《奇女子傳》권4에 수록된〈溫都監女〉뒤에 보인다. 자세한 내용은《情史》권2 정연류〈孟光〉'장경씨' 각주에 보인다.
57) 조운(朝雲): 소식이 錢塘太守로 있을 때 첩으로 들였던 시첩의 이름으로 성은 王 씨이며 본래 錢塘(지금의 浙江省 杭州市)의 기생이었다. 소식이 좌천되어 혜주로 갈 때 오직 조운만이 그를 따라갔다. 자세한 이야기는《情史》권13 정감류〈朝雲〉에 보인다.
58) 이화상(李和尙): 李贄(1527~1602)인 듯하다. 李贄는 불교를 숭상해《李卓吾先生批評忠義水滸傳》등의 책에서 李和尙이라 자칭했다.

비록 죽었을망정 또한 시집을 가지 않았을 것이다. 왜 그런가? 그녀는
동파가 있는 것만 알았지 왕랑이 있는 것은 알지 못했기 때문이다.

[원문] 溫都監女

　　坡公之謫惠州也, 惠有溫都監女, 頗有色, 年十六, 不肯嫁人. 聞坡公至, 甚喜,
謂人曰: "此吾婿也." 每夜聞坡諷詠, 則徘徊窓外. 坡覺而推窓, 則其女踰牆而去.
坡從而物色之, 溫具言其然. 坡曰: "吾當呼王郞與子爲媚." 未幾, 坡過海59), 此議
不諧. 及坡回惠日, 其女已死, 葬沙灘之側矣. 坡悵然賦《孤鴻》, 調寄《卜算子》云:
缺月掛疎桐, 漏斷人初靜. 時見幽人獨往來, 縹渺孤鴻影. 驚起却回頭, 有恨無人
省. 揀盡寒枝不肯棲, 寂寞沙洲冷.
借鴻爲喩, 非眞言鴻也. "揀盡寒枝不肯棲", 謂少擇偶不嫁. "寂寞沙洲冷", 指葬所
也. 此詞蓋惠州白鶴觀所作. 或云黃州作, 屬意王氏女60), 非也.

　　長卿氏曰: "人知朝雲爲坡公妾, 而不知此女乃眞坡公妾也. 坡公遷謫嶺
外61), 婆娑六十老人矣. 十六之女, 何喜乎而心許之, 且死之也. 然坡公非當時鬚
眉如戟62), 諸人所欲極力而殺之者哉. 而一女子獨見憐, 悲夫!" 李和尙曰: "余獨悲
其能具隻眼63), 知坡公之爲神仙, 知坡公之爲異人, 知坡公之外擧世更無與兩, 是

---

59) 過海(과해): 蘇東坡가 惠州로 좌천되었다가 다시 1097년에 바다 건너 海島에
　　있는 儋州(지금의 海南省 儋州市)로 좌천되어 갔던 일을 말한다.
60) 或云黃州作 屬意王氏女(혹운황주작 속의왕씨녀): 南宋 吳曾의 《能改齋漫録》권
　　16 〈東坡卜算子詞〉에서 "동파선생이 좌천되어 황주로 내려와 살았을 때 〈복산
　　자〉詞를 지었는데 (中略) 아마도 왕씨 여자를 두고 지은 사일 것이다.(東坡先
　　生謫居黃州作卜算子…中略…其屬意盖爲王氏女子也.)"라고 말한 것을 이른다.
61) 嶺外(영외): 江西, 湖南, 廣東, 廣西 등 네 개의 省 사이에 있는 五嶺(大庾嶺,
　　越城嶺, 騎田嶺, 萌渚嶺, 都龐嶺) 이남의 지역을 嶺外라고 한다.
62) 鬚眉如戟(수미여극): 수염과 눈썹이 길고 빳빳해 미늘창(戟) 같다는 뜻으로
　　남자의 외모가 웅위한 것을 형용하는 말이다.

以不得親近, 寧有死耳. 然則即呼王郞爲媚, 彼雖死亦不嫁. 何者? 彼知有坡公不
知有王郞也!"

77. (6-5) 장사 지방의 의기(長沙義妓)[64]

　　의기(義妓)는 장사(長沙)[65]사람이고 성씨는 알 수 없으며, 그 집안은 대대
로 기적(妓籍)에 올랐다. 노래를 잘했는데 특히 진관(秦觀)[66]의 악부(樂府)를
좋아하여 한 편을 얻으면 바로 필사해 두고 읊기를 그치지 않았다. 오랜
시간이 지난 뒤에 진관은 결당을 한 죄목으로 좌천되어 남쪽 지방으로
내려가다가 장사를 거쳐가게 되었다. 그가 담주(潭州)[67]의 풍속과 기적에

---

63) 隻眼(척안): 독특한 견해를 비유적으로 이르는 말이다.

64) 長沙義妓 이야기는 《夷堅志》補 권2에 있는 〈義倡傳〉이다. 《豔異編》 권30과
《續豔異編》 권6 그리고 《靑泥蓮花記》 권5에는 〈義娼傳〉으로, 《奇女子傳》 권4
에는 〈長沙妓〉로, 《山堂肆考》 권111에는 〈尤喜樂府〉로, 《刪補文苑楂橘》 권1에
는 〈義倡〉으로 보이며, 《宋稗類鈔》 권17에도 수록되어 있다. 《亙史 · 內紀 · 烈
餘》 권10에는 〈義妓〉로 보이는데 뒤에 鄭畋少女의 이야기도 함께 실려 있다.
鄭畋少女의 이야기는 송나라 錢易의 《南部新書》 권丁에도 보이며 《古今譚槪》
권20 〈貌寢陋〉에도 보인다.

65) 장사(長沙): 潭州라고 불리기도 했으며 지금의 湖南省 長沙市이다.

66) 진관(秦觀, 1049~1100): 북송 때 詞人으로 자는 少遊 혹은 太虛라고 했으며 호
는 淮海居士이고 揚州 高郵(지금의 江蘇省 高郵縣)사람이었다. 진사 급제한
뒤 定海主簿 등의 벼슬을 제수받았고 蘇軾의 추천을 받아 太學博士가 되었으
며 그 후 秘書省正字 겸 國史院編修官을 지냈다. 哲宗이 친정한 뒤로 신당이
집정하여 구당에 속했던 진관은 杭州通判으로 좌천되었다가 處州, 郴州, 雷州
등의 지역을 떠돌았다. 徽宗이 즉위한 뒤에 다시 宣德郞으로 임용되어 경도
로 돌아가는 도중에 藤州에서 죽었다. 黃庭堅, 張耒, 晁補之와 함께 蘇門四學
士로 불리었다. 시문집으로 《淮海集》, 《淮海居士長短句》, 《逆旅集》 등이 전하
고 《宋史 · 文苑傳》에 그에 대한 傳이 보인다.

67) 담주(潭州): 지금의 湖南省 대부분 지역과 湖北省의 일부 지역이다.

있는 기생들 가운데 더불어 말할 수 있는 자를 찾자 어떤 사람이 그 기생을 추천하기에 곧바로 찾아가보았다.

당초 진관은 담주가 경도로부터 수천 리 떨어져 있으므로 풍속이 사납고 비루할 것이라고 생각하여, 비록 그 기생의 이름은 들었지만 내심 대수롭지 않게 여기고 있었다. 그러다가 그녀의 자태와 용모가 아름다운데다가 거처 또한 그윽하고 참하여 경도에서도 얻기 힘들 정도인 것을 보고서 혀를 차며 대단하다고 했다. 기생과 앉아서 이야기를 하다가 탁자 위에 글 한 묶음이 있는 것을 보고 가까이서 보니 제목이 《진학사사(秦學士詞)》라고 되어 있었다. 이에 그것을 가져다 두루 살펴보니 모두 자기가 평소 지은 것들이었다. 쭉 살펴봐도 다른 사람의 글은 없기에 속으로 이상하다고 여겨 짐짓 묻기를 "진 학사가 누구인가?"라고 했더니, 기생은 그가 진관인 것을 모르고 진 학사의 재능과 인품에 대해 일일이 말했다. 진관이 "노래로 할 수 있느냐?"라고 물었더니, 그 기생이 대답하기를 "평소부터 연습해 온 것입니다."라고 했다. 진관은 더욱 이상하게 여겨 이렇게 말했다.

"악부의 명가(名家)들은 어림잡아도 수백 명이 될 것인데 너는 어찌 유독 그의 사만 좋아하느냐? 그것을 좋아할 뿐만 아니라 익히고 노래로도 부르는 것을 보니 특별히 마음에 둔 모양인데 그 진 학사도 일찍이 너를 만난 적이 있는가?"

기생이 대답하기를 "첩은 외지고 누추한 이곳에 있고 진 학사님은 경도의 귀인이신데 어찌 이곳에 오시겠습니까? 오신다 해도 어찌 저를 찾아오시겠습니까?"라고 했다. 이에 진관이 농담 삼아 말하기를 "네가 진 학사를 좋아하는 것은 그저 그의 문사를 좋아하는 것뿐이다. 만약에 그의 얼굴을 직접 보면 반드시 그렇지 않을 수도 있을 것이다."라고 했다. 기생이 탄식하며 말하기를 "아! 진 학사님을 만나 뵐 수만 있다면 비록 그의 시첩이 된다 한들 죽어도 무슨 한이 있겠습니까?"라고 했다. 진관이 그의 진심을 알아차리고서 일러 말하기를 "네가 정말로 그를 만나고 싶어 하는데 내가 바로 진 학사이니라. 조정의 명령으로 강직되어 가는 도중에 이곳을 지나게 되었다."라고 했다. 기생은 크게 놀라며 얼굴색이 언짢은 듯하더니 잠시 물러나와 어미에게 고했다. 기생어미가 나와서 자리를 마련해 진관을 대청에 앉게 했고, 기생은 예장을 한 채로 계단 아래에 서서 북쪽을 향해 절을 올렸다. 진관이 일어나서 피하려고 하자 기생어미는 그를 끌어 앉히고 절을 받게 했다. 절을 마치고 나서 술잔치를 베풀었는데 그의 옆자리를 비워 감히 맞먹으려고 하지 않음을 드러냈다. 기생과 기생어미는 좌우에서 술시중을 들며 술잔이 한 순배 돈 뒤에 진관의 사 한 가락을 노래해 술자리의 흥을 돋우었다. 마침내 술을 아주 즐겁게 마시고 밤이 되어서야 자리를 파했다. 진관에게 자고 가도록 만류하면서 이부자리를 손수 마련해 주었으며 한밤중에 진관이 편안히 잠들고 나서야 비로소 기생은 잠자리에 들었다. 그리고 새벽에 먼저 일어나 예장을 한 뒤에 대야를 들고 휘장 밖에 서서 기다렸다. 진관은 그녀의 정의(情意)에 감동하여 며칠 동안 머물었는데 기생은 단정하지 않은 모습으로는 감히 그를 만나지 않았으며 더욱더 그를 존경하고 예의를 갖췄다. 장차 이별을 하게 되자 진관에게 이렇게 부탁했다.

"첩은 불초한 몸으로 다행히도 곁에서 모셨습니다. 이제 학사님께서 왕명으로 오래 머무르실 수도 없거니와 첩이 누가 될까 두려워 또한 감히 따라갈 수도 없으니 오직 몸을 지키겠노라 맹세하는 것으로 보답하겠습니다. 나중에 북쪽으로 돌아가실 때 한번 들러주신다면 첩은 더 이상 바랄 것이 없습니다."

진관은 그녀의 말에 응낙을 했다.

이별하고 몇 년이 지나 진관은 뜻밖에도 등주(藤州)[68]에서 죽었다. 기생은

---

68) 등주(藤州): 지금의 廣西壯族自治區 藤縣이다.

진관과 작별한 이후로 문을 닫고 손님을 사절하며 오직 기생어미와 더불어 지냈다. 관부에서 그녀를 불러 사절할 수 없을 때에는 나갔으나 몸은 진관을 저버리지 않겠노라고 맹세를 했다. 하루는 낮잠을 자다가 깨어나서 놀라며 말했다.

"내가 진 학사님과 작별한 뒤로 그분을 꿈에서 뵌 적이 없었는데 오늘 나에게 오셔서 작별하시는 꿈을 꾸었으니 길조가 아니다. 혹시 진 학사께서 돌아가셨나?"

그리고 나서 급히 하인을 보내 진 학사가 가는 길을 쫓아가 살피게 하여 며칠이 지나서 그 소식을 듣게 되었다. 이에 기생어미에게 말하기를 "제가 일찍이 이 몸을 진 학사님께 맡겼는데 지금 그분이 돌아가셨다고 해서 저버릴 수는 없습니다."라고 한 뒤, 곧 상복을 입고 길을 떠나 수백 리를 가다가 여관에서 진관의 영구를 만났다. 기생이 들어가려고 하자 문지기가 그녀를 막았다. 기생은 연고를 말하고 들어가서 진관의 시신을 대하고는 관을 어루만지며 그 주위를 서너 바퀴 돈 뒤, 목 놓아 통곡을 한 번 하더니 기절을 했다. 옆에 있던 사람들이 놀라며 구하려 했지만 그녀는 이미 죽어 있었다.

천고의 여자 가운데 재주를 사랑했던 이는 온 도감의 딸과 장사 기생 두 사람뿐이었다. 장사 기생이 창기의 방탕한 몸으로 진관을 한 번 본 뒤, 종신토록 부도를 지킨 것은 더욱 쉽지 않은 일이기에 그녀를 '정기(貞妓)'라고 해도 좋을 것이다. 유 기경(柳耆卿)[69]은 살았던 당시 뜻을 이루지

---

69) 유기경(柳耆卿): 북송 때 詞人이었던 柳永(987~1053)을 가리킨다. 원명은 三變이고 자는 耆卿이며 집안의 同行列 가운데 일곱 번째였으므로 '柳七'이라 불리기도 했다. 福建 崇安사람으로 젊었을 때 기생들과 어울리며 歌詞를 썼으며 몇 차례 과거에 낙방하다가 景元 원년에 진사 급제했으나 내내 屯田員外郎 등과 같은 낮은 벼슬만 했다. 오직 詞로 득명했으며 潤州(지금의 江蘇省

못해 기생집을 전전하며 기식을 하고 다녔다. 그가 죽자 여러 기생들이
돈을 추렴하여 그를 낙유원(樂游原)70) 위에 묻었다. 그리고 매년 봄날 답청을
할 때마다 다투어 술을 땅에 뿌려 그에게 제사를 지냈으며 이를 조류칠(弔柳
七)이라고 일렀다. 이 기생들 또한 재주 있는 사람을 아낄 줄 알았던 이들이었
지만 단지 두 여자만큼 되지 못했을 뿐이다. 정전(鄭畋)71)의 막내딸이 나은
(羅隱)72)의 시를 좋아하여 늘 그에게 시집을 가려고 했다. 하루는 나은이
정전을 알현하자 정전은 딸로 하여금 발 뒤에 숨어 그를 엿보게 했다.
그 딸은 나은이 못생긴 것을 보고 죽을 때까지 그의 시를 읽지 않았다.
정전의 딸은 용모를 사랑한 자였지 진정 재주를 사랑한 이는 아니었다.

鎭江)에서 죽자 기생들이 돈을 모아 장례를 치른 이야기가 소설로 각색되어
《古今小說》 권12에 〈眾名姬春風吊柳七〉이라는 제목으로 전한다.

70) 낙유원(樂游原): 長安城(지금의 陝西省 西安市) 남쪽에 있는 언덕으로, 한나라
宣帝가 이곳에 樂遊廟를 지었으므로 樂遊苑 혹은 樂游原이라 불린 뒤 명승지
가 되었다. 葛洪의 《西京雜記》 권1을 보면, 낙유원에 장미 숲이 자생하고 있
는데 숲 밑에는 거여목이 많이 자랐으며 바람이 그 사이로 불면 쏴쏴하는
소리가 났고 해가 그 꽃을 비치면 빛이 났다고 한다. 柳永의 葬地에 대해서
상이한 기록들이 보인다. 남송 陳元靚의 《歲時廣記》 권17 〈弔柳七〉條에는 "京
西의 기생들이 돈을 모아 그를 棗陽縣의 花山에 묻었는데(중략) 유람객들이
항상 그 무덤 옆에서 마음껏 술을 먹었으니 이를 '弔柳七'이라 했다."고 기록
되어 있다. 명나라 徐伯齡의 《蟫精雋》 권14 〈崇安柳七冢〉條에는 "襄陽에서 죽
었으며 죽은 날에 집에 남은 돈이 없어 기생들이 돈을 모아 그를 建安 南門
밖에 묻어 주었다. 매번 봄날에 성묘하러 갔는데 그것을 '弔柳七'이라 했다."
고 기록되어 있다.

71) 정전(鄭畋, 823~882): 자는 台文이고 河南 滎陽사람이다. 당나라 會昌 2년(842)
에 진사 급제했고 翰林學士, 中書舍人 등을 역임했다. 乾符 연간에 鳳翔節度
使로 黃巢의 난을 토벌한 공으로 檢校尙書左僕射의 벼슬을 제수받았다. 《全唐
詩》에 그의 시 16수가 수록되어 있고 《新唐書》와 《舊唐書》에 모두 그에 대
한 傳이 있다.

72) 나은(羅隱, 833~909): 당나라 때 시인으로 본명은 橫이고 자는 昭諫이었으며
호는 江東生으로 餘杭(지금의 浙江省 杭州市)사람이었다. 열 번 과거 시험을
보았지만 끝내 급제하지 못하고 黃巢가 봉기한 뒤에 난세를 피해 九華山에
은거하면서 이름을 '隱'으로 바꾸었다. 光啓 3년에 吳越王 錢鏐에 의탁해 錢塘
令, 司勳郎中, 給事中 등의 벼슬을 지냈다.

자유(子猶)씨는 말한다.

"그렇지는 않다. 옛날에 백거이(白居易)[73]와 이덕유(李德裕)[74]는 서로 마음이 맞지 않았다. 매번 백거이가 문장을 보내올 때마다 이덕유는 이를 묶어서 한 작은 상자에 넣고 열어본 적이 없었는데 그가 말하기를 '내가 그의 시문을 보게 된다면 마음이 달라질 것이다.'라고 했다. 정전의 딸이 죽을 때까지 나은의 문장을 읽지 않은 것 또한 마음이 돌아설까 두려워했기 때문이었을 것이다. 그야말로 진정 재주를 아끼는 자였구나!"

[원문] 長沙義妓

　　義妓[75]者, 長沙人, 不知其姓氏. 家世娼籍, 善謳, 尤喜秦少游樂府. 得一篇, 輒手筆口哦[76]不置. 久之, 少游坐鉤黨[77]南遷, 道長沙, 訪潭土風俗、妓籍中可與言者. 或擧妓, 遂徃焉.

　　少游初以潭去京數千里, 其俗山獠夷陋, 雖聞妓名, 意甚易之. 及睹其姿容既美, 而所居復瀟灑可人, 即京洛間亦未易得, 咄咄稱異. 坐語間, 顧見几上文一編, 就視之, 目曰《秦學士詞》. 因取竟閱, 皆己平日所作者. 環視無他文, 少游竊怪之, 故問曰: "秦學士何人也?" 妓不知其少游, 具道才品. 少游曰: "能歌乎?" 曰: "素所習

---

73) 백거이(白居易): 당나라 때 시인으로 만년에 太子少傳를 지냈으므로 白傅라 불리기도 했다. 자세한 내용은 《情史》 권1 정정류 〈關盼盼〉 '백낙천' 각주에 보인다.

74) 이덕유(李德裕, 787~850): 晚唐 때 재상을 지냈으며 자는 文饒이고 眞定 贊皇(지금의 河北省 贊皇縣)사람이었기에 李贊皇이라 불리기도 했다. 李德裕은 牛僧孺와 당쟁 관계에 있었으므로 우승유와 친했던 백거이를 억압하기도 했다.

75) 【校】妓: 《情史》에는 "妓"로 되어 있으며 《夷堅志》, 《豔異編》에는 "倡"으로 되어 있다.

76) 【校】口哦: [影]에는 "口哦"로 되어 있고 [鳳], [岳], [類], [春]에는 "占哦"로 되어 있으며 《夷堅志》, 《豔異編》에는 "口詠"으로 되어 있다.

77) 鉤黨(구당): 서로 끌어들여 同黨으로 만드는 것을 이른다.

也." 少游益怪曰: "樂府名家, 無慮數百. 若何獨愛此? 不惟愛之, 而又習之歌之,
似情有獨鍾者. 彼秦學士亦嘗遇若乎?" 曰: "妾僻陋在此, 彼秦學士京師貴人, 焉得
至此? 即至此, 豈顧妾哉?" 少游乃戲曰: "若愛秦學士, 徒悅其辭耳. 使親見其貌,
未必然也." 妓歎曰: "嗟乎! 使得見秦學士, 雖爲之妾御, 死復何恨!" 少游察其誠,
因謂曰: "若果欲見之, 即我是也. 以朝命貶黜, 道經于此." 妓大驚, 色若不懌者.
稍稍引退, 入告母媼. 媼出設位, 坐少游于堂, 妓冠帔78)立堦下, 北面拜. 少游起且
避, 媼挩之坐以受. 拜已, 乃張筵飮, 虛左席, 示不敢抗. 母子左右侍觴, 酒一行,
率歌少游詞一闋以侑之. 卒飮甚歡, 比夜乃罷. 止少游宿, 衾枕席褥, 必躬設, 夜分
寢定, 妓乃寢. 平明先起, 飾冠帔, 奉沃匜, 立帳外以俟. 少游感其意, 爲留數日.
妓不敢以燕惰見, 愈加敬禮. 將別, 囑曰: "妾不肖之身, 幸侍左右. 今學士以王命不
可久留, 妾思貽累, 又不敢從行, 惟誓潔身以報. 他日北歸, 幸一過妾, 妾願畢矣."
少游許之.

一別數年, 少游竟死于藤. 妓自與少游別, 閉門謝客, 獨與媼處. 官府有召,
辭不獲, 然後往, 誓不以此身負少游也. 一日晝寢癘, 驚曰: "吾與秦學士別, 未嘗見
夢. 今夢來別, 非吉兆也, 秦其死乎?" 亟遣僕沿途覘之, 數日得報. 乃謂媼曰: "吾昔
以此身許秦學士, 今不可以死故背之." 遂衰服以赴, 行數百里, 遇于旅館. 將入,
門者禦焉. 告之故而後入, 臨其喪, 拊棺繞之三匝, 擧聲一慟而絶. 左右驚救之,
已死矣.

千古女子中愛才者, 溫都監女、長沙妓二人而已. 而長沙妓以風塵浪宕79)
之質, 一見少游, 遂執婦道終身, 尤不易得, 雖曰貞妓可也. 柳耆卿不得志于時,
乃傳食妓館. 及死, 諸妓醵錢葬之樂游原上. 每春日踏青, 爭以酒酹之, 謂之弔柳

---

78) 冠帔(관피): 여인들의 복식 가운데 하나로 冠은 쓰개이고 帔는 어깨에 걸치는
장식물이다. 《釋名·釋衣服》에서 이르기를 "帔는 '걸치다'라는 뜻으로, 어깻등
에 걸쳐 아래까지 내려오지 않는다.(帔, 披也. 披之肩背, 不及下也.)"라고 했다.
冠帔을 한다는 것은 예장으로 옷을 정중하게 갈아입는다는 뜻이다.
79) 風塵浪宕(풍진랑탕): 風塵은 미색을 팔아 사는 기생이나 그런 장소를 의미하
며 浪宕은 방탕하다는 뜻이다.

七. 諸妓亦知憐才者, 惟不若二女子之甚耳. 鄭畋少女, 好羅隱詩, 常欲委身焉.
一日隱謁畋, 畋命其女隱簾窺之. 見其寢陋, 遂終身不讀江東篇什. 畋女愛貌者也,
非眞愛才者也. 子猶氏曰: "不然, 昔白傅與李贊皇不協, 每有所寄文章, 李緘之一
篋, 未嘗啓視, 曰: '見詞翰則廻吾心矣.' 鄭女終身不讀江東篇什, 亦是恐廻心故也.
乃眞正憐才者乎!"

78. (6-6) 남도의 한 기녀(南都妓)[80]

태창(太倉)[81]의 감생(監生)[82] 장(張) 아무개는 가정(嘉靖)[83] 연간 임자(壬
子)년에 과거에 응시하러 남도(南都)[84]에 가 있었다. 그는 기방의 기생과
정이 매우 끈끈해, 만약 급제를 하면 속량(贖良)을 해주겠다고 기생에게
약속했으며 기생도 낙적을 하고 그에게 시집가고 싶어 자못 단단히 맹서를
했다.

기생은 다시 한 휘주(徽州)[85] 손님을 받았는데 부유함이 도주공(陶朱公)[86]

---

80) 이 이야기는 《涇林續記》 권4에 보인다.

81) 태창(太倉): 지금의 江蘇省 太倉市이다.

82) 감생(監生): 國子監에서 수학하는 자를 가리킨다. 처음에는 시험이나 황제의
    허락에 의해 뽑혔으나 나중에는 돈을 기부해 감생의 칭호 얻을 수도 있었다.

83) 가정(嘉靖): 명나라 世宗 朱厚熜의 연호로 1522년부터 1566년까지이다. 嘉靖
    연간 임자년은 1552년이다.

84) 남도(南都): 명나라 사람은 南京(지금의 江蘇省 南京市)을 南都라고 불렀다.

85) 휘주(徽州): 지금의 安徽省 黃山市 일부 지역이다. 송나라 때부터 徽州사람들
    이 경영하는 상업이 발달하기 시작해 휘주에는 부호들이 많았다.

86) 도주공(陶朱公): 춘추시대 초나라 宛(지금 河南省 南陽市)사람 범려(기원전
    536~448)를 가리킨다. 월나라에 들어가서 구천을 보좌해 오나라를 멸망시킨
    뒤, 명성이 높아 오래 있을 수 없다고 생각하고 제나라에 이르러 농사를 지
    으며 재산을 모았다. 제나라 사람들은 그가 현명하다는 소리를 듣고 재상으

과 견줄 만했다. 그 사람은 미리 큰돈으로 자안(字眼)[87]을 사서 허리띠 한쪽 끝에 매달고는 술을 마신 뒤 몹시 취한 채로 기생의 방으로 돌아와 잠을 잤다. 그리고 그 허리띠를 잠자리 밑에 놓아둔 채 날이 밝자 그것을 잊고 가 버렸다. 기생이 침상의 요를 정리하다가 그것을 발견하여 뜯어서 보니 중첩해 표기된 것이 빽빽하게 있었다. 기생은 본래 글자를 알기에 시험에 관건이 되는 것임을 알고 그것을 상자 안에 조심스레 숨겨 두었다. 해가 저물 때 휘주 손님이 다시 와서 허리띠를 찾으려 했으나 찾을 수가 없자 찾아주면 후한 상을 주겠다고 했다. 기생은 보지 못했다고 단호히 말을 하고서 드러내지 않았다. 그리고 거짓으로 시녀들로 하여금 방 안을 두루 찾아보게 했다. 끝내 종적이 없자 휘주 손님은 앙앙불락하며 돌아갔다. 기생은 하인을 시켜 장 아무개를 불러다가 그 자안을 주었으며, 장 아무개는 그것을 그대로 시험지에 써서 급제를 하게 되었다. 이에 기생을 첩으로 들였으며 나중에 그 기생은 아들 하나를 낳고 집안일을 주관하면서 장 아무개와 더불어 해로했다. 이 이야기는 《경림잡기(涇林雜記)》에서 나왔다.

[원문] 南都妓

太倉監生張某, 嘉靖壬子應試南都, 與院妓情好甚暱. 張約, 倘得中式, 當爲 贖身. 妓亦願從良, 盟[88]誓頗堅.

로 삼았다. 치사한 뒤 陶(지금 山東 定陶의 서북 쪽 지역)에 정착해 장사로 막대한 재산을 모아 '陶朱公'이라고도 불리었으므로 후세 사람들은 큰 부자들 을 일컬어 陶朱公이라고 부르기도 한다.

87) 자안(字眼): 원래는 詩文에서 관건이 되는 글귀를 이른다. 여기에서는 시험에 나올 주요 대목의 글귀를 이른다.

88) 【校】 盟: [影], [岳], [鳳], [春], 《涇林續記》에는 "盟"으로 되어 있고 [類]에는 "明" 으로 되어 있다.

妓復接一徽友, 豪富擬於陶朱. 先用重賞買得字眼, 懸于汗巾角上. 飮酒沉醉
歸寢, 將汗巾置枕席下, 天明忘取而去. 妓簡點床褥得之, 發其封, 重疊印記甚密.
妓素識字, 知爲關節也, 謹藏于篋中. 薄暮, 徽友復來, 覓汗巾不得, 願出厚賞.
妓堅諱不露, 佯令女奴輩遍索室中, 竟無形影, 悒快而回.

　　妓遣僕呼張至, 擧字眼授之. 張如式書卷中, 遂得登科. 因取妓爲妾. 後生一
子, 主家政, 與張諧老焉. 事出《涇林雜記》[89].

79. (6-7) 이사사(李師師)[90]

　　도군(道君)[91]이 이사사(李師師)[92]의 집으로 행차했을 때, 마침 주방언(周
邦彦)[93]이 먼저 거기에 가 있었다. 도군이 왔다는 것을 알고서 주방언은
침상 밑으로 숨었다. 도군은 스스로 햇등자 하나를 들고 강남(江南)에서

---

89) 涇林雜記(경림잡기):《涇林雜記》에서 나왔다고 했으나 실은《涇林續記》권4에
　　서 나온 이야기이다.
90) 송나라 張端義의 筆記集인《貴耳集》권下와《說郛》권38上에 詞를 제외한 이
　　야기 부분이 보인다.《宋稗類鈔》권17에는《情史》와 동일한 내용이 수록되어
　　있다.
91) 도군(道君): 송나라 徽宗 趙佶(1082~1135)을 가리킨다. 蔡京, 童貫, 高俅 등과
　　같은 간신들을 총애했고 국정에 뜻을 두지 않았으며, 황음에 빠져 사치스러
　　웠다. 하지만 서화나 시문에 조예가 있어 瘦金體라는 글씨체를 창제하기도
　　했고, 도교를 신봉해 스스로를 敎主道君皇帝라 칭했다. 靖康 2년(1127)에 金나
　　라 太宗에게 戰敗하여 포로가 된 뒤, 紹興 5년(1135)에 五國城에서 병사했다.
92) 이사사(李師師): 북송 말년의 名妓로 汴京(지금의 河南省 開封市)사람이며 野史
　　와 筆記小說 등에 많이 보인다. 송나라 徽宗이 그녀를 매우 좋아했다고 한다.
93) 주방언(周邦彦, 1056~1121): 북송 말기의 詞人으로 자는 美成이고 호는 淸眞居
　　士이며 錢塘(지금의 浙江省 杭州市)사람이었다. 太學正, 廬州敎授, 知溧水縣 등
　　의 벼슬을 역임했으며 徽宗 때에는 徽猷閣待制, 提擧大晟府 등의 벼슬을 지냈
　　다. 音律에 정통했고 詞에 조예가 깊었다.《淸眞居士集》이 있었지만 전하지
　　않는다.

진상하여 막 들어온 것이라고 하며 이사사와 더불어 농지거리를 했다. 주방언은 다 듣고 나서 이를 개괄하여 〈소년유(少年游)〉[94] 곡조로 사를 지었다.

병주(并州)에서 나온 칼은 물처럼 시퍼렇고	并刀[95]如水
오지(吳地)에서 난 소금은 눈보다도 희며	吳鹽[96]勝雪
섬섬옥수는 햇등자를 까고 있구나	纖手破新橙
비단 휘장 안은 따뜻해지고	錦幄初溫
짐승 모양의 향로에선 연기줄기 잇따라 피어오르는데	獸烟[97]不斷
서로 마주앉아 생황을 부는구나	相對坐調笙
낮은 소리로 묻기를	低聲問
뉘 집으로 가서서 주무실 건가요	向誰家宿
성안엔 이미 삼경을 알리는 소리 들렸고	城上已三更
된서리도 내려 말도 미끄러지니	馬滑霜濃
차라리 가시지 않는 것만 못해요	不如休去
정말 오가는 사람이 적잖아요	直是少人行

---

94) 소년유(少年游): 〈玉臘梅枝〉나 〈小闌干〉이라고도 하며, 북송 때 사람인 晏殊의 〈珠玉詞〉에 처음 보이는 詞牌이다. 《詞譜》 권8에 따르면 "이 곡조는 〈珠玉詞〉에 보이는데 사에 '늘 소년 시절 같아라.'라는 구절이 있기에 이를 취해 곡조의 이름으로 삼았다.(調見〈珠玉詞〉, 因詞有'長似少年時'句, 取以爲名.)"라고 했다.

95) 병도(并刀): 并州刀나 并州剪이라고도 불린다. 并州에서 나온 칼이나 가위를 가리키며 날카롭기로 이름났다. 병주는 옛날 九州 가운데 하나로 대략 지금의 河北省 保定市와 山西省 太原市, 大同市 일대 지역이다.

96) 오염(吳鹽): 吳地(지금의 江蘇, 上海 대부와 安徽, 浙江, 江西의 일부)에서 나온 소금으로 맛이 담백하고 희어 소금 중의 상품이라 한다. 이 詞에서 소금이 소재로 등장한 이유는 중국 남방 일부지역에서 橙子(오렌지)를 먹을 때 소금을 조금 찍어서 먹는 습관이 있기 때문이다.

97) 수연(獸煙): 짐승 모양의 향로에서 피어나오는 연기를 말한다.

이사사가 이 사를 노래로 불렀다. 도군이 누가 지었는지 묻자 이사사가 아뢰기를 "주방언의 사(詞)이옵니다."라고 했다. 도군이 대로(大怒)하여 조회에서 채경(蔡京)98)에게 말하기를 "개봉부(開封府)99)의 감세관(監稅官)100)인 주방언이란 자가, 징수한 세금을 바치지 않았다고 들었는데 어찌하여 경윤(京尹)101)이 적발하지 않았느냐?"라고 했다. 채경은 그 까닭을 모르고 상주하기를 "신이 퇴조한 뒤에 경윤을 불러 물어보고 나서 다시 상주하도록 하겠사옵니다."라고 했다. 경윤이 도착하자 채경은 그에게 어전에서 있었던 성지(聖旨)를 일러주었다. 경윤이 말하기를 "오직 주방언이 징수한 세금만 늘어났습니다."라고 했지만 채경은 "성상의 뜻이 이러하니 어쩔 수 없이 따라야만 하오이다."라고 말했다. 상주를 했더니 "주방언은 맡은 일을 게을리 하였으므로 즉일로 국문(國門)102) 밖으로 압송해 내보내도록 하라."라는 성지가 내려졌다.

하루 이틀 지난 뒤, 도군은 다시 이사사의 집으로 행차했다. 이사사가 보이지 않자 이를 물어 감세관(監稅官)인 주방언을 배웅하러 간 것을 알게 되었다. 도군은 주방언이 도성 밖으로 나간 것을 한창 기뻐하고 있는 중이었다. 이미 이사사의 집에 도착했으나 이사사를 만나지 못해 한참을 앉아 있었더니 초경이 되자 비로소 그녀가 돌아왔다. 수심이 가득찬 미간과

---

98) 채경(蔡京, 1047~1126): 북송 때 재상이자 서예가였으며 자는 元長으로 興化 仙遊(지금의 福建省 仙遊縣)사람이다. 장원 급제를 거쳐 中書舍人, 龍圖閣待制 등의 벼슬을 했고 崇寧 원년에 右仆射兼門下侍郎(右相)이 된 뒤로 太師의 벼슬까지 올랐다. 네 번에 걸쳐 17년 동안 재상을 지내면서 貪瀆으로 유명했다. 말년에 嶺南으로 貶謫되어 가는 도중에 潭州에서 죽었다. 《宋史》 권472에 그에 대한 전이 있다.
99) 개봉부(開封府): 북송 때의 수도로 지금의 河南省 開封市이다.
100) 감세관(監稅官): 賦稅를 거두는 것을 관장하는 관직이다.
101) 경윤(京尹): 경도지역의 행정장관인 京兆尹의 준말이다.
102) 국문(國門): 國都의 성문을 가리킨다.

눈물 맺힌 눈썹이 매우 초췌해 보였다. 도군이 노하여 말하기를 "너는 어디를 갔다 오는 게냐?"라고 하자, 이사사가 아뢰었다.

"신첩은 백번 죽어도 마땅하옵니다. 주방언이 죄를 얻어 도성 밖으로 압송되어 간다는 것을 알게 되어 간단히 술 한 잔을 마련해 놓고 작별을 하느라 성상께서 오신 것을 몰랐사옵니다."

도군이 묻기를 "지은 사(詞)는 있었느냐?"라고 하자, 이사사가 아뢰기를 "〈난릉왕(蘭陵王)〉[103] 곡조의 사가 있었사옵니다."라고 했다. 도군이 "한번 불러 보거라."라고 하니, 이사사가 말하기를 "청컨대 술 한 잔 받으시옵소서. 성상의 장수를 위해 이 사를 부르겠나이다."라고 한 뒤에 이런 노래를 불렀다.

버들가지 그림자 곧게 드리우며	柳陰直
아지랑이 속 실가지 가지마다 푸름을 자랑하네	煙裡絲絲弄碧
수제(隋堤) 위에서	隋堤[104]上
몇 번이나 보았던가	曾見幾番
버들가지 물을 스치고 버들솜 흩날릴 때, 가는 이	
보내는 광경을	拂水飄綿送行色
제방에 올라 고국을 바라보노니	登臨望故國
그 누가 안타까이 여겨주리	誰惜
경도살이에 지친 나그네를	京華倦客
장정(長亭) 길	長亭[105]路

---

103) 난릉왕(蘭陵王): 《碧雞漫志》에서 《北齊書》와 《隋唐嘉話》를 인용해 기술한 것을 보면, 齊文襄帝의 장남인 長恭이 蘭陵王으로 봉해졌는데 주나라와 전쟁을 할 때 가면을 쓰고 周軍을 격파해 용맹함이 三軍의 으뜸이었기에 武士들이 함께 〈蘭陵王入陣曲〉을 노래했다고 한다. 〈난릉왕〉이라는 곡조명은 여기서 비롯되어 당나라 때에는 教坊의 곡명이 되었고, 송나라 때 사람들이 그 곡을 바탕으로 하여 새롭게 지었으며 그것이 秦觀의 詞에 처음으로 보인다.

104) 수제(隋堤): 수양제 때 通濟渠, 邗溝의 기슭을 따라 닦아 놓은 御道로 버들나무가 심어져 있었으며 후세 사람들은 그것을 隋堤라고 불렀다.

오가는 세월 속에	年去歲來
꺾어 보낸 버들가지 천 길도 넘으리	應折柔條過千尺
한가로이 옛 자취 더듬으며	閒尋舊蹤跡
슬픈 가락에 술을 마시고	又酒趁哀弦
등불은 이별의 자리를 비추는데	燈照離席
배꽃 피는 봄날은 한식을 재촉하네	梨花榆火106)催寒食107)
근심스럽게도 배에 부는 바람은 화살처럼 빠르고	愁一箭風快
상앗대 반쯤 잠긴 물은 따뜻한데	半篙波暖
고개를 돌려 보니 저 멀리 여러 역을 벌써 지나	回頭迢遞便數驛
바라보던 님은 북쪽 하늘 끝에 있구나	望人在天北
구슬퍼	凄惻
한(恨)만 쌓여가네	恨堆積
강어귀 감돌아 점점 멀어지니	漸別浦108)縈洄

---

105) 장정(長亭): 고대 중국에서는 길에 10리마다 長亭을 두어 여행객들이 머물 며 쉴 수 있게 했으므로 十里長亭이라 불리기도 했다. 성에서 가까운 곳은 송별하는 장소로도 쓰였다.

106) 유화(榆火): 《周禮 · 夏官 · 司爟》에서 이르기를 "四時에 따라 나라의 불을 바 꾼다.(四時變國火.)"라고 했다. 고대 제왕은 疾病을 驅除하기 위해서 사시마 다 불씨를 다른 나무에서 얻어 썼으니 이를 國火라고 한 것이다. 鄭玄의 注 에서는 "봄에는 느릅나무와 버드나무로 불씨를 취한다."라고 했다. 본래 유 화는 봄날에 榆(느릅나무)와 柳(버드나무)를 문질러 불씨를 얻는 것을 뜻했 으나 나중에는 봄날경치를 의미하게 되었다.

107) 한식(寒食): 청명절 하루 혹은 이틀 전에 있는 명절이다. 전하는 바에 의하 면 春秋 때 晉文公이 공신 介之推에게 그 공에 맞는 상을 내리지 않자 介之 推가 분해 綿山으로 들어가 은거했다고 한다. 文公이 뉘우쳐 그를 나오게 해 벼슬을 주려고 산을 불태웠으나 개지추는 나오지 않고 산에서 나무를 안은 채로 불에 타서 죽었다. 사람들은 이를 안타깝게 여겨 그의 忌日에 불 을 사용하지 않고 찬 음식을 먹으며 그를 애도했는데 그 뒤로 점점 풍습이 되어 한식이라 일컫게 되었다고 한다.

108) 별포(別浦): 하천이 강이나 바다로 흘러 들어가는 곳을 浦 혹은 別浦라고 한다.

나루터 돈대도 적막하기만 하여라	律垺109)岑寂
석양은 늘어져 춘경은 끝이 없네	斜陽冉冉春無極
달빛 비추는 정자에서 손잡고	念月榭攜手
이슬 내린 다리에서 피리소리 듣던 때가 그립도다	露橋聞笛
옛 생각에 잠기니	沉思前事
꿈결만 같아	似夢裡
남몰래 눈물을 떨구네	淚暗滴

곡(曲)이 끝나자 도군은 크게 기뻐하며 다시 주방언을 불러들여 대성부(大
晟府) 악정(樂正)110)의 벼슬을 주었다. 그 후 그는 대성부(大晟府) 악부대제
(樂府待制)111)의 벼슬까지 올랐다.

장경씨(長卿氏)112)가 말했다.

---

109) 후(垺): 垺는 路程 혹은 分界를 표시하기 위해 흙으로 만든 축대를 말한다.

110) 대성부악정(大晟府樂正): 大晟府는 북송 때 樂律을 관장했던 관서로 崇寧 4년
   (1105)에 설치되었다가 宣和 2년(1120)에 폐지되었다. 그 장관을 大司樂이라
   했고 부직은 典樂이라 했으며 속관으로 大樂令, 協律郞, 按協聲律 등을 두었
   다. 樂正은 고대 樂官의 長官이기는 하지만 大晟府에는 없었던 관직이다.

111) 대성부악부대제(大晟府樂府待制): 여기서는 관직명으로 쓰고 있으나 다른 문
   헌에는 보이지 않는다. 周邦彦이 提擧大晟府와 徽猷閣待制를 지냈으므로 이
   런 관직명을 지어낸 것으로 보인다. 王國維는 《清眞先生遺事》事蹟一에서
   《貴耳集》에 나오는 이 이야기를 인용하면서 이렇게 말했다. "政和 원년
   (1111)에 先生(周邦彦)이 이미 56세가 되어 벼슬도 列卿까지 올랐기에 기생
   을 데리고 논 일은 응당 없었을 것이고 이야기에서 말한 開封府監稅란
   관직도 卿監侍從이 할 바가 아니다. 大晟樂正이나 大晟樂府待制 같은 것도
   송나라 때 이런 관직이 없었다."

112) 장경씨(長卿氏): 명나라 吳震元(?~1642)으로 長卿은 그의 자이다. 여기에 보
   이는 長卿氏의 평론 가운데에 "道君以一詞而逐美成"부터 "亦可云無賴者也"까
   지의 내용은 《奇女子傳》 권4 〈李師師〉 문후에 있는 "長卿曰" 평론 부분을
   초록한 것이다. 뒤에 있는 "當時李師師家有二邦彦"부터 "可想而知矣"까지의
   부분은 《奇女子傳》에서 《貴耳集》을 초록한 것을, 다시 《情史》에서 '長卿氏'
   평론으로 초록해 놓은 것이다. '장경씨'에 대해서는 《情史》 권2 정연류 〈孟

"도군은 사(詞) 한 편 때문에 주방언을 쫓아냈고 다시 사 한 편으로 인해 그에게 관직을 주었는데, 허명(虛名)을 좋아한 것인가, 재주를 좋아한 것인가? 내 말하건대 여색을 좋아했던 것뿐이다. 천자(天子)가 가난한 선비와 더불어 기생과 잠자리를 놓고 다투면서 필적하지 못했으니 정(情)은 정말로 특별한 마음에만 있는 것인가? 오호라! 이사사 같은 자는 가히 정이 있다고도 할 수 있지만 또한 교활하다고도 할 수 있다."

당시 이사사의 집에 방언이란 이름을 가진 자가 둘이 있었으니 한 명은 바로 미성 주방언이요, 다른 한 명은 사미(士美) 이방언(李邦彦)[113]이었는데 모두 도군을 모시고 함께 놀았던 사람들이었다. 이사미는 이로 인해 재상이 되었다. 아! 군신이 창기의 비천한 집에서 만났다니 나라의 안위(安危)와 치란(治亂)을 가히 짐작해 알 수 있다.

《선화유사(宣和遺事)》[114]에 이런 이야기가 실려 있다.

선화(宣和) 5년 칠석에 도군이 이사사의 집으로 행차하여 유숙을 하고, 이별할 즈음이 되어 다시 만나기로 약속했다. 이에 용봉무늬가 있는 비단 두루마기를 벗어주어 신표(信標)로 삼았다. 도순관(都巡官)인 가혁(賈奕)[115]이 이사사의 머리를 올려준 서방이었는데 그가 이 일을 매우 질투해 〈남향자

光) '장경씨' 각주를 참조하라.

113) 이방언(李邦彦, ?~1130): 북송 말년 '靖康의 難'을 초래한 投降派의 대표적 인물로 자는 士美이고 懷州(지금의 河南省 沁陽市)사람이다. 尙書左丞 등의 벼슬을 지냈고 高宗이 즉위한 뒤에 좌천되어 桂州(지금의 廣西省 桂林市)에서 죽었다.

114) 선화유사(宣和遺事): 송나라 때 무명씨가 지은 뒤, 원나라 사람이 내용을 보태 만든 講史話本으로 《大宋宣和遺事》로 불리기도 한다. 필기소설를 집록하여 說書의 방식으로 앞뒤를 잇는 구성방식을 취하고 있다.

115) 가혁(賈奕): 《全宋詞》 권23에 가혁의 〈南鄕子〉가 수록되어 있는데 그 앞에 "賈奕은 右廂都巡官, 帶武功郎의 벼슬을 했고 汴京의 기생이었던 李師師의 서방이었다."라는 기록이 보인다.

(南鄕子)〉116) 곡조의 사를 지었다.

한가로이 누각 앞을 거닐다가	閒步小樓前
선녀 같은 가인을 보았네	見個佳人貌類仙
남몰래 황제의 사랑을 생각하면 정말 꿈만 같겠지	暗想聖情渾似夢
환락을 쫓아	追歡
손잡고 규방에 들어 제멋대로 잠자리를 나누었네	執手蘭房恣意眠

밤새도록 맹세의 말을 하노라니	一夜說盟言
수북이 놓은 침단(沈檀) 향목 연기는 피어올랐지	滿掬沉檀117)噴瑞烟
아침 조회 늦으신다 아뢰자	報道早朝歸去晚
어가(御駕)를 돌리며	回鑾118)
묵고 간 값으로 두루마기 남겼네	留下鮫鮹當宿錢

　　그다음 날 밤, 도군은 다시 이사사의 집에 이르러 화장갑에서 이 사를 발견하고는 웃으면서 소매 안에 넣었다. 그 후, 가혁을 광남(廣南) 경주(瓊州)119)의 사호(司戶)120)로 좌천시켰다. 그러므로 도군의 질투는 한 번만이 아니었던 것이다.

---

116) 남향자(南鄕子): 당나라 교방의 곡이었는데 나중에 사패로 쓰였으며 〈好離鄕〉, 〈蕉葉怨〉이라고도 불리었다. 남방 지역의 풍물을 주제로 삼았기에 이 곡명을 南鄕子라고 칭한 것이다. 單調(27·28字)와 雙調(56字) 두 가지 體가 있는데 單調는 後蜀 사람 歐陽炯의 詞로부터, 雙調는 南唐 사람 馮延己의 詞로부터 비롯되었다.

117) 침단(沈檀): 香木인 沈香木과 檀木을 가리킨다.

118) 회란(回鑾): 제왕과 후비의 수레를 鑾駕라 칭했으므로 황제나 황후가 외출을 하고 돌아오는 것을 일러 回鑾이라 했다.

119) 경주(瓊州): 송나라 때 廣南西路에 있던 瓊州를 가리키는 것으로 지금의 海南省 일부 지역이다.

120) 사호(司戶): 民戶를 관장하던 관직이다.

[원문] 李師師

道君幸李師師家, 遇周邦彦先在焉. 知道君至, 匿于床下. 道君自携新橙一
顆, 云江南初進來. 遂與師師謔語. 邦彦悉聞之, 隱括成《少年游》云:

并刀如水, 吳鹽勝雪, 纖手破新橙. 錦幄初溫, 獸烟不斷, 相對坐調笙. 低聲問,
向誰家宿? 城上已三更. 馬滑霜濃, 不如休去, 直是少人行.

李師師因歌此詞. 道君問誰作, 師師奏云: "周邦彦詞." 道君大怒, 坐朝語蔡京
云: "開封府監稅官周邦彦者, 聞課稅不登, 如何京尹不按發來?" 蔡京罔知所以,
奏云: "容臣退朝, 呼京尹叩問, 續得復奏." 京尹至, 蔡以御前聖旨諭知. 京尹云:
"惟周邦彦課增羨." 蔡云: "上意如此, 只得遷就." 將上, 得旨: "周邦彦職事廢弛,
可日下押出國門."

隔一二日, 道君復幸李師師家. 不見師師, 問之, 知送周監稅. 道君方以邦彦
出國門爲喜. 既至不遇, 坐久, 至更初始歸. 愁眉淚睫, 憔悴可掬. 道君怒云: "汝從
何往?"121) 師師奏: "臣妾萬死, 知周邦彦得罪, 押出國門, 略致一杯酒相別, 不知得
官家122)來." 道君問: "曾有詞否?" 李奏云: "有《蘭陵王》詞.123)" 道君云: "唱一遍
看." 李奏云: "容臣妾獻一觴, 歌此詞爲官家壽124)." 乃歌云:

柳陰直, 烟裡絲絲弄碧. 隋堤上, 曾見幾番, 拂水飄綿送行色? 登臨望故國.
誰惜, 京華倦客? 長亭路, 年去歲來, 應折柔條過千尺. 閒尋舊蹤跡, 又125)酒趁哀

---

121) 【校】 汝從何往: 《情史》에는 "汝從何往"으로 되어 있고 《貴耳集》에는 "爾去那
裡去"로 되어 있다.

122) 官家(관가): 황제에 대한 호칭이다. 西漢 때 天子를 縣官이라 했고 東漢 때
天子를 國家라고 했으므로 이를 아울러서 官家라는 말로 황제를 칭하게 되
었다. 일설에는 《韓氏易傳》에 있는 "五帝는 천하를 현자에게 물려주었고 三
王은 천하를 아들에게 물려주었다.(五帝官天下, 三王家天下.)"라는 말에서 나
왔다고도 한다.

123) 【校】 有蘭陵王詞: 《情史》에는 "有蘭陵王詞"로 되어 있고 《貴耳集》에는 "有蘭
陵王詞令柳陰直者是也"로 되어 있다. 《貴耳集》에서는 詞를 수록하지 않았다.

124) 爲壽(위수): 술자리에서 尊長에게 술을 올리거나 선물을 바치면서 長壽를 비
는 것을 말한다.

125) 【校】 又: [鳳], [岳], [類], [春], 《片玉詞》에는 "又"자가 있고 [影], 《宋稗類鈔》에

弦, 燈照離席. 梨花榆火催寒食. 愁一箭126)風快, 半篙波暖, 回頭迢遞便數驛. 望人
在天北. 凄惻127), 恨堆積. 漸別浦縈迴, 律埃岑寂. 斜陽冉冉春無極. 念月榭攜手,
露橋聞笛128). 沉思前事, 似夢裡, 淚暗滴129).

　　曲終, 道君大喜, 復召爲大晟樂正. 後官至大晟樂府待制.

　　長卿氏曰: "道君以一詞而逐美成, 復以一詞官之, 好名130)耶, 好才耶? 曰,
好色耳. 天子與貧士爭風塵一席之歡而不敵, 情固有別腸耶? 嗚呼! 若李師師者,
可云有情, 亦可云無賴者也."

　　當時師師家有二邦彦: 一周美成, 一李士美, 皆道君狎客131). 士美因而爲宰
相. 吁! 君臣遇合于倡優下賤之家, 國之安危治亂, 可想而知矣.

　　《宣和遺事》載: 宣和五年七夕, 道君幸李師師家, 留宿. 臨別, 約再會. 乃解龍
鳳鮫綃直繫132)爲信. 都巡官賈奕, 師師結髪之婿也. 深妬其事, 題《南鄉子》詞云:

　　　　閒步小樓前, 見個佳人貌類仙133). 暗想聖情渾似夢, 追歡, 執手蘭房恣意

는 "又"자가 빠져 있다.

126) 【校】 箭: [鳳], [岳], [類], 《片玉詞》에는 "箭"으로 되어 있고 [影], [春], 《宋稗類
鈔》에는 "帆"으로 되어 있다.

127) 【校】 凄惻: [鳳], [影], [春], 《片玉詞》, 《宋稗類鈔》에는 "凄惻"으로 되어 있고
[岳], [類]에는 "情凄惻"으로 되어 있다.

128) 【校】 念月榭攜手 露橋聞笛: 《片玉詞》에는 "念月榭攜手 露橋聞笛"으로 되어 있
고 [鳳], [岳], [類], [春]에는 "念月榭攜手 露橋吹笛"으로 되어 있으며 [影], 《宋
稗類鈔》에는 "念月榭攜手吹笛"으로 되어 있다.

129) 【校】 似夢裡 淚暗滴: [鳳], [岳], [類], 《片玉詞》에는 "似夢裡 淚暗滴"으로 되어
있고 [春]에는 "似夢裡 淚偸滴"으로 되어 있으며 [影], 《宋稗類鈔》에는 "夢裡淚
偸滴"으로 되어 있다.

130) 好名(호명): 명예나 허명을 좋아하고 이를 추구하는 것을 이른다.

131) 狎客(압객): 권문세족들을 모시고 遊樂하는 사람을 이른다.

132) 龍鳳鮫綃直繫(용봉교소직계): 鮫綃는 전설 속에 나오는 鮫人(인어)이 짰다는
비단으로 가볍고 얇은 비단을 이르고, 直繫는 두루마기를 가리킨다. 龍鳳鮫
綃直繫는 용봉 무늬가 있는 얇은 비단으로 만든 두루마기를 이른다.

133) 【校】 貌類仙: [影], 《宣和遺事》, 《全宋詞》에는 "貌類仙"으로 되어 있고 [春],
[鳳]에는 "貌似仙"으로 되어 있으며 [岳], [類]에는 "貌似血"로 되어 있다.

眠¹³⁴⁾. 一夜說盟言, 滿掬沉檀噴瑞烟. 報道早朝歸去晚, 回鸞, 留下鮫綃當宿錢.

　　次夜道君復至, 得詞於妝盒, 笑而袖之. 後謫賈奕爲廣南瓊州司戶. 然則道君之醋, 非止一呷矣.

80. (6-8) 범홀림(范笏林)¹³⁵⁾

　　범목지(范牧之)는 이름이 윤겸(允謙)이고 호가 홀림(笏林)이었으며, 화정현(華亭縣)¹³⁶⁾ 세가(世家)의 아들로 젊은 나이에 향시에 급제를 했다. 헌칠한 키에 넓은 이마와 갸름한 얼굴 모양을 하고 있었으며 눈동자는 맑고 빛났다. 기개가 시원스럽고 빼어나 세속에 얽매이는 것을 달가워하지 않았다. 화정현 세가의 자손들은 밖에 나갈 때면 반드시 화려하게 꾸미고 기세가 대단했으니 비단 옷과 여우가죽으로 만든 갖옷을 입고 수레 위에서 설쳐대곤 했다. 시동(侍童)들이 나란히 그 뒤를 따라갔는데 그들은 옥비녀를 꽂고 머릿기름을 발랐으며 여인네처럼 고왔다. 범목지는 그것을 보고 왕왕 내심으로 부끄러워하며 치를 떨었고 머리털이 곤두서 곧 얼굴을 가리고 그 자리를

---

134) 【校】眠: 《情史》에는 "眠"으로 되어 있고 《全宋詞》에는 "憐"으로 되어 있으며 《宣和遺事》에는 이 글자가 빠져 있다.

135) 이 이야기는 명나라 陳繼儒의 《陳眉公集》 권13에 수록되어 있는 〈范牧之小傳〉이다. 이외에도 명나라 范濂의 《雲間據目抄》 권1에는 〈范允謙〉으로, 명나라 何三畏의 《雲間志略》 권1에는 〈范孝廉牧之傳〉, 명나라 宋存標의 《情種》 권6에는 〈范笏林傳〉으로 실려 있다. 명나라 沈德符의 《萬曆野獲編》 권23에 수록된 〈杜韋〉도 이와 유사한 이야기이다. 이야기에 나오는 기녀 杜生이 《警世通言》 권32 〈杜十娘怒陳百寶箱〉의 여주인공인 杜十娘의 原型이라는 설도 있다.

136) 화정현(華亭縣): 지금의 上海市 松江區이다.

떠나곤 했다. 평소 집에 있을 때에는 보통 사람의 옷차림을 한 채로 평두변(平頭弁)¹³⁷⁾을 쓰고 있었으며 여러 소년들과 더불어 격 없이 놀았다. 그러다가 현귀한 사람과 마주치면 공순한 태도를 하고 겸손하여 감히 말하지 못하는 척했다. 사람들이 그가 궁색한 줄 알고 무시를 해야 범목지는 통쾌해했다. 어떨 때 자리를 같이 한 사람이 조금이라도 그의 신분을 알아차리면 그는 바람같이 가버리곤 했다. 천성이 책을 좋아하여 읽지 않은 책이 없었고 문장과 서화에 자유로웠다. 찾아온 손님이 운치가 없으면 문지기에게 들이지 못하게 했고, 들였으면 반드시 좋은 향을 피우고 맑은 술로 대접을 했다. 어떨 때에는 이야기를 나누다가 밤이 깊어지면 동자가 초를 바꾸고 구운 고기를 잘라내어 손님이 막 왔을 때처럼 다시 음식을 차려내곤 했다. 처마 밑에서 첫 닭이 울어도 여전히 거문고를 타거나 바둑을 두는 소리가 들렸다. 이로 인해 사방에서 온 빈객들이 날로 더욱더 모여들었으며 잡스런 손님도 조금 들어가게 되었다.

얼마 지나지 않아서 두생(杜生)¹³⁸⁾과 관련된 일이 일어났다. 두생은 기생이었는데 풍모와 자태로 명망이 높았고 호쾌하게 담소를 했으며 스스로를 여협(女俠)이라 불렀다. 두생은 범목지와 창문(閶門)¹³⁹⁾에서 처음으로 만나 한참을 눈빛으로 마음을 전하더니, 그 자리에서 물러나와 범목지의 손을 잡고 찬탄하며 말했다.

"우리 둘은 죽어서 함께 묻힐 사람을 만난 것입니다. 님의 고아한 정취는

---

137) 평두변(平頭弁): 文士들이 평소에 쓰는 冠의 일종이다.
138) 두생(杜生): 杜韋이다. 명나라 沈德符의 《萬曆野獲編》 권23에 있는 〈杜韋〉에 따르면, 두위는 藝妓로서 요염함으로 한 때 으뜸이었는데 雲間사람인 孝廉 范牧之(允謙)가 젊었을 때 방탕해 두위를 한 번 만나고는 그와 투합하여 생사를 함께하겠노라 맹세했다고 한다.
139) 창문(閶門): 춘추시대부터 있었던 성문의 이름으로 지금의 江蘇省 蘇州市 서쪽에 있다.

범속을 초월하고 저 또한 협기가 하늘을 덮을 듯합니다. 나중에 유골이 태호(太湖)[140]의 호숫가에 함께 묻혀 무덤 가운데에서 자색 기운을 내뿜게 해 무지개가 될 수 있도록 맹세합니다. 수줍은 여자가 되는 것은 제게 부끄러운 일입니다."

두생이 아래 보이는 원앙새를 가리키며 위로 날아가는 한 쌍의 백조를 보면서 말을 한 뒤에 심하게 울자, 사람들은 그 불길함에 놀랐다. 그 뒤로 범목지는 머문 지 한 달이 다 되어도 마음을 돌이킬 뜻이 없었으며 정신이 흩어져 집안의 일도 건사하지 않았다. 이에 빈객들 가운데 글을 지어 그가 마음을 접게 해달라고 신에게 고하는 자가 있자 범목지는 이렇게 답했다.

"제가 듣기로는 명예가 훼손된 것은 욕된 것이며 몸이 훼손된 것은 그다음이라 합니다. 군자들께서는 모두 당대의 현명한 분들이십니다. 저는 비록 재주는 없지만 혜시(惠施)[141]와 장주(莊周)의 만남을 보고 스스로를 부끄럽게 여긴 지 오래되었습니다. 하루아침에 군자들께서는 옷차림을 단정히 하시고 공경스럽게 신 앞에서 아뢰며 종과 북을 치면서 저를 막으려고 하십니다. 갑자기 이를 본 사람들은 모두 놀라 허둥대며 도망가면서 제가 멸족의 화라도 당하는 것이 마땅하여 이 지경에 이른 줄로 생각합니다. 심지어 시말을 꾸미고 헛소문을 내어 중상모략을 하며 글로 써서 제사를 지냈습니다. 그리고 제대로 살펴보지도 않은 채, 급히 죄를 정해 증거도 없이 마침내 문안(文案)을 만들었습니다. 이런 충고의 도의는 트집을 잡는 것과 다름없고, 이것저것을 주워 모아서 사람을 모해한 잘못은 법령을 곡해하여 죄명을 씌우는 것에 가깝습니다. 저로 하여금 천지간에서 올바른

---

140) 태호(太湖): 지금의 江蘇省에 있는 호수로 중국에서 세 번째로 큰 담수호이다.
141) 혜시(惠施, 기원전 390~기원전 317): 전국시대 송나라 사람으로 莊周(기원전 369~기원전 286)와 친분이 두터웠다. 항상 철학적인 문제에 대해 토론했다 는 기록이 《莊子》 등에 보인다.

도리를 위해 목숨을 바치지 못하게 하고 세상에서 억지로 숨을 쉬게 하니 그 욕됨이 심합니다. 제가 또한 어떤 사람인데 이를 기꺼이 감내할 수 있겠습니까? 오직 동해로 뛰어들어 죽을 수밖에 없습니다."

범목지는 이미 두생과 정이 깊어져 아교풀로 붙인 듯 헤어질 수 없는 데다가 또한 여러 빈객들로부터 자극을 받아, 둥근 돌이 산비탈을 만나 아래로 구르며 부딪혀 떨어지듯, 어쩔 수 없이 그녀와 함께 죽을 수밖에 없는 상황이 되었다. 마침 태수가 두생을 괴롭히면서 뜰로 나가서 모욕을 하자 범목지는 부끄러움을 참고 몸으로 그녀를 이리저리 가려주며 공손한 말을 적잖이 했다. 태수는 배회를 하다가, 채찍질을 하라고 하지는 않았지만, 끝내 범목지가 일개의 기생 때문에 망가지는 것을 내버려 둘 수가 없어 두생을 팔아 장사꾼의 아낙이 되도록 했다. 범목지는 거짓으로 응낙하는 척하고 남몰래 사람을 시켜 산서(山西) 상인으로 가장하게 하여 두생을 산 뒤, 별장에 숨겨두었다가 얼마 지나지 않아서 그녀를 데리고 함께 장안으로 갔다. 장안의 저택에서 살다가 석 달도 안 되어 범목지는 폐병에 걸려 죽었다. 범목지가 죽자 두생은 하인에게 일러 그의 시신을 싣고 집으로 돌아가게 하고서 자신도 따라갔다. 배에 올라 두생은 실의해 약간 탄식을 하면서도 간간히 시를 읊조리거나 웃기도 하여 범목지를 따라죽을 마음이 없는 듯했다. 강 한가운데에 이르러 두생은 목욕 준비를 하라고 이른 뒤, 목욕을 마치자 옷을 갈아입고 왼손에는 범목지가 쓰던 선화연(宣和硯)[142]을 들고 오른손에는 바둑판을 든 채로 물속으로 뛰어들었다. 좌우에 있던 사람들이 놀라서 보았지만 구할 수는 없었다. 처음에는 이삼 척(尺)쯤 되는 머리카락이 맴도는 파도 속에서 부침하는 것이 보이더니, 곧 자주색 겹옷의 옷자락 반쯤이 물결에 넘실거렸으며, 다시 눈 깜빡할 사이에 두생은 종적

---

142) 선화연(宣和硯): 송나라 徽宗 때인 宣和(1119~1125) 연간에 만들어진 벼루를 가리키는 듯하다.

없이 가라앉아 버렸다.

두생이 죽지 않았다면 범목지와 친했던 사람들이 그녀를 내버려 두었겠는
가? 더러운 손에 죽는 것은 맑은 물결에 죽는 것만 못하다. 하백이 지각이
있다면 마땅히 두생을 위해 범목지를 부를 것이다. 죽은 범목지에게 지각이
있다면 태수의 괴롭힘과 빈객들의 자극이 없게 된 것을 기쁘게 여겨 웃음을
머금은 채, 두생과 함께 영원한 사랑을 이룰 것이다. 그러나 비속한 사람들은
범목지가 정 때문에 죽었다고 오히려 비웃는다. 아! 정에 죽지 않은 사람은
장차 죽지 않을 것인가?

[원문] 范笏林

范生牧之, 名允謙, 號笏林, 華亭[143]世家子也, 年少舉于鄕. 生而頎, 廣額,
頤頰而下小削, 目瞳淸熒, 骨爽氣俊, 不甘處俗. 華亭世胄, 出必鮮怒, 錦衣狐裘,
舞于車上. 童子駢肩而隨, 簪玉膏沐, 如婦女之麗. 牧之見之, 徃徃內愧肉動, 毛孔
蝟張, 輒障面去. 居恒單衫白帢[144], 着平頭弁, 與諸少年頡頏而游. 游遇豪貴人,
牧之欠抑唯諾, 陽嗛不敢言. 衆以爲寒酸[145], 意狎之, 牧之乃快. 或坐客小覺, 則牧
之飄風逝矣. 性嗜書, 無所不讀, 跳梁翰墨間. 客非韻, 斥門者不納. 納必以名香、
淸酒爲供. 或宴語夜央, 童子更燭割炙, 復張具如客初至時. 屋下雞鳴, 猶聞鼓琴落
子聲. 由是四方之客日益集, 而祼賓亦稍稍得進.

---

143) 華亭(화정): 지금의 上海市 松江區이다.
144) 【校】 白帢: [影], 《陳眉公集》, 《雲間據目抄》에는 "白帢"으로 되어 있고 [春],
    [鳳], [岳], [類]에는 "白袷"으로 되어 있다. 帢은 袷과 통한다. 白帢(백갑)은 평
    민이 입는 흰색 겹옷을 이른다.
145) 寒酸(한산): 궁상맞다는 뜻으로 가난한 선비의 초라한 모습을 형용하는 말
    이다.

未幾, 杜生之事起. 杜生者, 妓女也. 以風態擅名, 慷慨言笑, 自題女俠. 與牧
之一遇于閶門, 目成久之, 退而執手歎曰: "吾兩人得死所矣! 君勝情拔俗, 余亦俠
氣籠霄. 他日枕骨[146])而葬太湖之濱, 誓令墓中紫炁[147])射爲長虹, 羞作腼腆[148])女
兒." 下指鴛鴦, 上陳雙鵠, 言罷大泣. 眾驚其不祥. 嗣後淹繫旬月, 無反顧意[149]),
毀頓精神, 廢輟家政. 客乃有爲文告神以絶牧之者. 牧之答曰: "僕聞虧名爲辱, 虧
形次之. 諸君子具當世賢者. 僕雖不才, 忝惠莊之遇舊矣. 諸君子一旦攝齊束
帶[150]), 矢之神前, 擊鐘伐鼓, 以絶鄙人. 一時觀者, 莫不駭遽狂走, 謂僕當得夷
族[151])之禍, 以至于此. 甚而造作端末, 飛流短長, 筆之隃麋[152]), 付之尸祝[153]), 無煩
簡考[154]), 遽定爰書[155]), 不須左驗, 遂成文案. 是忠告之義, 同于摘夬, 捃摭[156])之

---

146) 枕骨(침골): 해골끼리 서로 벤다는 뜻으로 같은 무덤에 묻히는 것을 말한다.

147) 紫炁(자기) 炁는 氣와 같은 글자로 紫氣는 자주색의 雲氣를 말한다. 고대 중
국 사람들은 紫氣를 상서로운 기운이라 여겼다.

148) 【校】 腼腆: [鳳], [岳], [類], [春]에는 "腼腆"으로 되어 있고 [影], 《雲間據目抄》
에는 "湎湎"으로 되어 있으며 《陳眉公集》에는 "面湎"으로 되어 있다. 腼腆(면
전)은 수줍어 자연스럽지 못한 것을 이른다.

149) 【校】 無反顧意: 《情史》에는 "無反顧意"로 되어 있고 《陳眉公集》, 《雲間據目
抄》에는 "無復顧禮"로 되어 있다.

150) 攝齊束帶(섭제속대): 攝齊는 옷자락을 들어 올린다는 뜻으로, 옛날 관원이
옷자락을 밟고 넘어져 失態하지 않기 위해 관아에 올라갈 때 옷자락을 들
어 올려 공경과 예의를 보이는 것을 이른다. 束帶는 옷을 여민다는 뜻으로
이로써 단정함과 장중함을 드러낸다.

151) 夷族(이족): 중국 고대의 가혹한 형벌로 宗族을 주멸한다는 뜻이다. 연좌 범
위는 조대마다 달라 秦漢 때에는 三族을 주살하는 죄목이 있었고, 封建社會
후기에 이르러서는 九族을 주살해 숙부와 백부 등의 방계 친족까지 연좌시키
기도 했다. 자세한 내용은 《唐律疏義》, 《通典 · 刑制》, 《明律》 등에 보인다.

152) 隃麋(유미): 隃麋縣은 漢나라 때 설치된 縣으로 지금의 陝西省 天陽縣 동쪽
지역이다. 좋은 먹의 생산지로 유명해 후세에 隃麋는 먹이나 墨痕의 대칭으
로 쓰인다.

153) 尸祝(시축): 제사를 지낼 때 神主를 향해 祝文을 읽고 제사를 진행하는 사람
이다. 《莊子 · 逍遙遊》에 대한 成玄英의 疏에서 이르기를 "尸라는 것은 太廟
에 있는 神主이고 祝이라는 것은 지금 太常太祝이다. 祭版을 들고 신주를
향해 祝文을 하기에 尸祝이라 한 것이다.(尸者, 太廟之神主也; 祝者, 則今太常
太祝是也; 執祭版對尸而祝之, 故謂之尸祝也.)"라고 했다.

154) 【校】 簡考: 《情史》에는 "簡考"로 되어 있고 《陳眉公集》, 《雲間據目抄》에는

過, 近于文致. 使僕不能舍生157)于覆載, 强息于人世, 辱云甚矣. 僕亦何人, 其能甘
之? 惟有蹈東海而死耳!" 牧之既深情膠粘不解, 而復爲諸客所激, 若圓石遇坂, 轉
觸轉下, 勢不得不與俱盡. 會太守窘杜生, 出辱之庭. 牧之忍愧, 以身左右翼, 多卑
詞. 太守徘徊, 不令下鞭, 然終不許牧之以一妓女燼, 黜賣杜爲賈婦. 牧之佯諾,
陰使人贋爲山西賈158), 得之以藏于別第, 俄載而與俱長安.

居長安邸, 不三月, 牧之病肺死. 牧之既死, 杜生勅家人裝其喪歸, 而以身從.
杜入舟, 忽忽微歟, 間褙吟笑, 如無意償范者. 至江心, 命具浴. 浴罷更衣, 左手提牧
之宣和硯, 右手提棋楸159), 一躍入水. 左右驚視, 不能救. 初見髮二三尺許, 浮沉旋
瀾中. 已復颺起紫衣裾半褶. 復轉瞬間, 而生杳然沒矣.

杜不死, 范之親黨能置之度160)外乎? 與其死于濁手, 不若死於淸波也. 河伯

───────────

"檢考"로 되어 있다. 思宗 朱由檢의 이름자인 '檢'자를 避諱하여 '檢'을 '簡'으
로 쓴 것이다. 《正字通 · 木部 · 檢》에 의하면 "明나라 때 성상의 존함을 避諱
하여 '簡'자로 썼다. 館員인 檢討를 簡討로 바꾸고 府佐인 檢校를 簡校로 바
꾸었다.(明避上諱作簡, 改館員檢討爲簡討, 府佐檢校爲簡校.)"고 한다.

155) 爱書(원서): 본래 죄수의 供辭를 기록한 문서를 말하는데 나중에는 判決書을
이르기도 했다. 《史記 · 酷吏列傳》에 대한 司馬貞의 索隱에서 韋昭의 말을
인용해 이렇게 풀었다. "爱은 바꾼다는 뜻이다. 옛날에 형벌을 내리는 것을
신중히 하여 혹시 愛惡가 있을까 염려해 獄書를 돌려 다른 관원으로 하여
금 그 실정을 살피도록 했기에 '傳爱書'라고 했다."

156) 捃摭(군척): 채집하거나 수집한다는 뜻으로 남을 공격하기 위해 자료를 긁
어모으는 것을 이른다.

157) 舍生(사생): 《孟子 · 告子上》에 있는 "삶도 내가 원하는 바이고, 義도 내가
원하는 바이지만 이 두 가지를 겸하여 얻을 수 없다면 삶을 버리고 의를
취하리라.(生, 亦我所欲也; 義, 亦我所欲也. 二者不可得兼, 舍生而取義也.)"라는
구절에서 나온 말로 捨生取義와 같은 뜻이다. 도의를 위해 삶을 버린다는
의미이다.

158) 【校】賈: [影], 《陳眉公集》, 《雲間據目抄》에는 "賈"로 되어 있고 [鳳], [岳], [奉]
에는 "賓"으로 되어 있다. [類]에는 이 문장이 "黜賣杜爲賈牧之佯婦 諾 陰使"
로 되어 있다.

159) 棋楸(기추): 바둑판을 가리킨다. 대개 바둑판을 楸木(가래나무)으로 만들기
때문에 이렇게 부르게 된 것이다.

160) 【校】度: [影]에는 "度"로 되어 있고 [鳳], [岳], [奉], [類]에는 "杜"로 되어 있다.
'置之度外'는 염두에 두지 않고 도외시한다는 뜻이다.

有知, 當爲生招笏林. 笏林有知, 喜無太守之窘, 諸客之激, 含笑相從, 永以爲好.
而俗子猶笑笏林以情死. 噫! 不死于情者, 將不死乎?

情史氏曰

　　정은 사랑을 낳고 사랑은 다시 정을 낳는다. 정과 사랑이 상생(相生)을
해 그치지 않으면 사망하고 멸절하는 일이 반드시 있을 것이다. 그중 무사한
자는 행운일 뿐이다. 비록 그렇다 하더라도 이는 심한 자를 말한 것인데다가
또 그 반 정도는 사랑을 선용(善用)하지 못한 까닭에 이상한 일이 벌어진
것인데 사람들에게 구실이 되어 정을 탓하게 된 것이다. 정이 무슨 죄가
있는가? 걸(桀)과 주(紂)는 가혹했기 때문에 망한 것이고 부차(夫差)는 무력을
남용했기 때문에 망한 것인데 말희(妺喜)[161]와 서시(西施)[162] 같은 여자들로
하여금 그 악명을 뒤집어쓰게 했으니 어찌 억울하지 않겠는가? 만약 정애(情
愛)에만 그친다면 또한 필부들의 일상 음식과 같아 생명이 요절되지 않도록
하니 어찌 범홀림(范笏林)의 이야기 같은 일까지 벌어지겠는가? 하물며
크디큰 천하에서 만사(萬事)를 주관하고 만부(萬夫)에게 보좌되는 이에
있어서랴? 만약에 그 규범이 바뀌지만 않는다면 비록 화청궁(華淸宮)[163]이나
결기각(結綺閣)[164]에 아름다운 미인이 구름처럼 많다 해도 그들을 황가원림

---

161) 말희(妺喜): 夏나라 마지막 군주였던 桀王의 寵妃로 자세한 이야기는 《情史》
　　권5 정호류 〈夏履癸〉에 보인다.
162) 서시(西施): 춘추시대 越王 勾踐이 吳王 夫差에게 바친 미인으로 자세한 이
　　야기는 《情史》 권3 정사류 〈范蠡〉에 보인다.
163) 화청궁(華淸宮): 陝西省 臨潼縣 남쪽 驪山 밑에 있었던 당나라 궁전 華淸宮
　　을 가리킨다. 그 안에 양귀비가 목욕을 했던 溫泉이 있어 유명하다.
164) 결기각(結綺閣): 南朝 陳後主가 至德 2년(584)에 지은 臨春, 結綺, 望仙 등 세
　　누각 가운데 하나이다. 화려해 그 사치스러움이 비할 데 없었으며 後主 스

안에 있는 사슴이나 새로 여기는 것이 어찌 또한 불가하랴?

　　情史氏曰: "情生愛, 愛復生情. 情愛相生而不已, 則必有死亡滅絶之事. 其無事者, 幸耳! 雖然, 此語其甚者, 亦牛緣不善用愛, 奇奇怪怪, 令人有所藉口, 以爲情尤. 情何罪焉? 桀、紂以虐亡, 夫差以好兵亡, 而使妹喜、西施輩受其惡名, 將無枉乎? 夫使止于情愛, 亦匹夫之日用飮食. 令生命不逢夭折, 何至遂如范笳林者. 又況乎天下之大, 幹以萬事, 翼以萬夫. 令規模不改, 雖華淸結綺[165], 紅粉如雲, 指爲靈囿[166]中之鹿鳥, 亦何不可!

　　스로는 臨春閣에 살았고 張貴妃는 結綺閣에서 살았으며 龔貴嬪과 孔貴嬪은 望仙閣에서 살았다고 한다. 구체적인 기록은 《陳書 · 皇后傳 · 後主張貴妃》에 보인다.
165) 【校】 結綺: [影]에는 "結綺"로 되어 있고 [鳳], [岳], [春], [類]에는 "維綺"로 되어 있다.
166) 靈囿(영유): 본래 周나라 文王의 苑囿 이름인데 후대에 이르러 제왕이 초목을 심고 禽獸를 기르는 곳을 이르게 되었다.

7

情 정
癡 치
類 류

'정치류'에서는 바보스러울 정도로 사랑에 깊이 빠진 사람들의 이야기들을 싣고 있다. 권말 '정사씨(情史氏)' 평론에서 삶의 온갖 번뇌와 근심은 정이 있기에 생기는 것이라고 하면서 통달한 자가 보기에 정이란 어리석은 것이며 남녀 간의 일이란 지엽적인 것이라고 했다. 여자와의 약속을 지키기기 위해 물이 불어나도 다리를 떠나지 않고 다리 기둥을 안고서 죽은 미생(尾生)을 정치(情癡)의 선조라고 했다. 총비의 웃음 한 번 보기 위해 봉화를 올렸던 주나라 유왕(幽王)과 자기와 함께 죽으려고 총첩을 죽인 양정(楊政)의 이야기도 실려 있다. 정으로 인해 죽은 자를 살리려하기도 하고 산 자를 죽이기까지 하니 정은 사람을 그렇게 뒤바뀌게 할 수 있는 것이라고 했다.

81. (7-1) 애꾸눈 기생(眇娼)[1]

청대(淸代) 선통(宣統) 원년, 북경자강서국(北京自强書局), 《회도정사(繪圖情史)》 삽도 〈묘창(眇娼)〉

한쪽 눈이 먼 창기(娼妓)가 있었는데 가난해 스스로 먹고 살 수 없기에 어미와 더불어 서쪽에 있는 경도로 가려고 했다. 어떤 사람이 그녀를 말리며 이렇게 말했다.

"경도는 천하의 가기(歌妓)들이 운집하는 곳이라서 두 눈이 있어도 가서

---

1) 이 이야기는 송나라 秦觀의 《淮海集》 권25에 있는 〈眇倡傳〉이다. 《山堂肆考》 권111에는 〈無如眇目〉으로, 《靑泥蓮花記》 권13에는 〈眇娼傳〉으로, 《古今譚槪》 권3과 《稗史彙編》 권49에는 〈眇娼〉으로, 《古今情海》 권10에는 〈佳目得一足矣〉로 실려 있다.

팔리지 않을까 걱정할 텐데, 하물며 한 눈이 먼 사람에 있어서랴? 도랑 가운데 굶어 죽은 송장이 될 것이다."

그 창기는 답하기를 "속담에 '마음으로 서로 사랑하면 말머리도 둥글게 보인다.'라는 말이 있습니다. 그 넓은 경도에 어찌 내 짝이 없다 할 수 있겠습니까?'라고 하고 길을 떠났다. 변량(汴梁)²⁾에 이르러 강기슭에 있는 여관에 머물렀다.

한 달이 지났는데 어떤 젊은이가 말 탄 사람 서너 명을 이끌고 강기슭으로 나왔다가 그 기생을 보고 마음에 들자, 남아서 술잔치를 베풀었다. 그리고 그는 다음 날에도 다시 그 기생을 만나러 왔다. 그리하여 매우 총애하게 되자 그녀를 맞이해 별장에 있게 했으며 인척들 간의 왕래도 사절한 채, 손수 밥을 지어 주었다. 기생이 밥을 먹어야 젊은이도 먹었고 기생이 병에 걸려 먹지 않으면 젊은이 또한 먹지 않았다. 조심스레 머뭇거리며 시중을 들고 곡진하게 그녀의 뜻을 맞추면서 혹시라도 마음에 들지 않을까 걱정만 했다. 어떤 서생이 그를 비웃으니 젊은이가 화를 내며 말했다. "내가 이 사람을 얻을 때부터 세상의 여자들을 둘러보면 모두 눈 하나를 더 가진 자로 보였소. 무릇 아름다운 눈은 하나면 족하지 또한 많아서 무엇 하겠는가?" 이 이야기는 《회해집(淮海集)》에 보인다.

진 소유(秦少游)³⁾가 말하기를 "대저 겨를 뿌려 눈을 잘 못 뜨게 하면 천지사방의 자리가 뒤바뀌어 보이는 법이다. 세상에 추(醜)를 미로 삼는

2) 변량(汴梁): 北宋 때의 都城으로 東京이라 불리기도 했으며 지금의 河南省 開封市이다.
3) 진소유(秦少游): 〈眇倡傳〉의 작자인 북송 때 詞人 秦觀(1049~1100)을 가리킨다. 자는 少游 혹은 太虛라고 했으며 호는 淮海居士이고 揚州 高郵(지금의 江蘇省 高郵縣)사람이었다. 시문집으로 《淮海集》, 《淮海居士長短句》, 《逆旅集》 등이 전하고 《宋史·文苑傳》에 그에 대한 傳이 있다.

자가 많으니 어찌 단지 묘창의 일뿐이겠는가?"라고 했다.

[원문]　眇娼

娼有眇一目者, 貧不能自贍, 乃計謀與母西遊京師. 或止之曰: "京師, 天下之色府也, 若具兩⁴⁾), 猶恐往而不售, 況眇一焉. 其瘁于溝中矣!" 娼曰: "諺有之: '心相憐, 馬首圓.' 以京師之大, 豈知無我儷者?" 遂行. 抵梁, 舍濱河逆旅.

居一月, 有少年從數騎出河上, 見而悅之, 爲留飮宴, 明日復來. 因大嬖, 取置別第中, 謝絕姻黨, 身執爨以奉之. 娼飯, 少年亦飯. 娼疾不食, 少年亦不食. 嚅嚅伺候, 曲得其意, 唯恐或不當也. 有書生嘲之, 少年忿曰: "自余得若人, 還視世之女子, 無不餘一目者. 夫佳目, 득一足矣, 又奚以多爲!" 見《淮海集》.

秦少游云: "夫播糠眯目, 則天地四方易位⁵⁾). 世之以惡爲美者多矣, 何特眇娼之事哉?"

---

4) 【校】若具兩: [影]에는 "若具兩"으로 되어 있고 [春], [鳳], [岳], [類]에는 "若目兩"으로 되어 있으며 《淮海集》에는 "使若具目兩"으로 되어 있다.
5) 夫播糠眯目 則天地四方易位(부파강미목 칙천지사방역위): 《莊子·天運》에 나오는 말로 겨를 뿌려 눈에 들어가게 하면 눈을 잘 못 뜨게 되어 천지사방의 위치를 분간할 수 없게 된다는 뜻이다. 仁義를 겨로 비유하여 작은 외물로 인한 위해가 크다는 것을 비유적으로 표현한 것이다. 여기서는 情을 겨에 비유해 표현한 것이다.

82. (7-2) 벙어리 기생(啞娼)6)

양유정(楊維楨)7)이 다음과 같이 기록했다.

전당(錢塘)8)의 창가(娼家) 여자 가운데 아름답지만 벙어리인 자가 있었다. 그녀에게 비파와 쟁, 그리고 공후(箜篌)와 칠반(七盤)9) 무용의 기예를 가르쳤 는데 정통하지 않은 것이 없었다. 계년(笄年)이 되자 용모가 더욱 드러나고 기예도 한층 능숙해졌다. 경도의 한 목재(木材) 대상(大商)이 그곳을 지나다 가 그 기생을 청하여 만나보고는 곧 크게 기뻐하며 두 배의 값을 치르고 그녀를 맞이했다. 주변 사람들이 말하기를 "창기는 소리로 남의 환심을 사는 것인데 벙어리를 두 배의 값을 주고 맞이했으니 얼마나 어리석은가?"라 고 하자, 상인이 웃으면서 말했다.

"부녀자들 따위는 수다를 떨어 집안을 망치니 처첩들 간에 헐뜯는 말이 가라앉은 뒤에야 집안이 흥성한다. 나는 수다를 떨지 않은 여자를 맞이하려 한 것이지 노래를 잘하는 여자를 맞이하려 한 것이 아니다."

---

6) 이 이야기는 명나라 楊維楨의 〈啞娼志〉를 절록한 것이다. 《青泥蓮花記》 권13에 〈啞娼志〉로 수록되어 있으며 《鐵崖文集》에서 나왔다고 했다. 이외에도 《廣艶 異編》 권11, 《明文海》 권142 그리고 명나라 賀復徵의 《文章辨體彙選》 권623 등에도 같은 제목으로 수록되어 있다. 《古今情海》 권10에는 〈花如解語還多 事〉라는 제목으로 기재되어 있으며 《鐵崖集》에서 나왔다고 했다.

7) 양유정(楊維楨, 1296~1370): 元末 明初의 문학가이자 서예가로 자는 廉夫이고 호는 鐵崖 혹은 東維子이다. 그의 아버지인 楊宏이 鐵崖山에 누각을 짓고 수 만 권의 책을 수집해 그는 어렸을 때부터 그 안에서 책을 보며 자랐으며 스 스로 鐵崖라고 자호했다. 그의 시는 元末 詩壇에서 으뜸으로 평가되었으며 그의 시체를 鐵崖體라고 불렀다. 음악에도 조예가 깊어 쇠 피리를 잘 불었기 에 스스로를 鐵笛道人이라고도 했다. 문집으로 《東維子集》, 《鐵崖先生古樂府》 등이 있다.

8) 전당(錢塘): 縣名으로 錢唐이라고도 하며 지금의 浙江省 杭州市이다.

9) 칠판(七盤): 七槃과 같은 말로 춤 이름이다. 땅에 접시 일곱 개를 늘어놓은 뒤, 무용수가 소매가 긴 옷을 입고 접시의 주변이나 접시 위에서 추는 춤이다.

그리고, 곧 그녀를 데리고 경도로 돌아갔다.

상인에게는 시첩(侍妾)이 백 명 정도 있었는데 벙어리 기생이 왔다는 소리를 듣고 모두들 입을 가리고 몰래 그녀를 비웃었다. 얼마 지나지 않아 그 벙어리 기생이 총애를 한 몸에 받게 되었으니 상인은 음식을 먹을 때면 벙어리 기생이 없이는 달게 먹지 않았다. 벙어리 기생 또한 마음속으로 혼자 말하기를 "내가 벙어리가 아니었으면 이렇게 예쁘게 보이지 않았을 것이다."라고 했다. 그리고 거만하여 스스로를 대단하다 여기고 연향에서는 윗자리가 아니면 앉지 않았으며 복식(服飾)은 진주가 아니면 패용하지 않았다. 희첩들은 비록 마음속으로 시기는 했지만 모두들 그녀가 주인에게 시비(是非)를 말하지 못하는 것을 덕으로 여겼으며 또한 이를 다행스럽게 생각했다. 이 이야기는 《양철애집(楊鐵崖集)》에 보인다.

양유정이 말하기를 "만약 벙어리 기생이 그 재색(才色)에 말과 문장을 잘했다면 그가 받은 대우가 반드시 그렇지는 않았을 것이다. 설사 그런 사람이 있다하더라도 평생 동안 영화를 누리는 자는 드물다."라고 했다.

정주인(情主人)은 말한다. "이는 양 철애의 우언(寓言)으로 말을 삼가야 한다는 명(銘)이다."

[원문] 啞娼

楊維禎云: 錢塘娼[10]家女, 有美而啞者. 教以琵、筝、箜篌, 及七盤舞蹈之伎, 靡不精審. 即笄, 貌益揚, 藝益工. 京師有大木賈過焉, 求見, 即大喜, 倍價聘之,

---

10) 【校】娼: 《情史》,《明文海》,《文章辨體彙選》에는 "娼"으로 되어 있으며 《廣艶異編》에는 "倡"으로 되어 있다.

左右曰: "娼以聲取悅, 啞而倍價以聘, 何過愚?" 賈笑曰: "婦類以長舌敗人之家, 內讒寢而後家可長. 予聘無長舌, 不聘工歌." 遂挾之歸京師.

賈侍姬百十人, 聞啞娼至, 皆掩口胡盧[11]之. 未幾, 啞娼寵顓門, 賈一飮食, 非啞娼不甘. 啞娼亦心自語曰: "不聾啞, 不婀娜[12]." 侈然自隆重, 宴享非尊右不居, 服飾非珍珠不御. 諸姬雖心忌, 又咸德其不能言皁白於主, 故又心幸之. 見《楊鐵崖集》.

楊維禎曰: "使啞娼才色, 工之以語言文章, 則所遇未必爾. 借有之, 求其終身榮者寡矣."

情主人曰: "此鐵崖寓言, 以當三緘[13]之銘也."

---

11) 掩口胡盧(엄구호로): 胡盧는 웃는 모습을 형용하는 말로 掩口胡盧는 입을 가리고 몰래 웃는 것을 말한다.

12) 【校】婀娜: 《明文海》, 《文章辨體彙選》에는 "婀娜"로 되어 있고 《情史》에는 "家娜"로 되어 있으며 《廣艶異編》에는 "家娜"으로 되어 있다. 婀娜(아나)는 여성의 유연하고 아름다운 자태를 형용하는 말이다.

13) 三緘(삼함): 三緘其口의 준말이며 입을 세 겹으로 봉한다는 뜻으로 말을 아주 삼가라는 의미이다. 한나라 劉向의 《說苑 · 敬愼》에 이런 이야기가 보인다. "공자가 周나라에 갔을 때 太廟를 구경하는데 오른쪽 계단 옆에 동상이 있었다. 그 동상의 입은 세 겹으로 봉해져 있었으며 등 뒤에는 '옛날에 말을 삼갔던 사람이다. 경계하고 경계하라! 말을 많이 하지 말지어다. 말이 많으면 실패 또한 많으니라.'라고 새겨져 있었다.(孔子之周, 觀於太廟, 右陛之側, 有金人焉, 三緘其口, 而銘其背曰: '古之愼言人也. 戒之哉, 戒之哉! 無多言, 多言多敗.')"

83. (7-3) 순 봉천(荀奉倩)14)

순 봉천(荀奉倩)15)은 그의 부인과 정이 매우 돈독했다. 겨울에 부인이 열병에 걸리자 그는 안뜰로 나가서 스스로 자기 몸을 차게 한 뒤에 다시 돌아와 부인의 몸에 대었다.

[원문] 荀奉倩

荀奉倩與婦至篤. 冬月, 婦病熱, 乃出中庭, 自取冷還, 以身熨之.

84. (7-4) 악화(樂和)16)

남송(南宋) 때 임안(臨安)17)의 전당문(錢塘門)18) 밖에 살았던 악옹(樂翁)은 사대부 집안의 후손이었으나 가문이 쇠락하여 전당문 밖에서 잡화점을 열었다. 그에게 화(和)라고 하는 아들이 있었는데 어렸을 때 영청항(永淸巷)

---

14) 이 이야기는 남조 송나라 劉義慶의 《世說新語 · 惑溺》에서 나온 이야기로 《古今譚槪》 권3, 《山堂肆考》 권154, 《天中記》 권6에도 보인다.

15) 순봉천(荀奉倩): 삼국시대 위나라 尙書令이었던 荀彧의 아들 荀粲을 이른다. 봉천은 그의 자이다. 어려서부터 총명했으며 성년이 된 뒤 玄談으로 이름을 날렸다. 조조의 從弟인 曹洪의 딸을 아내로 맞이해 행복하게 살다가 아내가 병사한 후, 비통함을 이기지 못해 29세의 나이로 죽었다.

16) 이 이야기는 《警世通言》 권23 〈樂小舍棄生覓偶〉(一名 〈喜樂和順記〉)의 本事이다.

17) 임안(臨安): 지금의 浙江省 杭州市이다.

18) 전당문(錢塘門): 臨安城(지금의 浙江省 杭州市)에 있는 성문으로 남쪽으로부터 세 번째에 있다.

에 사는 외삼촌 집에 맡겨 키웠다. 외삼촌의 이웃이었던 희(喜) 장사(將仕)[19]에게는 순낭(順娘)이란 딸이 있었다. 그녀는 악화보다 나이가 한 살 어렸으므로 두 사람은 같은 사숙에서 공부하게 되었다. 학사(學舍)에서 장난삼아 말하기를 "희락(喜樂) 화순(和順)이니 마땅히 하늘이 정한 인연이네."라고 했다. 두 사람은 이를 듣고 부부가 되기로 남몰래 약속했다.

오래 있다가 사숙이 해산되어 악화가 아버지의 집으로 돌아갔으므로 서로 소식을 알지 못하게 되었다. 또 삼 년이 지나 청명절(淸明節)을 맞이하자 외삼촌 집에서는 조카를 불러 성묘를 하고 그 김에 호수를 유람하자고 했다. 항주의 풍속에서는 호수를 유람하는 배에서 남녀가 서로 피하지 않는 데다 그때 마침 희씨 집 가솔들도 놀러 나왔으므로 이들은 한 배에서 만나게 되었다. 순낭은 나이가 이미 열네 살이 되어 자태가 뛰어났으니 악화는 그녀를 보자 넋이 나갔다. 하지만 읍(揖)을 한 번 한 것 이외는 말을 건넬 수 없어 단지 서로 보기만 하며 살짝 웃음을 보낼 뿐이었다. 악화는 집으로 돌아온 뒤, 순낭에 대한 그리움이 그치지 않자 절구 한 수를 지어 도화전(桃花箋)에 썼다.

여린 꽃술 고운 향기 머금은 꽃은 아직 피지 않았건만	嫩蕊嬌香鬱未開
벌 나비가 아닌데도 절로 샘이 나는구나	不因蜂蝶自生猜
나중에 조그마한 배를 함께 타는 짝이 되면	他年若作扁舟侶
날마다 서호로 가서 취하도록 술 마시다 돌아오리라	日日西湖一醉回

---

19) 장사(將仕): 수나라 때부터 있었던 散官 가운데 하나인 將仕郎의 준말이다. 후대에 이르러 벼슬이 없는 富豪를 가리키기도 했다.

　　다 쓴 다음에 악화는 그 종이를 방승(方勝)[20] 모양으로 접었다. 그리고
다음 날 그것을 영청항으로 가지고 가서 틈을 타 순낭에게 주려고 했지만
수차례를 배회해도 전할 길이 없었다. 그는 조왕묘(潮王廟)가 영험하다고
들었으므로 남몰래 향과 촛불을 사 가지고 가서 기도를 올렸다. 지전(紙錢)을
태울 때 소매 안에 넣어 둔 방승이 우연히 불 속에 떨어져 급히 주워서
보니 이미 다 타버리고 오직 '여(侶)'자 한 글자만 남았다. 여(侶) 자는 두
개의 입 구(口) 자로 되어 있으므로 그는 스스로 길조라고 생각했다.

　　비각(碑閣)으로 들어가 바야흐로 생각에 깊이 빠져 있는 사이에 홀연
어떤 늙은이를 보았다. 그 늙은이는 옷차림이 매우 예스러웠으며 손에
단선(團扇)[21]을 들고 있었는데 그 위에는 '인연(姻緣)'이라는 두 글자가 씌어
져 있었다. 악화가 묻기를 "어르신께서는 인연에 관한 일을 예측하실 수
있으십니까?"라고 하자, 늙은이는 "할 수 있지요."라고 말했다. 그는 곧
악화의 나이를 묻고 다섯 손가락을 번갈아 꼽으며 한참 동안을 계산하고
나서 말하기를 "부인은 익숙한 사람이지 낯선 사람이 아닙니다."라고 했다.
악화가 말하기를 "저는 한 익숙한 사람을 생각하고 있는데 인연이 어떨지
모르겠습니다."라고 했다. 늙은이는 그를 팔각형의 우물가로 데리고 가서
우물 속에 인연이 있는지를 보도록 했다. 악화가 내려다보았더니 물살이
용솟음치며 솟구쳤고 만경(萬頃)같이 넓었으며 밝기가 거울과 같았다. 그
속에 한 미녀가 있었는데 나이는 대략 예닐곱 정도였고, 보라색 저고리에
연노란색 치마를 입고 있었으며, 아름답고 사랑스러웠다. 자세히 살펴보았
더니 바로 순낭이었다. 기쁨이 극에 달해 가까이 가려 하다가 자기도 모르게

---

20) 방승(方勝): 두 개의 마름모꼴 모양을 서로 포개어 사슬처럼 이은 모양이나
　　또는 그러한 모양의 장신구를 가리킨다.
21) 단선(團扇): 둥근 원모양에 손잡이를 달아 만든 부채이다. 궁 안에서 많이 사
　　용했다고 하여 宮扇이라 불리기도 한다.

우물 속으로 떨어져 놀라 깨어나 보니 꿈이었다.

　비문을 살펴보니, 그 신은 석괴(石瑰)[22]였으며 당나라 때 돈을 기부해 제방을 쌓아 물을 막다가 물에 빠져 조왕(潮王)이 되었다고 했다. 악화는 꿈에서 만난 늙은이가 바로 조신(潮神)일 것이라 짐작하고, 집으로 돌아가서 아버지에게 아뢰어 순낭의 집으로 가서 청혼을 하고자 했다. 아버지가 집안의 흥성과 쇠락에 차이가 있어 공연히 그 집을 노하게만 할 것이라고 하기에 다시 외삼촌을 찾아갔으나 외삼촌 또한 허락하지 않자 악화는 크게 실망을 했다. 이에 종이에 글을 써서 아내 희순낭의 위패를 모셔 놓고서 낮에는 그것과 마주해 밥을 먹고 밤에는 베개 옆에 두고 세 번을 부른 뒤에 잠자리에 들었다. 매번 성대한 명절이나 모임이 다가오면 반드시 의용을 단정히 하고 나가서 찾아보았으나 단 한 번도 만나지 못했다. 악화는 의혼하러 온 자가 있어도 굳게 사절하고 반드시 순낭이 시집간 뒤에야 결혼을 하겠노라 맹세를 했다. 순낭 또한 뜻밖에도 때를 놓쳐 시집을 가지 못하고 있었다.

　또 3년이 지난 뒤 8월이 되어 악화는 전당강(錢塘江) 관조(觀潮)[23] 행사를 틈타 강어귀로 가서 한참 동안 주위를 둘러보다가 단위두(團圍頭)[24]에 이르

---

22) 석괴(石瑰): 당나라 長慶 연간(821~825) 사람이었다. 《西湖遊覽志》 권23에 이런 기록이 보인다. "石姥廟는 德勝壩에 있는데 그 神은 石瑰이다. 당나라 장경 연간에 파도가 수해를 일으키자 석괴는 모든 가산을 털어서 제방을 쌓아 그것을 막다가 그 일로 죽었다. 그 후 여러 차례 영험을 보여 수령이 이를 조정에 아뢰자, 조정에서는 咸通 연간(860~874)에 그를 潮王으로 봉했다. 이런 까닭에 潮王廟라고 칭했다."

23) 관조(觀潮): 조수가 밀려오는 것을 구경한다는 뜻으로 특히 錢塘江의 潮水를 구경하는 것을 이른다. 전당강의 杭州灣은 전형적인 나팔형 海口이기 때문에 매년 음력 8월 18일을 전후하여 조수가 밀려 올 때 바닷물이 넓은 해구 쪽에서 좁은 강으로 흘러들어와 높은 파도를 일으킨다. 지금도 매년 전당강 해구에서는 관조하는 행사가 열리며, 가끔 조수에 휩쓸려 사망한 일이 발생하곤 한다.

24) 단위두(團圍頭): 《警世通言》 권23 〈樂小舍棄生覓偶〉에서 이곳을 이렇게 설명

러 멀리서 희 씨 일가가 초막 안에 있는 것을 보았다. 이에 인파 속으로 끼어들어 점차 가까이 가서 순낭을 바라보자 그녀도 이를 알아차려 서로 주시하게 되었다. 갑자기 조수가 밀려온다는 소리가 떠들썩하게 들리더니 사람들은 모두 흩어져 도망갔다. 그해의 조수는 세기가 아주 맹렬하여 마치 몇 장(丈) 높이의 물로 된 성과 같았으므로 순식간에 밀물이 강기슭을 넘자 순낭은 발을 헛디뎌 물속에 빠지게 되었다. 악화는 갑자기 이를 보고서 슬프고 고통스러워 그를 내버려 둘 수 없었기에 황급히 쫓아가다가 자기도 모르는 사이에 함께 물에 빠졌다. 희씨 부부가 급히 딸을 구하려고 많은 재물을 아끼지 않자 조수 가운데서 헤엄을 치고 있던 젊은이들이 다투어 그녀를 건져 구하려 했다. 보라색 저고리와 연노랑색 치마가 파도 속에 부침하는 것을 보고 사람들이 끌어내서 보았더니 두 사람의 시신이 서로 마주 안고 있었는데 불러도 깨어나지 않았고 갈라놓으려 해도 풀리지 않았다. 그때 악옹이 아들의 변고를 듣고 급히 달려와서 사람들을 제치고 들어와 울면서 말했다.

"내 아들은 살아서 제짝을 얻지 못했으니 죽어서 마땅히 연리지(連理枝)가 되겠구나."

희공이 이를 이상히 여겨서 묻자, 악옹은 그 실정을 모두 이야기했다. 희공이 화가 나서 말하기를 "어찌하여 일찍 말을 하지 않으셨소이까? 후회한들 무슨 소용이 있겠습니까? 만약에 지금 다시 살아난다면 마땅히 소원을 이루게 할 것입니다."라고 했다. 이에 소리 높여 함께 그들을 부르자, 조금 뒤에 비로소 소생을 했으며 위태로운 지경에 빠졌던 모습이 조금도 없었으니 신의 가호가 있는 듯했다. 희공은 감히 언약을 어길 수가 없어 택일을

했다. "어떤 곳에 이르렀는데 그곳을 天開圖畫 또는 團圝頭라고 불렀다. 그곳은 강으로 빙 둘러 싸여져 있어 사면에서 모두 조수의 파도를 볼 수 있었으므로 단위두라고 불리었다."

해 결혼을 시켰다. 이 이야기는 《소설(小說)》에 보인다.

이 다정한 한 쌍은, 만약 조신(潮神)이 맺어주지 않았다면 장차 정으로 인해 죽었을 것이다.

[원문] 樂和

　　南宋時, 臨安錢塘門外樂翁, 衣冠之族. 因家替, 乃於錢塘門外開雜貨鋪. 有子名和, 幼年寄養于永清巷舅家. 舅之鄰喜將仕有女名順娘, 少和一歲. 二人因同館就學. 學中戲云:"喜樂和順, 合是天緣." 二人聞之, 遂私約爲夫婦.

　　久之館散, 和還父處, 各不相聞. 又三年, 値淸明節, 舅家邀甥掃墓, 因便游湖. 杭俗, 湖船男女不避. 適喜家宅眷亦出遊, 會于一船. 順娘年已十四, 姿態發越, 和見之魂消. 然一揖之外, 不能通語, 惟彼此相視, 微微送笑而已. 和旣歸, 懷思不已, 題絶句于桃花箋云:

　　"嫩蕊嬌香鬱未開, 不因蜂蝶自生猜. 他年若作扁舟侶, 日日西湖一醉回." 題畢, 摺爲方勝, 明日攜至永清巷, 欲伺便投之順娘. 徘徊數次, 而未有路. 聞潮王廟著靈, 乃私市香燭禱焉. 焚楮之際, 袖中方勝偶墜火中. 急簡之, 已燼, 惟餘一侶字. 侶者雙口, 和自以爲吉徵也. 步入碑亭, 方凝思間, 忽見一老叟, 衣冠甚古, 手握團扇, 上寫姻緣二字. 和問曰:"翁能筭姻緣之事乎?" 叟云:"能之." 因詢年甲, 於五指上輪筭良久, 乃曰:"佳眷是熟人, 非生人也." 和云:"某正擬一熟人, 未審緣法如何?" 叟引至八角井邊, 使和視井中有緣與否. 和見井內水勢洶湧, 如萬頃汪洋, 其明如鏡. 中有美女, 年可十六七, 紫羅杏黃裙, 綽約可愛. 細辨, 乃順娘也. 喜極徃就, 不覺墜井, 驚覺乃夢耳. 查碑文: 其神石瑰, 唐時捐財築塘捍水, 沒爲潮王. 和意夢中所見叟卽神也. 還告諸父, 欲徃請婚. 父謂盛衰勢殊, 徒取其怒. 再詣舅, 舅亦不許. 和大失望, 乃紙書牌位, 供親妻喜順娘. 晝則對食, 夜置枕傍, 三喚而後寢. 每至勝節佳會, 必整容出訪, 絶無一遇. 有議婚者, 和堅謝之, 誓必俟順娘嫁後乃可. 而順娘亦竟蹉跎未字.

又三年, 八月, 因觀潮之會, 和徃江口, 巡視良久. 至團圍頭, 遙見席棚中喜氏一門在焉. 乃揷25)身人叢, 漸逼視之. 順娘亦覺, 交相注目. 忽聞譁26)言潮至, 衆俱散走. 其年, 潮勢甚猛, 如水城數丈, 頃刻踰岸, 順娘失足墜于潮中. 和驟見哀苦, 意不相捨, 倉皇逐之, 不覺並溺. 喜家夫婦急于救女, 不惜重賂. 弄潮27)子弟, 競往撈救. 見紫羅衫杏黃裙浮沉浪中, 衆捄而起, 則二屍對面相抱, 喚之不甦, 拆之亦不解. 時樂翁聞兒變, 亦踉蹡而至, 哭曰: "兒生不得吹簫侶28), 死當成連理枝耳." 喜公怪問, 備述其情. 喜公恚曰: "何不早言, 悔之何及. 今若再活, 當遂其願也." 于是高聲共喚, 逾時始甦, 毫無困狀, 若有神佑焉. 喜公不敢負諾, 擇日婚配. 事見《小說》.

一對多情, 若非得潮神撮合, 且爲情死矣.

85. (7-5) 미생(尾生)29)

미생(尾生)은 여자와 다리에서 만나기로 기약했는데 여자가 오지 않아

---

25) 【校】揷: [影], [鳳], [岳], [類]에는 "揷"으로 되어 있고 [崇]에는 "推"로 되어 있다.

26) 【校】譁: [影]에는 "譁"로 되어 있고 [崇], [鳳], [岳], [類]에는 "喧"으로 되어 있다.

27) 弄潮(농조): 潮水 속에서 헤엄을 치며 유희를 즐기는 것을 가리킨다. 송나라 吳自牧의 《夢粱錄·觀潮》에 의하면, 남송 때 臨安에 있었던 觀潮의 풍속에 8월이 되면 소년들이 수십 명 혹은 수백 명이 무리를 지어 깃발을 들고 조수를 타며 놀았는데 이를 '弄潮之戲'라고 일컬었다 한다.

28) 吹簫侶(취소려): 함께 簫를 불 수 있을 만큼 잘 맞는 짝을 뜻한다. 이에 대한 자세한 내용은 《情史》 권4 정호류 〈崑崙奴〉 '空倚玉簫愁鳳凰' 각주에 보인다.

29) 이 이야기는 《莊子·盜跖》에서 나온 이야기로 《史記》 권68, 《漢書》 권65 顏師古 注 등에도 보인다. 《古今譚概》 권3 〈愛癡〉에도 보이며 文後評도 《情史》와 동일하다.

물이 불어도 떠나지 않고 있다가 다리 기둥을 안고 죽었다.

자유(子猶)는 말한다. "이 사람은 만세(萬世)에 정치(情癡)30)의 선조이다."

[원문] 尾生

> 尾生與女子期于梁, 女子不來, 水至不去, 抱梁柱而死.

> 子猶曰: "此萬世情痴之祖."

86. (7-6) 부 칠랑(傅七郞)31)

부칠랑(傅七郞)은 기춘(蘄春)32)사람이다. 그의 둘째 아들은 부구(傅九)라
고 불렸는데 나이가 스무 아홉이었으며 기생과 노는 것을 좋아하여 항상
기생집 장사를 맡아 처리하곤 했다. 그러다가 마침내 산악(散樂)33)인 임
소저(小姐)34)와 정이 끈끈하게 되어 남몰래 재물을 가지고 도망가기로 약속
했다. 하지만 임 소저의 어미가 딸을 엄중히 방비하여 뜻을 이룰 수 없었다.

---

30) 정치(情癡): 정에 미련이 많아 마치 바보가 된 듯한 사람을 뜻한다.
31) 傅九의 이야기는 송나라 洪邁의 《夷堅志》三志己 권4에 〈傅九林小姐〉로 보인
    다. 《青泥蓮花記》 권5에도 〈林小姐〉로 수록되어 있다.
32) 기춘(蘄春): 지금의 湖北省 蘄春縣이다.
33) 산악(散樂): 본래 周나라 때 民間樂舞의 일종이었으나 宋元 때에 이르러 민간
    의 藝人을 가리키는 말로 쓰였다.
34) 소저(小姐): 송나라 때 樂戶나 妓女에 대한 호칭이었다.

순희(淳熙)35) 16년 9월 밤에 부구가 기생집에서 자는 기회를 틈타 두 사람은 휘장 끈 두 가닥을 연결하여 방 안에서 함께 목을 맸다. 다음 날 어미가 관부에 알리자 관부에서는 조사해 확인한 후에 시신을 거두어 매장했다.

소희(昭熙)36) 3년 봄에 길주(吉州)37) 손님 소(蘇)씨가 진주(秦州)38)의 술집에서 그 두 사람을 만났는데 그들은 주인 이(李)씨 집에서 술을 팔며 함께 일하고 있었다. 소씨는 전에 부구를 알고 있었으므로 그에게 고향을 떠난 이유를 묻자 부구는 웃기만 하고 대답하지 않았다. 소씨는 술을 사 마시고나서 그들과 헤어진 뒤, 다음 날 다시 가서 그들을 찾았더니, 주인이 이렇게 말했다.

"부구랑 부부는 여기서 함께 산지 두 해가 되었는데 매우 화목했습니다. 어제 저녁 우연히 어떤 손님이 와서 그들의 과거를 얘기한 모양인지, 그들은 부끄러워 밥도 먹지 않고 밤이 되자 함께 도망가 지금 어디에 있는지는 알 수 없습니다."

전하는 바에 의하면, 옛날에 오군(吳郡)39)의 어떤 사람이 죄를 지어 사형에 처해지자 그 사람은 매우 우둔하여 형 집행이 임박해, 망나니에게 살려 달라고 빌었다고 한다. 망나니가 그를 속이며 말했다.

"너는 안심하고 있기만 하거라. 정오에 칼을 들어 올릴 때 너에게 빨리 가라고 하며 묶은 밧줄을 풀어줄 터이니, 곧장 재빨리 도망쳐 멀리 가거라. 내가 너 대신 다른 사람을 데려다 죽일 것이다."

그러자 그 사람은 망나니의 말을 믿었다. 때가 되자 망나니는 칼을 내리치

---

35) 순희(淳熙): 남송 孝宗 趙睿의 연호로 1174년부터 1189년까지이다.
36) 소희(紹熙): 남송 光宗 趙惇?의 연호로 1190년부터 1194년까지이다.
37) 길주(吉州): 지금의 江西省 吉安市 吉州區 일대이다.
38) 진주(秦州): 지금의 甘肅省 天水市 秦州區 일대이다.
39) 오군(吳郡): 동한 때부터 설치한 군으로 지금의 浙江省 蘇州市이다.

며 연달아 빨리 가라고 했다. 그리하여 그 사람은 미친 듯이 달려가 밤낮을 쉬지 않고 섬서(陝西)[40]까지 이르러 남의 집 품팔이가 되었다. 주인집이 그를 위해 아내도 맞이해 주었기에 몇 년이 지나자 점점 성가를 하게 되었다. 갑자기 망나니가 풀어준 은덕이 생각나 수 금(金)[41]을 자루에 넣고 오군으로 가서 밤에 그 망나니가 사는 집의 방문을 두드리며 금으로 보답하려 했다. 망나니가 그의 성명을 묻고 크게 놀라며 말하기를 "너는 이미 죽었는데 어떻게 다시 올 수 있느냐?"라고 했으나 그 사람은 거듭 감사하다고만 했다. 망나니가 그에게 사실대로 말하자 곧 조용해지더니 아무 소리도 들리지 않았다. 이에 동반(同伴)을 불러 문을 열고 보니 자루에 금은 있었으나 사람은 이미 사라졌으므로, 문을 두드린 것이 그의 혼백이었음을 비로소 알게 되었다. 이전에는 정말로 풀려난 것으로 알고 그 혼백은 끝없이 기뻐하며 도망을 가 실제의 형체와 같았으나 사실이 밝혀지자 형체가 흩어진 것이었다.

　부구와 임 소저는 기생어미가 막는 것을 괴로워하며 같은 곳에서 죽는다면 진정 생시와 다름이 없을 것이라고 여겨, 그들의 혼백이 한데 모여 흩어지지 않고 남을 위해 목로에서 술을 팔며 함께 일을 한 것이니 또한 어찌 이를 의심하리오. 정말로, 한데 모여 흩어지지 않고 살아 있을 때와 다름이 없다면 죽는 것이 사는 것보다 나으니 그들이 어리석지 않다고 할 수 있다.

---

40) 섬서(陝西): 지금의 陝西省이다. 西周 초기에 周나라 成王이 陝原을 경계로 陝原 以西 지역을 숙부인 召公 姬奭에게 맡겨 다스리게 했다. 이로 인해 후대에 그 지역을 陝西라 부르게 되었다.
41) 금(金): 중국의 화폐 단위로 명나라부터 근대까지 銀 한 兩 혹은 銀幣 一元을 一金이라 했다.

[원문]　傅七郎

傅七郎者, 蘄春人. 其第二子曰傅九, 年二十九歲, 好狎遊, 常爲倡家營辦生業, 遂與散樂林小姐綢繆, 約竊負而逃. 林母防其女嚴緊, 志不能遂. 淳熙十六年九月, 因夜宿, 用幔帶兩條接連, 共縊于室內. 明日母告官, 驗實收葬.

紹熙三年春, 吉州蘇客逢兩人於秦州酒肆, 爲主家李氏當壚共42)役. 蘇頃嘗識傅, 問其去鄕之因, 笑而不答. 蘇買酒飮散. 明日再徃尋之, 主人言: "傅九郎夫妻在此相伴兩載, 甚是諧和. 昨晩偶一客來, 似說其宿過, 羞愧不食, 到夜同竄去, 今不復可詢所在也."

相傳吳郡昔有一人, 犯大辟43), 其人愚甚, 臨刑求救于劊子. 劊子詒之曰: "汝但安心, 俟午刻流星44)起時, 我喚汝急走, 當解汝縛, 汝便疾奔遠去. 我取他人斬之以代汝." 其人信之. 及期下刀, 劊子連喚急走, 其人遂狂奔, 晝夜不息, 直至陝西, 爲人傭工. 主家爲之娶婦. 凡數年, 稍成家矣. 忽念劊子釋放之恩, 囊數金至吳下, 夜叩其門, 欲以報之. 劊子叩其姓名. 大駭曰: "汝已死, 何得復來?" 其人猶致謝再三. 劊子爲道其實, 遂寂然無聲. 乃呼伴啟門視之, 囊金在焉, 人已滅矣. 方知叩門者乃魂也. 向認爲眞已釋放, 魂喜極而去, 遂如眞形, 一點破則散矣. 傅與林苦于防閑, 認眞謂死在一處, 無異生時, 則其魂之聚而不散, 爲人當壚共役, 又何疑焉. 夫果聚而不散, 無異生時, 則死賢于生矣, 雖謂之不癡可也.

---

42) 【校】共: 《情史》에는 "共"으로 되어 있고 《夷堅志》에는 "供"으로 되어 있다.
43) 大辟(대벽): 고대 五刑 중의 하나로 死刑을 가리킨다. 《尙書·呂刑》에 대한 孔穎達의 疏에서 《釋詁》를 인용하면서 이렇게 말했다. "辟은 罪를 내리는 것이다. 죽이는 것이 죄에 대해 가장 큰 벌이기에 死刑을 大辟이라 한다.(辟, 罪也. 死是罪之大者, 故謂死刑爲大辟.)"
44) 流星(유성): 원래는 삼국시대 吳王 孫權이 소장했던 검의 이름이지만 여기에서는 검이나 칼을 가리키는 말로 쓰였다. 晉나라 崔豹의 《古今注·輿服》에 이런 기록이 보인다. "吳大帝에게 寶劍 여섯 자루가 있었는데 첫 번째는 白虹, 두 번째는 紫電, 세 번째는 辟邪, 네 번째는 流星, 다섯 번째는 靑冥, 여섯 번째는 百里라고 했다."

87. (7-7) 왕생과 도사아(王生陶師兒)45)

순희(淳熙)46) 연간 초년, 행도(行都)47)의 예기(藝妓)였던 도사아(陶師兒)
와 탕아였던 왕(王)생은 친압하며 서로 매우 연연해했다. 악독한 기생어미가
가운데에서 막았으므로 끈끈한 정을 다할 수 없었다. 하루는 왕생이 도사아
를 데리고 서호(西湖)48)를 유람했는데 오직 시녀 한 명과 하인 한 명만이
그들을 따르고 있었다. 보통 호수를 유람하는 사람들은 날이 저물면 바로
돌아가는데, 그날 왕생과 도사아는 남모르게 맹세한 바가 있어 일부러
머뭇거리다가 밤이 되어 강기슭에 이르러 보니, 성문이 잠겨 있었으므로
들어갈 수가 없었다. 왕생은 시종에게 이르기를 "달빛이 심히 아름답거니와
맑은 물에 배 띄우기가 다시는 어려우리라."라고 하며 술과 음식을 사서
다시 호수를 유람했다. 배가 천천히 가면서 밤이 깊어지자 배에 있던 사람들
은 모두 피곤해 잠이 들었다. 배가 정자사(淨慈寺)49)의 연꽃들 속 깊은

---

45) 이 이야기에 대한 간략한 기록은 송나라 周密의 《癸辛雜識》別集 권上 〈陶裴
雙絕〉에 보인다. 《情史》의 이야기와 같은 기록은 명나라 田汝成의 《西湖遊覽
志餘》 권16에 실려 있다. 《豔異編》 권30에는 〈陶師兒〉로, 《山堂肆考》 권111
에는 〈師兒密誓〉로, 《靑泥蓮花記》 권5에는 〈陶師兒〉로 수록되어 있기도 하다.
46) 순희(淳熙): 남송 孝宗 趙眘의 연호로 1174년부터 1189년까지이다.
47) 행도(行都): 필요할 때 정부가 임시로 머물 수 있도록 수도 이외 따로 설치
해 둔 도성을 이른다. 남송 때의 行都는 杭州(지금의 浙江省 杭州市)였다.
48) 서호(西湖): 지금의 杭州市 서쪽에 있는 호수로 당나라 때부터 서호라 불리었
다. 蘇堤春曉, 曲院風荷, 南屏晚鐘 등 10대 勝景이 있는 명승지로 수많은 문인
들이 이곳을 유람하며 시문들을 남겼다. 서호에 대한 자세한 기록은 송나라
吳自牧의 《夢粱錄 · 西湖》에 보인다.
49) 정자사(淨慈寺): 서호 옆에 있는 고찰로 南屏山 慧日峰 아래에 있다. 오대 後
周 顯德 원년(954)에 吳越國의 군주인 錢弘俶이 고승 永明禪師를 위해 지어준
것으로 본래 慧日永明禪院이라 했다가 남송 때 淨慈禪寺로 개칭하고 五百羅漢
堂도 지었다. 靈隱寺, 昭慶寺, 聖因寺와 더불어 西湖四大叢林이라 불리었다.
서호 10대 勝景 중의 하나인 南屏晚鐘은 남병산에 울리는 정자사의 종소리를
이르는 것이다.

곳에 머무르자 왕생과 도사아는 서로 안고 물속으로 몸을 던졌다. 뱃사공이 놀라 구하려 했으나 미처 구하지 못해 모두 죽었다. 도성 사람들은 '장교월(長橋月)[50] 단교월(短橋月)'을 지어 그들을 노래했다. 그들이 탔던 배는 결국 버려지게 되었으며 해가 지나도 감히 올라가는 사람이 없었다.

얼마 지나지 않아 한식절(寒食節)을 맞이하자 서호에는 젊은 남녀들이 붐볐으며 띄운 배들이 마치 개미떼처럼 많았다. 외지에 온 어떤 묘년의 젊은이가 있었는데 풍악루(豊樂樓)[51]에 올라가 화려한 배들이 많이 띄워져 있는 것을 보고 한가로이 유람할 흥이 일어서 배를 세내어 한번 유람하고자 했다. 마침 해가 이미 정오에 이르러 연꽃을 따는 배나 작은 고깃배조차도 강기슭에 대어져 있는 것이 없었고, 오직 이전에 버려진 그 배만 있었다. 어떤 사람이 왕생과 도사아의 일을 그에게 알려 주자, 그 젊은이는 웃으며 말하기를 "너무 좋습니다. 너무 좋아요. 바로 이런 것을 타려 했소이다."라고 한 뒤, 바로 술과 음식을 마련하고 배에 올라 서호를 두루 유람하며 흥이 다하도록 즐기고 돌아갔다. 이로부터 사람들은 모두 이 일을 즐겨 이야기하며 서로 다투어 세내서 그 배를 타려 했다. 이에 그 배는 비어 있는 날이 거의 없었으며 값이 오히려 다른 배의 곱절이 되었다. 이 이야기는 《명희전(名姬傳)》[52]에 실려 있다.

사후(死後)에 값지게 된 것은 오직 양 태진의 버선과 도사아의 배뿐이었다.

---

50) 장교월(長橋月): '長橋에 뜬 달'이라는 뜻이다. 장교는 서호에 있는 다리로 明나라 田汝成의 《西湖遊覽志》 권3에 이런 기록이 보인다. "장교는 매우 짧지만 '길 장(長)'자로 이름한 것은 옛날에는 水口가 매우 넓고 다리는 세 개의 水門으로 나뉘어져 있었으며 옆에는 정자가 있어 매우 장려했기 때문이다. 그 후로 물에 잠기고 막혀 양옆은 모두 민가가 되었다."

51) 풍악루(豊樂樓): 杭州 西城門 중의 하나인 豊豫門(옛 湧金門) 밖 북쪽에 있는 누각이다. 북송 때에는 聳翠樓라고 불리었다.

52) 명희전(名姬傳): 《元史·藝文志》에 따르면 陶宗儀가 지었다고 한다.

하지만 버선은 미색으로 인해 귀하게 된 것이고 배는 정으로 인해 귀하게
된 것이다.

[원문] 王生陶師兒

淳熙初, 行都角妓陶師兒, 與蕩子王生狎, 甚相眷戀. 爲惡姥所間, 不盡綢繆.
一日, 王生拉師兒游西湖, 惟一婢一僕隨之. 尋常遊湖者, 逼暮即歸. 是日王生與師
兒有密誓, 特故盤桓, 比夜達岸, 則城門鎖不可入矣. 王生謂僕曰: "月色甚佳, 清泛
不可再." 市酒肴復遊湖中. 迤邐53)更闌, 擧舟倦寢. 舟泊淨慈寺藕花深處, 王生、
師兒相抱投入水中. 舟人驚救不及而死. 都人作"長橋月、 短橋月"以歌之. 其所
乘舟, 竟爲棄物, 經年無敢登者.

居無何, 值禁烟54)節序. 士女闐咽, 舟發如蟻. 有妙年者, 外方人也. 登豐樂樓,
目擊畫舫紛紜, 起夷猶55)之興, 欲買舟一遊. 會日已停午, 雖蓮舫漁艇, 亦無泊崖
者, 止前棄舟在焉. 人有以王、 陶事告者, 妙年笑曰: "大佳, 大佳, 政欲得此!" 即具
盃饌入舟, 遍游西湖, 曲盡歡而歸. 自是人皆喜談, 爭求售之, 殆無虛日, 其價反倍
于他舟. 事載《名姬傳》.

死後值錢者, 惟楊太眞襪56)、 陶師兒舟. 然襪以色貴, 舟以情貴.

---

53) 【校】迤邐: [影], [春], [類], 《西湖遊覽志餘》에는 "迤邐"로 되어 있고 [鳳], [岳],
《豔異編》에는 "迤邐"로 되어 있다. 邐는 邐의 異體字이며, 迤邐(이리)는 천천
히 가는 모양을 이른다.

54) 禁烟(금연): 禁煙과 같은 뜻으로 불 사용을 금한다는 뜻으로 寒食節을 가리킨
다. 자세한 내용은 《情史》 권6 정애류 〈李師師〉 '한식' 각주에 보인다.

55) 夷猶(이유): 夷由와 같은 말로 여유 있고 한가로운 것을 이르는 말이다.

56) 楊太眞襪(양태진말): 唐玄宗이 蜀지방으로 행차해 馬嵬驛에 이르렀을 때 高力
士로 하여금 楊貴妃를 佛堂 앞 배나무 아래에서 목을 매 죽이게 했다. 馬嵬
驛 여관 어미는 배나무 아래에서 양귀비가 신고 있던 비단버선 한 짝을 얻
어 지나가는 객들에게 이를 돌려가며 구경시키고 매번 백전(百錢)의 돈을 받

88. (7-8) 주나라 유왕(周幽王)[57]

주나라 유왕(幽王)[58]이 포사(褒
姒)[59]를 총애하여 신(申) 왕후와 태자
인 의구(宜臼)를 폐위시키고 포사를
왕후로, 그녀의 아들인 백복(伯服)을
태자로 삼았다. 포사가 비단 찢는 소
리를 듣기 좋아했기에 유왕은 비단을
보내 날마다 그것을 찢게 해 그녀의
마음을 맞췄다. 포사가 잘 웃지 않았
으므로 유왕은 그녀를 웃게 하려고
모든 방법을 다 써 꾀어 보았으나 그녀
는 여전히 웃지 않았다. 유왕과 제후
들은 약속하기를 오랑캐가 다가올 때
봉화를 신호로 올리면 거병해 와서

청대(淸代) 왕화(王翽), 《백미신영(百美新詠)》
가운데 〈포사(褒姒)〉

돕기로 했었다. 유왕이 포사를 웃게 하려고 까닭 없이 봉화를 올리자 제후들
이 모두 다 집결해 왔다. 제후들은 도착했으나 오랑캐가 없었으므로 포사는
드디어 크게 웃었다. 유왕은 기뻐하며 그녀를 위해 여러 번이나 봉화를

아 부자가 되었다는 기록이 당나라 李肇의 《唐國史補》에 실려 있다. 이 이야
기는 《情史》 권13 정감류 〈楊太眞〉에도 보인다.

57) 이 이야기는 《史記》 권4 〈周本紀〉에 보인다. 《艶異編》 권5와 《亙史 · 外紀 ·
宮艶》 권1에는 〈褒姒〉로 실려 있다.

58) 유왕(幽王): 西周 幽王 姬宮湦(기원전 795~기원전 771)을 가리킨다. 周 宣王의
아들로 기원전 782년부터 기원전 771까지 재위했다. 시호는 幽王이고 성격이
포악했으며 酒色에 빠져 국정을 돌보지 않았다.

59) 포사(褒姒): 西周 幽王의 두 번째 왕후로 褒國에서 바쳐왔고 姓이 姒이기 때
문에 褒姒라 불리었다.

올렸다. 그 후에 제후들은 봉화를 믿지 않아 점차 오지 않게 되었다. 신
왕후의 아버지인 신 후(申侯)가 노하여 증(鄫)⁶⁰⁾나라 사람들과 서쪽 오랑캐
견융(犬戎)⁶¹⁾을 불러 유왕을 공격했다. 유왕은 봉화를 올려 군대를 불렀으나
군대가 오지 않았다. 그들은 결국 유왕을 여산(驪山)⁶²⁾ 아래서 죽이고 포사를
사로잡은 뒤, 주나라 재물을 다 가지고 가버렸다.

　빈미인(賓媚人)⁶³⁾은 한 번 웃어 나라를 거의 망하게 했고, 포사는 한
번 웃어 천하를 거의 망하게 했다. 여태껏 웃음으로 인한 재앙 가운데
이보다 더한 것은 없었다. 그러나 제(齊)나라 경공(頃公)은 그 어머니에게
환심을 사려 한 것이고 주나라 유왕은 총애하는 희첩에게 환심을 사려고
한 것이기에 유왕은 마침내 죽임을 당했고 경공은 마침내 백성의 병고(病苦)
에 관심을 두며 나라를 흥성시켰다. 이렇게 결과가 달랐던 이유는 웃기려고
했던 대상이 달랐기 때문이다.

---

60) 증(鄫): 지금의 河南 方城縣 일대에 있었던 중국의 고대 국명으로 繒으로 쓰
기도 한다. 西周 말년에 증은 申과 犬戎을 따라 周나라 幽王을 공격해 西周
를 멸망시켰다.
61) 견융(犬戎): 고대 소수민족이었던 戎의 한 갈래로 지금의 陝西省과 甘肅省 일
대에서 주로 활동했다.
62) 여산(驪山): 지금의 陝西省 臨潼縣 동남쪽에 있는 산으로 酈山이라고도 한다.
고대 소수민족인 驪戎이 이곳에 살았으므로 驪山이라 불리었다.
63) 빈미인(賓媚人): 《左傳》 권24·25에 이런 기록이 보인다. 춘추시대 제나라 頃
公이 그의 어머니를 웃게 하려고 晉, 魯, 衛, 曹에서 온 사신들에게, 그 사신
들이 지니고 있는 신체적 결점과 똑같은 결점을 지니고 있는 사람을 시켜
그들을 맞이하도록 하자, 그의 어머니인 蕭同叔子가 그 광경을 보고 웃었다.
웃음거리가 된 절름발이의 晉나라 사신 郤克이 나중에 높은 자리에 오른 뒤,
노나라와 衛나라 군대를 연합하여 제나라를 공격해 대패시켰다. 경공은 강화
를 맺고자 賓媚人을 사신으로 晉나라에 보냈다. 극극은 蕭同叔子를 인질로
삼고자 했으나 賓媚人은 당당한 모습으로 이를 거부한 뒤, 사자의 사명을 완
수했다. 이 기록으로 볼 때, 본문에서는 '蕭同叔子'를 '빈미인'으로 誤認한 듯
하다.

[원문] 周幽王

王寵褒姒, 廢申后及太子宜臼, 而立褒姒爲后, 以其子伯服爲太子. 褒姒好聞裂繒聲, 王發繒日裂之, 以適其意. 褒姒不好笑, 幽王欲其笑, 誘之萬方, 故不笑. 王與諸侯約: 有寇至, 擧烽火爲信, 則擧兵來援. 王欲褒姒笑, 乃無故擧火, 諸侯悉至. 至而無寇, 褒姒乃大笑. 王悅之, 爲數擧烽火. 其後不信, 諸侯益亦不至. 申后之父申矦怒, 與鄫人召西夷犬戎攻幽王. 幽王擧烽火徵兵, 兵莫至, 遂殺幽王驪山下, 虜褒姒, 盡取周賂而去.

賓媚人一笑, 幾亡其國. 褒姒一笑, 幾亡天下. 從來笑禍無大于此. 然齊頃以媚其母, 而周幽以媚其寵人, 故幽竟見殺, 而頃卒弔死問疾[64], 以興其國. 所繇笑者殊也.

89. (7-9) 북제의 마지막 황제 고위(北齊後主緯)[65]

북제(北齊) 후주(後主)[66]의 숙비였던 풍소련(馮小憐)은 목 황후(穆皇后)[67]

---

64) 弔死問疾(조사문질): 죽은 자를 조문하고 병든 자를 위문한다는 뜻이다. 《禮記 · 雜記下》에 있는 다음과 같은 구절에서 나온 말이다. "免喪을 하고 길을 가다가 부모와 비슷한 자를 보면 눈이 깜짝 놀라며 부모와 같은 이름을 들으면 마음으로 놀란다. 죽은 자를 조문하고 병든 자를 위문할 때에는 얼굴에 슬픈 빛을 드러내 반드시 남과 다른 점이 있어야 한다.(免喪之外行於道路, 見似目瞿, 聞名心瞿, 弔死而問疾, 顔色戚容, 必有以異於人也.)"

65) 이 이야기는 당나라 李延壽의 《北史》 권14 〈齊後主馮淑妃〉에서 나온 것이다. 《通志》 권20에도 보이고 《艶異編》 권8에 〈後主馮淑妃〉로 실려 있으며 《古今譚槪》 권3 〈寵妃〉에 내용의 일부가 소개되어 있다.

66) 북제후주(北齊後主): 北齊 後主 高緯(556~577)를 가리킨다. 자는 仁綱이며 武成帝와 胡皇后 사이에서 태어났다. 즉위 초부터 나라가 이미 위태로웠음에도

의 시녀였다. 목 황후는 황제의 총애가
줄어들자 오월 오일에 풍소련을 황제에
게 바치며 이를 '속명(續命)'이라고 일컬
었다. 풍소련은 약고 총명했으며 비파
(琵琶)를 탈 수 있었고 가무에 뛰어났으
므로 후주 고위(高緯)는 그녀에게 미혹
되어 그녀를 좌황후(左皇后)로 세웠다.
고위는 앉을 때면 그녀와 한자리에 앉
았으며 나갈 때면 나란히 말을 탔고,
살아서나 죽어서나 그녀와 함께 있기를
원했다.

청대(清代) 왕회(王翽), 《백미신영(百美新詠)》 가운데
〈풍소련(馮小憐)〉

　　북주(北周)의 군대가 평양(平陽)[68]
을 빼앗았을 때 황제는 삼퇴(三堆)[69]에서 사냥을 하고 있었다. 진주(晉州)[70]
에서 누차 위급함을 고하며 구원을 청하기에 황제는 돌아가려고 했으나
숙비(淑妃)가 1위(圍)[71]를 더 사냥하자고 청하자 그녀의 말대로 했다. 식견이
있는 자는 후주의 이름이 위(緯)이니 '위(圍)를 사냥하자(殺圍)'는 말은 길한

　　국정에 관심을 두지 않고 巫術를 좋아했으며 사치를 부려 크게 궁전을 지었
　　다. 명장인 斛律光과 高長恭을 주살해 北周와의 전쟁에서 실패하는 원인을
　　제공했다. 577년 北周 군에게 잡혀 長安으로 끌려간 뒤 모반죄로 사약을 받
　　았다. 《北齊書》 권8에 그에 대한 傳이 있다.

67) 목황후(穆皇后): 北齊 後主 高緯의 황후 穆邪利를 가리킨다. 고위의 첫 번째
　　황후 斛律氏의 시녀였는데 고위의 총애를 받아 황후로 봉해졌다. 576년에 북
　　제가 북주에게 패망한 뒤에 고위의 어머니인 胡太后와 함께 기생이 되었다.
　　《北齊書》 권9에 그에 대한 傳이 있다.

68) 평양(平陽): 북제 隆化 원년(576)에 북주 武帝 宇文邕이 군대를 거느리고 북제
　　의 군대를 대패시킨 곳으로 지금의 山西省 西南 일대 지역이다.

69) 삼퇴(三堆): 지금의 山西省 太原市 부근이다.

70) 진주(晉州): 지금의 山西省 臨汾市이다.

71) 위(圍): 사냥을 할 때 한 번 에워쌀 정도의 사냥터를 一圍라고 한다.

징조가 아니라고 여겼다. 황제가 진주에 이르렀을 때 성은 이미 함락되려 하고 있었다. 후주의 군대가 땅굴을 파서 공격하여 성을 십여 걸음 다시 함락시켰으므로 병사들은 그 기세를 타서 진입하려고 했으나 황제는 잠시 멈추라 명하고 숙비를 불러서 함께 구경하려 했다. 숙비는 치장을 하느라 곧바로 갈 수 없었다. 그 사이에 북주 병사들이 나무로 막아 후주의 군대는 성을 함락시키지 못했다. 후주는 장차 숙비를 좌황후로 세우려고 곧바로 말을 달려 황후의 복장과 용구를 가져오라 명한 뒤, 여전히 그녀와 나란히 말을 타고서 전투하는 것을 구경했다. 동쪽의 군대가 조금 물러나자 숙비가 무서워하며 말하기를 "군대가 패하였사옵니다!"라고 하니 황제는 곧 숙비를 데리고 도망쳐 돌아갔다. 홍동수(洪洞戍)72)에 이르러 숙비는 분거울을 들고 혼자 놀고 있었는데 뒤에서 적군이 이르렀다고 혼란스럽게 외치는 소리가 들리기에 다시 도망을 갔다. 내시가 진양(晉陽)73)에서 황후의 옷을 가져오자 황제는 말을 멈추고 숙비에게 명해 그것을 입게 한 뒤에 갔다. 나중에 후주는 포로로 장안(長安)74)에 이르러 북주(北周) 무제(武帝)75)에게 숙비를 달라고 했다. 무제가 말하기를 "짐은 천하를 마치 신발짝 벗듯 가벼이 보는데 일개 늙은 할멈을 공(公)에게 주기를 어찌 아까워하리오."라고 하며 숙비를

---

72) 홍동수(洪洞戍): 洪洞은 지금의 山西省 臨汾市 洪洞縣이고 戍는 군대를 주둔시 켜 그 지역을 지키는 군사구역이다.

73) 진양(晉陽): 지금의 山西省 太原市 晉源區 일대이다.

74) 장안(長安): 지금의 陝西省 西安市이다. 577년 정월에 북주 武帝는 군대를 이 끌고 쳐들어와 북제의 수도인 鄴城을 격파시키고 북제의 후주 고위를 포로 로 잡아 북주 수도였던 장안으로 데려갔다. 그다음 해에 고위는 모반죄로 사 약을 받고 장안의 北原 洪瀆川에 묻혔다.

75) 북주무제(北周武帝): 남북조시대 북주의 무제 宇文邕(543~578)을 가리킨다. 자 는 禰羅突이고 선비족이며 代郡 武川(지금의 內蒙古 武川縣)사람이었다. 吏治 을 정돈시켰으며 북주의 국력을 강화시켰다. 575년에 북제를 공격해 1년 반 뒤에 멸망시켰다. 578년에 돌궐을 토벌하려고 하다가 출병 전에 병사했다. 《北史》 권10에 그에 대한 傳이 있다.

그에게 하사했다.

　후주가 죽임을 당한 뒤에 숙비를 대왕(代王)인 달(達)76)에게 하사하니 대왕은 그녀를 매우 총애했다. 숙비는 비파를 타다가 현이 끊어지자 이런 시77)를 지었다.

지금 비록 총애를 받고는 있으나	雖蒙今日寵
여전히 옛적의 사랑이 그립구나	猶憶昔時憐
내 마음이 애달픈 것을 알고 싶거든	欲知心斷絶
무릎 위에 놓인 끊어진 비파줄을 봐야 되리니	應看膝上弦

[원문] 北齊後主緯

　馮小憐, 大穆后從婢也. 穆后愛衰, 以五月五進之, 號曰"續命". 慧黠, 能彈琵琶, 工歌舞, 後主惑之, 立爲左皇后. 坐則同席, 出則並馬, 願得生死一處.

　周師之取平陽, 帝獵于三堆. 晉州亟告急. 帝將還, 淑妃請更殺一圍, 帝從其言. 識者以爲後主名緯, 殺圍言非吉徵. 及帝至晉州, 城已欲沒矣. 作地道攻之, 城陷十餘步. 將士乘勢欲入, 帝敕且止, 召淑妃共觀之. 淑妃粧點, 不獲時至. 周人以木拒塞, 城遂不下. 將立爲左皇后, 即令使馳取皇后服御, 仍與之並騎觀戰. 東偏少却, 淑妃怖曰: "軍敗矣!" 帝遂以淑妃奔還. 至洪洞戍, 淑妃方以粉鏡自玩. 後聲亂唱賊至, 于是復走. 內參自晉陽以皇后衣至, 帝爲按轡78), 命淑妃著之, 然後去. 後主至長安, 向周武帝乞淑妃. 帝曰: "朕視天下如脫屣, 一老嫗豈與公惜也." 仍以賜之.

---

76) 달(達): 북주의 代㬎王 宇文達을 가리킨다. 자는 度斤突이고 文帝 宇文泰 (505~556)의 아들로 武成 초년에 代國公으로 봉해졌다.

77) 이 시는 명나라 馮惟訥의 《古詩紀》 권120에 馮淑妃의 〈感琵琶弦〉으로 수록되어 있다.

78) 按轡(안비): 말고삐를 당겨 말을 멈추게 하거나 천천히 가게 하는 것을 이른다.

及帝遇害, 以淑妃賜代王達, 甚嬖之. 淑妃彈琵琶, 因絃斷, 作詩曰:
"雖蒙今日寵, 猶憶昔時憐. 欲知心斷絶, 應看膝上弦."

90. (7-10) 후연의 군주 모용희(後燕主熙)79)

후연(後燕)80)의 군주였던 모용희(慕容熙)81)는 부(苻) 황후를 총애했다.
부 황후는 모용희를 따라 고구려를 토벌하러 갔다. 요동(遼東)에 이르러
충차(衝車)82)를 만들고 땅굴을 파서 공격했다. 성이 곧 함락되려 하자 모용희
는 황후와 함께 수레를 타고 입성하려고 군사들에게 먼저 올라가지 못하도록
했다. 이로 인해 성의 수비가 다시 완비되어 공격을 해도 함락시킬 수
없었다.

얼마 지나지 않아 부 황후가 죽자 모용희는 슬퍼 소리를 지르다가 혼절한
뒤 한참 만에 다시 깨어났다. 이미 입관을 마쳤으나 다시 관을 열고 그녀와
교접했다. 참최(斬衰)83)를 하고 죽을 먹었으며 백관들에게 명하여 관서

79) 이 이야기는 《晉書》 권124와 《通志》 권191 그리고 北魏 崔鴻의 《十六國春秋》
권51 등에 보인다. 《古今譚槪》 권3 〈寵妃〉에도 수록되어 있다.
80) 후연(後燕): 五胡 十六國 시대에 선비족인 慕容氏에 의해 세워진 나라로 도성
은 中山(지금의 河北省 定縣)이었다. 十六國 후기에 中原 지역에서 가장 강성
했던 나라였다.
81) 모용희(慕容熙, 385~407): 後燕의 군주였던 慕容垂의 아들로 자는 道文 혹은
長生이었다. 中山尹 符謨의 두 딸 符娥娥와 符訓英을 총애하여 동생 부훈영을
황후로 봉했고 부용아는 귀인으로 봉했다. 사치가 심해 부 황후가 죽은 뒤에
그의 능묘를 세우기 위해 국고를 고갈시켰다. 慕容雲이 燕王으로 추대된 뒤
모용희를 참수하고 부 황후와 합장시켰다.
82) 충차(衝車): 對樓라고도 하는 고대 兵車로 성을 공격할 때 부딪치는 힘으로
성문이나 城牆을 파괴했다.
83) 참최(斬衰): 斬縗와 같은 말로 고대의 다섯 가지 喪服 가운데 가장 重한 喪服

안에 신위를 설치하고 모여서 곡을 하게 했다. 유사(有司)[84]를 시켜 검사하게
하여 눈물을 흘린 자는 충효하다 여겼고 눈물을 흘리지 않은 자는 죄로
다스렸다. 신하들은 두려워하여 모두들 매운 것을 입에 머금어 눈물이
나오도록 했다.

[원문] 後燕主熙

  後燕慕容熙, 寵愛苻后. 從伐高句驪, 至遼東, 爲衝車地道以攻之. 城且陷,
欲與后乘輦而入, 不聽將士先登, 繇是城守復完, 攻之不克.

  未幾, 苻后死, 熙悲號氣絶, 久而復蘇. 大殮[85]已訖, 復啟其棺, 與之交接.
服斬縗, 食粥, 制百僚于閤內, 設位哭臨[86]. 使有司案驗, 有淚者以爲忠孝, 無則罪
之. 羣臣悚懼, 無不含辛致淚焉.

  을 말한다. 굵은 삼베 천으로 만들고 좌우 양측과 밑 부분은 꿰매지 않는다.
  아들과 시집을 가지 않은 딸은 부모상에 입고 며느리는 시부모상에 입으며
  처첩은 남편이 죽었을 때 3년 동안 입는다. 선진시대에는 제후가 천자를 위
  해서 혹은 신하가 임금을 위해서 참최를 입기도 했다.

84) 유사(有司): 관리를 말한다. 司는 주관한다는 뜻으로 옛날에 관리들은 직책을
  각각 나누어 맡았으므로 이렇게 칭한 것이다.

85) 大斂(대렴): 喪禮 가운데 수의를 입히는 것을 小斂이라 하고, 그 뒤에 屍身을
  관 속에 넣는 것을 가리켜 大斂이라 한다. 大殮이라고 쓰기도 한다.

86) 哭臨(곡림): 황제나 황후가 죽었을 때 사람들을 모아 놓고 정해진 시간에 곡
  을 하며 애도하는 것을 이른다.

91. (7-11) 진나라 마지막 황제 진숙보(陳後主)[87]

　수(隋)나라 장수인 한금호(韓擒虎)[88]의 군대가 대성(臺城)[89]으로 쳐들어
오자 진(陳)나라 후주(後主)[90]는 도망을 가려고 했다. 군신들은 옛날 양(梁)나
라 무제(武帝)[91]가 후경(侯景)을 맞이한 고사대로 하라고 권했다. 그러나
후주는 이를 듣지 않고, "나는 나대로, 우물이 있노라."라고 한 뒤에 궁녀
십여 명을 데리고 경양전(景陽殿)에서 나와 우물로 뛰어내렸다. 병사가
우물을 살펴보고 불러도 응답이 없기에 돌을 떨어뜨리려고 하자 비로소
외치는 소리가 들려 밧줄로 끌어올렸다. 매우 무거워 괴상하다 여겼는데
장(張) 귀비(貴妃)와 공(孔) 귀빈(貴嬪)을 함께 묶고 올라온 것이었다. 이른바
연지정(胭脂井)이 이 우물인데 이름을 욕정(辱井)이라 하기도 한다. 양비(楊
備)의 시[92]에서 이렇게 읊었다.

---

87) 陳後主의 이야기는 당나라 李延壽의 《南史》 권10과 당나라 許嵩의 《建康實錄》
　　권20, 《通志》 권14 그리고 《太平御覽》 권134 등에 자세히 보인다. 이외에도
　　송나라 阮閱의 《詩話總龜》 後集 권23과 송나라 葛立方의 《韻語陽秋》 권5, 그
　　리고 송나라 張敦頤의 《六朝事迹類編》 권上 〈景陽井〉에 간략히 수록되어 있
　　다. 《情史》와 서술 내용이 같은 이야기가 《堯山堂外紀》 권17 〈陳長城公叔寶〉
　　와 《古今譚概》 권4 〈昏主〉에 보인다.
88) 한금호(韓擒虎, 538~592): 수나라 명장으로 자는 子通이며 河南 東垣(지금의
　　河南省 新安縣 동쪽)사람이다. 수나라가 開皇 9년(589)에 陳나라를 공격할 때
　　한금호가 군대를 거느리고 臺城을 점령한 뒤 後主 陳叔寶를 포로로 잡았다.
89) 대성(臺城): 지금의 南京市 雞鳴山 남쪽 일대이다. 남조 때 宋, 齊, 梁, 陳나라
　　에 걸쳐 중앙정부인 臺省과 궁전의 소재지였으므로 臺城이라 불리었다.
90) 후주(後主): 南朝 陳나라 마지막 황제 陳叔寶(553~604)를 이른다. 582년부터
　　589까지 재위하는 동안 국정을 다스리지 않고 크게 궁실을 짓고 향락과 사
　　치에 빠져 있다가 隋나라 군대에 의해 포로로 잡혀가 洛陽에서 병사했다.
91) 무제(武帝): 남조 양나라를 창건한 高祖 武帝 蕭衍(464~549)을 가리킨다. 당시
　　東魏의 승상인 高歡의 부하로 있던 侯景이 무제 太淸 원년(547)에 부하들을
　　거느리고 양나라로 귀순을 하자, 그의 힘을 빌리려 하고 있었던 무제는 그의
　　투항을 받아주며 후하게 대우했다.
92) 이 시의 제목을 《宋詩紀事》(淸·厲鶚)에서는 〈胭脂井〉이라 했으며 작자를 楊

한금호(韓擒虎)의 창칼이 육궁에 가득하니　　　　擒虎戈矛滿六宮

봄꽃 피는 나무마다 가을바람이 부는구나　　　　春花無樹不秋風

창졸간에도 더욱 다정한 면을 보이며　　　　　　倉皇益見多情處

한 곳에 묻히고자 기꺼이 우물 속으로 들어갔네　同穴甘心赴井中

　살피건대, 금릉(金陵)의 법보사(法寶寺)93)가 바로 경양궁의 옛터이며 욕정이 거기에 있었다. 돌난간에 있는 붉은 흔적은 마치 연지와 같은데, 전하는 바에 의하면, 그것은 후주와 장 귀비 그리고 공 귀빈의 눈물자국으로 물들여진 것이라 한다. 아! 후주가 만약 눈물을 흘릴 줄 알았다면 수치심이 조금도 없다고 이르지는 않았을 것이다.

　자유(子猶)씨는 말한다.

　"오지(吳地)에 술을 좋아하는 어떤 노인이 있었다. 객과 더불어 강을 건너다가 강 가운데에 이르렀을 때 바람이 세게 불어 배가 곧 뒤집히려고 했다. 사람들은 얼굴색이 변하며 어찌할 바를 몰랐으나 노인은 오직 술항아리만 단단히 안고 있었다. 위기를 모면하고 나서 사람들이 노인에게 묻기를 '살 궁리하기도 힘들었는데 술이 무슨 상관이라도 있습니까?'라고 했다. 노인이 말하기를 '죽고 사는 것은 운명이오이다. 죽으면 죽을 뿐이겠지만 다행히 살아남았는데 이 항아리가 엎어졌다면 어디서 술을 얻어 마시겠소이

備로 보면서 이렇게 기술했다. "楊備는 자가 修之이고 建平(지금의 安徽省 郎溪縣)사람으로 楊億의 동생이었다. 慶歷 연간(1041~1048)에 尚書虞部員外郎으로 남경에서 임직했으며 上輕車都尉를 지냈다. 시로는 〈姑蘇百題〉, 〈金陵覽古詩〉 등이 있다. 내 살피건대 《景定建康志》에는 〈金陵詩〉를 지은 사람은 楊備이고 자는 修之라고 했다. 張敦頤의 《六朝事蹟類編》에는 楊修로 되어 있는데 《文獻通考》와 《中吳紀聞》에 수록된 〈姑蘇百題〉는 모두 楊備가 지은 것으로 되어 있으므로 《六朝事蹟編類》에 楊修로 되어 있는 것은 잘못 적힌 것이다."
93) 법보사(法寶寺): 金陵(지금의 江蘇省 南京市) 雞籠山 동쪽 기슭에 있는 雞鳴寺를 가리킨다. 송나라 때에는 法寶寺라고 불리었다.

까?'라고 했다. 후주의 지혜 또한 오지(吳地) 노인의 지혜와 같구나!"

[원문] 陳後主

韓擒虎兵入臺城, 後主將走. 羣臣勸依梁武見侯景故事, 後主不從, 曰: "吾自有井94)." 乃挾宮人十餘, 出景陽殿投井. 軍人窺井, 呼不應, 欲下石, 乃聞叫聲. 以繩引之, 怪其太重, 乃與張貴妃、孔貴嬪同束而上. 所謂胭脂井是也, 又名辱井. 楊備95)詩云:

"擒虎戈矛滿六宮, 春花無樹不秋風. 倉皇益見多情處, 同穴甘心赴井中."

按: 金陵法寶寺, 即景陽宮故地也, 辱井在焉. 石欄紅痕若胭脂, 相傳後主與張、孔淚痕所染. 嗟乎, 後主若知下淚, 不謂之"全無心肝96)"矣! 子猶氏曰: "吳翁有好酒者, 與客渡江, 中流, 風大作, 船且覆. 眾五色無主, 翁獨堅抱酒甕. 既免, 眾問翁曰: '生之不圖, 酒于何有? 翁笑曰: '死生命也. 夫死則死耳, 幸而生, 若此甕一覆, 安所得飲乎.' 後主亦猶吳翁之智耶!"

---

94) 【校】井: 《情史》, 《堯山堂外紀》에는 "井"으로 되어 있고 《古今譚槪》에는 "計"로 되어 있다. 《南史》에는 이렇게 기록되어 있다. "後主가 말하기를 '칼날 아래에서 당해 낼 수 없으니, 나는 나대로 계책이 있다.'라고 하고 우물로 도망가 숨었다.(後主曰: '鋒刃之下, 未可當之, 吾自有計.' 乃逃於井.)"

95) 【校】楊備: 이 시의 작자에 대해 《韻語陽秋》, 《宋詩紀事》에는 "楊備"로 되어 있고 《情史》, 《六朝事迹編類》, 《詩話總龜》에는 "楊修"로 되어 있다.

96) 全無心肝(전무심간): 수치심이나 양심이 없는 것을 이른다. 《南史·陳紀下》에 다음과 같은 기록이 보인다. "陳後主 叔寶는 용서를 받은(隋나라에게 망한 뒤 죽임을 당하지 않은 것을 이른다.) 뒤에, 隋文帝는 그에게 후하게 재물을 하사했고 몇 번이나 면회했으며 朝班을 三品과 같게 했다. 매번 연회에 나올 때마다 그가 상심할까 염려되어 吳地의 음악을 연주하지 않았다. 그 후, 叔寶를 감시하는 자가 文帝에게 아뢰기를 '叔寶가, 직위는 없으나 매번 朝會에 참가하니 官號라도 얻었으면 한다고 했사옵니다.'라고 했다. 隋文帝가 말하기를 '叔寶는 수치심이 전혀 없구나.'라고 했다."

92. (7-12) 제나라 경공(齊景公)97)

　제(齊)나라 경공(景公)98)이 총애했던 시첩은 이름이 영자(嬰子)였다. 경공은 그가 죽자 시신을 지키며 삼일 동안 먹지도 않고 살갗이 자리에 붙은 양 그곳을 뜨지 않았다. 안자(晏子)99)가 "밖에 고명한 의원이 있는데 장차 귀신에 관한 일을 할 것이옵니다."라고 말을 하니 경공은 그 말을 믿고서 물러나와 목욕을 했다. 안자가 명하여 관을 들여와 사자(死者)를 입관했기에 공이 크게 노했다. 안자가 말하기를 "이미 죽었으니 다시 살아날 수 없사옵니다."라고 하자 경공은 비로소 그만두었다. 중니(仲尼)가 이를 듣고 말했다.

　"별이 밝아도 달이 어두운 것만 못하고, 작은 일은 이루어져도 큰일을 하다가 그만둔 것만 못하며, 군자의 그릇됨이 소인의 올바름보다 낫다. 이는 안자를 두고 말한 것이었구나!"

[원문]　齊景公

　景公嬖妾名曰嬰子, 死, 公守之三日不食, 膚著于席而不去. 晏子曰: "外有良醫, 將作鬼神之事." 公信之, 屛而100)沐浴. 晏子令棺入殮死者, 公大怒. 晏子曰:

---

97) 이 이야기는 《晏子春秋》권2에서 나온 이야기로 당나라 馬總의 《意林》권1과 《太平御覽》권395 그리고 《繹史》권77下 등에도 수록되어 있다.

98) 경공(景公): 齊나라 景公(?~기원전 490)을 가리킨다. 성은 姜이고 이름은 杵臼였다. 춘추 후기 제나라의 군주로 齊靈公의 아들이며 齊莊公의 동생이다. 집정 초기에는 안영 등의 현인을 등용해 국정에 힘썼으나 집정 후기에는 사치와 향락에 빠졌다.

99) 안자(晏子): 晏嬰(기원전 578~기원전 500)을 가리킨다. 夷維(지금의 山東省 萊州市)사람으로 자는 仲이고 시호는 平이었으므로 平仲이라 불리었으며 晏子라고 칭하기도 했다. 춘추 후기 주요한 정치가이자 사상가로 재지있고 겸손하며 검소한 것으로 존경을 받았다. 그의 언행을 기록한 《晏子春秋》가 전한다.

“已死不復生.” 公乃止. 仲尼聞之, 曰: “星之昭昭, 不如月之曀曀. 小事之成, 不若大事之廢. 君子之非, 賢於小人之是也. 其晏子之謂歟!”

93. (7-13) 양정(楊政)101)

양정(楊政)102)은 송나라 소흥(紹興)103) 연간에 진중(秦中)104)의 이름난 장수로 오개(吳玠) 오린(吳璘) 두 형제와 명성이 비슷했으며 관직은 태위(太尉)까지 이르렀으나 천성이 잔인하여 사람 죽이기를 즐겼다. 정월 초하루에 막료들을 불러 연회를 베풀었는데 이숙영(李叔永)이 도중에 일어나 용변을 보러 가려 했다. 위병이 촛불을 들고 그를 측간으로 인도해 갔는데 지나는 꼬불꼬불한 길이 마치 깊은 골목과도 같았다. 양쪽 벽을 바라보니 흐릿하게 사람 모양의 그림자가 있기에 그림인 줄 알았다. 가까이 가서 보니 붓의 흔적도 보이지 않고 얼굴과 이목구비도 없는 것들이 모두 이삼십 개였다. 이숙영은 의혹이 가시지 않아 위병에게 물었더니 그는 주위를 둘러보고

---

100) 【校】而: 《晏子春秋》, 《意林》, 《太平御覽》, 《繹史》에는 “而”로 되어 있고 《情史》에는 “潔”로 되어 있다.

101) 이 이야기는 《夷堅志》 支志乙 권8에 〈楊政姬妾〉으로 보인다.

102) 양정(楊政, 1098~1157): 남송 때의 명장으로 자는 直夫이고 原州 臨涇(지금의 甘肅省 鎭原縣)사람이었다. 宣和 말년에 궁수로 參軍하여 靖康 연간 초기에 西夏와의 전쟁에서 이름을 날리기 시작했다. 建炎 연간에 명장 吳玠를 따라 금나라와의 전쟁에 참전하여 누차 전공을 세웠으며 품계가 武顯郎까지 올랐다.

103) 소흥(紹興): 송나라 高宗 趙構의 연호로 1131년부터 1162년까지이다.

104) 진중(秦中): 지금의 陝西省 中部平原 지역이다. 춘추전국 시기에 秦나라의 땅이었으므로 秦中 혹은 關中이라 불리었다. 송나라는 이 지역에서 금나라 군대와 수차례 전쟁을 벌였다.

앞뒤에 사람이 없는 것을 확인한 뒤 비로소 낮은 목소리로 말했다.

"상공께 시첩이 수십 명 있는데 모두 가무(歌舞)의 기예를 지니고 있습죠. 상공은 조금이라도 그들이 마음에 들지 않으면, 기필코 몽둥이로 매질해 죽이고 직접 그 가죽을 벗겨서 머리부터 발끝까지 이 벽에 못 박아 두었다가 딱딱하게 마를 때까지 기다린 뒤에야 비로소 그것을 가져다 물에 던져버리지요. 이것은 그 인피(人皮) 자국입니다."

이숙영은 소름이 끼쳐 그곳에서 나왔다.

양정이 가장 총애하는 한 시첩이 있었는데 그녀는 도맡아 시침을 들 만큼 총애를 받았다. 양정은 만년에 병을 앓다가 위독해져 일어날 수 없게 되었다. 세간사에 대해 일체 묻지 않았으나 유독 이 시첩에 대해서는 연연해 하여 항상 그녀로 하여금 옆에서 시중을 들도록 했다. 양정이 갑자기 그 시첩에게 말하기를 "병세가 이렇게 심하니 반드시 살기를 바라지는 않는다. 내 마음을 네게만 쏟아부었는데 이제 장차 어찌해야 하는가?"라고 했다. 그때 숨이 겨우 이어졌으므로 말의 태반은 알아들을 수 없었다. 시첩은 울며 말하기를 "상공께서는 일단 억지로라도 약을 드세요. 만약 일어나실 수 없게 되신다면 첩이 저승으로 따라가겠습니다."라고 했다. 양정은 크게 기뻐하며 술을 달라고 하여 시첩과 각각 한 잔씩 마셨다. 시첩은 방으로 돌아가 깊이 생각해보고 스스로 실언한 것이 후회되어 남몰래 도망갈 생각을 하고 있었다. 양정은 숨이 간들간들해 곧 끊어지려 했으나 한참이 지나도 눈을 감지 못했다. 그와 친했던 대장군이 그를 비웃으며 말하기를 "상공께서는 평생 개미와 이를 손톱으로 눌러 죽이듯이 사람을 죽였으니 진정한 대장부였습니다. 지금 명(命)이 장차 다해 가는데 미련을 두시고 연연해하시니 얼마나 강직하고 과감하지 못하십니까?"라고 했다. 양정이 시첩의 이름을 대며 말하기를 "그가 먼저 죽기를 기다렸다가 내가 바로 가겠노라."라고 했다. 대장군은 양정의 뜻을 알아채고 사람을 시켜 시첩에게 거짓말로

"상공께서 부르십니다."라고 전하게 했다. 그리고 미리 장사 한 명을 불러 밧줄을 들고 침상 뒤에 숨어 있도록 했다. 그 시첩이 이르자 장사가 바로 그녀의 목을 매니 조금 있다가 숨을 거뒀다. 그 시신을 땅바닥에 놓자마자 양정은 바로 숨이 끊어졌다.

시첩이 하루 살아 있으면 양정도 하루 더 살았으니 시첩은 연명하게 하는 단약이요, 고약이었는데 어찌하여 그녀를 죽였는가? 위과(魏顆)는 난명(亂命)[105]을 따르지 않고 아버지인 위무자(魏武子)의 첩을 시집보내 결초보은(結草報恩)[106]을 받았으니, 그 대장군은 천수를 다하지 못하고 죽었을 것임을 내 알겠노라.

---

105) 난명(亂命): 사람이 죽기 전에 정신이 혼미한 상태에서 남긴 유언을 이른다. 《左傳·宣公十五年》에 이런 내용이 보인다. "魏武子에게 총애하는 시첩이 있었는데 그에게는 자식이 없었다. 위무자가 병에 걸리자 아들인 魏顆에게 명하기를 '반드시 그를 시집보내거라.'라고 했으나, 병이 위독해지자 '반드시 그를 순장하도록 하라.'라고 했다. 위무자가 죽은 뒤, 위과는 그 시첩을 시집보내며 이르기를 '병이 위독하면 정신도 어지러워지는 것이니 나는 아버지가 정신이 맑으실 때 내리신 명을 따르는 것이오.'라고 했다."

106) 결초보은(結草報恩): 풀을 묶어서 은혜를 갚는다는 뜻으로 《左傳·宣公十五年》에 보이는 魏顆의 고사에서 비롯된 말이다. 위무자의 아들인 위과는 아버지가 죽은 뒤에 아버지가 총애했던 시첩을 순장하게 하지 않고 시집을 보냈다. 그 후, 輔氏(지금의 陝西省 大荔縣)에서 벌어진 전투에서 한 노인이 풀을 묶어 적장인 杜回의 말발굽을 걸리게 하여 위과가 그를 생포할 수 있었다. 밤에 그 노인이 꿈에 나타나 위과에게 이르기를 이전에 시집보낸 시첩의 아버지로 은혜를 갚고자 한 일이라고 말했다. '結草'라고도 하며 죽어 혼백이 되어서도 입은 은혜를 잊지 않고 갚는다는 전고로 쓰인다.

[원문] 楊政

楊政在紹興間, 爲秦中名將. 威聲與二吳[107]埒, 官至太尉. 然資性慘忍, 嗜殺
人. 元日招幕僚宴會, 李叔永中席起更衣[108], 虞兵持燭, 導往溷所, 經歷曲折, 殆如
永巷. 望兩壁間, 隱隱若人形影, 謂爲繪畫. 近視之, 不見筆跡, 又無面目相貌,
凡二三十軀. 疑不曉, 扣虞兵. 兵旁眠前後無人, 始低語曰:"相公姬妾數十人, 皆有
樂藝. 但小不稱意, 必杖殺之, 面[109]剝其皮. 自首至足, 釘于此壁上. 直俟幹硬,
方擧而擲諸水. 此其皮跡也." 叔永悚然而出.

楊最寵一姬, 蒙專房之愛. 晚年抱病, 困臥不能興. 于人事一切弗問, 獨拳拳
此姬, 常使侍側. 忽語之曰:"病勢洴[110]漉如此, 萬不望生. 我心膽只傾吐汝身,
今將奈何." 是時, 氣息僅屬, 語言大半不可曉. 姬泣曰:"相公且強進藥餌, 脫若不
起, 願相從泉下." 楊大喜, 索酒與姬各飲一盃. 姬反室沉吟, 自悔失言, 陰謀伏竄.
楊奄奄且絶, 久不瞑目. 所親大將誚之曰:"相公平生殺人如招蟻蝱, 眞大丈夫漢.
今日運命將終, 乃留連顧戀, 一何無剛腸膽決也!" 楊稱姬名曰:"只候他先死, 我便
去." 大將解其意, 使詒語姬云:"相公喚." 預呼一壯士持骨索伏于榻後, 姬至, 立套
其頸, 少時而殂. 陳尸於地, 楊即氣絶.

姬一日不死, 楊亦一日不去. 此延生丹、續命膏也, 何以殺之. 魏顆不從亂命
而嫁妾, 乃有結草之報, 吾知大將之不令終矣.

---

107) 二吳(이오): 南宋 때 抗金 名將이었던 吳玠(1093~1139)와 吳璘(1102~1167) 형
   제를 가리킨다.
108) 更衣(갱의): 옷을 갈아입는다는 뜻으로 대소변보는 것을 완곡하게 이르는
   말로도 쓰인다.
109) 【校】面: [影], 《夷堅志》에는 "面"으로 되어 있고 [鳳], [岳], [類], [春]에는 "而"
   로 되어 있다.
110) 【校】洴: [鳳], [岳], [類], [春]에는 "洴"으로 되어 있고 [影], 《夷堅志》에는 "泝"
   으로 되어 있다.

情史氏曰

　　삶의 온갖 번뇌와 근심은 정이 있기에 생기는 것이다. 물 위에 떠 있는 거품이나 부싯돌의 불꽃처럼 얼마나 있을 수 있다고 정으로 스스로를 얽어매랴? 통달한 자가 보기에 무릇 정이란 어리석은 것이며 남녀 간의 일이란 지엽적인 것이다. 간혹 추파를 던져 넋이 나가고 새로운 노래에 귀가 솔깃하게 되며 가인(佳人)을 얻기 어려워 동조상련(同調相憐)[111]하는 것 또한 천고의 풍류 가운데 아름다운 일이거늘 거기에 어찌 애꾸눈과 벙어리를 가리랴? 이런 애호는 이미 편벽된 것이 아니겠는가? 그럼에도 필부들이 스스로 즐겁다고 여겨 다른 것들을 생각할 겨를이 없는 것이라고 말할 수 있다. 하지만 당당한 국주(國主)는 미인이 구름처럼 많아 그들의 그림을 보고 선택해 잠자리에 들게 해도 날이 부족한 데다가, 저 비에 젖은 꽃이나 서리 맞은 버드나무들은 모두 애꾸눈이나 벙어리와 같은 무리일 뿐인데 필부와 더불어 하룻밤의 환락을 다투는 것이야말로 속언(俗諺)에서 이르는 "황금을 버리고 벽돌을 갖는다."는 것이다. 아내를 맞이하고 첩을 두는 것은 본래 스스로를 공양(供養)하기 위한 것이며, 기생을 찾고 미인을 가려 뽑는 것은 오직 즐거움을 찾기 위해서이다. 하지만 혹자는 스스로 몸을 괴롭혀 일말의 동정을 사려 했고 스스로 몸을 해쳐 한번 만나기를 바랐는데 이것이 어찌 단지 동심(童心)이었을 뿐이겠는가? 비록 그렇게 했지만 죽음에까지는 이르지 않았다. 미생(尾生)은 정도가 지나쳤다. 여자가 신용을 지키지 않았는데 어찌 신용을 지켜야 하는가? 진정으로 두 사람의 마음이 묶인 매듭 같아 돌이킬 수 없다고 짐작하여, 살아서 떨어져 있는 것보다 오히려

---

111) 동조상련(同調相憐): 同調는 音調가 같다는 뜻으로 서로 같은 旨趣나 주장을 지니고 있는 사람을 뜻한다. 同調相憐은 그런 사람들끼리 서로 아껴준다는 뜻이다.

죽어서 함께 하기를 바란 것이니 운이 좋았다면 순낭(順娘)과 악화(樂和)같이 되었을 것이고, 운이 나빴다면 부칠랑(傅七郎)과 임소저(林小姐) 혹은 왕생(王生)과 도사아(陶師兒)같이 되었을 것이다. 죽어서도 지각이 있다면 막힘 없이 따를 수 있을 것이고, 설사 지각이 없다 해도 또한 종신토록 처량하고 우울하게 지내는 온갖 고통을 면할 수 있을 터이니, 저 어리석은 사람들이 스스로 계산했던 대로 되었다고 어찌 생각하지 않겠는가? 비록 그랬다 해도 그 폐해는 이즈음에서 그쳤을 뿐이다. 정애(情愛) 때문에 한(漢)나라 성제(成帝)는 후사를 죽였고 주나라 유왕(幽王)은 제후를 기롱했으며, 북제(北齊)의 고위(高緯)와 후연(後燕)의 모용희(慕容熙) 두 임금은 만인이 쌓은 공을 망실시켰다. 이로 인해 종실을 약화시켜 난리를 초래하였고 적을 만들어 멸망을 가속시켰으므로 저것으로 이것을 바꾼 것은 마치 천금으로 머리카락 하나를 바꾸는 것과 같으니 또한 얼마나 어리석은가! 비록 그렇다 해도 진기한 노리개는 눈앞에 있고 환난은 한 왕조 뒤에 있으니 재지(才智)가 보통 이상이어야 비로소 능히 그것을 헤아릴 수 있을 것이다. 남조(南朝) 진(陳)나라 경양궁(景陽宮)에서 있었던 일은 목에 칼이 들이대어져 있는 위급한 상황에서, 이미 삶의 재미가 다했는데 우물 속이 좋은 데가 아님에도 기필코 두 귀비와 더불어 빠졌다가 함께 나왔다니 그 우둔하고 염치없음은 더할 나위 없구나! 비록 그렇다 하더라도 함께 살고자 하는 소망이 있었던 것이다. 수의를 입히기 전에 먼저 불계(祓禊)를 해야 하는데 제(齊)나라 경공(景公)은 냄새 나고 썩은 시체를 신묘한 것으로 여겼고, 사람이 죽으면 빨리 썩는 것이 좋은데 양정(楊政)은 시첩을 밧줄로 죽여 잠자리로 삼았다. 죽은 자를 살리려 했고 산 자를 죽였으니 정(情)은 사람을 이렇게까지 거꾸로 뒤바꿀 수 있는 것이다. 그 폐해는, 밖으로는 다른 사람들을 죽이고 안으로는 자기를 해치며, 작으면 목숨을 버리게 되고 크면 나라를 기울게 한다. 어리석은 사람은 어리석은 대로 복이 있다고 하는데 오직 정에 있어서는 그렇지 않으니 어찌 된 것인가?

情史氏112)曰: "人生煩惱思慮種種, 因有情而起. 浮漚、石火113), 能有幾何, 而以情自累乎? 自達者觀之, 凡情皆癡也, 男女抑末114)矣. 或者流盼銷魂, 新歌奪耳, 佳人難得, 同調相憐115), 亦千古風流之勝事, 眇與啞何擇焉. 斯好不已辟乎? 然猶曰匹夫自喩適志, 遑及其他. 乃堂堂國主, 粉黛如雲, 按圖而幸, 日亦不給, 彼雨花霜柳, 皆眇啞之屬耳, 而乃與匹夫爭一夕之歡, 諺所謂"捨黃金而抱六磚"者也. 至若娶婦畜妾, 本爲自奉; 尋芳選俊, 祗以求懽. 而或苦其體以市一憐, 殘其軀以希一面, 此豈特童心而已哉? 雖然, 未及死也. 尾生甚矣. 女子無信, 我焉得有信. 必也兩心如結, 計無復之, 與其生離, 猶冀死合, 幸則爲喜、樂, 不幸則爲傅、林、王、陶. 死而有知, 倡隨116)無梗117); 卽令無知, 亦省却終身萬種淒涼抑欝之苦. 彼癡人者, 不自以爲得筭耶? 雖然, 害止此耳. 成帝以之斬嗣, 幽王以之欺諸侯, 齊、燕二主, 以之墮萬人之功, 弱宗招亂, 樹敵速亡, 以彼易此, 如以千金易一髮, 又何愚哉! 雖然玩好在耳目之前, 而患在一國之後, 中智以上, 始能料之.118) 景陽

---

112) 【校】 情史氏: [影]에는 "情史氏"로 되어 있고 [鳳], [岳], [類], [春]에는 "情主人"으로 되어 있다.

113) 浮漚石火(부구석화): 浮漚는 수면에 떠 있는 泡沫을 가리키는 말로 쉽게 생게 생겼다가 쉽게 없어지기 때문에 변화무상한 세간일과 짧은 생명을 비유하는 말로 쓰인다. 石火는 돌이 부딪칠 때 튀는 불꽃을 가리키는 말로 시간이 매우 짧은 것을 형용한다.

114) 抑末(억말): 근본적인 것이 아닌 작고 지엽적인 일을 뜻한다. 《論語・子張》에서 子游가 子夏의 제자들을 두고 기롱하기를 "子夏의 제자들은 물 뿌리고 청소하며 응대하고 진퇴하는 예절에 있어서는 괜찮지만 이는 지엽적인 일이다. 근본적인 것은 없으니 어찌하겠는가?"(子夏之門人小子, 當灑埽應對進退, 則可矣, 抑末也, 本之則無, 如之何.)라고 한 데에서 나온 말이다.

115) 【校】 同調相憐: [影]에는 "同調相憐"으로 되어 있고 [鳳], [岳], [類], [春]에는 "同病相憐"으로 되어 있다.

116) 倡隨(창수): 夫唱婦隨의 준말로 唱隨라고 쓰기도 한다. 《關尹子・三極》에 있는 "천하의 이치는 남편은 이끌고 아내는 따르는 것이다.(天下之理, 夫者倡, 婦者隨.)"라는 구절에서 나온 말로 부부가 화목한 것을 형용하는 말이다.

117) 【校】 梗: [影], [鳳], [岳], [類]에는 "梗"으로 되어 있고 [春]에는 "愧"로 되어 있다.

118) 玩好在耳目之前……始能料之(완호재이목지전……시능료지):《春秋穀梁傳・僖

宮之事, 岌岌乎兵在其頸, 生趣已盡, 井中非樂所也, 而必與119)兩貴妃同下上, 頑
鈍無恥, 其至矣乎! 雖然, 彼猶有同生之望焉. 夫襚猶先祓120), 而景公以臭腐爲神
妙; 死欲速朽121), 而楊政以刀索爲袡席. 死者生之, 而生者死之, 情之能顚倒人一
至于此. 往以戕人, 來以賊己; 小則捐命, 大而傾國. 癡人有癡福, 惟情不然, 何哉?

公二年》의 기록에 따르면, 기원전 658년에 晉獻公이 虢國을 토벌하려고 虞
나라에 良馬와 寶玉을 주면서 길을 빌려달라고 했다. 虞나라 신하 宮之奇는
晉나라가 虢나라를 멸한 뒤에 虞나라도 공격할 것이라 짐작하고 虞君을 말
렸지만 虞君은 良馬와 寶玉을 탐내 晉나라를 도와 虢나라를 공격했다. 결국
虞나라도 晉나라에 의해 멸망당했다. 이 말은 晉獻公의 신하인 荀息이 虞나
라에게 길을 빌리라고 晉獻公을 설득하면서 "진기한 노리개는 목전에 있고
환난은 한 나라가 망하고 난 뒤의 일이니 才智가 보통 이상이어야 비로소
그것을 헤아릴 수 있을 것입니다. 신이 짐작하기로, 虞君은 才智가 보통 이
하이옵니다.(且夫玩好在耳目之前, 而患在一國之後, 此中知以上乃能慮之. 臣料
虞君中知以下也.)"라고 한 것에서 나왔다.
119) 【校】與: [影]에는 "與"로 되어 있고 [春], [鳳], [岳], [類]에는 "以"로 되어 있다.
120) 襚猶先祓(수유선불): 영구를 안치할 때 亡者에게 壽衣를 입히거나 안치한 뒤
에 亡者에게 증정할 옷을 영구의 동쪽에 놓아주는 것을 모두 襚라고 한다.
祓은 재액을 없애기 위해 행하는 祭禮를 말한다. 襚猶先祓은 수의를 입히기
전에 먼저 祓禊를 해야 한다는 뜻이다.
121) 死欲速朽(사욕속후): 《禮記·檀弓上》에 있는 "벼슬을 잃으면 속히 가난해지
는 것이 좋고, 사람이 죽으면 속히 썩는 것이 좋다.(喪欲速貧, 死欲速朽.)"라
는 구절에서 나온 말로 曾子가 孔子의 말을 인용해 말한 것이다. 南宮敬叔
이 벼슬을 잃은 뒤 매번 보물을 수레에 싣고 國君을 알현하는 것을 보고
공자가 "이렇게 관직을 사려는 것보다 벼슬을 잃으면 빨리 가난해지는 것
이 낫다."고 말했다. 공자가 宋나라에 있을 때 桓司馬가 자기 자신을 위해 3
년에 걸쳐 石槨을 만드는 것을 보고 "이렇게 사치를 하는 것보다 죽으면 빨
리 썩는 것이 낫다."고 말했다.

8

情_정感_감類_류

'정감류'에서는 정으로 감응시킨 이야기들을 싣고
있다. 세부적으로 보면 '정으로 사람을 감동시킨
이야기들(感人)', '정으로 귀신을 감동시킨 이야기
들(感鬼神)', '정으로 사물을 감응시킨 이야기들(感
物)' 등을 다루고 있다. 그 가운데 정으로 귀신을
감동시킨 이야기들(感鬼神)이 가장 많고 정으로 사
물을 감응시킨 이야기들(感物)이 가장 적게 실려
있다. 권말 '정사씨(情史氏)' 평론을 통해 "생각하고
생각하면 귀신이 그것을 통하게 한다.(思之思之,
鬼神通之)"라는 말을 인용하면서 귀신도 정으로
감동시킬 수 있는데 하물며 사람은 말할 필요도
없다고 했다.

94. (8-1) 장문부(長門賦)[1]

한(漢)나라 무제(武帝)[2]는 처음에 교동왕(膠東王)[3]으로 책봉되었다. 그가 서너 살 먹었을 때 장공주(長公主)[4]가 그를 안아서 무릎 위에 앉혀 놓고 묻기를 "얘야, 아내를 얻고 싶으냐?"라고 하자, 그는 "얻고 싶습니다."라고 대답했다. 이에 장공주가 옆에 있었던 장어(長御)[5] 백여 명을 가리켰으나 무제는 모두 싫다고 했다. 그의 딸을 가리키면서 "아교(阿嬌)[6]는 좋겠느냐?"라고 하자, 무제가 답하기를 "좋습니다. 만약 아교를 아내로 얻을 수 있다면 마땅히 그를 금으로 된 집에 있게 할 것입니다."라고 하니 장공주가 크게 기뻐했다. 이에 황제에게 간청하여 드디어 혼인을 하게 되었다.

무제가 즉위한 뒤에 그녀를 황후로 삼았는데 그때 황제의 연치는 열넷이었다. 다시 6년이 지나 장공주가 공로를 믿고 불만을 품었기에 황후에

---

1) 한무제 황후의 이야기는 한나라 班固가 지었다고 하는 《漢武故事》에서 나온 이야기로 《古今説海》 권117에도 수록되어 있으며 《艷異編》 권6에도 〈漢武帝〉라는 제목으로도 보인다. 당현종의 생일국수에 관한 이야기는 당나라 李淩의 《松窗雜錄》과 《新唐書》 권76에 보인다.

2) 무제(武帝): 서한의 일곱 번째 황제인 武帝 劉徹(기원전156~87)을 가리킨다. 漢景帝 劉啟의 아들로 네 살 때 膠東王으로 봉해졌고 일곱 살 때 태자로 책봉되었으며 열여섯 살 때부터 제위에 올라 54년 동안 한나라를 통지했다. 百家를 폐지시키고 儒教만을 존숭하도록 했으며 중국 역사상 三大盛世 중의 하나인 漢武盛世를 이룩했다.

3) 교동왕(膠東王): 封地가 膠東國(國都는 지금의 山東省 即墨市)의 왕을 가리킨다.

4) 장공주(長公主): 황제의 자매 혹은 딸들 가운데 존귀한 자에게 내린 봉호로 儀服은 藩王과 같았다. 여기에서 長公主는 館陶公主인 劉嫖를 가리킨다. 유표는 한문제와 두황후 사이에서 태어난 딸로 한경제의 친누나였다. 堂邑侯 陳午에게 시집을 갔으므로 당읍 장공주라 불리기도 했다. 그의 딸 陳嬌는 한무제의 첫 번째 황후였다.

5) 장어(長御): 한나라 때 황후의 궁 안에 있는 女官名으로 궁녀의 우두머리였다.

6) 아교(阿嬌): 館陶公主 유표와 堂邑侯 진오 사이에서 태어난 딸인 陳嬌를 가리킨다. 한무제의 첫 번째 황후가 된다. '阿'는 접두사로 사람의 이름이나 성 앞에 붙여 친근한 의미를 나타낸다.

대한 총애도 점차 사라졌지만 그녀의 교만과 질투는 더욱 심해졌다. 여자
무당 초복(楚服)이 자언(自言)하기를 황제의 마음을 돌릴 수 있는 방도가
있다고 하며, 밤낮으로 제사를 지내고 약을 만들어 먹였다. 그리고 남자
복장을 하고서 황후와 더불어 침실에 머물면서 서로 친애하기를 부부와
같이 했다. 황제가 이를 듣고 시중들었던 사람들을 철저하게 조사해 처벌을
했다. 무당은 황후와 더불어 여러 가지 요사스런 방술로 방자하고 여자로
남자의 음란한 짓을 했던 것들을 모두 복죄(服罪)했다. 그리하여 황후를
폐위시키고 장문궁(長門宮)에 머물게 했다.

황후는 비록 폐위되었지만 공양은 여전히 예법대로 했다. 촉지(蜀地)
사람 사마상여(司馬相如)[7]가 글재주가 있다는 소리를 듣고는 사람을 보내
천금을 주고 〈장문부(長門賦)〉를 짓게 하여 자신의 애원을 서술하게 했다.
황제가 그것을 읽고 탄식하여 다시 그녀를 궁으로 맞이해 예전처럼 대했다.

무제의 심한 의심에도 장문궁으로 수레를 돌리게 하였으니 문장은 참으로
신통력이 있는 것이다. 얼마 지나지 않아서 위자부(衛子夫)[8]가 황후로 세워
졌을 때 진(陳) 황후는 어디에 있었는가? 당(唐)나라 현종(玄宗)에게 있어서도
또한 마찬가지의 일이 있었다. 왕 황후(王皇后)[9]는 처음에 미색으로 그
자리에 올랐지만 현종이 즉위하고 몇 년 안 되어 은총이 날로 적어졌다.

---

7) 사마상여(司馬相如, 기원전 약 179~기원전 127): 자는 長卿이고 蜀郡(지금의
四川省 南充市)사람이었다. 漢賦의 대표적 작가로 '辭宗'이라 칭해졌으며 '賦聖'
이라고도 불리었다. 《情史》 권4 정협류 〈卓文君〉에 그와 卓文君과의 사랑이
야기가 실려 있으며, 그에 대한 자세한 내용은 〈卓文君〉 '사마상여' 각주에
있다.
8) 위자부(衛子夫, ?~기원전 91): 한나라 무제의 두 번째 황후였다. 위자부와 한
무제에 관한 이야기는《情史》 권13 정감류 〈昭君〉의 뒷부분에 보인다.
9) 왕황후(王皇后, ?~725): 당현종이 臨淄王으로 있을 때 맞이한 왕비로 즉위한
뒤 황후로 세웠다.

왕 황후는 우려와 두려움으로 더욱 스스로 불안해했지만 아랫사람을 안무해 준 은덕이 있었기에 다행히도 여러 사람의 참언으로 인한 화를 모면했다. 하루는 갑자기 황제에게 울면서 이렇게 하소연했다.

"삼랑(三郎)[당나라 명황이 셋째 아들이었기 때문에 이렇게 이른 것이다.] 께서는 아충(阿忠)[황후 아버지의 이름]이 자주색 새 반팔옷을 벗어서 밀가루 한 말과 바꾸어, 당신의 생일 국수를 만들어 준 것을 어찌 기억하지 않으십니 까? 어째서 모질게도 옛날을 돌이켜 생각하지 않으시는지요?"

황제는 측은하여 낯빛을 바꿨으며 이로 인해 그녀에 대한 은총을 3년 더 끌 수 있었다. 마침내 그녀는 무 혜비(武惠妃)10) 때문에 죄 없이 폐출당했으 니 육궁(六宮)의 후궁들이 모두 그녀를 가련히 여겼다.

[원문] 長門賦

漢武帝初封膠東王. 數歲時, 長公主抱置膝上, 問曰: "兒欲得婦否?" 曰: "欲 得." 乃指左右長御百餘人, 皆云不用. 指其女: "阿嬌好否?" 答曰: "好. 若得阿嬌作 婦, 當作11)金屋貯之12)." 長公主大悅. 乃苦要上, 遂成婚焉.

既即位, 遂立爲后. 時帝年十四. 又六年, 長主挾功怨望13), 皇后寵遂衰, 然驕

---

10) 무혜비(武惠妃): 당현종의 총비였던 혜비 武氏(699~737)를 이른다. 아버지는 衛恒安王 武攸止이고 武則天의 종손녀였다. 아버지를 일찍 여읜 뒤에 무측천 에 의해 궁에서 자랐고 현종이 즉위한 뒤 그의 후궁이 되어 크게 총애를 받 았다. 開元 12년(724)에 왕 황후가 폐위되고 武氏는 惠妃로 봉해졌으며 죽은 뒤에는 貞順皇后로 추봉되었다.
11) 【校】 作: [春], [影], 《漢武故事》에는 "作"으로 되어 있고 [鳳], [岳], [類]에는 "以" 로 되어 있다.
12) 金屋貯之(금옥저지): 여자를 금으로 만든 집에서 살게 해준다는 뜻이다. 이 이야기로 인해 처를 맞이하거나 첩을 들이는 것을 가리켜 金屋貯嬌 혹은 金 屋藏嬌라고도 한다.
13) 挾功怨望(협공원망): 공을 믿고서 불만을 품는다는 뜻이다. 당초 장공주는 그

妬滋甚. 女巫楚服, 自言有術能令上意回, 晝夜祭祀, 合藥服之. 巫着男子衣冠幘
帶, 與皇后居寢, 相愛若夫婦. 帝聞, 窮治侍御. 巫與后諸妖蠱呪咀, 女而男溢,
皆伏辜. 廢皇后, 處長門宮.

　　后雖廢, 供養猶如法. 聞蜀人司馬相如有文辭, 乃遣人賞千金, 求爲作《長門
賦》, 敍其哀怨. 上讀之歎息, 復迎入宮如初.

　　以武帝之雄猜, 而長門迴車, 文章信有靈矣. 未幾, 子夫之立, 后安在哉? 於唐
之玄宗亦然. 王皇后14)始以色進, 及玄宗即位, 不數年恩寵日衰. 后憂畏之狀, 愈
不自安. 然撫下有恩, 倖免讒語共危之禍. 忽一日, 泣訴於上曰: "三郎[明皇行三,
故云.] 獨不記阿忠15)[后父名]脫新紫半臂, 更得一斗麪, 爲三郎生日湯餠16)耶? 何
忍不追念於前時?" 上惻然改容, 縣是得延其恩者三年. 終以武惠妃故, 無罪被黜,
六宮共憐之.

의 딸을 경제의 장남이자 태자였던 劉榮에게 시집보내려고 했으나, 유영의
어머니인 栗姬는 장공주가 경제에게 항상 미인을 소개해 주었기에 장공주에
게 원한을 품고서 청혼을 거절했다. 장공주는 딸을 유철(한무제)과 혼인시키
기로 한 뒤에 딸을 황후로 만들고 율희에게 분풀이를 하기 위해 경제에게
율희를 모함하면서 유철을 칭찬하며 내세웠다. 결국 경제는 태자 유영을 臨
江王으로 폐위시킨 뒤에 유철을 태자로 책봉하고 유철의 친모인 王夫人을 황
후로 봉했다. 이로 인해 장공주가 유철이 황제가 되는 데에 공이 있다고 한
것이다. 이에 대한 자세한 이야기는 《史記》 권49 外戚世家와 《漢書》 권97上
外戚列傳 등에 보인다.

14)【校】王皇后: 《松窗雜錄》에는 "王皇后"로 되어 있고 《情史》에는 "何皇后"로 되
어 있다. 王 皇后에 관한 이야기는 《松窗雜錄》과 《新唐書》 등에 보이는데 모
두 皇后의 성씨를 王 氏로 기록하고 있다.

15)【校】阿忠: 《松窗雜錄》, 《新唐書》에는 "阿忠"으로 되어 있고 《情史》에는 "何
忠"으로 되어 있다. 阿(아)는 접두사로 사람의 이름이나 성 앞에 붙여 친근한
의미를 나타낸다.

16) 탕병(湯餠): 국수같이 물에 넣어 끓여서 먹는 밀가루 음식을 가리킨다. 송나
라 黃朝英의 《緗素雜記·湯餠》에 이런 내용이 보인다. "내 생각에 밀가루로
만든 음식을 모두 餠이라고 이르는 것으로 보인다. 그러므로 불로 구워서 먹
는 것은 燒餠이라 하고, 물로 끓여서 먹는 것은 湯餠이라 하며, 찜통으로 쪄
서 먹는 것은 蒸餠이라 하는 것이다." 옛날 풍속에 생일이나 아이가 태어난
지 3일 혹은 한 달 내지는 돌에 경축하는 연회를 베풀고 잔치에서 장수를
상징하는 국수를 먹었는데 이를 湯餠會라고 불렀다.

95. (8-2) 백두음(白頭吟)[17]

사마상여가 일찍이 어떤 무릉(茂陵)[18] 여자를 좋아하여 첩으로 맞이하려
고 한 적이 있었다. 탁문군(卓文君)이 〈백두음(白頭吟)〉 4해(解)[19]를 지어
스스로 그와 결별하는 뜻을 표했다.

그 첫 번째는 이러하다.

희기로는 산 위의 눈과 같고	皚如山上雪
깨끗하기로는 구름 사이의 달과 같네	皎如雲間月
듣기에 당신에게 두 마음 있다 하여	聞君有兩意
서로 결별하러 왔습니다	故來兩決絶

그 두 번째는 이러하다.

오늘은 술자리 함께해도	今日斗酒會
내일 아침엔 갈라진 도랑 끝에 있겠구나	明旦溝水頭

---

17) 〈白頭吟〉에 대한 이야기는 한나라 유흠의 《西京雜記》 권3에는 이야기만 보
   이고, 《古今事文類聚》 後集 권14에는 〈作白頭吟〉이라는 제목으로 노래와 이
   야기가 함께 수록되어 있다. 《錦繡萬花谷》 前集 권16 〈夫婦〉에도 노래 없이
   이야기만 보이고, 《山堂肆考》 권94에는 노래 제3解와 함께 〈止夫聘妾〉으로
   기재되어 있다. 〈白頭吟〉 노래는 《玉臺新詠》 권1 古詩八首 중의 다섯 번째로
   수록되어 있는데 제목은 〈皚如山上雪〉이다. 張跂의 이야기는 《古今事文類聚》
   後集 권16에 〈妻止娶妾〉으로 보이며 《說郛》 권77下에는 〈白頭吟〉으로 수록되
   어 있다. 趙松雪의 이야기는 《堯山堂外紀》 권70에 보이고 《詞苑叢談》 권11에
   도 수록되어 있다.
18) 무릉(茂陵): 원래 한나라 무제의 능묘로 漢昭帝 때 도굴을 당한 뒤, 漢宣帝
   때 다시 보수를 하고서 그 지역에 茂陵縣을 설치하고 천하의 부자 6만 여 戶
   를 이사해 살게 했다고 한다. 지금의 陝西省 興平市 동남 지역에 있다.
19) 해(解): 樂曲이나 詩歌, 혹은 문장의 章節을 뜻한다.

궁원 밖 도랑 위를 천천히 걸어갈 때면	蹀躞[20]御溝[21]上
도랑물도 동서로 갈라져 흘러가겠지	溝水東西流

그 세 번째는 이러하다.

슬프고도 슬프지만	凄凄重凄凄
시집가는 것은 울 필요 없네	嫁娶不須啼
바라노니 한결같은 사람 만나	願得一心人
흰머리 날 때까지 이별하지 않았으면	白首不相離

그 네 번째는 이러하다.

낚싯대는 어찌 저리 휘청거리며	竹竿何嫋嫋
물고기 꼬리는 어찌 저리 펄떡 튀어오르나	魚尾何簁簁
남아는 정의(情意)를 중시해야 하건만	男兒重意氣
어찌하여 돈으로 여자를 구하시나요	何用錢刀[22]爲

또 사마상여에게 이런 글[23]을 주었다.

　봄꽃들이 향기를 다투는데 오색이 흰색을 능멸하네요. 거문고는 여전히 옆에 있지만 새로운 가락이 옛 곡을 대신했군요. 금강(錦江)[24]에는 원앙새 있고 한궁(漢宮)

---

20) 접섭(蹀躞): 작은 걸음으로 걷는 것을 형용하는 말이다.
21) 어구(御溝): 宮苑을 거쳐 흐르는 강이나 개울을 이른다.
22) 전도(錢刀): 金錢을 뜻하는 말로 刀는 칼 모양을 한 고대의 錢幣를 가리킨다.
23) 이 글은 《文章辨體彙選》 권252에도 〈與相如書〉라는 제목으로 다음과 같이 실려 있다. "羣華競芳, 五色凌素. 琴尚在御, 而新聲代故. 錦水有鴛, 漢宮有木, 彼木而親, 嗟世之人兮, 瞀於淫而不悟. 朱絃斷, 明鏡缺, 朝露晞, 芳絃歇. 白頭吟, 傷離別. 努力加餐毋念妾. 錦水湯湯, 與君長訣."

에는 물이 있어 그것들도 서로 친밀하네요. 아! 세상 사람들은 음욕에 어두워 이를 깨닫지 못하는군요.

다시 글을 주었는데 이러했다.

거문고 줄 끊기고 명경은 깨어졌네요. 아침 이슬이 마르고 꽃다운 얼굴도 다 스러졌습니다. 백두음으로 이별을 슬퍼합니다. 진지 잘 드시고 소첩은 염려하지 마세요. 금강 물은 세차게 흐르는데 당신과 영원히 이별합니다.

이에 사마상여는 첩을 들이려 한 것을 그만두었다.

당나라 장기(張跂)가 첩을 두고 싶어 하자 그의 처가 일러 말하기를 "당신이 〈백두음〉을 읊어보신다면 첩은 마땅히 말씀대로 따를 것입니다."라고 했다. 장기는 부끄러워 그만두었다. 대저 정이 지극한 말은 후세에 그것을 읽어도 사람들의 애정을 굳게 해 줄 수 있는데 하물며 그 당시에 있어서랴? 사마상여는 남을 위해 〈장문부〉를 지었음에도 다시 다른 사람에게 〈백두음〉을 읊게 만들었으니 또한 어찌 된 것인가?

조 송설(趙松雪)25)이 첩을 두고 싶어 짧은 사(詞)로 관부인(管夫人)26)을

---

24) 금강(錦江): 岷江의 한 갈래로 四川省 成都平原을 경유해 흐르며 錦水라고도 한다. 여기서 씻은 비단은 다른 강물에서 씻은 비단에 비해 색깔이 선명했으므로 촉지방 사람들은 이 강을 錦江이라 불렀다고 한다.
25) 조송설(趙松雪): 원나라 때 서예가 趙孟頫(1254~1322)를 가리킨다. 자는 子昂이고 호는 松雪(일설 雪松) 또는 松雪道人, 水精宮道人이며 吳興(지금의 浙江省 湖州市)사람으로 시문, 서화, 금석, 음률에 모두 정통했다. 특히 楷書와 行書에 능해 歐陽詢, 顏眞卿, 柳公權과 더불어 楷書四大家로 불린다.
26) 관부인(管夫人): 조맹부의 부인 管道昇(1262~1319)을 가리킨다. 자는 仲姬 또는 瑤姬였으며 원나라 때 유명한 서화가였다. 吳興郡夫人과 魏國夫人으로 봉해졌기에 管夫人이라 많이 불린다.

이렇게 조롱하며 말했다.

나는 학사(學士)이고　　　　　　　　　我爲學士

당신은 부인이오　　　　　　　　　　　你做夫人

도 학사에게는 도엽과 도근이란 첩이 있었고

　　　　　　　　　　　　　　　　　豈不聞陶學士[27]有桃葉桃根

소 학사에게는 조운과 모운이 있었던 것을 어찌 듣지 못했소

　　　　　　　　　　　　　　　　　蘇學士[28]有朝雲暮雲

설사 내가 첩을 몇 둔다 해도 과분할 게 뭐 있소

　　　　　　　　　　　　　　　我便多娶幾箇吳姬越女[29]何過分

당신은 나이도 이미 마흔을 넘겼으니　你年紀已過四旬

정실(正室)이나 차지하고 있으시구려　只管占住玉堂春

이에 관 부인이 이렇게 답했다.

당신과 나, 나와 당신은　　　　　　你儂我儂

너무나 정이 많잖아요　　　　　　忒煞情多

정이 많은 땐 불처럼 뜨겁지요　　情多處熱如火

진흙 한 덩어리를 빚어서　　　　把一塊泥

당신 하나를 만들었고　　　　　捻一箇你

나 하나를 만들었어요　　　　　塑一箇我

---

27) 도학사(陶學士): 북송 때 한림학사를 지낸 陶谷(903~970)을 가리킨다. 자는 秀實이고 호는 鹿門先生이며 邠州新平(지금의 陝西省 邠縣)사람이다. 여러 州의 刺史도 지냈고 詩名이 있었다.

28) 소학사(蘇學士): 북송 때 한림학사를 지낸 蘇東坡를 가리킨다. 자세한 내용은 《情史》 권1 정정류 〈關盼盼〉 '소동파' 각주에 보인다. 소동파와 조운의 이야기는 《情史》 권13 정감류 〈朝雲〉에 실려 있다.

29) 오희월녀(吳姬越女): 吳越 지방(지금의 江蘇省과 浙江省 일대)에서 나온 미인을 이른다.

우리 둘을 한꺼번에 깨뜨려서	將咱兩箇 一齊打破
물로 잘 섞어	用水調和
다시 빚어 하나의 당신을 만들었고	再捻一箇你
하나의 나를 만들었지요	再塑一箇我
내 속에는 당신이 있고	我泥中有你
당신 속에는 내가 있어요	你泥中有我
살아서는 당신과 한 이불을 덮고	與你生同一箇衾
죽어서는 같은 관에 묻힐 거예요	死同一箇槨

조 송설은 사를 받아 보고 대소(大笑)를 하며 첩 두는 것을 그만두었다.

청대(清代) 왕화(王翽), 《백미신영(百美新詠)》 가운데 〈관부인(管夫人)〉

[원문] 白頭吟

司馬相如嘗悅茂陵女子, 欲聘爲妾. 文君作《白頭吟》四解以自絶.

其一曰:

"皚如山上雪, 皎如雲間月. 聞君有兩意, 故來兩決絶."

其二曰:

"今日斗酒會, 明旦溝水頭. 蹀躞御溝上, 溝水東西流."

其三曰:

"凄凄重凄凄, 嫁娶不須啼. 願得一心人, 白首不相離."

其四曰:

"竹竿何嫋嫋, 魚尾何簁簁. 男兒重意氣, 何用錢刀爲."

又與相如書曰: "春華競芳, 五色凌素. 琴尚在御, 而新聲代故. 錦水有鴛, 漢宮有水, 彼物而親, 嗟世之人兮, 瞀於淫而不悟." 再與書曰: "朱弦斷, 明鏡缺. 朝露晞, 芳顏30)歇. 白頭吟, 傷離別. 努力加餐毋念妾. 錦水湯湯, 與君長訣." 相如乃止.

唐張跂欲娶妾, 其妻謂曰: "子試誦《白頭吟》, 妾當聽了." 跂慚而止. 夫情至之語, 後世誦之, 猶能堅人歡好, 況當時乎? 相如能爲人賦《長門》, 而復使人吟《白頭》, 又何也!

趙松雪欲置妾, 以小詞調管夫人云: "我爲學士, 你做夫人. 豈不聞陶學士有桃葉、桃根, 蘇學士有朝雲、暮雲. 我便多娶幾箇吳姬越女何過分? 你年紀已過四旬, 只管占住玉堂春." 管答云: "你儂我儂, 忒煞情多. 情多處熱如火. 把一塊泥, 捻一箇你, 塑一箇我. 將咱兩箇, 一齊打破, 用水調和. 再捻一箇你, 再塑一箇我. 我泥中有你, 你泥中有我. 與你生同一箇衾, 死同一箇槨." 松雪得詞, 大笑而止.

---

30) 【校】 顏: [影], [鳳], [岳], [類]에는 "顏"으로 되어 있고 [春]에는 "時"로 되어 있으며 《文章辨體彙選》에는 "絃"으로 되어 있다.

96. (8-3) 정덕린(鄭德璘)31)

　당나라 정원(貞元)32) 연간 상담현(湘潭縣)33) 현위(縣尉)34)였던 정덕린(鄭
德璘)은 집이 장사(長沙)35)에 있었는데 강하(江夏)36)에 살고 있는 친척이
있었으므로 매년 한 번씩 그를 찾아뵈러 갔다. 도중에 동정호(洞庭湖)37)를
건너 상담현을 지나면서 배를 저으며 마름 열매와 가시연밥을 파는 노인을
항상 만나곤 했는데 그는 비록 머리는 백발이었으나 얼굴은 소년처럼 젊어
보였다. 정덕린이 그에게 말을 붙여보았더니 심오한 말을 많이 했다. 그에게
묻기를 "배에 건량(乾糧)이 없는데 무엇을 드십니까?"라고 하자, 노인이
말하기를 "마름 열매와 가시연밥을 먹을 뿐이외다."라고 했다. 정덕린은
술을 좋아했으므로 매번 송료춘(松醪春)38)을 가지고 강하를 지나다가 그
노인을 만나면 항상 술을 대접했으나 노인은 술을 얻어 마시고도 그다지

---

31) 이 이야기는 裴鉶의 《傳奇》에 〈鄭德璘〉으로 전한다. 《太平廣記》 권152에는
〈鄭德璘〉으로, 《太平廣記鈔》 권53에는 〈洞庭叟〉로 수록되어 있다. 또한 《艶
異編》 권2에는 〈鄭德璘傳〉으로, 《古今說海》 권26에는 〈鄭德璘傳〉으로 보이며
馮夢龍의 《燕居筆記》 권9에는 〈鄭德璘傳〉으로 수록되어 있다. 《繡谷春容》 雜
錄 권4와 《綠窗新話》 권上에는 〈德璘娶洞庭韋女〉라는 제목으로 간략하게 수
록되어 전한다. 명나라 沈璟의 《屬玉堂傳奇》 17종 가운데 〈紅蕖記〉 傳奇는
이 이야기를 각색한 것이다.
32) 정원(貞元): 당나라 德宗 李適의 연호로 785년부터 805년까지이다.
33) 상담현(湘潭縣): 당나라 때 현으로 지금의 湖南省 湘潭市 下攝司이다.
34) 현위(縣尉): 秦漢 때부터 있었던 관직으로 주로 조세 징수와 치안 등을 관장
했다.
35) 장사(長沙): 지금의 湖南省 長沙市이다.
36) 강하(江夏): 당나라 鄂州 소속의 縣名으로 지금의 湖北省 武漢市 武昌 지역이다.
37) 동정호(洞庭湖): 중국에서 세 번째로 큰 담수호로 湖南省 북부 長江 남쪽 기
슭에 있다. 호숫가에 岳陽樓 등의 명승지가 있다.
38) 송료춘(松醪春): 소나무의 잎이나 송진이나 松花 등을 재료로 하여 담근 湖南
省 長沙와 湘潭 일대에서 생산되는 名酒로 맑은 향기가 난다. 당나라 때에는
좋은 술에 '春'이라는 이름을 많이 붙였으므로 생긴 이름이다.

미안스러워하지 않았다.

한번은 정덕린이 강하에 갔다가 장사로 돌아오려고 황학루(黃鶴樓)[39] 아래에 배를 대어 두었는데 그 옆에 있던 소금 장사인 위생(韋生)이란 자도 큰 배를 타고 역시 상담으로 가려고 하고 있었다. 그날 밤 위생은 이웃 배에 타고 있는 사람들과 고별을 하며 술을 마셨다. 위생에게 딸이 있었는데 그녀는 배 뒤에 있는 선실에 머물고 있었다. 이웃 배의 딸 또한 작별을 하러 그녀를 찾아와 두 사람은 함께 담소를 나누게 되었다. 밤이 깊어갈 무렵에 강 가운데에서 어떤 수재(秀才)[40]가 시를 읊는 소리가 들려왔다.

작은 배에 무엇이 닿는지 내 절로 알거니	物觸輕舟心自知
바람은 조용하고 물결은 잔잔하며 달빛은 희미하네	風恬浪靜月光微
야심한 밤에 강물 위에서 시름을 풀려다	夜深江上解愁思
붉은 연꽃을 주웠더니 향기가 옷에 스며드네	拾得紅蕖香惹衣

이웃 배의 딸은 글을 잘 썼으므로 위씨의 화장대 안에 붉은색 편지지 한 장이 있는 것을 보고 그것을 가져다 들은 시구를 적고는 한참을 읊조렸으나 누가 지은 것인지는 알지 못했다.

아침이 되자 이들의 배는 각기 동서로 떠났다. 정덕린의 배는 위씨의

---

39) 황학루(黃鶴樓): 삼국시대 오나라 黃武 2년(223)에 지어진 누대로 그 후 여러 차례 중건되었다. 현재의 황학루는 1985년에 蛇山 서쪽 高觀山에 새로 중건 된 것이며 옛터는 지금의 湖北省 武漢市 蛇山 黃鶴磯에 있다. 송나라 때 악사 가 편찬한 지리서인 《太平寰宇記》에 의하면, 黃鶴樓는 武昌縣에서 서쪽으로 280步 정도 되는 거리에 있었으며, 옛날 費褘가 登仙한 이후로 매양 黃鶴을 타고 이곳에 쉬었으므로 黃鶴樓라 불리게 되었다고 한다.

40) 수재(秀才): 한나라 때부터 孝廉과 더불어 擧士의 科名이었으며, 당나라 초기에 는 明經과 進士와 더불어 擧士의 科目으로 설치되었다가 곧 폐지되기도 했 다. 당송 때 이르러서는 과거에 응시하는 자를 모두 秀才라 칭했고 명청 때 에는 府·州·縣學의 입학한 생원을 秀才라고 했다. 元明 이후에는 공부하는 사람을 범칭하여 秀才라고 부르기도 했다.

배과 함께 악저(鄂渚)[41]를 떠나 이틀 밤을 보내고 저물 무렵이 되어 또 함께 묵었다. 동정호 물가에 이르러 정덕린의 배는 위생의 배와 자못 가까이 있게 되었다. 위씨는 곱고 아름다웠다. 옥 같은 피부에 윤이 나는 머릿결을 지니고 있었고 반짝이는 물결에 연꽃 꽃술과 같았으며, 이슬에 씻긴 무궁화와 같은 자태는 달빛에 선명한 구슬 빛깔과 같았다. 위씨는 물이 내다보이는 선실 창에서 낚시를 드리우고 있었는데 정덕린은 그녀를 엿보고서 심히 좋아해 한 척(尺)의 붉은 비단에 시를 적었다.

선창(船窓)을 마주한 채 고운 손으로 낚시 드리우는데	纖手垂釣對水愡
장강(長江)엔 붉은 연꽃 가을빛 고와라	紅蕖秋色豔長江
정교보(鄭交甫)에게 패물을 풀어 줄 수 있었으니	既能解珮投交甫[42]
명주 더 있거든 내게도 한 쌍을 주오	更有明珠乞一雙

그리고 나서 그 붉은 비단을 위씨의 낚싯바늘에 억지로 걸리게 했다. 여자는 그것을 거두어들여 한참 동안 음미했으나 읽기만 할 수 있었지 그 뜻을 알 수는 없었다. 여자는 글을 쓰는 것에 능하지 못한 데다가 화답할 것이 없는 것을 부끄러이 여겨 결국 며칠 전 밤에 찾아왔던 이웃 배의

---

41) 악저(鄂渚): 지금의 湖北省 武漢市를 경유하는 長江 가운데 黃鶴山으로부터 상류로 300보쯤에 있었던 모래섬이다. 송나라 祝穆의 《方典勝覽》에 의하면 鄂渚는 江夏에 있는 黃鶴磯로부터 300보 위에 있었다고 한다.

42) 해패투교보(解珮投交甫): 解珮는 여자가 佩物을 풀어 남자에게 사랑의 증표로 준다는 뜻이며 交甫는 鄭交甫를 가리킨다. 정교보라는 자가 漢皋臺 밑에서 우연히 두 여자를 만나 이들이 마음에 들자 패물을 달라고 청했더니 그 두 여자는 차고 있던 明珠를 풀어 주었다. 그는 그것을 품속에 넣고 열 걸음쯤 가다가 명주를 만져보았더니 명주는 없어진 뒤였고 두 여자도 보이지 않았다고 한다. 李善의 《文選注》 권12에서는 이 이야기를 《韓詩外傳》에서 인용하고 있으나 현전하는 《韓詩外傳》에는 보이지 않는다. 이 이야기는 劉向의 《列仙傳》 권上에 〈江妃二女〉라는 제목으로도 수록되어 있으며 《初學記》 권7에도 실려 있다.

딸이 시를 적어 놓은 붉은 편지지를 낚싯줄로 던져줬다. 정덕린은 여자가
지은 것으로 알고 매우 기뻐했으나 그 시의 뜻을 알 수 없었으며 또한
그의 간절한 마음을 전할 길도 없었다. 이로부터 여자는 정덕린에게서
얻은 그 붉은 비단을 팔에 묶어두고 매우 소중히 아꼈다. 그날 밤 달은
밝고 바람이 맑아 위씨의 배는 돛을 올리고 떠나갔다. 그리고 나서 바람이
점차 세차게 불고 파도가 무섭게 일기에 정덕린은 작은 배로 위씨의 배와
함께 건너갈 수 없었으므로 마음이 매우 한스러웠다.

　날이 저물려 할 때, 한 어부가 정덕린에게 말하기를 "전에 상인의 큰
배에 탔던 온 가족이 동정호에 침몰했답니다."라고 했다. 정덕린은 너무
놀라 정신이 어릿어릿해져 한참 동안 슬프게 탄식하며 감정을 억누를 수
없었다. 밤이 될 무렵에는 〈조강주(吊江姝)〉란 시 두 수43)를 지었다.

호수 위에 부는 광풍 부디 불지 말기를	湖面狂風且莫吹
막 물보라 치고 달빛은 희미하구나	浪花初綻月光微
깊은 생각에 잠기노니 물결 같은 그대 눈에 눈물	沉潛暗想橫波44)淚
인어와 함께 마주보며 떨구고 있네	得共鮫人45)相對垂

　또 다른 한 수는 이렇다.

---

43) 이 시는 《全唐詩》 권864 水府君의 〈與鄭德璘奇遇詩〉 5首 가운데 제3·4수로
　　수록되어 있다. '吊江姝'는 강물에 빠져 죽은 미인을 애도한다는 뜻이다.
44) 횡파(橫波): 가로질러 흐르는 물결을 뜻하는 말로 물결 같은 여인의 눈을 비
　　유적으로 이른다.
45) 교인(鮫人): 신화와 전설에 나오는 인어를 가리킨다. 張華의 《博物志》 권9에
　　따르면 鮫人은 물고기처럼 물에서 살며 배를 잘 짜기도 하고 울면 그 눈물
　　이 구슬로 변한다고 한다.

바람은 부드럽고 억새꽃이 피어있는 가을의 동정호	洞庭風軟荻花秋
지금 막 빠진 고운 소녀로 잔물결도 우수에 젖네	新沒靑娥細浪愁
부평초에 떨어지는 눈물을 그대는 보지 못하리니	淚滴白蘋君不見
달 밝은 강 위엔 갈매기만 가벼이 날고 있네	月明江上有輕鷗

　시를 다 짓고 나서 술을 물에 뿌리고 제사를 지낸 뒤에 그 시를 물속으로 던졌다. 정덕린의 정성이 신령에게까지 이르러 수신(水神)을 감동시켰으므로 수신은 그것을 가지고 수부(水府)로 찾아갔다. 수부의 부군(府君)이 그것을 보고 물에 빠진 자 서너너덧 명을 불러다가 묻기를 "누가 정생이 사랑하는 자인가?"라고 했다. 그러나 위씨는 그 영문을 알지 못하고 있었다. 일을 주관하는 어떤 자가 팔을 수색해 위씨의 팔에서 붉은 비단이 보이자 부군이 위씨에게 말하기를 "정덕린은 훗날 우리 고을의 현령이 될 것이다. 더욱이 지난 날 내게 의리로 대해 주었으니 어찌 되었든 간에 너를 살려줄 수밖에 없구나."라고 했다. 그리고는 일을 주관하는 사람을 불러 위씨를 데리고 가 정생에게 보내도록 했다. 위씨가 부군을 봤더니 한낱 늙은 노인일 따름이었다. 일을 주관하는 사람을 따라 빨리 달려 나왔지만 아무런 장애도 없었다. 길이 끝나갈 즈음에 한 큰 연못이 보였는데 푸른 물이 깊고 넓었다. 위씨는 주관하는 사람에게 떠밀려 그 물속에 빠져 가라앉다가 떴다 했으므로 매우 고통스러웠다. 이때는 이미 삼경이 된 때였으나 정덕린은 그때까지도 잠을 이루지 못하고 붉은 편지지에 씌어져 있는 시를 읊조리기만 하면서 슬퍼하며 더욱더 고통스러워했다. 갑자기 무엇인가가 배에 부딪혔으나 뱃사공은 이미 잠들어 있었으므로 정덕린이 등불을 들고 그것을 비춰보니 채수(彩繡)를 놓은 옷이 보였다. 형체가 사람인 것 같아 건져내서 보니 바로 위씨였다. 팔에는 묶어놓은 붉은 비단이 여전히 있었다. 정덕린은 기뻐서 어쩔 줄을 몰랐다. 한참이 지나자 여자는 깨어나 숨을 쉬더니 날이 밝을 즈음이 돼서야 비로소 말을 할 수 있었다. 곧 위씨가 말하기를 "부군이 당신에게 감사하여

제 목숨을 살려주었습니다."라고 하자, 정덕린은 "부군이 누구요?"라고 하면서 끝내 알아차리지 못했다. 정덕린은 드디어 위씨를 아내로 맞이했고 이 일을 이상하다 여기며 그녀를 데리고 장사로 돌아갔다.

3년이 뒤에 정덕린은 전근을 하게 되어 예릉(醴陵)46)의 현령으로 가고자 했으나 위씨가 말하기를 "파릉(巴陵)47) 현령이 되는 것에 불과하실 겁니다."라고 했다. 정덕린이 말하기를 "당신이 그것을 어찌 아시오?"라고 하자 위씨가 말했다.

"예전에 수부의 부군이 말씀하시기를 당신더러 '우리 고을의 현령이 될 것이다.'라고 하셨는데 동정호는 파릉현에 속해 있으니 이것으로 알 수 있는 겁니다."

정덕린은 이를 유념하고 있다가 선임되어서 보니 과연 파릉현의 현령이었다. 파릉현에 다다르자 그는 사람을 시켜서 위씨를 맞아 오게 했다. 위씨가 탄 배가 동정호 호반에 이르러 역풍을 만나 앞으로 나가지 못하게 되었다. 정덕린은 뱃사공 다섯 명을 고용하여 그녀를 맞아 오도록 했는데 그 가운데 한 노인이 배를 끄는 일에 마음을 두고 있지 않은 듯했다. 위씨가 화를 내며 침을 뱉자 그 노인이 돌아보며 말하기를 "내 예전에 수부에서 네 목숨을 살려주었거늘 그것을 고맙게 여기지 않고 이제 도리어 화를 내는 게냐?"라고 했다. 위씨는 비로소 깨닫고는 놀라 허둥대며 노인을 불러 배에 오르게 하고서 절을 한 뒤에 술과 과자를 올렸다. 그리고 머리를 조아리며 말하기를 "저의 부모님께서 수부에 계실 텐데 찾아뵐 수 있겠습니까?"라고 하자 노인이 말하기를 "가능하지."라고 했다. 순식간에 배가 파도 속으로 가라앉는 듯했으나 아무런 고통도 없었다. 잠시 후 예전에 갔었던 그 수부에 당도해 보니 어른 아이들이 배에 기대어 통곡하고 있었다. 위씨는 그의

---

46) 예릉(醴陵): 당나라 때 潭州에 소속되었던 현으로 지금의 湖南省 醴陵縣이다.
47) 파릉(巴陵): 당나라 때 岳州에 소속되었던 현으로 지금의 湖南省 岳陽縣이다.

부모님을 찾아뵈었는데 부모가 머물고 있는 곳은 가지런하였으며 저택은
인간 세상과 다름이 없었다. 필요한 것이 있느냐고 위씨가 묻자 부모가
말하기를 "물에 빠진 물건들은 모두 다 여기에 가지고 올 수 있었단다.
단지 불로 음식을 익힐 수 없어 먹는 것이라고는 마름 열매와 가시연밥뿐이란
다."라고 했다. 그리고 은으로 된 그릇 몇 점을 딸에게 주며 말하기를 "우리에
게 이것은 쓸 데가 없으니 네게 주겠다. 여기에 오래 머물면 안 된단다."라고
하며 작별을 재촉했다. 이에 위씨는 애통해하며 부모와 작별했다. 노인은
붓을 들어 위씨의 손수건에 큰 글씨로 이렇게 썼다.[48]

예전에 강가에서 마름열매와 가시연밥 팔던 이가	昔日江頭菱芡人
여러 번 그대에게 송료춘을 얻어 마셨지	蒙君數飮松醪春
그대의 부인을 살려 준 것으로 보답했으니	活君家室以爲報
보중하시게 장사(長沙) 땅 정덕린이여	珍重長沙鄭德璘

다 쓰고 나서 노인은 곧 시종 수백 명으로부터 영접을 받아 배에서 수부의
관사로 돌아갔다. 잠시 뒤에 배가 다시 호숫가에 떠올랐으며 그 배에 있던
사람들은 모두 이 광경을 보았다. 정덕린은 그 시의 뜻을 곰곰이 생각해
보고 나서 수부의 노인이 바로 예전에 마름 열매와 가시연밥을 팔던 그
사람이었던 것을 비로소 깨닫게 되었다.
   그 후 1년 남짓하여 최희주(崔希周)라는 수재가 정덕린에게 시권(詩卷)[49]

---

48) 이 시는 《全唐詩》 권864 水府君의 〈與鄭德璘奇遇詩〉 5首 가운데 제5수로 실
   려 있다.
49) 시권(詩卷): 당나라 때 과거에 응시할 사람들이 자신의 명성과 재능을 알리
   기 위해 지은 시문들을 卷軸으로 만들어 조정의 현귀한 사람들에게 보내곤
   했는데 이를 行卷이라 했다. 송나라 程大昌의 《演繁露》〈唐人行卷〉條에 당나
   라 사람들은 進士를 천거할 때 반드시 행권을 했는데 이는 자신이 지은 글
   들을 두루마리로 묶어서 시험관에게 올리는 것이었다는 기록이 보인다. 송나

을 올렸는데 그 안에 있는 〈강상야습득부거(江上夜拾得芙蕖)〉50)라는 시는
바로 위씨가 예전에 정덕린에게 던진 붉은 편지지에 씌어 있던 시였다.
정덕린이 그 시에 대해 의심이 가서 최희주에게 캐물었더니 이렇게 대답했다.

"몇 년 전 제가 작은 배를 타고 악저에 머문 적이 있었사옵니다. 그날
밤 강물 위엔 달이 밝았고 그때까지 아직 잠자리에 들지 않고 있었는데
어떤 작은 것이 배에 닿는 듯했습니다. 향기가 코를 찌르기에 건져서 봤더니
연꽃 한 묶음이었습니다. 그래서 이 시를 짓게 되었고 시를 다 짓고 나서
한참을 읊조렸습니다. 모든 것을 사실대로 말씀 올렸사옵니다."

이 말을 듣고 나서 정덕린은 "운명이로다!"라고 감탄했으며, 그 후로
감히 동정호를 다시 건너지 못했다.

정덕린은 벼슬이 자사(刺史)까지 이르렀다.

이 이야기는 〈본전(本傳)〉51)에 나온다.

[원문] 鄭德璘

　　貞元中, 湘潭尉鄭德璘, 家居長沙, 有親表居江夏, 每歲一往省焉. 中間涉洞
庭, 歷湘潭, 常遇老叟棹舟而鬻菱芡, 雖白髮而有少容. 德璘與語, 多及玄解. 詰曰:
"舟無糗糧, 何以爲食?" 叟曰: "菱芡耳." 德璘好酒, 每挈松醪春過江夏, 遇叟無不飮
之. 叟飮, 亦不甚愧荷52).

　　라 趙彦衛의 《雲麓漫鈔》 권8에 따르면 먼저 보낸 시문 뒤에 며칠 뒤 다시 보
　　내는 시문을 溫卷이라 불렀다고 한다.
50) 강상야습득부거(江上夜拾得芙蕖): 밤에 강물 위에서 연꽃을 주었다는 뜻이다.
51) 본전(本傳): 〈鄭德璘傳〉을 가리킨다.
52) 愧荷(괴하): 남에게 은혜를 받아서 부끄럽고 마음이 편하지 못한 것을 이른다.

德璘抵江夏, 將返長沙, 駐舟於黃鶴樓下. 旁有廛賈韋生者, 乘巨舟亦抵於湘潭, 其夜與隣⁵³⁾舟告別飲酒. 韋生有女, 居於舟之舵櫓, 鄰舟女亦來訪別, 二女同處笑語. 夜將半, 聞江中有秀才吟詩曰:

"物觸輕舟心自知, 風恬浪靜月光微. 夜深江上解愁思, 拾得紅蕖⁵⁴⁾香惹衣."

鄰舟女善筆札, 因覩韋氏妝盒中有紅牋一幅, 取而題所聞之句, 亦吟哦良久, 然莫曉誰人所制也.

及旦, 東西而去. 德璘舟與韋氏舟同離鄂渚, 信宿, 及暮, 又同宿, 至洞庭之畔, 與韋生⁵⁵⁾舟楫頗相近. 韋氏⁵⁶⁾美而豔, 瓊英膩雲⁵⁷⁾, 蓮蕊瑩波, 露濯舜姿, 月鮮珠彩, 於水牕中垂釣. 德璘因窺見之, 甚悅, 遂以紅綃一尺, 上題詩曰:

"纖手垂釣對水牕, 紅蕖⁵⁸⁾秋色豔長江. 既能解珮投交甫, 更有明珠乞一雙."

彊以紅綃惹其釣, 女因收得, 吟翫久之. 然雖諷讀, 卻不能曉其義. 女不工刀札⁵⁹⁾, 又恥無所報, 遂以釣絲而投夜來鄰舟女所題紅牋者. 德璘謂女所制, 甚喜, 然莫曉詩義, 亦無計遂其歡曲. 繇是女以所得紅綃系臂, 甚愛惜之. 明月淸風, 韋舟遽張帆而去. 風勢將緊, 波濤恐人. 德璘小舟不敢同越, 然意殊恨恨.

將暮, 有漁人語德璘曰: "向者賈客巨舟, 已全家沒於洞庭矣." 德璘大駭, 神思恍惚, 悲惋久之, 不能排抑. 將夜, 爲《吊江⁶⁰⁾姝》詩二首曰:

---

53) 【校】隣: [影],《太平廣記》에는 "隣"으로 되어 있고 [鳳], [岳], [類], [春]에는 "璘"으로 되어 있다.

54) 【校】紅蕖: [影], [春],《太平廣記》에는 "紅蕖"로 되어 있고 [鳳], [岳], [類]에는 "紅葉"으로 되어 있다. 紅蕖는 빨간색 연꽃을 가리킨다.

55) 【校】生: [影],《太平廣記》에는 "生"으로 되어 있고 [鳳], [岳], [類], [春]에는 "氏"로 되어 있다.

56) 【校】氏: [影], [鳳], [岳], [類],《太平廣記》에는 "氏"로 되어 있고 [春]에는 "女"로 되어 있다.

57) 瓊英膩雲(경영니운): 瓊英은 옥과 같은 아름다운 돌을 의미하는 말로 미인을 비유적으로 말하는 것이고 膩雲은 윤이 나는 여자의 타래머리를 뜻한다.

58) 【校】蕖: [影],《太平廣記》에는 "蕖"로 되어 있고 [鳳], [岳], [類], [春]에는 "葉"으로 되어 있다.

59) 刀札(도찰): 글 쓰는 것을 뜻한다. 옛날 竹簡에 글을 쓰다가 틀리면 칼로 그 부분을 깎아내고 다시 썼기 때문에 생긴 말이다.

“湖面狂[61]風且莫吹, 浪花初綻月光微. 沉潛暗想橫波淚, 得共鮫人相對垂.”

又曰:

“洞庭風軟荻花秋, 新沒青娥細浪愁. 淚滴白蘋君不見, 月明江上有輕鷗.”

詩成, 酹而投之. 精貫神祇, 遂感水神, 持詣水府. 府君覽之, 召溺者數輩曰: “誰是鄭生所愛?” 而韋氏亦不能曉其來繇. 有主者搜臂見紅綃, 府君語韋曰: “德璘異日是吾邑之明宰. 況曩日有義相及, 不可不曲活爾命.” 因召主者攜韋氏送鄭生. 韋氏視府君, 乃一老叟也. 逐主者疾趨而無所礙, 道將盡, 覩一大池, 碧水汪然, 遂爲主者推墮其中. 或沉或浮, 亦甚困苦. 時已三更, 德璘未寢, 但吟紅牋之詩, 悲而益苦. 忽有物觸舟, 然舟人已寢, 德璘遂秉燭照之, 見衣服彩繡, 似是人形, 驚而拯之, 乃韋氏也, 系臂紅綃尚在. 德璘喜驟. 良久, 女蘇息, 及曉, 方能言, 乃說: “府君感君而活我命.” 德璘曰: “府君何人也?” 終不省悟. 遂納爲室, 感其異也, 將歸長沙.

後三年, 德璘當[62]調選[63], 欲謀醴陵令. 韋氏曰: “不過作巴陵耳.” 德璘曰: “子何以知?” 韋氏曰: “向者水府君言, 是吾邑之明宰. 洞庭乃屬巴陵, 此可驗矣.” 德璘志之, 選果得巴陵令. 及至巴陵縣, 使人迎韋氏. 舟楫至洞庭側, 値逆風不進. 德璘使傭篙工者五人而迎之, 內一老叟, 挽舟若不爲意. 韋氏怒而唾之, 叟回顧曰: “我昔水府活汝性命, 不以爲德, 今反生怒?” 韋氏乃悟, 恐悸, 召叟登舟, 拜而進酒果, 叩頭曰: “吾之父母, 當在水府, 可省覲否?” 曰: “可.” 須臾, 舟楫似沒於波, 然無所苦. 俄到往時之水府, 大小倚舟號慟. 訪其父母, 父母居止儼然, 第舍與人世

---

60) 【校】江: 《情史》, 《太平廣記》에는 “江”으로 되어 있고 《類說》에는 “韋”로 되어 있다.

61) 【校】狂: 《太平廣記》, 《艶異編》에는 “狂”으로 되어 있고 《情史》에는 “征”으로 되어 있다.

62) 【校】當: 《情史》, 《艶異編》에는 “當”으로 되어 있고 《太平廣記》에는 “常”으로 되어 있다.

63) 調選(조선): 새로 직위에 선발되어 전근하는 것을 가리킨다. 唐나라 때에는, 임기가 다 찬 六品 이하의 現職 관원 및 관리가 될 자격을 취득한 자들(통틀어 選人이라 함)은 매년 겨울에 吏部에서 考核을 받았으며, 吏部에서는 그 합격자들에게 직위를 새로 수여했다.

無異. 韋氏詢其所需, 父母曰: "所溺之物, 皆能至此, 但無火化, 所食爲菱芡耳."
持白金器數事而遺女曰: "吾此無用處, 可以贈汝, 不得久停." 促其相別. 韋氏遂哀
慟, 別其父母. 曳以筆大書韋氏巾曰:

"昔日江頭菱芡人, 蒙君數飮松醪春. 活君家室以爲報, 珍重長沙鄭德璘."

書訖, 曳遂爲僕侍數百輩, 自舟迎歸府舍. 俄頃, 舟却出於湖畔, 一舟之人,
咸有所覩. 德璘詳詩意, 方悟水府老曳, 乃昔日鬻菱芡者.

歲余, 有秀才崔希周投詩卷於德璘, 內有《江上夜拾得芙蕖[64]》詩, 即韋氏所
投德璘紅牋詩也. 德璘疑詩, 乃詰希周. 對曰: "數年前泊輕舟于鄂渚, 江上月明,
時當未寢, 有微物觸舟, 芳香襲鼻, 取而視之, 乃一束芙蓉也. 因而制詩, 既成,
諷詠良久. 敢以實對." 德璘歎曰: "命也!" 然後更不敢越洞庭.

德璘官至刺史. 出《本傳》.

97. (8-4) 요주 자사 제씨의 딸(齊饒州女)[65]

당나라 때, 요주(饒州)[66] 자사(刺史)[67]였던 제추(齊推)의 딸이 호주(湖

---

64) 【校】芙蕖: [影]에는 "芙蕖"로 되어 있고 [鳳], [岳], [類], [春], 《太平廣記》에는
   "芙蓉"으로 되어 있는데 둘 다 연꽃을 가리킨다.
65) 이 이야기는 당나라 牛僧孺의 《玄怪錄》 권3 〈齊推女〉라는 제목으로 보인다.
   《太平廣記》 권385에는 〈田先生〉으로 수록되어 있고 송나라 무명씨의 《異聞總
   錄》 권3에도 보이며 《古今說海》 권54에는 〈齊推女傳〉으로 수록되어 있다. 문
   장의 출입으로 볼 때 《情史》의 이 작품은 《古今說海》에서 취한 듯하다. 《玉
   芝堂談薈》 권6 〈倩女離魂〉의 뒷부분에도 간략하게 기재되어 있다.
66) 요주(饒州): 지금의 江西省 동북 지역이다.
67) 자사(刺史): 漢代에 전국을 13개 州로 나눈 뒤 설치한 지방관직으로 원래 조
   정에서 파견해 지방을 감독하는 관원이었으나 후에는 지방 장관의 관직명으
   로 쓰였다. 청나라 顧炎武의 《日知錄·隋以後刺史》에서 이르기를 "한나라 때
   의 자사는 지금의 巡按御史와 같고 魏晉 이후의 자사는 지금의 總督과 같으

州)68) 참군(參軍)69)이었던 위회(韋會)에게 시집을 갔다. 장경(長慶)70) 연간 3년에 위회는 이부(吏部)로 가서 전임(轉任) 명령을 받으려 했다. 처가 막 임신을 하여 파양(鄱陽)71)에 있는 친정집으로 데려다 준 뒤에 수도로 떠났다.

11월 그의 처가 막 출산할 즈음의 어느 날 밤에 키가 한 장(丈) 남짓한 사람이 황금으로 된 갑옷을 입고 월(鉞)72)을 든 채 갑자기 나타났다. 그리고 제씨에게 노하며 말하기를 "나는 양(梁)나라 진(陳) 장군으로 오랫동안 이 방에서 살았는데 너는 누구이기에 감히 이곳을 더럽히느냐?"라고 한 뒤, 도끼를 들고 그녀를 죽이려 했다. 제씨가 소리를 지르며 애걸하기를 "속인(俗人)의 눈으로 보는 것에는 한계가 있어 장군께서 여기 계신 것을 몰랐습니다. 이제 가르침을 받았으니 옮겨 갈 수 있게 해주십시오."라고 하자, 장군이 말하기를 "옮기지 않으면 마땅히 죽게 될 것이다."라고 했다. 좌우에 있던 사람들이 제씨가 애걸복걸하는 소리를 듣고 모두 놀라서 일어나 가보았더니 제씨는 등에 땀이 밴 채 정신이 나가 있었다. 사람들이 빙 둘러싸고서 그녀에게 물으니 그녀는 본 것을 천천히 말했다. 날이 밝자 시녀는 자사에게 아뢰어 다른 방으로 옮기게 해달라고 청했다. 자사는 평소 마음이 바르고 곧은 사람이라 귀신이 없다는 생각을 가지고 있었기에 그 말을 듣지 않았다. 그날 밤 삼경이 되자 장군이 다시 나타나서 크게 노하여 말하기를 "저번에는 알지 못하고 있었기에 용서해주는 것이 마땅했지만 이제는 알면서도 가지

며 수나라 이후의 자사는 지금의 知府나 直隷知州와 같다."고 했다.

68) 호주(湖州): 지금의 浙江省 湖州市로 太湖 옆에 있으므로 湖州라고 불리었다.

69) 참군(參軍): 동한 말년부터 있었던 관직명으로 軍事를 參謀한다는 의미이다. 隋唐 때에 이르러서는 郡官을 겸임하기도 했다.

70) 장경(長慶): 당나라 穆宗 李恒의 연호로 821년부터 824년까지이다.

71) 파양(鄱陽): 지금의 江西省 鄱陽縣이다.

72) 월(鉞): 고대 靑銅 병기의 일종으로 모양은 도끼와 유사하고 도끼보다 크다. 殷周 때 많이 사용되었으며 玉石으로 만든 것도 있는데 그것은 儀禮用으로 많이 쓰였다.

않으니 어찌 다시 용인할 수 있겠느냐!"라고 하고, 곧 월로 찍으려 했다. 이에 제씨가 애걸하며 말했다.

"사군(使君)[73])께서 성격이 강하신지라 청하는 바를 좇지 않으십니다. 제가 일개 여자로 어찌 감히 신명을 거역하겠습니까? 날이 밝을 때까지 말미를 주시면 사군의 분부를 기다리지 않고 옮겨 가겠습니다. 이번에도 다시 옮기지 않으면 만 번의 죽음도 감수하겠습니다."

그러자 장군은 노기를 억누르며 떠났다. 해가 뜨기도 전에 시녀로 하여금 다른 방을 청소하고 그곳으로 침상을 옮기도록 했다. 막 옮기려고 할 즈음에 자사가 공무를 마치고 돌아와서 그 연고를 묻기에 시종은 사실대로 고했다. 자사가 크게 노하여 그 시종에게 곤장 수십 대를 치며 말하기를 "산부(産婦)가 허약하고 원기가 부족하여 요사한 말을 하는 것인데 어찌 족히 급작스럽게 믿을 수 있겠는가?"라고 했다. 딸이 울면서 간청해도 끝내 허락하지 않았다. 밤이 되자 자사는 스스로 그 방 앞에서 잠을 자며 몸소 딸을 보호했다. 그리고 딸을 안심시키기 위해 거실에 사람의 수를 늘리고 촛불을 더 켜게 했다. 한밤중에 제씨의 놀란 비명소리가 들리기에 자사가 문을 열고 들어가 보니 제씨는 머리가 깨진 채 죽어 있었다. 자사는 슬픔과 한이 극도에 달하여 상정(常情)의 백배가 넘었으며 칼을 뽑아 자살을 해도 딸에게 사죄하기에 부족하다고 생각했다. 곧, 다른 방에 영구를 안치하고 건각(健脚)을 보내 위회에게 알리도록 했다.

위회는 문서상의 작은 착오를 범하여 이부(吏部)로부터 파면되어 다른 길로 돌아오고 있었으므로 이 흉보를 받지 못했다. 그가 요주로부터 백여 리(里) 떨어져 있는 곳에 이르자 갑자기 집 하나가 보였다. 한 여자의 모습이 문가에 비쳤는데 의용과 걸음걸이가 제씨와 몹시 닮아 있었다. 이에 하인을

---

73) 사군(使君): 刺史에 대한 호칭이다.

끌어당겨 그 여자를 가리키며 묻기를 "너는 저 사람을 보았느냐? 어찌하여 내 아내와 비슷한 것이냐?"라고 하자, 하인이 말하기를 "부인께서는 자사께서 아끼시는 따님이신데 어찌 이곳에 와계시겠습니까? 사람이 서로 비슷할 수도 있지요."라고 했다. 위회가 자세히 보니 더욱 비슷한 것 같기에 말을 달려 가까이 가자 여자는 곧 문 안으로 들어가 문짝을 비스듬히 닫았다. 위회 또한 다른 사람이라 짐작하고 지나쳐 가다가 뒤돌아보니 제씨가 문에서 나와 그를 부르며 말하기를 "서방님, 모질게 돌아보시지도 않으십니까?"라고 했다. 위회가 급히 말에서 내려서 보니 정말로 그의 처였다. 놀라서 까닭을 묻자 진 장군의 일을 모두 말해 주었다. 제씨는 곧 흐느껴 울면서 이렇게 말했다.

"첩은 진실로 우매하고 비루하지만 다행히 낭군의 건즐을 받드는 데 있어 말하고 생각하는 것에서 일찍이 낭군께 죄를 지은 적이 없었습니다. 바야흐로 규방 여자로서의 절조를 다하며 서방님과 해로하려 했는데 억울하게도 악귀에게 죽임을 당했습니다. 제가 명적(命籍)[74]을 훑어보니 마땅히 28년이 더 있어야 합니다. 지금 제 스스로를 구해낼 수 있는 일 하나가 있는데 낭군께서는 저를 동정해 주실 수 있는지요?"

위회가 이렇게 말했다.

"부부의 정은 의리가 한 몸이오. 비익조(比翼鳥)가 날개를 잃은 듯하고 넙치가 짝을 잃은 듯한 이 외로운 몸이 장차 다시 어디로 가겠소? 만약 샛길이라도 있기만 하다면 끓는 물과 타는 불 속이라도 들어갈 수 있소이다. 단, 생사의 길이 달라 드러나지 않기에 알기가 힘드니 어찌해야 정성을 다할 수 있는지 그 방법을 듣고 싶구려."

제씨가 말했다.

---

74) 명적(命籍): 上天이 사람의 부귀와 빈천 그리고 생사와 수명을 기록하는 책자를 말한다.

"이 마을 동쪽에서 몇 리 떨어진 곳에, 초당에 사는 전 선생이란 자가 있는데 그는 마을의 아이들을 데리고 가르칩니다. 이 사람은 기괴하여 급작스럽게 말을 꺼내시면 안 됩니다. 낭군께서 말에서 내린 뒤 걸어서 문에 이르러 상관을 대하는 것처럼 배알하고 나서 눈물을 흘리며 억울함을 하소연하시면 그는 필시 대로(大怒)할 것입니다. 심지어 욕설로 굴욕을 주며 매질을 하고 끌어내 침을 뱉어도 반드시 모두 다 받아들이셔야만 합니다. 이런 일들을 다 겪으신 뒤에 그에게 불쌍하게 여겨지면 첩은 반드시 돌아올 수 있을 겁니다. 선생은 용모가 진실로 일컬을 만하지는 못하지만 저승에 관한 일은 다행히도 소홀히 하지 않습니다."

이에 함께 가려고 위회가 말을 끌어다가 주자 제씨가 울면서 말했다.

"첩의 이 몸은 이미 옛날의 몸이 아니니 낭군께서 비록 말을 타신다 해도 따라오시기가 힘드실 겁니다. 일이 매우 급한지라 낭군께서는 사양하지 마십시오."

위회가 말을 채찍질하면서 그녀를 따라가도 왕왕 미치지 못했다.

몇 리를 가니 멀리 길 북쪽에 초당이 보였다. 제씨가 손으로 가리키면서 말했다.

"선생의 거처입니다. 첩을 구하고자 하시는 마음이 진실로 꿋꿋하시다면 온갖 고생하시더라도 물러나지 마십시오. 그가 능욕을 하면 첩은 반드시 돌아오게 될 것입니다. 분노한 모습을 소홀히 노출하여 영원히 떨어지게 하지 마십시오. 힘내시고 이제 작별을 여쭤야겠습니다."

그리고 나서 그녀는 눈물을 훔치면서 가버렸는데 몇 걸음 가지도 않아서 보이지 않았다. 위회는 눈물을 거두고 초당으로 찾아갔다. 수백 걸음 떨어져 있는 곳에 다다라 말에서 내려 관복을 벗은 뒤에 시종으로 하여금 명첩(名帖)을 들고 앞에서 인도하도록 했다. 초당 앞에 이르자 학동(學童)이 말하기를 "선생께서는 나가셔서 밥을 구하시느라 아직 돌아오시지 않았습니다."라고 하기에 위회는 홀을 들고 기다렸다. 한참 있다가 한 사람이 다 떨어진 모자를 쓰고 나막신을 끌며 돌아왔는데 그 형상이 그지없이 추하고 더러웠다. 그의 문도(門徒)에게 묻자 "선생님이십니다."라고 답했다. 시종에게 명하여 명첩을 올리게 하고서 위회는 공손하게 빠른 걸음으로 가서 절을 올렸다. 선생이 답배하고 말하기를 "저는 촌로(村老)로 소를 치는 아이들을 가르쳐 밥을 먹고 삽니다. 나리께서는 왜 갑자기 이렇게 하시어 사람을 매우 놀라게 하시는지요."라고 했다. 위회가 공수(拱手)하며 아뢰기를, "제 처인 제씨는 수명의 반도 못 누리고 억울하게도 양나라 진 장군에게 죽임을 당했습니다. 엎드려 빌건대 아내를 놓아줘 돌아오게 해 남은 생을 마칠 수 있도록 해 주십시오."라고 한 뒤에 머리를 땅에 조아리며 울면서 절을 했다. 그러자 선생이 이렇게 말했다.

"저는 촌야의 비루하고 우둔한 사람으로 제자들이 다투는 것도 판단할 수 없는데 하물며 저승의 일이야 더 말할 것이 있겠습니까? 나리께서 혹시 미치신 것이 아닌지요? 어서 빨리 나가시고, 멋대로 요상한 말을 하지 마십시오."

그런 뒤에 그는 돌아보지도 않고 들어갔다. 위회가 뒤따라 들어가 좌상 앞에서 절하며 말하기를 "진실로 억울함이 심하여 아뢰는 것이니 딱하게 여기셔서 너그럽게 받아들여 주셨으면 합니다."라고 했다. 선생은 제자들을 돌아보며 말하기를 "이 사람은 미친병에 걸려 여기에 와서 시끄럽게 떠드는 것이니 끌어내야만 한다. 만약 다시 들어오거든 너희들은 모두 이 사람에게 침을 뱉거라."라고 했다. 촌동(村童) 수십 명이 서로 다투어 얼굴에 침을 뱉었으니 그 더러움은 알 만하다. 위회는 감히 침을 닦지도 못하고 다 뱉은 뒤에 다시 절을 올렸는데 그 말이 진실로 간절했다. 선생이 말하기를 "내가 듣기에 미친 사람은 때려도 아프지 않다고 하니, 다들 나를 대신에 때리되 팔다리를 부러뜨리거나 얼굴을 상하게만 하지 말거라."라고 하자,

촌동들이 다시 뭇매질을 했으니 그 아픔은 감내하기 어려웠다. 위회는 홀을 들고 공손하게 서 있는 채로 그들이 때려도 가만히 있었으며 그 매를 다 맞고 난 뒤에 다시 앞으로 나아가 애걸했다. 선생은 다시 제자들을 시켜 그를 넘어뜨리고 발을 잡아 끌어내도록 했다. 이렇게 내쫓고 다시 들어오기를 세 번이나 했다. 선생이 그의 제자들에게 말하기를 "이 사람은 내게 술법이 있다는 것을 진실로 알기 때문에 이렇게 찾아오는 것이니 너희들은 돌아가거라. 내 마땅히 구해주어야겠다."라고 했다. 촌동들이 모두 흩어지자 위회에게 이렇게 말했다.

"나리께서는 정말 정이 깊은 장부이십니다. 처의 원한을 풀기 위해 기꺼이 굴욕을 감내하셨으니 그 간절함에 감동했습니다. 그러나 이 일은 저도 오래전부터 알고는 있었지만, 일찍 호소하지 않으셨기에 육신은 이미 부서져 있어 다스리기에 늦었습니다. 제가 방금 나리에게 거절한 것은 아직 계책이 없기 때문입니다. 족하(足下)를 위해 한번 처치해 보겠습니다."

그리고 나서 위회에게 방으로 들어가라고 했다. 방 안에 깔려 있는 거적자리 위에는 탁자가 있었으며 그 위에는 향이 꽂혀 있는 향로가 놓여 있었고 향로 앞에는 또 다른 거적자리가 깔려져 있었다. 선생은 좌정을 하고 나서 위회로 하여금 탁자 앞에 무릎을 꿇도록 했다. 얼마 되지 않아 황색 적삼을 입은 자가 나타나 위회를 이끌고 북쪽으로 수십 리를 걸어갔는데 성곽 안에 들어가 보니 점포가 번화하여 마치 도회지 같았다. 또 북쪽에는 작은 성이 있었으며 그 성 안에 있는 누각과 궁전은 황궁과 같이 높이 솟아 있었다. 호위병이 병기를 들고 있었는데 서 있는 자와 앉아 있는 자가 각각 수백 명이었다. 성문에 이르자 문지기가 통보하기를 "전 호주 참군(參軍)이었던 위 아무개."라고 하기에 위회는 통보에 따라 들어갔다. 정 북쪽 정전(正殿)은 아홉 칸으로 되어 있었는데 당 가운데에 있는 한 칸은 발이 말아 올려진 채 탁자가 놓여 있었으며, 거기에는 자주색 옷을 입고 있는 자가 남쪽을 향해 앉아 있었다. 위회가 들어가 앉아 있는 그 자리를 향해 절을 올리고 일어나서 보니 바로 전 선생이었다. 위회가 다시 억울함을 하소연하자 좌우에 있는 사람들이 말하기를 "서쪽으로 가서 소장(訴狀)을 내시오."라고 했다. 서둘러 서쪽 복도로 갔더니 붓과 벼루를 주는 자가 있기에 소장을 지었다. 위회가 묻기를 "이 관아를 맡고 계신 분은 어떤 관원이십니까?"라고 했더니, "왕이시오."라고 답했다. 아전이 소장을 받아 전(殿)에 올리자 왕은 판단하여 말하기를 "진 장군을 잡아 오거라."라고 한 뒤, 곧 소장을 살펴보았다. 문서가 나가고 나자 순식간에 "진 장군을 끌어왔사옵니다."라는 통보가 있었다. 다시 소장을 살펴보았더니 제씨가 말한 것과 같았다. 왕이 진 장군을 힐책하며 말하기를 "무슨 이유로 죄 없는 사람을 함부로 죽였느냐?"라고 하자, 진 장군이 말했다.

"그 방에 거한 지 이미 수백 년이 되었습니다. 그런데 제씨가 제멋대로 더럽히고 두 번을 용서해도 옮겨 가지 않기에 분노한 나머지 그를 죽였습니다. 제가 지은 죄, 백번 죽어도 마땅하옵니다."

왕이 이렇게 판결하여 말했다.

"이승과 저승은 길이 달라 이치상 서로 간여하지 말아야 한다. 오래된 저승의 귀신이 제멋대로 사람의 방실을 점거하고도 스스로 반성할 줄 모르고 무고한 사람을 죽였으니, 마땅히 곤장 백 대에 처하고 동해 남쪽으로 유배시키노라."

아전이 문서를 올리면서 말하기를 "제씨의 수명은 진실로 28년이 더 있사옵니다."라고 했다. 왕이 명하여 제씨를 불러오게 한 뒤에 말하기를 "사람의 수명이 아직 다하지 않아서 도리상 돌아가는 것이 합당하기에 지금 돌아가도록 놓아주려 하는데 이를 원하는가?"라고 묻자, 제씨가 답하기를 "진실로 돌아가기를 원하옵니다."라고 했다. 왕이 판결하기를 "문서를 넘겨주고 돌아가게 하도록 하라."라고 했다. 문서를 관리하는 아전이 왕에게 자문(諮問)하기를 "제씨의 영혼이 머물 육신이 파괴되어 돌아가 머물 곳이 없사옵니다."라고 하자, 왕이 말하기를 "사람을 보내 고치도록 하라."라고 했다. 아전이 말하기를 "모두 다 파손되어 고치기에 늦었사옵니다."라고 하니, 왕이 말하기를 "제씨의 수명이 자못 긴데 만약 다시 살아나게 하지 않으면 도의상 굴복시킬 수 없을 것이다. 공들의 견해는 어떠한가?"라고 했다. 나이든 어떤 관리 하나가 앞으로 나와 아뢰었다.

"동진(東晉) 때 업(鄴)75)에서 어떤 한 사람이 횡사했는데 바로 이번 일과 비슷하옵니다. 전임 사령(使令) 갈 진군(葛眞君)76)은 혼(魂)을 모아 본신(本身)으로 삼게 하고 이승으로 돌아가도록 판결했사옵니다. 그는 음식을 먹고 말을 하고 욕망을 쫓으며 나다니는 데 있어 일체 이전과 다름이 없었사옵니다. 단지 수명이 다했을 때에 이르러 육체가 보이지 않았을 뿐이옵니다."

왕이 묻기를 "혼을 모은다는 것이 무엇인가?"라고 하자 아전이 답했다.

"살아 있는 사람에게는 삼혼(三魂)과 칠백(七魄)77)이 있는데 죽으면 초목으로 흩어지기에 의지할 데가 없게 되옵니다. 이제 그것들을 수합하여 일체(一體)가 되게 하고 속현교(續弦膠)78)를 발라 붙인 뒤, 대왕께서 제씨를

---

75) 업(鄴): 춘추시대 齊桓公이 만든 도읍으로 위진남북조 시대에는 中原의 큰 도시였다. 十六國時代 後趙, 前秦과 北朝의 東魏, 北齊는 모두 이곳을 도성으로 삼았다. 南城과 北城으로 나뉘어져 있는데 북성은 대략 지금의 河北省 臨漳縣 서남쪽이고 남성은 지금의 河南省 安陽縣에 속한다.

76) 갈진군(葛眞君): 眞君은 도교에서 신선에 대한 존칭으로 수행하여 득도한 사람을 가리키기도 한다. 갈진군은 葛洪(284~364)을 말한다. 갈홍은 자가 稚川이고 호가 抱朴子이며 晉나라 丹陽郡 句容(지금의 江蘇省 句容縣)사람이다. 삼국시대 方士였던 葛玄의 종손이고 小仙翁이라 불리었다. 關內侯로 봉해졌으나 나중에 羅浮山에 은거해 수도하면서 단약을 만들었다. 저서로 《神仙傳》, 《抱樸子》, 《肘後備急方》, 《西京雜記》 등이 있다.

77) 삼혼칠백(三魂七魄): 도교에서는 사람에게 三魂과 七魄이 있다고 믿는다. 사람의 형체에 붙어 존재하는 精氣를 일러 魄이라 하고, 사람의 형체에서 이탈해 존재할 수 있는 精氣를 이르러 魂이라 한다. 《雲笈七籤》 권54의 기록에 의하면, 三魂은 爽靈, 胎元, 幽精을 가리키며 七魄은 尸狗, 伏矢, 雀陰, 吞賊, 非毒, 除穢, 臭肺를 말한다.

이곳에서 내보내 돌아가게 하신다면 본래의 몸과 같게 될 것이옵니다."

왕은 "좋다."고 말을 하고서 위회를 불러 "살아 있는 사람의 영혼과는 이런 차이가 있을 뿐이오. 이렇게 처리해도 되겠소?"라고 물었다. 위회가 말하기를 "매우 다행스럽습니다."라고 했다. 순식간에 아전 한 명이 나타나 제씨와 비슷한 일고여덟 명의 여자를 따로 데리고 오더니 곧바로 이들을 떠밀어 하나로 합쳤다. 또 다른 한 사람은 약 한 그릇을 들고 있었는데 그 약의 생김새는 물엿과 같았다. 이것을 곧장 제씨 몸에 다 바른 뒤에 위회로 하여금 제씨와 함께 돌아가도록 했다. 두 사람이 각각 절을 하고 나오자 황색 적삼을 입은 사람이 다시 그들을 이끌고 남쪽으로 갔다. 도성 밖으로 나오니 마치 절벽을 걷는 듯해 그들은 발을 헛디뎌 떨어졌다. 눈을 떠 보니 다시 탁자 앞에 무릎을 꿇고 있었고 선생도 탁자에 기대어 앉아 있었다. 선생이 이렇게 말했다.

"이 일은 매우 비밀스러운지라 그대가 성실하고 간절하지 않았으면 이루지 못했을 것이오. 부인께서는 아직도 묻히지 않고 옛 방에 안치되어 있으니 마땅히 빨리 서신을 보내 묻도록 해야 도착을 해도 고통이 없을 것이오. 고을 안에서 절대로 이 얘기를 하지 마시오. 사람들에게 조금이라도 노출되면 사군에게 이롭지 못할 것이외다. 부인은 바로 문 앞에 있으니 이제 함께 가도 좋소이다."

위회가 감사의 절을 올리고 나가서 보니 그의 처는 이미 말 앞에 있었는데 이때부터는 산 사람이 되어 더 이상 가볍고 날래지 않았다. 위회는 옷과

---

78) 속현교(續弦膠): 東方朔의 《海內十洲記》에 의하면, 속현교는 西海 가운데 있는 鳳麟洲에서 나오는 아교풀로 仙人이 봉황의 부리와 麒麟의 뿔을 함께 달여 만들었다고 한다. 혹은 集弦膠, 連金泥라고도 하며 끊어진 활시위나 부러진 칼을 이을 수도 있고 力士로 하여금 부러진 곳을 꺾게 하면 다른 곳이 부러진다 해도 속현교로 이은 곳은 끝내 부러지지 않는다고 한다. 張華의 《博物志》 권2에도 이에 대한 기록이 보인다.

짐을 던져버리고 처를 말에 태운 뒤에 스스로는 당나귀를 타고 그 뒤를 따랐다. 또한 고을로 급신을 보내 아내의 관을 묻도록 청했다. 처음에 자사는 위회가 곧 도착한다는 소리를 듣고서 영정과 휘장을 설치하고 그를 기다리고 있었다. 하지만 서신을 받고는, 놀랍고 전혀 믿기지는 않았지만, 어쩔 수 없이 관을 묻고서 아들에게 명하여 가마로 맞이하도록 했다. 그들을 보고 더욱 궁금하여 갖은 방법을 써서 물어봐도 사실을 말해 주지 않았다. 그날 밤 위회를 술에 취하게 하여 다그쳐 물어보자 그는 자기도 모르게 모든 사실을 털어놓고 말았다. 자사는 이를 듣고서 혐오를 했으며 얼마 되지 않아 병에 걸리더니 몇 달 뒤에 죽었다. 위회는 몰래 사람을 시켜 전 선생을 찾아보도록 했지만 그가 어디에 있는지 알 수 없었다. 제씨는 음식을 먹고 아이를 생육(生育)하는 데 보통 사람들과 다름이 없었다. 단지 그녀가 가마를 탈 때 가마꾼들은 사람이 있는 것을 느끼지 못했을 뿐이었다.

정(情)이 지극하면 능히 귀신도 감동시킬 수 있다. 만약 위회가 무정한 자였다면, 제씨는 비록 억울하다 하더라도 다시 만나게 해달라고 간청하지 않았을 것이고 전 선생 또한 반드시 그를 위해 일을 떠맡지 않았을 것이다. 천하의 억울하고 고통스러운 일은 무정한 자들 때문에 그릇된 바가 많았으니, 슬프도다!

《중조고사(中朝故事)》[79]에 다음과 같은 이야기가 있다.
당나라 정전(鄭畋)[80]의 아버지인 정아(鄭亞)는 현달하지 못했을 때 여러

---

79) 중조고사(中朝故事): 南唐의 尉遲偓이 지은 당나라 말년의 雜事를 기록한 책으로 2권으로 되어 있다.
80) 정전(鄭畋, 823~882): 자는 台文이고 河南 滎陽사람이다. 당나라 會昌 2년(842)에 진사 급제한 뒤로 翰林學士, 中書舍人 등의 벼슬을 지냈고 僖宗 때 司空, 門下侍郎, 同中書門下平章事 등을 맡아 軍務를 주관했다. 《舊唐書》 권178과 《新唐

곳을 떠돌아다녔으므로 처와 시녀를 한 도관(道觀)에 남겨두었다. 그의 처가 장차 해산할 즈음에 갑자기 공중에서 "도관 밖으로 나가거라. 나의 깨끗한 경역(境域)을 더럽히지 말라. 그렇지 않으면 너를 죽이겠노라."라고 하는 소리가 들렸다. 그의 처는 끝내 자리를 옮기지 않고 오경(五更)에 이르러 애를 낳다가 죽었다. 이에 도사들은 담장 밖에 시신을 안치해 두었다. 밤에 처가 꿈속에서 정아에게 이렇게 말했다.

"저는 수명이 아직 다하지 않았는데 신에게 죽임을 당했습니다. 북쪽으로 십 리 떨어진 곳에 쉰 살가량 된 스님이 있는데 그는 능히 저를 살릴 수 있습니다만 여러 번 애걸하셔야 합니다."

정아가 급히 절로 가보니 과연 그 스님을 볼 수 있었다. 정아가 그 스님에게 아뢰니 처음에는 돌아보지도 않았다. 여러 번 간청하자 비로소 승낙하며 말하기를 "내가 입정(入定)해서 심방(尋訪)해 보겠소이다."라고 했다. 한밤중에 스님이 일어나 정아에게 말하기를 "일이 다 되었소이다. 날이 밝으면 먼저 돌아가시지요. 부인은 내가 보내드리도록 하겠소이다."라고 했다. 그가 돌아와 삼경이 되자 문밖에서 사람의 말소리가 들리더니 곧 그 스님이 아내를 데리고 오는 것이었다. 스님은 말하기를 "몸은 이미 파괴되어 이는 혼백뿐이니 잘 보전하십시오."라고 당부한 뒤에 가버렸다. 그의 처는 마치 살아 있을 때와 같았으나, 단지 밝은 곳을 싫어했을 뿐이었다. 몇 년이 지나자 그의 처는 비로소 작별을 하며, "수명이 다 되었습니다."라고 말한 뒤에 떠났다. 이런 까닭으로 세상에 전하기를 정전은 귀신이 낳았다고 한다. 이 두 이야기는 서로 비슷하다.

書》 권185에 그에 대한 傳이 보인다.

[원문] 齊饒州女

饒州刺史齊推女, 適湖州參軍韋會. 長慶三年, 韋將赴調[81], 以妻方娠, 送歸鄱陽, 遂登上國.

十一月, 妻方誕之夕, 忽見一人長丈餘, 金甲仗鉞, 怒曰: "我梁朝陳將軍也, 久居此室. 汝是何人, 敢此穢觸." 擧鉞將殺之, 齊氏叫乞曰: "俗眼有限, 不知將軍在此. 比來承敎, 乞容移去." 將軍曰: "不移當死." 左右悉聞齊氏哀訴之聲, 驚起來視, 齊氏汗流洽背, 精神恍然. 遽而問之, 徐言所見. 及明, 侍婢白使君, 請移他室. 使君素正直, 執無鬼之論, 不聽. 至其夜三更, 將軍又到. 大怒曰: "前者不知, 理當相恕. 知而不去, 豈可復容!" 遂將用鉞, 齊氏哀乞曰: "使君性强, 不從所請. 我一女子, 敢拒神明? 容至天明, 不待命而移去. 此更不移, 甘於萬死." 將軍者拗怒而去. 未曙, 令侍婢麗掃他室, 移榻其中. 方將轝運, 使君公退. 問其故, 侍者以告. 使君大怒, 杖之數十. 曰: "産蓐虛羸, 正氣不足, 妖孼之興, 豈足遽信." 女泣以請, 終亦不許. 入夜, 自寢其前, 以身爲援. 堂中添人加燭以安之. 夜分, 聞齊氏驚痛聲. 開門入視, 則頭破死矣. 使君哀恨之極, 百倍常情. 以爲引刀自殘不足以謝其女. 乃殯於異室, 遣健步報韋會.

韋以文籍小差, 爲天官[82]所黜. 異道來復, 凶訃不逢. 去饒州百餘里, 忽見一室, 有女人映門, 儀容行步, 酷似齊氏. 乃援其僕而指之曰: "汝見彼人乎? 何以似吾妻也?" 僕曰: "夫人刺史愛女, 何以行此? 乃人有相類耳." 韋審觀之, 愈是. 躍馬而近焉, 女人乃入門, 斜掩其扇. 又意其他人也. 乃過而回視, 齊氏自門出, 呼曰: "韋君, 忍[83]不相顧耶?" 韋遽下馬視之, 眞其妻也. 驚問其故, 具云陳將軍之事. 因泣曰: "妾誠愚陋, 幸奉巾櫛, 言詞情理, 未嘗獲罪於君子. 方欲竭節閨門, 終於白首, 而枉

---

81) 赴調(부조): 吏部로 가서 관직을 옮기는 명을 기다린다는 뜻이다.

82) 天官(천관): 《周禮·天官冢宰第一》에서 이르기를 六官이 있는데 天官은 그 우두머리로 百官을 통솔한다고 했다. 唐나라 武后 光宅 원년에 吏部를 天官이라고 했다가 다시 옛날대로 돌려놓은 적이 있다. 이로 인해 후대에 吏部를 天官이라고도 불렀다.

83) 【校】忍: [影], 《異聞總錄》, 《古今說海》에는 "忍"으로 되어 있고 [春], [鳳], [岳], [類]에는 "忽"로 되어 있다.

爲狂鬼所殺. 自簡命籍, 當有二十八年. 今有一事, 可以自救, 君能相哀乎?" 韋曰: "夫婦之情, 義均一體. 鶼鶼[84]翼墜, 比目[85]半無, 單然此身, 更將何往[86])? 苟有岐路, 湯火[87]能入. 但生死異路, 幽晦難知. 如何可[88]竭誠, 願聞其計." 齊氏曰: "此村東數里, 有草堂中田先生者, 領村童教授. 此人奇恠, 不可邇言. 君能去馬步行, 及門移謁若拜上官, 然後垂泣訴冤, 彼必大怒, 乃至詬罵屈辱, 捶擊拖拽穢唾, 必盡數受之. 事窮然後見哀, 則妾必還矣. 先生之貌, 固不稱焉, 晦冥之事, 幸無忽也." 於是同行, 韋牽馬授之. 齊氏哭曰: "妾此身固非舊日, 君雖乘馬, 亦難相及. 事甚迫切, 君無推辭." 韋鞭馬隨之, 往往不及.

行數里, 遙見道北草堂. 齊氏指曰: "先生居也. 救心誠堅, 萬苦莫退. 渠有淩辱, 妾必得還. 無忽忿容, 遂令永隔. 勉之, 從此辭矣!" 揮淚而去, 數步不見. 韋收淚詣草堂. 未到數百步, 去馬、公服, 使僕人執謁前引. 到堂前, 學徒曰: "先生轉未歸." 韋端笏以候. 良久, 一人戴破帽, 曳木屐而來, 形狀醜穢之極. 問其門人, 曰: "先生也." 命僕呈謁, 韋趨走迎拜. 先生答拜, 曰: "某村翁, 求食於牧豎. 官人何忽如此, 甚令人驚." 韋拱訴曰: "某妻齊氏, 享年未半, 枉爲梁朝陳將軍所殺, 伏乞放歸,

---

84) 鶼鶼(겸겸): 比翼鳥를 말하며 금슬이 좋은 부부를 비유적으로 이른다. 《山海經·西次三經》에 이르기를 "이곳의 어떤 새는 생김새가 물오리 같은데 날개와 눈이 각기 하나이기에 상대방과 합쳐야만 날아간다. 이름을 만만이라 하며 이것이 나타나면 천하에 큰물이 난다."고 했다. 《爾雅·釋地》에서는, "몸이 함께 합치지 않으면 날지 못하는데 그 이름을 鶼鶼이라 한다."고 했다.

85) 比目(비목): 두 눈이 몸의 한쪽에 붙어 있는 물고기인 比目魚를 말한다. 《爾雅·釋地》에 의하면 "東方에 比目魚가 있는데 함께 합치지 않으면 가지 못하니 그 이름을 鰈(넙치)이라고 한다.(東方有比目魚焉, 不比不行, 其名謂之鰈)"라고 했다. 舊說에 따르면 이런 물고기는 한쪽 눈만 있으므로 두 마리가 함께 나란히 가야 다닐 수 있다고 하여, 항상 금슬이 좋은 부부나 친밀한 친구를 比目이라 비유해 이른다.

86) 【校】鶼鶼翼墜 比目半無 單然此身 更將何往: 《情史》, 《古今說海》에는 "鶼鶼翼墜 比目半無 單然此身 更將何往"으로 되어 있고 《異聞總錄》에는 "鶼鶼比翼 鰈鰈比目 斷無單然此身 更將何往"으로 되어 있다.

87) 湯火(탕화): 끓는 물과 활활 타오르는 불을 가리키는 말로 극도로 위험한 일이나 처지를 비유적으로 이른다.

88) 【校】如何可: 《異聞總錄》에는 "如何可"로 되어 있고 《情史》, 《古今說海》에는 "如可"로 되어 있다.

終其殘祿." 因叩地哭拜. 先生曰: "某乃村野鄙愚, 門人相競, 尚不能斷, 況冥晦間事
乎? 官人莫風狂否? 火急須去, 勿恣妖言." 不顧而入. 韋隨入, 拜於牀前曰: "實訴深
冤, 幸垂哀宥." 先生顧其徒曰: "此人風疾, 來此相喧, 可拽出. 若復入, 汝共唾之."
村童數十, 競來唾面, 其穢可知. 韋亦不敢拭, 唾歇復拜, 言誠懇切. 先生曰: "吾聞
風狂之人, 打亦不痛. 諸生爲我擊之, 無折支敗面耳." 村童復來群擊, 痛不可堪.
韋執笏拱立, 任其揮擊. 擊罷, 又前哀乞. 又勅其徒推倒, 把腳拽出. 放而復入者三.
先生謂其徒曰: "此人乃實知吾有術, 故此相訪. 汝等歸, 吾當救之耳." 衆童既散,
謂韋曰: "官人眞有心丈夫也! 爲妻之冤, 甘心屈辱, 感君誠懇. 然茲事吾亦久知,
但不早申訴, 屋宅已敗, 理之不及. 吾向拒公, 蓋未有計耳. 試爲足下作一處置."
因命入房. 房中鋪席, 席上有案, 置香一爐, 爐前又鋪席. 坐定, 令韋跪於案前.
俄見黃衫人引向北行數十里, 入城郭, 鄽里鬧喧, 一如會府. 又北有小城, 城中樓
殿, 巍若皇居. 衛士執兵, 立者坐者, 各數百人. 及門, 門吏通曰89): "前湖州參軍韋
某." 乘通而入. 直北正殿九間, 堂中一間, 捲簾設牀案, 有紫衣人南面坐者. 韋入,
向坐而拜. 起視之, 乃田先生也. 韋復訴冤. 左右曰: "近西通狀." 韋趨近西廊, 有授
筆硯者, 乃爲訴詞. 韋問: "當衙者何官?" 曰: "王也." 吏收狀上殿, 王判曰: "追陳將
軍." 仍簡狀過. 狀出90), 瞬息間, 通曰: "提陳將軍.91)" 仍簡狀過, 有如齊氏言.
王責曰: "何故枉殺平人?" 將軍曰: "自居此室, 已數百載. 而齊氏擅穢, 再宥不移,
忿而殺之. 罪當萬死." 王判曰: "明晦92)異路, 理不相干. 久幽之鬼, 橫占人室, 不知
自省, 仍殺無辜. 可決一百, 配流東海之南." 案吏過狀曰: "齊氏祿命, 實有二十八
年." 王命呼阿齊: "陽祿未盡, 理合却回. 今將放歸, 意欲願否?" 齊氏曰: "誠願却回."

---

89) 【校】及門 門吏通曰: [影], 《異聞總錄》, 《古今說海》에는 "及門 門吏通曰"로 되
어 있고 [春], [鳳], [岳], [類]에는 "及門開 吏通曰"로 되어 있다.

90) 【校】狀出: 《情史》, 《古今說海》에는 "狀出"로 되어 있고 《異聞總錄》에는 "判
狀出"로 되어 있다.

91) 【校】提陳將軍: 《情史》, 《古今說海》에는 "提陳將軍"으로 되어 있고 《異聞總錄》
에는 "捉陳將軍到"로 되어 있다.

92) 【校】明晦: 《異聞總錄》에는 "明晦"로 되어 있고 《古今說海》에는 "明冥"으로
되어 있으며 《情史》에는 "冥晦"로 되어 있다. 明晦(명회)는 이승과 저승을 말
한다.

王判曰: "付案勒回." 案吏咨曰: "齊氏宅舍破壞, 回無所歸." 王曰: "差人脩補."
吏曰: "事事皆隳, 脩補不及." 王曰: "齊氏壽筭頗長, 若不再生, 義無厭伏. 公等所見
如何?" 有一老吏前啟曰: "東晉鄴下有一人橫死, 正與此事相當. 前使葛眞君斷以
具魂作本身, 却歸生路. 飲食言語, 嗜慾追游, 一切無異. 但至壽終不見形質耳."
王曰: "何謂具魂?" 吏曰: "生人三魂七魄, 死則散草木, 故無所依. 今收合爲一體,
以續弦膠塗之. 大王當衙發遣放回, 則與本身同矣." 王曰: "善." 召韋曰: "生魂只有
此異, 作此處置可乎?" 韋曰: "幸甚." 俄見一吏, 別領七八女人來, 與齊氏一類,
即推而合之. 又一人持藥一器, 狀似稀餳, 即於齊氏身塗之畢, 令韋與齊氏同歸.
各拜而出, 黃衫人復引南行. 既出其城, 若行崛谷, 跌而墜, 開目, 即復跪在案前,
先生者亦據案而坐. 先生曰: "此事甚秘, 非君誠懇, 不可致也. 然賢夫人未葬, 尚瘞
舊房, 宜飛書葬之, 到即無苦也. 愼勿言於郡下, 微露於人, 將不利於使君耳. 賢閤
只在門前, 便可同去." 韋拜謝而出, 其妻已在馬前矣. 此時却爲生人, 不復輕健.
韋擲其衣馱, 令妻乘馬, 自跨衛從之. 且飛書於郡, 請瘞其柩. 使君始聞韋之將到
也, 設館施緦帳[93]以待之. 及得書, 驚駭殊不信, 然强葬之, 而命其子以肩輿迓焉.
見之益悶, 多方以問, 不言其實. 其夜醉韋以酒, 迫問之, 不覺具述. 使君聞而惡焉.
俄得疾, 數月而卒. 韋潛使人覘田先生, 亦不知所在矣. 齊氏飲食生育, 無異於常.
但肩輿之夫, 不覺其有人也.

　　情之至極, 能動鬼神. 使韋生無情者, 齊女雖冤, 不復求見, 田先生亦必不肯
爲之出手. 天下冤苦之事, 爲無情人所誤者多矣. 悲夫!
　　按《中朝故事》云: "唐鄭畋之父亞, 未達時, 旅游諸處, 畱妻與婢在一觀中.
將産, 忽聞空中語曰: '汝出觀外, 毋汗吾淸境. 不然殺汝.' 妻竟不遷. 及五鼓, 免娠
而殞. 道衆乃殯於牆外. 亞夜夢妻曰: '余命未盡, 爲神殺也. 北去十里, 有寺僧可五
十, 能活之. 當再三哀祈.' 亞趨寺, 果見此僧. 亞告之, 初不顧. 亞懇再三, 僧乃許,
曰: '從吾入定尋訪.' 夜半, 起謂亞曰: '事諧矣. 天曉先歸, 吾當送來.' 歸, 三鼓,
聞戶外人語, 即引妻來. 曰: '身已壞, 此即魂耳. 善相保.' 囑之而去. 其妻宛如[94]生

平, 但惡明處. 數年, 妻乃別去, 曰: "數盡矣!" 故世傳敗爲鬼生, 事與相類.

98. (8-5) 이장무(李章武)[95]

이장무(李章武)[96]는 자가 비경(飛卿)이고 조상은 중산(中山)[97]사람이다. 태생적으로 총명해 박식하고 글을 잘 지었으며 용모가 아름다웠다. 어려서부터 청하(淸河)[98]사람인 최신(崔信)[99]과 친했는데 최신 또한 재주가 많고 고상한 선비로 옛날 물건들을 많이 모았다. 이장무가 사리에 정통하고 명민했으므로 최신은 항상 그를 찾아가 자문을 하며 변론을 펼치곤 했는데 이장무는

---

94) 【校】宛如: [春], 《中朝故事》에는 "宛如"로 되어 있고 [影], [鳳], [岳], [類]에는 "婉如"로 되어 있다.

95) 이 이야기가 당나라 李景亮의 〈李章武傳〉이다. 《太平廣記》 권340과 《太平廣記鈔》 권58 그리고 《說郛》 권116에는 〈李章武〉라는 제목으로 전한다. 이외에도 이 이야기가 수록되어 전하는 문헌으로는 명나라 梅鼎祚의 《才鬼記》 권4 〈王氏子婦〉와 《靑泥蓮花記》 권9 〈華州王氏〉, 《艶異編》 권37 〈李章武〉, 《繡谷春容》 雜錄 권4 〈李章武會王子婦〉, 《古今說海》 권27 〈李章武傳〉, 《逸史搜奇》 丙一 〈李章武〉, 그리고 魯迅의 《唐宋傳奇集》 권2 〈李章武〉 등이 있다.

96) 이장무(李章武): 당나라 貞元 연간에 진사 급제하여 東平節度使인 李師古의 막료로 있었으며 太和 연간 말년에는 成都少尹을 지냈다. 《太平廣記》 권341에 인용된 《乾巽子》와 《酉陽雜俎》 前集 권1 〈物異〉 그리고 《本事詩 · 情感》과 《唐詩紀事》 권59와 《古今刀劍錄》 등에 그에 대한 기록이 보인다. 《古今刀劍錄》에 의하면 그의 본명은 方古였으나 貞元 말년에 '章武' 두 자가 새겨져 있는 검을 얻었는데 그 검이 諸葛孔明이 찼던 검이라 하여 '章武'로 改名했다고 한다.

97) 중산(中山): 서한 때 설치했던 中山郡(中山國으로 개칭하기도 했음)으로 지금의 河北省 定州市 일대이다.

98) 청하(淸河): 지금의 河北省 淸河縣이고 崔氏가 淸河의 大姓이다.

99) 최신(崔信): 滁州 刺史를 지냈다.

심원하고 미묘한 이치를 모두 통달하고 있었으며 본원을 깊이 따져 탐구하였으니 당시 사람들은 그를 진(晉)나라 장화(張華)[100]에 비유했다.

　당나라 정원(貞元)[101] 3년에 최신이 화주(華州)[102] 별가(別駕)[103]의 관직에 있었으므로 이장무는 장안에서 화주로 그를 찾아갔다. 도착한 지 며칠 뒤에 이장무는 시장 북쪽 거리로 나가서 길을 거닐다가 매우 아름다운 한 부인을 보게 되었다. 이에 최신에게 속여 말하기를 "주(州) 밖에 있는 친고(親故)들에게 소식을 알려야겠네."라고 하고서 그 미인의 집에 방을 얻었다. 집주인의 성은 왕 씨였고 미인은 바로 그 왕씨의 며느리였다. 이장무는 그 미인을 좋아하여 그녀와 사통했고 한 달 넘게 머무르면서 모두 3만 남짓의 돈을 썼는데 그 미인이 쓴 돈은 이장무가 쓴 돈의 갑절이나 되었다. 그 후로 두 사람은 마음이 잘 맞게 되었으며 애정도 더욱더 깊어졌다. 얼마 지나지 않아서 이장무는 일 때문에 장안으로 돌아가야 되기에 미인에게 다정히 이별의 말을 고했다. 그리고 그는 서로 목을 비비고 있는 원앙무늬의 비단 한 단(端)[104]을 주면서 시도 증정했다.[105]

---

100) 장화(張華, 232~300): 西晉 때 사람으로 中書令, 尚書, 司空 등의 벼슬을 역임했고 博物洽聞으로 이름이 있었다. 자는 茂先이고 范陽 方城(지금의 河北省 涿州市)사람이며 저술로 《博物志》와 《張司空集》을 남겼다. 《晉書》 권36에 그에 대한 傳이 실려 있다.

101) 정원(貞元): 당나라 德宗 李適의 연호로 785년부터 805년까지이다.

102) 화주(華州): 지금의 陝西省 일부지역이다. 당시 화주의 州府는 鄭縣에 있었고 정현은 지금의 陝西省 華縣이다.

103) 별가(別駕): 본래 別駕從事史의 준말이며 州의 刺史를 보좌하는 벼슬로 刺史가 순찰할 때 따로 수레를 타고 수행하였으므로 別駕라 불리었다.

104) 단(端): 당나라 제도로 모든 布帛은 폭이 1尺 8寸에 길이가 4丈이 1匹이 되며 5丈이 1端이 된다.

105) 본 편에 나오는 시들은 《全唐詩》 권866에 王氏婦의 〈與李章武贈答詩〉로 모두 수록되어 있다.

원앙 무늬의 비단이	鴛鴦綺106)
기천 가닥의 실로 짜여진지 알려나	知結幾千絲
서로 목을 비비던 짝을 이별 뒤에 되새기고는	別後尋交頸
이별 전의 시절을 생각하며 마음 아파하겠지	應傷未別時

미인은 백옥가락지 한 쌍으로 답례를 하며 이장무에게 시를 지어 주었다.

옥으로 만든 가락지	玉指環
이 가락지를 보며 거듭 나를 생각해 주세요	見環重相憶
님께서 이것을 영원토록 지니신 채 완상하시며	願君永持翫
가락지 둥글게 돌고 돌듯이 그 마음 끝이 없기를	循環無終極

이장무에게 양과(楊果)라고 하는 시종이 있었는데 미인은 그가 부지런히 공경하며 시중든 것에 대한 상으로 돈 1천을 주었다.

이별을 한 뒤로 8·9년이 되었으나 이장무는 집이 장안에 있었으므로 그녀와 소식을 통할 길이 없었다. 정원(貞元) 11년에 이르러 친구 장원종(張元宗)이 하규현(下邽縣)107)에 우거하고 있었으므로 이장무는 장원종을 만나러 다시 도성에서 나왔다. 도중에 갑자기 옛 정이 생각나 수레를 돌려 위수(渭水)를 건너 그 미인을 찾아갔다. 날이 저물 때가 되어 화주(華州)에 도착했으며 장차 왕 씨 집에서 묵으려고 했다. 그 집 대문에 이르러보니 적막하기만 하고 인기척이 없었으며 손님이 쓰는 걸상만 밖에 있을 뿐이었다. 의아하게 생각하고 있던 참에 동쪽 이웃집 아낙네를 보고서 그에게로 가 물어봤더니,

---

106) 원앙기(鴛鴦綺): 《古今說海》에는 "鴛鴦綺" 뒤에 "原闕"이라고 되어 있다. 5언 시이니 闕二字로 보아야 한다. 張友鶴이 選注한 《唐宋傳奇選》의 注에서 이르기를 명나라 野竹齋沈氏鈔本에는 '鴛鴦綺' 앞에 두 글자가 비어 있다고 했다.

107) 하규현(下邽縣): 당나라 때 華州에 속했던 현으로 지금의 陝西省 渭南市 下邽鎭이다.

"왕씨 집 어르신들은 모두 가업을 내버리고 객지로 나갔고, 그 집 며느리는 죽은 지 벌써 2년이 되었지요."라고 했다. 이장무는 그 부인과 더불어 더 자세히 얘기를 나눴다. 그 부인이 말하기를 "저는 성이 양(楊) 씨이고 형제들 가운데 여섯째이며 동쪽에 있는 이웃집의 아낙입니다."라고 했다. 낭군은 성이 무엇이냐고 묻기에 이장무는 모두 말해주었다. 또 묻기를 "예전에 성이 양이고 이름이 과라고 하는 시종이 있었습니까?"라고 하기에 이장무는 "있었지요."라고 답했다. 그러자 울면서 이장무에게 말했다.

"저는 이 마을로 시집온 지 5년이 되었고 왕씨와 서로 친하게 지냈습니다. 그가 일찍이 이런 말을 한 적이 있습니다. '우리 시댁이 마치 여관 같은지라 사람들을 많이 보았지요. 오가며 나를 꼬시려고 했던 사람들은 모두 재산을 탕진해 가면서 달콤한 말과 굳은 맹세를 하며 다가왔건만 일찍이 내 마음을 움직인 적이 없었어요. 그런데 몇 년 전에 이(李) 십팔랑(十八郎)이라는 분이 우리 집에서 머물렀었는데 그를 처음으로 보자마자 나도 모르게 얼이 빠져서 드디어 남모르게 잠자리를 모시고 정말 많은 사랑을 받았지요. 이제 그분과 이별한 지 몇 년이 지났는데도 사모하는 마음으로 어떨 때에는 하루 종일 먹지도 않고 밤새도록 잠을 이루지도 못합니다. 우리 집안사람들에게는 부탁할 수도 없어 하는 말인데 만약에 우리 집을 방문하는 사람이 있거든 생김새와 이름을 가지고 그분을 찾아줬으면 해요. 양과라고 하는 하인을 데리고 있는 분이 바로 그분이에요.' 그리고 나서 2·3년도 안 되어 그 집 며느리는 병으로 눕게 되었지요. 죽기에 앞서 제게 거듭 이렇게 부탁했습니다. '내 본래 미천한 몸으로 군자의 두터운 사랑을 받아 마음으로 항상 감사하며 그리워해 왔지요. 이것이 오래되어 병이 되었기에 치유할 수 없을 거라 짐작됩니다. 접때 부탁한대로 만에 하나 그분이 이리로 오시면 구천(九泉)에서 품고 있을 한과 영원한 이별로 인한 탄식을 풀고 싶네요. 예전처럼 그분을 이 집에 머물도록 하여 어슴푸레하게나마 영혼으로라도 만났으면 합니다.'"

이에 이장무는 그 이웃집 부인에게 부탁해 왕씨 집 대문을 열고 시종을 시켜 땔감과 먹을거리를 사오도록 했다. 자리를 막 펴려고 할 때 갑자기 한 부인이 빗자루를 들고 방에서 나와 마당을 쓸기 시작했는데 이웃집 부인도 그가 누구인지 알지 못했다. 이장무가 그에게 어디에서 왔는지 묻자 이 집에 있는 사람이라고 했다. 그래서 또 그에게 다그쳐 물었더니 천천히 말하기를 "왕씨 댁 죽은 며느리가 낭군의 은정(恩情)에 감사하여 장차 뵈려 하는데 낭군께서 놀라시고 두려워하실까 걱정되어 저를 보내 알려드리라 했습니다."라고 했다. 이장무가 말하기를 "제가 온 것도 사실 그 일 때문입니다. 이승과 저승은 비록 다르긴 하지만 맹세코 의심하는 마음은 없습니다."라고 하자, 빗자루를 들고 있던 여자는 기뻐하며 나갔다.

이장무는 곧 음식을 차려 놓고 죽은 여인을 부르며 제사를 올리고 나서 자신도 먹고 마신 뒤에 편안히 잠자리에 들었다. 삼경(三更)쯤 되었을 때 침상의 동남쪽에 있던 등불이 갑자기 조금씩 어두워지곤 하더니 이 같은 일이 두세 번 거듭되었다. 이장무는 마음속으로 변괴가 있을 것을 알아차리고 등촉을 벽 있는 데로 옮겨서 방의 동남쪽 구석에 놓도록 했다. 조금 있다가 방의 서북쪽 모퉁이에서 부스럭거리는 소리가 들리더니 사람의 형체 같은 것이 천천히 다가왔다. 대여섯 걸음을 걸어오자 생김새와 의복을 알아볼 수 있었으니 그는 바로 주인집 며느리였다. 예전에 봤을 때와 다름이 없었으나 단지 행동거지가 떠다니는 듯했고 빨랐으며 목소리가 가벼우면서도 맑을 뿐이었다. 이장무는 침상에서 내려가 그녀를 맞이해 품에 안고 손을 잡았는데 친근한 정의(情誼)는 옛날 살아있을 적과 마찬가지였다. 그녀가 스스로 말하기를 "저승으로 간 뒤로 친척들까지 모두 잊었지만 오직 당신을 그리워하는 마음은 그 옛날과 같았습니다."라고 했다. 이장무는 그녀와 더불어 더욱더 허물없이 사랑을 나눴는데 또한 별 이상함이 없었다.

다만 사람을 시켜 샛별이 뜨는지 봐달라고 여러 번 청했으며 만약에 뜨면 돌아가야 하니 오래 머물 수 없다고만 했다. 정을 나누는 사이에 틈틈이 이웃집 부인 양씨를 간절히 부탁하며 말하기를 "그 사람이 아니었으면 누가 죽은 사람의 한(恨)을 전달해 주었겠습니까?"라고 했다. 오경(五更)에 이르자 왕씨 집 며느리는 울면서 침상에서 내려와 이장무와 팔짱을 낀 채 문밖으로 나왔다. 그리고 은하수를 바라보다가 원망하고 슬퍼하며 오열을 했다. 다시 방으로 들어와 치마 띠에서 비단주머니를 스스로 풀더니 그 속에서 물건 하나를 꺼내 이장무에게 주었다. 그 물건은 색깔이 검푸른 데다가 재질이 단단하고 치밀하기도 해 옥같이 차가웠으며 모양은 작은 나뭇잎과 같았다. 이장무가 그것이 무엇인지를 알지 못하자 왕씨 집 며느리가 말했다.

"이것이 이른바 말갈보(靺鞨寶)[108]라는 것이에요. 곤륜산(崑崙山)[109]의 현포(玄圃)[110]에서 나오는 것으로 그곳에서도 얻기 힘든 것이죠. 첩이 근래 서악(西岳)[111]의 옥경부인(玉京夫人)과 놀 때 이것이 여러 보물 장신구들 위에 있는 것을 보고 마음에 들어 무엇인지 물어보았지요. 그랬더니 옥경부인

---

108) 말갈보(靺鞨寶): 靺鞨은 주로 松花江, 牡丹江 유역과 黑龍江 하류에서 일본해 지역까지 분포되어 있던 중국 고대 소수민족의 이름이다. 隋唐 시기에는 '말갈'이라 불리었으며 역사적으로는 肅愼, 挹婁, 勿吉, 女眞이라고도 불리었다. 말갈보는 瑪瑙인데 말갈 지역에서 나오기 때문에 靺鞨寶라고 했다.

109) 곤륜산(崑崙山): 중국의 신화와 전설에서 西方에 있다고 하는 神山의 이름이다.

110) 현포(玄圃): 崑崙山 꼭대기에 奇花異石이 있는 신선의 거처를 이르며 懸圃라고 쓰기도 한다. 北魏 酈道元의 《水經注・河水一》에 따르면 崑崙山은 3단으로 되어 있다고 한다. 그 맨 아래를 樊桐이라고 하며 일명 板松이라고도 하고, 그다음 층을 玄圃라고 하며 일명 閬風이라고도 한다. 그리고 맨 위는 層城이라고 하며 일명 天庭이라고도 하는데 이곳이 바로 천제가 거처하는 곳이라고 했다. 《楚辭・天問》에 보이는 "崑崙懸圃, 其尻安在?"라는 구절에 대한 王逸의 注에서 이르기를 崑崙은 산의 이름으로 그 꼭대기를 縣圃라 하는데 위로 하늘과 통한다고 했다.

111) 서악(西岳): 五岳 가운데 하나로 지금의 陝西省 華陰市 남쪽에 있는 華山을 가리킨다.

께서 그것을 제게 주시면서 말씀하시기를 '동천(洞天)112)에 사는 신선들도
이 보물 하나를 얻기만 하면 모두 다 영광이라 생각한다네.'라고 하셨습니다.
낭군께서 현도(玄道)113)를 신봉하시어 정밀한 식견을 가지고 계시기에 이를
드리는 것이니 늘 소중히 여기십시오. 이것은 인간 세상에 있는 것이 아닙니다."
　그리고 시를 지어 이장무에게 주었다.

<table>
<tr><td>은하수 이미 기울어져 가니</td><td>河漢已傾斜114)</td></tr>
<tr><td>영혼이 날아가려 하네요</td><td>神魂欲超越</td></tr>
<tr><td>낭군께서 다시금 안아주시길</td><td>願郎更迴抱</td></tr>
<tr><td>이제는 영원히 이별이네요</td><td>終天115)從此訣</td></tr>
</table>

　이장무는 백옥으로 만든 비녀를 꺼내 그녀에게 답례를 하고 아울러 답시
(答詩)를 지었다.

<table>
<tr><td>이승과 저승으로 떨어진 이별인데</td><td>分從幽顯隔</td></tr>
<tr><td>아름다운 기약이 있을 거라 어찌 말 하리오</td><td>豈謂有佳期</td></tr>
<tr><td>어떻게 거듭된 이별을 받아들이지 않을 수 있겠나만</td><td>寧辭重重別</td></tr>
<tr><td>한탄스러운 건 그대 어디로 가는지 모르는 것이라</td><td>所歎去何之</td></tr>
</table>

---

112) 동천(洞天): 도교에서 신선들이 사는 곳을 洞天이라 하는데 동굴에 별천지
　가 있다는 의미이다. 《太上洞玄靈寶天尊說救苦妙經註解》에서 이르기를 "洞은
　通의 뜻이다. 위로는 하늘에 통하고 아래로는 땅에 통한다. 그 가운데에 神
　仙이 있는데 은밀히 그 사이를 왕래한다.(洞者, 通也. 上通于天, 下通于地.
　中有神仙, 幽相往來.)"고 했다.
113) 현도(玄道): 大道 즉 '玄一之道'를 뜻하며 도가에서 말하는 道의 본원 혹은
　道의 총체를 가리킨다.
114) 하한이경사(河漢已傾斜): 은하수가 하늘 가운데에서 이미 한쪽으로 기울어
　진 것을 말하며 동이 곧 틀 것을 의미한다.
115) 종천(終天): 終身과 같은 의미의 말로 보통 죽거나 결별할 경우에 많이 쓰
　인다.

그리고 나서 서로 붙잡고 눈물을 흘리며 울었다. 그렇게 한참을 있다가 왕씨 집 며느리는 또 시를 지어 이장무에게 주었다.

예전에 헤어질 땐 훗날 다시 만나리라 생각했지만	昔辭懷後會
오늘의 이별은 아주 영원한 것이라네	今別更終天
새로운 슬픔과 오래된 묵은 이내 한은	新悲與舊恨
천년만년토록 황천(黃泉)에 갇혀 있겠지	千古閉窮泉

이장무가 이렇게 화답했다.

이후 만날 날은 묘연하여 기약도 없어	後期杳無約
예전에 한이 이미 찾아들었네	前恨已相尋
그대 떠나는 길은 서신도 당도할 수 없나니	別路無行信
무엇으로 이내 마음을 담아 보낼까	何因得寄心

간곡하게 이별의 말을 나누고 난 다음 여자는 방 안의 서북쪽 모퉁이로 다시 걸어 들어갔다. 몇 걸음을 가다가 돌아보며 눈물을 닦으면서 말하기를 "이랑(李郎)께서는 몸을 보중하시고 황천에 있는 이 사람은 염려하지 마세요."라고 했다. 그리고 다시 목이 메어 울며 우두커니 서 있다가 날이 밝아오는 것을 보고 급히 구석으로 가더니 다시는 보이지 않았다. 오직 빈 방에는 고요한 채로 외로운 등불만 깜빡이고 있을 뿐이었다.

곧바로 이장무는 급히 행장을 꾸려 하규현으로 갔다가 거기에서 다시 장안의 무정보(武定堡)로 가려하고 있었다. 하규에 있는 관리들이 장원종과 함께 술을 가져와 술잔치를 베풀어 주었다. 술이 얼큰해지자 이장무는 여자가 그리워 즉흥적으로 이런 시를 지었다.

물은 서쪽으로 되돌아오지 않고 달은 잠시만 둥글 뿐이니	水不西歸16) 月暫圓
고성(古城) 가에서 사람을 한탄하게 하는구나	令人恨望古城邊
내일 아침에 갈림길에서 쓸쓸히 이별하고 나면	蕭條明早分歧路
어느 세월에 다시 만날 수 있으려나	知更相逢何歲年

시를 다 읊고 나서 이장무는 관리들과 이별을 했다. 그리고 홀로 몇 리를 가다가 그 시를 다시 스스로 낭송했더니 갑자기 공중에서 찬탄하는 소리가 들렸는데 그 음조가 매우 슬펐다. 자세히 다시 들어봤더니 바로 왕씨 집 며느리였다. 그녀는 제 스스로 이렇게 말했다.

"저승에도 각기 지역이 있으므로 오늘 여기서 이별하면 다시 만날 날이 없을 겁니다. 낭군께서 저를 그리워하고 계시는 것을 알기에 명부(冥府)의 책망을 무릅쓰고 멀리 와서 배웅하는 것입니다. 부디 몸조심하십시오."

그러자 이장무는 더욱더 감동했다.

장안에 이르러 도우(道友)117)인 농서(隴西)118)사람 이방(李昉)에게 이야기했더니 그도 왕씨 집 며느리의 정성에 감동되어 이런 시를 지었다.

돌이 깊은 먼 바다에 종적 없이 가라앉은 듯	石沈遼海119)淵
검이 초나라 먼 하늘 끝으로 떨어져 날아간 듯	劍別楚天長120)

---

116) 수불서귀(水不西歸): 중국은 地勢가 서쪽이 높고 동쪽이 낮기 때문에 江河들은 대개 서쪽에서 동쪽으로 흐른다. 水不西歸는 물은 서쪽으로 되돌아오지 않는다는 의미이다.

117) 도우(道友): 함께 道를 닦는 친구를 이르는 말로 여기에서는 도교를 믿는 사람들끼리 서로 칭하는 말이다.

118) 농서(隴西): 지금의 甘肅省 隴西縣이다. 李氏가 隴西의 大姓이다.

119) 석침료해(石沈遼海): 石沈大海와 같은 의미로 종적이나 소식이 없는 것을 비유적으로 뜻한다.

120) 검별초천장(劍別楚天長): 이장무와 왕씨의 영원한 이별을 비유적으로 뜻하는 말이다. 삼국시대 위나라 조비의 《列異傳》과 晉나라 干寶의 《搜神記》에 의하면, 戰國時代 때 검을 잘 만들었던 부부 干將와 莫邪가 楚王을 위해 雌

| 다시 함께 만날 날이 없음을 아노라니 | 會合知無日 |
| 이별한 애달픈 마음만이 석양에 가득하구나 | 離心滿夕陽 |

　이장무는 동평(東平) 승상부(丞相府)[121]에서 일을 하게 된 뒤, 한가한 틈을 타 옥공(玉工)을 불러다가 여자에게서 얻은 말갈보를 보여주었더니 옥공도 그것이 무엇인지 몰라 감히 조각을 하지 못했다. 그 후 사자로 명을 받아 대량(大梁)[122]으로 갔을 때, 또 옥공을 불러 보여주었더니 대충 알아보기에 그 형상에 맞춰 떡갈나무 잎사귀 모양으로 조각했다. 사자로 경도(京都)에 올라갔을 때 이것을 항상 품속에 넣고 다녔다. 시장의 동쪽 거리에 이르러 우연히 한 호승(胡僧)을 만났는데 갑자기 그가 이장무가 타고 있던 말 가까이로 와서 머리를 조아리며 말하기를 "품에 보옥을 가지고 계신데 한 번 보여주셨으면 합니다."라고 했다. 이에 호승을 데리고 조용한 곳으로 가서 꺼내 보여줬더니 호승은 그것을 바쳐 들고 한참을 완상하고 나서 "이것은 천상의 물건이지 인간 세상에 있는 것이 아닙니다."라고 말했다.

　雄 한 쌍의 검을 만든 뒤에 雄劍은 남겨 두고 雌劍만 초왕에게 올렸다가 주살되었다고 한다. 이를 두고 남조 송나라 鮑照가 〈贈故人馬子喬〉 6首 가운데 마지막 首 첫머리에서 이렇게 읊었다. "장차 쌍검이 서로 떨어지기 전에, 칼 갑 속에서 소리를 냈도다. 보슬비 내리는 저녁에, 드디어 서로 갈라지게 되었어라. 자검은 吳江 속으로 가라앉고, 웅검은 초나라 도성으로 날아 들어갔다네.(雙劍將離別, 先在匣中鳴. 煙雨交將夕, 從此遂分形. 雌沈吳江裏, 雄飛入楚城.)"

121) 동평승상부(東平丞相府): 東平 丞相은 淄青平盧軍節度使였던 李師古를 가리킨다. 동평은 곧 鄆州(지금의 山東省 鄆州市)이고 淄青平盧節度使의 治所였다. 貞元 8년(792)에 이사고가 아버지인 李納을 대신하여 치청평로절도사가 되었는데 정원 16년에 이르러 同中書門下平章事(宰相과 같음)의 名義가 더해졌으므로 여기서 李師古를 東平丞相이라 한 것이다. 段成式의 《酉陽雜俎》 前集 권10 〈物異〉에는 李師古가 治山亭에서 어떤 쇠도끼와 같은 물건을 파내었는데 이장무가 그것을 보고 禁物이라 했다는 이야기가 보인다. 이 일도 이장무가 바로 치청평로절도사의 막료로 있을 때의 일이다.

122) 대량(大梁): 전국시대 위나라의 수도로 지금의 河南省 開封市 서북쪽 일대이다. 隋唐 이후에는 開封市 지역을 大梁이라고 불렀다.

그 후 이장무는 화주를 오갈 때에는 양 육낭(楊六娘)을 찾아가 선물을 하곤
했는데 지금까지도 계속해 그리하고 있다.

[원문] 李章武

　　李章武, 字飛卿123), 其先中山人. 生而敏博工文, 容貌閑美. 少與清河崔信友
善. 信亦雅士, 多聚古物. 以章武精敏, 每咨訪議論, 皆洞達玄微, 研究原本, 時人比
之張華.

　　貞元三年, 崔信任華州別駕, 章武自長安詣之. 數日, 出行於市北街, 見一婦人
甚美. 因紿信云: "須州外與親故知聞." 遂貰舍於美人之家. 主人姓王, 此則其子婦
也, 乃悅而私焉. 居月餘日, 所計用直三萬餘, 子婦所供費倍之. 既而兩心克諧, 情好
彌切. 無何, 章武以事告歸長安, 殷勤敘別. 章武留交頸鴛鴦綺一端, 仍贈詩曰:
　　"鴛鴦綺, 知結幾千絲. 別後尋交頸, 應傷未別時." 子婦答白玉指環一雙, 贈詩曰:
　　"玉指環, 見環重相憶124). 願君永持玩, 循環無終極." 章有僕楊果者, 子婦齎
錢一千, 以獎其敬事之勤.

　　既別, 積八九年, 章武家長安, 亦無從與之相聞. 至貞元十一年, 因友人張元
宗寓居下邽縣, 章武又自京師與元會. 忽思曩好, 乃迴車涉渭125)而訪之. 日暝達

---

123) 【校】飛卿: 《情史》, 《太平廣記》에는 "飛卿"으로 되어 있고 《唐宋傳奇集》에는
　　 "飛"로 되어 있으며 《艷異編》에는 "子飛"로 되어 있다.

124) 【校】玉指環 見環重相憶: 《情史》에는 "玉指環 見環重相憶"으로 되어 있고 《太
　　 平廣記》, 《唐宋傳奇集》에는 "捻指環相思 見環重相憶"으로 되어 있으며, 《古今
　　 說海》에는 "念子還相思 見環重相憶"으로 되어 있고 《艷異編》에는 "念指環 相
　　 思重相憶"으로 되어 있다.

125) 迴車涉渭(회차섭위): 渭水는 황하의 가장 큰 지류로 甘肅省에서 발원하여 陝
　　 西省 중부를 거쳐 潼關에 이른 뒤 황하에 합류한다. 下邽縣은 장안의 동북
　　 쪽과 華州의 州府인 鄭縣의 서북쪽, 그리고 위수의 북쪽에 있는 현이다. 정
　　 현은 위수의 남쪽에 있는 현이다. 장안에서 하규현으로 가려면 위수를 건
　　 너야 하므로 도중에 정현으로 가고자 수레를 돌려 위수를 건너는 것이다.

華州, 將舍於王氏之室. 至其門, 則闃無行跡, 但外有賓榻而已. 正猜疑間, 見東鄰
之婦, 就而訪之. 乃云: "王氏之長老, 皆捨業而出游, 其子婦歿已再周矣." 又詳與之
談, 即云: "某姓楊, 第六, 爲東鄰妻." 復訪郎何姓, 章武具語之. 又云: "曩曾有僕姓
楊名果乎?" 曰: "有之." 因泣告曰: "某爲里中婦五年, 與王氏相善, 嘗曰: '我夫室猶
如傳舍126), 閱人多矣. 其於往來見調者, 皆殫財窮産, 甘辭厚誓, 未嘗動心. 頃歲有
李十八郎, 曾舍於我家. 我初見之, 不覺自失, 後遂私侍枕席, 實蒙歡愛. 今與之別
累年矣, 思慕之心, 或竟日不食, 終夜不寢. 我家人故不可託.127) 脫有至者, 願以物
色名氏求之, 但有僕夫楊果即是.' 不二三年, 子婦寢疾, 臨死復見託曰: '我本寒微,
曾辱君子厚顧, 心常感念, 久以成疾, 自料不治. 曩所奉託, 萬一至此, 願申九泉銜
恨、千古睽離之歎128), 仍乞畱止此舍, 冀神會於髣髴之中.'" 章武乃129)求鄰婦爲
開門, 命從者市薪蒭食物. 方將具裀席, 忽有一婦人持帚出房掃地, 鄰婦亦不之識.
章武訪所從來, 云是舍中人. 又逼而詰之, 即徐曰: "王家亡婦感郎恩情, 將見會,
恐生怪怖, 故使相聞." 章武云: "某所來者, 誠爲此也. 顯晦雖殊, 誓無疑貳." 執帚人
欣然而去.

乃具飲饌, 呼祭, 自食飮畢, 安寢. 至三更130)許, 燈在牀之東南, 忽爾稍暗,
如此再三. 章武心知有變, 因命移燭背牆131), 置室東南隅. 旋聞西北角悉窣有聲,
如有人形, 冉冉而至. 五六步即可辨其狀貌衣服132), 乃主人子婦也. 與昔見不異,

---

126) 傳舍(전사): 여관같이 행인이 휴식을 하거나 묵을 수 있는 곳을 가리키는
말이다.

127) 【校】《太平廣記》,《艷異編》,《古今說海》,《唐宋傳奇集》에는 이 문장 뒤에
"復被彼夫東西 不時會遇"라는 구절이 있다.

128) 【校】歎:《太平廣記》,《艷異編》,《唐宋傳奇集》에는 "歎"으로 되어 있고《情
史》에는 "歡"로 되어 있으며《古今說海》에는 "思"로 되어 있다.

129) 【校】乃:《太平廣記》,《艷異編》,《唐宋傳奇集》에는 "乃"로 되어 있고《情史》,
《古今說海》에는 "力"으로 되어 있다.

130) 【校】懇託:《情史》에는 "懇託"으로 되어 있고《太平廣記》,《艷異編》에는 "懇
託謝"로 되어 있으며《古今說海》,《唐宋傳奇集》에는 "懇託在"로 되어 있다.

131) 移燭背牆(이촉배장): 귀신이 밝은 빛을 두려워하기 때문에 가능한 한 방 안
을 어둡게 하려고 등촉을 벽 구석으로 옮긴 것이다.

132) 【校】五六步即可辨其狀貌衣服:《情史》,《古今說海》에는 "五六步即可辨其狀貌衣

但舉止浮急, 音調輕清耳. 章武下牀迎擁攜手, 款若平生之歡. 自云: "在冥錄以來, 都忘親戚, 但思君子之心, 如平昔耳." 章武倍與狎昵, 亦無他異. 但數請令人視明星, 若出, 當須還, 不可久住. 每交歡之暇, 即懇託[133]鄰婦楊氏云: "非此人, 誰達幽恨." 至五更, 子婦泣下牀, 與章武連臂出門, 仰望天漢, 遂嗚咽悲怨. 却入室, 自于裙帶上解錦囊, 囊中取一物以贈之. 其色紺碧, 質又堅密, 似玉而冷, 狀如小葉. 章武不之識也. 子婦曰: "此所謂靺鞨寶, 出崑崙玄圃中, 彼亦不易得. 妾近與西岳玉京夫人戲[134], 見此物在眾寶鑑[135]上, 愛而訪之. 夫人遂假以相授, 云: '洞天羣仙, 每得此一寶, 皆爲光榮.' 以郎奉玄道, 有精識, 故以投獻. 常願寶之, 此非人間所有." 遂贈詩曰:

"河漢已傾斜, 神魂欲超越. 願郎更迴抱, 終天從此訣." 章武取白玉寶簪酹之, 並答詩曰:

"分從幽顯隔, 豈謂有佳期. 寧辭重重別, 所歎去何之." 因相持泣. 良久, 子婦又贈詩曰:

"昔辭懷後會, 今別更終天. 新悲與舊恨, 千古閉窮泉." 章武答曰:

"後期杳無約, 前恨已相尋. 別路無行信, 何因得寄心." 款曲敍別訖, 遂却赴西北隅. 行數步, 猶回顧拭淚云: "李郎珍重, 無念此泉下人.[136]" 復哽咽佇立, 視天欲明, 急趨至角, 即不復見. 但空室窅然, 寒燈明滅[137]而已.

服"으로 되어 있으며, 《太平廣記》,《唐宋傳奇集》에는 "五六步 即可辨其狀 視衣服"으로 되어 있고 《艷異編》에는 "五六步即可辨其容色衣服"으로 되어 있다.

133) 【校】三更: 《情史》에는 "三更"으로 되어 있고 《太平廣記》,《艷異編》,《古今說海》,《唐宋傳奇集》에는 "二更"으로 되어 있다.

134) 【校】與西岳玉京夫人戲: 《情史》,《艷異編》,《古今說海》에는 "與西岳玉京夫人戲"로 되어 있고 《太平廣記》,《唐宋傳奇集》에는 "於西岳與玉京夫人戲"로 되어 있다.

135) 【校】鑑: 《情史》에는 "鑑"으로 되어 있고 《太平廣記》,《艷異編》,《古今說海》,《唐宋傳奇集》에는 "瑠"으로 되어 있다. 鑑은 瑠과 같이 기본적으로 귀걸이를 의미하지만 여기서는 문맥상 장신구라는 뜻으로 해석했다.

136) 【校】李郎珍重 無念此泉下人: 《情史》에는 "李郎珍重 無念此泉下人"으로 되어 있고 《太平廣記》,《艷異編》,《古今說海》,《唐宋傳奇集》에는 "李郎無捨 念此泉下人"으로 되어 있다.

　　章武乃促裝. 却自下邽歸長安武定堡. 下邽群官138)與張元宗攜酒宴飮, 旣酣, 章武懷念, 因卽事賦詩曰:

　　"水不西歸月暫圓, 令人恨望139)古城邊. 蕭條明早分歧路, 知更相逢何歲年." 吟畢, 與群官140)別. 獨行數里, 又自諷誦. 忽聞空中有歎賞, 音調悽惻. 更審聽之, 乃王氏子婦也. 自云: "冥中各有地分141), 今於此別, 無日交會. 知郞思眷, 故冒陰司142)之責, 遠來奉送. 千萬自愛." 章武愈感143)之.

　　及至長安, 與道友隴西李昉144)話, 亦感其誠而賦詩曰:

　　"石沈遼海淵145), 劒別楚天長. 會合知無日, 離心滿夕陽."

　　章武旣事東平丞相府, 因閒召玉工視所得靺鞨寶, 工亦不知, 不敢雕刻. 後奉使大梁, 又召玉工, 粗能辨, 乃因其形, 雕作槲146)葉象. 奉使上京147), 每以此物貯

---

137) 【校】明滅: 《情史》에는 "明滅"로 되어 있고 《太平廣記》, 《艶異編》, 《古今說海》, 《唐宋傳奇集》에는 "半滅"로 되어 있다.

138) 【校】群官: 《艶異編》, 《古今說海》에는 "群官"으로 되어 있고 《情史》, 《太平廣記》, 《唐宋傳奇集》에는 "郡官"으로 되어 있다.

139) 【校】恨望: 《情史》, 《古今說海》에는 "恨望"으로 되어 있고 《太平廣記》, 《唐宋傳奇集》, 《全唐詩》에는 "惆悵"으로 되어 있으며 《艶異編》에는 "悵望"으로 되어 있다.

140) 【校】群官: 앞의 교주 "群官"과 동일하다.

141) 地分(지분): 地域의 境界를 뜻한다. 죽은 왕씨 집 며느리가 소속되어 있는 冥府가 이승의 華州 지역 관할이기 때문에 왕씨는 李章武가 가는 長安으로 따라갈 수 없는 것이다.

142) 陰司(음사): 冥府를 가리킨다.

143) 【校】感: 《情史》, 《艶異編》, 《古今說海》, 《唐宋傳奇集》에는 "感"으로 되어 있고 《太平廣記》에는 "惑"으로 되어 있다.

144) 【校】李昉: [韓], [影]에는 "李昉"으로 되어 있고 [鳳], [岳], [類]에는 "李肪"으로 되어 있으며 《太平廣記》, 《艶異編》, 《唐宋傳奇集》에는 "李助"로 되어 있고 《古今說海》에는 "李訪"으로 되어 있다.

145) 【校】淵: 《情史》에는 "淵"으로 되어 있고 《太平廣記》, 《艶異編》, 《古今說海》, 《唐宋傳奇集》에는 "闊"로 되어 있다.

146) 【校】槲: 《情史》에는 "槲"으로 되어 있고 《太平廣記》, 《艶異編》, 《古今說海》, 《唐宋傳奇集》에는 "櫟"로 되어 있다. 槲(곡)은 곧 柞櫟이다. 낙엽 교목으로 互生葉이 거꾸로 된 계란형이며 산누에(柞蠶)를 사육할 수 있다. 櫟는 곧 松

懷中. 至市東街, 偶見一胡僧, 忽近馬叩頭云: "君有寶玉在懷, 乞一見." 乃引於靜處開視, 僧捧翫移時, 云: "此天上之[148]物, 非人間有也." 章武后往來華州, 訪遺楊六娘, 至今不絕.

99. (8-6) 기량의 아내(杞梁妻)[149]

　제(齊)나라 장공(莊公)[150]이 거(莒)[151]나라를 습격할 때 제나라 장수였던 기식(杞殖)[152]이 전사했다. 그의 처가 탄식해 말하기를 "위로는 아버지가

　　欄이다.

147) 奉使上京(봉사상경): 上京은 上都 즉 수도를 가리킨다. 京師였던 장안은 肅宗 때 上都로 개칭되었다. 《太平廣記》 권341에 인용된 溫庭筠의 《乾𦠆子》에 따르면 道政坊에 동평절도사였던 李師古의 進奏院이 있었다고 하니, 이장무가 경도에 사자로 갔을 때 도정방에 있는 진주원에 머물렀을 가능성이 높다. 진주원은 上都進奏院의 준말로 각지의 方鎭과 直隷州가 경도에 두었던 일종의 사무소이다.

148) 【校】 之: 《情史》에는 "之"로 되어 있고 《太平廣記》, 《艶異編》, 《古今說海》, 《唐宋傳奇集》에는 "至"로 되어 있다.

149) 이 이야기는 劉向의 《列女傳》 권4에 있는 〈齊杞梁妻〉에 자세히 나와 있다. 《水經注》 권26, 《古今注》 권中, 《太平御覽》 권578, 《廣博物志》 권33에도 수록되어 있다. 《山堂肆考》 권160에는 〈悲姊〉라는 제목으로 보이며, 청나라 顧炎武의 《日知錄》 권25에는 〈杞梁妻〉로 기재되어 있다.

150) 장공(莊公): 춘추시대 제나라 장공 姜光(?~기원전 548)을 가리킨다. 부친인 齊靈公이 위독할 때, 대부 崔杼에 의해 군주로 세워졌다. 이후 최저의 아내인 棠姜과 사통하자 최저는 당강의 아들 棠無咎와 합세하여 장공을 죽이고 장공의 동생 姜杵臼(齊景公)를 군주로 옹립했다.

151) 거(莒): 춘추시대의 國名이다. 기원전 431년에 楚나라에 의해 멸망했으며 옛 터는 지금의 山東省 莒縣에 있다. 齊莊公이 莒를 공격한 것은 기원전 550년의 일로 자세한 내용은 《左傳·襄公二十三年》에 보인다.

152) 기식(杞殖, ?~기원전 550): 춘추시대 제나라의 대부였다. 제장공 4년(기원전 550)에 제나라 군대가 衛나라와 晉나라를 토벌하고 거나라를 공격할 때 포

없고 가운데로는 지아비가 없으며 아래로는 자식이 없으니 인생의 고난이 지극하기도 하구나!'라고 하며 큰소리로 통곡했다. 이레 뒤에 성이 감응하여 무너졌으며 기식의 아내도 강물에 투신해 죽었다. 그녀의 여동생은 언니가 정조를 지키다 죽은 것을 슬퍼하여 그녀를 위해 노래를 짓고 노래의 이름을 〈기량처(杞梁妻)〉153)라고 했다. 양(梁)은 기식의 자(字)이다. 그 노래는 이러하다.

새로 지기(知己)를 만나는 것보다 즐거운 것은 없고　樂莫樂兮新相知
생이별을 하는 것보다 슬픈 일은 없도다　　　　　悲莫悲兮生別離

[원문]　杞梁妻

齊莊公襲莒, 齊將杞殖154)戰死. 其妻嘆曰: "上則無父, 中則無夫, 下則無子. 生人之難至矣!" 乃抗聲號哭. 七日155), 杞都城感之而頹, 遂投水而死. 其妹悲其姊之貞操, 乃爲作歌, 名曰《杞梁妻》焉. 梁, 殖字也. 歌曰:
"樂莫樂兮新相知, 悲莫悲兮生別離."

로로 잡혀 죽임을 당했다.
153) 기량처(杞梁妻): 이 노래 두 구는 屈原의 《九歌·少司命》에도 전후 句가 바뀐 상태로 보인다. 《山堂肆考》에는 기량처의 여동생이 지은 것으로 되어 있지만 《水經注》 등에는 《琴操》를 인용해 기량이 죽은 뒤 그의 아내가 지은 것으로 되어 있다. 이 노래의 제목이 《古詩紀》 권4와 《石倉歷代詩選》 권13에는 〈琴歌〉로 되어 있고 《古樂苑》 권30에는 〈杞梁妻〉로 되어 있다.
154) 【校】齊將杞殖: 《情史》에는 "莒將杞殖"으로 되어 있으나 "齊將杞殖"의 誤記인 듯싶다.
155) 【校】七日: 《情史》, 《藝文類聚》, 《太平御覽》에는 "七日"로 되어 있고 《列女傳》에는 "十日"로 되어 있다.

100. (8-7) 맹강(孟姜)[156]

   진(秦)나라 맹강(孟姜)은 부자의 딸로 범기량(范杞良)을 데릴사위로 맞이했다. 사흘 뒤에 남편이 만리장성을 쌓는 노역을 하러 간 후로 오래되어도 돌아오지 않자 그녀는 남편을 위해 겨울옷을 만들어 가지고 갔다. 장성(長城)에 이르러 남편에 대해 물어보고 나서 이미 죽은 것을 알게 되었다. 그녀는 하늘을 향해 큰 소리로 울부짖으며 발을 동동 굴렀는데 그 통곡 소리는 땅을 뒤흔들었다. 장성이 무너져 남편의 해골을 찾으려 했지만 알아보기가 어려웠다. 손가락을 깨문 뒤, 흘러나온 피를 해골에 떨어뜨려 그 피가 뼈로 스며들어 지워지지 않는 것이 남편의 해골인 것을 알고는 이를 등에 업고 돌아갔다. 동관(潼關)[157]에 이르러 이미 기진맥진해 집으로 돌아갈 수 없음을 알고, 해골을 바위 밑에 두고 그 옆에서 앉은 채로 죽었다. 동관 사람들은 그녀의 절의를 소중하게 여겨, 조상(彫像)을 세우고 그녀에게 제사를 지냈다.

[원문]　孟姜

   秦孟姜, 富人女也, 贅范杞良. 三日, 夫赴長城之役, 久而不歸, 爲製寒衣送之. 至長城, 問知夫已故, 乃號天頓足[158], 哭聲震地. 城崩, 尋夫骸骨, 多難認. 齧指血滴之, 入骨不可拭者, 知其爲夫骨, 負之而歸. 至潼關, 筋骨已竭, 知不能還家, 乃置骸巖下, 坐於旁而死. 潼關人重其節義, 立像祀之.

---

156) 이 이야기는 명나라 黃尚文의 《女範編》 권4에 〈秦杞良妻〉로 보인다. 청나라 陳厚耀의 《春秋戰國異辭》에도 실려 있다.

157) 동관(潼關): 동한 때 설치되었으며 陝西, 山西, 河南 등 세 개 省을 연결하는 요충지로 桃林塞이라 불리기도 한다. 지금의 陝西省 潼關縣 동남쪽에 있다.

158) 號天頓足(호천돈족): 號天은 하늘을 보고 통곡하는 한다는 뜻이며 頓足은 발을 동동 구른다는 뜻으로 號天頓足은 몹시 비통한 것을 형용하는 말이다.

101. (8-8) 상비(湘妃)159)

청대(淸代) 왕홰(王翽), 《백미신영(百美新詠)》 가운데 〈아황여영(娥皇女英)〉

《상천기(湘川記)》에 다음과 같이 적혀 있다. 순(舜) 임금이 남쪽을 순행(巡幸)하다가 창오산(蒼梧山)160) 들판에서 붕어했다. 그의 두 황비 아황(娥皇)과 여영(女英)은 따르지 못한 것을 통곡하며 순 임금을 그리워하다가 눈물을

---

159) 《湘川記》에서 나왔다고 하는 부분은 《綠窗新話》 권下와 《繡谷春容》 雜錄 권5에는 〈錢起詠湘靈鼓瑟〉로 보이는데 《述異記》에서 나왔다고 했다. 《博物志》 권8에도 斑竹에 관한 이야기가 실려 있으며 《詩話總龜》 권16과 《五代詩話》 권7에서 이를 인용하고 있다.

160) 창오산(蒼梧山): 지금의 湖南省 남부 寧遠縣에 있는 산이다. 《史記·五帝本紀》에 의하면, 순 임금은 제위에 오른 뒤 39년에 남방을 순찰하다가 蒼梧山의 들에서 붕어했으며 장강 남쪽에 있는 九疑山에 묻혔고 그곳을 零陵이라고 한다.

대나무에 뿌리니 대나무에 온통 얼룩이 졌다. 지금까지도 상비죽(湘妃竹)이
라 불린다. 이숙(李淑)[161]이란 여자가 〈반죽원(斑竹怨)〉[162]을 지었는데 그
시는 이러하다.

옛적에 두 황비는 순 임금을 뒤좇아	二妃昔追帝
남쪽 상수(湘水)[163]로 내달렸다네	南奔湘水間
눈물을 상수의 대나무에 흘려	有淚寄湘竹
지금도 상죽에는 얼룩이 져 있구나	至今湘竹斑
구름이 짙게 내려앉은 구의(九疑)[164]의 묘당	雲深九疑廟
해는 창오산(蒼梧山)에 떨어지네	日落蒼梧山
여한(餘恨)은 강수에 남아	餘恨在江水
도도히 흘러가 돌아오지 않는구나	滔滔去不還.

---

161) 이숙(李淑): 조선 중기의 문신이었던 趙瑗의 첩인 李淑媛인 듯하다. 조선후
기 韓致奫의 《海東繹史》 권43 藝文志 經籍2에 의하면, 이숙원은 玉峯主人이
라 자호했으며 承旨學士 조원의 첩으로 문집이 전한다고 했다.

162) 반죽원(斑竹怨): 이 시는 청나라 王士禎의 《池北偶談》 권18에 수록되어 있는
《朝鮮採風錄》 안에는 조선시대 시인이었던 李達의 시로 기재되어 있다. 《蓀
谷詩集》 권1과 《海東繹史》 권43에도 이달의 〈斑竹怨〉으로 수록되어 있는데
《海東繹史》에서는 "살펴보건대, 이 시는 《池北偶談》에는 이달의 시로 되어
있고, 《列朝詩集》에는 李淑媛의 시로 되어 있다. 어느 것이 옳은지 모르겠
기에 양쪽을 다 기록했다."고 하면서 같은 시를 권49에 이숙원의 시로도 수
록해 놓았다.

163) 상수(湘水): 湘江을 가리킨다. 廣西省에서 발원해 湖南省을 거쳐 흐르는 강
으로 湖南省에서 가장 큰 강이다. 전하는 바에 따르면 순 임금이 죽자 아황
과 여영이 이 강물에 투신한 뒤 湘水의 여신이 되었다고 한다.

164) 구의(九疑): 지금의 湖南省 寧遠縣 남쪽에 있는 구의산으로 《山海經・海內經》
에서 이렇게 일렀다. "남방에 있는 창오의 언덕과 못 사이에 九嶷山이 있는
데 순 임금이 묻힌 곳으로 長沙 零陵의 경내에 있다.(南方蒼梧之丘, 蒼梧之
淵, 其中有九嶷山, 舜之所葬, 在長沙零陵界中.)" 郭璞의 注에서 이렇게 풀었다.
"그 山의 아홉 개 골짜기가 모두 비슷하기에 九疑라고 불렀던 것이다.(其山
九谿皆相似, 故云'九疑'.)"

[원문] 湘妃

《湘川記》云: "舜南巡狩, 崩於蒼梧之野. 娥皇、 女英二妃哭之不從, 思憶舜, 以淚灑竹, 竹盡成斑. 至今號湘妃竹". 女子李淑作《斑竹怨》云:

"二妃昔追帝, 南奔湘水[165]間. 有淚寄湘竹, 至今湘竹斑. 雲深九疑廟, 日落蒼梧山. 餘恨在江水, 滔滔去不還.

102. (8-9) 태왕탄에 남겨진 시구(汰王灘詩)[166]

영복현(永福縣)[167]은 당(唐)나라 대종(代宗)[168] 때 처음으로 설치된 현이다. 복주(福州), 천주(泉州), 건주(建州) 세 개 주에서 땅을 떼어내어 만든 뒤, 그해 연호를 따라 영태현(永泰縣)[169]이라 했다. 그 후 철종(哲宗)의 능호인 '영태(永泰)'[170]를 피해 영복(永福)으로 이름을 바꾸었다. 당나라 때 현이 처음 설치된 후, 반군(潘君)이라는 임기가 다 찬 현령이 있었다. 그가 백성들에게 사랑을 베풀어 왔기에, 백성들은 그를 만류하며 송별연을

---

165) 【校】湘水: 《池北偶談》, 《蘐谷詩集》에는 "湘水"로 되어 있고 《情史》에는 "湘山"으로 되어 있다.
166) 이 이야기는 송나라 張世南의 《遊宦紀聞》 권3에 보이며 청나라 鄭方坤의 《全閩詩話》 권10에는 〈太原王氏〉라는 제목으로 수록되어 있다.
167) 영복현(永福縣): 지금의 福建省 동부에 있는 永泰縣이다.
168) 대종(代宗): 당나라 代宗 李豫(726~779)를 가리킨다. 肅宗의 장자로 762년부터 779년까지 재위했다.
169) 영태현(永泰縣): 당나라 代宗 李豫의 연호인 永泰(765년부터 766년까지)를 縣名으로 삼은 것이다.
170) 영태(永泰): 송나라 哲宗 趙煦(1077~1100)의 능묘인 永泰陵을 가리키며, 지금의 河南省 鞏義市에 있다.

열어 여러 날 동안 지체하게 되었다. 그의 부인인 왕씨(王氏)는 먼저 배를 타고 이미 출발하여 5리(里) 밖에 있는 태왕탄(汰王灘)에 정박하고 있는 중이었다. 오랫동안 기다려도 오지 않자 부인은 달밤에 강기슭으로 올라가 암벽에 절구 한 수를 썼다.

어찌 된 일로 반랑(潘郞)은 송별연에 연연해하며	何事潘郞戀別筵
환정(歡情)을 끊지 못하니 이내 마음만 걱정되네	歡情不斷妾心懸
태왕탄 아래서 님 그리워하는 곳	汰王灘下相思處
산에는 원숭이 울고 배에는 달빛이 가득하구나	猿呌山山月滿舡

　그리고 그 말미에 "태원(太原)171) 왕씨(王氏)가 쓰다."라고 적었다. 시의 흔적은 이미 흐릿해졌으나 오직 '태원'이라는 두 글자만 돌 속으로 스며들어 지금까지도 남아 있는데 그 글자 크기는 대여섯 촌(寸)쯤 된다. 이로 인해 고을 사람들은 그 여울의 이름을 태왕탄(汰王灘)이라 했다. 정화(政和)172) 연간에 현령이었던 진무우(陳武祐)173)가 세월이 오래되어 시가 망실될 것을 염려해 큰 글씨로 쓰고 기문(記文)을 지어 그 글자의 오른쪽에 새겼다. 당나라로부터 지금까지 큰물에 침식되고 비바람을 맞아 씻겨나간 것이 얼마인지 모르지만 그 먹의 색깔은 새로 쓴 것처럼 선명하다. 남편을 기다리는 한 여인의 간절한 정신이 돌에 들어가 이처럼 예부터 지금까지 변하지 않는 것이다.

---

171) 태원(太原): 지금의 山西省 太原市이다.
172) 정화(政和): 송나라 徽宗 趙佶의 연호로 1111년부터 1118년까지이다.
173) 진무우(陳武祐): 《永泰縣誌》 권21의 기록에 따르면 진무우는 莆田(지금의 福建省 莆田市)사람으로 송나라 정화 연간에 知縣을 역임했다고 한다.

[원문] 汝王灘詩

永福瓶自唐代宗時, 割福、泉、建三州之地, 因年號曰永泰. 後避哲宗陵寢, 改名永福. 在唐新瓶縣後, 有邑宰潘君滿任, 遺愛在民, 攀臥[174]祖餞, 畱連累日. 其夫人王氏, 先已解舟, 泊五里汝王灘下. 俟久不至, 月夜登岸, 書一絶於石壁云:

"何事潘郎戀別筵, 歡情不斷妾心懸. 汝王灘下相思處, 猿叫山山月滿舡." 末云: "太原王氏書". 詩蹟已漫滅, 獨"太原"二字入石, 至今尚存, 字方五六寸許. 邑人因以名其灘. 政和陳武祐慮歲久詩亡, 大書, 繫以記文, 鐫之字右方. 自唐及今, 流潦巨浸之所漂齧, 震風凌雨之所滌蕩, 不知其幾, 而墨色爛然如新. 一婦人望夫之切, 精神入石, 終古不變如此.

情史氏曰

옛말에 이르기를 "생각하고 생각하면 귀신이 그것을 통하게 한다."라고 했다. 대저 그리움은 정으로부터 생기며 귀신 또한 정이 모여서 된 것이다. 만약 귀신에게 정(情)이 없다면 곧 혼(魂)은 하늘로 올라가고 백(魄)은 땅으로 내려가지 어찌하여 연연해하며 귀신이라는 이름으로 여전히 남아 있으랴! 귀신은 사람의 정(情)이 있고 신(神)은 귀신의 정(情)이 있다. 저승과 이승 사이를 서로 드나드는 것은 물이 물에 융합되는 것과 같다. 도성이 무너진 것과 글씨가 남겨진 것 또한 귀신이 정(情)의 정기를 드러낸 것이었다. 아! 귀신도 정으로 감동시킬 수 있는데 하물며 사람에게 있어서랴!

---

174) 攀臥(반와): 攀轅臥轍의 준말로 백성이 良吏를 보내지 않으려고 만류하는 典故로 쓰인다. 《後漢書 · 侯霸傳》에 따르면, 更始 원년에 劉玄이 황위에 오른 후 사자를 보내 淮平郡의 大尹으로 있던 侯霸를 맞이해 오도록 하자 그곳 백성들은 서로 붙잡고 통곡을 하면서 어떤 사람들은 사자의 수레를 막고 어떤 사람은 길에 누워 모두들 侯君이 한 해 더 남아 있을 수 있게 해달라고 했다 한다.

情史氏曰: "古云: '思之思之, 鬼神通之.'[175] 蓋思生於情, 而鬼神亦情所結也. 使鬼神而無情, 則亦魂升而魄降已矣, 安所戀戀而猶畱鬼神之名耶! 鬼有人情, 神有鬼情. 幽明相入, 如水融水. 城之頽也, 字之囁也, 亦鬼神所以效情之靈也. 噫! 鬼神可以情感, 而況於人乎!"

---

175) 思之思之 鬼神通之(사지사지 귀신통지): 《管子·內業》 제49에 있는 다음의 구절에서 나온 말이다. "생각하고 생각하고 다시 또 생각하라. 생각을 해도 통하지 않으면 귀신이 그것을 통하게 하리니 이는 귀신의 힘이 아니라 精氣의 지극함에 의해서이다.(思之思之, 又重思之. 思之而不通, 鬼神將通之. 非鬼神之力也, 精氣之極也.)"

편집자 소개

풍몽룡 (馮夢龍, 1574~1646)

명나라 때 문인으로 蘇州府 長洲縣 사람이다. 자는 猶龍 또는 子猶이고 호는 龍子猶, 墨憨齋主人, 顧曲散人이다. 오랫동안 생원으로 있다가 57세에 貢生이 되었으며 61세에 福建 壽寧縣 知縣이 되었고 73세에 福建에서 병사했다. 중국 통속문학을 수집하고 정리하며 창작하는 데 공헌해 《喩世明言》, 《警世通言》, 《醒世恒言》, 《山歌》, 《古今譚槪》, 《智囊》, 《墨憨齋定本傳奇》 등의 많은 저서를 남겼다.

역주자 소개

유정일 (柳正一)

문학박사(동국대), 南開大學 Post-Doc.
북경제2외대 객원교수, 동국대 · 한국산업기술대 · 연세대 강사
주요 저서로는 《企齋記異 研究》, 《한국 서사문학과 불교적 시각》(공저), 《문학지리 · 한국인의 심상공간》(공저) 등이 있고, 주요.논문으로는 〈《情史》의 評輯者와 成書年代 考證〉, 〈相聲의 起源論的 檢討와 인접 장르와의 辨別的 距離〉, 〈浮雪傳의 傳奇的 性格과 소설사적 의미〉, 〈《殊異傳》 逸文의 분류와 장르적 성격〉, 〈《殊異傳》 逸文 〈崔致遠〉의 장르적 성격과 小說史的 意味〉, 〈崔生遇眞記 연구〉 등이 있다.

情史 上 － 중국인의 사랑이야기 －

초판 인쇄   2015년 10월 15일
초판 발행   2015년 10월 25일

評 輯 者 | 馮夢龍
역 주 자 | 유정일
펴 낸 이 | 하운근
펴 낸 곳 | 學古房

주   소 | 경기도 고양시 덕양구 통일로 140 삼송테크노밸리 A동 B224
전   화 | (02)353-9908 편집부(02)356-9903
팩   스 | (02)6959-8234
홈페이지 | http://hakgobang.co.kr/
전자우편 | hakgobang@naver.com, hakgobang@chol.com
등록번호 | 제311-1994-000001호

ISBN   978-89-6071-547-9   94820
          978-89-6071-546-2   (세트)

값 : 40,000원

이 도서의 국립중앙도서관 출판시도서목록(CIP)은 서지정보유통지원시스템 홈페이지
(http://seoji.nl.go.kr)와 국가자료공동목록시스템(http://www.nl.go.kr/kolisnet)에서 이용하실 수
있습니다.(CIP제어번호: CIP2015022434)